Einführung

Basierend auf der altägyptischen Fahrt des Sonnengottes durch die zwölf Stunden der Nacht, berichtet dieser literarische, vielschichtige und sprachgewaltige Ägyptenreiseroman von einer Kreuzfahrt dreier Frauen auf dem Nil in den Neunzigern.
Die Autorin überlebte 1997 den verheerenden Anschlag von Luxor.
Entgegen der falschen Berichterstattung durch die Medien, arbeitet Claudia Wädlich als Zeitzeugin und Kennerin das Geschehen in einem Dokument von 1998 in seiner ganzen Brisanz auf, mit damaligen und heutigen politisch - juristischen Analysen zur politischen Entwicklung auf dem Tahrirplatz.
Ihre Voraussagen des Afghanistankrieges traten mit dem 11. September ein.
Ebenso ihre Behauptungen 2011 hinsichtlich des Präsidenten Mubarak.
Ihre Schlussfolgerungen über die Zielrichtung des Anschlages veranlassten sie zu einem folgenschweren Vorschlag, den der damalige Bundeskanzler Schröder 2003 umsetzte :
Die Achse gegen den Irakkrieg.
Ihre Kenntnisse über die unbekannte Rolle Mubaraks im Kampf der einzigen Weltmacht um die Kontrolle über die Ressourcen Nordafrikas und die Einbindung der Anschläge von Daressalam und Nairobi bis zu den Anschlägen in Ägypten in ihre geopolitischen Spielarten, erhellen den Hintergrund von Einflussnahmen durch Erpressung und Polarisierung auf dem krisengeschüttelten Kontinent.
Zugleich führt dieses spannende Buch in seinen fiktiven Anteilen zu den ungeheuren Zeiträumen der Sahara, des Niltals, philosophisch tiefschürfenden Betrachtungen der Monumente und ihrer Mythologien, zu den heutigen Ägyptern und ihrer Sicht auf das politische Geschehen.
Denn " *Fiktion deckt Wahrheiten auf, die von der Realität verdeckt werden* ", schrieb Jessamyn West.

Zur Autorin

Die studierte Juristin Claudia Wädlich mit Schwerpunkt Kriminologie, mit profunden Kenntnissen der Ägyptologie, der Politologie und Geschichte, veröffentlichte zwei Lyrikbände : " Innere Zirkel ", dlv Aachen 2006 und " Die Plünderung der Kulturschätze " dlv Aachen 2009. " Klang der Lyrik ", zwei CD`s mit ihrem Klangmaler Jörg Hüttemann 2011, Rocksong - und Bluestexte für das Studioprojekt danish2, 2013. Neben sporadischer politisch - juristischer Beratung zahlreiche Lesungen, Laudatien, Einführungsvorträge und 2011 ein Vortrag über den " Anschlag von Luxor bis zum Tahrirplatz " im babasu in Duisburg. Auf youtube das Video : " Der Anschlag von Luxor und der 11. September", 2012
Die Autorin lebt in ihrer Heimatstadt Oberhausen.

Claudia Wädlich

Das Sonnenschiff

Roman

edition lichtblick, oldenburg 2013

Inhalt

Sonnenaufgang

1. Kapitel
Annäherung an ein unbekanntes Terrain

2. Kapitel
An Bord

3. Kapitel
Tor zur vierten Nachtstunde
In der geheimen Höhle des Sokar

4. Kapitel
Name der 6. Nachtstunde
Der Leichnam des Osiris / An Bord der Meretseger

5. Kapitel
7. Nachtstunde
Der Kampf gegen die Apophisschlange
Dokument und Analyse des Anschlages von Luxor am 17.11.1997

Südwärts

Literaturverzeichnis

Zur Autorin

Dem ägyptischen Volk
und meinen Eltern,
in liebender und dankbarer Erinnerung
Den Holocaust-Überlebenden ebenso wie den Opfern des Anschlages von
Luxor 1997

Ägyptische Liebe

Wärmend
Am lodernden Feuer
Deiner Seele
Querte ich unseren Himmel
Oh Du meine Sonne Herz

Der Sterne Abglanz
Tropft nun aus
Der Ferne
Als flössen Wasser
Aus erstickter Kehle

Der Ereignisse fühlbarer

Schmerz

" *Die Urnen der Stille sind leer* "

Paul Celan

" *Die Vergangenheit ist jetzt, die Gegenwart ist jetzt, die Zukunft ist jetzt* "

Carlos Fuentes

Sonnenaufgang

Finsternis, das war die Stimmung, als die Maschine in Düsseldorf mit Kurs auf Luxor abhob.
Finsternis überzog die bangen, von Müdigkeit gezeichneten Mienen der Wartenden in der Abflughalle.
Und die Dunkelheit um sechs Uhr morgens wurde noch verstärkt durch die Novembertrübe, die das Bewusstsein dem Nebel des Alltags, seinen Verpflichtungen und Bindungen nicht entreissen konnte.
Die wie ein Damoklesschwert über dem Moment des Aufbruchs hing, als tausende Zugvögel sich im Land in die Lüfte erhoben, der Sonne und den Erwartungen entgegen.
Eine undurchdringliche Ursuppe hängt vor dem Bug des Fliegers, als er steigt

und steigt. In die Bahnen des Himmelswasser gezogen wird, als würfe eine unsichtbare Hand das Schiff in den Äther.
Ihre Seelen bleiben darin gefangen, beschwert von der Müdherzigkeit der Nacht, der Schläfrigkeit ihres zurückgelassenen Lebens.
Ihrer gewohnten Umgebung entrissen und noch in sich gekehrt, hängen sie den ungeformten Fetzen ihrer zahlreichen Sorgen, Nöte und Einsamkeiten nach. Ahnen nichts in der Begrenzung ihres Kabineninnenraums von dem dunklen Antlitz der unter ihnen ruhenden Landschaft.
Von ihrem Erzählmodus, in die sie der schwarze Fluss hineinträgt, der sich flüsternd unter ihnen windet, wie eine Schlange, vom Zeitenwandel gehäutet.

Auf ihrem Schoss fühlt sie den Lesestoff, der ihr vor jedem Flug die Tore des Wissens eröffnet und den Zugang zu Ägypten erleichtert.
Ihr kurzer Blick aus dem Fenster in die Leere der Nacht spiegelt die
Täuschung des strahlend künstlichen Lichts in der Kabine wider.
" Fasten your seat belts ". Das Licht erlischt. Hundertfaches Aufklicken der Sicherheitsgurte lässt sie zu ihren zwiespältigen Gedanken zurückkehren.
Ihre Sitznachbarn ergeben sich den Wiederholungen der passiven Dauerberieselung, den Verheissungen der Traumfabrik.
Vom zurückgelassenen Fernsehsessel zu den Bordfilmen, versunkene Gesichter vor hochgehaltenen Zeitungen.
Und das Bordpersonal trifft erste Vorkehrungen, den allseits gewünschten Kaffee auszuschenken.

Diese unendliche Nacht da draussen hat etwas Alptraumhaftes zutiefst Gespenstisches. Ihre Dunkelheit kriecht aus tausend Lichtern des Ruhrgebiets und des Rheinlands hervor. Die Triebwerke der Maschine heulen auf, bevor der Pilot den Schub auf Umkehr einstellt.
Darunter scheinen die Leuchtfeuer der wirtschaftlichen und industriellen Moderne - wie Dioden - gleichförmig ausgerichtet zu sein. Auf Splittern von grünen Urlandschaften, Resten von Buchenwäldern, umgestaltet von metallenen Eisezungen, die sich tief in die Böden bohren, sie aushöhlen und meterhoch aufschichten, zu türmenden bizarren Strukturen.
Ausgelaugten Gesichtern gleich, übersät mit Runzeln, Erhebungen, Buckeln, abgestorbenen Hautschichten, Entzündungszuständen, Geschwüren und giftigen Kloaken. Absonderungen der verarbeitenden Industrie. Restlandschaften.
Dagegen halten die grünen Oasen, die der Strukturwandel wie ein heilendes Tuch über die verwundete Erde ausbreitete. Kulturlandschaften. Im Stil des Tachismus, spontan gesetzte Farbflecken. Sie erobern in friedlicher Absicht verwüstete Flächen zurück, gestalten ihren Traum vom Glück als Rückfahrt in die Zukunft.

Wo sind sie geblieben, Varus, die Legionen Roms und ihre brachiale Landnahme ? Der Glücksritter, die ihren Speeren folgten, konnten sie ihren Traum leben oder entpuppte sich die Militarisierung des Nordens nur als der zu allen Zeiten geltende Sachzwang einer einseitigen Suche nach Ressourcen, nach Kontrolle ?

Unhörbar scheinen sich die verschwundenen Militärbasen der alten Macht in situ über gegenwärtige und zukünftige strategische Punkte auszutauschen, die ihre Nachfolger setzen werden. Die Fragen nach ihrem Antrieb, dem Sinn, ihrer Glücksfindung bleiben zu allen Zeiten unbeantwortet.

In der Schichtentiefe rheinischer Städte und geschrumpfter Rheinauen verschwand die Stosskraft des römischen Adlers mit den undurchdringlichen Wäldern Germaniens im Abseits der Zeit.

Ihre architektonische Präsenz wurde auf geomantische Tafeln einer kleinen wissenschaftlichen Elite verschoben. Ihre Asche mag verweht, ihre Aura scheint noch immer präsent zu sein.

Die Legenden mehren sich, wuchern über Ausgrabungsstätten. Die Zeit verwandelt Geschichte in Fragmente.

Sichtbar an der Oberfläche der Wahrnehmung nur noch zierliche Gegenstände des Luxus einer antiken upper class.

Zu unterhaltsamen Zeugen eines schweren Erbes herabgesunken und museal verwahrt.

Ein Hauch von Magie schwebt in der tellurischen Erinnerung an die Eiszeit über den Einschnitten der Rheinschleife, des Ruhrtals, der Lippe und des Emscherkanals, mögen sie auch noch so verformt und verfremdet in ein Korsett gepresst sein, dank des Zangengriffs der Technologie, die dieses Jahrhundert eisenhart vereinnahmte.

Seit den Urzeiten hatte keine Klimaveränderung mehr mit solch einer Radikalität in die Flächengestaltung eingegriffen. In Form eines tief gehenden Hozschnitts.

Es entstanden Landschaften wie Kommentare einer Vergangenheit, die die Maske des Fortschritts zudeckt.

Und deren Bewohner von den Wechselfällen und Krisen eines Zeitalters der Kriege des zwanzigsten Jahrhunderts geschunden sind, die sie in ein Dantesches Inferno zwischen Hoffnung und Hoffnungslosigkeit stiess. Zur brennenden Stadt Dis, angezündet von den Fackeln des Hasses.

Erst brannten die Werke der Dichter und Denker. Dann verschlangen sie die Synagogen und rissen mit ihnen Tausende friedlicher Bürger aus ihren Existenzen, der Vernichtung preisgegeben. Mit ihrem Verschwinden taten sich im Rausch des Wiederaufbaus Krater von Monokultur auf. Darin verstreut lagen sprachliche Inseln, getrennt von den Quartieren der Armut.

Ihre Einwohner waren in der letzten Jahrhunderthälfte in einem immer schneller rotierenden Wirtschaftssystem durch die Wellen der ökonomischen

Veränderungen an den Rand gedrängt worden, in einen dauerhaften Zustand perspektivloser schwindender Seinsgewissheiten.

Parallel dazu angeordnet, die Leuchttürme der Arrivierten, der Privilegierten, die ein barbarischer totaler Krieg aus den Zerstörungen der Bombennächte in einem beispiellosen Aufschwung auf den Wellenkamm getragen hatte. Zum Ritt auf wechselnden Gewässern anschwellender und abschwellender Konjunkturen.

Die Vergangenheit ruht nun herabgesunken unter den Hügeln der Nacht. Vor den Inseln des Schöpfungswillens, die aus der Urflut des Nichts auftauchen, im unendlichen Leib der Himmelsgöttin Nut.

In dieser Sphäre der verblassten Sterne, der schwindenden Erinnerung an ihren verstorbenen Vater, an seine Lebenszeit, die zurückbleibt, abgehängt ist, während sie sich selbst in einer Hülle der Lichtlosigkeit mutlos vorwärts bewegt, den ambivalenten Gefühlen eines abhanden gekommenen Sinns, in diesem Nichts treibt die Boeing dahin, sendet ihre Positionslichter aus, scheint in den unendlichen Weiten des Urozeans Nun aus der Zeit zu fallen, in einen Zustand vor ihrer Erschaffung.

Die Passagiere geben sich erneut dem Dämmerzustand hin. In ihrem Unterbewusstsein lauert ein Meer des Chaos, auf dem ihre diffusen Ängste und Befindlichkeiten treiben. Ein Zustand der Anarchie und des Unrechts, dem sie sich ausgeliefert fühlen.

In diesen Orkus aus Träumen gestossen, bleiben sie vorerst in der ihnen endgültig erscheinenden Einschränkung ihres Daseins gefangen.

Aber in dieser angsteinflössenden Welt der Düsternis, den Vernichtungsstätten dunkler Materie, im Zustand ewigen Nichtseins,

in diesem Tiefpunkt, in dem es keine Grauzonen mehr gibt, weilen Urenergien. Bereit, die Reisenden neu zu formen, sie in dieser anfänglichen Ursuppe auflösend neu auszurichten.

So fahren sie auf null zurück, driften in diese unbekannte Welt vor der Schöpfung ab, die keine Zeit kennt.

Hinab zu den unbekannten Regionen des Todes, zu der Behausung der Seelen der Toten in Gestalt der Ba-Vögel.

Um regeneriert, aus den Tiefen der Nacht und verborgener Räume neue Eindrücke zu gewinnen. Sich zu öffnen und vielleicht sogar ein neues Leben anzustreben.

" Machen Sie mehr aus Ihren Energien !".

Der Aufschrei ihres Sitznachbarn angesichts des Werbespruchs eines örtlichen Fitnesstudios in dem Magazin, das ausgebreitet auf seinen Knien liegt, lässt sie aus ihren Träumen hochschrecken. Kopfschüttelnd wendet sie sich wieder ihrer Lektüre zu.

Der Zustand der absoluten Leere soll ja laut Buddhismus der Weg zur Erleuchtung sein, denkt sie.

Davon kann in diesem Vogel keine Rede sein, sieht man sich mal hier den Durchschnittstouristen an.

Versammelt im Wartesaal des Glücks, verreisen wir doch auch zum Alltag anderer mit dem eigenen im Gepäck. Diese Erkenntnis lässt sie leise schmunzeln.

Welche Energien hatten eigentlich sie veranlasst, solche Strapazen auf sich zu nehmen ?

In der Nacht aufzustehen, unausgeschlafen zum Flughafen zu fahren, ihren schweren Koffer aufzugeben und zwei Stunden lang gestresst auf den Abflug zu warten. Zumal es nicht ihre erste Reise nach Ägypten ist.

Und jeder Abflugtag sich zu einer Prüfung ihrer Ausdauer ausweitete, denn auf direktem Wege und bequem am Tage konnte man dieses Land nicht erreichen.

Die Flugpläne sahen viele Umwege, Geduldsproben und unzählige eigentlich überflüssige Belastungen vor.

Als sei man gezwungen, sich auf labyrinthischen Wegen diesem Land zu nähern, als sei dies ein Abbild der gewundenen Gänge in den Gräbern von Theben-West, zu einem unbekannten Ziel.

Oder sie sitzt als Königin Nefertari vor ihrem Brettspiel Senet, das auf Spruch **17** des Totenbuchs Bezug nimmt. Das verschiedene verschlungene Wege zulässt, von denen aber nur einer den Gefahren im Jenseits ausweichen kann.

Die Anfänge ihrer biographischen Schnur waren in ihrer Kindheit gelegt worden, als ihre Tante von der Vierjährigen an der Hand ihres Vaters am Flughafen Düsseldorf abgeholt wurde. Beeindruckt von den einladenen Erzählungen über eine fremde und überaus geheimnisvolle Kultur, liess sie ihr späteres Lebensziel schon früh ins Auge fassen. Nach Ägypten fliegen, wenn sie erwachsen sein würde.

Hatte diese Erinnerung an ihre frühen Jahre Wurzeln in dem Patchworkmuster ihres Studiums getrieben, auf diese Weise ihren Berufswunsch Diplomatin in ihr entstehen lassen ?

Oder ging sie nur stur ihrem Ziel entgegen, alle Ausgrabungsstätten aufzusuchen, um ihrer Passion von Erkenntnis nach Wahrheit, nach Antworten auf die grossen Menschheitsfragen in den abgelegten beziehungsweise losgelösten Kulturen der Zeit zu suchen ?

Einer vom Menschen geschaffene Ewigkeit - auf altägyptisch neheh - nachzuspüren, die die Welt mit ihrem Eintritt in die Schöpfung bis hin zu ihrer Auflösung am Ende aller Zeiten umfasst.

Gibt es in diesen Schichten Zwischenräume zu entdecken, die in direkter Verbindung mit jenem Kontinuum stehen, das Antworten in der Vergangenheit zu finden sucht, im Hinblick auf die alles entscheidenden Fragen nach der Zukunft?

Sie gerät in einen Zwiespalt bei einem der vielen ägyptischen Wortspiele, die

die Erschaffung des Menschen in Verbindung zu seinem Schicksal setzen, " Mensch " und " Träne ".
Nun als Urgott spricht in den Sargtexten des Mittleren Reichs :

" *Weinen mußte ich wegen des Wütens gegen mich. Die Menschen gehören der Blindheit, die hinter mir ist.* "

In dieser vorübergehenden Trübung ging die Menschheit aus dem vom Weinen verschleierten Götterauge hervor.
Dazu verdammt, in allem den Gefahren der Täuschung jederzeit zu erliegen und nie am klaren Götterblick teilzuhaben.
Das Rauschen der Turbinen in dieser scheinbar finsteren Endlosigkeit des Fluges ist alles, was sie abgekapselt von der Aussenwelt wahrnimmt, während die Landschaft Süddeutschlands unter ihrem Luftschiff im Dunkel verharrt.
Die Maschine hatte in einer Kurve über Hessen Niederbayern erreicht, noch bevor die Dämmerung einsetzte. Eine rote Spur am Horizont verheisst den bevorstehenden Sonnenaufgang.
Zeit für sie, ihr angefangenes Gedicht über den Sonnenuntergang unter dem Eindruck dunkler Himmel abzuschliessen, die ihr in ihrem bisherigen Leben näher zu sein schienen als jede Morgenröte und im voranschreitenden Tagesablauf ihrer Entwicklung verflachte, niederging, ihr das Licht stahl :

... Vor Toresschluss ein ohnmächtiges Staunen
   obschon der Sonnenball in feuriger Blüte
   hinter dem Horizont rang
   mit seinem Untergang

   verschallen wir im Raume
   noch der mächt`ge Strom in unseren
   Adern sang

Rosenfingrige Akzente durchziehen nach und nach das Firmament, setzen sich gegenüber den Mächten des Dunkels durch, kehren die Zeit von West nach Ost um.
Die Schockerlebnisse der Vergangenheit, der Gegenwart, die unzähligen Tode, die sich in die Träume der Mitreisenden ins Buch der Nacht eingeschrieben haben, weichen einer Morgenröte, einer aufkeimenden Zuversicht.
Das Osttor von Sais wird aufgestoßen. Aus der morgendlichen Glut steigt verjüngt der Sonnengott, auf seiner Lotusblüte erscheinend.
Die Passagiere erwachen einer nach dem anderen aus ihrer Erstarrung, verfolgen, wie sich der Sonnenball aus der Insel des Aufflammens am Horizont

erhebt und die Landschaft schlagartig vor ihren Augen belichtet. Voraus erstreckt sich schon das Panorama der leuchtenden Gipfelhöhen der Alpen.
Diese zerklüftete Felslandschaft befand sich in ihrem Uranfang seit etwa 135 Millionen Jahren in einem mehrstufigen Prozess, wobei unvorstellbare Kräfte vor circa 45 Millionen Jahren die Meeresablagerungen, Korallenstöcke und abgestorbenen Tiefseebewohner des tropisch warmen Urmittelmeeres Thetys zum Hochgebirge aufgeschoben haben. Und die Bergrücken ihre heutige Gestalt durch Erosion annahmen.
Ein Prozess im Schneckentempo, der bis in die Gegenwart anhält.
Lange Schatten kriechen über grüne Täler zwischen vergletscherten Höhen. Bekränzt mit Wölkchen aus Zuckerwatte, unter den Blicken der zu neuem Leben erwachten Fluggäste. Ihr Flüstern und ihre Ahs und Ohs über mystisch anmutende Kalksteinmassive vor tief eingeschnittenen Schluchten mischen sich mit dem ruhigen Geräusch der Turbinen.
Grenzenlose Bilder der Archaik, entstanden in ungeheuren Zeiträumen, die jedes Vorstellungsvermögen der Passagiere übersteigt und sie die sichtbare Oberfläche als Teil eines Erlebnisparks Alpen wahrnehmen lässt, den sie genüsslich goutieren können.
Ein weiterer Meilenstein auf der Abhakliste ihrer touristischen Eroberungsversuche der Landkarte, die sich im ausgehenden 20. Jahrhundert unter ihnen dehnt. Um keine weissen Flecken in der eigenen Biographie aufkommen zu lassen.
Dieser Individualismus lässt den Himmel über dem Planeten zu dicht beflogenen und abgesteckten Routen verkommen.
Hustle in the air !
Der Kontrast zu dem von den Jahreszeiten abhängigen traditionellen Leben der Bergbauern könnte nicht grösser erscheinen. Zeitzungen, die sich überlagern aber kaum berühren.
Die Ankündigung des Flugkapitäns, dass der Krieg in Jugoslawien die übliche Flugroute nicht mehr zulässt, sondern eine Kursänderung über Italien und den Peloponnes erzwingt, lässt nur einige wenige kurz aufhorchen.

Grandios, geheimnisvoll wie beim " ersten Mal " der Schöpfung, steigt die Sonne über die höchsten Gipfel empor, geboren aus dem Schoss der Nut, gehoben von den Armen Isis und Nephtys, dem

" Aufleuchten in der Türöffnung des Horizonts zur Stunde - die die Vollkommenheit des Re erscheinen läßt - um den Lebensunterhalt der Menschen zu schaffen, des Viehs und allen Gewürms, das er (Re) geschaffen hat ".

Auf einem Gleitstrahl zieht die Maschine dahin. Unter ihrem Bauch das träge Vorbeigleiten geschichteter jahrtausend alter Prägungen durch den homo sapiens sapiens. Parzellierte Flächen, eine Paul Klee - Landschaft.
Die Sicht bifokal, glitzert schon am fernen Ufer Afrika, steuert der Flieger erwartungsvoll neuen Horizonten entgegen, touristisch wohldosiert aber in Abstandshaltung. Im Gepäck den Erlebnishunger, der die Offenheit aus zurückgelassenen Taschen europäischer Bindung an materieller Raum - und Zeiterfahrung hervorkramt.
Die Sichtweisen wechseln noch im Stundentakt, mal mykenisch, dann dorisch streng, kyklopisch mauernd, rückblickend.
In weiten Bögen verstreut liegen die Trümmerellipsen, megalithisch aufgetürmt in beigen Abstufungen, kriecht die rossenährende Argolis staubverbrämt unter den Flugschatten. Im Geiste die Byzantinismen unter donnernde Hufe drückend.
Thirenisch trübe fischt sie anschliessend über Santorin in alten Atlantisuntergangssagen, da sich der climax des Lebenszyklus jedes Mal in Richtung Sinkflug einpendelt, je mehr sich die inneren Uhren der Kulturen im Stundentakt umstellen.
Verheissungsvoller Dunst schiebt sich nun ans Zeitfenster der Flugkabine heran. Hier in der Troposphäre, im Luftraum des Schu, spielten sich alle Wetter der Gezeitenwenden des ägäischen Kulturkreises ab.
Übrig blieb, dank der Dürre, die der klimatische Schatten zum Totengräber des Alten Reichs auf ägyptischen Boden werden liess, ein Palimpsest der Meereszivilisationen.
Wiederkehrende Tsunamis schichteten die Kulturen auf, gaben Kreta und Alexandria den Todesstoß.
Tektonische Bruchkanten zogen unsichtbare Grenzen, stürzten jene auf dem Höhepunkt vom Sockel.
Äolus Winde nivellierten die klaren Umrisse. Aufsteigende Luft lässt sie für einen Augenblick vor dem Sonnenflieger aufblitzen und dann in die Vergessenheit zurückfallen.
Anstelle der Morgenröte jener geheimnisvollen Bronzekultur regiert amorphe Kargheit die Inselwelt, die Eos mit ihren rosenfingrigen Strahlen wie einen Steinhaufen hingeworfen hatte.
Den Archipel der Kykladen, dessen innere Bezirke wie ein komplexer Nebenweg auf den Traumpfaden des Altertums erscheint. Ein Brückenpfeiler zum großen Tempel Ägyptens.
Inmitten des Kreises Delos, Geburtsstätte der griechischen Version des Sonnengottes, mutiert in touristische Dimensionen.
Seine Löwen blicken vergeblich in die sphinxartige Leere einer verstrahlten Gegenwart.

Das Sonnenlicht Apolls winkt unbemerkt herüber. Übertönt von dem Klappern der Kaffeetassen, die lächelnde Flugbegleiterinnen im wiederkehrenden Reigen ausschenken, die Langeweile der Passagiere zu unterbrechen oder ihre Versenkung in farbige Magazine. Gegenwartskulten huldigend - Models, Fußballstars und Sternchen - dem Staccato der Tagespolitik. Dem Augenblick und keiner Ewigkeit geweiht.

The cycle of Osiris ... der Mummenschanz der Kykladenidole erhebt sich am Rande, überspringt die Zeiten plastisch skulptural ins 20. Jahrhundert, zu den Arbeiten eines Brancusi, Arp, Modigliani, Ernst oder Fritz Wotrubas.

Und sie begleiten sie unbemerkt auf ihrem Flug beim Herausgehen am Tage, verborgene Führer der Seelen im Totenreich ... .

Noch immer liegt ein Hauch von Magie und Schutz vor Unheil in Zeiten unerklärlicher Bedrohungen über den verstreuten Inselbergen. Von den Göttern scheinbar verlassen, aus den Untiefen neolithischer Vergangenheit aufsteigend.

Der Zauber der großen Göttin, Geburtshelferin der ersten kulturellen Blüte. Ihren geheimnisvollen Nimbus konnte auch Äolus nicht verwehen.

Doch das Licht des Orients, das uns am Horizont lockt, hat seinen Einfluss verloren, im großen Spiel des Auf - und Niedergangs zeitenwenderischer Kulturen. Verklungen ist der Harfenton angesichts atonaler Ausrichtung der Moderne.

Der erhöhte Standpunkt der Flugkabine gewährt uns ein all inclusive Programm : Tanker, Fähren und Seegelboote durchpflügen die See.

Doch noch andere Zugvögel durchstechen la mer. Fügen der maritimen Symphonie den Paukenschlag hinzu.

Im crescendo des dichten Gedränges der grimmige Trommelwirbel der Kriegsschiffe. Flugzeugträger, U - Boote, Zerstörer und Fregatten.

Sie ersetzten das antike Wanderungsbedürfnis im Zusammenspiel mit Handel und Konflikten und schliffen die Fruchtbarkeitssymbole durch das Meer ab, lange bevor der Schlußakkord die Insel Philae am Ende aller Pharaonenreiche erfasste.

Zu Wasser und zu Lande weisen die Geometrien den Weg durch das Gewirr der Seevölker, wogt der Sturm einer Koalition von Städte - und Reichszerstörern heran, antwortet labyrinthisch das Echo der Peleset (Philister), Tjeker, Danuer und Ahawascha. Piraten, Mykener ?

Das Dunkel der Ereignisse wirft Theorien an den Strand, lässt den Strom des Geschehens in den erzählerischen Mythus einer sagenhaften Heldenzeit münden.

Die aufgewühlte See der Raubzüge und Umwälzungen, die Schaumkronen der Eroberungen, von Söldnern und Hilfstruppen getragen, deutet Geschichte in Sage um.

Und Ilias, Odyssee und Äneis lösen die ersten Seeblockaden im östlichen

Mittelmeer ab. Die ägäischen Wanderungen wurden zur Bedrohung Ägyptens. Ihr Glaube an eine geordnete Welt geriet in gefährliche Fahrwasser.

Es berichtet Ramses III., Auszug aus seiner Inschrift im Totentempel Medinet Habu / Theben - West:

" *Die Völker der Meere schlossen sich auf ihren Inseln zu einer Verschwörung zusammen. Sie hatten den Plan, die Hand auf alle Länder der Erde zu legen. Kein Land hielt ihren Angriffen stand. Von Hatti an wurden zu gleicher Zeit vernichtet: Qadi, Karkemis, Arzawa und Alasija. Ihr Lager schlugen sie an einem Ort in Amurru auf. Sie zerstörten die Länder so, als ob sie nie existiert hätten. Sie kamen, bereiteten ein Feuer vor und sagten: " Vorwärts nach Ägypten " . Ihre Herzen waren voller Vertrauen: " Unsere Pläne gelingen " , sagten sie zuversichtlich.* "

So kam es zur Invasion Palästinas und dem Ende der ägyptischen Provinz Kanaan.
Krethi und Plethi wurden nach vernichtender Schlacht als Militärkolonisten im heutigen Palästina angesiedelt und bildeten blühende Stadtstaaten.

Über der Ostküste Kretas fallen ihr die Augen zu. Die Dimensionen der Vorzeit werden von dem Abgrund der ineinander fliessenden Wasser der Ägäis verschlungen.
Immer stärker verlässt sie die Wahrnehmung der äusserlichen Geschäftigkeit im Flieger. Getragen vom monotonem Brummen der Turbinen, gleitet sie hinab, in Regionen abgelegener Räume eines Labyrinths, dem Rauschen der Zeiten folgend.
Eine Flöte spielt auf. Sie erliegt ihrem antiken Zauber, lauscht den bekannten Tönen.
" Mein Gott, die Melodie ist eine Reminiszenz an Mozarts Zauberflöte. "
In den letzten Monaten hatte sie die neu erworbene CD zweimal abgespielt.
Am jeweils darauf folgenden Morgen erfuhr sie vom Tod der Princess Diana und vom Anschlag vor dem ägyptischen Museum in Kairo, der mehrere Todesopfer in einem Touristenbus forderte. Mit Schaudern erinnert sie sich an beide zurückliegende Ereignisse.
Eine plötzliche Turbulenz reisst sie aus ihrer Erstarrung hoch. Kaffeetassen scheppern über dem Boden. Der junge Mann in der vorderen Reihe hält seinen Pappbecher fest. Die übrigen Passagiere versuchen ihr Gleichgewicht zu halten. Dann verschwindet der Spuk genauso schnell, wie er gekommen ist. Die Müdigkeit übermannt sie. Und sie sinkt zurück in einen dunklen Wachzustand, oder ist es eher ein heller Schlaf ?
Von diesem beispiellosen Gefühl der Zeitlosigkeit eingenommen, an einem

Standort ausserhalb gekaufter Wirklichkeiten im Jetzeitalter, fühlt sie sich tiefer und tiefer in einen Strudel herabgezogen, bis Inselberge aus glänzenden Fluten inmitten der grünen See vor ihrem inneren Auge auftauchen.
Die fernen Klänge der Flöte, Paukenschläge und das Zirpen der Zikaden treten erneut in ihr Bewusstsein, unterbrechen für einen Augenblick den Eindruck unendlichen Fallens durch ein schwarzes Loch ihres Traums.
Oder erlebt sie gerade, wie ihre Sinne, an steinernen Wänden vorbei, in einen langen Schacht trudeln, anderen Denkweisen, Wahrnehmungen entgegen ? Steht sie ausserhalb der Zeit oder bewegt sie sich auf eine andere Dimension, ein anderes Universum als den Himmelsozean zu ?
Die Schleier heben sich. Sie nimmt verschiedene Frequenzen wahr, Stimmen, Geräusche, fremdartige Klänge.
In einem unübersichtlichen Labyrinth von Sinneseindrücken, Bilderfluten, die keine klare Sicht zulassen, versucht sie sich zurecht zu finden. Grenzenlose Fluchten in Geschichtsräumen, gewundene Gänge vergangener und gegenwärtiger Politik, Bruchstücke von Epochen, die aufblitzen und abrupt verschwinden. Wie beim Drehen des Knopfes am Radio, man kann den Sender nicht einstellen.
Kafkaeske Momente des Suchens und Fragens, auf die sie keine Antworten erhält. Die immer schnelleren Sinnesüberreizungen erfüllen sie mit Angst, während sie durch unbekannte Gänge hastet, ohne den tröstlichen Faden einer Ariadne.
" Knossos ", fällt ihr plötzlich ein. " Bin ich etwa im Labyrinth des Minotaurus gelandet, im Haus der Doppelaxt ? "
Aber da ist noch mehr. Verwundert nimmt sie wahr, dass sie plötzlich vor einem Feuersee zu stehen scheint.
Von dem zwei Wege abgehen. Einer zu Lande, einer zu Wasser. Die geknickten zwei Wege in der Unterwelt. Als befände sie sich inmitten des Initiationstextes des Zweiwegebuchs des Mittleren Reiches.
Nach dem verheerenden Untergang des Alten Reiches durch eine extreme Dürreperiode, ausgehend von einem Klimaschock bei gleichzeitigem Autoritätsverlust des Pharaos und seiner Priester, entstand im Volk die Furcht vor den Gefahren im Jenseits, den Gefahren unter und auf der Erde.
Vulkanismus in grauer Vorzeit brachte die dunklen Kegel der Schwarzen Wüste in einem Gürtel von der Oase El-Baharija bis nach Memphis hervor. Alle geologischen Schrecken der Plattentektonik im Roten Meer taten ihr übriges, um die Jenseitsbeschreibungen zu " demokratisieren " und nicht länger auf Pyramidentexte der solaren Himmelfahrt eines Pharaos zu beschränken.
Die Angst vor den rohen und vernichtenden Kräften der Natur, denen die alten Ägypter sich am Ende des Alten Reichs ausgesetzt sahen, beherrschten nun mit aller Macht ihr Weltbild. Eines, das nicht nur den toten Pharao betraf, sondern alle anging. Und es förderte die Entstehung des Zweiwegebuchs, der

Sargtexte.
Vor den sperrenden Toren, bewacht von blockierenden Dämonen, die die Weiterfahrt der Toten zu verhindern suchen und nur durch mitgegebene Sprüche und Warnungen in den Sargtexten abgewehrt werden können, tut sich immer wieder die Gefahr der Irrwege auf, die direkt in den Feuerstrom münden.
Eine Landschaftskarte wird sichtbar, Wegweiser für die Toten zum Gefilde des Osiris, nach Rosetau. Dessen Eingang sich unter dem Plateau von Giza befinden soll.
Sie fragt sich, ob sie in das berühmte Labyrinth des Amenemhet III. katapultiert wurde. In jenes von Hawara, das Herodot beschreibt, es überträfe noch die gewaltigen Pyramiden?
Von dem Strabo behauptete, dass man den Weg durch die Gänge und Höfe nicht ohne Hilfe eines Führers finden könne ?
In dem es 1.500 ober-und 1.500 unterirdische Kammern gäbe und Pyramiden an jeder der vier Ecken des Labyrinths mit unterirdischen Gängen ? Und das als Verehrungstempel des toten Pharaos diene ?
Doch diese Labyrinthe scheinen nur nach und nach die architektonische Hülle für die Abfolge zeitlicher Kammern zu sein, die an ihr wie ein Kaleidoskop des Aufstiegs und Falls der Kulturen vorüberziehen. Seit der Sesshaftwerdung des Menschen im Neolithikum, bis zur Wiege europäischer Kultur der Minoer.
Die auf geheimnisvolle Weise alle untereinander verbunden zu sein scheinen.
Sie folgt der aufspielenden Flöte, gelangt zu Bergheiligtümern wie dem Berge Ida mit gewundenen Gängen, symbolischen Doppeläxten und magischen Felsbildern des Latmos im wilden Karien. Frühe Heimat der Minoer und letzter Fluchtpunkt nach dem Untergang ihrer Kultur.
In der Morgenröte der Menschheit tritt die Welt der Höhlen rund um die Ägäis in ihrer Form als Gebärmutter hervor. Als Iniationsort der sich täglich wiederholenden Geburt der Natur, der Entstehung ihres Lebens nach der vorangegangenen heiligen Hochzeit.
Ihre verzweigten Wege erweisen sich als Sinnbild der unbewussten Suche nach dem richtigen Weg. Nach dem Weg aller Menschen und auch dem ihren, der ihr verheissungsvoll, aber noch labyrinthisch verborgen erscheint.
Da gab es in der Menschheitsgeschichte so viele Vorstellungen. Einige sind ihr geläufig.
So Platons Höhlengeheimnis und die Wahrnehmung der ideellen Welt hinter der sichtbaren.
Leonardo da Vincis Ölgemälde Maria in der Felsengrotte.
Das Höhlenbuch der Alten Ägypter, Aufzeichnungsschrift der Fahrt der Barke des Sonnengottes auf dem Urstrom des Jenseits. Vorbei an hohen Ufern, auf denen die Höhlen oder Grüfte der seligen Toten liegen, bis zum Sonnenaufgang und dem Aufstieg ins Licht der täglichen Wiedergeburt.

Mozarts Zauberflöte; die Königin der Nacht entpuppt sich überraschenderweise im Laufe der Handlung als Gegenpol zu Sarastros Weisheit. Der immer währende Kampf des Schattens entspinnt sich gegen das Licht.
Und die Welt der Freimaurer, " per aspera ad astra ", ein Ringen um den mühseligen Aufstieg aus der sie umgebenden Welt des Chaos und der Unwissenheit. Die das Dunkel verkörpern, hin zur erobernden Erkenntnis im Gewande des Lichts.
Pythagoreer, Eleusinische Mysterien.
Illuminaten, komplex aufgebaut in ihren Iniationsgraden, die den Aspiranten im Gegensatz zum Aberglauben des Volkes in die Staatsausübung und in Kenntnis eines Weltbildes durch Desillusionierung einweihen sollten, entziehen sich einer rationalen Einordnung. Eindrücke und Erkenntnisse über die wahre Identität der Illuminaten verdichten sich zu einem undurchsichtigen Brei, der keine logischen Schlüsse mehr zulässt.
Dem Volk diese geheimnisvollen Wahrheiten in Form großer Mysterien vorzuenthalten, war Ziel und Angelpunkt, um umstürzlerische Konsequenzen fernzuhalten.
" Kurz gesagt, es geht immer um Informationsvorsprung und die Möglichkeit der machtpolitischen Pervertierung großer Menschheitsideale, vorbildliche Modelle ins Gegenteil zu kehren , " fällt ihr dazu nur ein.
Aber dies sind Seitenwege, die zum Feuerstrom abzweigen.
Die Phantasie der Menschen scheint mit der fortschreitenden Geschichte die Räume des Labyrinths immer weiter auszudehnen, bis zur Grösse und Unermesslichkeit des Alls.
" Einerlei ", ihre Gedanken vertiefend, " ob mir eine Illuminatenhöhle von Aigen bei Salzburg im Umkreis von Mozart und seiner Weisheitsreligion erscheint, die Ägypten darstellen sollte. Oder ob es sich um den unbekannten Kult entlegener thrakischer und phrygischer Felsheiligtümer handelt, um den Sitz der Großen Göttin und das symbolische Grab des Herrschers zu verkörpern.
Oder der Zauberflöte phrygischer Geist innewohnt, beziehungsweise auf alte ägyptische Mysterien zurückzuführen ist, wie es Schikaneder in seinem Libretto niederlegte. "
Der Ausgangspunkt bleibt für sie das Echo der Höhlen der letzten Jahrtausende rund ums Mittelmeer.
Kultplätze der Jäger und Sammler. Ihre verinnerlichten Erfahrungen auf dem Pfad der Angst, dem täglichen Überlebenskampf. Dahin scheinen sie alle Wege zurückzuführen. Die Dissonanz der bedrohten Schöpfung, hervorgerufen durch unvernünftiges Verhalten und ein entsprechender Lernprozess durch Schocktherapie. Ein immerwährendes auch aktuelles Problem.
" Dazu brauche ich keinen Initiationsweg eines Neophyten der Illuminaten in der Höhle von Felberbach zu beschreiben.

Und ob es im wirklichen Leben zu einer guten Wendung kommt wie in der Zauberflöte, mag dahin gestellt sein ", meint sie in einem Anfall prophetischer Vorhersage kundzutun.

Weitere dunkle Höhlen durchquert sie, die sie nicht einordnen kann. Sie scheinen ausserhalb des ägäischen Kulturkreises zu liegen ... .

Sie erwacht und starrt aus dem Fenster. Die glitzernden Fluten verwischen die letzten Spuren ihres seltsamen Traums.

In Sichtweite erscheint eine unbekannte Küste, die ihr Herz höher schlagen lässt.

1. Kapitel

Annäherung an ein unbekanntes Terrain

" umschifft der Nachen

die Papyrushaine vieler Seelen Fährten

durchzieht ihre inneren Gärten

der nachglühenden Landschaft

arabisches Lied "

Die Gestade öffnen den Blick auf endloses arides Gebiet.
Entfachen ein Feuerwerk informeller Malerei auf der überbelichteten Netzhaut des Betrachters. Zu einem öden Geröll - und Sandreich, die Wasserfluten des Mittelmeeres abrupt abschneidend.
Leise vibriert der Flieger beim Einflug in das Wüstenreich des uralten memphitischen Totengottes Sokar aus der Schrift des verborgenen Raumes, dem Unterweltsbuch Amduat.
Vor dem Feuerhauch der Göttin Isis und der Ungewissheit sich schlängelnder Pfade durch die Schluchten der sandigen Wadis in der libyschen Wüste, den tiefer liegenden Schichten der fossilen Wasser des entschwundenen Thetysmeeres und den steil abfallenden Depressionen eingebrochener Sedimentschichten unter Meeresniveau.
Mondgesichter, so weit das Auge reicht. Eine Momentaufnahme, die die Zeit anhält, zur Rückbesinnung auf üppig grünende Flusstäler.
Versiegte Lebensadern, deren Vergänglichkeit sich tief in das Gedächtnis der Menschheitsgeschichte eingruben.
Den muschelbedeckten Sandregionen und dem Nachhall großer Herden in den verblassenden Felszeichnungen der Früh - und Vorgeschichte, die auf ihren Nordwanderungen auf den entschwundenen Savannen grasten, haben die Chiffren des stetigen Klimawandels buchstäblich das Wasser abgegraben.
Verschluckt von einem Ozean der Zeit.
Hier scheint alles auf Anfang, der Mensch und die Landschaft.
Ihren Extremen ausgeliefert, prägte sie nachhaltig seine Entwicklung und Kultur. Und dennoch gibt sie Einblicke in den Zenit der ältesten Erdzeitalter, bis zum homo erectus, den Menschenaffen und den Zeiten des Kambriums.
Endlose Dünenlandschaften ziehen unter dem Flieger dahin, wellig wie die Haut einer Schlange, durchzogen von erodierten Gebirgszügen, geologischen Extremformationen, schwarzen, weissen Geröll - , Kalkwüsten. Unter der Herrschaft des feurigen Sonnenauges, die Ägypten Jahrtausende vor den Feinden im Westen abschirmten.
Afrika, das ist das Flimmern eines ganzen Kontinents beim Flug über die Wüste, in die Verwüstungen unserer Zeit.
Das ist das Reisen, das die fremden Heere herantrug, die Eroberer und Söldner. Und mit ihnen kam das Plündern der Bodenschätze, der Kulturgüter, der Beginn von Abhängigkeiten. Die Aufteilung in eine erste und eine dritte Welt, die Versklavung, das Kapital, das Erwachen der Begehrlichkeiten.
Ihr folgte die Abholzung von Lebensgrundlagen, die Entwurzelung seiner Bewohner.
Dieses Drama eines reichen Kontinents, der im Dunst der Fata Morgana westlicher Berichterstattung verschwand, schwimmt unter den Fieberschüben hoher Temperaturen.
Auf politischen Tafelbergen vor dem fernen Auge des Betrachters zu

verflachen droht, zunehmend reduziert auf seine schwitzenden Landschaften, seine Konflikte, seine schwelenden aber untergegangenen Kulturen, an denen die strategischen Punkte der Tourismusindustrie aufgereiht sind. Und als Kontrapunkt dazu - seine vom täglichen Existenzkampf beherrschte Übervölkerung - ausharrend in den Sandstürmen der Jetztzeit.

Eine ehrliche Annäherung erweist sich für den westlichen Leser als schwierig, weil er an der Hürde der schlichten Unkenntnis der arabischen Sprache und Kultur scheitert. Unfähig, die lyrischen Gesänge des Orients in ihrer Schönheit und wehmütigen Klage wahrzunehmen.

Eine zunehmend unüberwindliche Barriere baut sich aufgrund einseitiger Ausrichtung auf, die durch unbewusste Voreingenommenheit und latente Ablehnung infolge negativer Beeinflussung dank eines einseitigen Katastrophenjournalismus seit Jahrzehnten entstanden ist, wobei ein vermeintlich westliches Überlegenheitsgefühl evoziert wird.

Und Missverständnisse auf beiden Seiten fördert.

Martialische Wortgeplänkel wie " Kampf der Kulturen ", offenbaren ein krankes und diffuses, zerstörerisch wirkendes Weltbild seiner Verfasser, das ein zugrunde liegender Verfolgungswahn nährt, beziehungsweise ein Vorsatz diktiert, der ihr koloniales Denken und ihre angestrebten Gewaltmärkte rechtfertigen soll, sich als Instrument der Annäherung aber als untauglich erweist.

Und den Islam von vornherein als rückständig verteufelt, ohne irgendeine Kenntnis über den Koran, der in einem zunehmend atheistisch denkenden und handelnden Westen abgelehnt wird.

" Aufgeweicht der Weg   im Morgen,
   die Pfade zugedeckt
   vom Marktgeschrei "

Dagegen setzt sich die Magie eines Erdteils, der in den Abbrüchen seiner Geschichte und seiner Erosion den Reisenden wie einen Zeitfächer in seinen Bann schlägt.

Eine Topographie der Ereignisse, die es zu entdecken gilt, sich dabei monetären Betrachtungsweisen aufs angenehmste entzieht und seine Ströme die Phantasie entzündet und belebt.

Das Blendwerk westlicher Zivilisation zurücklassend, erscheint uns das afrikanische Festland im Anflug in seiner ganzen Kargheit und Blösse. Man stößt darauf hinab, geht ihm unter die Haut. Als stösse man auf den Grund des Unbewussten vor, zum Kern unseres Seelenursprungs.

Als spräche man zu den Flüssen, zu der Erde, zu der Wüste, zu einer inneren Landschaft.

Ausgeformt in Jahrmillionen, die ein Gefühl des Staunens hinterlässt, angesichts des unendlichen Horizontes vor der Dualität der Verhältnisse : Himmel und

Erde, Fruchtland und Wüste, Nilschwemme und Dürre.
Und was im Himmel ist, ist auf Erden oder in altägyptisch: was oben ist, ist gleich dem, was unten ist.

Das nervöse Zucken der Sonnenstrahlen auf ihrer Haut beendet ihren Schlummer. Wohlig rekelt sie sich, sichtlich amüsiert über eine Touristin mit offenkundigem Ziel Hurghada, die im Bikini vor der Toilette steht.
Andere, Badestrandziele anstrebende Passagiere, lachen angeheitert auf. Den langen Flug überstehen manche dieser bizarren Gäste im Zustande der Abfüllung mit Whisky und anderem Hochprozentigen, der grosszügig angeboten wird. Von einhergehender Randale wie auf vielen anderen Flügen zu den Stränden des Mittelmeeres ist hier nichts zu spüren. Dafür rumpelt die Maschine ständig. Turbulenzen. Die Flugbegleiter im Dauerstress jonglieren gekonnt mit Tassen und Tabletts.
Der Sonnengott hat seinen bisher höchsten Stand erreicht. Blendend schüttet er seine Strahlen vor den Bordfenstern aus.
Wie durch einen archaischen Vorhang aus tausenden Glassplittern blinzeln die verlassen wirkenden Kalksteinmassive vor dem auftauchenden schmalen Band des Fruchtlandes, das sich wie ein Kragen um das tiefblaue schlingernde Band des Nils legt. Seitwärts das Delta, der ausladene Papyruskopf, an dem der Urstrom in Form eines schlanken Stiels hängt.
Die Maschine ruckt beim Flug über die Wüste.
Die Pärchen in den vorderen Sitzreihen kleben dennoch an den Fenstern. Das Tableau dieser leblos wirkenden Sand- und Steinebenen elektrisiert sie wie ein riesiger Eisenmagnet. Unüberhörbar das hundertfache Summen der Auslöser ihrer Kameras. Aber auch die Flüche über verwackelte Aufnahmen erfüllen die Maschine.
Eine sonore Stimme ertönt, euphorisch.
" Hier spricht Ihr Kapitän. Wir haben gerade die westliche Wüste erobert, befinden uns in 10.000 Metern Höhe mit Kurs auf Luxor, Südsüdost, visieren Theben-West an, drehen in Richtung Süden eine große Schleife über den Nil und erreichen den Flughafen voraussichtlich in ca. zwanzig Minuten. Dank der Wetterlage ist weiterhin mit Turbulenzen zu rechnen.
Ich hoffe, Sie geniessen unseren Flug, " meint er lachend. Im Lautsprecher klickt es heftig.
Die westliche Wüste ! Der Zutritt zum Totenreich ! The way to eternity !
Für Europäer aus der Sicht der sicheren Bordsessel philosophische Einblicke in eine Welt, die therapeutischen Charakter haben könnte. Ihre Weite scheint die Knoten aufzulösen, die inneren Bindungen. Ihre Schau lässt alles hinter sich, sie wird zum Fixpunkt der Bedürfnislosigkeit.
Ihre Leere führt auf den Ursprung allen Seins zurück. Sie steht für die Auflösung

des Seins im Meer der Zeit und ist aus menschlicher Sicht der Tod. Ein Nullmeridian auf einer Skala von Möglichkeiten. Ein Atemzug in Jahrmillionen, der alles verschlingt. In ihr verblassen alle menschlichen Lebensentwürfe, denkt man an die verstreut herum liegenden Ruinen. Eine Metamorphose des Lebens hin zum Tod.
Ein Ödland, über das ein Hauch von Abschied liegt. In das sie eintaucht, sich zu erinnern. An zu früh gegangene Freunde, an ihren Vater. An verinnerlichte Orte, die sie verlassen musste, der clash ihrer Gefühle.
Selbst die Pyramiden, von der Zeit gefürchtet, sind als kleine Hügel weit unten aus zehntausend Metern Höhe auszumachen. Ihre Kalksteine, extremen Temperaturen ausgesetzt, bröckeln unaufhörlich.
Eine tickende Sanduhr, die in Jahrtausenden misst und nur Grundrisse hinterlässt. Auch von den Emotionen ihrer Erbauer, die sich buchstäblich in Luft aufgelöst haben.
Diese Sandleere, die immer da zu sein scheint, während alles Materielle schwindet. Verneinend steht sie als Symbol für die Fortdauer der Schöpfung, hebt die Vermessung der Zeiten auf.
Die Wüste ist die Wahrnehmung des Jenseits.
Archaisch, streng, grausam vernichtend. So sehen sie die Wüstenvölker. Und so musste es auch Kambyses erfahren, den das Sandmeer mit seinem Heer verschluckte und nie wieder ausspie. Und vorher selbst eine Spur der kriegerischen Verwüstung in Heliopolis hinterliess, dem heutigen Kairo.
Wüste, ein Charakterzug, der innerlich unbewusst oder bewusst Menschen steuert. Das Destruktive herauskehrt, sei es gegen andere oder gegen sich selbst. Und in der Wesenslandschaft von vornherein angelegt zu sein scheint. Eine Landschaft der gekonnten Verdrängung. Des Verschluckens dessen, was unter den Teppich gekehrt werden soll.

" *Und die Wüsten der Plätze, der stummen,*
 Wo man Menschen gehängt noch vorm Morgen. "

Innokenti Fjodorowitsch Annenski

Sie bleibt ein Gewirr aus Wegen und Seitenwegen übrig, die sich als Irrwege herausstellen, aus denen man nicht ohne Hilfe herausfindet. Und unendlich mit dem östlichen Horizont verschwimmen, Himmelsgöttin Nut und Erdgott Geb in innigster Umarmung.
Die Spuren der Reisenden, wo sind sie, wie von Ibn Battata aus dem 11. Jahrhundert ? Verschwunden, wie die sich kreuzenden Wege der Karawanen, Pilger, Heere, Einheimischen und Touristen. Ein unsichtbares Labyrinth der verschiedenen Stränge menschlicher Biographien, die ineinander greifen und sich wieder auflösen.

Für die damalige islamische Welt bedeutete Napoleon und sein Feldzug in Ägypten - im Schlepptau seine Forscher und seine Wissenschaftler - ein Umbruch ihres Selbstverständnisses und ihres Weltbildes. Der Einbruch der Moderne blieb in den Netzen der geschichtlichen Vergangenheit hängen, berührt die langatmigen geologischen Prozesse der libyschen Wüste nicht.
Zumindest sind sie in dieser Höhe nicht auszumachen. Auch nicht die störenden Strommasten, das Paradoxon für jeden altertumsverliebten Reisenden hinter den Monumenten.
Ansonsten lebt die Wüste. Von den Mythen der Alten Ägypter, die in jener geheimnisvollen Leere zwischen Himmel und Erde mitschwingen, die den Namen des Gottes Schu trägt. Ebenso aufgrund der dem Boden verhafteten anspruchslosen Vegetation. Die Tierwelt, die sich in den flachen Einsenkungen vor der tödlichen Mittagsglut verbirgt, bei Nacht erwacht oder nach einem kurzen und heftigen Regenschauer.
Aus der Sicht der Unterweltsbücher ist die karge Flora und Fauna Teil des Jenseits, also nicht existent. Zum Reich des Seth gehörend, des Brudermörders des Osiris.
Für sie hat das Land des Schweigens, in das Re mit seiner Barke bei Sonnenuntergang einfährt, eine bizarre Ähnlichkeit mit den Wüstennestern westlicher Metropolen à la Manhattan, die sie an Joseph Brodsky erinnern, der aus solchen seelenlosen Stadtlandschaften " Briefe in die Oase " schrieb. Gebeugt sitzt sie über ihrem Fachbuch, das auf ihrem Schoss liegt und reflektiert in sich gekehrt. Klingt sich vom Alltag an Bord einfach aus.
Steinwüsten nach nordamerikanischen Vorbild, wie sie in der " *barren landscape*" *des Anselm Kiefers* zu finden sind, deren Erbauer babylonische Türme hinsetzten. Eine anonyme atheistische Stätte ohne Wertvorstellungen und nach merkantilen Gesichtspunkten ausgerichtet, die in ferner Zukunft vom Sand der Vergänglichkeit zugedeckt sein wird. Eine Architektur aus Stein, jedweder Spiritualität entbehrt und ausgewogene soziale Systeme ausblendet. Der zwar gleich der ägyptischen Maat ethische Werte und Gerechtigkeit zugrundeliegen, die aber gestraft zu sein scheinen mit einer bleiernen Lilith über den Städten.
Nicht zu vergessen die geistige Wüste gewisser Vorstädte, kurz Kaff genannt. Aus dem sie und viele Touristen stammen.

" Einsamkeit / flüstern die Kulturen den Steinwüsten /
 nimm meinen Traumpfaden die Nachtschwere / vor dunkelnder
  Kulisse der   Vertikalen / Verschattung der Gefühle "

Ein urban bluestext, den sie verfasst hat, mit jazzigen Anklängen.
Das Mittagessen wird ausgeteilt. Die heftigen Turbulenzen haben nachgelassen. Sie legt ihre Lektüre beiseite, versucht sich zu entspannen. Es

gibt Fisch mit Spinat, nicht gerade ihr Lieblingsessen.
Plötzlich scheint die Maschine wieder stärker zu vibrieren.
Sie heftet ihren Blick auf rechteckige grüne Parzellen. Auf sandige Nilinseln, die wie grosse Wale im Wasser zu schwimmen scheinen. Hier und da sind Dorfflecken in dieses Patchworkmuster aus Grünstreifen eingearbeitet, durchzogen von schnurgeraden Bewässerungskanälen.
Wie ein unüberwindlicher Wall treten die Kalksteinmassive festungsartig, in ihrer Form wie Baiser wirkend, an den Nil heran.
Sie passieren gerade Mittelägypten.
" *Take me back to the rivers of belief, my friend* " , summt ihr Nachbar vor sich hin.
" Irgendwie ist die Wüste nicht tot, sie vitalisiert, finden Sie nicht ?"
" Stimmt, " erwidert sie und nimmt jetzt erst wahr, dass einige ihrer Sitznachbarn Kopfhörer aufgesetzt haben, um sich in die fremden Rhythmen dieses Landes einzufühlen.
" Aber nur von hier oben. Ich möchte jetzt nicht in einem dieser heißen Canyons sein. Ohne Wasser und abgeschnitten von jeglicher Zivilisation. "
Dabei waren die lebensfeindlichen östlichen und westlichen Wüsten seitlich des Niltals jahrtausendelang bewohnbare Kulturräume gewesen, deren einschneidende klimatische Wechsel Krisen herbei beschworen hatten, die Folge aber auch die Weiterentwicklung neolithischer Techniken vorantrieb.
Man darf nicht vergessen, dass die schmale Niloase als Teil eines großen Raumes Nordostafrikas zu betrachten ist, in den auch das Becken um den Paläo-Tchadsee eingebettet ist.
Die Entwicklung machte aufgrund der Austrocknung der Sahara eine Besiedlung des Niltales notwendig, die die Bildung frühstaatlicher Formen bis hin zur Hochkultur des altägyptischen Nilstaates aus dem Zusammenschluss regionaler Kulturen ermöglichte und förderte. Und schliesslich in der Vereinigung Ober- mit Unterägypten unter dem Pharao Narmer mündete, so schildert es die Überlieferung.
Im 6. Jahrtausend entstand das ägyptische Neolithikum, das deshalb so einzigartig darsteht, weil aus afrikanischen, orientalischen und mittelmeerischen Einflüssen ein die Entstehung von Kultur befruchtender Schmelztiegel stattfand, neben den Jägern und Sammlern, die die Sahara durchstreiften.
Der Reisende fliegt daher über den vorläufigen Zustand dieser Entwicklung wie ein Raumschiff durch die Wirbel der Zeit. Erspäht in dieser Zeitreise die Sonnenflecken auf der Haut des Orients.
Im Laufe von über 600 Millionen Jahren Erdgeschichte hatte sich in der westlichen Sahara durch Senkungen und Hebungen ein riesiges Plateau gebildet, aus Schichtungen maritimer Ablagerungen und Sedimenten. Südlich des Deltas gliederten Faltungen und Erosion weite Becken, die schroffe

Gebirgsränder umschlossen.
Der Nil grub sich sein endgültiges Bett in dem angeschwemmten Boden gegen Ende des Pliozäns. Das ausgehende Pleistozän vor ca. 27.000 Jahren brachte der Sahara vermehrte Feuchtigkeit durch Niederschläge aufgrund des Rückzugs der europäischen Würm/ Weichseleiszeit.
Der feuchtwarme Monsungürtel verschob sich mit dem beginnenden Holozän allmählich in Richtung Norden. Das Gebiet um den Tchadsee verfügte dank des Wassers von oben und Nilzuflüssen über gute Lebensbedingungen.
Kontinuierliche Besiedlung und Kulturen konnten nachgewiesen werden.
Den Tchadsee und das Niltal verbanden zudem uralte Karawanenwege. In späteren pharaonischen Hochkulturzeiten gelangten Rohstoffe wie seltenes Wüstenglas und wertvolle Edelsteine über solche alten Verbindungen.
" Und was gelangt heute über diese uralten Trampelpfade ? " fragt sie sich.
" Legt Durst nach Ressourcen ausschliesslich positive Energien frei oder ist nach modernen Gesichtspunkten angesichts des Elends der Sahelzone, den vermuteten Öl - und Erdgasvorkommen in der Quattarasenke, dem Sirtebecken, dem Tchad, dem Sudan, nicht genau das Gegenteil der Fall ?
Über den Lilith wie ein Fluch schwebt ?
Asymetrische Rhythmen der Förderung womöglich, " lässt sie säuerlich aufstossen, " die Böden aufreissen, d.h. beschädigen werden, zur Gestaltung eines kommenden Musters, das sich einprägsam in den Alltag des afrikanischen Teppichs auf Jahrzehnte einweben wird. Mit allen negativen Konsequenzen für die ansässige Bevölkerung und die Landschaft ?
Denn das Gespenst der globalen Förderer von Öl und Gas kommt im Gewande der erneuten Kolonialisierung in Form von Abhängigkeitsstrukturen und bietet wenig Perspektiven für die Einheimischen.

" *Der Sand, der keinen mehr überrascht,*
von uns, seinen Söhnen,
dieser Sand schickt uns
immer noch seine Monster,
Festungen,
die sich heimlich weiter fortbewegen,
um sich, eines fernen Tages,
höher als die höchste Palme
gegen unsere Gärten zu erheben. ... "

Sa´di Yusuf, irakischer Dichter

Oder wird sich erneut die Wiederkehr des Phönix, des Vogels benu ankündigen ?

Wie beim ersten Mal, als er sich bei Urbeginn auf dem entstehenden Land, dem Urhügel von Heliopolis niederliess. Das sich aus den Wassermassen des Urozeans Nun erhob. Und der Vogel Phönix die Zeit, die Sonne und die Sterne in Gang gesetzt hatte ?
Alle 1460 Jahre wiederkehren wird, das die Pyramidentexte verkünden.
Benu ist aus einem Wortstamm abgeleitet, was " aufgehen " bedeutet. Und Phönix benu zusammen mit Re erscheint in der morgendlichen Flammeninsel. Was wohl auf seine Verbrennung hindeutet.
The dawning of a new age? The age of aquarius ?
"I`ve promised you I will return ... " (Enigma) klingt es aus den Kopfhörern.
Am Nil entstand durch Regenfälle nach und nach eine üppige Sumpflandschaft, die dem Gebiet im heutigen oberen Sudan, dem Bahr al - Ghazal mit seinen dichten Papyrushainen und wilden Tieren, Krokodilen und Sumpfvögeln ähnelte.
Ein dichtes unüberwindliches Gestrüpp, in dem die Malaria lauerte. Das aber unerschrockene weibliche Reisende aus England wie Alexine und Harriet Tinne nicht daran hinderten, im 19. Jahrhundert eine gefährliche Expedition in diesen Sumpf zu wagen. Weitere opferten Gesundheit und Leben für die Erkundung dieser Gebiete. Solche Unternehmungen waren wohl Teil der in Mode gekommenen Reisen der upper class im viktorianischen England, die sich im Rahmen des kolonialen Strebens des Empire abspielten, ob gewollt oder nicht.
Negroide Bevölkerung wanderte seit dem 10. Jahrhundert v. Chr. von Süden her den Nil herunter und besiedelte die östliche Sahara, das Schwemmland von Nabta Playa, ca. 100 km westlich von Abu Simbel, des Fayyums und der Oase Bir Kseiba.
Sie errichteten das älteste megalithische Kreismonument zur Bestimmung der Sommersonnenwende. 1000 Jahre älter als Stonehenge.
Es diente ihnen zur Aufspürung des Zeitpunkts ihres Aufbruchs in die Winterquartiere, hatte sie gelesen.
Ob von hier aus erste kosmologische Vorgänge ergründet wurden, die zum Wissen der Alten Ägypter über die Sterne und ihre mythologischen Modelle führten, mag die Zukunft zeigen.
Robert Bauval veröffentlichte kürzlich ein Buch über die " Black Genesis ". Viele Fragen sind noch offen. Jedenfalls gab es hier auch einen uralten Karawanenweg von Ennedi (Tchad) über Nabta Playa ... .
Orte, die die Leere und das Schweigen wie ein Grabtuch bedecken, die Teil des Vergessens wurden.
In den Falten des Unterbewusstseins der Menschheit verschwanden, den unteren Kammern des Labyrinths. Die nicht mehr zu verorten, Ursprünge, die abgekoppelt sind.
" Aber mit GPS zu lokalisieren ", meint ihr Sitznachbar.
" Sicher doch, erhebt sich nur die Frage, wem man seinen Standort auf diese

Weise **auch** noch offenbart ? .... " dieser Sand schickt uns noch immer seine Monster " .... .
Die Entführungen und Anschläge in der Sahara geben Rätsel auf.
Mit der Austrocknung der Tchadregion wurde das Wirken ihrer verschwundenen Bewohner zum Geheimnis. Wie Wasser, das verdunstet. Und hier und da bleiben Tümpel einer Ahnung zurück, der Zusammenhang aber Opfer eines Prozesses wird, der Kulturen zermahlt und damit ihre Gedächtnisspur verhindert.
Orte, die nur noch flüstern, die Tümpel ihrer Vergangenheit unentschlüsselt über den verlassenen Wadis hängen.
Ihre wenigen Hinterlassenschaften fanden Ausdruck in der verstreuten Felsmalerei und in steinernen Gerippen am Boden.
Mit der Darstellung von Giraffen, Antilopen, Straussen, Elefanten und Rinderherden wurde Zeugnis von einem Klima des Gedeihens abgelegt, das sich noch nicht gegen sie gewendet hatte. In einer berückenden Prächtigkeit, als seien sie erst gestern ausgestorben.
Die ältesten Steinwerkzeuge der Menschheit, Keramik, Schamanenkulte in Form aufgedrückter Hände. Oder die Höhle der Schwimmer im Gilf Kebir.
Trotz aller Artefakte Orte, deren geschichtliche Zusammenhänge man vergeblich sucht, ihre Spuren für immer ausgelöscht scheinen. Rätselhaft bleiben die Ursprünge, die vermuteten Verbindungen von Nabta Playa zum Geheimnis des Siriuskults der Dogon in Mali, dem Mythos von Isis und ihrem Sohn Horus in dem Sternbild des Sirius mit seinem unsichtbaren Zwerg Sirius B.
Gab es Gründe, die Seile zu kappen, oder gingen sie tatsächlich in der schnellen Abfolge eines geschichtlichen Kaleidoskops verloren ?
" What`s been lost, must be found, " kommt ihr in den Sinn. Alan Parsons Project brachte es für sie auf den Punkt.
" *What goes up, must come down.* "
Ein virtuelles Karussell läßt die prähistorischen Kulturen Nordostafrikas und ihre Brennpunkte an ihr vorüberziehen.
Vor ihrem inneren Auge rollt ein sekundenschneller Aufstieg und Untergang ab, mit steigendem Tempo.
Eine wechselnde Karte der Erhöhung und Verflachung, der Verschiebung wechselnder Orte.
Wo nichts war, sind heute Zentren. Wo Hauptstädte lagen, dehnen sich Ackerbau oder Wüste. Gleich den Entwicklungen der geologischen Zeitkarte der Sahara.
" Der Mensch erscheint im Holozän", verortete Max Frisch.
Und er sprach von der " *Melancholie der gemeinsamen Ortlosigkeit.* "
Was richtete diese tiefgreifende Klimaveränderung der Sahara in den Seelen der Menschen an, die gezwungen waren, ins Niltal abzuwandern ?
Waren diese tiefen Ängste der Ägypter vor der drohenden Verwüstung ihres

schmalen Fruchtlandes ein Anzeichen für die verinnerlichte, nie verarbeitete Katastrophe der Vorzeit ?
Des Wissens um die Gefahren des empfindlichen Gleichgewichts, dem die Schöpfung fortwährend durch die angrenzende Wüste im Niltal ausgesetzt ist ? Wie kann sie sich in diese Situation hineinversetzen ? Ein Blick aus dem Flieger liefert ihr die schlagartige Bestätigung.
Diese Bedrohungsszenarien müssen sich in den Mythen der Hochkultur niedergeschlagen haben, weil die Wüste etwas Rebellisches an sich hat, sich in den ungezügelten Kräften des Seth wiederspiegelt. Oder noch umfassender, in dem der drohende Schöpfungsfeind, die Apophisschlange, die duch die Götter zwar gebunden, aber nie vernichtet werden kann, ihr allumfassendes Vernichtungswerk fortsetzen will und damit den Bestand dieses Planeten in Frage stellt.
" Könnte sie ein Meteorit oder Asteroid sein, wie jener mit Namen Apophis ? "
Sie weiss darauf keine Antwort zu geben.
Nicht zu vergessen der Mythos von Hathor-Tefnut. Eine Göttin mit Kuhgehörn und Sonnenscheibe, die aus den südlichen Gefilden stammt.
" Herrin der südlichen Sykomore ".
Und deren Verehrung sich hauptsächlich auf die Tempel Oberägyptens und Nubiens konzentrierte.
Tefnut als Sonnenauge, als wilde blutdürstige Löwin, die in den südöstlichen Wüstentälern haust.
Re verlangt nach ihr, seiner Tochter. Sie soll ihm mit ihrer unbändigen Kraft gegen seine Feinde am Nil helfen.
Von den Göttern Schu und Thot mit besänftigem Reden nach Ägypten gelockt, wandelt sie sich durch Abkühlung in den Fluten zum Wesen der Hathor. Und im Mythos von der Himmelskuh wurde sie sogar zum kosmischen Modell der Ursprünge der Welt.
In weiterem ist sie die Verkörperung der Mutterschaft und Fruchtbarkeit, die anfängliche Mutter des Horuskindes im Dickicht, der Kinderstube von Chemnis in Unterägypten, später im Mythos durch Isis verdrängt.
In Nabta Playa fanden sich ab dem 6. Jahrtausend Spuren eines Kultes der Opferung von Rindern und ihrer Domestizierung. Und noch heute verehren die nilotischen Stämme am weissen Nil im Sudan Rinder.
Es muss etwas iniationshaftes in den Menschen der Vorzeit vor sich gegangen sein. In dieser erschütternden existentiellen Erfahrung der Austrocknung der nordöstlichen Wüste.
Der Bestand der Schöpfung bedeutete im gefährdeten Niltal Leben, das heisst Überleben.
Und Rebellion war nichts Positives, was Europäer voraussetzen würden, sondern Umsturz bedeutete für die Ägypter Chaos, die Entfesselung der unheilvollen Kräfte der Wüste. Eine todsichere Konsequenz, die durchaus im übertragenden

Sinne gemeint ist. Die Stimme des Ipuwers verdeutlicht ihr diese Einstellung:

"Wahrlich, Wüste ist durch die Welt hin ausgebreitet, die Gaue sind zerstört, und fremde Barbaren sind nach Ägypten gekommen. "

In den 90zigern gaben die Zeitungen einer islamistischen Gruppierung eine Plattform, um ihre Ziele und Drohungen einer breiten Leserschaft kundtun zu können. In Leserbriefen an ihre örtliche Allgemeine hatte sie sich gegen diese Einseitigkeit ausgesprochen, waren ihr doch in den Lehmhütten der Pyramidenwächter zwischen Abusir und Meidum Beschwerden über die falsche Berichterstattung der Medien im Zusammenhang mit dem Auftreten von Islamismus und Terrorismus vorgetragen worden, der Ägypten ab 1992 Jahr für Jahr erschütterte. Seit 1994 war die Durchfahrt für deutsche Kreuzfahrtschiffe auf dem Nil im Bereich zwischen Kairo und Nag Hammadi gesperrt, 1997 wieder passierbar.
Zu ihrer Überraschung begründete eine französische Reiseleiterin, es läge an einem deutschen Versicherungskonzern in München mit Sitz in New York, der von deutschen Reisegesellschaften gecharterte Schiffe nicht mehr versichern würde, weil eine Touristin sich entgegen des Verbots aus dem hell erleuchteten Bordfenster gelehnt hatte und vom Ufer aus mit einem gezielten Schuss in der Nähe von Assiut getötet worden war. Englische Schiffe konnten weiterhin passieren.

Aus der Höhe ihres Fliegers versucht sie, Schiffsbewegungen in den Windungen des Nils ausfindig zu machen.
Tatsächlich scheint der Nil von einigen der über tausend Kreuzfahrtschiffe befahren zu sein.
" Das Geheimnis der heutigen Politik und ihre geheimen Pfade in die Wirtschaft. Wie soll man dieses Labyrinth aus Verflechtungen durchschauen, wenn die Medien falsche Fährten auslegen. Noch dazu in unmittelbarer Nachbarschaft eines Pharaos, der eine neue Religion einführte, die des Aton. Und die konsequente Umsetzung seines neuen Glaubens ihm den Ruf eines umstürzlerischen Fanatikers und Fundamentalisten einbrachte.
Echnaton, der erste Monotheist. "
Seine Vorgänger pflegten die Gründungsmythen, wie das Dickicht von Chemnis, in dem Isis nach Hathor ihren Sohn Horus vor den Nachstellungen des Seth aufzog. Des Gottes, der mit der Wüste gleichgesetzt wurde.
Aus dem Symbol des Papyrusdickichts erwuchs das pharaonische Königstum.
Ein Symbol, das wohl die vielen Kämpfe darstellte, bevor ein erster Anwärter in der Vorzeit sich auf den Thron durchsetzen konnte.
Der antike Mensch kleidet sein Gesellschaftssystem, seine Herkunft in Mythologien, um den Nachfahren verstehen zu geben, dass er von den

Göttern, dem Kosmos, im Rahmen der Naturgesetze einen heilbringenden Auftrag hat, den es zu erfüllen gilt.

Ging das Königstum doch aus der vorzeitlichen dichten Sumpflandschaft des Niltals hervor, die Leben bedeutete und heute verschwunden ist. Man sieht die an die Stelle des Sumpfes getretenen fruchtbaren rechteckig kultivierten Flächen sich zum Nil hinziehen.

Gleichzeitig galt ihnen der Sumpf als eine Schwelle zwischen der Welt der Toten und der Lebenden, eine Art Grenzregion, in der bedrohliche Tiere lauern. Der Sumpf als imaginäres Bild eines religiös kosmischen Modells, eine Art *ägyptisches Weltkonzept.*

Sie versucht, dort unten inmitten des Gewirrs von geometrisch angelegter landwirtschaftlicher Nutzung Amarna auszumachen, die ehemalige Hauptstadt Echnatons.

Bezaubernde Szenen von Vögeln und Fischen in Sumpflandschaften in realistischer Technik schmückten die Böden der Paläste. Mythischer Ort der Fruchtbarkeit und Regeneration, der Jagd als Sieg über die chaotischen, die göttliche Weltordnung bedrohenden Kräfte. Verkörpert in der Sonnenscheibe des Aton. Der Papyrushain als paradiesischer Ort, aus dem Wildgänse auffliegen. Ort des Entstehens der ägyptischen Landschaft, aber auch der Wiedergeburt.

Mit der voranschreitenden Austrocknung der Wüste im Neolithikum erfolgt dann die schrittweise Umwandlung in fruchtbare Äcker. Selbst in den Unterweltstexten ist das Binsengefilde spiegelbildlich Sehnsuchtsort geblieben, in dem der verklärte Tote, säen und ernten kann.

Der Reichtum altägyptischer Dichtkunst nimmt sich des Themas an. Anchesenamun zeigt in einer Bilderfolge auf dem Goldenen Schrein ihres Gatten Tutenchamun auf die Jagd im Papyrusdickicht, zugleich ein Symbol der Zeugung neuen Lebens. Denn er ist sinnbildlich auch der Ort der Liebe und der Vereinigung. Ein Liebeslied aus dem Papyrus Harris 500 bringt es zum Ausdruck:

" ...
Die Pflanzen des Sumpflandes (?) sind betörend:
(Der Mund)der Geliebten ist (wie) ein Lotos,
ihre Brüste sind Liebesäpfel,
ihre Arme sind feste Ranken.

Ihre Stirn ist eine Vogelfalle,
und ich bin die Wildgans !
Meine (Augen) nehmen ihre Haare als Köder
in der schlagbereiten Falle. "

Das Anschnallzeichen ertönt, im Lautsprecher klickt es erneut.
" Meine Damen und Herren, wir sind im Sinkflug begriffen, werden in Kürze Luxor erreichen. Bitte bleiben Sie angeschnallt. "
Die Maschine legt sich in die Kurve. Graubeige Massive wachsen den Passagieren entgegen. Sie starren wie gebannt auf das gewaltige Panorama des westlichen Gebirges von Theben - West.
Vor ihnen die tiefen Einschnitte des Tals der Könige, die Pforten zum Eintritt ins Jenseits.
Der Klang der Leere in dieser Wüstenei hält sie in jenem Zwischenreich gefangen, das der Sonnengott quert.
In Meilen gemessen, vom Delta bis zum 3. Katarakt in Nubien, nachdem er unter dem westlichen Horizont gesunken ist.
Die Silhouette der Maschine hebt sich gegen die schroffen Faltungen ab, in die Re in der 1. Nachtstunde in die Zeit der Entstehung des Westgebirges zurückfährt, das wie nach oben und unten aufgeklappt erscheint. In die Zeit des Beginns vor der Schöpfung, vor dem Ersten Mal, die sie beim Flug über die Wüste und ihrer Enstehung geistig nachvollzogen hat.
Unter ihrem Bauch spielt sich nach Sonnenuntergang die virtuelle Nachtfahrt Res in seiner Barke der Millionen Toten ab, wie sie auf endlosen Tableaus an den Wänden der langen Grabschächte der Pharaonen aufgezeichnet sind, den Unterweltsbüchern in Form der Schriften des verborgenen Raums, des Amduats und des Pfortenbuchs mit seinen sperrenden Toren.
In einer Welt voller Ängste das Licht der Auferstehung zu schauen, um wiedergeboren mit Re in seiner Tagesbarke über den Himmel zu fahren, das waren die Hoffnungen dieser Könige.
Andererseits aber auch den Vernichtungsstätten zu entkommen. Und das im schützenden Rahmen der göttlichen Weltordnung Maat, um nicht der Willkür und dem Recht des Stärkeren ausgeliefert zu sein. Der Wüste, den chaotischen Kräften der Isfet, so dass sich die Baseele des Re ungehindert mit dem Leib des Osiris in der tiefsten Nachtstunde vereinigen konnte.
Die einbalsamierten Körper der Könige, die in den Sargkammern ihrer gekrümmtem oder schnurgeraden Schachtgräber ruhten, sollten diese Vereinigung mit ihrer Baseele kultisch nachahmen.
Innerlich wohnt sie den Prozessionen der pompösen Begräbnisse bei, die in den Schoss der Götter führen. Den Jubel der Sonnenpaviane, die den Abstieg Res mit Musik und Tanz begrüßen und ihm die verschlossenen Tore des Horizonts durch die Macht ihrer Worte öffnen.
Tiefer und tiefer muss die Fahrt gehen, bis der Sonnengott die Bewohner der urzeitlichen Unterwelt erreicht hat.
Aus den seitlichen Tälern der Königinnen, der Handwerker, dem Schech Abdel Kurna mit seinen Beamtengräbern, steigt eine Melodie. Die Flötentöne rühren sie seltsam an.

Grosse Höhen erklimmt sie und gähnende Tiefen, durchfliegt rotierende Sonnensysteme, durchstösst ganze Universen, bis sie endlich ans Licht gelangt.
" Peeeeeeenng ! " Der Schreck geht ihr durch Mark und Bein.
" *Der die Erde versiegelt* ", hat das Tor zur Unterwelt zugeknallt, um keine störenden Einflüsse mehr von aussen zuzulassen, das Sonnenschiff beim Abstieg in die Welt vor der Schöpfung und dem Wiederbelebungsprozess nicht zu gefährden.
Sie lauscht den Streichern in Alan Parsons Project *"In the Lap of the Gods "*, die wild aufspielen. Wie ein bleierner Reifen legen sich die Gedanken auf ihre Stimmung. Das fahle Licht der Unterwelt lässt nicht locker.
Abrupt breitet sich vor ihnen die weite grüne Ebene des Niltals aus. Der Wiedereintritt in die Welt der Lebenden klingt wie eine Verheissung. Nochmals beschreibt die Maschine über dem glitzernden Strom eine steile Linkskurve.
Auf dem Ostufer scheint der Boden den Bordfenstern immer näher zu kommen. Und gerade noch rechtzeitig schwenken sie auf die Landebahn ein, eine Wüstenpiste im Osten der Stadt. Setzen hart auf, sogleich beginnt der Pilot mit dem starken Bremsvorgang. Beifall brandet auf. Die Kulisse Theben-Wests in ihrem Wechsellicht der Schatten lauert hinter der Betonhalle des Flughafens, die vorüberfliegt. Ausgefahren rollt die Maschine auf ihre Halteposition zu.
Wie ein Hefeteig quillen die Touristen aus dem klimatisierten Bauch der Boeing, der in der heissen Backröhre der Mittagsglut aufgeht, in die bereitstehenden Shuttlebusse. Die 50 Grad Celsius auf dem Rollfeld erschlagen jeden europäischen Neuankömmling, " Gott, noch heisser geht`s wohl nicht ! " Hier und da laute Aufschreie.
Ächzend schleppen sie ihr Handgepäck zu den Schlangen vor den Passkontrollen, den Wechselstuben und den Gepäckbändern in der schwitzenden Halle, in der unablässig kreisende Ventilatoren vergeblich gegen die Hitze und den heiteren Lärmpegel des arabischen Stimmengewirrs ankämpfen.
Es herrscht eine Betriebsamkeit wie auf einer Messe. An verschiedenen Ständen in der Ankunft bahnt sie sich ihren Weg an Ägyptern und Touristen aus allen Herren Ländern vorbei, hin zum Ausgang.
Sonnenverbrannte Kofferträger in ihren langen Galabijas im Schlepptau, die von rechts und links heranstürmen, um ihre Dienste aufzudrängen.
" Madame, Madame ! "
Kopfschüttelnd wehrt sie diese Meute ab. " La, shukran ! La, la, shukran ! "
Wie hatte sie doch diese ausdrucksstarken Gesichter mit ihrer verschmitzten Geschäftstüchtigkeit vermisst.
Jeder Regisseur hätte seine Freude an solch starker Gestik, welche Ausdruckskraft in der Mimik. Das wirkt elektrisierend wie ein Aufputschmittel nach dem ermüdenden Flug. Im Vergleich zu den abweisenden Mumien in sich gekehrter Physiognomien an europäischen Flughäfen.

Die Reiseleiter am Ausgang warten schon, winken mit ihren hochgehaltenen Schildern ihre verstreuten, hilfesuchenden Gäste heran, die mit den Kofferträgern noch wild gestikulieren. Spätestens dann endet ihr Spiessrutenlauf. Die Wiederkehrer haben es da entschieden leichter.
" Achmed ! " schreit sie. Sie kann es kaum fassen, ein ehemaliger Rezeptionist von der Nile Amaunet steuert strahlend auf sie zu. " Gehen Sie aufs Schiff oder ins Hotel ? "
Er möchte sie gerne treffen, wenn ihr Schiff wieder Luxor erreicht hat und über frühere Fahrten bei einem Drink plaudern.
Wenig später halten die Busse mit ihren verstauten Insassen samt Gepäck auf Luxor zu, passieren linkerhand vor dem weiten Trümmerareal des Karnaktempels.
Die kahle Bergkulisse Theben-Wests schiebt sich gleich einem Kamerazoom näher heran, axial ausgerichtet auf das Spektakel des abendlichen Sonnenuntergangs, der über den sandfarbenen Abstufungen der grandiosen Felslandschaft stattfinden soll. Während sich die meisten Neuankömmlinge noch in leisen Gesprächen in der Fremdheit der neuen Umgebung befangen fühlen, klopft die Reiseleiterin an ihr Mikrofon und gibt erste Hinweise.
Aber dieses Mal bekommt sie den immer gleichen Ablauf nur am Rande mit.
Verstört nimmt sie es wieder wahr, das Gefühl von Beklemmung und Jenseitslandschaft, aus der sie etwas Raubtierhaftes anspringt.
Es ist nicht verklungen, haftet an den staubigen Strassen mit ihrer schwarzen Zebrabegrenzung, den Inseln in der Scharia el - Bahr el - Nil mit ihrem hohen Cannabewuchs, dem üppig blühenden indischen Blumenrohr.
Sie kann den Dingen nicht auf den Grund gehen, die ihre Wiedersehensfreude dämpfen. Ratlos betrachtet sie die hohen Mauern der Villen der Reichen. Die Kreuzfahrtschiffe, die in mehreren Reihen aneinander gekettet, Stufen tiefer am geböschten Kai liegen.
Sonnenflecken tänzeln nervös auf den Wassern des breiten Stroms. Sie überhört das Hupen der Taxen, das Getrappel der Pferde, die vor Kutschen angespannt sind, auf der Suche nach Kundschaft.
Und sie spürt etwas abweisendes Dunkles von den grazilen Säulengängen des Luxortempels ausgehen, auf die eine gnadenlose Sonne herabscheint. Sie brennt sich in ihr ein, als könne sie nur auf diese Weise auf eine Welt der Finsternis und der Schatten verweisen, wie es das Totenbuch in seinem Spruch 115 zum Ausdruck bringt :
" ... den Vorstoß dessen, der das Erbe von Heliopolis zerstört ".
Neben dem Tempel eine Anzahl von armen älteren Männern, die im Schneidersitz auf dem Boden unter schattenspendenden Tamarisken ausruhen. Sie starren ausdruckslos in die Ferne.
Der Bus biegt nun in das Rondell des Winter Palace ein, ihrem ersten Zwischenstop vor dem geplanten abendlichen Weiterflug nach Kairo.

Sumerisches Gebet

Bevor das Schweigen erwachte,
bevor die Zeit vom Raum träumte,
bevor die Wirklichkeit die Fahne der Trauer nahm,
war die Erde eine Knospe im Wort
und suchte der Himmel seine ewige Farbe.
Alles war vom Anfang erfüllt,
während du am andern Ufer des Schicksals standest
und auf seine Lippen ein Lächeln maltest.

Fais Yaakub al Hamdani, arabischer Dichter

Es ist beinahe 24 Uhr, als die weisse unbeschriftete Maschine der Egypt Air, aus Luxor kommend, im Lichtermeer von Kairo landet.
Ihre Stimmung ist auf dem Nullpunkt angelangt. Ereilt von einem Kulturschock. Die Landung in Neu-Heliopolis nordöstlich des Grossraumes der Millionenmetropole ist nicht der Grund ihres Ärgers. Sondern wieder einmal hat sie die negative Erfahrung mit der schon pathologischen Unwissenheit von Vertretern europäischer Subkultur eingeholt, der man gerade auf Reisen nicht entgeht.
Den Flug überschattete das unerträgliche Plappern einer Sitznachbarin. Eine dümmliche Putzfrau, wie sich herausstellt, deren Mann über eine Partei zu Geld gekommen ist, so dass sie finanziell in der Lage sind, die Welt zu bereisen. Unentwegt unterstellt sie allen Ägyptern Faulheit. Behauptet, sie seien an ihrer Armut selbst schuld. Schließlich wären sie und ihr Mann durch harte Arbeit aufgestiegen.
Mit gespielter Gelassenheit, ihre aufkeimende Wut unterdrückend, möchte sie ihr entgegnen, dass drei bis vier Ernten in Ägypten kaum durch Faulheit zustandekommen und der Unterricht an ägyptischen Schulen in zwei Schichten abzulaufen pflege, weshalb sich die eine Hälfte der Schüler bereits bei Sonnenaufgang auf dem Weg zur Schule befände.
Doch sie erinnert sich an den klugen Rat eines ägyptischen Dozenten, wohnhaft in Köln, solchen feindseligen Vorurteilen und krassen Fehleinschätzungen mit aufgesetzter Überlegenheitsmiene keinerlei Beachtung zu schenken.
Ihre Reaktion zeigt Wirkung. Das sinnlose Schnattern befindet sich schon nach einer Stunde gleich ihrer Maschine im Sinkflug.
Heliopolis, die Stadt der Sonne, ist ihr Name. Vor dem Einfallstor aus aller Welt, dem Flughafen, breitet sich das Panorama der belebten beleuchteten Strassen der Häuser im neomaurischen Stil aus. Belebte Boulevards, kein mitteleuropäisches Hochklappen von Bürgersteigen ist auszumachen.

Im Durcheinander der an - und abfahrenden Busse, Pkws, Reiseleiter und Fluggäste bleibt infolge der nächtlichen Verdunklung die einst so bedeutsame solare Theologie des Alten Reichs inmitten der Häusermeere verborgen.
Eine verwandelte Stadt, vom Temperatur ausgleichenden Lehmbau zum modernen Beton mit unablässig laufenden air condition - Kästen.
Eine Stadt, die den Anfang der Welt, ihrer Schöpfung markierte, was für den Ägypter die Ordnung der Maat über das Chaos, den Sieg des Lichts über das Dunkel der Feinde darstellte. Das alttestamentarische On oder Iunu (Pfeiler), wie es die alten Ägypter nannten, das heutzutage Sitz der bedeutenden Universität Kairos mit Namen Ain Shams ist - was Brunnen der Sonne bedeutet -, an der fast alle ihr bekannten Reiseführer Germanistik und Ägyptologie studiert haben, inklusive des Nibelungenlieds in mittelhochdeutscher Sprache.
Nr. 477 der Pyramidentexte verortet Heliopolis als mythologische Gerichtsstätte der Anklage gegen Seth, der von den Göttern schuldig gesprochen wurde, seinen Bruder Osiris ermordet zu haben.
Ihr Herz schlägt wieder höher. Mit der Landung in Neu-Heliopolis begann das Abenteuer ihrer ersten Rundreise in Ägypten, der Anfang sechsfacher Wiederkehr, der Beginn eines neuen Lebensabschnitts. Ihre von Passion getriebene Versenkung in die Mythologie des Ortes, den Klängen arabischer Gegenwart zu lauschen und Leben zuzulassen, im Kontrast zu den Fallenstellungen des Alltags daheim, den verdrängten Einsamkeiten und dem monotonen Fluss virtueller Medienwelten.
Eine Flucht ? Vielleicht, aber auch der einzige Pfad, über die Vergangenheit einen unverstellten Blick auf das heute zu erhaschen, die Mauern der eingefahrenen Bilder in unseren Köpfen aufzuweichen.
Heliopolis, das ist für sie die Stadt des Ursprungs, das Haus des Re, die Stätte des Urhügels, die zur kultischen Architektur erhoben wurde. Ein künstlicher Hügel auf " hohem Sand ", der sich hier beim ersten Mal aus den zurückweichenden Wassern des Urozean Nun erhob.
Auch wenn die Hektik des arabischen Alltags wie überall auf der Welt die Vergangenheit zum vernachlässigten Paralleluniversum verkürzt; hier erstreckte sich in der Blütezeit Heliopolis ein Wald von bis zu 16 Obelisken im weiten Tempelareal. Das Terrain des Ersten Mals, das ihre Phantasie entflammt, lässt eine Art Film vor ihrem inneren Auge abspulen. Es geht um die Niederlassung des kosmischen Phönix, der heilige Vogel benu auf dem heiligen benben-Stein und sein Gesang, der die Schöpfung in Gang setzte.
Sie hört die lieblichen Töne im monotonen Geräusch der Busfahrt, schliesst ihre Augen. Die Müdigkeit reisst sie in ihre Träume, in Fetzen der Erinnerung des alles überwuchernden Mythos.
Für die Augen ihrer ebenfalls übermüdeten Busnachbarn noch beschränkt wahrnehmbar - sie sitzen wie Bollwerke gegen den Strom der vorüberziehenden Wirklichkeiten anderer abgeschottet in ihren Bussen -

bleiben nur Streifen der im Dunkel liegenden Metropole übrig, von den aufblitzenden Lichtern ihres Dickichts aus Betonburgen, ihren abschottenden Fassaden.
Stadtsichten. Ansichten der Städte.
Ihre überbauten Ruinen, ein ausgeplünderter Steinbruch der nachfolgenden Kulturen, bedrängt vom alles verschlingenden Moloch der Großstadt oder überwuchert von agrarischen Nutzflächen, die jede kleinste Parzelle des Fruchtlandes nutzen.
Von Platon sind keine archäologischen Spuren mehr auszumachen, der hier 13 Jahre bei den weisen Sonnenpriestern verbrachte. Auch keine von der Anwesenheit Herodots. Nur ihre Werke blieben als Gedächtnisspur dem Vergessen entrissen. Eine Welt aus Worten, die Jahrtausende bilden und prägen sollten ... .
Sie taucht in die Inhalte ihrer kreuz und quer gelesenen Lektüre ab.
Überdauert hat im kulturellen Gedächtnis die Idee der alten Ägypter,
" *Naturgesetze als kosmisch wirkende Ordnung der Maat zu deuten und kultisch einzubauen* " , und als Folge aus dieser Funktion des Kosmos und seinem Wirken auf Erden beispielhafte soziale Modelle des Zusammenlebens abzuleiten. Und exakt jene kosmischen Vorgänge in steinerne Architektur von Dauer umzuwandeln. Denn was oben ist, ist zugleich unten.
Und das wird heiss diskutiert.
Unter den gebildeten Ägyptern kursieren die Anstösse von Robert Bauval, der ein *zep tepi, ein Erstes Mal,* in den Pyramiden von Giza - als Abbildung der Gürtelsterne des Orions - untersucht hat. Sie lassen in der Phantasie die Visionen der Vergangenheit wieder aufleben.
Weitere Spuren der Duat, des Jenseits auf Erden im Zeitpunkt der Schöpfung und des altägyptischen Weltanfangs, fanden sich im Zeitalter der Computersoftware. Für Astronomen und interessierte Laien ein Leckerbissen.
Denkt man an jene Spielarten wie das *Hologramm des geheimnisvollen Dreiecks,* das die Sonnenbahnen bilden, die zwischen den Sonnenheiligtümern von Abu Gurob (aus der 5. Sonnendynastie), südlich von Giza und Heliopolis und Chemnis/ Letopolis (Ort der Geburt von Horus) nördlich von Giza, dem heutigen Ausim, verlaufen.
Und das grossartige Schauspiel *beider Sonnenbahnen der Winter- und Sommersonnenwende*, das auf der Linie Letopolis (Chemnis) - Heliopolis und zurück erfolgt.
Oder die *Lokalisierung des Verschwindens von Orion - Osiris* im Frühjahr vom Nachthimmel in der Region von Abu Gurob.
Die Linie der Sonnenbahn, die vom steinernen Schiff im Sande des Sonnenheiligtums in Richtung Heliopolis ausgeht, ohne durch die Wand der Mokattamhöhen vor Heliopolis gestört zu werden, die jede Sicht von den südlicheren Pyramiden von Abusir aus verstellen würden. Die mythische

Wiedergeburt der Götter fand in Heliopolis am Neujahrstag der Nilschwelle statt, des heliakischen Aufgangs des Sirius, symbolisiert durch den ersten wiederkehrenden Sonnenstrahl auf dem vergoldeten Pyramidion des Obelisken, in Form des benben - Fetisches.

Überhaupt Obelisken, sie symbolisieren steinerne Orte, an denen der Sonnengott andockte. In Äthiopien stellen sie Stelen vor Totenstädten dar, an deren Fuss geopfert wurde. Sogar von Menschenopfern ist die Rede. Das Krönungsritual in Aksum sah die Verbeugung des künftigen Königs vor dem Obelisken vor.

Heute stehen in New York, London, Paris, Istanbul und vor allem in Rom Obelisken aus Ägypten. In christlichen Zentren vielfach mit einem Kreuz versehen. Ihr wieder und wieder rätselhaft scheint, welche Bedeutung diesen bekrönten Obelisken zukommt ... .

Satanische, aber auch gnostische Schriften brandmarken Obelisken als Verbindung zu Dämonen. Sie würden symbolisch für die Gewaltherrschaft stehen. Herhalten muss dafür ein besonders blutrünstiger Papst, der den Obelisken nach Rom transportieren liess, um ihn auf dem Petersplatz aufrichten zu lassen, angeblich um mit diesen Dämonen in Kontakt zu treten.

Sie schüttelt sich. So etwas kann sie sich nicht vorstellen.

Und da ist noch die Frage nach Echnatons Verbindung zum heliopolitanischen Re-Harachtekult, der in der monotheistischen Atonverehrung weiter hochgehalten wurde, *als Ausrichtung eines idealen Staates nach den Naturgesetzen astronomischer Zyklen* gegen die Korruption der Amunpriester, weshalb seine Hautstadt genau in der Mitte von Theben und Heliopolis errichtet worden sein soll. Zurückzuführen sei auf " *Die Wiederkehr des Phönix ?*" Des heiligen benu - Vogels, der die kosmische Ordnung anmahnte ?

"*Ich bin jener große Phönix (Benu), der in Heliopolis ist, der Revisor dessen, was ist.* " (Totenbuchspruch **17**,8)

Kairo, das ist eine Zusammensetzung verschiedener Schichten des gegenwärtigen und vergangenen, gewoben auf dem Terrain eines ehemaligen Ozeanbodens, der gegen die hohen Kanten der Plateaus von Giza und Sakkara anrollte.

Ein arabischer Webteppich mit afrikanischem Fundament und ausbordenden Stadtgrenzen, in den die Schiffchen jedes Zeitalters ihre Farbe und ihre Muster einbringen, so grenzenlos, wie die Ufer der Zukunft sein mögen.

Der einstündige Transfer zu dem wartenden Schiff in El Maadi im Süden von El Kahira, der Siegreichen, wie die Araber sie genannt haben, geht über lange Avenuen durch Heliopolis, der anschließenden Nasr City mit dem Stadion und am Grabmal Anwar-al-Sadats vorbei.

" Es werden ihm Augen
Auf einer Reise, die wie Blut
Aus dem Leichnam des Ortes fliesst ",

kommt ihr der Vers des berühmten syrisch-libanesischen Schriftstellers Ali Ahmad Said in den Sinn, besser bekannt als Adonis.
Das Dunkel des Stadions, auf dessen Tribüne Präsident Sadat 1981 einem Attentat zum Opfer fiel, verleiht der nächtlichen Szenerie den makabren Stachel eines jenseitigen Ortes. Die Aura des Geschehens lastet auf empfänglichen Gemütern.
Ihres macht da keine Ausnahme.
Von den steinernen Hinterlassenschaften der geschichtsträchtigen Metropole, der Zitadelle, der Stadtmauer, wehen von den meisten, der sich im Schlaf befindlichen Sitznachbarn unbemerkt, die Erinnerungen an längst vergangene Schlachten und Belagerungen herüber, der verschwundenen Dynastien der Omayyaden, der schiitischen Fatimiden und türkischen Ottomanen, an die kerkessischen Sklaven, auch Mamelukken genannt und an Salah Ad Din, besser bekannt unter dem Namen Saladin, den grosszügigen Herrscher. Lessing setzte ihm in der Ringparabel von Nathan dem Weisen ein Denkmal.
Historisch trat er durch den herbeigeführten Sturz des letzten Fatimidenkalifen hervor und in seinen prominenten Kämpfen mit den Rittern des 3. Kreuzzuges.

Geheimdienste grifffen zu jeder Zeit gerne in die Töpfe solch politischer Konstellationen der Vergangenheit, um ihre verdeckten Aktionen zu kaschieren. Die Rückkehr des Kalifenreiches aus dem 10. Jahrhundert hatte sich jedenfalls - so Geo - die islamistische Gruppierung aus Mittelägypten auf ihre Fahnen geschrieben, die laut offizieller Mediendarstellung angeblich hinter den Terroranschlägen seit 1992 stecken. Wobei eine Täterschaft seitens Teheran beziehungsweise der Schiiten im südlichen Irak mit der Auferstehung der Fatimiden suggeriert werden sollte.

Die jahrelange Belagerung Fustats durch ein Kreuzritterheer hinterliess einige Spuren in manchen Physiognomien. So wie in dem Lächeln des jungen rotschopfigen Ägypters mit europäischen Gesichtszügen und hellblauen Augenfarbe, der sich mit seinen Kumpanen von entzückten Touristen vor der Muhammed Ali Moschee gegen ein Entgelt ablichten liess.
So interessant kann Multikulti sein, wenn das eigene Aussehen geradezu die Vergangenheit aufleuchten lässt, zu deren Nachweis nicht auf tote steinerne Monumente verwiesen werden muss, sondern Geschichte plötzlich in Verkörperung eines Jungen quicklebendig dasteht. Und sich daraus noch ein Geschäft für den jungen Mann schlagen lässt, denn geschäftstüchtig sind viele Ägypter.

Hinter den Vorhängen der vorüberziehenden Häuser, den Strassen und den engen Gassen lässt sich die Welt Nagib Machfuss nur erahnen. Knappe Einblicke in den Alltag der Kairoer hatte sie auf früheren Reisen mit dem in Köln lebenden ägyptischen Dozenten erhalten, einem älteren Herr, der mit ihr die Sultan Hassan Moschee und die Er Rifai besichtigte.

Anschliessend hatten sie vom Taxi aus die Stände der Bauern mit ihrem frischen Gemüse, Zwiebeln und Obst an den Ecken der Boulevards bewundert, die zu Pyramiden aufgeschichtet waren. Ihr fielen die halb vergammelten Zwiebeln in deutschen Ballungsräumen ein, die ihren Alltag beherrschten ... .

Er hatte ihr die Welt der Basare nahegebracht, die interessanten Restaurants der Viertel, die Architektur der Wohnhäuser in der Altstadt, wobei ihr die Abbildungen der *Description de l'Egypte* in den Sinn kamen, eine Kairoer Stadthauskulisse zu Zeiten Napoleons im Stil der Meisterhäuser berühmter Bauhausgestalter namens Walter Gropius oder Mies van den Rohe in Dessau, die heutzutage aus dem Kairoer Stadtbild nahezu verschwunden scheinen. Beton versus Lehm. Aber eingebunden in den Rhythmus der islamischen Glaubensausübung, den Gesängen der Muezzins von den Minaretten.

Das " allahu akbar " (Allah ist im Moment grösser und wichtiger als alles andere) hebt aus verschiedenen Richtungen zu einem mehrstimmigen Chor an, weil der Ruf heutzutage aus übersteuerten Rekordern aus verschiedenen Richtungen erschallt.

" Ash-hadu al-la Ilaha ill Allah, Ash-hadu al-la Ilaha ill Allah" (Ich bezeuge, dass es keine Gottheit gibt außer Gott).

So ist Allah allgegenwärtig. Wie ein Fingerzeig Gottes wirkt er fast beschwörend auf das allzu weltliche Feilschen und Handeln, den Tagesablauf in den Familien, den Schulen und Universitäten, der zunehmenden westlichen Freizeitgestaltung, dass Gott gross, also grösser als alles Menschenwerk ist. Und es ohne ihn auch ein noch so bescheidenes Leben nicht gibt. Die Menschheit während ihres Tage - und Nachtwerks nicht vergessen soll, dass er die sinnstiftende Wurzel im Baum des Lebens ist.

Für westliche Verhältnisse kaum vorstellbar, dass sich an der riesigen Al-Azhar-Universität in Nasr City etwa 370.000 Studenten eingeschrieben haben, und die Studienfächer der islamischen Jurisprudenz, der Theologie und der arabischen Sprache unter Präsident Nasser um technische, medizinische und pädagogische Fakultäten, wenn auch unter Widerstand, erweitert wurden. Die Azhar (die Blühende) ist noch immer ein bedeutendes sunnitisches Zentrum islamischer Gelehrsamkeit, von der viele weise und gemässigte Impulse ausgehen und die auf den Zulauf von muslimischen Studierenden - meist Konvertiten - aus aller Welt verweisen kann.

Ihre Sprecher verurteilten jüngst den Anschlag auf Kopten im Januar 2011 in Alexandria.

Sengende Tagestemperaturen haben das quirlige urbane Treiben in die laueren Abendstunden verschoben.
Tausende flanieren auf den breiten Bürgersteigen. Paare, ganze Familien mit ihren Kindern.
Wildes Hupen ändert nichts an den langen Autoschlangen, die Stossstange an Stossstange mit fliegenden Särgen, wie die Taxis im Volksmund genannt werden, sich gleichzeitig in Richtung der illuminierten Stadt quälen.
Vor einer Ampel hält ein Laster, der mit Kamelen beladen ist. Die gutmütigen Tiere recken synchron ihre Hälse. Allgemeines Bestaunen hat der ungewöhnliche Transport seitens der völlig ermüdeten Touristen zur Folge. Anschliessend werden sie erneut vom Schlaf übermannt.
Die Karawane der Busse schiebt sich langsam, im Takt der Ampeln durch den Verkehr der Großstadt, an den im Dunkel liegenden bewohnten Totenstädten und Fustats vorbei.
Im Abseits touristischer Wahrnehmung verstecken sich in der braunen Patina des Häusermeeres zahlreiche Moscheen.
Altkairo mit seinen Kirchen, der Synagoge, bleiben linker Hand unbemerkt zurück, bis sie in die elegante Corniche-el-Nil einbiegen, vorbei an Häusern aus der Zeit des Jugendstils, auf der es entlang der südwärts führenden Ausfallstrasse an einem Flussarm des Nils weitergeht, gegenüber der Insel Roda.
Laufend überholt von rasenden Krankenwagen mit lautstarken Sirenen, auf dem Weg zu dem riesigen Krankenhauskomplex in El Maadi, in dem Präsident Sadat nach dem Attentat verstarb und in dem jetzt der ehemalige Präsident Mubarak im Koma liegen soll. Mittlerweile hat sich herausgestellt, dass er nur an Kreislaufstörungen leidet. Sein Anwalt macht dem behandelnden Arzt, der voreilig falsche Stellungnahmen vor der Presse abgab, schwere Vorwürfe.
Vor einer langen Hochhausreihe teurer weisser Apartmenthäuser im amerikanischen Stil, in dem viele Europäer und Amerikaner wohnen, stoppt der Konvoi. Nun verlassen die schaukelnden Busse die geteerte Vorortsstrasse über eine sandige Trasse zum Ufer, das sich hinter einem undurchsichtigen Wall von Bäumen versteckt.
Vorbei an den Schlafplätzen armer Landflüchtiger, gehüllt in lange graue Gewänder, die Hoffnungssuchende in der Weite der Grossstadt sind, aber verloren scheinen in ihrer traditionell einfachen und frommen Lebensweise unter den Brücken des Betonzeitalters, die sie tapfer gegen den Windschatten des Molochs behaupten.
Versatzstücke einer Vergangenheit, übertönt und verdrängt von der scheinbaren Leichtigkeit der global lautstark einhergehenden, sinnentleerten Betondekadenz einer alles zerredenden Gegenwart in ihrem monotonen Streben nach materiellen Anhäufungen und Macht. Und ihrem erfolgreichen Verdrängen aller Ursprünge. Hätte die Archaik nicht Wurzeln im fruchtbaren

Boden der Geschichte getrieben, unsere heutige Welt wäre so nicht existent. Ob ihr diese Tatsache nun zusagt oder nicht, die Antwort bleibt sie ihr schuldig.

Tahrirplatz (Gedicht von Februar 2011)

Emanationen
                an Sand
flieg Vogel *Freiheit*
                          flieg aus meiner Hand

Es rieselte
aus - den Leerzeilen
Sand und Tand

Das **Wort**
trieb
die Herden
                bedrängte

Versprengte

ausser Rand und Band !

Im Angesicht des
Verbandes
der sich um den Wundbrand
des Landes
wand ...
sickerte aus allen Poren
das geronnene
Blut
ein verschlossener Himmel
Deinen **rechtschaffenden** Weg
verbarg

Es gibt nur einen Ausweg
< hinterfrag ! >
Im Angesicht der Zeugen
< sprich ! >

face
       to facebook ...

Schwer wog die Tat !

Doch Facelifting
                    wäre angesagt
sonst schaufelst
                    Du Dir
Dein eigenes
Grab

Oh Misr, in misery, Deine Misere
befrag !

Im Januar 2011 organisierten die Einwohner von El Maadi Bürgerwehren gegen Plünderer, die Gefängnisse aufbrachen, Läden ausräumten, Mumien köpften, in Museen eindrangen, um eine weltweit operierende Antikenplünderungsmafia zu bedienen und zu diesem Zweck durch die wohlhabenderen Viertel zogen. Die vom Westen und ihren Medien aufgestachelte " Revolution " zog den gesamten Zusammenbruch der Ordnung nach sich.
Grund waren die seit 1993 erzwungenen drastischen Sparprogramme seitens des IWFs, die die Verschärfung der Armut in Ägypten zur Folge hatte und den bis dahin subventionierten Brotpreis in nicht mehr bezahlbare Höhen trieb.
Zudem kam die Spekulation auf Nahrungsmittel an den Börsen.
Der globale Neoliberalismus in Verbindung mit dem Terrorismus hatte in Schwellenländern wie Ägypten unbarmherzig Einzug gehalten. Wie in anderen Staaten unter der Vorherrschaft der USA, entliess das System auf der anderen Seite " fette Katzen ". Die grösser werdende Kluft und die damit abzusehende Polarisierung war für den Westen ein von vornherein eingesetztes probates Mittel des sogenannten Interaktionsprozesses, sich auf diese Weise in naher Zukunft souveränere Machthaber vom Hals zu schaffen. Der Aktion folgte die Reaktion. Wie man in den versteinerten Wald aus Jahrmillionen nahe El Maadi hineinrufen würde, so schallte es wieder heraus.
Ein weiterer intriganter Schachzug auf dem verdeckten Pfad des strategisch denkenden think tanks Zbigniew Brzezinski ?
So scheint es, er war der Sicherheitsberater Präsident Carters und ist es wieder unter dem US-Präsidenten Barrak Obama und der Aussenministerin Hillary Clinton. Für ihn stellt Politik ein grosses Schachspiel dar und die Figuren auf dem Brett sind je nach Massgabe beliebig verschiebbar. Seine zynische Politikanalyse für das neue Jahrhundert in seinem Bestseller " The Great Chessboard " passt als Konsequenz in die Geschehnisse um den Tahrirplatz .
Von den Auseinandersetzungen bleiben der Missbrauch der getäuschten und berechtigten Hoffungen der Demonstranten und ihrer Sympathisanten übrig. Denn an den Abhängigkeiten vom IWF und der Weltbank mit ihren stringenten Auflagen haben sie nichts ändern können. Ganz im Gegenteil, der Aufruhr zog

eine grosse Arbeitslosigkeit aufgrund des eingebrochenen Tourismus nach sich und zudem eine Vergrösserung des Wirtschaftsdefizits.
An den hohen Preisen, ähnlich denen in Europa nach der Einführung des Euros, der eine Halbierung der Kaufkraft bewirkte, änderte hier niemand etwas, und an die Schaffung von Arbeitsplätzen für die Massen der Herangewachsenen ist der Westen nicht interessiert.

Ein Hauch von Anfang schwebt über dem Vorort der wieder entdeckten und überbauten Maadikultur aus der Vorzeit und dem unbeachteten Kreuz am südlichen Ausgang zum Gestade des Nils.
Wie ein Fremdkörper inmitten der einstöckigen Villen der Reichen mit ihren Bootsstegen und dem Yachtclub nimmt sich der mystische Ort der Einschiffung der heiligen Familie auf dem Segelboot aus, das sie vor den Häschern des Herodes in Sicherheit bringen sollte. Bei ihrer Rückkehr machten sie Station in einer Höhle, der heutigen Krypta der koptischen St. Sergiuskirche in Altkairo.
Auf dem Nil trieb am 12. März 1976 eine aufgeschlagene Bibel. Gegenüber der Kirche von Maadi, die an die Stelle der Einschiffung erinnert. Aus dem Buch des Propheten Jesaja, Kapitel 19, stand da:
" Gesegnet bist du Ägypten, mein Volk ".
Inmitten eines hängenden blühenden Gartens aus Palmen und Sträuchern geht es nun treppab für den Tross der Kofferträger und Touristen zu ihrem wartenden Schiff.
"*Das Sonnenschiff im Hafen liegt bereit, ... *"
Sie durchqueren die große Nile Chepri, an der ihr kleineres Kreuzfahrtschiff angetäut liegt.
Einladend strahlt den gänzlich Ermüdeten das Foyer in seiner hellen Beleuchtung entgegen. Sie überwinden die letzten schmalen Zugangsplanken zum Schiff.
Einige Rezeptionisten und Kellner, deren Gesichter ihr von früheren Reisen her bekannt sind, stehen zum Check - in lächelnd Spalier. Im zweiten Stock der Bar und des Salons wartet schon der kakadee-Saft, ein gekühlter Malventee, auf die zurückhaltenden, sich noch fremd fühlenden Gäste. Nach Aufruf ihres Namens erhält jeder von ihnen den Schlüssel zur Kabine, den Schlüssel zu einer Reise auf den verschlungenen Wassern der größten Flußoase der Welt.
" *Die große Fracht des Sommers ist verladen. ... *"
Die Sonne war schon vor Stunden hinter dem Horizont verschwunden. Der Sonnengott in seiner Barke der Millionen Toten hat das Zwischenreich verlassen und stösst nun tiefer und tiefer durch das hinter ihm zufallende Tor in die gähnende Unterwelt vor, hinab in die Bezirke der 1. und 2. Nachtstunde.
Mit seinem Licht erhellt er unter dem Jubel der Duatbewohner die jenseitigen Räume. Mit seiner Stimme füllt er das Land des Schweigens aus, das sie in den Nachtstunden durchfahren werden.

Sie atmet tief durch, als sie an die Reling des Panoramadecks herantritt, den Blick in der schwülen Atmosphäre auf der obersten Plattform über die in Dunkelheit getauchte rustikale Szenerie auf der anderen Seite des Nils schweifen lässt. Gen Westen, auf kubische Häuser der Fellachen, die in üppigen Grünstreifen versteckt liegen.
Unter einem sich unendlich dehnenden blauschwarzen Himmel im Glanz wässriger Sterne, die tränengleich in den Nil tropfen.
Die Strapazen des Fluges, der endlosen Transfers, hatten sie in eine Art Zwischenzustand auf der Gefühlsebene versetzt, die Reisende von Deutschland nach Ägypten befällt. Sie sind in der Stille dieses zauberhaften Moments scheinbar vergessen.
In der Ferne lassen sich, wie hingetupft, zwischen den Kaminen einer langgestreckten Häuserzeile aus lehmbraunen Beton und schlanken Minarettürmen, die blassen Silhouetten beider Pyramiden in Giza ausmachen.
Rechterhand überstrahlt das Lichtermeer von Kairo die Tiefen des Alls vor den Toren der Stadt.

" *Aufgetan sind dir die Türflügel der größten Stadt* " , heißt es am Ende der 1. Nachtstunde im Amduat.

Sie hatte ihr Versprechen eingelöst. Nach so vielen Malen war sie an den Nil zurückgekehrt, dem jahrtausend Jahre alten Urfluss in seiner ganzen Mystik und breiten Ausstrahlung, der rinnenden Lebensader Ägyptens. Eine tief gezogene Falte in das Gedächtnis Afrikas.
Der Sinn ist immer strömend, hatte Laotse im fernen China vermerkt. Und sich schiffbar zu halten, war ihr stets Antrieb in einer Welt der Strudel und verborgenen Gegenströmungen gewesen, deren Gefahren sie sich zwar unterschwellig bewußt ist, deren Konsequenzen sie aber vorsorglich aussen vor lässt.
Die Magie des Lichts in den unsichtbaren Labyrinthen morphischer Felder nimmt sie vollkommen gefangen. Ihre sich verstärkenden Erinnerungen, die abgespeichert in den Geheimkammern des je Dagewesenen liegen, sind unter einem Himmel des Schweigens verborgen. Die ausgehende Wärme des Lichterglanzes weiss alle inneren Tore und inneren Spannungen unter einem riesigen Sternenzelt zu sprengen. Gleich eines Energiefeldes in einer Serie von Ölbildern eines ihr befreundeten jüdischen Künstlers.
Über der nächtlichen Landschaft schwebt der Schauer der Pulsare in die nahe Großstadt. The power of love sendet mit allen ihr zur Verfügung stehenden Wellenlängen in den Kreislauf der Erde. Sie spürt diese surreale magische Aura, die von einem unsichtbaren Kraftfeld ausgeht, das sie innerlich zur Ruhe kommen lässt.
" *Hayya la-l-faleah, Hayya la-l-faleah (Eilt zur Seligkeit/ zum Erfolg)* " , hallt es

von den Minaretten.

" *Leicht und gesichtslos lehnt sich von oben Tiefe dir an.* " (schrieb Rilke in seiner ursprünglichen zehnten Duineser Elegie).

So sei es. Sie ist angekommen.

Die Medien hatten Ängste vor Ägyptenfahrten geschürt. Doch sie war entschlossen, diese Ängste zu ignorieren, sich in die Tiefen des geheimnisvollen Landes führen zu lassen und wie im Pfortenbuch die verschlossenen Tore aufzustossen. Und keine Macht auf Erden würde sie daran hindern.

2. Kapitel

An Bord

Tor zur 3. Nachtstunde (Pfortenbuch) : Räuber

" Er macht die Plejaden und den Orion "
                                                                    Amos, V,8

" Wenn hinter dir die Möwe stürzt und schreit,
kommt aus dem Westen der Befehl zu sinken;
doch offenen Augs wirst du im Licht ertrinken,
wenn hinter dir die Möwe stürzt und schreit. "

Ingeborg Bachmann

Der Morgen fand sie wieder. In der erwartungsvollen Atmosphäre beim Frühstück im Speisesaal mit seinem überwältigenden Panoramablick auf glitzernde Wasserflächen und grüne Gefilde, die an den Wernes in der 2. und 3. Nachtstunde des Amduats erinnern, an das sorgenfreie Leben der Toten in der paradiesischen Fülle der Felder des Jenseits und seines schilfbestandenen Ufers, bestellt von den Uschebtis, dienstbaren Geistern der Wohlhabenden in Form kleiner Statuetten, wörtlich den :
" Hier bin ich ".
Und an den Anfang des Opfergefildes mit seinen allzu menschlichen Erwartungen erinnern :
" ... in der Großen Stadt - Herrin des Windes - zu pflügen und zu ernten, zu essen, zu trinken, geschlechtlich zu verkehren und alles zu tun, was auf Erden

getan wird ", wie es der Totenbuchspruch 110 im Alten Ägypten dem Normalsterblichen verheisst.
Untermalend swingt die expressive Stimme Louis Armstrongs vom ablaufenden Band im weiten Speisesaal :

" *I see trees of green/ red roses too/ I see them bloom/ for me and you. And I think to myself/ what a wonderful world.* "

Dieser lebensbejahenden Hymne, mit dem einnehmenden Schmelz der unnachahmlichen Stimme Louis Armstrongs auf eine im Frieden lebende gedeihende Welt, nahezu perfekt auf die Urlaubsharmonie an Bord zugeschnitten, folgt postwendend die niederschmetternde Botschaft der Vernichtung , " *jene Kraft, die stets verneint* ".
" *Hiroshima* " bricht wie ein Fremdkörper von einem anderen Stern, einer anderen Zeit, als ein spaltender Keil herein, mutet zudem wie eine zynische Fussnote des Schöpfungsfeindes Apophis in dieser vollkommenen Idylle an: " *Let the sky explode* ".
Ihre Sitznachbarin am runden " Singletisch " schluckt hart an ihrem Brötchen.
Über der Landschaft und der Weite des Flusses hallen die Rufe der Muezzins wie Gesänge auf die Schöpfung Allahs wider, " *allahu akbaaaaarrrrr* " ... .
Hatte sich doch die Sonnenscheibe als jugendlicher Sonnengott Chepre aus den Tiefen der Nacht erhoben, unterstützt von den Armen der Geburtshelferinnen Isis und Nephtys, den grauen Vorhang der morgendlichen Dämmerung zu einem neuen Akt des Unterwegsseins zu liften.
Und im Schiff der Sonne ergiesst sich nun ihre ganze Fülle von Strahlen auf die Gesichter der Abgesandten fremder Länder, die Touristen und Reiseleiter.
Einheimische Kellner und eifrige Helfer an Bord der Meretseger lassen sich von der Euphorie der beginnenden Kreuzfahrt anstecken, wirbeln mit Elan um die Neuankömmlinge.
Ihr Dasein bestimmt die Schiffahrt auf dem Nil. Und dort verbringen sie ihr Leben im wechselnden Reigen zwei Wochen fernab ihrer Familien, die sie am Ende nach einem hoffentlich glücklichen Anlegen wiedersehen werden.
Dennoch ist jede Fahrt ein Neuanfang, eine Wiedergeburt. Ein Hoffen und Bangen, dass Touristen infolge der Anschläge oder politischer Unruhen auch kommen werden.
Aber oftmals ergibt sich auch ein unerwartetes Wiedersehen mit Stammgästen, so dass sich alle wie eine große Familie auf Zeit fühlen können. Die Unterschiede nivellieren sich schnell. Gäste und Personal gehen freundschaftlich miteinander um. Die Nähe hebt jede arrogante und ignorante Distanz auf. Man ist aufeinander angewiesen.
Die Reisegruppe befindet sich im prickelnden Zustand des Aufbruchs zur ersten Besichtigung, dem Ägyptischen Museum.

Und der Barmann trägt die bestellten grossen Wasserflaschen vor der geplanten Busfahrt zu den einzelnen Tischen. Hinter der Glasscheibe warten schon die Wegeöffner in Gestalt ägyptischer Reiseführer auf ihren ersten Einsatz.
Zielstrebig steuert sie die kleine Lounge vor dem Speisesaal an. Die Überraschung könnte nicht grösser sein.
Dort sitzt Achmed, ein hoch gebildeter Reiseführer libyscher Herkunft, den sie von früheren Fahrten kennt, neben einem Herrn mit Brille.
" Guten Tag Achmed! "
Mit einem sehr warmherzigen hallo begrüsst er sie, " zum Nil zurückgekehrt, wie geht es Dir ? ".
Er freut sich sichtlich. Auch über ihre Pläne, sich wiederum von dem Besichtigungsprogramm auszuklinken, um Privatgräber aufzusuchen, Reliefs abzufotografieren.
Der Mann neben ihm grinst sie breit an.
" Das ist Euer Reiseführer Selim ", gluckst Achmed.
" Das gibt `s doch nicht! "
Ihr Aufschrei belustigt Selim. " Ich habe Dich gar nicht erkannt, Du hast Dich aber sehr verändert ! " wundert sie sich.
Selim hat ein breiteres Gesicht bekommen.
" Er ist ja jetzt auch verheiratet, da geht man schon mal auseinander ", stichelt Achmed augenzwinkernd.
" Ich bin doch nicht dick, was soll denn das " , empört sich Selim.
" Freut mich besonders, Dich wieder bei uns haben " , spricht er sie höflich an.
Sie ist sichtlich erstaunt. Hatte sie doch auf der letzten Tour vor zwei Jahren keinen Zugang zu ihm gefunden. Er war als einziger Reiseführer reserviert, geradezu abweisend ihr gegenüber aufgetreten. Den Grund dafür hatte sie unmissverständlich von ihm persönlich erfahren. Sie erinnere ihn in ihrem Aussehen an seine deutsche Exfreundin. Und seine Trennung von ihr war wohl von seiner Familie erwartet worden. Seine schlechte Laune über diesen Verlust hatte sie ausbaden dürfen. Umso erstaunlicher seine Wandlung.
" Du hast doch nicht etwa die Kurve gekriegt und bist zum vollendeten Gentleman mutiert ? " Sie kann es kaum glauben. Lächelnd erwidert sie seinen Händedruck. Selim grinst vielsagend.
" Komm ", meint er vertraulich, " Gemma, die Gruppe wartet schon ".
" Musst Du immer kundtun, dass Du in München studiert hast ? " wirft Achmed ihnen lachend hinterher.
" Viel Vergnügen ! ".

Der Tag im Ägyptischen Museum stellt einen Höhepunkt auf der Skala der touristischen Besichtigungen dar.
Hier stehen die Ausstellungstücke beengt beieinander, als habe man die

Artefakte aus allen Regionen und Zeitspannen altägyptischer Kunst zusammenpressen wollen. In Sälen über zwei Etagen verteilt, als wirke der Kosmos des Alten Ägyptens selbständig in seinen Hinterlassenschaften nach, existiere fort in einer Art Paralleluniversum neben den Heerscharen der Touristen. Im Halbdunkel der künstlich belichteten Kammern überlagern sich die Schatten einer vergangenen Welt.

Als erstes begibt sie sich zu ihren Lieblingsthemen. Funde aus prädynastischer Zeit, insbesondere ausgefallene Vasen aus den erstaunlichsten Materialien wie Brecchia, Basalt, Mergeltonkeramik und Grauwacke in bezauberndsten zoomorphen Ausführungen.

Bizarre Formen in Tiergestalt, die sie gerne als Replik hätte, die aber nirgendwo erhältlich sind.

Das Mobiliar der Königinmutter von Cheops, Hetepheres. Die Statuen der 5. Sonnendynastie des Alten Reichs mit der drallen Darstellung einer Bierbrauerin. Des Zwerges Seneb mit seiner normalwüchsigen Familie oder die des Schreibers, mit dem sie sich identifizieren kann, da sie schon lange erwägt, sich der schreibenden Zunft zu ergeben.

Denn die königlichen Schreiber galten als Intellektuelle im Alten Ägypten, weshalb sich selbst Pharaonen gerne in der Gestalt des Schreibers nachbilden liessen. Im selben wecken die weniger bekannten spärlich ausgestellten Goldfunde aus Tanis im Delta zunehmend ihr Interesse. Sie ist immer wieder an den neuesten Ausgrabungsergebnissen interessiert.

Passioniert wartet sie auf neue verblüffende Erkenntnisse aus der Vergangenheit, die ihr manchmal die Gegenwart erklären, geradezu ein déjà vu hervorrufen.

Aber auch die kleinen Holzmodelle der nubischen Soldaten, der Häuser und Schiffe haben es ihr angetan. Das hölzerne Sonnenschiff aus dem zeitlichen Abgrund von über 4.400 Jahren an der westlichen Seite der Cheopspyramide hatte sie in natura mit dem ägyptischen Dozenten im eigens errichteten Museum besichtigt.

Des weiteren sind da die Sarkophage aus dem Mittleren Reich, im ersten Stock verwahrt, im Erdgeschoss die aufgestellten Amarnarelikte des Neuen Reichs. Und bei jedem erneuten Besuch des Museums steuert sie die Funde aus dem Totentempel von Deir el Bahari in Theben - West an, den Kopf und die Sphingen der Pharaonin mit dem Thronnamen Maa -ka -re, besser bekannt als Königin Hatschepsut.

Zu diesem Zweck hatte sie im Erdgeschoss den säulenbestandenen dunkel verhängten Lichthof mit dem granitenen Schlussstein benben von der Pyramide von Dahschur durchquert. Unter den Augen des Pharaos, die auf dem Monolithen unter den schützenden Flügeln der unterägyptischen Göttin Nechbet eingraviert sind. In Richtung Süden, um die Fahrt des Sonnengottes über den Tageshimmel zu verfolgen.

Linkerhand hatte sie den Sarkophag Hatschepsuts liegen lassen und Enten aus Cyperus- und Papyrushainen auf der Bemalung des Palastbodens im südlichen Maru - Aton von Amarna auffliegen sehen, die in einer flachen Vitrine aus Holzverstrebungen unter Glas geschützt liegen.
Sie nimmt den halben Treppenaufgang an den meterhohen Kolossalstatuen Amenophis III., der Gemahlin Königin Teje und ihrer Kinder vorbei, die aus seinem Totentempel vor der Bergkulisse Theben-Wests stammen, der zu dem Gang vor dem Amarnasaal führt und wäre beinahe hingefallen. Ein plötzliches Gefühl des Schwindels in ihrem Kopf lässt sie taumeln.
Die Ursache ihrer Kreislaufschwäche wähnt sie als Folge der klimatischen Umstellung von Deutschland nach Ägypten. Ein Rest von Unsicherheit und fragendem Blick begleitet sie auf dem in tiefem Dunkel gehaltenen Weg zu dem Ketzerpharao und der Hatschepsut.
Selim beginnt seine Gruppenführungen stets in den unteren überfüllten Sälen, die vom lautstarken Sprachengewirr aus allen Herren Ländern erfüllt sind. Vor ausgewählten Stücken des Alten Reichs hält er seinen einführenden Vortrag.
Das gegenwärtige Highlight des Museums im oberen Stockwerk lässt sie dieses Mal ausser acht. Das ist der Mumiensaal mit den Grössten unter den Pharaonen der 19. Dynastie, Ramses II., sein Vater Sethos und einer der letzten weniger bekannten Pharaonen der **17**. Dynastie, dessen schweres Schicksal sie sehr beeindruckt hat.
Es handelt sich um Seqenenre Ta´a, der auf grausame Weise auf dem Schlachtfeld gegen Ägyptens Fremdherrschaftstrauma, die Hyksos, gefallen war und die Sekunde des Erleidens seines Todes, in seinen Zügen sichtbar wie eine Mahnmal gegen die Grausamkeit des Krieges konserviert ist.
Den in Dunkelheit gehüllten Raum hatte sie bereits ehrfurchtsvoll mit dem ägyptischen Dozenten 1996 aufgesucht und sich einer merkwürdigen Episode im British Museum 1976 als Schülerin in England erinnert. Vor der ausgewickelten, durch Feuchtigkeitsentzug - infolge einwirkenden Natronsalzes - geschrumpften Leiche des Pharaos Amenophis II., des Sohns des grossen Thutmosis III., der das ägyptische Reich durch seine offensiven Feldzüge auf nie gekannte Ausmasse ausgedehnt hatte. Schüchtern hatte sie damals die Lücken hinter lauten Jugendlichen, die sich heftig an die Vitrine drängten, in der verstellten Sicht auf den Pharao genutzt, um einen kurzen Blick auf die scheinbar leblose Gestalt zu werfen, mit einem sichtbar schlechten Gewissen, diesen König sensationslustig anzustarren.
Als sie sich abwendete, wurde sie das Gefühl nicht los, dass er ihr nachschaute, auf überraschende Weise wohlwollend. Was im 20. Jahrhundert nicht möglich sein kann oder nicht sein darf ?
Zu Zeiten der Pharaonen hätte man dieses Gefühl anders gedeutet. Dass sie Bekanntschaft mit dem Ka des Königs, seiner
" Lebenskraft " gemacht hatte, die den Tod überdauert. Sein Ka also über die

Zeit seines Körpergebundenseins hinaus zeitlos und immerdar existiert. Der Ägypter glaubte an diese höhere Kraft, die er in jedem Körper wirken sah. Ihr war jedenfalls die Merkwürdigkeit dieses Erlebnisses im Gedächtnis haften geblieben.

Beim Durchqueren des langen Ganges kommt ihr eine Grabinschrift in den Sinn, dass die Symbole und Ewigkeitsformen, die hier in diesem Museum komprimiert zusammenstehen, Götter seien :

"*Er machte seine Götter in einer Form, die nicht ausgelöscht werden kann* ".

Dauerhafte Monumente, die gähnende Zeitabgründe unversehrt überbrückt haben.

Wie viele Menschen verschiedenster Epochen mögen die durch alle Zeiten sichtbaren Statuen eines Djosers, eines Amenophis III. oder die kolossalen Köpfe Ramses des Grossen wahrgenommen haben. Während sie selbst vergingen, in ihre Gräber sanken, bildeten diese von Menschenhand geschaffenen Symbole neue Projektionsflächen für nachfolgende Generationen.

Und jene, die der Sand jahrtausendelang verbarg, die nach ihrer Wiederentdeckung in diese Hallen kamen; von ihnen erhascht sie kurzerhand die Momentaufnahme einer nackten Amarnaprinzessin, auf einer Kalksteinplatte sitzend, mit der rechten Hand führt sie eine gebratene Ente zum Munde.

Der Hauch eines Augenblicks, in der Kürze wahrgenommen, auf ewig konserviert in vertiefter Reliefausführung. Angedeutet in nahezu moderner Strichtechnik.

Ende Januar 2011 haben Plünderer im oberen Stock gewütet, wie die ehemalige Direktorin des Museums, Wafaa el Saddik, berichtete. Einige Figuren wurden auf den Boden geworfen und zerstört. Sie zerbrachen Vitrinen mit wertvollen antiken Schätzen. Zwei Mumien seien geköpft worden, womit ein Leben nach dem Tode im Verständnis der Alten Ägypter nicht mehr möglich ist.

Entwendet worden sein sollen laut Zahi Hawass, dem Generalsekretär der ägyptischen Altertumsverwaltung, aber keine Artefakte. Mutige Ägypter wären eingeschritten und hätten das Schlimmste verhindert. Frau Saddik spricht von verschwundenen Schmuckstücken. Ausserdem sei die Museumskasse geplündert worden und ein weiterer neuer Andenkenladen ausgeraubt. Als Täter hätte man unterbezahlte Leute vom Wachpersonal und Polizisten entlarvt und verhaftet, die ihre Uniform ausgezogen hätten, um nicht als solche erkannt zu werden.

In Memphis schlugen die Täter erfolgreicher zu. Das ganze Museum sei ausgeplündert.

Die ägyptische Sammlung in Kairo birgt in ihren Kellerräumen den grössten Teil der Sammlung.

Unvorstellbar, dass die Unruhen eine ähnliche Situation wie im kriegsgeschüttelten Irak oder Afghanistan schaffen würden.
Ein Traum für die international tätige Antikenmafia, die ihre Beute an reiche Sammler in Europa und insbesondere in den USA verscherbeln würde. Denn die Schätze sind nicht versichert und die sie beherbergenden Museen nicht ausreichend geschützt. Dieser Mafia muss viel daran liegen, dass Kriege, Unruhen und Chaos geschürt werden. Auch im Jemen, dessen Norden eine nicht erforschte vorzeitliche Kultur in seinem Boden barg, restlos geplündert in Raubgrabungen bei Nacht und Nebelaktionen und der Menschheit auf ewig verloren. Diese Banden treten immer dort scheinbar zufällig und ungehindert auf, wo US - Interessen auf ihre Durchsetzung warten.
Doch die Amnesie in Form des bewußten Verschweigens in Politik und Medien nimmt schon groteske Formen der Unterwürfigkeit an. Auch werden diese " Aktivitäten " kurzerhand von den Medien den Machthabern angehängt, die der Westen loswerden möchte, die seinen Interessen im Weg stehen, welche von wirtschaftlicher und militärischer Art sind.
Der normale Fernsehzuschauer kann vom Fernsehsessel aus nicht beurteilen, ob der Bericht der Wahrheit entspricht oder dem Reich der Märchen aus Tausend und einer Nacht zuzuordnen ist.
Die CIA bedient sich in ihrer Herrschaft über die Fernsehzuschauer eines zynischen Instruments, des " perception management " . Es unterliegt ihrer Steuerung, was man vom Weltgeschehen wissen darf und was nicht. Von grossem Übel sind bewusste Weglassungen von Informationen oder Halbwahrheiten, die manchmal verheerendere Wirkungen haben können als dreiste Lügen.

Nach und nach strömt Selims Gruppe in den Amarnasaal.
Sie wechselt ein paar Worte mit Sabine und Hanna von ihrem Singletisch. Das Ehepaar von der benachbarten Sitzgruppe im Speisesaal äussert sich staunend über die Fülle an Funden, die in ihrer Gesamtheit ihre Aufnahmefähigkeit bei weitem übersteigen.
 " Sehen und erkennen ist zweierlei, " denkt sie. Die Installation von Anselm Kiefer über das Zweistromland - " The High Priestess " drückt es ihrer Meinung in ihrer bildhaften Metapher aus.
Nur verwahren, was dem Verfall ausgeliefert ist, blendet das Vergessen anscheinend nicht aus.
Die Schwierigkeit, vor der jede nachwachsende Generation steht, sich die weitreichenden Informationen des kollektiven Gedächtnisses anzuzeigen und zum Inhalt eigener Identität zu machen, hatte sie im Laufe ihres Lebens selbst hinnehmen müssen.
Als Akademikerin wurde sie daran erinnert, wie wenig wir doch wissen. Und was an Wissen gesichert ist, vom einzelnen in einem Leben nicht vollständig

wahrgenommen werden kann. Woraus sich wiederum die Schwierigkeit einer allem gerecht werdenden Urteilsfindung ergibt.
Sie rät ihnen zu weiteren Reisen an den Nil, zur Lektüre von Sachbüchern über die verschiedenen Reiche und zur Konzentration auf bestimmte Sachthemen. So erschlössen sich die einzelnen Artefakte besser.
Selim nickt lächelnd dazu. Er fährt mit seiner Führung fort. Und sie nutzt die Gelegenheit, den Gang entlang zum Saal **11**, zu den Fundstücken aus Deir el Bahari zu eilen, des Totentempels Hatschepsuts und Thutmosis III., da die Zeit drängt.
Überhaupt Zeit. Sie soll ja in der Unterwelt aufgehoben sein. Das hiesse, frühere Besuche des Museums ständen zeitlich neben ihrem jetzigen Aufenthalt, und alle künftigen Ereignisse ständen ebenfalls bereits fest. Schwer, sich das vorzustellen, sinniert sie im Gehen, aber meistens versteht man Geschehnisse erst im nachhinein, wenn die Zukunft bereits begonnen hat.
In der Mitte des Ganges bleibt sie vor der Statue Hatschepsuts aus Rosengranit stehen. Unverwandt hält die Königin runde Nuvasen für ein Ritual. Davor ein Sphinx mit Götterbart, unverkennbar ihre Züge. Die Kartusche auf der Brust verrät ihren Namen, Maa-ka-re. Ihre Augen sehen in die Ferne, als flankiere die Statue mit vielen anderen Sphingen noch immer die Rampe zum Aufgang zum Tempel, in der Geisterstadt des Todes von Deir el Bahari.
Und zwei ihrer Sphingen stehen Wächtern gleich vor dem Eingang des Ägyptischen Museums, mit dem Wasserbecken der Symbolpflanzen Papyrus und Lotus von Unter-und Oberägypten, mit Blick in eine unbekannte Ferne der Zukunft ... auf den Tahrirplatz.
Für einen Augenblick zoomt bitter die Erinnerung an den Anschlag am 8. September 1997 auf den deutschen Reisebus heran, mit dem schweigenden granitharten Blick beider Sphingen auf das entsetzliche Geschehen, zum Tahrirplatz hin
ausgerichtet ... .
Um in den Saal **12** der Reliefs der Puntexpedition zu gelangen, biegt sie in den Längsgang des Museums ein, der ein Teil des Saals **11** ist, umrundet gegen den Strom die organisierten Gruppen und ihre teilweise schreienden Führer vor dem berühmten Kopf der Hatschepsut mit ihrem feinen und entschlossenen Gesichtsausdruck, welcher auf dem Einband des offiziellen Katalogs zu sehen ist.
Vor Monaten hatte sie den Band mit dem Konterfei der Pharaonin vor ihre Bücher ins Regal gestellt, um ab und zu einen Blick auf ihr Gesicht zu werfen, da ihre Persönlichkeit und ihr Wirken sie stark in ihren Bann geschlagen hatte.
Das hätte sie besser unterlassen. Ihr schien, als starrte Hatschepsut sie eindringlich an, während sie am Schreibtisch sass, las oder arbeitete. Ihr Blick bohrte sich förmlich tief in sie hinein. Die seltsame Aura, die sie umgab, hatte etwas Raubtierhaftes, Schattenhaftes, das im Verborgenen lauerte und ihr

unbegreiflich schien. Der gesunde Menschenverstand konnte sie doch nicht verlassen haben. Kopfschüttelnd zog sie den Umschlag über das Buch und stellte es sicherheitshalber zwischen die Abhandlungen bekannter Ägyptologen. Sollte sie tatsächlich ein Gefühl wie Furcht verspürt haben ? Widerwillig schob sie diese unerwünschte Anwandlung beiseite.
Ihre Augen fixieren nun eine Vitrine aus Glas, die aus der Mitte der Museumswand ragt. Vor ihr die nachgebaute Kapelle der heiligen Hathorkuh vom Westberg im Felsheiligtum Thutmosis III., aus der Nekropole von Deir el Bahari, linkerhand des berühmten terassierten Tempels der Hatschepsut gelegen. Sie nimmt nun ihre ganze Aufmerksamkeit in Beschlag. Ihr Blick scheint für die rechts und links stehenden Stelen, Köpfe, Statuetten und Statuen getrübt zu sein, selbst für die Tafeln von Punt, auf denen Spuren der ursprünglichen farbigen Bemalung noch vorhanden sind.
Hathor, in Gestalt einer gefleckten Kuh, Herrin des Goldlandes, des geheimnisvollen Landes Punt, Herrin der südlichen Sykomore eines alten Baumkults in Memphis, die dem Toten Trank und Kühlung bietet. Als Kuh vom Westberg tritt sie hier als eine Art Todesgöttin aus der gewölbten Höhle, in der sie von den Ausgräbern vor Ort entdeckt worden ist, vor die gaffenden Touristen.
Beschützend steht die Göttin über der Statue des Pharaos. Der Name der Kartusche auf dem Nacken der Kuh elektrisiert sie. Es ist Amenophis II., ihre " mentale " Bekanntschaft vom British Museum 1976.
Als Mutter des Horus, also der Verkörperung des Pharaos ist sie dargestellt, den sie nährt und schützt, wie in den alten Tagen des Papyrusdickichts von Chemnis, vor der Bedrohung aus der Wüste, den Nachstellungen des Seth, weshalb sie auch von Papyrusstauden umgeben ist. Der Zug nach Chemnis war zu Zeiten Hatschepsuts fester Bestandteil der Prozessionen.
Der Dürre und der Austrocknung zu entgehen, Fruchtbarkeit zu symbolisieren und Kindersegen zu spenden, alle Merkmale dem Reich der Mütter zugeordnet, das der Schoss ist, in dem das Ungeborene heranwächst.
Amenophis II. wird stellvertretend zum göttlichen Kind erhoben, dessen Wiedergeburt als Verstorbener ihn als Horus in das Jenseits eintreten lässt. Das Bild der säugenden Kuh des wiedergeborenen Pharaos, die ihn allnächtlich gebiert und stillt, blinkt von der Wand der Kapelle herüber.
" Gleichzeitig hat sie hier auch kosmische Bedeutung als Himmelskuh, " ertönt eine Stimme aus dem Nichts. Sie dreht sich überrascht um.
" Die Decke der Kapelle wölbt sich im Ausdruck altägyptischer Architektur des Jenseits mit einem gestirnten Himmel; die Göttin der Nekropole geniesst ihre Verehrung in dem Felsheiligtum. Und im vorstehenden Totentempel, dem Sanktuar Thutmosis III. mit Namen " Djeser - achet (Heiliger Horizont), ausgerichtet auf den Sonnenaufgang der Wintersonnenwende und wahrscheinlich deshalb eines seiner Millionenjahrhäuser genannt. In diesem Heilig-

tum endete die Prozession der Kultbarke aus Karnak im Verlauf des < schönen Festes vom Wüstental >, nachdem Thutmosis III. den Tempel der Hatschepsut geschlossen und jede Spur von ihr ausgetilgt haben soll," referiert Sabine lächelnd, deren Kommen sie gar nicht bemerkt hatte, so vertieft war sie in ihrem Anblick der Mutter des königlichen Gottes auf Erden gewesen .

" Wieder drängt sich mir die Welt der Höhlen in den Sinn, als Sinnbild der Gebärmutter " gibt sie ihr nachdenklich zur Antwort.

" Als Mythos in der Morgenröte des altägyptischen Staates in seiner Gründungsphase, gestaltet nach den göttlichen Prinzipien einer schöpferischen Weltordnung im Sinne der Maat.
In Form der Gebärmutter treten hier andere Symbole als ums Mittelmeer herum auf. Eine Art globaler Code der Vorzeit mit regionalen Gottheiten und Ausgestaltungen scheint den damals weltweiten Höhlenkult auszumachen. Und der Chekerfries, der Schilfbündel darstellt, erinnert in der Hathorkapelle an die ersten Schreine auf dem Urhügel, als er sich aus den Wassern des Nun erhob.
Die ständige Betonung der Fruchtbarkeit, das Gedeihen in einer labilen Umwelt unter der allgegenwärtigen Gefährdung des Lebens in einer bedrohten Flussoase seitens der Wüste, sprich des Todes, die als Erscheinung des Seth oder noch verheerender, als Schöpfungsvernichter Apophisschlange daherkommt, scheint mir auch unter dem Aspekt der Wiedergeburt im Jenseits als Nachhall auf das Trauma der Austrocknung der Tchadregion hinzudeuten und sich in den Urängsten der Ägypter besonders stark niedergeschlagen zu haben, weil sich Ägypten von West und Ost von Wüsten bedrängt sah und von einer unberechenbaren Nilschwemme abhängig, die jederzeit ausbleiben konnte und somit jedes Überleben hinfällig machte.
Denkt man an die Hungersnöte zurück und an die sprichwörtlichen biblischen Plagen, die damit einhergingen.
Und beherrscht ihren Glauben noch im Tode, da es in der Vorstellungswelt der alten Ägypter im Jenseits eine unsichtbare Tiefe, eine Vernichtungsstätte gibt, in deren Bodenlosigkeit die Feinde gestossen werden und der Ägypter fürchtete, in ihr verloren zu gehen. Deshalb strebt er auch den Schutz seitens der Göttin Hathor an, will Teil ihres Gefolges werden, zu der die untergehende Sonne gehört, was den Grabwänden zu entnehmen ist. "
Sie lässt sich in ihrem Redeschwall nicht aufhalten. Führt weiter aus. Vor ihr hat sich ein Pulk von Selims Gruppe eingefunden. Sie lauschen fasziniert ihrer beschlagenen Mitreisenden.
" Aber auch die Bedeutung der Felsenlandschaft mit ihrem pyramidenförmigen Gipfel El Qurn und dem davor gelagerten Talkessel von Deir el Bahari, der sich zum Fluss hin öffnet und axial zum Tempel von Karnak ausgerichtet ist, nicht zu vergessen. Karnak gilt als Stätte des Urhügels, des nach Süden verlagerten Heliopolis, womit wir wieder bei der Dualität wären. Und auf den

Sonnenaufgang zur Wintersonnenwende hin ausgerichtet ist.
Vermutlich auch ein allgemeines Menschheitstrauma, um noch mal auf das Tchaddrama zurückzukommen, " wendet Sabine ein, " das bereits Teil der Erfahrungen der Jäger und Sammler auf dem afrikanischen Kontinent in den Jahrtausenden der Klimawechsel in der Sahara war.
Eine nackte Bedrohung ihrer Existenz, die der heutige Mensch glaubt, in den Griff bekommen zu haben, weshalb er auch unbekümmert Raubbau betreibt und sich über die Folgen lange Zeit wenig Gedanken machte ".
Beide wenden sich weiteren Statuen aus der Zeit Hatschepsuts und ihren Nachfolgern zu. Sie schaut auf die Uhr und drängt zum Aufbruch, der grösste Teil von Selims Gruppe befindet sich schon vor den goldenen Schreinen des Tutanchamun.
Viel Zeit für eigene Betrachtungen mit Tiefgang bleibt ihnen nicht. Mit einem Blick erhascht sie noch kurz die Statue Amenophis II., überragt von der aufgeblähten Schlangengöttin Meretseger in Schutzhaltung.
Ihr Widerwillen gegen Schlangen jeder Art lässt sie ihre Schritte beschleunigen. So entgeht ihr auch, dass Amenophis II. mit seinem linken Fuß seine Feinde zerquetscht. Die Neunbögenvölker, allesamt Nachbarn des Alten Ägyptens. Und die Zahl **neun** in ihrer Symbolik für den unbegrenzten Plural steht, also auch alle künftigen feindseligen Völker mit einschliesst.
Meretseger, die Herrin der thebanischen Bergspitze El Qurns, in ihrer Funktion als heilende und strafende Todesgöttin mit dem Namen "Sie liebt das Schweigen", von ihrem ursprünglichem Standort entrückt, steht stumm und deplaziert in versteinerter Angriffshaltung, ungerührt durch Besichtigungen vorüberziehender Touristenscharen.
Verehrt von den Künstlern in Deir el Medina, dem benachbarten Tal des Hatschepsuttempels, beschützt sie weiterhin trotzig das göttliche Kind, Pharao Amenophis II.
In der Rolle der Hathor vertritt sie als Mutter das Königstum und insbesondere die göttliche Weltordnung Maat. Papyrusstengel deuten noch auf das bedrohte Nest Chemnis hin, doch ihre stumme Ansprache wird von den Frauen nicht mehr wahrgenommen. Beide befinden sich schon auf dem Weg zum Obergeschoss.

Das Ritual der Essenseinnahme im Speisesaal beruhigt ihr Gemüt, obwohl der Gesprächspegel seit dem Morgen anschwillt. Die verschiedenen Gruppen fühlen sich bereits nach ihrem ersten Landgang mit den Reiseführern heimisch. Hier und da wechseln schon die ersten Witze aus den Mündern der aufdeckenden Kellner und ihrer aufgekratzten Gäste.
Auf dem Busparkplatz vor dem Ägyptischen Museum hatte sie vor dem Einstieg leise Zwiesprache gehalten und hinter ihrer Sonnenbrille erste hervorbrechende Tränen abgewischt. Es ist die Stelle, an der der deutsche Reisebus am 8.

September 1997 in Flammen aufgegangen war, aus dem sich nur wenige Touristen befreien konnten, nachdem die Attentäter Molotowcocktails in das Innere des Busses geworfen hatten. Neun Deutsche und der Busfahrer starben. Das Video, vom Balkon des gegenüber liegenden Nile Hilton aus aufgenommen, war um die Welt gegangen.
In ihr steigt nachträglich der Ekel hoch, wie man noch seelenruhig eine solche Tat filmen kann, anstatt in irgendeiner Form zur Hilfe zu eilen. Das Hotel ist Drehscheibe von ausländischen Gästen, Geschäftsleuten, Journalisten, aber auch Geheimdienstlern, und sie versucht sich den Tathergang vor Ort vorzustellen. Trotz vieler Kameraausrüstungen seitens der ausländischen Touristen ist es eher unwahrscheinlich, dass der filmende Gast oder Journalist zufällig das Geschehen aufgenommen haben soll. Verfügte er über Vorwissen ? Oder war er vielleicht gar ein Mittäter ?
Das Mitgefühl für die Opfer überwältigt sie erneut. Nach einer weiteren Minute der Andacht steht Selim neben ihr und wedelt mit der Hand vor ihrem Gesicht.
" Hallo ", sagt er. " Geht es Dir auch gut ? Du schienst mir so entrückt und traurig. "
" Danke, geht schon wieder, " erwidert sie mit tränenerstickter Stimme. " Hab kurz an den September gedacht ".
Selim schluckt. " Versuch, nicht daran zu denken ", meint er fürsorglich und hilft ihr, in den Bus zu steigen, dessen Motoren schon länger laufen, damit die Klimaanlage in der Hitze des Mittags nicht ausgeht.
Eine brachiale Sonne heizt den Betonasphalt zu unvorstellbaren Temperaturen auf. Ohne Kopfbedeckung stechen die Sonnenstrahlen massiv auf ihre Kopfhaut ein und lassen den Kreislauf schwanken. Sie hat anstelle ihres Hutes ihr langes weißes Tuch aus kühlendem Batist um ihren Kopf geschlungen, das sie von einem fliegenden Händler erworben hatte, der in dem zu Mittelägypten zählenden Dendera ausserhalb des Tempelareals der Hathor vom Verkauf solcher Tücher seine Grossfamilie ernährte, und nimmt einen kräftigen Schluck aus ihrer mitgeführten Wasserflasche.
Sabine und Hanna kommen lachend zu ihren Sitzplätzen zurück, bemerken ihre ernste Stimmung nicht. Ihre Begeisterung für die im Museumsladen erstandenen Replik einer Narmerpalette erfüllt auch die anderen Gäste im Bus. Auf der Vorderseite der großen Schminkpalette erschlägt der Pharao symbolisch seine Feinde. Auf der Rückseite bestaunen sie die Vereinigung beider Länder, die zwei ineinander verschlungene Greifen darstellen und symbolisieren. Ein eher fremdes vorderasiatisches Motiv aus der Dynastie 0, als sie später in der altägyptischen Ikonographie üblich sein wird.
Sie versucht vor den anderen ihre Trauer zu verbergen, indem sie sich mit Erfrischungstüchern abwechselnd das Gesicht, Hände und Puls abreibt, an ihrem Fotoapparat fingert.
Die Freude über die erworbenen tiefschürfenden Bildbände, die die kleine

Buchhandlung Lehnert und Landrock im Eingang linkerhand des Museums im Angebot hat, das Klicken ihrer Photoapparate unter den zahlreichen Eindrücken im Museumsgarten, der einige Verweilmöglichkeiten unter schattigen Palmen bietet, lockern die zuvor steife Atmosphäre in der Gruppe auf.
Der Bus schaukelt wieder, mit Selim hinter der Frontscheibe übers Mikro redend, Richtung Fluss und zur Anlegestelle nach El Maadi. Die Schatten der hohen Backsteinhäuser rund um das terrakottafarbene Museum hinter sich lassend. Sie wirft noch einen Blick auf eine Seitenstraße oberhalb des Tahrirplatzes, in dem sich ein langgestrecktes Restaurant befindet, das sie und der ägyptische Dozent aufgesucht hatten und Treffpunkt vieler Kairoer ist. Hier waren die Ägypter meist unter sich.
Sie suchten auch kleinere Gaststätten auf, in denen man sich direkt in der Küche die Speisen aussuchen konnte.
Der Dozent riet ihr aber vom Genuss des Fleisches ab, wegen der fehlenden Gewohnheit europäischer Mägen an die heimische arabische Küche.
Quirlig ist das Kommen und Gehen auf dem Tahrirplatz, ein buntes Durcheinander haltender Sammeltaxis, hupender Autos, die sich um die Verkehrsordnung wenig scheren. Lange Schlangen an den Bushaltestellen, kurzum, das alltägliche Treiben scheint seinen gewohnten Gang zu nehmen. Die Vitalität der Großstadt heftet sich an ihre Fersen. Lachende junge Frauen gehen Hand in Hand miteinander über. Auch Männer sieht man vereinzelt händchenhaltend, im arabischen Ägypten kein Ausdruck von Homosexualität, sondern Indiz für eine verhalten gelebte Geschlechtertrennung.
Der überbordende Verkehr, die Überfüllung der Straßen und Plätze rauscht an ihnen vorbei wie ein Livestream im Fernsehen. Vorbei geht es am Zoo, an baumbestandenen Alleen, an grosszügigen Blumenrabatten. Pärchen schlendern untergehakt oder sitzen vertieft in Gesprächen in angrenzenden Parkanlagen. Alle Generationen sind im Straßenbild vertreten, der überwiegende Anteil junger Menschen sticht ins Auge.
Gegen die Lebendigkeit Kairos nimmt sich ihre heimatliche Vorstadt wie ein verschlafenes Nest aus, ein von Überalterung, Langeweile und Fussläufigkeit gebremstes Gemeinwesen. Ein gezwungenermassen autistisch angelegtes Leben zwischen Lebensmittelmärkten, Arztpraxen und Drogeriemärkten, in deren Fußgängerzonen man abends allenfalls auf streunende Jugendliche mit Bierflaschen in der Hand trifft, hier und da Schusssalven zu hören sind.
Die patrouillierende Polizei hatte sie einmal beim Gassigang mit ihrem Hund angehalten und sie allen Ernstes gefragt, aus welcher Richtung die Schüsse kämen. Dennoch blenden die meisten solche Vorkommnisse in ihrer Stadt mit Vorliebe aus. Man zeigt lieber mit Fingern auf das Geschehen in den abendlichen Nachrichtensendungen zur besten Sendezeit und raunt sich zu: " Ist das ein gefährliches Land. Da fährt man besser nicht hin ! "

Das Geheimnis der Stigmatisierung von vornehmlich fremden Orten bleibt ihr unerklärlich. Anscheinend gehen da Angstinstinkte aus der Urzeit herrührend mit platter Dummheit einher. Die Medien scheinen die Scheuklappen mancher Unwissenheit geschickt mit der Macht der Bilder für ihre Berichterstattung zu nutzen.

Längs - und Seitenwege des Politgeschehens spielen schon lange keine Rolle mehr auf der Einbahnstraße medialer Darstellung. Sich aus der Sackgasse der Irrwege zu befreien, bedarf es heute mehr als Aufgeschlossenheit und Urteilsvermögen. Sich aus der liebgewonnenen Perspektive des sich Überlassens irgendwelchen Medien gegenüber zu lösen, ist mehr als schwierig, deren Hintergründe, Verbindungen und Abhängigkeiten der Zuschauer oder Leser nicht kennt und die das Geschehen als alleinige Wahrheit derer verkaufen, deren Lied sie singen.

Ende April 1996 hatte sie mit dem ägyptischen Dozenten aus Köln, der alttürkische, altiranische Sprachen lehrte, auf der Aussenterasse des Nile Hilton beim Kaffee und musikalischen Klängen mit Darbietungen zur Unterhaltung der Gäste gesessen, sich ziemlich ungehindert und frei von Kontrollen bewegen können. Die Einschränkungen seitens der Touristenpolizei in weissen Uniformen nahmen erst seit dem Anschlag am 8. September 1997 an Stärke zu. Mittlerweile kontrolliert sie jeden Ankömmling an den Ein - und Ausgängen.

Eine offene Atmosphäre herrschte zu der Zeit vor, aber mit jedem tödlichen Geschehen - ihrer Meinung nach bewußt gesetzten, um diese lockere Offenheit vor den Augen westlicher Touristen zu beenden und Ägypten in ein schiefes Licht zu bringen - wurde der Gürtel um die Bewegungsfreiheit enger geschnallt, zu einem mittlerweile belastenden Bleiring nebst der lastenden Hitze auf jede Unternehmung in der Big City. Ihr schien damals die Innenstadt ausreichend gesichert zu sein. Ägypten wollte sich vor seinen ausländischen Besuchern nicht als Polizeistaat präsentieren, der jeden Gast ausspioniert. Die herzliche offene und hilfsbereite, sehr gastfreundliche Art liegt den Ägyptern, ist Teil ihres Wesens.

Nach der Besichtigung war der Dozent mit ihr an einer verabredeten Stelle vor dem Nile Hilton in den kleinen Bedienstetenbus gestiegen, der sie mit einigen jungen Studentinnen und Studenten, die abends in ihrem Hotel kellnern würden, zurück nach Giza brachte.

Junge aufgeschlossene Ägypter, so ergab es sich im Gespräch, die ihr Studium mit ihrer Arbeit im Tourismus finanzierten. Trotz der hohen Arbeitslosigkeit unter ägyptischen Akademikern besteht für einige immerhin die Möglichkeit, an den Rezeptionen, in den Restaurants, an den Monumenten eine Arbeit zu finden. Das wirtschaftliche Überleben kann sehr abhängig vom Gedeihen des Tourismus sein.

Und das wissen die Auftraggeber der Terroranschläge, der Unruhen nur zu gut. Die Frage stellt sich ihr, wem es Nutzen bringt, diesen sympathischen, weltoffenen und ehrgeizigen jungen Ägyptern Schaden zuzufügen oder ihnen jede Möglichkeit der freien Berufsausübung zu nehmen, um sie für ihre Zwecke einzuspannen.

In der Erinnerung stieg ihr noch der Duft der frisch geschnittenen Minze in die Nase, die wie ein arabisches Stilleben in einem Wasserglas neben weiss emaillierten Teekannen auf kleinen Bistrotischen drapiert, von Gebrauchsspuren übersät und der obligatorischen Wasserflasche mit arabischen Schriftzeichen beigesellt, auf kleinen Bistrotischen des berühmten Kaffeehauses im Chan el - Chalili Basar standen, an denen Nagib Mahfuß Schisha geraucht hatte, und das sich bei Einheimischen wie Touristen grosser Beliebtheit erfreut.

Sie waren glücklich gewesen, einen Platz ergattert zu haben, nach dem stundenlangen Herumschnüffeln und Suchen in diversen Antiquitätenläden, verteilt über dunkel labyrinthisch verlaufende Gassen eines überdachten Souks, mit seinen von Waren überladenen Geschäften in dem ehemaligen türkischen Basar, mitten im Herzen der fatimidischen Metropole, dem Abwägen, ob sie eine der orientalischen antiken Lampen erstehen sollten.

Und nach einigen eingenommenen Gläsern des heissen süssen Tees, hatten sie den Kupferstechern in ihren engen Büdchen über die Schulter geschaut und den vielen Händlern, die ihre Geschäftsräume mit Schwaden von Weihrauch reinigten.

Der Geruch des 1382 gegründeten altertümlichen Viertels, seine in Jahrhunderten gewachsene Patina um die Saijidna-el-Hussein-Moschee gruppiert, wechselte über Parfüms, angeboten in zierlichen Flakons über die zu Pyramiden aufgeschichteten bunten Gewürze zu einer Besonderheit am Eingang des Basars, dem Stand mit Gewürzgebäck aus der Weihnachtsbäckerei, so mutmasst mancher Tourist.

Tatsächlich sind Spekulatius und Co. orientalischer Herkunft. Sie waren schon zur Zeit der alten Ägypter bekannt. Im Altertum pflegte man sie in Osirisbackformen aus Ton herzustellen.

Entspannung pur ist nach dem Essen auf dem Panoramadeck angesagt. Vom jugendlichen Sonnengott Chepre ist Re zur vollen Blüte aufgestiegen. Seine sengenden senkrechten Strahlen treiben Hanna, Sabine und sie unter grosse gespannte Sonnensegel. Der mittägliche Dunst der Hitze hängt schwer über dem Fluss. Den Kornkammern, den Schilfgürteln, Palmen und Skelettbauten der fertig zu stellenden Betonhochhäuser, die an beiden Ufern unvollendet aus der Landschaft ragen und lässt Perlenschnüre von Lichtblitzen vor ihren Pupillen tanzen, im eigenen Saft bruzzeln, Steak english, phantastische Wogen des warmen Nordwindes um ihre Häute wirbeln, die sie sich Schicht um Schicht zugelegt haben, zu ihrer Transformation, zu dem die Farben, das Licht, die Erde des Orients, die Fluten des Nils beisteuern, ein tiefgehender Prozess, der ihr

Innerstes für immer verändern wird. Eine fortwährende Reise zu unbekannten Gestaden ihres selbst.

" *Was für ein Schatz aus Licht*
ist dieser, den der Himmel und die Erde bekleiden,
dieser, den Mittagszeit bekleidet. "

Abd Al - Aziz Al - Moukaleh, jemenitischer Dichter

Die Gesprächsrunden unter Frauen, so denkt man, kennen nur ein Thema : Männer oder besser, schlechte Erfahrungen mit denselben, dem angeblich stärkeren Geschlecht, sich den Frust von der Seele reden. Könnte man meinen, doch Hanna ist heute nicht dazu aufgelegt. Den anderen ist nicht entgangen, dass sich ihre Gesichtszüge verklärten, je näher der Bus sich der Anlegestelle näherte. Hanna ist verliebt. Und zum Erstaunen der anderen rückt sie mit ihrem kleinen Geheimnis geradewegs heraus. Sie sei wieder auf dem Nil, weil sie seit längerem eine Beziehung zu einem Ägypter unterhalte, der Angestellter von Misr Cruises ist, dem Eigner der von ihrer Reisegesellschaft gecharterten Kreuzfahrtschiffe.
Wer an Bord der Glückliche ist, behält Hanna für sich. Weil Abenteuer an Bord nicht gern gesehen sind, gleichsam aber vorkommen und beide sich seriös mit dem Gedanken an eine dauerhafte Verbindung tragen, nämlich Hochzeit und Ehe, was im krassen Gegensatz zu erlebnishungrigen oberflächlichen Touristen steht.
An Bord der Meretseger sieht man des öfteren Vetreter von Misr Cruises mit ihren deutschen Ehefrauen und ihren Kindern, die die Gelegenheit nutzen, mit ihren früheren Landsmänninnen ins Gespräch zu kommen, wann immer sich die Gelegenheit bietet.
Sabine hat von der Neuigkeit wenig mitbekommen. Sie trägt das Meer im Ohr, in Gestalt eines kleinen Kopfhörers mit wechselnden Meeresklängen. Befindet sich in Gedanken nicht am Roten Meer beim obligatorischen Tauchgang, sondern ist geistig in die zeitlichen Wirbel Alexandrias abgetaucht. Dem Delta vorgelagert, an der Küste der Levante, mit seinen stürmischen Brechern im Frühjahr und seinem gezähmten Erscheinungsbild einer wohltemperierten Badewanne im Herbst.
" Cleopatra und Cäsar kreuzten nilaufwärts auf der königlichen Barke, die über zwei Stockwerke hoch gewesen sein soll, wie neueste Forschungen ergeben haben, " wirft sie faul in die Runde,
" die ersten Flitterwöchler auf dem Nil, aber wahrscheinlich in Kombination mit Arbeit. Cäsar war sicher nicht nur begierig auf Cleopatra, sondern wollte die Schlüssel zu Ägypten über ihre Liaison erhalten. Umgekehrt wollte sie über ihn Rom erobern, um das Erbe der alten ägyptischen Kultur wieder zu einer

führenden Macht auszubauen und mit ihm gemeinsam ein Weltreich zu gründen, das über die Ausmasse dessen von Alexander des Großen hinausreichen sollte. "

" Na, Cäsarion bei dieser Hitze zu produzieren, war sicherlich auch Arbeit ", scherzt Hanna und wedelt sich mit ihrem Fächer Luft zu. Sie winkt Mahmoud heran, ihren freundlichen Kellner an Deck, fleht ihn um Wasser oder Tee zu trinken an.

Mahmoud eilt lächelnd in die Bar, ist nach fünf Minuten mit der gewünschten Flüssigkeit zurück. Nachdem sie die Wasserflaschen in mehreren Zügen geleert haben, rekeln sie sich wohlig auf ihren bequemen Stühlen.

Einige kids springen in den Pool, spritzen sich gegenseitig nass. Vom angrenzenden Jachtclub aus passiert ein Motorboot mit höherer Geschwindigkeit ihr Schiff, im Schlepptau ein Ägypter auf Wasserskiern. Die verursachten Wellen schlagen hart an die Bordwand an, laufen am Ufer aus.

" *Allahuuu ackbaaarrrrrrr !* " schallt es über die Landschaft. Der Muezzin ruft zum salat, zum verpflichtenden Gebet.

Ihr Blick bleibt an einer Felukke hängen, die die Mittagsausschüttung der Sonnenstrahlen auf dem Nil quert. Im flimmernden Licht sieht sie das geflickte graue Segel. Auf den Randsitzen quer zum selben hocken die überwiegend männlichen Passagiere gleichmütig in ihren Galabijas. Ein Hauch von Ewigkeit liegt über diesem ruhigen Moment.

Ihre Gesichter sind von der Mühsal ihrer materiellen Armut verhärtet, von ihrer Unüberwindlichkeit.

Gegen die Gier nach materiellem Besitz hält ihre stoische Gelassenheit. Ein Schatz der Weisheit, der aus einem einfachen frommen und rituellen Leben kommt, das wie ein Relikt den Ruderschlag der Vergangenheit aufleuchten lässt, die dem way of life in Europa und Übersee verloren ging, aber zugleich auch etwas zeitlos Entrücktes hat, das sie kennt. Gesichter, die zeitlos sind, deren entschleunigter Lebenswandel viel vom Überfluss an Zeit verrät.

Zeit, in die eigenen Gedanken abzutauchen. Über Gott und die Welt nachzudenken, im Rhythmus der gleichen einfachen Ritualen das innere Gleichgewicht zu finden.

Ihre eigene innerlich erlebte Wüste : Erinnerung an die Unerfüllbarkeit von Wünschen, Grenzsetzungen.

Im Studium, im Beruf, in den zwischenmenschlichen Beziehungen. Unverkennbare Zeichen der Dürre neben der gebotenen Fülle auf der Meretseger liegen in den tieferen Schichten ihres Unterbewusstseins begraben, werden durch den Ausdruck auf ihren Gesichtern hervorgekehrt.

So muss es zu allen Zeiten gewesen sein, das Nebeneinander von Ebbe und Flut in menschlichen Schicksalen, wobei die Dürre die ersehnte Flut wohl überwiegen mag. Die müden Gesichter, vom ewigen Überlebenskampf gezeichnet, aus der Tiefe der Evolution steigen sie auf, nicht nur auf dem

afrikanischen Kontinent.
Sie sieht noch die Felukke abrupt am Ufer anlanden. In der Kürze der Zeit entlädt sich ihre menschliche Fracht in Richtung Hauptstraße und ist aus ihrem Gesichtsfeld verschwunden.

Der Ausflug zu den Pyramiden von Giseh ist für den Nachmittag angesetzt. Nachdem sie sich auf ihrem gemütlichen Zimmer frisch gemacht hat - als Einzelreisende steht ihr sogar eine Zweibettkabine zur alleinigen Nutzung zur Verfügung - stösst sie zur Gruppe Selims, die sich in der Eingangshalle vor der Rezeption und dem kleinen Schmuck-und Andenkenladen versammelt hat. Einige Reisende deponieren noch schnell ihre Wertsachen in den Tresorfächern, die man anmieten kann, dann geht es schnurstracks über die Planken durch die anliegende Nile Chepri zu den wartenden Bussen.
Zehn Minuten später quält sich der Tross Richtung Innenstadt Stossstange an Stossstange durch den Nachmittagsverkehr der Metropole. 1998 war die Umgehungsautobahn inklusive neuer Brücke über den Nil fertiggestellt worden, so dass sich die Busse den Umweg durch die Innenstadt und über die anschliessende kilometerlange Pyramidenstraße sparen konnten, auf der heutigen Route blosse Zukunftsmusik.
Verschiedene Stadtautobahnen verlaufen röhrenartig. Als pulsierende Lebensadern duch das Webmuster des arabischen Teppichs in der größten Stadt Afrikas gezogen, wie auf einer Achterbahn durch den Dschungel der Innenstadt.
Beton zerschneidet Hochhäuser, ältere Viertel. Der Einbruch der Moderne ist den Bewohnern direkt vor die Nase gesetzt, erlaubt hier und da Einblicke in ihr privates Leben. Bis die Busse den dreispurigen Boulevard der Pyramidenstraße erreicht haben, der auf den letzten Weg der toten Pharaonen stetig zuhält, den Pyramiden des Cheops, Chephren und Mykerinos.
In der Mitte ist die breite Prachtstrasse von einem Grünstreifen getrennt, auf dem abwechselnd Palmen ragen und grüne Büsche hervorstechen.
Für die unzähligen Pilgerscharen der anbetenden Touristen rainen sich Hotels, wie auf einer Perlenschnur aufgereiht, an dieser nicht enden wollenden lebhaften Zufahrt zum Vorort Giza an. Touristischer Prozessionsweg zum berühmtesten Friedhof des Altertums, dem Haus der Millionen Jahre, zum Eingang von Ro - Setau, den Pyramiden von Giseh.
Die Nachmittagsstimmung ähnelt ihrem Alltag zuhause beim Kochen in der langgestreckten Küche, befindet sie, mit der Sonne im Südwesten. Re hat seinen Reifezustand auf seiner täglichen Sonnenbahn erreicht.
Im Vorbeifahren erhascht sie weisse barocke Sitzgruppen, ausgestellt in einem Möbelgeschäft. Menschenketten warten geduldig an Bushaltestellen.
1996 hatte sie einmal fast die vibrierende Vitalität erschlagen, die jenen zufälligen Besucher trifft, der geschützt im Kleinbus des Hotels hockend, in den

Sog des Strassentreibens gezogen wird, als sässe man inmitten des Gewühls eines Konzerthauses oder der Kairoer Oper, in dieser spannungsgeladenen kitzelnden Atmosphäre vor dem Beginn einer geschäftigen Liveübertragung.
Das quirlige Gewühl des Kairoer Verkehrs ähnelt dem lärmenden atonalen Einspielen der Instrumente, ihrem wilden Kontrast und ihrer zufällig zustande kommenden Symmetrie vor Beginn des Konzerts.
Grosse Oper, die hupenden, sich vorwärts wühlenden Lawinen an Blechkisten, vorbei an Knäueln verschiedener ägyptischer Physiognomien. In die schwarze Milaja eingehüllte Frauen bevölkern kaum das Pflaster, aber untergehakte lachende und schwatzende Araberinnen, schlanke hochgewachsene Nubierinnen in langen Röcken, unverkennbar elegantes und gepflegtes Äusseres unter den langen Gewändern.
Daneben Männer in der Galabija, gepflegten teuren oder einfachen Anzügen, auch Jogginganzügen, kurz das Spektrum orientalischer und westlicher Moden wogt vorüber, durcheinander, gegeneinander, wieselnd, aber wiederum ohne die Hektik westlicher Großstädte auskommend, scheinbar unsichtbar gesteuert vom Hupkonzert der Fahrzeuge, den ungeschriebenen, aber von jedem verstandenen Regeln.
Unendlich dehnt sich die Fahrt, während Selim übers Mikro erste Verhaltensregeln den Gästen erörtert, die ins Innere der Grossen Pyramide steigen wollen. Sie starrt aus dem Fenster. Rechterhand fliegen Bäume und Gebäude vorüber, mit dem Sog einer Hypnose behaftet. Beinahe wären ihr die Augen zugefallen. Es ist nur ein Hauch, der sie hochschrecken lässt, in den Schatten der Hotels auf der rechten Seite. Irgendwas duckt sich weg, aber schon ist der beklemmende Eindruck vorbei.
" Anzeichen einer Mimose ? " fragt sie sich selbstkritisch.
 War da nicht mal ein Anschlag, denkt sie im stillen ? Nun fällt es ihr wieder ein. Im April 1996, zwei Tage bevor sie selbst in Ägypten einreiste, kamen achzehn Griechen bei einem Anschlag auf der Pyramidenstraße vor ihrem Hotel zu Tode. Vierzehn weitere wurden verletzt. Die Zeitungen druckten damals die Behauptung der " al - Dschama a al-islamiyya " ab, ihr Anschlag habe eigentlich jüdischen Touristen gegolten. Ausrede oder Schutzbehauptung ?
Wer ist diese Dschamaa al - Islamija im geheimen ?
Kein Ägypter konnte ihr darauf konkret eine Antwort erteilen. Sie wussten es selbst nicht.
Ominöse Gruppierungen, die zwar fähig sind, so viele Menschen trotz Sicherheitsvorkehrungen zu töten, und dann sollen sie sich noch geirrt haben ! Ihr erscheint das höchst widersinnig. Erinnert sie an spätere zufällige US-Bombardements, die " versehentlich " eine Hochzeitsgesellschaft trafen.
Und immer diese polarisierenden Statements von Hass gegenüber jüdischen Touristen. Das lässt noch ganz andere Erklärungen zu, nämlich verdeckter Art, die nicht jedem gleich ins Auge fallen. Und nicht nur den gewollten

islamistischen Extremismus dieser Straftäter vor der Welt künstlich dokumentiert.
White Arier, diverse weisse Hassgruppen wie White Supremacists gibt es in den USA zuhauf, außerdem Rechte in der Machtpolitik, die schon für den Aufstieg Hitlers mitverantwortlich waren, nie stigmatisiert wurden, geschweige denn, dass sie jemals für ihre kriminellen Handlungen strafverfolgt wurden. Wer kann eine Anstiftung aus diesen Kreisen ausschliessen ?
Wenn man ermittelt, darf man nicht von vornherein alle Möglichkeiten ausblenden und sich gebetsmühlenartig nur auf eine Lösung beschränken. Die dann auch noch als massive Wand alle aufkommenden Einwände erschlägt und wehe, man widerspricht in Leserbriefen, dann werden die regelmässig nicht abgedruckt.
In jeder grösseren Tageszeitung, im Fernsehen und Radio erschienen nur die gleichen einseitig klingenden Begründungen.
Viele Deutsche haben jüdische Vorfahren oder Verwandte. Und sie hat Israelis und Juden aus Europa und Übersee in Ägypten getroffen, die gerne die Monumente aufsuchten oder schlicht an den Badestränden urlaubten.
Die Erklärungen der Medien erscheinen ihr konstruiert. Dank ihrer geschichtlichen und kriminologischen Bildung lösen bei ihr diese wenig plausiblen Lösungen die Alarmglocken aus. Zumal die Wächter in den Hütten vor den Monumenten eindringlich klarstellten, dass diese Gruppierungen nicht im ägyptischen Volk Rückhalt hätten und der Friedlichkeit des Islam widerspächen. Ihnen und dem Tourismus Schaden zufügen würden. Warum sollten sie so etwas Dummes und Verrücktes anstellen ? Sie solle den westlichen Medien in ihrem Namen öffentlich widersprechen, weil ihnen die Möglichkeit einer gegenteiligen Darstellung verwehrt bliebe.
Dieses Gespräch hatte sie 1996 auf einer Matte in verschiedenen Hütten vor den Pyramiden von Meidum und Abusir beim Teetrinken mit Ägyptern geführt. Ihr Taxifahrer gab damals den Dolmetscher.
Warum werden immer Touristen aus bestimmten Nationen Opfer solcher Anschläge ? Da hakt es doch, so gesehen, in der Argumentation.

*" Ich bin die Wege von Ro - Setau zu Wasser und zu Land
gewandelt ... Es sind die Wege des Osiris; sie sind am
Himmel*
                        aus dem Zweiwegebuch in El Berscheh,
                        Sargtexte, Mittleres Reich

Sabine reisst sie aus ihren Gedankengängen hoch. Erinnert sie daran, dass sie sich entspannen und ihre kriminalistischen Zweifel auf später vertagen soll.
Sie haben das berühmte Hotel Oberoi Mena House erreicht. Die sich scheinbar endlos dahinziehende Zufahrtsstraße der Grossen Pyramide legt sich in eine

ansteigende Linkskurve, und schon hält der Bus vor dem Eintrittskartenkiosk mit dem heruntergelassenen Schlagbaum.
Dem Lärm der modernen Zivilisation in der brodelnden Kapitale aus Lehm und Beton sind sie gerade entkommen, doch gelingt es ihr erst nicht, den gedanklichen Schnitt zu vollziehen, sich auf das Pyramidenfeld mit Herz und Sinnen einzulassen, das in seiner Plötzlichkeit vor der Frontscheibe ihres Busses auftaucht.
Selim löst die Karten, und schon schaukelt der Bus auf das Plateau vor Chufuis Meisterwerk des Altertums, genannt " Achet Chufu ", zu deutsch " Horizont des Cheops ", der Palast des Re .
Der Kontrast ist zu brutal. Schlagartig wird sie in die überkommenen architektonischen Vorstellungen des altägyptischen Universums vom Jenseits gerissen, das keine Zeit kennt, wird vor ihre Ewigkeitssymbole aus Sandstein geworfen - die berühmten Pyramiden. Von ihrer Grandiosität fühlt sie sich bezwungen, jene Häuser der Millionen Jahre, die über dem Abgrund der Zeiten gähnen.

CHEOPSPYRAMIDE 51 °

Ins Monumentale gegossener Spagat
der Zeit
übersteigt
den Rest der dir noch bleibt
wenn die Lebenszeit ihr Kleid
abstreift

Angesichts des Winkels der Oberflächlichkeit
mit der die Zeit ihr Spiel abwärts
treibt
vorübergehende Obrigkeit
Härte Spaß dein Leid

was bleibt bestehen
wird zum grad der Unendlichkeit
ist es vermessen
die Pyramide neu zu bemessen
um in der neigung

beim Abstieg und fall der Menschheit

die Menschlichkeit
                      nicht zu vergessen "

Verstört, mit offenen Mündern, klebt die Gruppe an ihren Sitzen.
Ihre kleinbürgerlichen Befindlichkeiten verlieren sich auf der Stelle vor diesem schweigenden Steinkoloss, der in seiner äusserlichen Hülle nichts preisgibt. Ein Meer von Kalksteinen, das sich allem Lebendigen widersetzt, ruhig darliegt, als ginge ihn der Verlauf von Menschenhand gestaltete Jahrtausende nichts an. Dem mit Sprache nicht beizukommen ist. Den sie in diesem Moment nur intuitiv erfassen, mit ihren staunenden Augen wie mit einem Laser abtasten kann. Als bräche der Urozean Nun sich einen Keil in die Welt der Lebenden.
Unendlich scheint sich die Wüste Richtung Westen zu dehnen. Die dahinter liegende moderne Strasse als Paradoxon der einbrechenden modernen Zeit in dieses Sinnbild von Zeitlosigkeit, die zu dem neuen Stadtteil Pyramids City führt, bleibt den Blicken der Besucher vorerst verborgen, zerschlägt den Eindruck von Erhabenheit noch nicht.
Die Mondlandschaft aus Pyramiden und die sie umgebenden Mastaben schaffen visuell eine Relation zum All, üben als eine Art Weltraumbahnhof des Todes und der Wiederauferstehung der Seele des Pharaos, eine Faszination in Richtung Zirkumpolarsterne und Orion aus, die eine Welle an Sachbüchern wie " Das Geheimnis des Orion " von Robert Bauval den Buchmarkt überschwemmte und weltweites Staunen ausgelöst hatte.
Neue Erkenntnisse scheinen den Schleier der Bedeutung langsam zu lüften. Sollte es tatsächlich möglich sein, das Geheimnis der Grossen Pyramide im ausgehenden 20. Jahrhundert in Erkenntnis umzuwandeln ?
Denn verschiedene Erklärungsmodelle überwuchern die Jahrhunderte. Sabine und sie sind begierig, die neuesten Forschungsergebnisse zu lesen. In der Hoffnung, Zeuge einer grossartigen Entdeckung, einer Erklärung zu werden, die mit einem Schlag die Menschheit aus ihrer dumpfen Alltagstristesse reisst.
" Seht her, die Ägypter waren doch eine geistige Stufe weiter, als die gegenwärtige Arroganz der Heutigen dies jemals für möglich hielt. "
Angesichts dieser verheissungsvollen Aussicht, dem letzten grossen Abenteuer, überbieten sich Archäologen, Amateure und Berufene gegenseitig in der Auslegung neuerer Erkenntnisse.
So sieht ein Physiker namens Dr. Hans Jelitto nach seinen neuesten Untersuchungen in dem Abstand und der Anordnung der drei Pyramiden weniger die Gürtelsterne des Orions, sondern eher die Konstellation Erde/Venus/Merkur zur Sonne verwirklicht. Die ersten drei Planeten, die zur Sonne hin ausgerichtet sind. Woraus sich aus den aufgestellten Gleichungen eine Sonnenposition ergibt, wenn die Anordnung der drei Pyramiden im Punkt (Aphel) des größten Sonnenabstandes des Merkur erfolgt.
Jelitto ist Scientologe. Jene Sekte, die vom Verfassungsschutz beobachtet wird. Weshalb eine Theorie schon aufgrund seiner Sektenzugehörigkeit als höchst merkwürdig eingestuft wird. Merkur wird aber durchaus in den Jenseitsbüchern erwähnt.

Er ist der sonnennahste und mit einem Eisen - Nickel - Kern ausgestattete Planet. Im Altertum als Stern dem Seth und Thot zugeordnet, Venus dem Morgen - und Abendstern.

Beide bilden zusammen mit Erde und Mars Gesteinsplaneten. Bauval sah den Morgenstern als Inkarnation des Phoenix , der auf dem Pyramidion Platz nimmt. Zumindest lassen sich verschiedene Theorien, selbst jene, die augenscheinlich widerlegt werden können, trotz aller Widersprüche in die Abbildung des Himmels auf Erden einfügen, der aus der überaus kenntnisreichen Beobachtung desselben seitens der altägyptischen Priesterschaft entstanden ist und Einzug in ihre pragmatische Mythologie hielt. Welche Technologien ihnen dafür zur Verfügung standen, ist ein ungeklärtes Rätsel und lässt Raum für die verrücktesten Spekulationen.

Dennoch scheinen Theorien wie die jüngste von dem französischen Architekten Houdin, der eine innere Rampe vermutet und dazu einige stichhaltige Ansatzpunkte wie die mysteriösen Hohlräume liefert, im Denkansatz zumindest den ausgefeilten Pragmatismus der Alten Ägypter in Betracht zu ziehen.

Der erste Sonnenstrahl, der die goldene Spitze des Pyramidion im Altertum traf, galt als benben-Stein, gleichzeitig als Vogel bennu bzw. Phoenix. Der Stamm ben bedeutet in den semitischen Sprachen Sohn, Same von ... .

Also ein befruchtender Vorgang seitens des Sonnengottes hinsichtlich Ägyptens. Die Ingangsetzung allen Lebens mit seinem morgendlichen Sonnenstrahl, damit das Erste Mal der Schöpfung Tag für Tag wiederholt.

Das Gelände von Giseh galt als beider Urhügel, die als erstes aus den Wassern des Nun emportauchten.

Auf der Traumstele vor dem Sphinx ist der löwengestaltige Aker zweifach in gegengesetzter symmetrischer Aufstellung zu sehen. Zwischen beiden Verkörperungen befindet sich die Sonnenscheibe, ruhend auf dem Symbol für zweifachen Urhügel im Abstieg. Dieses Phänomen ist zur Sommersonnenwende zu beobachten. Tatsächlich kann man dann die Sonne zwischen Cheops-und Chephrenpyramide untergehen sehen.

Die Mundöffnungszeremonie in der Königskammer wurde an der Mumie des verstorbenen Pharaos abgehalten.

Mit Hilfe eines dechselförmigen Instruments in der Form des Grossen Bären aus eisenhaltigem Meteoritengestein.

Danach konnte der Pharao im Jenseits wieder essen und sprechen. Zwischen der 2. und 3. Dynastie soll ein eisenhaltiger Meteorit in der Nähe von Memphis niedergegangen sein.

Doch sinnlich stärker wahrzunehmen als alle Theorie sind die Eindrücke von Stille und Stillstand, die über den Monumenten aus verwitterndem Stein schweben. Wohnstatt der Götter, die das Schweigen lieben. Die ihr die nicht zu verdrängende Wahrheit des Todes schlagartig vor Augen führen.

Es liegt etwas Entsetzliches in dieser architektonischen Pracht - Eitelkeit der Lebenden - wie Hekabe in den " Troerinnen des Euripides " angesichts des ärmlichen Grabes für den von den griechischen Siegern ermordeten Thronfolger Astyanax den prunkvollen Grabeskult bewertet.
Eine Verwandlungsstätte des Pharaos, die den Besucher ergreift, seltsam anrührt, verwandelt. Ihn auf das Ende einer langen Reise mit Namen Leben hinweist. Aber auch darüber hinaus, die Kultstätten als Ort seiner Transformation vorzuführen, seinem Einstieg in die Barke des Sonnengottes.
Stolz und als ein Fingerzeig über alles Vergängliche erhebt sich die Cheopspyramide über dem wogenden Meer einer lärmumtosten Metropole, über die zahlreich wuselnden Touristen auf ihrer Ebene. Den Heerscharen verschiedener Länder und Kulturen. Hier und da bewacht von zurückhaltender Touristenpolizei in weissen Uniformen und unbemerkt ausgespäht von eifrigen Kamelreitern auf der Suche nach Kundschaft.
Über allem weht unablässig der warme Wind.
Hauch der Ewigkeit über einer Geisterstadt, die die Pharaonen, ihre Familien, ihren Hofstaat, Minister und Bedienstete, die Arbeiter der Nekropole für immer verschluckt hat.
Wie die Spuren ihres Vaters, der mit ihrer Mutter hier gewesen ist, wie die aller Toten, die je vergingen, sich für immer im Sand verloren haben, fortgenommen von einer matter werdenden Sonne. Atum, die im Westen untergeht, zum Eingang des Jenseits. Ro - Setau, das sich unter dem Plateau von Giza befinden soll.

Das menschliche Leben ein Nichts, ein Vergehen
im Sand
Millionen Staubkörner
wie Millionen
Jahre, Seelen
durch die Jahrtausende
unverändert
Sand

So wird dereinst wohl auch die heutige Zivilisation untergehen.
Und niemand kann vorhersagen, welche Fragmente überdauern und künftigen Ausgräbern als Anschauungsmaterial zur Verfügung stehen wird.
Eine sich auftuende Fehlerquelle, der getrübte Götterblick, der vorausgegangene Zivilisationen von den Nachkommen nur als Flickenteppich und nicht als Ganzes der Vergangenheit wahrgenommen werden kann.
" Was wäre, wenn diese leeren, fremd und rätselhaft wirkenden Pyramiden

Relikte anderer Zeitdimensionen darstellen, die wir nicht sehen können ", fragt sie sich.

" Laut Buddhismus und neuerer Stringtheorie sollen elf Dimensionen nebeneinander existieren. Einige sollen aufgerollt sein, so dass man sie nicht wahrnehmen kann.

Einstein sprach von verbindenden Wurmlöchern in der Zeit. Physiker wie Stephen Hawking machen sich theoretisch Gedanken über diese Dimensionen, behaupten aber, dass es sie nicht gäbe.

"Und wenn sie doch vorhanden sind, hätten sie die gleichen Parameter aufzuweisen wie das unsrige ? Und wie kann man das Philadelphiaprojekt in diesem Zusammenhang einordnen ? Und was noch wichtiger ist, in welches Universum wechseln wir bei unserem Tode ? "

Zu viele Fragen auf einmal, grübelt sie konsterniert.

" Das Haus der Isis " bietet einen atemberaubenden Rundblick über ein Palmenmeer in Richtung Norden.

Östlich erstrecken sich weitläufige Grünanlagen eines Golfplatzes. Daneben zur Rechten Nazlet El Samman, das Pyramidendorf, in dem viele Reiseführer zuhause sind, aber auch die Beduinen der Kamelbesitzermafia, mit zahlreichen Schmuck - , Andenken - und Papyrusläden für die Touristen.

Unter dem Pflaster verbirgt sich der verschwundene Taltempel mit dem Aufweg zur Pyramide, in Fragmenten erhalten und durch neueste Forschung bestätigt.

Im Hintergrund wölbt sich die Metropole Kairo in dem ehemaligen Becken des verschwundenen Ozeans kilometerweit bis zum Horizont, an dem die Mokattamhöhen auf der anderen Seite des Nils auftauchen und die virtuelle Verbindung der Sonnenbahnen zum Tempel von Heliopolis erahnen lassen.

Während die Karawane ihrer Gruppe samt Hanna und Sabine prozessionsartig die hohen Stufen zum Eingangsstollen auf der Nordseite nimmt, den der Kalif Abdullah el-Mamun um 1820 hineintreiben liess, weil er im Innern große Schätze vermutete, macht sie sich auf den Weg zu den Resten des verschwundenen Totentempels auf der Ostseite.

Verfolgt von einem Kamelreiter, der sich in der irrigen Annahme befindet, hier leichtes Spiel mit einer naiven Touristin zu haben. Aber darauf hat sie nur gewartet. Gut vorbereitet wie immer, schickt sie ihn listig samt Kamel voraus, in eine dunkle Ecke seitlich der kleineren Königinnenpyramiden, in die er sie zuvor drängen wollte.

" Jalla, jalla ! "

Sie dreht sich seelenruhig auf dem Absatz um und begibt sich zu der Stelle, an dem ein Stollen unter die Pyramide gegraben ist. Der verblüffte Kamelreiter hat verstanden, lässt sie in Ruhe.

Ihre Platzangst erlaubt es ihr nicht, sich in die engen, heissen und gruseligen Gänge und Schächte der großen Pyramide zu begeben, die zur Königs - und

Königinnenkammer hinaufführen, um die erstaunliche Baukunst der Grossen Galerie selbst in Augenschein zu nehmen, zu der heutige Ingenieurs - und Baukunst angeblich nicht ausreichend beitragen kann.
Houdins dreidimensionales virtuelles Modell von der Erbauung der Pyramide wirft aber ein anderes, erhellendes Licht auf die praktizierte Methodik.
In späteren Jahren hat man eine Klimaanlage installiert. Leider wird sie das Innere wohl nie zu sehen bekommen.
Um sich selbst einen sinnlichen Eindruck zu verschaffen, wie die erstaunlichen Kräfte in den Schächten und der Königskammer auf die Besucher individuell einwirken können - eine teils bis an die psychische Belastbarkeitsgrenze gehende Erfahrung - die manchem Touristen oder sogenannten Neophyten zuteil geworden ist, möchte sie nicht unbedingt nachprüfen. Sie ist gespannt, was Hanna und Sabine berichten werden.
Ihr Weg führt sie erneut in die Abgründe und Fallenstellungen ägyptologischer Ausgrabungen und wissenschaftlicher Interpretationen, über die der unsichtbare Schatten der Verschränkung von Politik und Wirtschaft fällt und die Intention im Lichte der Aufklärung verdrängt.
Die Frage nach der Mumie des Cheops beschäftigt seit Jahrzehnten die offizielle Ägyptologie wie auch geflissentlich suchende Journalisten und Autoren, die in der Nichtbeantwortung gewisser Fragen eine Macht am Werke sehen, die diese Beantwortung verhindern beziehungsweise für ihre Zwecke nutzen will.
So in dem Auftauchen des Osirisschachtes, der vom Aufweg der Chephrenpyramide wahrscheinlich bis unter die Grosse Pyramide gezogen ist. Bis hin zum dem grossen Stollen, der unterhalb der Ostseite der Pyramide zu Forschungszwecken getrieben wurde : Und die offizielle Stellungnahme bisher nur ein Resümee kennt, nämlich, der Schacht sei leer.
Dr. Zahi Hawass deutete aber an, die Frage nach dem Grab des Cheops würde bald zufriedenstellend beantwortet werden.
Ob Cheops Grab wirklich unter dem Totentempel liegt, wofür mancher Anhaltspunkt vergleichsweise in späteren Grablegungen zu suchen ist, oder in dem geheimnisvollen Granitsarkophag unter Wasser in der Felskammer des Osirisgrabes, von dem unbekannte Schächte abgehen, dürfte nach Abschluss der geheimgehaltenen Forschungen durch Zahi Hawass bekannt gegeben werden, der handfestes vorweisen möchte. Auch der Sarkophag des ersten Kaisers von China soll auf einer Insel inmitten von Quecksilberflüssen ruhen.

Die Frage der Halle der Aufzeichnungen und der geheimen Kammern des Thot, die im Papyrus Westcar durch Cheops an den weisen Magier Djedi aufgeworfen wird, wo befinden sie sich ?
Die Schächte, die diese Fragen klären sollten, wurden von Upuaut dem Wegeöffner, in Gestalt des kleinen Fahrzeugs des deutschen Ingenieurs Rudolf

Gantenbrinck befahren, bis ihm die Genehmigung zur weiteren Erforschung entzogen wurde. Hinsichtlich ungelöster Fragen drängelten sich schon immer die Supermächte um die Forschungshoheit auf dem Plateau.
Im zwanzigsten Jahrhundert erfolgte dann der Streit zwischen England und Frankreich, die bereits seit Napoleons Feldzug in Ägypten im gegenseitigen Konkurrenzkampf standen.
Unter Präsident Nasser kam die frühere Sowjetunion zum Zuge. Und in ihrer Ablösung durch die westliche Ausrichtung Sadats letztendlich die USA.
Denn jede Forschung in und ausserhalb der jetzigen Supermacht hat zwei Seiten, eine davon ist militärischer und imperialer Art, wie der frühere Direktor des Max Planck Institut im Fernsehen verriet.
Filme wie " stargate " verdeutlichen diese Einflussnahme von hinten und machen es den Ägyptern und anderen Vertretern europäischer Länder nicht leicht, eigene und unabhängige Forschungen durchzuführen. Zumal über die Geldschiene zuviel Unabhängigkeitsstreben im Keim abgewürgt werden kann.
Und heutzutage verfügen über nennenswertes Kapital für umfangreiche Forschungen fast ausschließlich amerikanische Konzerne. Das amerikanische Team, das die Anstrengungen Gantenbrincks mit einer eigenen Roboterkonstruktion dann fortsetzte, ohne nennenswerte Neuigkeiten zu finden, zeigt das Kompetenzgerangel in seiner politischen Dimension.
" Mit welchen < **harschen Überzeugungsmitteln** > die Amerikaner sich wohl gegen Gantenbrinck und die ägyptische Altertümer-verwaltung, sprich den ägyptischen Staat, durchgesetzt haben? "
denkt sie sich.
" Da komme ich auch noch hinter " .
Für sie waren Männer mit dunklen Absichten meist schnell zu durchschauen.
Unschlüssig steht sie vor dem gähnenden Loch, das sich in seiner ganzen Länge präsentiert.
Zu sehen ist ... leider nichts.
Die Gruppe kriecht mittlerweile aus dem Grabräuberloch hervor. Aus allen Poren transpirierend.
Und sie beeilt sich, Hannas und Sabines Bericht zu lauschen. Trotz der klimatischen Hitze erzeugen die Gruppenmitglieder vor und hinter sich entschieden heissere Luft, als zu ertragen ist. Stöhnend kriechen und klettern sie durch niedrige Gänge, Schächte und die Große Galerie, die plötzlich in ihrer massiven Höhe vor ihren staunenden Augen erscheint. Ihre Eindrücke machen die Strapazen wieder wett, sind im nachhinein glücklich, einmal in ihrem Leben das Innere der Pyramide erlebt zu haben.
Die Königskammer aus schwarzem Granit, von mehreren übereinander geschichteten niedrigen Entlastungshohlräumen überdacht und die Königinnenkammer aus Kalkstein, haben ihre magische Wirkung auf die von Anstrengung gezeichneten Gesichter nicht verfehlt.

Schweigend klettert einer nach den anderen in den mit laufender Klimaanlage bereitstehenden Bus.

Nicht zuletzt sind in der Galerie, welche durch ihre Höhe beeindruckt, die Vorrichtungen in dem unteren Teil der Seitenwände eingelassen, die laut Houdin auch dem Transport der tonnenschweren Steine über Seilwinden diente.

Manche sehen in ihr eine Sternwarte, als die Pyramide zur Hälfte errichtet war.

Sabine meint, auf den Karten ähnelten die Entlastungskammern dem Djedpfeiler, dem ägyptischen Ewigkeitssymbol.

Den Grund für die gerade Symmetrie der Spitze des Pyramidions durch die Königinnenkammer, sieht sie im " Haus der Isis ", einer der Namen der Pyramide, als ein Hinweis auf die befruchtende Wirkung des Sonnenstrahls, der allmorgendlich auf die Spitze der Pyramide trifft.

Und irgendwie muss dieser Sonnenstrahl im Zusammenhang mit der Fortdauer des Pharaonengeschlechts stehen. Denn laut Pyramidentexte wird kultisch in der Vereinigung von Isis und Osiris posthum der Horus erzeugt, welcher für den nachfolgenden lebendigen Pharao steht. Darauf hatte schon Bauval hingewiesen.

Die Beklemmung in einem selbst, die beim Durchwandern der engen Schächte im Inneren entsteht, sieht Sabine als Wirkung eines Kults an, der noch immer nicht ganz entschlüsselt ist und Schauer der Ehrfurcht vor dem Tod, der Wiederbelebung erzeugen soll.

Das befremdende Gefühl im Abseits der Zeit, das die megalithischen Mauern in den labyrinthisch anmutenden eckigen Röhren ausstrahlen, erinnert sie an den immer gleichen Traum, der sie überfällt, wenn sie sich nach ihrer Heimkehr zu Bett legt.

Mitten in der Nacht wacht sie auf und weiss nicht, wo sie sich befindet.

Es ist stockduster, und urplötzlich überkommt sie das Gefühl, in einer Sarkophagkammer zu liegen. Die Decke erweckt Assoziationen einer fugenlos gemauerten Steinplatte, die tonnenschwer auf ihr lastet. Von Angst erfüllt, sucht sie Orientierung, bis ein plötzlicher Lichtschein sie beruhigt, sich zuhause in ihrem warmen Bett und nicht mehr in der Pyramide zu befinden.

Irgenwie erinnert sie der unbenutzte Sarg in der Königskammer an den Ritus der Meisterweihe bei den Freimaurern.

Der Neophyt musste sich in einen Sarg legen und die Passionsgeschichte des Adonhiram nachempfinden. Der Architekt des salomonischen Tempels war von Neidern erschlagen und zum Märtyrer seines Geheimnisses geworden. Er gilt den Freimaurern seither als Held ihrer Gründung.

Hanna ringt nach Luft, ihr Kreislauf springt im Zickzack. Sie nimmt ihre Weissdorntabletten ein und schüttet eine Flasche lauwarmes Wasser hinterher.

Die meisten Insassen des Busses müssen erst einmal zu sich kommen.

Die unerträglich schwüle Hitze in der Pyramide lässt Sturzbäche von Schweiss

von ihren Gesichtern rinnen, übersteigt die Kräfte aller vertretenen Altersklassen. Selim geht durch den Bus, versucht zu helfen, wo er kann und zählt nach, ob die Gruppe vollständig ist.
Während der ägyptische Busfahrer, ein ihr von früheren Fahrten her bekannter älterer Herr, fröhlich schwatzend das Lenkrad in Richtung Chephrenpyramide dreht. An kleineren Mastaben vorbei steuert er die kurze Fahrt.
Vor ihren Fenstern öffnet sich das Panorama auf die gewaltigen Steinmassen des riesigen an vielen Stellen bröckelnden Baukörpers, dessen Spitze noch einen Teil der ursprünglichen Verkleidung trägt.
Ihr heutiger Besichtigungsplan sieht tatsächlich den Abstieg in das Innere der Pyramide vor. Angesichts der früheren Untersuchungen des chilenischen Physikers Dr. Alvarez hinsichtlich eventueller Hohlräume, die kein, beziehungsweise ein äusserst bizarres Ergebnis hervorbrachte - darf man den Ausführungen mancher populärwissenschaftlicher Veröffentlichungen Glauben schenken - bittet sie Selim, ihr die Eintrittskarte zu reichen.
Ihre Beklemmungsängste schiebt sie kurzerhand beiseite.
" Du willst tatsächlich ? " er ist vollkommen verblüfft.
" Ich werde mit Sabine den Abstieg in dieses Mauseloch wagen. Hanna passt, sie ist noch zu ramponiert, mir geschieht schon nichts. "
Selim schaut sie bewundernd an.
" Toll, dass Du Deine Ängste angehst. "
Der Abstieg im gebückten Zustand ist weniger mühsam als vermutet. Es kommen ihnen mehr Touristen auf dem Weg nach oben entgegen, als auf der abschüssigen Bahn nach unten in die dunkle Tiefe.
Der schnurgerade abfallende Gang hat in seiner diffusen schummrigen Beleuchtung etwas von einem Keller oder Bunker an sich. An einer Gabelung vor Kopf führt eine Leiter zu einem höher gelegenen Loch in der Wand, aus dem ein moderner breiter Abluftschlauch aus Gummi heruntergeführt wird.
Von der schlichten Sarkophagkammer geht so gar nichts Mystisches aus.
Die stickige Luft ist erfüllt von dem Lärm des Sprachengewirrs verschiedener Nationen. Als einige mit eingeschaltetem Blitz fotografieren, ziehen sie den Zorn des Grabwächters auf sich.
In grossen Lettern steht an der Wand der Schriftzug von Belzoni, dem italienische Entdecker und Statueneinsammlers des 19. Jahrhunderts, auf die er mit seinem drohendem Finger hinweist.
Enttäuschung macht sich auf den Gesichtern breit. Niemand weiss so recht, wie er diese Pyramide einordnen soll.
Sie hat in Meidum in der Stein - und der sehr beengten Ziegelpyramide interessantere Innenräume zu Gesicht bekommen. Entschlossen bringen sie den beschwerlichen Aufstieg zum Licht hinter sich, sitzen wenige Minuten später wieder im Bus.
Nur sie entschliesst sich noch zu einem kurzen Schwenk in östlicher Richtung zu

den Resten des Totentempels des Khaef Ra, um sich die Anordnung der Kultkammern in situ anzusehen. Fünf an der Zahl mit Magazinen sind noch vorhanden, der grössere Hof bis auf den Boden zerstört.
Die verschwundenen Osirisstatuen an den nicht mehr vorhandenen Pfeilern kann sie sich in ihrer Phantasie nur schwer vorstellen.
Ein tonnenschweres Relikt des Vestibüls steht wie eine erstarrte Salzsäule, statuarisch ausgefranst und grotesk ragend, in der Leere. Die Zeit, den Verfall, die Schrecken der Plünderung anklagend, wie ein erhobener Fingerzeig in der Wüste. Von der Natur wie zufällig ohne Spur von Menschenhand zurückgeformt, als sei es ein von Erosion ausgewaschener Kalkfelsen.
Ist dies der vorweggenommene Zustand einer Zukunft ohne Menschheit ?
Und sind allgemein Bauten von Menschenhand etwas, was die Natur vernichten wird, da sie in ihrem Programm nicht vorgesehen ist ? Was den Schluss zuliesse, dass menschliche Anstrengungen im Gegensatz zum Wirken der Natur stehen und sie stören ?
Im Schatten unter den massiven Blöcken kauern einige Ägypter beim Picknick, starren ihr neugierig nach.
Das verlassen wirkende Gelände fällt durch die megalithisch geböschten gewaltigen Blöcke des Kernmauerwerks auf.
Vor Jahren hatte sie eine solche Baustruktur an den maltesischen Tempeln zu sehen bekommen. Welche, einmalig in der mediterranen Inselwelt, ägyptischer Bauarchitektur näherstanden als der mediterranen.
Direkte Beziehungen seien nicht nachzuweisen, hatte sie gelesen, aber vielleicht sei ihre Bauweise auf gemeinsame Wurzeln zurückzuführen.
Nur wenige interessieren sich für den Totentempel, in dem der Kult für den verstorbenen Pharao oft über Jahrhunderte abgehalten wurde. Dann diente er nur noch als Steinbruch. Zurück bleibt ein steinernes Gerippe, das allenfalls romantisch auf Reiter zu Pferde wirkt, die das Areal grüppchenweise umreiten.
Was sie vor Jahren selbst geniessen konnte, als sie von ihrem Taxifahrer an einem der Reitställe abgesetzt worden war und auf einer braven Schimmelstute mit einem Begleiter durch die Wüste galoppierte, im Hintergrund das vielfach abgelichtete Motiv der Pyramiden.
Sie entzieht sich umgehend der Verlassenheit und Tristesse, die jetzt über diesem Ort der Auflösung hängt. Dem traurigen Totentempel, der sich am Ende des Aufwegs vom berühmten Taltempel des Chephren mit dem Sphinx befindet.
Schnell lässt der Busfahrer die Türe hinter ihr zufallen und dreht in Richtung Mykerinospyramide auf, dem nächsten Punkt auf der touristischen Abhakliste.
Mit Ausnahme eines Passagiers, eines Arbeiters, der sich seit Jahren für Ägyptologie interessiert und dessen Arbeitskollegen ihn ständig hänseln, weil er sich weigert, in seiner Freizeit mit ihnen dem üblichen Biersaufen nachzugehen und nur oberflächliche Sprüche zu klopfen, wird von Selim an der kleineren

Ausgabe der Pyramiden herausgelassen, um sich Menkaures Hinterlassenschaft in Ruhe von innen anzusehen. Während der Bus in Richtung Aussichtspunkt, Fahrt aufnimmt, der in der Wüste liegt, von wo aus die obligatorischen Bilder der drei Pyramiden geschossen werden sollen.

Ägypten zieht die unterschiedlichsten Individualisten an. Es sind selten oberflächliche Menschen, die eigene Studienexkursionen unternehmen. Meistens handelt es sich um ernsthafte Charaktere mit geistigem Tiefgang.

Viele von ihnen unbemannt oder unbeweibt. In ihrem Land sind sie oftmals Aussenseiter, die der Hammelherde, die dem Götzen Oberfläche dient, nicht folgen wollen.

Sieht man sich zum Beispiel italienische Gruppen an, so fällt auf, dass viele gebildete junge Frauen und Männer die Exkursionen in organisierten Gruppen lieben. Bei deutschen Gruppen überwiegen zumeist die Älteren und der mittlere Jahrgang. Mit Ausnahmen hier und dort.

Der Besuch des Taltempels mit dem Sphinx und anschliessend des Papyrusverkaufsladen beschliesst den Nachmittagsausflug.

Kurze Zeit später hat der vorabendliche Stossverkehr die Karawane als kleinen Punkt verschluckt. In dem Becken des Molochs des ehemaligen Meeresbodens namens El Kahira die Siegreiche, geht die Fahrt zurück in Richtung Nil und Schiff.

"VERSCHLOSSENE TORE

" Größte Stadt, ich bin zu dir gekommen,
ich habe Überfluß zugewiesen und üppiges Grün gebracht. "
Totenbuchspruch 110, 110

Und über alle Opfergefilde,

Weiten
hält der Nil
Einzug

in das Fundament der Zeit

überschwemmt
nur selten
die trockenen Hügel
der Seelen
Wüste

in ihrer Pyramidenverlassenheit "

Glutrot steigt der alt gewordene Sonnengott unter den Horizont. Die Nacht fällt mit der Geschwindigkeit eines Fallbeils hernieder.
Die Gesänge der Muezzins im Wettstreit mit dem allgegenwärtigen Hupkonzert legen sich in ihrer ganzen Breite wie ein musikalischer Gebetsteppich samtig über die Stadt. Über ihren Horizont, den Nil, seine Vororte und das Panoramadeck der Nile Meretseger, rufen die Gläubigen zum Gebet,
" *Hayya la-s-saleah, Hayya la-s-saleah !* Eilt zum Gebet, eilt zum Gebet ! "
Es ist happy hour. Kuchen und Tee werden den Zurückgekehrten von den bereitstehenden Kellnern an Deck gereicht. Sabine und sie kommen vom Duschen aufs Oberdeck, Hanna bleibt unsichtbar. Jeder weiss, dass sie ihren privaten Pfaden ausserhalb des Schiffs nachgeht.
Das abendliche Programm sieht den Besuch der Ton - und Lichtschau vor dem Sphinx und den Pyramiden vor.
Zuvor haben Selim und die ägyptische Reiseführung im Auftrag des Managements von Misr Cruises angekündigt, dass das Abendessen in Form eines Buffets an Deck angeboten wird, während die Nile Meretseger Kurs auf das nächtlich illuminierte Kairo nimmt. Ihrem Schiff sollen zwei weitere Kreuzfahrtschiffe im Schlepptau folgen.

An einem wässrigen Himmel hängt la Luna, der Mond. Die Sichel stellte im alten Ägypten den weisen Gott Thot in seiner Barke dar, der nun ihr Sonnenschiff durch die Stunden des Einfalls der Nacht begleiten wird.
Zwei Stunden später fährt die Meretseger schon stromabwärts auf den Gewässern des irdischen Nils in der Grossen Stadt umher. Mit ihrem Gefolge passiert sie unter Brücken voller Menschentrauben. Ganz Kairo scheint auf den Beinen zu sein.
Die lähmende Hitze des Tages hat nachgelassen und treibt die Einheimischen auf die belebten Strassen voller hupender Wagenkolonnen und der Rundumbeschallung.
Klänge arabischer Musik gellen fröhlich aus aufgedrehten Radios aus Fahrzeugen mit heruntergelassenen Windschutzscheiben, stehen in einem Übertönungswettbewerb mit den Gesängen der Muezzins, die an allen akustisch strategischen Punkten der riesigen Hauptstadt konzentriert sind.
Im Schutz der Dunkelheit und bei mässigen Temperaturen erwacht die Metropole zu neuem überbordenden geschäftigen Leben. Die vielen Läden haben geöffnet, welche die bebauten Ufer säumen, und winkende Paare, Familien mit müden Kindern auf dem Arm flanieren auf den Boulevards herum.
Hotel - und Bürotürme überbieten sich in ihrer strahlenden Lichtreklame vor den Augen von Selims Gruppe, werfen abwechselnd ihre Leuchtfarben auf Speisen internationaler und arabischer Küche, die sich in den Kesseln und Schüsseln der Stände unter der Plane des Sonnendecks befinden. Genüsslich laben sich die Gäste vor den Augen des zufrieden strahlenden nubischen Kochs, seinen fleissigen Helfern am Grill und dem dampfenden Suppentopf. Daneben die Kette beaufsichtigender Kellner, die lächelnd Spalier stehen.
Selims Gruppe nippt an ihren Getränken aus der angrenzenden Bar, neben Achmed und seiner Touristenheerschar.
Mit ihren Sitzhälften haben sie es sich auf ihren Stühlen bequem gemacht, lümmeln sich wie in Kinosesseln und fühlen sich in einen unwirklichen Film über die Millionenmetropole Afrikas versetzt, vor einer höchst realistisch wirkenden dreidimensionalen Leinwand.
Vor ihren Augen spult sich das Herz Kairos langsam ab, mit dem Flair der Seine in Kombination mit der Grösse des Hudson Rivers. Die Schiffsmotoren rotieren eifrig, wie bei einem Raddampfer.
Sabine, Hanna und sie sitzen mit Selim und einem Ehepaar an einem runden Tisch, das vor Jahren in Angola als Orthopäde und Schwester bürgerkriegsverletzten Kindern und Erwachsenen künstliche Prothesen an die Stelle amputierter Arme und Beine angepasst hat.
Hanna zieht Selim lachend auf. Er hockt im Anzug und Krawatte lässig auf seinem Sitz, weil er noch einen späten Termin im Innenministerium wahrgenommen hatte. Es ging um die Einholung der Genehmigung des Ministers zur Durchfahrt von Mittelägypten.

"Tja," meint Hanna knapp, weil Selim mit der Sprache noch nicht raus will, " hättest Du mich mal an ihn ran gelassen, den hätte ich mir vorgenommen, dann hätten wir jetzt den Wisch ! "
Selim gluckst vor Lachen in sich hinein.
" Hätte ihn mir vorgenommen, hahaha ! Minister Habib al - Adly ist sehr sehr hart. "
"Na und, sagt mir gar nichts, ich bin noch härter ! "
Selim schüttelt den Kopf, lacht weiter in sich hinein. Die Runde plaudert heiter, während der warme Wind über ihre Köpfe streicht. Sabine lehnt an der Reling, winkt einigen jungen Arabern zu, die ihre englischen Sprachkünste an ihr ausprobieren wollen.
Das geflügelte Sonnenboot Ra taucht wie eine Schimäre aus der Nachtfahrt des Sonnengottes vor ihrem Schiff auf, passiert sie mit einem obligatorischen langen Tuten.
Landauf, landab auf dem Nil ein übliches Ritual, das eifriges Armeschwingen, laute Zurufe und gegenseitiges Gelächter von Seiten des ägyptischen Personals zur Folge hat.
Das hell erleuchtete Restaurantschiff, hauptsächlich von ausgehenden Ägyptern aufgesucht, verschwindet hernach gespenstisch in der Dunkelheit. Eine breit pflügende Wellenspur hinterlassend, die an beiden Ufern ausläuft.
Die langsame Fahrt lässt sie schläfrig werden. Das warme Licht des Le Meridien, des Sheraton und des Cairo Towers mit seiner hohen Aussichtsterrasse nimmt sie hypnotisierend in ihren Arm.
Für wenige Minuten fällt sie in einen kurzen Wachschlaf, erinnert sich daran, wie sie im Sheraton Hotel Zeuge einer Hochzeitsfeier von neureichen Ägyptern wurde.
Die Braut war in ein kostbares Gewand gehüllt, über und über mit Perlen bestickt. Sie trug ein funkelndes Diadem.
Umrahmt von Mutter und Schwiegermutter lauschten sie ohrenbetäubenden Klängen von Trommlern und Dudelsackspielern in weissen Uniformen und weissroten Kappen auf ihren Häuptern. Ihr überzogenes wildes Spiel steigerte sich ins Masslose, ins Groteske.
Unter den Rhythmen der Erinnerung an die Musik zerfliesst ihr Traum von der magischen Show zu hereinblitzenden Zeiten, flammen orgiastische Feierlichkeiten auf. Vor ihrem Inneren flackern zerrissene Bilder, Fetzen der Vorzeit, Nachhall verschwundener Fruchtbarkeitskulte wie eine Pause dieser Hochzeit, die bei Fackelschein in Höhlen und heiligen Bergen als Hingabe zum Glauben vollzogen wurden.
Fleischfarbene Felsen, vorspringende Rundungen, weiche Kalksteinzungen. Von dunklen Hauben bekränzte runde Hügel, mit steinerner Stele on the top. In den Kurven des Felsgesteins verborgene kultische Nischen, in denen die Grosse Mutter im mediterranen Kreis Milch in Form einer Libation als Opfer empfängt,

ergänzen sich zu einem Bild, das sie bei Frank Gebauer, dem Fotografen und Maler sah. Erotische Kunst, ineinander fliessend ... .
Wie eine Landschaft aus schwitzenden Körpern im eigenen Saft, Faltungen, Nischen wie Knautschzonen, Brustwarzen... .
Im alten Karien, im alten Thrakien. Zoom auf das Alte Ägypten mit seinen Trunkenheitsfesten als Ausdruck des Kultes der Liebesgöttin Hathor, vollzogen im Milchsee von Deir el Bahari. Freude und Tanz flammen auf. Es ist das schöne Fest vom Wüstental.
" *Life is life, lalalala !* " Unter den Trommelwirbeln drehten sich zwei junge Mädchen in kurzen teuren Designerkleidchen im Tanz in Ekstase ... , bis ihr schwindlig wird.
Lautes Gelächter von Selim und Hanna führt sie in das Treiben der Gegenwart zurück.
Später soll es noch zur Ton -und Lichtschau in Giza gehen. Jetzt rekelt sie sich erst einmal in ihrem bequemen Stuhl und bestellt sich noch einen Rotwein bei Mahmoud. Die Gespräche an Deck sind leiser geworden. Die meisten starren schweigend zu den sanften musikalischen Klängen aus dem Lautsprecher, getragen von den Rhythmen einer vibrierenden Nacht, und stimmen sich langsam auf das kommende Ereignis ein.

" *Herrin der beiden Länder, ich bin zu dir gekommen,*
 ich bin eingetaucht in die Gewässer wie Osiris,
 der Herr der Verwesung und des üppigen Grüns "

Totenbuchspruch 110,125

Mit " *A journey with the sun* " , empfangen sie die voraus-gehendenden pathetischen Klänge der Ton- und Lichtschau in englischer Sprache.
Allabendlich hallen sie in verschiedenen Sprachen über das Plateau der Wüste, entfalten in ihrem unterschiedlich gesetzten Diktus der englischen, französischen und deutschen Sprache das Drama einer Kultur, die den pompösen Grabeskult und die Wiederauferstehung zur grandiosen Bühne erhebt. Sie lässt sich in diesen Sog der Sprache hineinziehen, in die Filmspur einer alten Kultur, die sich vor ihrem inneren Auge abspult.
Grosses Kino vor der in Dunkelheit getauchten Szenerie der Pyramiden und des Sphinx.
Sie lassen eine Dramaturgie des Lichts vor gebannt lauschenden Zuschauern entstehen.
Fernab vom prallen Leben, das sich auf der Pyramidenstraße, unter dem gespenstisch fahlen gelben Licht der hohen Strassenlaternen in den geballten Menschenaufläufen abspielt. Unterhakende Frauen wie Männer flanieren auf dem grossen Boulevard. Auf der Suche nach abendlichem Kurzweil.
Unterlegt von arabischen Klängen, umnebelt vom starken Zigarettenkonsum.

Eine Schlichtheit der Lebensart, die ohne protzige Gesten auskommt. Das hitzige und zugleich fröhliche Aufwallen der arabischen Sprache, kurze abgehackte Laute, das Hin - und Herwogen der Passanten. Hupende Blechkarawanen, durch die sich die Bussfahrer in den Touristenbussen geduldig ihren Weg bahnen.
Zwischen den hohen Stellwänden der einfachen Reklameschilder aus Holz, dem Pappmaché einer schnelllebigen westlich tickenden Zeit, taucht dahinter die Steinorgel der Pyramiden wie ein Fremdkörper in einem abgeschotteten Areal auf.
Wie auf einem Abstellgleis im Rücken der vitalen Gegenwart. Von den Lebenden nicht gebraucht. Zeitzeuge einer Welt, die die ihre nicht berührt. Abfolgende Wechselgesänge ihrer Eindrücke, ihrer Gefühle, lassen sie in ihre Gedankengänge fern der künstlichen Show zurückfallen.
" Als sei die ganze Welt ein Labyrinth voller Einbahnstrassen, die über und untereinander durchführen und nichts voneinander wissen, " sinniert Sabine. " Unsere Wege, die nicht schnurgerade führen, sondern auf komplizierte Nebenwege ausgewichen sind, sich bei manchen als Irrwege herausstellen. "
Sie folgt den Blicken unfreiwilliger Singles im Bus, die auf eine Gesellschaft schauen, in der fast jeder Ägypter verheiratet ist und Kinder hat.
Die Emanzipation entpuppte sich für einige von ihnen als zweischneidiges Schwert, als eine Sackgasse in Richtung Einsamkeitskultur. Manchen ermöglichte sie ein geregeltes Einkommen und eine gewiss nicht zu verachtende Unabhängigkeit. Anderen aber verbaute sie wegen ihrer Arbeitslosigkeit den Weg zu einer Familiengründung.
So reist man von seinem mühsam Angesparten in der Welt herum, um sich wenigstens die Sehnsucht nach der Ferne zu erfüllen. Aber auch dort verlässt einen die Suche nach dem tieferen Sinn nicht. Ganz im Gegenteil.
Den Gedanken nicht ganz ausser Acht zu lassen, vielleicht doch noch einmal dem " Richtigen " über den Weg zu laufen. Geprägte Wünsche sind dies, aufgrund zu vieler Hollywoodfilme mit Happy end.
In Deutschland war Sabine während ihres Studiums nur auf Männer gestossen, die ein Abenteuer suchten, von festen Bindungen nichts hielten. Lieber in reinen Männercliquen Doppelkopf spielen und von Segeltörns träumen oder den Himalaya besteigen, aber Familie ? Sich mit ihrer Überlegenheit brüsten. Eine Spielart der kleinbürgerlichen Angabe.
Das kam für sie nicht in Frage. Hier und da noch unreife Lacher.
Allenfalls eine reiche Partie konnten sich diese Egoisten und Muttersöhnchen vorstellen, die ihnen ihren luxuriösen Lebensstil finanzieren und möglichst der Schwiegerpapa mit besten Beziehungen zur Gesellschaft aufwarten sollte.
Natürlich zwecks Beförderung der eigenen Karriere. Glücklich waren diese Ehen nicht, aber Männer in einer solchen Situation konnten sich ja an Abenteuern schadlos halten. Moralvorstellungen standen solchen Spezies nicht

im Wege.
Die Gruppe war abermals zum Lande Osiris zurückgekehrt, zum Labyrinth von Rosetau.
Mit seinen Eingängen zu den tiefen und verzweigten Schächten und Höhlen, die aufgrund teilweiser Überschwemmung unzugänglich in großer Tiefe liegen. Architektonisch jene geheimnisvollen Gewässer des Osiris nachahmen, die seinen engeren Herrschaftsbereich in der Unterwelt ausmachen. Die Grosse Pyramide kann in ihren Schächten als große Wasserpumpe und Speicher dienen, wenn wenige bewegliche Teile hinzugefügt werden. Das fand in den Siebzigern der österreichische Elektroingenieur Waldhauser heraus. Eine weitere faszinierende Theorie, findet Sabine.
Das Fruchtwasser im Haus der Isis ? Wasserspeicher in altägyptischen Zeiten, wenn die Nilschwemme ausblieb ?
Vermutlich beides ?
Die Sonne durchmisst das Plateau bei Nacht. In der Barke des uralten Erdgottes Aker, der als Doppelsphinx auf der Traumstele vor Harmachis, dem großen Sphinx von Giseh, erscheint. Eine Gottheit, die in der fünften Stunde des königlichen Unterweltsbuch Amduat verzeichnet ist.
Nach dem Gewässer erhebt sich Osiris`Reich zu Lande wie ein Wächter auf einem möglichen Gesamtplan des Plateaus von Giseh.
In Form des Sphinx mit Namen Harmachis hat er den Blick streng nach Osten auf das Sternbild Löwe ausgerichtet, das beim Ersten Mal der Schöpfung bei Sonnenaufgang auftauchte.
Und was ist mit den Wegen von Osiris, die sich am Himmel befinden sollen ?
Dem stellaren Osiris/ Orion aus der dritten Nachtstunde des Amduats, dessen Gürtelsterne in ihrer versetzten Anordung die Pyramiden auf Erden wiederspiegeln sollen?
Im gebührenden Abstand am Ende der Aufwege erscheinen die erleuchteten Pyramiden gleichmütig inmitten des Labyrinths unterirdischer Gänge aus dem Meer der Finsternis und weisen mit ihrer Spitze himmelwärts zu den Sternen unter einem Firmament, das sich in seiner ganzen Leuchtkraft über der künstlichen Show erhebt.
Es geht in den ägyptischen Mythen immer um die Verjüngung der Sonne, die gestärkt hervorkehrt. Sich von sperrenden Toren, die den Sandweg abschneiden, nicht aufhalten lässt. Bei ihr ist die Ordnung Maat, Tochter des Sonnengottes Re, ob bei der Fahrt über den Himmel, auf der Erde oder in der Unterwelt.
" Klingt wie ein Initiationsweg, " denkt sie. " Man irrt durch Gänge und weiss nicht, ob man je das Licht erreicht, das Licht der Wahrheit. "
Ein unbekanntes Labyrinth voller Gänge und Höhlen, durch die man hastet, hinabsteigt oder rennt. So erscheint es ihr.

2001 hasten Menschen in den Türmen durch die Gänge und die Treppen hinab. Vor den Bränden und Explosionen in den oberen Stockwerken, in die zwei Flugzeuge gelenkt worden waren ... .

" Es steigen Monde aus verstaubten Himmelstruhen ..."

zitiert Hanna hingebungsvoll die Stille auf dem Plateau. Das hektische Leben auf Gisehs Boulevards an der Stätte der allabendlichen Ton - und Lichtschau weicht der romantischen Stimmung der blauschwarzen ägyptischen Nacht samt seiner Mondsichel über der verwaisten Ruinenstätte, die sie vollends gefangennimmt.
Ihrer sehnsüchtigen Liebe zu ihrem Ägypter geben die Verse Else Lasker Schülers sprachlichen Ausdruck:

" Wir wollen wie zwei seltene Tiere liebesruhen/ Im hohen Rohre hinter dieser Welt. "

Ihrer Meinung nach schlüpfte die Dichterin in die Haut einer Ägypterin, die die Kulisse des Landes als grossartige Metapher für ihre Sehnsüchte, ihre philosophischen Traumwelten einsetzte.
Hanna ist von ihrer grossen Hingabe, ihrer unendlichen Liebesfähigkeit überwältigt und bezaubert. Sie kann nicht sagen, ob die Lasker - Schüler je Ägypten gesehen hat. Aber einfühlen konnte sie sich wie keine zweite Dichterin, ihrer feststehenden Meinung nach. Wäre da nur noch Rilke. Doch der war ein Mann und hat Ägypten im neunzehnten Jahrhundert auf einem britischen Dampfer bereist.
Während der Sarkophag des Pharaos vom Totentempel zur Pyramide feierlich getragen wird - ein bekannter britischer Schauspieler ahmt sie im theatralischen Diktus in englischer Sprache nach - lauschen die Neuankömmlinge begierig dem beschriebenen fremden Kult. Längst ist sie in ihre eigenen Gedankensphären abgeglitten. Im Gefolge des Sonnengotts fährt sie durch sein Zwischenreich, dem aufgeklappten Gebirge.
" Dieses Mal ist es nicht Theben - West. Es muss sich um eine andere Gebirgsmutter handeln. "
In ihren Traumschubladen wird sie zunächst nicht fündig.
"Handelt es sich etwa um eine thrakische Grosse Muttergöttin mit Gebirge und Felsen ? Oder um eine phrygische unbekannte Göttin ?
Stellt das Gebirge ein symbolisches Grab des Herrschers dar ? Nein, das kann auch nicht zutreffen. Das sind eindeutig spätere Kulte. "
In ihr brennt sich das Bild der Gebirgsmutter mit dem felsigen Gipfel ein.
" Könnte es sich doch um die Hathor mit dem Gipfel el Qurn in Theben - West handeln ? "

Im Traum zoomt sie näher heran. Was sie erkennen kann, liegt im Dunkel in einer Kammer verborgen. Es ist die unvollendete Kammer unter der Großen Pyramide mit dem absteigenden Gang !

Was da wie eine natürliche Unregelmässigkeit eines Felsens aussieht, entpuppt sich in westlicher Anordnung als eine bearbeitete Felslandschaft mit angedeuteten Treppen und einem thronartigen Sitz.

Eine solche sakrale Architektur hatte sie einmal in einer Ausstellung über thrakische Kulte gesehen.

Tiefer geht die Fahrt in die Unterwelt, in die Höhlengründe im Erdinnern, Ort des Entspringens des reinigenden und für Fruchtbarkeit sorgenden Wassers der Muttergöttin wie auch des Osiris.

Und sie sieht die Sonnenboote in ihren Gruben vor den Pyramiden. Pharao beim Einsteigen ins Sonnenschiff und in Begleitung Res beim gemeinsamen " Herausgehen am Tage " , einer Stelle in dem Buch des Tages. Bei Sonnenuntergang fährt die Tagesbarke des Sonnengottes wiederum in die Felsgründe auf dem Plateau von Giza ein, in die geheimnisvolle Unterwelt von Rosetau.

Über das Echo der Schächte, Kammern und Gruben war das Vergessen eingezogen.

So wie sich permanent deren äusserliche Hülle veränderte, mutierte, sowohl auf der Erde und in den unermesslichen Weiten des

Alls ; so zog der Sand, der Verfall, die Unkenntlichkeit über die menschlichen Bauten, Relikte und liess ihren Sinn, ihre Kulte nicht mehr erkennen. Die Gewissheit aller Verwandlung lief auf Reduzierung hinaus, auf das Mass unendlicher kleiner Körner zum Reich des Sandes. Zum Reich des Seth.

Letztendlich der Urozean Nun mit seiner verschlingenden Funktion, der in das absolute Nichts führt. In das Nirwana.

Und sie kann in ihrer Traumfolge den Kampfplatz zwischen Seth und Horus ausmachen, dem Sohn von Isis und Osiris. Von den Göttern zugunsten des Horus entschieden.

Und doch ist die Bedrohung durch die Verwandlung durch die rohen Kräfte der Wüste nie aus der Welt zu schaffen.

Demnach dürfte am Ende Seth als Sieger hervorgehen, trotz aller Gottesurteile in Richtung Horus. Was am Schluss übrig bleibt, ist nur die kristalline Schale des Sandes, der durch die Finger rinnt. Über allem schwebt Atum im Urozean Nun, am Ende aller Zeiten.

Die Schlussmusik ertönt in ihren grandiosen Akkorden und wirft die Zuhörenden, sie eingeschlossen, auf ihre Gegenwart zurück. Unschlüssig verweilt die Gruppe noch vor den Verkaufsständen der Ton - und Lichtshow, bevor sie auf auf ihre Busse verteilt werden.

Neue herangefahrene Busladungen spukt das Intervall des Tourismus aus. Sie warten schon auf die nächste Vorstellung in ihrer Sprache.

" Und ich wachse über all Erinnern weit -
So ferne Musik - und zwischen Kampf und Frieden
Steigen meine Blicke, Pyramiden,
Und sind die Ziele hinter aller Zeit.

aus : Mein Wanderlied, Else Lasker - Schüler

3.Kapitel

Tor zur vierten Nachtstunde (Amduat) : Welches das Ziehen verbirgt
" Verweilen im Ziehen durch die Majestät dieses Gottes in der geheimen Höhle des Westens, mit abgeschirmten Gestalten. "

Name der Höhle: Mit lebenden Erscheinungsformen
Name der Nachtstunde: Die groß ist in ihrer Macht

Tor zur fünften Nachtstunde: Haltepunkt der Götter
Der Name der Höhle: Westen

In der geheimen Höhle des Sokar

" Einem ungewissen Schicksal folgend
 durchmaß ich die Wüste bei Tage
 im Zickzacklauf ... "
            ....
" die Welt den Trugbildern
 der Wüste
 erneut zum Opfer fällt ... "

Die Lampe

Die Wunde des Fensters, das ich jeden Tag sehe,

erhellt die Nacht

wie eine Laterne, die hinableuchtet in die bodenlosen

Tiefen

der Wunde des Menschen.

Saif ar-Rahbí`, osmanischer Dichter

"
Nur der Irrtum ist das Leben

und das Wissen ist der Tod "

aus : Kassandra von Friedrich Schiller

Das goldene Schiff hat abgelegt und fährt seit einer Stunde gemächlich stromaufwärts.
Getaucht in ein Glitzermeer silberner Schalen, die in ihrer morgendlichen Ausschüttung die Wasser des breiten Flusses überbelichten, als sie endlich erwacht.
Am fernen Ufer, zwischen den Ausläufern von El Maadi und dem nahen Tura, reihen sich die ausser Dienst gestellten Kreuzfahrtschiffe auf, die aufgrund westlicher Warnungen vor Reisen in das Land nicht mehr gebraucht werden.
Gespenstisch zieren bekannte Namen den Bug manches stolzen ägyptischen Luxusliners. Ein Hauch von erzwungener Bewegungslosigkeit, von dümpelnden Schiffsfriedhof liegt über den leeren Hüllen, den äusserlich ansprechenden Fassaden.
Ihr uneinsehbares Inneres verstärkt in ihr das Gefühl von Leblosigkeit, von Leere. Herabgenötigt zu einem Hemmschuh im wirtschaftlichen Kreislauf, den allein der urzeitliche Nil als natürlicher Transportweg seit Jahrtausenden in dieser Flußoase aufrecht erhalten kann. Und ohne seine verbindende Kraft ägyptische Wirtschaftsleistungen an beiden Ufern zum Erliegen kämen.
Seufzend wendet sie sich ab.

Das fahle Grün der Palmengärten des Fruchtlandes duckt sich hinter der Blendung des ausgegossenen Lichts.
Ein Blick auf den Funkwecker verrät ihr, dass sie sich ohne Hast ins Bad begeben und ankleiden kann. Zufrieden schlägt sie anschliessend ihren Weg treppauf ein, zum Frühstück in den Speisesaal im ersten Stock.
Den Eindruck schockierender Wunden des Landes, die sich um sie wie ein unsichtbarer lastender Reifen gelegt haben, schiebt sie mit einer Handbewegung beiseite, um stattdessen den Gedanken an erholsame Rituale des Müssiggangs an Bord Raum zu geben.
Khalil, der Rezeptionist, erbleicht bei ihrem Anblick, schaut ihr erstaunt nach. Im Restaurant haben die Kellner bereits die Tische abgeräumt, kein Gast ist mehr zu sehen. Sie zuckt zusammen. Der Oberkellner kommt ihr im Eilschritt entgegen, klärt die Erstaunte auf, weist ihr aber noch einen Tisch zu und bringt ihr ein kleines Gedeck.
Ihr Wecker hat sie im Stich gelassen. Sie befinden sich bereits zu vorgerückter Stunde. Als sie das Panoramadeck betritt, aalen sich Hanna und Sabine in der Sonne und grinsen.
" Das waren Deine Götter , " meint Hanna lakonisch. " Sie senden Dir mal wieder ein Zeichen. "
Dann versteckt sie sich hinter ihren Kopfhörern und ihrer Sonnenbrille und gibt sich wieder dem Genuss des warmen Windes und der Betrachtung der vorüberziehenden Landschaft im vollen Sounderlebnis ihrer eigens gespeicherten Musikstücke hin.
3 Dolby Landschaftsfilm in Echtzeit, mit eigenem soundtrack, " voll geil ", würde der junge Mann anmerken, der ohne seine Kopfhörer nicht anzutreffen ist. Das Deck bruzzelt unter dem Schweigen der Genusstouristen in der heissen Sonne.
Auch Sabine nimmt der Rhythmus der afrikanischen Landschaft gefangen. Lahm schlagen ihre Finger den Takt auf ihrer Armlehne nach.
Sie kehrt zurück in ihre Kabine, um sich ihr Buch zu holen und sich für ein kurzes Sonnenbad umzuziehen.
Der Ausflug nach Memphis und Sakkara ist für den späten Vormittag angesetzt. Das Display zeigt nun die korrekte Zeit an.
" Wieso spielt dieser Funkwecker verrückt ? Merkwürdig. " Sie hatte doch beim Kauf dieses Geräts darauf geachtet, dass sie keiner Billigqualität erliegt.
" Was ist das nur für ein Spiel mit der Zeit ? Auf diesem Schiff ? "
Ihr Blick fällt auf den Titel ihres Buchs : " Amduat, die Schrift des verborgenen Raumes ".
In der vierten Nachtstunde ist das Licht in so grosse Finsternis getaucht, dass der Sonnengott die Wesen dieser Region nicht sehen kann. Sie sind aber da, ihre Stimmen geben Orientierung.
Und eine Stunde der Nachtfahrt des Sonnengottes entspricht einer unvorstellbaren Lebensspanne. Was mag dieser Stundenschlag hier

bedeuten ? Die Bemerkung Hannas hat sie verunsichert.
Eigentlich ist sie nicht abergläubisch und an Zeichen von ägyptischen Göttern mag sie auch nicht glauben, nur weil sie sich mit Ägyptologie beschäftigt hat. Dass es eine göttliche Kraft gibt, daran hält sie fest, ist aber im Grunde ihres Wesens ein Freigeist, der in den Kräften viele Ausgestaltungen verschiedener Religionen sieht.
Insofern glaubt sie an das verborgene Wirken eines Gottes. Und sie setzt natürlich voraus, dass die Vielgötterei im Alten Ägyten nur Aspekte des einen Sonnengottes waren, wie es die Fachwelt der Ägyptologie sieht.
"Ein Augenblick, ein Stundenschlag. Tausend Jahre sind ein Tag".
Leise summt sie die alte Melodie aus dem Album Udo 80 von Udo Jürgens vor sich hin.
" Und wann macht ihr die Waffen scharf, wenn ich das auch mal fragen darf ?" folgt die Retourkutsche in dem Refrain.
Wieso kommt ihr gerade dieses Lied, diese Zeile in den Sinn ?
" Wird Zeit, dass ich an Deck komme, solche Gedanken führen zu nichts. "
Kopfschüttelnd verläßt sie ihre Kabine. An der Rezeption gibt ein heiteres Wort das andere.
Sekundenschnell lässt sie sich davon anstecken.

1998 waren sie nach Mittelägypten unterwegs, als der Kapitän den Befehl erhielt umzukehren.
Die Durchfahrt war ihnen vom Innenminister Habib al-Adly wegen diffuser Terrorwarnungen nicht gestattet worden. Stattdessen bot man ihnen ein Ersatzprogramm nach Alexandria und El Alamein an, mit Übernachtung im neu errichteten Hilton Hotel am Strand von Borg el Arab.
Nach Kairo zurückgekehrt, hatten sie in Windeseile ihre sieben Sachen gepackt, wurden am nächsten Morgen früh ausgeschifft und zum Kairoer Flughafen transportiert, um kurz darauf die Inlandsmaschine nach Luxor zu besteigen.
Am Kai von Memnon Cruises wartete schon in Luxor das Ersatzschiff auf die enttäuschten Reisenden. Tatsächlich stellte sich später heraus, dass zu der Zeit in Amarna und Abydos umfangreiche Ausgrabungen und Restaurationen stattfanden.
Die Archäologen wollten wohl in Ruhe ihrer Arbeit nachgehen, wünschten keine Unterbrechungen seitens organisierter Gruppen oder gab es andere Gründe ?
War es auf die reine Boshaftigkeit des ägyptischen Innenministers zurückzuführen, dass sie umkehren mussten ?
Weil **sie** sich an Bord befand ? **Sie**, die den Anschlag überlebt hatte. Unangenehme Fragen stellte, recherchierte.

Und 1997 durch Druck auf Präsident Mubarak der bisherige Innenminister durch Habib al - Adly ersetzt worden war.

Ali Hassan starrte sie nach dem Termin beim Innenminister lange und seltsam an. Er hatte in Verhandlungen nichts erreichen können, war sehr deprimiert. Ihr Schiff fuhr nilabwärts nur bis Kena, um wenigstens die Besichtigung des Hathortempels von Dendera zu ermöglichen, den sie bereits dreimal gesehen hatte.

Doch es sollten sich später Gründe herausstellen, die die Umsichtigkeit des Innenministers in dieser Frage unter Beweis stellen würde. Ihr ägyptischer Reiseleiter hatte von schiessenden Gruppierungen im Raum Assiut gesprochen, die sie angreifen könnten, wenn das Schiff Mittelägypten passieren würde.

Zehn Monate nach dem Anschlag von Luxor war sie am 11. September 1998 in der Egypt Air Maschine der Marke Boeing 767 mit Namen Thutmosis III. auf dem Weg nach Kairo.

Sie konnten nicht pünktlich zur vorgesehenen Zeit am Mittag starten, da aufgrund von Terror - und Bombenwarnungen die angedockte Maschine zweimal sicherheitstechnisch gewartet und durchsucht wurde.

Am späten Nachmittag ging es über München in Richtung Kairo International Airport.

Sie kann sich noch an den lächelnden jungen Flugbegleiter erinnern, der sie an der Bordtüre in Empfang nahm und sie zu ihrem Sitzplatz geleitete, ihr unaufgefordert Zeitungen brachte und ihr Kissen zur Bequemlichkeit anbot. Was ist aus ihm geworden? Lebt er noch? Oder hatte er an jenem verhängnisvollen Tag Dienst?

Denn 1999 stürzte die Thutmosis III. als Egypt Air Flug Nr. 990 vor Nantucket Island, Massachusetts, ins Meer.

Mit hochrangigen Militärs der ägyptischen Armee an Bord, die an Apache - Hubschraubern ausgebildet worden waren, was auf erheblichen israelischen Widerstand gestossen war, so laut der Darstellung im Internet durch Walid Batouty : Egypt Air 990.

Drei Augenzeugen haben die Maschine explodieren sehen, bevor die Einzelteile brennend ins Meer fielen.

Hatte doch noch jemand eine Bombe ins Flugzeug schmuggeln können und warum ?

Der Absturz geschah am 31. August, dem Datum, an dem zwei Jahre zuvor Princess Diana tödlich in Paris verunglückte.

Nachträglich stellte sich heraus, dass Egypt Air Flug Nr. 990, nach einer Zwischenlandung auf dem Weg von Los Angeles nach Kairo International Airport am JFK - Flughafen New York, von dem Fluglotsen Pete Zalewski für den Weiterflug nach Kairo übernommen wurde. Derselbe, der die Flüge vom Typ Boeing 767 der American Airlines Nr. 11 und United Airlines Nr. 175 am 11. September 2001 leiten wird, die ins World Trade Center flogen.

Labyrinth der Ereignisse, Labyrinth der Politik.
" Labyrinth der Mythologie, " denkt sie.
Die alten Ägypter stellten ihre kosmische Ordnung, das Vergangene und Gegenwärtige in grossartigen metaphorischen Bildern dar. Voller Weisheiten, die aktueller nicht sein könnten.
Sie hat an Deck ihr Buch aufgeschlagen, will sich vor der Besichtigung noch einmal schnell informieren. Dafür hat sie es sich unter dem Sonnensegel bequem gemacht.
Hanna ist dösend in ihre Welt geflüchtet, Sabine auf ihrem Stuhl eingeschlafen. Eine sanfte Melodie aus dem Lautsprecher unterstreicht die entspannte Urlaubsatmosphäre an Bord. Nur wenige plantschen im Pool.
Mahmoud und Mohammed haben alle Hände voll zu tun, ihre Gäste mit Flüssigkeit zu versorgen. Der Schweiss läuft nur so in Strömen von den eingecremten Körpern. Einige tragen mit Stolz ihr ägyptisches Batisttuch. Andere wiederum begnügen sich mit einem Hut. Vereinzelt sieht man die obligatorische Golfkappe die Häupter der wenigen männlichen Reisenden zieren.
An Bord herrscht eindeutiger Frauenüberschuss.
Die leisen Gespräche sind verstummt, die Szenerie an den Ufern hüllt sich ebenfalls in Schweigen. Allenfalls erwacht sie noch zu Leben auf den modernen Brücken, unter denen sie passieren werden. Doch die Brücke von Abu Ragwan ist noch fern.
Die letzten hektischen urbanen Aktivitäten des riesigen Molochs Kairo und ihrer industriellen Randbezirke weichen langsam einem Wernesgefilde bäuerlichen Treibens und verstärken den Eindruck ländlicher Idylle.
Ab und zu kommen ihnen wenige Lastenträger entgegen. Tieffliegende Kähne, mit Kohle und anderen Gütern beladen.
Die Nile Admiral, das erste Schiff, das Anfang der neunziger Jahre von Terroristen beschossen wurde, passiert sie im Anschluss.
An den Ausgängen steht das Personal, winkend und rufend. Der Schall wird hernach von der grandiosen Weite des Stroms und seinem Übergang in die flache Landschaft verschluckt.
In der Ferne wähnt sie im Hintergrund, auf dem westlichen Ufer im Dunst der Hitze, auf einer hoch verlaufenden Bruchkante des Wüstenplateaus drei bröckelnde Pyramiden, die man vom Taxi aus auf dem Landweg hinter bäuerlichen Gärten auftauchen sieht.
Parallel zum Nil und zu dieser Landstraße verläuft ein Bewässerungskanal, der mit Wasserhyazinthen überfüllt ist. Die rasch wuchernden Pflanzen sind eine echte Plage in Ägypten, verbrauchen Unmengen an Wasser.
Bei den drei Steinhügeln handelt es sich um die weniger bekannten Pyramiden der 5. Dynastie von Abusir, deren Erbauer laut Bauval den Versuch unternahmen, den heliopolitanischen Sonnenkult mit dem des Osiris zu

verbinden.
Abzulesen an dem Namen des ersten Pharaos dieser Dynastie, Sahure, der sich aus Sahu/ Osiris und Re zusammensetzt.
Im Papyrus Westcar wird die Geburtslegende dieser Könige nachträglich erzählt.
Ruddedet wird verkündet, dass sie Mutter dreier künftiger Könige sein wird. Geschwängert sei sie von dem Samen des Sonnengottes.
Als Sohn des Re bezeichnete sich schon der Sohn des Cheops Djedefre, wie alle nachfolgenden Könige der 5. Dynastie.
Eine solche Abstammungslegende, die im Christentum an die göttliche Herkunft Jesu erinnert, taucht erst wieder im Neuen Reich im Talkessel von Deir el Bahari in den Reliefs am Hatschepsuttempel auf.
Der Mutter Hatschepsuts verkündet Thot, dass sie von Amun schwanger werden wird. Somit sind Hatschepsuts göttliche Gene nachgewiesen und ihre Stellung als weiblicher Pharao vor den Augen der Priesterschaft und dem Volk gerechtfertigt.
Unbemerkt erreichen sie nun die Stelle zwischen Abusir und Ayan, wo die Sonne einmal im Jahr im Nil, und nach einer anderen Mythologie, Osiris ebenfalls an dieser Stelle ertrinkt. Wobei dieses Ereignis sowohl in der Milchstraße als auch im irdischen Spiegelbild, dem Nil stattfinden soll. Osiris als Teil eines kosmischen Vorgangs soll hier im Bereich des memphitischen Totengottes Sokar sein ?
Zu sehen ist oberflächlich nichts. Nur Sand, Wüste, Sand. Teile des Fruchtlandes mit üppigen Palmengärten und rechteckigen Feldern mit fetten hohem Fruchtstand und der sich endlos schlängelnde Flußlauf.
Dennoch, so hat sie gelesen, ist bereits in den Pyramidentexten von Sokar als eine Erscheinungsform des Osiris die Rede.
In einem älteren Text wird Osiris im Hause des Sokars erwähnt. Sokar selbst galt auch als Gott des Eingangs zum Totenreich von Rosetau in Giseh neben dem Sphinx. Und in Memphis war er der Gott der Künstler.
Merkwürdig. Von Osiris wusste sie bisher nur, dass sein Bruder Seth, Gott der Wüste, der Fremdländer, der Rebell gegen die Ordnung, ihn getötet, zerstückelt und die vierzehn Teile über Ägypten verstreut hatte. Ein klassischer Brudermord. Oder auch die Vorwegnahme der biblischen Geschichte von Kain und Abel ?
Bauval weist auf die Zeit zwischen dem 21. März und dem 21. Juni hin, in der Orion/Osiris in der Unterwelt verweilt, eine Zeit, in der nach den Pyramidentexten Isis am toten König Osiris jene Rituale vollzieht, die ihn wieder zum Leben erwecken.
" *Zu dir kommt deine Schwester (Gemahlin) Isis, voll der Liebe zu dir ...* "
Das Geheimnis der Sokarhöhle, deren Namen in der fünften Nachtstunde " Westen " heisst. Westen ist hier das Synonym für das Totenreich im Alten

Ägypten.
" Für uns Heutige verrät es eher die Bezeichnung eines politischen Standorts, " schmunzelt sie.
Welches der Leichnam des Sokar ist, bleibt ihr ein Rätsel. Sie vertieft sich weiter in die Schrift des verborgenen Raumes, des Amduats.
Eine Beischrift im vierfach geknickten Sandweg lautet : " *Der geheimnisvolle Weg, zu welchem (nur) Anubis Zutritt hat, um den Leichnam des Osiris zu verbergen* ".
Re durchquert in der Unterwelt - der Duat - das Bild der geheimen Höhle des Westens auf sandigen Zickzackwegen in der vierten Nachtstunde. In dieser Welt der abgrundtiefen Finsternis können nur Stimmen Orientierung geben. Schlangen pusten mit ihrem Feuer einen kurzen Moment der Erhellung :
 " *auf dem geheimnisvollen, dem unnahbaren Weg des Leichnams des Sokar, der auf seinem Sand ist* " , einer geheimnisvollen Metapher, unsichtbar und nicht wahrzunehmen.
Also eine Wahrnehmungsproblematik wie im Höhlengleichnis von Platon ? Nur ein Ort der Regeneration, in dem die Nachtsonne nichts zu suchen hat ?
Eine ebenso fahle schwache Sonne, die sich im Winter über die südlichen Grenzen Ägyptens zum Äquator zurückzieht und das Land den Anschlägen Seths und seiner Chaoskräfte überlässt ? In der alles ruht und letztendlich schwach und angreifbar ist ? Die Zeit der Wintersonnenwende, wie sie dem Sokarfest zugrundeliegt. Sokar als kleine Sonne, die vor der Regeneration steht ?
Oder liegen diesem Weg innere geistige Landschaften zugrunde, wie Hirnwindungen und Kopfgeburten ?
Ideelle Welten, Irrwege, falsche Abzweigungen und Richtungen, Strippen-ziehen ?
Was hat es mit der geheimen Höhle des Westens auf sich ?
Oder handelt es sich um ein ähnliches Bild, eine Metapher wie in Friedrich Schillers Gedicht von Isis als Urbild der Natur, in seinem " Das Bild von Sais ", deren Schleier nicht gelüftet werden kann, ohne dass der Betrachter Schaden nähme ?

Wissen über Machenschaften, das ist ihr Erfahrungsstand, kann tödlich sein. Für den Tourismus ist Wissen oftmals das Aus.
Denn solange sich die Touristen im Irrtum befinden, können sie das ihnen fremde Land mit allen Sinnen geniessen. Geraten sie in den Sog der harten Realität, sind sie auch schon weg.
Die Verhaltensweise von Massenphänomenen ist gesell-schaftswissenschaftlich bekannt und deshalb auf dem Schach-brett der politischen Möglichkeiten einsetzbar. Touristen als willige Schachbrettfiguren, die nicht merken, dass sie verschoben werden. Mächte spielen mit diesem Wissen, setzen es gekonnt ein,

um ein Land wirtschaftlich runterzufahren beziehungsweise zu erpressen.

Sie erinnert sich an ihre Durchquerung der Wüste zwischen den Pyramiden von Abusir und Abu Gurob, zu dem Sonnenheiligtum des Niuserre.
Im Zickzacklauf ging es über Berge von wellenartigen sandigen Aufschüttungen, einer der Ausprägungen des Urozeans Nun.
Die Pyramiden und Totentempel erschienen ihr wie inselartige Erhebungen in einem wogenden Sandmeer.
Schwer hingen sandgefüllte Wolken am Firmament. Es war die Zeit des Sandsturms mit Namen Khamsin, der über Unterägypten im Frühjahr niedergeht. Durch den kniehohen Sand stolperte sie hinter einem der Grabwächter her, einem imposanten hochgewachsenen Mann, der einen langen Stab mit sich trug, um Schlangen vertreiben zu können.

" So zog ich hin
 in Frieden
 auf den geheimnisvollen Wegen des Westens
 über scheinbar leblose Flächen
 dem glitzernden öden Sandmeer
 das die Stille gebiert. "

        ....

" Auf ungewissem Pfade
 führte mich der Hüter meines Weges
 mit seinem Stabe
 durch unwegsame kristalline Zonen ... "

Ausgepowert von der enormen Kraft, die sie für ihre Wüsten-querung benötigte, schwebten ihr in diesem Hoheitsgebiet des Sokar am Rande des Fruchtlandes elysische Felder vor Augen. Sie war dem physischen Zusammenbruch ganz nahe.
Der Sand in der Luft schien den Sauerstoff vollständig aufzu-saugen. Ihr war übel, und der Kreislauf sackte plötzlich ab. Erstickungsanfälle quälten sie und zwangen sie, keuchend stehen zu bleiben.
Der Tempelwächter, der ihr bisher schweigend vorausgegangen war, drehte sich um, packte sie kurzerhand unter ihrem Arm und half ihr weiter durch die hohen Sandmassen.

" Mir wird nichts mangeln ...
doch diesseits die Schrecken
Mühsal meines Wüstengangs
den geheimen Wegen verborgener Dimensionen
entlang
so wanderte ich schon durch ein sandiges Tal
aschfahl
die Sonne am Horizont ... "

Aus den wellenförmigen Sanddünen nahte ein junger Reiter aus einem Gestüt heran. Galloppierend auf einem glänzend gestriegelten Vollblutaraber.
" How are you ", schrie er ihr freundlich lächelnd entgegen.
" Thank you, fine ", stammelte sie, sichtlich angeschlagen.
Er gab seinem Rappen die Sporen und war Sekunden später aus ihrem Sichtfeld entschwunden, vom Sande verschluckt.
Die kärglichen Trümmer des Sonnenheiligtums Userkafs ragten linkerhand aus den Sandmassen. Von den Schutthaufen schwangen wispernde Stimmen verschwundener Zeiten in der Melodie des Windes mit, der unablässig von den altertümlichen Ruinen herabwehte.
Zum Fruchtland hin tauchten die Reste des Taltempels auf. Ihr Grundriss war auf dieser holprigen Sandebene kaum noch auszumachen.
Rechterhand lag in der Ferne der Pyramidenaushub von Saujet el-Aryan, in einem unzugänglichen militärischen Sperrgebiet.
Die Moderne der Strommasten im Fruchtland steht im Widerspruch zur Aura der Zeitlosigkeit, die von den Pyramiden von Giseh ausgeht. Sie sind in einigen Kilometern Ferne am verschwimmenden Horizont auszumachen.
Die bauliche Anordnung an den unterschiedlichsten Stellen scheinen keinem Plan der Vernunft geologischer Überlegungen entsprungen zu sein.
Bauvals Deutung eines Gesamtplans der memphitischen Totenstadt mit Blick auf den Sternenkult oder Jelittos Planetenanordnung waren ihr in diesem Moment näher. Letzterer ist im Spruch 136 A des Totenbuchs vermerkt, " *dem Spruch, in der Sonnenbarke (mit) zufahren* ".
Sie hat sich privat mit der farbigen Strahlung der von Bauval angeführten Sterne des Orions beschäftigt.
Die grosse Stufenpyramide von Saujet el Aryan hätte wohl riesige Ausmasse angenommen, wäre sie fertiggestellt worden.
Sie ist einem grossen Stern nachempfunden. Ihr Baumaterial aus Rosengranit spiegelt die rote Strahlung eines Sterns wider. Ähnlich der Roten Pyramide in Dahschur, die Bauval dem rotglühenden Aldebaran zuschrieb.
Ihr war aufgrund ihrer Beobachtungen klar, dass die alten Ägypter die Farbe der Strahlung ferner Sterne baulich umgesetzt haben mussten, was sie persönlich noch in keinem Fachbuch der Ägyptologie gelesen hatte.

" Ermattet
 von den Strapazen im kniehohen Sande
 eines sich unaufhörlich schlängelnden Weges
 erschien mir wie im Traum
 das steinerne Bild eines großen Schiffes
 im Sande vergraben ...
 unsichtbar die Seile und die Gestalten die es
 ziehen
 durch die Stunden der Nacht
 und des Tages ... "

Nach einer halben Stunde beschwerlichen Fußwegs erreichten sie den südlichen Rand des Areals.
Rund um das geheimnisvolle Sonnenheiligtum des Niuserre aus der 5. Dynastie, 2400 v. Chr. erbaut, mit Namen " Lustort des Re " .
Nur wenige Ziegelreste waren noch von dem imposanten Sonnenschiff sichtbar, oberhalb der zudeckenden Kraft des Sandes, das um 1900 n.Chr. von Ludwig Borchardt vollständig freigelegt worden war.

...

" Ich zimmere (?)(in) der Schiffswerft der Götter,
 ich wähle dort eine Barke mit Lotos-Bug,
 ich ziehe aus zum Himmel und fahre in ihr zur Nut,
 ich fahre in ihr mit Re,
 ich fahre in ihr als Affe,
 der die Wege über jenes Gebiet der Nut betritt,
 an jener Treppe des Merkur(-Planeten). "

 aus : Totenbuchspruch 136 A

Die geheimnisvolle Sonnenbarke war als Tagesschiff zur Querung des Himmelsozeans konzipiert, ausgelegt auf die Richtung der Sonnenbahn, die nach Heliopolis weist.
Die sandgefüllte Luft liess nichts mehr von den lebensspendenden Ritualen erahnen, die im Altertum hier stattfanden. Der Temenos schien zu einer gar zu Stein gewordenen Leere herabgewürdigt, inmitten einer Einöde.
Der Aufweg vom Taltempel mit seinem symbolischen Hafen, dem " Ankerplatz der Götter ", auch er unsichtbar, unter hohen Sandmassen verborgen oder gar

zerstört?
Der Hüter ihres Weges führte sie zu den Resten des Sockels, auf dem sich einst der verschwundene Obelisk erhob.
Die inselhafte Lage des riesigen Opferhofs strahlte in ihrer Verwüstung nur noch Tristesse aus.
Die Reliefs der verschwundenen Weltenkammer mit den Schöpfergesängen Res hatten auf der Berliner Museumsinsel ein grausiges Ende genommen, wohin sie Jahre zuvor der deutsche Ausgräber Ludwig Borchard Jahre verbracht hatte. In den Bombennächten des Zweiten Weltkriegs wurden die meisten von ihnen zerstört, denn sie waren merkwürdigerweise nicht ausgelagert.
Inmitten des Hofes war ihr plötzlich, als habe sie das Zischen einer Schlange vernommen.
Hatte doch letztendlich der Weltenvernichter, der Schöpfungs-feind, in Gestalt der Apophisschlange über die Schöpfung Res gesiegt ?
In dieser Trümmerlandschaft einer vergangenen Kultur zog es sie fröstelnd zum Alabasteraltar hin, geformt zu einem hetep-Zeichen.
Der gute Erhaltungszustand dieser Opfertafel erschien ihr als Metapher einer Welt, die zwar keine Tieropfer mehr für einen göttlichen Kult einfordert, die aber tagtäglich Menschen zu Opfern werden lässt. Viktimogene, also gefahrgeneigte Situationen schafft, auf dem Altar des Krieges, der Armut, der Raubzüge, der Ausplünderungen und Zerstörungen.
Die allesamt im Widerspruch zur Schöpfung und damit zur Erhaltung des Planeten Erde stehen. Wohin wird dieser Weg führen, wenn die Waage einseitig zugunsten der Vernichtung ausschlägt ?
Der Tempelwächter bot ihr eine Zigarette an. Schweigend verharrten beide, den Rauch genüsslich auspustend.
Bevor sie ihre obligatorischen Aufnahmen im Kasten hatte und beide gemeinsam den beschwerlichen Rückweg antraten, den Weg, den die Tieropfer aus dem Sonnenheiligtum in einer Art Opferumlauf nahmen, nachdem sie den Göttern Re, Hathor und Niuserre auf dem Alabasteraltar vorgelegt worden waren, bemächtigte sich ihrer wiederum die Tristesse des Ortes.
Die wahllos verstreuten Trümmer einer Schlachtbank einer vergessenen Randzone. Ein stummer Zeuge der Vergangenheit.
Für die prosperierenden Wege der Uroborosschlange rund um die heutige Welt sind die Schutthügel so wichtig wie der Zivilisationsmüll für die Gegenwart.
Scheinbar auch ohne jeden Belang für das Gewühl und die Vitalität ägyptisch - arabischer Städte und Dörfer, die in der Gegenwart leben und auf dem Weg in die Zukunft sind. Die arabische Perspektive verachtet die Wüste. Sie lebt nach innen gekehrt in ihren Dörfern und Städten. Dennoch ist im arabisch geprägten ägyptischen Volke die Vergangenheit lebendig, wenn auch

zwiespältig. Der Stolz auf die Hinterlassenschaften ihrer Vorfahren ist tief verwurzelt.
Der Koran rechnet ausgerechnet mit den Pharaonen ab, stellt seine Moral und Weisheit über das überkommene und lückenhafte Wissen aus dem altertümlichen Ägypten.
Vielleicht liegen die Trümmer deshalb so achtlos vernachlässigt da, wie in einem Hinterhof eines Slums, den niemand braucht. Den die Einheimischen meiden, als läge ein Fluch über dem Terrain. Der von Geistern, den dschinns, bewohnt ist, flüsterten ihr die Bewohner des Fruchtlandes zu.
Zum Vergleich fällt ihr die Abrechnung der Ottonen mit der dekadenten spätrömischen Zeit ein, die in den Werken von Ricarda Huch überliefert sind.
Anstrengungen, die der Mensch nach der Bedrückung, den ungelösten Problemen eines untergehenden Reiches unternimmt, um sich neue Energie zu schaffen. Sich dabei in Sicherheit wiegt, mit einem neuen Moral - und Wertesystem nicht mehr in alte Fehlerschablonen zu verfallen und Antworten auf bisher unlösbar scheinende Probleme zu finden.
Eine Stimmung gespenstischer Ruhe auf dem Schlachtfeld nach den Stunden des Gemetzels lastete auf ihrem Gemüt.
Sie fühlte sich nur noch traurig, ausgelaugt und belastet.
Und als sie zum Himmel aufschaute, den schnell dahintreibende dunkle Sandwolken verhüllten, als würden sie die Welt verdunkeln und nichts Gutes verheissen wollten, entschlossen sie sich, wieder aufzubrechen.
Diesem irrealen Ort den Rücken zu kehren.
Sie fragte sich, was sie dazu getrieben hatte, diese Mühen auf sich zu nehmen, um an Ort und Stelle an einen solchen Tiefpunkt zu gelangen.
Der Besuch der Museumsinsel in Berlin mit den wenigen Artefakten, mit der eigenen Phantasie sich diese in situ vorzustellen, wäre befriedigender gewesen. Sie hätte inmitten des Besichtigungsgewühls ihren Rundgang als Event gefeiert, sich an den exakt ausgerichteten ästhetischen Vitrinen berauscht, wäre den restaurierten Funden ehrfurchtsvoll begegnet, hätte anschliessend noch einen Kaffee getrunken, um den gelungenen Tag abzuschliessen. Was suchte sie an diesem Ort ?
Wozu waren diese geradezu unmenschlichen Strapazen gut gewesen ?
Hier sprang ihr nur die Endlichkeit entgegen, das lähmende Gefühl von rohen Fragmenten. Ein imaginäres undefinierbares Gemisch aus Gewalt und Tod lag über dem Monument und zog sie herunter.
Enttäuschung breitete sich in ihr aus, die ihr in ihrem Besichtigungseifer unbegreiflich schien.
Sie schrieb es ihrer Sensibilität zu, dem Khamsin, der ihr buchstäblich das Wasser abzugraben schien.
Eine der Eigenschaften der Apophisschlange, die das Lebensschiff, die Sonnenbarke, zum Stillstand zu bringen versucht.

Spürte sie etwa ihre Nähe ? War dies der Ort, an dem Apophis letztlich über die verletzbare Schöpfung der alten Ägypter triumphiert hatte ?
Lauerte er irgendwo in den Sandmassen, den Falten des Felsgesteins und oder hatte er den Untergang der Reliefs der Weltenkammer in den fernen Bombennächten von Berlin in irgendeiner Weise in diesem verwüsteten Areal morphologisch abgespeichert, als eine Warnung für alle Lebenden mit Zukunftsplänen. Sie war sich nicht sicher.
Sie suchten sich den Trampelpfad des Opferumlaufes, um sich einzureihen. In den Weg, den Tausende von Tieropfern genommen hatten.
Die hohen Sandmassen auf dem Rückweg schienen kein Ende zu nehmen.
Ermattet von den Strapazen stützte sie der Hüter ihres unaufhörlich schlängelnden Weges. Keuchend und am Ende ihrer Kräfte zog er sie unter eine Palme, die mitten in der Wüste stand.
Der starke Wind hatte den Sog einer air condition, als er in die Wedel der Palme fuhr.
Gierig trank sie den Sauerstoff, den die Wedel der Palme spendete, ebenso wie das Wasser, das sie mit sich führte.
Ihr Führer nahm dankbar die Weissdorntabletten mit dem Rest des Wassers ein.
Langsam kehrten in ihr die Lebensgeister zurück. Sie fühlte sich in dieser menschenfeindlichen und unwirklichen Umgebung der Wüste fast ihrem eigenen Ende nahe.
Sichtlich regeneriert nahmen sie dann die letzten hundert Meter zum Wächterhäuschen.
Im Inneren hockten zwei weitere Tempelwächter im Schneidersitz, plaudernd auf dünn geflochtenen Matten.
Ihr Taxifahrer hatte es sich dort bequem gemacht und mäkelte an dem Hüter ihres Weges herum, als er erfuhr, dass sie unterwegs beinahe zusammengebrochen wäre.
" Ich hätte Sie auf meinem Rücken getragen ", gab er nachträglich vor.
" Sie zogen es doch vor, hier zu bleiben ", schnitt sie ihm das Wort ab.
" Er hat mich gerettet, ich habe allen Grund, ihm dankbar zu sein . "
Nachdem man ihr eine Matte zugewiesen hatte, freute sie sich auf den heissen Tee, den der jüngere Wächter in bedächtigen Bewegungen zeremoniell in der Tradition der Wüstenvölker vor ihnen zubereitete.
Das Knistern des Tees, den er in langen Kaskaden in eine weitere Kanne fließen liess, versetzte die kleine Gemeinschaft in eine Art mediale Stimmung, wie bei einer Kulthandlung. Sie schaute ihm zu, wie er kleine Häufchen von Zucker auf einem Teelöffel in den Tee rieseln liess. Glitzernd, wie der Sand in der Uhr, der die Zeit verrinnen lässt.
Draussen, durch das hohe enge Fensterloch, hörte man den Wind heulen. Inmitten der Brandung der Sandstürme dieser Welt fühlten sie sich in ihrer kleinen Hütte wie in einem Aussenposten geborgen.

Leise Gespräche machten die Runde. Ihr Fahrer übersetzte. Nachdem sich draussen der Sturm gelegt hatte, zeigte ihr der Tempelwächter noch die Toten- oder Pyramidentempel der Pharaonen der fünften Dynastie.
Als ersten strebten sie Sahures bauliche Hinterlassenschaft an. Im ruinösen Zustand, aber mit einem Säulenhof versehen, der wunderschöne Reliefs der königlichen Jagd auf Vögel und Nilpferde im Papyrussumpf aufwies.
Der Bedeutungskodex hatte sich in der 5. Dynastie mit Hinwendung zum Sonnenkult geändert, was eine komplexere Ausgestaltung des Tempels nach sich zog. Der Säulenhof war von vier Korridoren umfasst.
Portiken und Aussenwände bildeten architektonisch eine geschlossene Einheit. Inmitten des Urozeans des Sandes erscheint der inselhafte Säulenhof als mystischer Urhügel, Hort der Schöpfung inmitten chaotischer Kräfte, denen Pharao mit Sinnbildern entgegensteuert.
Die königliche Jagd in der Wüste und den Sümpfen, dargestellt auf zahlreichen Reliefs der verschwundenen Korridore, zeigen seinen Kampf gegen die Mächte des Chaos und den Triumph des Lebens über den Tod. Böses sollte ferngehalten werden. Sahure als Bewahrer der Schöpfung, symbolisiert im Niederwerfen seiner Feinde. Durch die Feier seines Sedfestes wird er auf seine nie erlahmende Kraft hin getestet.
Der Pharao, der wörtlich: " Grosses Haus ", bedeutet, ist täglicher Garant der göttlichen Ordnung, der Maat.

" den Mangel vertreibend
  das Unrecht zum Schweigen
  bringend
  den Schwachen mit dem Starken
  aussöhnend
  und gleiches auch die Täter
  bedränge ... "

" dem täglichen Triumph
  des toten Pharaos
  über das
  Chaos im Jenseits
  ausserhalb
  seines Machtbereichs ... "

Ihr erscheint Jahre später im Falle des Verteidigungsministers El - Sisi, dass auch sein Kampf gegen das Böse, verkörpert durch die Chaos verbreitenden Muslimbruderschaftsanhänger, die nicht an den Verhandlungstisch, sondern den entmachteten und in Haft genommenen Expräsidenten Mursi mit Zeltstädten in den Strassen und Strassenkämpfen mit dem Militär wieder in seine Funktion einsetzen wollen, eine Probe ist, als Garant die Sicherheit und Ordnung widerherzustellen.

Tornischen mit weiblichen Gottheiten wie der Nechbet und der löwenköpfigen Sachmet schleusten Sahure im Tempel durch einen symbolischen Geburtskanal.
Eine Göttin säugt ihn nach seiner Wiedergeburt, so dass er gestärkt zu seinen Pflichten übergehen kann, die ihn auch im Jenseits in Anspruch nehmen werden, bildlich verteilt auf den Wandflächen des Tempels.
Vor ihrem inneren Auge erstanden erneut die 400 Meter langen Reliefs, die Ludwig Borchardt nach Berlin verbracht hatte, verdammt zu ihrem traurigen Untergang im zweiten Weltkrieg, als sie die allierten Bomben auf der Museumsinsel trafen.
Eine andere Zeit, Asymetrien des Niedergangs einer anderen Kultur, trug zu ihrem schnellen Untergang bei.
Schneller, als die allgemeinen Verfallserscheinungen der Wüste ihnen den Garaus gemacht hätten. Die Wüste tickt anders, beinahe dem Verfallswert von Radioaktivität. Sie misst in Jahrtausenden. Der Mensch kann in wenigen Augenblicken seiner Zerstörungswut der Schöpfung und seinen eigenen Schöpfungen den Garaus machen.
Die wenigen Trümmer in situ fristen ein ebenso tristes Dasein, sperren sich gegen die grösste Phantasie, sich den Tempel in seiner ehemaligen Pracht vollständig vorzustellen. Die Anwesenheit von Anubis und Osiris in den Statuen des Sahure verweisen auf ein Leben nach seinem Tode. Ist hier auch die Höhle des Sokar zu verorten ?
Sein Staatsschiff, seit der Vorzeit ein Symbol der Macht, seines Gewaltmonopols, ist in den Reliefs übermächtig.
Ob als Transportmittel der vielen Gefangenen der unterworfenen Fremdländer, die für die Ägypter im Chaos lebten.
Als Nachen bei der Jagd im Papyrussumpf - wichtigstes Bildprogramm in einem altägyptischen Grab - oder während seiner damaligen Expedition nach Punt mit zurückkehrenden Schiffen, um den wertvollen Weihrauch zu importieren.
Bereits zu Zeiten des alten Reiches, lange vor der Pharaonin Hatschepsut im Neuen Reich. Deren Expedition sie auf den Wänden ihres Terrassentempels in Deir el Bahari darstellen liess.
Nach eingehender Besichtigung wandten sie sich dem Totentempelbezirk des Niuserre und dem Privatgrab seines Schwiegersohns Ptahschepses innerhalb dieser Pyramidenanlage zu, mit einem frisch gemauerten Portikus vor dem

Grabbau, den zwei Lotosbündelsäulen des Alten Reichs stützen.
Im Hintergrund dehnten sich die bröckelnden Pyramiden der Könige dieser Dynastie, die sich die Wüste mit ihren Sandmassen zurückholt. Jahrhundertelang dienten sie als Steinbruch der näheren Umgebung.
Die Pyramide des Nefrere ist nur als Sockel angedeutet, sie galt als nicht vollendet. Tatsächlich muss man davon ausgehen, dass viele Pyramiden gestanden haben und später abgebrochen wurden, wie die grosse Pyramide des Djedefre in Abu Roasch.
Richtung Süden war im Dunst die Stufenpyramide des Djoser aus der 3. Dynastie und des Userkafs aus der 5. Dynastie nur schemenhaft erkennen.
In der grossen Halle des Niuserre, unter freiem Himmel, ragen die Säulen anklagend einsam zu einem unerbittlichen Himmel hinauf, der nichts gegen ihren Verfall ausrichten kann und will. An ihrer Spitze abgeknickte Grabesstelen, die das verschwundene Dach stützten.
Denn alles auf Erden ist der Wandlung und dem Verfall preisgegeben. Das All mit seiner unwandelbaren Metamorphose lebt es permanent vor.
Niuserre mit seinem Stabe ist auf seinen Säulen nur noch schlecht erkennbar. Er verblasst zunehmend mit dem Abstand der Zeiten.
Das labyrinthische Geflecht der Magazine, Neben - und Kulträume, halbhoch ohne Dach erhalten, ihres Inhalts beraubt.
In ihrer kahlen Leere scheint das Kultziel Wiedergeburt und Inganghaltung der Welt zum Stehen gekommen zu sein.
Eine von Gott und Menschen verlassene Insel inmitten der tosenden Sandwellen des Urozeans Nun, von dem auch sie sich jetzt abwendete.
Mit dem Versprechen, die Aufnahmen nach ihrer Entwicklung ihm per Luftpost zuzusenden, verabschiedete sie sich vom Hüter ihres Weges, der ihr herzlich die Hand drückte und sie beide noch bis zum Ausgang der Ausgrabungsstätte begleitete.
In die Welt der Lebenden zurückgekehrt, fuhren sie im Taxi an der neueren Ortschaft Abusir vorbei.
Tajib, ihr Fahrer, hatte von den rauen Sitten der ansässigen Landbevölkerung gesprochen, die recht gut von ihren frugalen Erzeugnissen leben würden, durch direkten Verkauf auf den Straßen Kairos. Sie konnte sich an die Pyramiden von frischen Zwiebeln und Obst auf den breiten Trottoirs der Großstadt erinnern. Aber Umgangsformen wären ihnen dennoch fern, beklagte er sich.
Kaum ausgesprochen, wurden sie unterwegs von jüngeren Burschen angehalten, die frisch geerntetes Gemüse anboten.
Tajib entschloß sich zum Kauf einer Schale. Die beiden anderen jugendlichen Anbieter gingen leer aus.
Wutentbrannt kippten sie ihre Schalen über Tajib aus, der in aller Eile die Scheibe seines fliegenden Sarges hochkurbelte, wie die überalterten Taxis der

Marke Peugeotkombi im ägyptischen Volksmund genannt werden.
Unter den Beschimpfungen der jugendlichen Pflegel trat er mit Wucht auf das Gaspedal. Noch soeben entkamen sie mit durchdrehenden Rädern den prasselnden Fausthieben, die das Dach ihres Fahrzeuges trafen.

Die Nile Meretseger steuert das linke Ufer an.
Sie hat an Fahrt nachgelassen. Helfende Hände haben sich eingefunden.
Etliche Landfrauen und ihre Kinder in langen Galabijas aus kühlender Baumwolle sehen dem Treiben neugierig zu.
Die Schiffsmannschaft wirft unter lautem Zurufen die schweren Seile zum Vertäuen an Land.
Lachende Befehle unter den strengen Blicken des Kapitäns spornen die untere Hierarchie an, das Schiff aus Angst vor Beschädigungen vorsichtig an den Kai zu ziehen. Zuerst den Bug, dann wird das Heck in einer Drehbewegung langsam nachgezogen. Das verhaltene Tempo lässt die Schiffsschrauben stark rotieren. Die Maschinen laufen mit voller Kraft. Unter Flüchen werden Zugangsplanken krachend ausgelegt. Das Schiff ist angelandet.
Selim, Achmed und Mohammed haben ihre Gruppen im Foyer vor der Rezeption versammelt. Die ersten Touristen verlassen die Meretseger.
Der Bus wartet mit geöffneten Türen. Ihr ägyptischer Fahrer Mohammed, ein untersetzter Herr in fortgeschrittenem Alter, war schon vor Stunden aus Kairo zur Anlegestelle unterwegs und sitzt mit den Einheimischen im Schatten, raucht und geniesst ihre Gastfreundschaft bei einem heissen Minztee. Freudestrahlend gestikuliert er in ausholenden Bewegungen. Lässt die abgehackte, aus akustisch brüchigen Lauten bestehende arabische Sprache erzählerisch aus seinem Munde fliessen, findet noch Zeit zu essen. Saftige Fleischtaschen, die ihm seine Frau eingepackt hat.
Kurze Zeit später hat er seine Zigarette ausgedrückt, seine Schäfchen eingesammelt und lenkt den schweren Bus Richtung Memphis sicher auf den geteerten Strassen des touristischen Pilgerpfades, jenen mit dem Leben der Einheimischen verbundenen Röhren innerhalb der modernen Welt, die von geheimnisvollen Verpflechtungen und Zugseilen unsichtbarer Gestalten zu flüstern scheinen, so verwoben sie sind. Zu einem labyrinthischen Knäuel verschiedenster Lebensentwürfe gewirkt, die sich kreuzen, trennen, parallel verlaufen, nicht berühren und manchmal geheimnisvoll aufeinander zulaufen. Zu einer unbekannten Zukunft, zu einem unbekannten Ziel.
Uroboros, die Weltenschlange, die sich in den Schwanz beisst, lässt grüßen. Einem Bild Lothar Blums entlehnt, das Ende in den Anfang übergehend. Die Menschheit, die in der Ewigkeit zu wurzeln scheint, zu der die archäologischen Hinterlassenschaften der Pharaonenzeit im tiefsten Kontrast stehen. Im Nirgendwo zu enden scheinen, wie aufgelöste Knoten, deren Enden ziellos herabhängen.

Vorbei an schnurgeraden rechteckig angelegten fruchtbaren Feldern mit ihrem fast schon unverschämten satten Grün, deren Erträge Europa in Form von Kartoffeln, Bohnen und anderen Frugalien im frühen Jahr erreichen.
Und an üppigen Dattelpalmenwäldern, über und über mit Netzen voller Früchte behangen, die in ihrem unverkennbaren Rostton unter den mächtigen Wedeln hervorlugen, geht die Fahrt auf staubigen Straßen und sandigen Rändern an dem quirligen Leben der Landbevölkerung mit ihren bescheidenen Verkaufsständen aus zusammengebundenen Schilfbündeln vorbei.
An Jungen, auf Bergen von Heu auf Eseln reitend. An Bauerstöchtern, die tiefgebückt auf Feldern Erträge abernten und ihren Vätern, deren Esel gummigereifte Bollerwagen ziehen und mit Dattelfrüchten überladen sind, die sie mit schnalzenden Pfiffen antreiben.
Die Härte und Beschwernis ihrer Arbeit findet ihre Entsprechung in einer Zeichnung van Goghs aus dem 19. Jahrhundert, in einer bückenden holländischen Bauersfrau. Europäischer Alltag vor dem Einzug der Technik im 20. Jahrhundert.
Ganze Schwärme von unbeschwert lachenden Kindern, die fangen spielen, obwohl sie schon in frühem Kindesalter zu vielen Aufgaben körperlich schwerer Arbeit herangezogen werden, neben Hunderten von kleinen Ibisvögeln, die auf abgeernteten Feldern picken.
Die Flüchtigkeit des erhaschten Eindrucks nimmt kaleidoskopartige Ausmasse an, je mehr Mohammed seinen Bleifuss auf das Gaspedal stemmt. Die Teppichknüpfverkaufshallen meidet er. Zu sehr war Kritik an offensichtlicher Kinderarbeit unter den Touristen angewachsen, die als sogenannte Schulen mit angeblich freiwilligem Dienst der Kinder an der Knüpfnadel ausgegeben wurden.
Bei einem Fischer, der ihnen in ihrem haltenden Bus vor einer Ampel einen großen Stör anbietet, dicht umstanden von grinsenden Käufern aus verschiedenen Gesellschaftsschichten, geht ihnen dieser rustikale Eindruck besonders unter die Haut. Inmitten des tosenden Verkehrs von hupenden alten Vehikeln aus den Siebzigern kleine Inseln der geschäftigen Ruhe.
Bis zu den abgelegenen antiken Ruinen des Trümmerfeldes Memphis am Rande des Dorfes Mit Rahina ist es eine halbe Stunde Fahrt. In einem kleinen freigelegten Areal liegen zusammengefasst, spärliche Reste der verschwundenen Stadt mit ihren ehemals berühmten weissen Mauern, die teilweise noch unausgegraben unter den Häusern moderner Ansiedlungen und fruchtbarer Äcker verborgen bleiben.
Ihre zusammengesunkenen profanen Bauten aus ungebrannten Ziegeln halten gegenwärtig den Boden für die Felder fruchtbar. Der steinerne Rest der Tempel, Paläste und Kronprinzenresidenzen wurde zur Errichtung von Palästen, Gebäuden und Mauern in der Umgebung und in Fustat, dem alten Kairo, mit

der einsetzenden islamischen Herrschaft über Ägypten abgebrochen.

So verschwand eine grosse Stadt, eine grosse Kultur von der Bildfläche, der während der gesamten ägyptischen Geschichte eine wichtige Bedeutung zukam, aus dem Gedächtnis der Menschheit.

Machte Platz für eine neue Ordnung, eine neue Zeit, die den Ort zu einer Provinz herabwürdigte und als verwunschene Ruinen nur noch in dem Unterbewusstsein seiner nachgeborenen Einwohner raunen. Aus jenen fernen versunkenen Tagen zu uns zu flüstern scheinen, über die sich die Schichten des Vergessens als zudeckendes Totentuch ausbreiten.

Wenn die Geschichte die Treppe hinabsteigt, so ist dies das Schicksal vieler antiker Metropolen gewesen. Gleich Babylon, Ninive oder Troja. Und dieser Zyklus wird auch nicht unterbrochen werden, wenn das Ende der Zukunft für New York, Sao Paulo, Shanghai oder Tokio eines Tages eingeläutet wird.

Memphis, eine Gründung des legendären König Menes 3.000 v.Chr., war mit Beginn des Alten Reiches Hauptstadt des gesamten Landes. Verwaltungs - und religiöses Zentrum des 1. unterägyptischen Gaus, von denen Menes 42 im ganzen Land gründete. Ihr altägyptischer Name lautete Men-nefer-(Pepi): Es bleibt die Schönheit (des Pepi).

In der 6. Dynastie entstand der namengebende südliche Stadtteil, der von der Metropole übernommen wurde. Ihr Name war Programm. Die ehemalige Pyramidenstadt Pepi I. im Süden von Sakkara sollte dauerhaft und bleibend sein.

Sie war dem eigentlich chtonischen Gott Ptah gewidmet, der wörtlich heisst : der " Bildner ".

Höchster Schöpfungsgott, zugleich Gott der Handwerker und Künstler, vor einer Töpferscheibe sitzend. Als mumiengestaltiger Stadtgott hält er einen Stab, bestückt mit dem Anchzeichen, dem Sinnbild für Leben. Er trägt das Was-Zepter, was Macht bedeutet und den Djedpfeiler, der für Dauer und Beständigkeit steht.

Aber die Ewigkeit von Memphis sollte wie bei allen Städten, die von Menschenhand erschaffen wurden, auf Erden begrenzt bleiben, wenn sie auch deutlich länger als Rom Bestand hatte. Die Ägypter nannten diese neheh-Ewigkeit.

Der Name, das Wort ist manchmal eher von Dauer als eine anonyme Ruine. Wenngleich Menes Name erstmals auf einem Siegelring von Hatschepsut und Thutmosis III. genannt wird, also erst viel später in der 18. Dynastie des Neuen Reichs.

Memphis war seit der Reichseinigung Militärstadt, bedeutende Metropole in Kunst, Wissenschaft und Religion und Waffenschmiede.

Strategisch vor dem Delta gelegen, und damit von hoher Bedeutung, wurde sie erst von Alexandria wirtschaftlich abgelöst. Dann begann ihr allmählicher Verfall. Die Hyksosstürme, die Zerstörungswut der Assyrer hatten die Stadt nicht

bezwingen können, sie wurde wieder aufgebaut. Das endgültige Ende kam mit den ersten islamischen Herrschern.
" Die weissen Mauern ! Heimstatt des Stadtgottes Ptah mit Namen < Der südlich seiner Mauern >. " Sabine lacht auf.
" Anscheinend ändert sich in der Menschheit nicht viel. Sie war ursprünglich eine Festung, die der mythische erste Herrscher über Ägypten, Menes, errichten liess, um die unterjochten Unterägypter fernzuhalten.
Über den Limes mit seinen Wachtürmen, den Hadrianswall, der chinesischen Mauer bis zur ehemaligen DDR-Grenze und zur Mauer Israels zum Gazastreifen gibt es wohl viele Beispiele an Motiven politischer Art. Ganz zu schweigen von den Mauern in den Köpfen, die Anlass zu diesen Bauten gaben. "
Selim grinst vielsagend zu Sabines Analyse.

In den 90zigern spürte man die Gefahr nicht, die 2011 das kleine Museum heimsuchen wird.
Der restlosen Plünderung ausgeliefert, im Schatten der Unruhen und des Chaos auf dem Tahrirplatz, das die Touristen fernhält. Bis auf die liegende Statue Ramses des Grossen, die niemand so einfach mitgehen lassen kann.
Ein Kleinod von einem Museum, das seine vielen Fundstücke in einfachen kleineren Ausstellungsräumlichkeiten präsentiert.
Preiswerte Alternative zu grossen Museumsprachtbauten, die von internationalen Stararchitekten entworfen werden und Unsummen verschlingen. Reine Prestigeobjekte, die ihrem Inhalt oft nicht gerecht werden.
Die kleinen pavillionartigen Gebäude dieser kleinen Aufbewahrungsmuseen liegen über ganz Ägypten verstreut. Direkt an den Ausgrabungsstätten und sind aufgrund finanzieller Engpässe mehr oder weniger ungesichert. Sie erfüllen die durchaus reizvolle Aufgabe, regionale Ausgrabungen dem fremden Besucher unmittelbar vor Augen zu führen, und nicht losgelöst vom Entdeckungsort, im fernen Kairo aus Zusammenhängen gerissen zu sein.
Wenn diese schon nicht in situ zu betrachten sind, dafür aber die Wechselwirkung der unmittelbaren Betrachtung mit ihrem Fundort, ihrem Zeitalter her-stellen und so in ihrer Nähe die touristische Attraktivität der umliegenden alter-tümlichen Areale erhöhen und gleichzeitig auch Wissenschaftlern einen Über-blick verschaffen, so ist das ein nicht zu unterschätzender Pluspunkt gegenüber einem riesigen zentral gelegenen Supermuseum.
Führt man sich die vom Krieg im Irak heimgesuchten Stätten von Babylon, Uruk und anderen vor Augen, die von der amerikanischen Armee achtlos als Stützpunkt getreten werden - Museumsakten fliegen über weite wüste Trümmer des Geländes verteilt herum - so kann man nur von Barbarei sprechen, mit der dieses Menschheitskulturerbe von den Vertretern einer Nation vernichtet wird, die glaubt, der kulturellen Weisheit letzter Schluss zu sein und sich immer mehr

als Kulturenzerstörer oder Plünderer entpuppt.
Denn bei ihrem Einmarsch in Bagdad verblieb das Nationalmuseum unter ihrem Einfluss ungeschützt.
Vielmehr ist davon auszugehen, dass es im Interesse ihrer Antikenmafia lag, dort ungehindert Zugriff auszuüben. Ein Wissenschaftler sprach von der Absicht der Amerikaner, die Hinterlassenschaften der antiken Kulturen zu vernichten.
Grund, um nachträglich behaupten zu können, sie allein hätten der Menschheit ihre Art von Kultur gebracht.
Ihre Kultur ? Die Anhäufung von fremden Kulturen in ihren Museen oder was weitaus schlimmer ist, das heimliche Verschwinden von Artefakten von ihrem Fundort hinein in die Tresore oder in eine der für eine Öffentlichkeit unzugänglichen Privatsammlungen ? Und damit dem Vergessen anheimfallen ?
Mittlerweile wird ungehindert an allen möglichen Stellen im Lande Raubgrabungen und Plünderungen vorgenommen.
Die Funde werden jedenfalls niemals eine archäologische Einordnung und Bestandsaufnahme erfahren.
Einerseits hat diese Raubkulturanhäufung eine kulturell denkende Ausrichtung, da dort das Geld für eine nötige Konservierung oder Restaurierung vorhanden ist.
Aber die Kehrseite der Medaille wirkt eher förderlich auf Retorten - , Ersatzentwicklungen wie Disneyland, Big Brother, billige schablonenhaft entworfene Architektur aus Beton, dem Prinzip der Kurzlebigkeit verhaftet und keiner Dauer von Millionen Jahren.
Verfüllungen und Aufbau aus Pappmaché, getragen von kragenden Stahlsäulen.
Überdimensioniert, anonym und abweisend. In allen Metropolen der Welt beliebig kopiert, den Zwängen der Nachfrage von Büro- und Wohnräumen unterworfen.
Die Überbetonung des Profanen in einer Welt, in der Religion eine Randerscheinung geworden ist, weil sie Handel und Geschäften nicht dienlich ist, bleiben Ästhetik und Stadtplanung aussen vor oder unterwerfen sich den uninspirierten Entwürfen auf dem Reissbrett. Massenware, einem Massenpublikum dienlich.
Jedes menschliche Mass wird missachtet. Der Turmbau zu Babel wird auf seine Steigerung und Machbarkeit hin getestet.
Die Hybris des Menschen, der sich von Gott emanzipiert und damit entfernt hat und für den nur noch das schnelle Geld wichtig ist. Unterhaltungsshows auf niedrigstem Niveau sind Teil des Brot - und Spieleprogramms zur Beruhigung und Beherrschung der Massen. Diese Entwicklungen sind anfällig für Potenzierungen nach unten. Und lassen den Willen schnell erlahmen, sich aktiv und nicht nur passiv konsumierend zu verhalten.

Eine übersteigerte Modeindustrie kurbelt die Schnelllebigkeit von Trends und drastischem Konsumverhalten in einer Wegwerfgesellschaft an, in der die Steigerung des schnellen Verdiensts an oberster Stelle steht, mit ihren einhergehenden stetig ansteigenden Müllbergen, die kaum noch zu entfernen sind.
Neuerdings experimentieren japanische Architekten mit Architektur aus recycelten Müll, um der Verwahrlosung Herr zu werden, unter der die grossen Metropolen zu ersticken drohen. Verfall der Bauten, wenn sie länger als fünfzig Jahre stehen und finanzielle Not der Städte sind untrügliche Zeichen des Niedergangs.
Die Konsumenten, einseitig auf rein materialistischen Erwerb ausgerichtet, werden vom eigentlichen Leben, von Bildung und Gemeinschaft weggelockt, der sie ausbrennt, einsam macht, an den Egoismus und die Hackordnung appelliert.
Keine Zeit mehr für ein Innehalten übrig lässt. Rückbesinnung scheint in der steigenden Geschwindigkeit einer solchen Gesellschaft kaum noch möglich. Die Sinnstiftung geht verloren. Stillstand macht sich in ausgebrannten Seelen breit. Innere Verwüstung scheint unausweichlich zu sein.
In einer Welt, in der zunehmend die Mittelschichten finanziell bedrängt werden, dagegen die ungebildeten Schichten der Kleinbürger mit ihrer Dauerspassgesellschaft in einer Weise zunehmen, dass man sich ernsthaft Sorgen um den Bestand und die Überlieferung von Bildung und Kultur machen muss, war über die Jahrzehnte durch eine verfehlte Politik vermutlich absichtlich in Gang gesetzt worden.
Die Pfade dieser Entwicklungen, ihre massive Druckausübung in den westlichen Gesellschaften, konnten in ihren Symptomen nicht eingeordnet, die strategische Gesamtheit noch nicht wahrgenommen werden, sodass man Massnahmen zur Gegensteuerung hätte ergreifen können.
Erst das Ergebnis zeitigt das Ausmass und die Absichten, die sehr wahrscheinlich dahinter standen. Ziel scheint es, überall Subkultur zu installieren, wie sie in der Breite der amerikanischen Bevölkerung vorherrschend ist, die man auf diese Weise besser beherrschen und kontrollieren kann.
Denn ein Türke sagte einmal zu ihr : " Aus den gebildeten Mittelstandsschichten kommt der Widerstand gegen unterdrückerische Politik, die die Mächtigen ungehindert ausüben wollen. Darum muss der Mittelstand weg.
Brot und Spiele sollen die ungebildeten Schichten von ihrem Elend ablenken. "
Jüngstes Beispiel politischer Einflussnahme ist die Occupy-Bewegung. Um sie zu entschärfen und in andere Bahnen zu lenken, hat man sie unterwandert.
Die Medien scheinen nicht müde zu sein, die Orientierungslosigkeit dieser Grüppchen schonungslos offenzulegen, um zu suggerieren, störende Handlungen gegenüber Mächtigen abzubremsen und ins Leere laufen zu

lassen. An ihren verdeckten Abhängigkeiten von mächtigen Konzernen, in deren Besitz sie stehen und ihrer Beeinflussung durch machtpolitische Strömungen zeichnet sich ein Bild stärker werdender globaler Konzentration ab, die wache und gebildete Surfer im Internet hinterfragen. Die totale Kontrolle scheint unmittelbar bevor zu stehen.
Als Antwort auf die Durchschaubarkeit solcher Machenschaften erfolgt dann die nächste Stufe.
Die offizielle Berichterstattung ignoriert die Demonstrationen. Im deutschen Fernsehen sucht man vergeblich nach den gegenwärtigen Zusammenstössen und Machtkämpfen in New York, die dort noch immer stattfinden.
Hurrikan Sandy, der als blosser Tropensturm auf New Jersey prallte, gab dann wieder ein dankbares Thema ab, bedroht er doch nicht das Establishment, sondern nur Häuser und ein paar Leute.
Spielarten des Untergangs, Spielarten der Bedrängung.

Plünderungen hat Memphis während seiner wechselvollen Geschichte immer wieder hinnehmen müssen.
Die Treppenstufen wiesen den Weg hinunter in die Abwärtsspirale über destruktive Geschichtszyklen.
Ihre stärksten Zerstörungen erfolgten unter dem Assyrer Assurbanipal im 6. Jahrhundert v. Chr.
Anschliessend gelangte die Stadt in der Saitenzeit zu neuer Blüte, infolge wiederaufgenommener Restaurierung.
Die Ptolemäer hinterliessen eigene grosse bauliche Spuren, bevor der Vorhang endgültig mit der arabischen Erstürmung des Landes und der Kapitulation seiner verbliebenen römischen Machthaber fiel.
Unter den Hügeln (Kom) im Südosten der ehemaligen Stadt liegen unausgegrabene Reste. Den Ort umgibt eine geheimnisvolle Aura voller begrabener Rätsel.
Dieses Gefühl wird sie erneut an der Anlegestelle von Tell el Amarna beschleichen, vor dem Hintergrund von Palmenwäldern, die die verschwundene Stadt des Echnatons zum Fluss hin abschirmen.
Während sie auf dem Parkplatz vor dem kleinen Museum mit Sabine, Hanna und der Gruppe den Bus verlässt, Selim schnellstens die Karten löst, hält sie für einen Moment inne und lässt ihren Blick weiträumig über die wenigen ausgegrabenen Stätten inmitten verschiedenartigster Palmenansammlungen schweifen.
In Anlehnung an das Paradies scheint ihr der blühende Garten angelegt zu sein. Mit einheimischen Sträuchern, Licualiapalmen hinter Andenkenbüdchen mit blumigen Namen wie Ramsesbasar, in deren Auslagen sich dicht gedrängt Ramsesköpfe, Alabastervasen, kleine Pyramiden und Skarabäen von geschmackvoll bis kitschig abwechseln.

Der grosse Ramses ist heutzutage in der Erinnerungsspur der breiten Schichten zum Ramschobjekt reduziert. In seiner liegenden Kolossalstatue im Museum tritt er ihnen in seiner gewaltigen Grösse wie leibhaftig entgegen.

Geschichte, ein beliebiger Fundus mit Promistatuspharaonen. Aus dem Zusammenhang ihres Zeitalters gerissen, ein Disneyland für Touristen, denen die Kulte und der Sinn verborgen bleiben.

Vorurteile, wie sie sich aus billigen US-Streifen herausbilden, in denen eher eine Wikingermentalität auf die Herrschaft von Pharaonen projiziert wird - Pharao als Schimpfwort und Sinnbild für Willkür und Protz - Präsident Mubarak wurde 2011 als Pharao im Sinne von Despot betitelt.

Und der Koran seinen Anteil an einem negativen Bild vom Pharao hat, indem er seine moralische und weisheitliche Überlegenheit über das Pharaonentum zum Ausdruck bringt.

Dazu kommt der schlechte Ruf der Pharaonen, resultierend aus dem Alten Testament als Unterdrücker des Jüdischen Volkes, was nicht gerade die populäre Verbreitung wissenschaftlicher Erkenntnisse über seine vorgegebene Stellung als Sohn Gottes förderte und seiner daraus resultierenden Verantwortung für sein Volk, um auch breitere Schichten über seine Stellung und seine Pflichten aufzuklären.

Vielmehr resultiert die lapidare Antwort hinsichtlich eines Machtpotentaten immer durch spätere schlechte Erfahrungen des Machtmissbrauchs nachfolgender Kulturentwicklungen und veränderter Bedingungen im Wechselfall der Zeiten.

Wenn unser Geschichtsbild nur durch Moses und seinem Auszug aus Ägypten zustandekommt, so gewinnt man keinen Einblick in ein System, dass von der göttlichen Weltordnung der Maat geprägt war, was Wahrheit, Gerechtigkeit bedeutete und Pharao verpflichtete, diese göttliche von Weisheit und Gerechtigkeit durchzogene Ordnung auf Erden umzusetzen, zum Wohle ganz Ägyptens, seinem Volke, von den Geringsten bis hinauf zu den Hochrangigen.

Mit der dauernden Bitte an die Götter verbunden, Ägypten nicht fallen zu lassen und durch ständiges Geben in Form von Opferritualen seitens der Ägypter sichergestellt wurde.

Während unser Zeitalter von einer horizontalen Solidarität geprägt sein soll, kannten die Ägypter laut Jan Assmann eine vertikale Solidarität vom Herrscher bis zum Geringsten im Volke.

Der Pharao hatte sich um das Wohlergehen Ägyptens zu kümmern. Ihm gehörte das gesamte Land mit seinen Liegenschaften und Besitztümern, die er als Horus von den Göttern geerbt hatte. Ihm kam dabei eine Mittlerrolle zwischen den Göttern und den Untertanen zu. Für sein Handeln musste er im Totengericht des altägyptischen Jenseits strenge Rechenschaft ablegen.

Sein Herz wurde mit all seinen Beschwernissen und Verfehlungen eines manchmal langen Lebens, wie im Falle Ramses des Grossen, gegen die Feder

der Ma'at aufgewogen.

Reine Despotie war den Ägyptern fremd, auch Sklaven gab es nicht. Der Pharao konnte durch seine Zentralgewalt grosse Bauvorhaben durchsetzen. Das Land erlebte dadurch eine wirtschaftliche und spirituelle Blüte, wie sie mit Privateigentum und Gewaltenteilung nicht möglich gewesen wäre, bei aller Wertschätzung unserer heutigen Demokratie.

Festgefahrene Schieflagen in der Denkweise infolge infantiler Kinofilme und religiöser Testamente zu korrigieren, ist so gut wie unmöglich und macht es heutigen Weltenlenkern leicht, von ihrem vielleicht schlechterem System abzulenken und sich als Heilsbringer zu verkaufen.

Dennoch freut sich auch der geistig Inspirierte an kitschigen Souvenirs, wenn sie einigermassen gute Kopien abgeben, um sie in seinem Zuhause aufzustellen und den staunenden Daheimgebliebenen mit der gehörigen Portion Angabe vorzuführen. Beziehungsweise einen persönlichen Fetisch in den Händen zu halten, sozusagen als Beweisführung und Rückerinnerung, wirklich das Land Ägypten aufgesucht zu haben, da der zeitliche Abstand und die Ablenkungen des Alltags das Erlebte und Gefühlte der Reise schnell verblassen lassen.

Den Einheimischen soll es recht sein, verfügen sie auf diese Art über ein kleines Einkommen und sind weniger anfällig für Grabräubereien oder Museumsplünderungen. Viele der kleinen Kopien werden in eigener Handarbeit hergestellt, wobei die Könner ihres Handwerks Meisterwerke abliefern, die vom Original kaum noch zu unterscheiden sind.

Die Unruhen am Anfang des Jahres 2011 auf dem Tahrirplatz in Kairo, die das Land touristisch geleert haben, setzte die arbeitslose Bevölkerung unter Zugzwang, und Antikenbanden hatten leichtes Spiel.

Angesichts des Ausmasses solcher Plünderungen erscheint einem die spöttisch zur Kenntnis genommene Kitschfigur von Ramses eine bessere moralische Alternative zum verbotenen Original. Es darf nicht verkannt werden, dass über solche Repliken auch die untersten Schichten aus Europa und Übersee erstmals Bekanntschaft mit dieser Hochkultur machen.

Die Büste der Nofretete hat schon viele auf den touristischen Pilgerpfad nach Ägypten gelockt.

Weniger an Bildung und Kultur interessierte Mitglieder ihrer Gruppe geben sich mit ihren Videoaufnahmen und Schnappschüssen zufrieden, lauschen den Vorträgen von Selim, Mohammed und Achmed nur mit halbem Ohr und sind in Gedanken schon im ersehnten Badeurlaub, beim Sonnenbad oder auf der nächsten Strandparty. Sabine, Hanna und ihre Wenigkeit sind interessierte Minderheiten im touristischen Geschehen, werden aber von den Reiseführern mit besonderem Respekt behandelt.

" Indem ein großes Reich sich stromabwärts hält,
 wird es die Vereinigung der Welt. "
Tao te king, Laotse

Die Fülle an Material zu Memphis, das sich zuhause in ihrem vollgestopften, aber gemütlichen 12 qm häuft, unter Berücksichtigung innenarchitektonischer Gesichtspunkte des gut geschnittenen Raumes noch eine grosse Bibliothek zuliess, lassen in ihr Bilder der versunkenen Vergangenheit Mennefers erstehen, die ewige Stadt des Altertums.

Über einzelne Phasen ihrer Bebauung hinaus, die sich aus den Ruinen emporheben, als stünden sie aus ihren Gräbern des Vergessens auf und liefen als Film in einer 3-D-Animation des versunkenen Areals vor ihrem inneren Auge ab.

In diesem Drama stolpert sie die Stufen der Geschichte der Stadt tiefer und tiefer hinab, bis auf den Boden ihrer mystischen Gründung. In die Zeit der Reichseinigung unter dem Visonär Menes oder Hor Aha oder vielleicht doch eines Narmer, mit dem die eigentliche Geschichtsschreibung im Alten Ägypten beginnen soll.

Die Quellen über den Urheber bleiben verschwommen.

Vor ihr lichten sich die Nebel, und es entsteht die Topographie des Unbebauten. Sumpf, nichts als Sumpf, erstreckt sich vor der Spitze des Nildeltas, das sich in der heutigen Zeit 25 km nördlich zurückgezogen hat. Der Nil fliesst westlich, in der Nähe von Sakkara. Über die Jahrtausende verlagert er sich immer weiter östlich, bis zum heutigen Tage.

Eine weitere Kammer in ihrem Unterbewusstsein öffnet sich, in die Zeit, als Menes von seiner Hauptstadt träumt.

Er baut - Herodot und Manetho zufolge - einen Damm um das trocken zu legene Gebiet, auf dem er die Stadt gründen will. Dazu gabelt er den Nil. Der Damm dient auch dem Schutz des Gaus vor eindringenden Hochwassers während der Nilflut.

Es entsteht ein künstlicher Urhügel in Form einer Insel, der sich aus dem Sumpf erhebt.

Eine Vision im Sinne des Schöpfergottes Ptah,eine weitere Variante des Schöpfungsmythos, die der Ägypter seinem Entstehungsbild der Welt hinzufügt. Und auf dem er nach Vollendung der Festungsstadt einen riesigen Tempel errichtet, mit künstlichem See, der mit Nilwasser versorgt wird. Ein von Pharao vollzogener gelebter Gründungsmythos im Sinne der Schöpfung.

Der sich zudem strategisch zur Kontrolle des Handels in Richtung Oberägypten nutzen lässt.

" Anch Taui " , die die beiden Länder zusammenbindet, heisst sie im Mittleren Reich.

Als " Waage der Beiden Länder " bildet Memphis die Grenze beider Länder, von Unter - und Oberägypten.

Die Lage der Stadt ändert sich dann im Laufe der Dynastien mit der Verlagerung des Nilbettes.
Die memphitische Totenstadt erstreckt sich von Dahschur über Sakkara, Abusir, Saujet el Aryan bis nach Giza.
In den Tiefen der Schächte unterhalb der Pyramiden und Grabanlagen befinden sich die mythischen Regionen der geheimnisvollen Unterwelt Rosetau. So dass sich ein ungefähres Bild von der einstigen Größe der Hauptstadt ergibt. Und die vor ihren Augen auch noch eine eigene memphitische Theologie ausbreitet.
Ptah erschafft die Welt mittels Herz (Erkenntnis) und Zunge (Sprache). Auf dem berühmten Schabakastein, der im British Museum aufbewahrt wird, sieht sie folgende Erklärung:

" *Durch es (das Herz) ist Horus, und durch sie (die Zunge)ist Thot aus Ptah hervorgegangen.*
  So entstand die Vorherrschaft von Herz und Zunge über [alle anderen] Glieder, und sie zeigt,
  dass er (Ptah) an der Spitze jedes Leibes und jedes Mundes aller Götter, aller Menschen,
  [aller] Tiere und aller Würmer steht, die leben, wobei er alles denkt und befiehlt, was er will.
  So wurden alle Götter geboren, und seine Götterneunheit war komplett. Und aus dem, was
  das Herz erdacht und die Zunge befohlen hat, sind auch alle heiligen Texte entstanden. "

Die Schöpfung entsteht durch das Wort. Dieser Vorgang erinnert sie sehr an das Johannesevangelium, das mit den Worten einsetzt:

" *Im Anfang war das Wort*
  und das Wort war bei Gott,
  und das Wort war Gott.
  Im Anfang war es bei Gott.
  Alles ist durch das Wort geworden
  und ohne das Wort wurde nichts, was geworden ist. "

Der Unterschied besteht in der Betonung des Herzens, das die Schöpfung bestimmt.
" *Man sieht nur mit dem Herzen gut* ", denkt sie sich leise lächelnd im Hinblick auf die berühmten Zeilen von Antoine de Saint-Exupéry, die altägyptischer Kenntnis und Sichtweise entspringen.
Der Schabakatext nimmt am Ende Bezug auf den Mythos von Horus und Seth.

Auf ihren Streit und seinen Ausgang durch den schlichtenden Götterspruch des Geb, der als Mythos von der Reichseinigung den ersten Staat Ägypten formt.
Horus erhält sein Erbe als lebendiger Herrscher und Oberägypten, Seth Unterägypten, sprich Teilung und Vereinigung. Den toten Vater Osiris sollen Isis und Nephtys aus den Wassern ziehen - er war bei Aryan ertrunken - und sein Begräbnis soll in Memphis stattfinden.
Zu diesem Ereignis sind die Götter und ihre Kas geladen. Ptah erschafft zu diesem Anlass die Kultbilder als Abbild von der Welt:
Tempel, Städte für den Kult, Gaue zur Versorgung der Kulte. Ptahs Wirken wird mit Atum gleichgesetzt, und somit entsteht eine eigene Litanei seiner Erscheinungsformen. Ptah ist folglich der eigentliche Gott und Herr von Memphis.
Der Schabakastein gehört laut Jan Assmann zum " politischen Programm der Äthiopienkönige " , Memphis auch geistig und religiös nach dem Wiederaufbau zum Leben zu erwecken. Ein letzter Versuch zum Thema " Wiedergeburt des Alten Reiches ".
Doch in das ehrgeizige Projekt, das Ägypten im Laufe seiner drei Reiche überstrahlen soll, sieht sie die chaotischen Kräfte der politischen Sümpfe wieder unerbittlich einziehen. Sie katapultieren das Land nach der endgültigen Zerstörung in die Zeit vor seinen Anfängen, ins dauerhafte Vergessen.
Menes kommt im Nil durch ein Flusspferd um, Sinnbild ordnungszerstörender Kräfte des Seth.
Dass der Ptahtempel in seiner Grösse und Ausdehnung in der 20. Dynastie noch der drittgrösste Tempel Ägyptens gewesen ist, den meisten Touristen ist diese Tatsache eher unbekannt.
Die umfassenden Zerstörungen haben den Tempel und die Stadt buchstäblich von der Landkarte getilgt und damit aus dem Gedächtnis.
Unter Augustus existierte der Tempel noch in seiner Pracht und Fülle, die Paläste lagen allerdings schon zerstört da.
Noch der arabische Schriftsteller Abdellatif (12. Jahrhundert) bewunderte die Trümmer der geschleiften Stadt:
" Die Fülle der Wunder von Memphis verwirre den Verstand und ihre Beschreibung sei selbst dem beredtesten Menschen unmöglich ".
Erst in den darauffolgenden Zeiten scheinen die Trümmer verfallen und die Stadt endgültig in den Dornröschenschlaf des Vergessens gefallen zu sein.
Die Vergänglichkeit menschlichen Strebens nach Dauer. Sein ehrgeiziger Wunsch, in Geschichte und Topographie einzugreifen, ist der Gesetzmässigkeit des Auf-und Abstiegs, der Auflösung unterworfen.
Als Vergleich zum Verschwinden von Memphis von der Oberfläche kann in Ägypten Piramesse und das Labyrinth von Hauwara angeführt werden.
Troja, Tenochtlican, wurden unter Anteilnahme der Öffentlichkeit aus dem Vergessen gerissen.

Der Fall Memphis beschäftigt allenfalls nur noch Hobby-und Berufsarchäologen. So bleibt er ein geisterhafter Ort in der Erinnerung an eine längst versunkene Kultur, die der arabische Alltag mit seinen provinziellen Anforderungen überblendet und unerkannte Bruchstücke des Dammes bis zur Regulierung des modernen Kanals ein Schattendasein im bäuerlichen Alltag führen, an dessen Resten kein Touristenbus hält.
Sie sucht in diesem Palimpsest von Memphis nach dem verschütteten Ort in sich.
Nicht nach jenen Orten, die wie Perlenschnüre auf der touristischen Landkarte ganze Völkerwanderungen auslösen können. Geschichte als Zeitvertreib, als Unterhaltung, als event, die als Reisemodeerscheinung ganze Heerscharen von Touristen in Gang setzen. Nicht unbedingt in Ermangelung des eigenen Ortes reist man durch die Welt, sucht fremde Orte auf.
Aber auf der Flucht vor der eigenen inneren Ortlosigkeit ?
Auf der Suche nach einer Antwort, den Standort in der eigenen Biographie auszuloten, der nie dauerhaft sein kann, der Veränderungen, Abbrüchen und der endgültigen Auflösung unterworfen ist, wie die Landkarte, die der Mensch mit seinen prägenden Spuren überzieht, die aber auch nur Teil einer Zeitspanne sind und mit Sicherheit verblassen werden.
Ähnlich der wechselhaften Geschichte der Stadt Menefer, die von Nordwest nach Südost wanderte, mit der Verlagerung des Flussbettes des Nils. Welcher tiefe Sinn steckt hinter diesen Verwandlungen, die zukünftig auf die Leere, auf das Nichts hinauslaufen ?
Die Alten Ägypter erkannten das Problem der Endlichkeit allen Daseins. Im Totenbuchspruch 175, 30, 35 fragt Osiris nach der Lebenszeit, die er im Totenreich verweilen muss. Der Einherr Atum verweigert ihm nicht die Auskunft :

< *Du wirst Millionen und Abermillionen (von Jahren*
  verbringen),
  eine lange Zeit von Millionen (Jahren).
  Ich aber werde alles, was ich geschaffen habe, zerstören.
  Diese Welt wird wieder in das Urgewässer zurückkehren,
  in die Urflut, wie bei ihrem Anbeginn.
  (Nur) ich bin es, der übrigbleibt, zusammen mit OSIRIS,
  nachdem ich mich wieder in andere Schlangen verwandelt
  habe,
  welche die Menschen nicht kennen und die Götter nicht sehen. >

Der Glaube und das Weltbild der alten Ägypter ist dem heutigen naturwissenschaftlichen Wissen über die Endlichkeit unseres Sonnensystems nicht fern, was erstaunen mag, da die alten Ägypter nicht über unsere

technologischen Hilfsmittel unserer Epoche verfügt haben sollen. Auch befinden sich in dem Text Hinweise auf andere Dimensionen. Dabei könnte man auf die Gedanken Albert Einsteins hinsichtlich der Wurmlöcher kommen.
Die Antworten eines Erich Däniken überzeugen sie in dieser Hinsicht nicht. Dem Glauben muss etwas zugrunde liegen, weshalb wir aufgrund des heutigen Ausgrabungsstandes noch keine vollständigen Rückschlüsse auf dieses alte Wissen vornehmen können.
Sie fährt mit ihrem inneren Blick über die versunkene Stadt, mit der Leichtigkeit einer Maus über das PC-Display.
Vor dem Eingang des Ptahtempels - Hut-ka-Ptah - Das Ka-Haus des Ptah, entdeckt sie die riesige gegenwärtig liegende Kolossalstatue Ramses des Grossen. Als Zwilling einer weiteren Statue, die heute auf dem Kairoer Bahnhofsplatz steht, ist sie ins Museum verbracht worden.
Beide standen mit zwei weiteren Kolossalskulpturen ursprünglich vor dem Pylon der Westhalle Ramses II., der über eine Breite von 74 Meter gebaut war.
Das riesige Areal des Tempels gliederte ein Kreuz sich schneidender Tempelachsen mit Haupttoren, in alle vier Himmelsrichtungen gehend.
Das Heiligtum diente neben Krönungsfeierlichkeiten Festen wie dem Sed und Triumphzügen.
Sie zoomt noch einmal zur Westhalle zurück, einer riesigen Halle mit doppelten Papyrussäulen, der Wappenpflanze Unterägyptens. Eine Inschrift an der Wand des Ptahtempels ist überliefert:

"*Gelobt seist du am großen Schutzwall,*
 dies ist der Ort, an dem die Gebete
 erhört werden. "

" Hätte ich den Inhalt eher gekannt, dann hätte ich nach dieser Inschrift gesucht, und mein Leben wäre sicherlich anders verlaufen ", scherzt sie in sich hinein.
Weiter geht es zum Hauptteil des Tempels über Säulenhallen, Vorhöfen zu Sanktuaren und weiteren sich öffnenden Toren.
Am Südeingang, wahrscheinlich in einem zu zu ordnenden Vorhof, erblickt sie die Alabastersphinx mit dem Antlitz Amenophis II., ihre mentale Bekanntschaft vom British Museum, die sie merkwürdig anrührt.
Sie wurde sinnigerweise 1912 aus einem Sumpf bei Memphis gezogen. Diese wenigen Relikte im Garten des Museums von Mit Rahina erzeugen in ihr ein Gefühl des Schauderns, hat sie doch die Ausmasse der weiten Tempelbauten deutlich vor sich.
Wie kann eine ganze Stadt, ein riesiger Tempel völlig von der Oberfläche verschwinden und nur kärgliche Spuren hinterlassen ? Die Faktenlage verstärkt ihre Unsicherheit angesichts gähnender Abgründe zwischen den Zeiten, die

alles schlucken, als wären sie ein schwarzes Loch, aus dem nur noch die Energie strömt.

Die Aura des Ortes, seine Morphografie bleibt allenfalls für empfängliche Charaktere noch fassbar, während fast alle baulichen Hinterlassenschaften verschwunden sind. Aus der Perspektive des Satellitenbildes überlappt die moderne Bebauung den Abdruck des Altertums.

Während Selim der nachdenklichen Gruppe die Denkinschrift des Königs Apries erklärt, schweift ihr Blick suchend in Richtung der unbekannten Lage des Tempel der Apisstiere, denen die Ptolemäer in ihrem übersteigerten Tierkult besondere Stiftungen zukommen liessen.

Auf der anderen Seite der Strasse hat man Reste der Balsa-mierungsstätte für die Tiere gefunden, ein einfacher Ziegelbau mit Alabastertischen zur Ausführung. Die heiligen Tiere des Ptah ver-brachten ihr Leben in den Ställen des Tempels, wie Strabo beschreibt. Nach ihrem Tod wurden sie einbalsamiert.

Sie sollen anstelle des Pharaos rituell getötet worden sein und zwar nach vierzehn Jahren, der Isis und Osiriszahl.

Sie sieht eine aufwendige Prozession von Stiermumien auf einer eigens errichteten Strasse, hinauf zum Wüstenplateau von Sakkara ziehen. Bestanden mit Sphingen, Kapellen und Statuen.

In den Katakomben des Serapeums werden sie anschliessend in pompösen Steinsarkophagen beigesetzt. Darüber hinaus erkennt sie die Umrisse des Totentempels, der nicht mehr vorhanden ist.

Ihre Gedanken schweifen weiter, nach Abu Gurob hin. Zum Nil, in dem die Tiere an der Stelle ertränkt wurden, wo seinerzeit Osiris ertrank.

Auf ihrer gedanklichen Reise begibt sie sich zu der unfassbaren stellaren Konstellation des Stierzeitalters während des Alten Reiches. Was genauer gesagt, mit der Präzession der Erdachse zu tun hat.

Sie lässt zweitausend Jahre später das Widderzeitalter mit dem Amunkult in Karnak heraufdämmern.

Ein kosmischer Prozess, der den Alten Ägyptern bekannt gewesen sein musste. Zu viele Hinweise, wie im Falle der immer erneut erfolgenden Ausrichtung des kleinen Isistempels in Dendera über die Jahrhunderte auf das Sternbild des Sirius, legen diesen Schluss nahe.

" *This is the dawning of the age of Aquarius* " , pfeift sie in Anbetracht dieses erstaunlichen Wissens und seiner architektonischen Umsetzung anerkennend auf ihren Lippen.

Als geborener Wassermann steht sie natürlich zu den Idealen des berühmten Songs aus " Hair " , ihres heraufdämmernden Zeitalters. Sollten die ewig Gestrigen mit dem Gehabe einer Apophisschlange dem Friedensprozess in naher Zukunft nicht wieder einen Strich durch die Rechnung machen.

Und die Anfänge des 20. Jahrhunderts in einer erneuten Zeitschleife wiederholen wollen.

Stiere in Form von Tierkreiszeichen, Sternenkonstellationen wie der Stier und die Plejaden, Göttergestalten der Vorzeit.
Das Alte Ägypten frönte der Tiersymbolik, entstanden aus alten afrikanischen Kulten der Tierverehrung.
Das besondere Interesse der nilotischen Stämme an der Haltung von Fruchtbarkeit bringenden Stieren und Kühen als wichtige Lebensgrundlage, die nach der Austrocknung der Tchadregion in die Sumpfgebiete des Nils gewandert waren, haben wahrscheinlich den Status der Heiligkeit dieser Tiere und ihren Kult als Stellvertreter des Göttlichen evoziert. Das kann sie sich zumindest als Antwort auf diese Frage vorstellen.
Denn die Verehrung von Tieren als Träger magischer Kräfte der Götter sind in den Felszeichnungen der Sahara noch gegenwärtig und auch der jeweilige Apisstier, der die Merkmale schwarzgrundig und weiss gefleckt aufweisen musste, war auf Erden sichtbare Verkörperung Ptahs und Osiris und erinnerte an den kosmischen Bezug, den nächtlichen Sternenhimmel.
" Starker Stier " , so lautet einer der Beinamen des Pharao, der zum Jubiläumsfest Hebsed neben einem galloppierenden Stier herläuft.
Dem Hathorkult wurde am Südrand ebenfalls in einem Tempel gehuldigt, den man aufgrund des Grundwasserspiegels nicht ausgraben konnte, ohne dass die vorhandenen Reliefs Schaden genommen hätten.
Heilige Kühe, die Plejaden. Der geflügelte Ausdruck findet sein gegenwärtiges Pendant in den Kühen Indiens des Hindukults. Man kann sie als Vergleich heranziehen.
Der Hinduismus ist die einzige verbliebene antike Religion der kulturellen Achsenzeit, deren Tempel und Glaube nicht in den Sandstürmen der Zeitzyklen untergingen, sondern noch Bestandteil des Alltagslebens der Inder ist.
Fragt sich nur, wie lange es noch dauern wird, bis auch dort nach altägyptischem Weltbild Apophis in seiner heutigen Gestalt sein Vernichtungswerk in Form von Kriegspolitik ansetzen wird.

" Dies ist die Geschichte: Trümmer,
die Menschen: geronnenes Blut
und die Tage: Gräber.
Welchen Weltenraum
welchen Pfad bringen die Tage hervor ?
Die Kinder hörten die Frage des Feuers und schliefen.
Der Körper ein Buch aus Flammen
und das Gesicht ein Gruß. "
         Adonis, Kinder (2)

Der Zickzackweg ihrer Gedanken konzentriert sich nun auf die steinernen Monumente. Hinterlassenschaften aller Epochen aus ihren hohen und ihren

Zwischenreichen. Häuser der Millionen Jahre genannt.
In ihrer grossen Anzahl sind sie über die die riesige Nekropole von Sakkara verstreut.
Hoch droben, auf einem windigen Plateau gelegen, breitet sich die memphitische Stadt der Toten aus, in einem weiten Meer aus strömenden Sand, dem Urozean Nun. Worin sich die Pyramidenbezirke wie Inseln erheben, an deren Haltepunkten die Sonnenbarke der Götter anlegt.
Sakkara ist Sitz des Gottes Sokar " der auf seinem Sand ist " , wie es die 4. und 5. Nachtstunde des Amduats beschreibt.
Vor ihrem inneren Ohr vernimmt sie in der Tiefe der Schächte und Gräber ein fernes Rumoren, das aus der geheimnisvollen Höhle des Sokar aufsteigt. In ihrer Unzugänglichkeit wahrt sie ein schreckliches Geheimnis, wie es das Amduat schildert.
Wo bleibt die erhoffte Regeneration der Toten oder besser der Wunsch der Lebenden nach solcher vor ihrem Ableben ?
Was ist so geheim an diesem Weg des Sokarlandes, das auch Imhet (Totenreich) genannt wird, auf dem nur Isis wandeln kann, auf der Suche nach ihrem Bruder Osiris, dass weder von Göttern, noch von Toten oder seligen Achus betreten werden kann ?
Und im Amduat lediglich vom Bild der Imhet, vom Bild des Sokars die Rede ist, in dem Sinne, sich ein Bild machen von was überhaupt ?
Für die Touristen unsichtbar, hockt Sokar auf dem Sand seiner Nekropole.
Und in welch einem Verhältnis steht der Gott von Memphis, Ptah, zur Totenstadt Sakkara ?
In Gestalt des Ptah-Sokar-Osiris setzt er sich zu einem Totengott zusammen. Sie sieht seine Kunstfertigkeiten bei der Mundöffnungszeremonie vor der Mumie des Pharaos zum Einsatz kommen. Er ist mit dem Osiriskult in einer kultischen Handlung verbunden.
" Die Welt " , so weiss sie, " erschufen sich die Ägypter aus Worten, aus Herz und Zunge, die Schöpfung nachahmend ".
Denn für die Ägypter war Zeit kein linear verlaufender Prozess, sondern Teil kreisförmiger Zyklen, wie die Uroborosschlange, die sich in den Schwanz beißt. Wobei das Erste Mal des Schöpfungsprozesses ständige Wiederkehr erfahren musste.
Nach dem Glauben der alten Ägypter war es das Höchste und Beste, was je gedacht und ausgesprochen worden war, und unsere Vorstellungen steigerungsfähiger Ziele über die Schöpfung hinaus, waren ihnen eher fremd.
Sie brennt schon darauf, die ältesten religiösen Texte, die Pyramidentexte, an den Wänden der Unaspyramide in Augenschein nehmen zu dürfen.
Denn was in den Texten stand, wurde unmittelbar präsent. Der Glaube der orthodoxen Christen der Ostkirche an ihre Ikonen kennt ebenfalls die unmittelbare Präsenz ihrer Wirklichkeit.

In Spruch 620 der Pyramidentexte wird Sokar als eine Erscheinungsform des Osiris angesprochen. Den sie nicht lesen kann.
" Wäre ich der altägyptischen Sprache mächtig, könnte ich ihre Hieroglyphen lesen. So wären für mich die Vorstellungen dieses alten Volkes vom Jenseits fassbar. Und ich stände nicht hilflos vor ihrer kodierten Schrift, deren Bedeutung und Sinn mir verborgen bleibt, " muss sie seufzend zugeben.
Die Symbol - und Sprachbarriere als unüberwindliche Mauer verwehrt ihr wie den meisten Touristen den Zugang zum Verständnis dieser versunkenen Welt. Nur die Fachwelt hat Zugang zu was ? Bisher natürlich auch nur zu überlieferten Fragmenten.
Das Zentrum der sich in nordsüdlicher Richtung über weite Meilen erstreckenden Stadt der entschwundenen Toten, Sakkara-Nord, ist das angesteuerte Ziel ihrer Besichtigung vom Talgrund Memphis aus, das sich von Sakkara - Süd über Abusir bis nach Giza erstreckt.
Es spiegelt laut Bauval die Bebauung des Plateaus als eine Art Gesamtplan des Himmels auf Erden. Was oben ist, soll zugleich unten sein. Sie schaut zum Himmel hinauf. Die Kulisse des Weltraums mit seinen kosmischen Prozessen ist zwar in ihrer Grabarchitektur auf dem Plateau sichtbar geworden, aber trotz aller Forschungsanstrengungen und Hinterfragungen doch rätselhaft geblieben.
Die Gespräche sind verstummt. Fast ehrfürchtig und nachdenklich sitzt die Gruppe nach der Besichtigung des Museums von Memphis wieder im Bus. Staunende Münder, in der prickelnden Erwartung auf die Leere der Wüste.
Mohammed schaltet einen Gang tiefer. Und der Bus hält gemächlich auf das hügelige Gelände zu.
Steile Erhebungen in abgestuften Sandfarben erwachsen zum Eindruck eines überhängenden schroffen Uferabbruchs.
Seitlich erstreckt sich das dunkle Grün der unendlichen Palmenwälder, das an einigen Stellen von den Streifen des kalkfarbenen Felsgesteins des Wüsten--plateaus durchbrochen wird, auf das sie gespannt hinfiebern.
Ein Paradoxon stellt dieses Sakkara dar, als hätten die Götter eine ferne Mondlandschaft mit der Wucht von Meteoriten in die fruchtbaren Ebenen gestampft, die das tiefer gelegene Fruchtland mit ihrer steinernen Gegenwart zu bedrohen scheint, während sie in ihrer Phantasie unsichtbare Hände der alten Ägypter zu sehen glaubt, die Palmwedel in der Ebene von Memphis als Willkommensgruss auslegen.
Vor der Barriere, die die Welt der Lebenden endgültig von den steinernen Zeitaltern der Welt der Toten trennt, steht der Bus vor dem Schlagbaum des kleinen Schrankenhäuschens der Touristenpolizei. Und Selim springt hinaus, die Anzahl seiner Gäste zu melden und mit den Eintrittskarten zurückzukehren.
Anschliessend erklimmt der Bus langsam die Anhöhen, entlang der Bruchkanten zum Wüstenplateau hinauf.

Hanna starrt in sich gekehrt zum Fenster hinaus und bekommt so gut wie gar nichts von der Umgebung mit.
Sie freut sich auf den Abend, hat endlich eine Möglichkeit gefunden, wie sie mit Kasim die Nacht verbringen kann.
Ohne dass das Management, sein Personal und die Gäste Wind davon bekommen hätten. Ihr Herz pocht wild. Sie kann es kaum erwarten.
So nimmt sie auch nicht das sandige Terrain wahr, unter denen die Gräber der Thiniten liegen, als der Bus die Kurve auf der Höhe zum Stufenpyramidenbezirk nimmt, vor dem sich ein breiter Parkplatz dehnt.
Die Belegung Sakkaras am Steilabfall des Wüstenplateaus beginnt mit einer aufgereihten Kette von Sandmassen bedeckte Thinitengräber der ersten Dynastien.
Es ist die Zeit um 3.000 v.Chr. , eine für die Menschheit entscheidende Epoche, der wir die Entstehung der Schrift zu ver-danken haben, die Weiterentwicklung der Mathematik aufgrund der Einführung des Dezimalsystems und des Kalenders mit 365 Tagen. Allesamt grosse zivilisatorische Leistungen, die einen Quantensprung im Denken darstellten, deren Zeitgenossen zu den Schatten unter den Sand gesunken sind, ins Totenreich Sokars und der Imhet.
Es handelt sich um nicht weniger als 14 riesige wohnhausähnliche Grabanlagen, teils in Stufenform angelegt, wie die Mastaba des Adjib, teils als sonnengetrocknete Ziegelgräber oder mit reich gegliederter Palastfassade versehen, ähnlich denen in Mesopotamien.
Dennoch sind es Erdhügel, von denen ein Schacht in die unterirdische Grabkammer führt. Eine in Architektur verbannte Regenerationshoffnung, die an die Dungkugel des Sonnenkäfers Chepre im Erdreich erinnert.
In der Wüste von Abydos fand man Zweitgräber dieser Könige, aber mit einfacheren Aussenfassaden der Oberbauten.
Die Ausnahme bildet das monumentale Grab von Menes in Naqada.
Ein Erklärungsversuch ist das Doppelkönigstum von Ober-und Unterägypten.
Manche Gräber hielten jedoch hohe Beamte inne. Mit der Verlegung der königlichen Residenz aus einer oberägyptischen Hauptstadt nach Memphis unter Menes könnte diese Zweiteilung mit einem Scheingrab einen Sinn bekommen.
Aber ist er nicht auch in der Vermessung Ober-und Unter-ägyptens durch den Lauf der Sonnenbahnen mit der Sommer-und Wintersonnenwende zu suchen ?
Der architektonischen Möglichkeit, die Seele des toten Pharaos geographisch aus beiden Reichen gen Himmel steigen zu lassen ?
Und aus kosmischer Sicht das Land zu vermessen, ihm einen notariellen Status zu verleihen ?
Aus allen Poren quillt Geschichte, Mythos heraus. Übrig bleiben nur Geschichten, umrunden die Zeit.
Die Gruppe hantiert mit ihren Wasserflaschen. Einige hat Pharaos Rache ereilt.

Sie hängen mit stummer Leidensmiene in ihren gepolsterten Sitzen. Auch Sabine hat es trotz strikter Vorsichtsmassnahmen schwer erwischt.
" Ich hätte den kalten Kakadeetee aus dem Magen lassen müssen ", denkt sie selbstkritisch.
" Das habe ich nun davon ! "
Während der Busfahrt quälen sie abwechselnde Beschwerden.
" Ausgerechnet auf dem Sakkaraausflug. Ich habe mich umfassend vorbereitet, wollte in aller Ruhe meine archäo-logischen Kenntnisse vor Ort betrachten. "
Ihre Sitznachbarin schaut sie mitfühlend an.
Sie ärgert sich masslos, zwingt sich zur Konzentration. Aber ihre Schwindelanfälle behindern ihre Gedanken.
" Thinitengräber rechts. Ach ja. Sie sind schon mal ausgegraben und untersucht worden, von Emery, so viel ich weiss. "
Er beschrieb die Schönheit der Steingefäße, handwerklich und künstlerisch von höchster Qualität, wie sie später nie wieder erreicht worden ist.
Ihr gefallen die zoomorphen Vasen der steinzeitlichen Negadekultur mit ihrem Variationsreichtum an Stilmitteln.
Die Gefässe der Thinitenzeit in Sakkara müssen sie noch übertroffen haben.
Sie versucht, mit einem Blick das alte Grabungsfeld zu erhaschen. Nichts als welliger Sand über menschlichen Bauten, die allenfalls mit der Spitze hervorlugen.
Sie ruft sich jene Mastaben der Königsgräber aus der 1. bis 3. Dynastie in ihr Gedächtnis zurück.
Es ist erschreckend, einfach ungeheuerlich, was die Archäologen dort entdecken mussten. Neben den pompösen Ausmassen einer Pallastfassade, die das Grab der Königin Merithneith ausmachte, fanden sie 22 Gräber mit geopferten Menschen in Hockstellung !
" Menschenopfer ! "
Unwillkürlich muss sie an die riesige Grabanlage des ersten Kaisers von China denken, an die vielen geopferten Konkubinen.
Hier handelte es sich um Bedienstete, um Personal, dass der verstorbenen Königin auch im Jenseits behilflich sein sollte.
Alle Gräber waren ausgeraubt. In den unzähligen Vorratsräumen fand man Krüge mit Nahrung, bis zur Unendlichkeit angefüllt, so dass man davon eine ganze Stadtbevölkerung hätte satt bekommen können.
Interessant findet sie nicht allein die geometrischen Muster, die die Wände einst zierten, sondern eine Kammer in der Mastaba des Horus Djed hat es ihr besonders angetan.
Sie wartet mit aufgereihten Stierköpfen aus Ton und echten Hörnern auf, plaziert auf Rücksprüngen an der Wand.
Sie ähnelt erstaunlicherweise dem sehr frühen Grabkult in Catal Hüyük im

fruchtbaren Halbmond, das den Beginn der Sesshaftwerdung des Menschen im beginnenden Neolithikum markierte.
Knossos hat ebenso starke Anlehnungen an die ersten Wohnräume im anatolischen Umfeld aufzuweisen, die sich weiter westlich von Göbekli Tepe befanden.
Der Grund war die neolithische Kulturdrift im gesamten Vorderasien, infolge einer westwärts gerichteten Wanderung.
Die Minoer waren noch keine Europäer, sondern entstammten Karien, dem heutigen türkischen Festland.
Ägypten stand unter zwei großen Kultureinflüssen, sowohl aus dem Süden als auch aus der vorderasiatischen Kultur.
" Ob das ein Grund für die wiederkehrende Zweiteilung sein könnte ? " fragt sie sich.
Da sind sie wieder, die verschlungenen labyrinthischen Wege der Beziehungen und Einflüsse unter Menschen verschiedener Kulturen der vordynastischen Zeiten. Die von inneren Zwistigkeiten und Kämpfen geprägt waren und doch letztendlich aus diesem einen Topf den ägyptischen Staat formten.
Der Bus hat das Hochplateau von Sakkara erreicht. Vor der zur Hälfte mit Sand eingehüllten verfallenen Pyramide des Userkafs aus der 5. Dynastie - die Erosion lässt sie wie einen natürlichen Urhügel in der Sandwüste erscheinen - geht die kurze Fahrt bis zum Parkplatz vor dem Bau des Eingangs zum riesigen Stufenpyramidenbezirk des Djosers aus der 3. Dynastie.
Vor ihnen öffnet sich ein weitläufiges Tableau verschiedenster Relikte altägyptischer Grabbauten und - kulte aus allen verschwundenen Epochen.
Wie Anomalien in einem Sandmeer, dem Urozean Nun, in einem scheinbar ungeordneten Archipel, der die Toten aus der Zeit fallen lässt, um wiedergeboren zu werden.
In einem Durcheinander, der an die Form eines todbringenden Krebsgeschwürs mit Streuungen erinnert.
Mastaben wie Metastasen, Satelliten, die den Körper von Sakkara beherbergen.
In einem ramessidischen Hymnus rufen die Verstorbenen dem Sonnengott zu:

" *Wir leben wieder von neuem,*
 nachdem wir eingetreten waren in den Nun
 und er einen verjüngt hat ...
 der alte Mensch wird abgestreift,
 ein neuer angelegt,
 wie die Schlange ihre Haut abstreift. "

Die Rückblende bringt sie gedanklich zum Mai 1996 zurück, als der unberechenbar wehende Khamsin während seiner nimmermüden

Sandsturmphase die Totenstadt mit einem grauen Filter überzog.
Mit der Unerbittlichkeit der Wüste schwappte Jahre später der Urozean Nun in ihr Leben und riss eine grosse Lücke.
Eine sandige Welle trug ihren Vater aus ihrem Leben davon.
Zurück blieb eine unfassbare Leere und ein kaum auszuhaltenes Schweigen.
Die bleierne Atmosphäre Sakkaras des Frühjahrs 1996 überzog den Rest ihrer Familie mit der Endgültigkeit und Tristesse wie ein schwarzes Tuch.
Sie hörte das Echo der Sprachlosigkeit, das über der eingetretenen Stille lag, wo zuvor Gespräche, menschliche Wärme im Austausch mit ihrem Vater seinen Pflegealltag bestimmt hatten. Mit der einsetzenden Totenstarre, der Kälte, die sich mit dem Rückzug seines Lebens aus seinem Körper ausbreitete, ging auch das letzte Stück an Genesungshoffnung an die fernen sandigen Gestade verloren.
Seine Lebenszeit war abgelaufen.
Ihr kam die Szene in der 5. Nachtstunde des Pfortenbuchs in den Sinn :
Zwölf Götter, die die Lebenszeit festlegen und eine Schlange mit der Hieroglyphe " Lebenszeit " tragen.
Sie schmeckte die Bitterkeit des Sandes, die tiefe Verlassenheit in der Stummheit der unendlichen Leere.
Der Tod schafft eine unüberwindliche Barriere. Mauern können eingerissen, überwunden werden, aber das Erlöschen einer Person, ihre Auflösung kann nicht rückgängig gemacht werden.
Die Hinterbliebenen stecken fest, gefangen in den Netzen ihrer Zeit, sehen sich mit diversen Erklärungsmodellen verschiedenster Religionen und Kulturen in ihrem einsamen Zustand konfrontiert, der ihnen aber den Stachel des Todes nicht nehmen kann, wenn dies auch immer wieder durch ein Lied im Gesangbuch behauptet wird, *Oh Haupt voll Blut und Wunden* ".

" ...
  und immerfort
  die tönende
  Herrschaft des
  Windes
  den Verfall anmahnt
  über den verlassenen Stätten
  der Tempel Heiligtümer Gräber Pyramiden

  in deinem Reich des Todes
  ohne Frieden
  Seth
  ... "

Der ferne Ruf verstummter Klagen ist die Stimmgabel, die sich wie ein Hauch feiner Staubschichten über unbewusste Räume in ihrer Erinnerung legt.
Ihren Atem raubt, als habe sein Ableben erst gestern stattgefunden und wäre noch nicht verklungen. Hoch erhoben, in den Lüften über dem Sandmeer der Totenstadt, über den Entschwundenen, nicht mehr Vorhandenen, Unsichtbaren, von deren Existenz nur noch ihre Bauten zeugen, bis auch sie durch den Sandstrahl des Windes bizarr verformt und endgültig auf-gelöst in die Zeitlosigkeit fallen - .
Noch der Ambivalenz ihrer schwankenden Gefühle ausgesetzt, entsteigt sie zusammen mit Sabine und Hanna dem Bus bei strahlend schönem Sonnenschein und absoluter Windstille und wundert sich, dass sie der pudrige Sand unter ihren Füssen abrupt in die Wirklichkeit der Septemberhitze zurückholt.
Den unsichtbaren Weg ihrer gedanklichen Tiefe, den sie nicht abschütteln kann, als Selim die Karten verteilt und erste Einführungen zum Djoserbezirk zum Besten gibt, führt sie erneut in die Landkarte der verborgenen Unterwelt - der Duat.
In die Tote eintreten, in das unsichtbare Labyrinth der Schächte unter der gedachten Oberfläche des Plateaus.
Laut altägyptischen Glaubens werden sie nicht sofort in den Zustand seliger Wiedergeborener gesetzt.
Die Entscheidung darüber fällt zunächst in die Zuständigkeit des Gerichts, das über ihre Zukunft im Jenseits zu entscheiden hat. Entweder Vernichtung oder Fortleben im Jenseits und damit ist ihre morgendliche Wiedergeburt im Tross des Sonnengottes gesichert.
In der Gerichtsszene des thronenden Osiris in der Halle der Aufzeichnungen gegen Ende der 5. Nachtstunde im Pfortenbuch scheint eine Art frühe Vorwegnahme des Jüngsten Gerichts zu liegen.
Osiris meets Christus Pantokrator.
Selim ist mit seinen Besichtigungshinweisen zum Schluss gelangt und führt seine Gruppe schnurstracks durch den schmalen Eingang der palastartig mit Rücksprüngen geformten Front des Djoserkomplexes. Architektonische Merkmale, die Sabine unwillkürlich an das Dekor von Stilmöbelschränken denken lässt.
" Anscheinend geht nichts wirklich unter, sondern kehrt verwandelt wieder. "
Gedanklich tastet sie das Gebäude wie mit einem Laser ab. 14 Scheintore, die Isis- und Osiriszahl. Sie lächelt, ihre Darmbeschwerden haben sichtlich nachgelassen.
Anscheinend sind die klare Luft und der kristalline Sand auf dem Wüstenplateau frei von Keimen und haben heilende Wirkung. Wie das Eingraben in den Sand von rheumatisch und an Arthrose Erkrankten zur starken

Linderung ihrer Beschwerden führt.
Die Vorstellung, die Kräfte des Urozeans Nun, in dem es keine Leiden gibt, würden auf das Plateau Einfluss nehmen, belustigt sie. " Einerlei " , denkt sie.
Froh darüber, dass sie ihre diesjährigen Besichtigungsziele unbeschwert in Angriff nehmen kann, beschleunigt sie ihren Schritt in Richtung Unaspyramide, als die Gruppe vor dem Südgrab stehen bleibt, um erneut den Erklärungen Selims zu lauschen.
Der Eingang hat Hanna, Sabine und Selims Gruppe vor ihren Augen buchstäblich geschluckt.
Nur sie, Grenzgängerin durch die Zeiten, taucht wieder schwerlich aus ihren Gedanken auf. Während die meisten Touristen die äusserlichen Fassaden rein visuell wahrnehmen, erkennt sie den Kanon ihrer Bedeutung.
Ein dickes Bildungspolster aus widerstreitenden Gelehrten-meinungen lassen vor ihr erregende Bilder des verschwundenen Kultes und der Feste erstehen.
Die reich gegliederte Umfassungsmauer hat ihren Ursprung in Mesopotamien. Sie sieht die Spur von Isis in Verkörperung des Sirius in dieser architektonischen Ausgestaltung, wie Robert Bauval es anhand des Sothis-Zyklus in Verbindung mit den waagerechten Paneelen der Mauer dargestellt hat.
Djosers Stufenpyramide ist zudem auf den Zeitpunkt des Aufgangs des Sirius ausgerichtet.
Für sie persönlich hatten die alten Ägypter Sinn für theatralische Bauten und Mysterienspiele.
Sie zoomt mit ihrer Kamera auf die seitlich gelegenen heb - sed -Steinpavillions, die mobilen Modellen aus Holz für die Ewigkeit nachempfunden wurden.
Pharao nutzt sie dauerhaft in seinem zeitlichen Paralleluniversum als Jubiläumsfestort und Prüfung seiner Herrschaft, seiner Gesundheit und Manneskraft für die Ewigkeit, mögen sie dem modernen Menschen auch noch so verlassen vorkommen und nicht ganz intakt erscheinen.
Der Djoserkomplex ist und war eine kosmische Landschaft für die Toten.
Pharao ahmte den Lauf des Sonnengottes Re-Harachte nach. Er zog über den Horizont, wie es in den Pyramidentexten heisst:

" Mögest Du auf dem Wasserlauf des Re-Harachte über das Firmament ziehen "
.

Das Fest Heb -sed fand alle dreissig Jahre statt, kostete in den Anfängen schwach gewordenen Königen das Leben, denn sie stellten das Universum dar. Verlor ein Pharao nach dreissig Jahren seine Kraft und Stärke, so war er nach dem Glauben der alten Ägypter nicht mehr für sein schweres Amt geeignet. Was als unangenehme Konsequenz nach sich zog, dass sie keine gesundheitliche Schwäche zeigen durften. Ansonsten mussten sie sterben und wurden durch ihren Sohn oder einen stärkeren Nachfolger ersetzt.

Was hat es 2011 mit dem Sturz Mubaraks auf sich ? Für den die Anklage Anfang 2012 die Todesstrafe fordert.
Wurden bereits in den Vorzeiten aufgrund der Machtpolitik Könige aus anderen Gründen beseitigt, weil man sie loswerden
wollte, weil sie " höheren " politischen Plänen im Wege standen ?
Beim Anblick des riesigen Terrains fallen ihr die Worte aus dem Amduat ein, die da lauten :

" *Die geheimnisvollen Wege von Rosetau,*
 die abgeschirmten Straßen der Imhet,
 und die verborgenen Tore im Lande Sokars, der auf seinem
 Sand ist.
 Gemacht ist dieses Bild, das gemalt ist,
 Im Verborgenen der Dat, auf der Westseite des Verborgenen
 Raumes.
 Wer es kennt, ist ein Gerechtfertigter (?),
 der die Straßen von Rosetau begeht
 und das Bild der Imhet schaut. "

Ihr Blick schweift weit über das Sandreich des Plateaus mit seinen unausgegrabenen buckligen Schutthügeln, über die streunende Hunde streifen. Als wären sie eine Abordnung des Gottes Anubis, der den geheimnisvollen Weg des Osiris verbirgt. Die filmreife Kulisse eines fernen staubigen Sterns.
Die oberirdischen architektonischen Spuren der Imhet (die immer wieder Gefüllte - das stetig aufgefüllte Totenreich), das eigentlich ein Synonym des Südens in der tiefsten Unterwelt darstellt, sind für sie auf Anhieb nicht auszumachen.
Sie kann ruhige fast meditative Bilder von der Verlassenheit des Ortes in sich aufnehmen.
Die Nahaufnahme einer Stufenpyramide, die von Sandwellen zur Hälfte bedeckt ist.
Auf einer Anhöhe ein Beduine auf seinem Dromedar. Auf der Spitze einer aus dem Sand ragenden Ruine steht einsam ein Tourist. Treppen, solitäre Blöcke, ohne erkennbare Verbindung zu einem Sinngebäude. Steine in Auflösungserscheinungen durch Erosion. Wandernde Sonnen an gewölbten Decken in den unterirdischen Gängen.
Graue Hieroglyphenzeichen in der Unaspyramide.
Den Einstieg zum Grabschacht des Sechemhet inmitten von Sand. Als ginge es gerade abwärts in die Hölle.
Jagdszenen in den Gräbern der Beamten. Eine Kranichherde. Ein Hund greift

eine Antilope an.
Die Schlachtung von Haustieren im Grab des Mereruka. Die Reliefs der Schlächter sind in ihrer blutroten Farbe noch erhalten. Das Stechen der Nilpferde, Inkarnation der bösen Kräfte des Seth.
Die unterirdischen Paläste. Im Grab des Feldherrn Haremhab unter Echnaton, bevor er zum letzten Pharao der 18. Dynastie aufstieg und sich ein Königsgrab im Tal der Könige anlegen liess.
Ausdrucksvolle Gesichter in der Gestik des Expressionismus.
Unmittelbar in vertiefter Technik auf Relief aufgetragen, die Darstellung emotionaler Zustände. Eine Momentaufnahme in seinem jenseitigen Dasein. Diener, die ihm das irdische Ehrengold umlegen. Und immer wieder der Grabherr mit seinem Hirtenstab.
" *Der Herr ist mein Hirte. Mir wird nichts mangeln.* "
Die Scheintüren, durch die verstorbene Seelen passieren können, die schweren zur Seite geschobenen Sarkophagplatten der heiligen Apisstiere in den Katakomben.
Tausende aufgehäufter und bewahrter mumifizierter Ibisvögel. Menschliche Mumien kreuz und quer in den Schächten aus allen Epochen. Teilweise übereinander gestapelt, insbesondere in der Spätzeit. Die Verlassenheit des Ortes. Die Entschwundenen.
Wie eine Mauer sperrt der Blick der Toten.
Nie kam einer zurück um zu berichten, wie es auf der anderen Seite aussieht. Ob es dort eine Zukunft gibt oder ob der riesige Grabkult der alten Ägypter, diese grandiose Inszenierung, reine Makulatur eines Wunschdenkens war und bleibt.
Und was hat es mit dem Kosmos auf sich ? Sollten sich die Kulturen des Altertums und der Antike wirklich so geirrt haben, wie es uns die Naturwissenschaften glauben machen wollen ? Nämlich, dass da oben nichts anderes ist als ablaufende Gesetzmässigkeiten eines Alls, das unabhängig von Gottes Einfluss entstanden ist, existiert und sich fortwährend in einem Prozess der Transformation befindet ?
Wie glaubwürdig sind die Quellen über das All ? Werden wir nicht unwissentlich in eine andere Art von Inszenierung hineingezogen, die vielleicht " nicht " der ganzen Wahrheit entspricht ?
Fragen, auf die es bisher keine Antworten gibt.
Sie schaut Selims irdischen Kampf mit den Kameltreibern zu, die einige ihrer Gruppe auf ihren Dromedaren in die offene Wüste entführen, um den Preis für die Rückkehr hochzutreiben.
Sie wendet sich dem Totentempel vor der verfallenen Pyramide des Userkafs zu. In ihm glaubt sie ein Indiz der Imhet zu sehen, der nicht wie andere nach Norden ausgerichtet ist, sondern als einziger nach Süden.
Ihre Gedanken fliegen weit über Sakkara hinaus, bis zur Ziegelpyramide von

Illahun aus dem Mittleren Reich.
Deren Grabschacht wiederum nicht nach Norden auf die Unvergänglichen, auf die Region der Zirkumpolarsterne, dem Aufstiegsziel aller Pharaonen hinweist.
Der Schacht öffnet sich Richtung Süden, dem untersten Bereich, der zudem die Himmelstiefe berührt, die Welt der Sterne.
Ihr ist bewußt, dass über architektonische Symbole hinaus Sargtexte des Mittleren Reichs bis hin zu Hymnen in der Perserzeit in der Oase Charga von der Imhet berichten.
Ihre diversen Besuche Sakkaras liessen sie ein Bild von diesem Streumuster der verschiedenen Zeiten erahnen.
Unter dem zudeckenden Sand des Schweigens erblickte sie nach und nach in den palastartigen Mastaben der Beamten Reliefs von erhaltener roter Farbigkeit, bei Mereruka, Ti und anderen.
Die Katakomben des Serapeums mit den leeren Sarkophagen der heiligen Stiere. Der serdab von Djoser, verzweigte labyrinthische Gänge aus der Perserzeit neben der Pyramide des Unas. Sie verlaufen unterirdisch, neben der Pyramide des Unas.
Das Relief der Hungernden in dem überdachten Aufwegsgang jenes Unas, dessen Pyramide die ältesten religiösen Texte, die Pyramidentexte in Hieroglyphenschrift enthalten. Sie schmücken die Decken weiterer Pyramiden des Teti II. in Sakkara - Nord und späterer Pharaonen des ausgehenden Alten Reichs und ihrer königlichen Gemahlinnen in Sakkara - Süd.
Röhrenartige Schächte, Gänge, die sich überschneiden, verknäueln sich zu einem Bild der verschiedenen Zeiten, zu einem altägyptischen Teppichmuster .
Sie geniesst hre Diskussionen mit Selim über das verschwundene Grab des Imhotep, das Anlass zu vielen Spekulationen gibt.
" Erster Schauender des Himmels " , so lautet einer seiner Titel, der die Sothiszyklen am Himmel beobachtete. Ihr herzlicher Austausch über neueste Erkenntnisse lassen ihr Herz höher schlagen.
Neben seinem Amt als Hohepriester von Heliopolis unter Djoser und Sechemhet wirkte Imhotep als Architekt und als genialer Erfinder der Stufenpyramide. Sie besteht aus übereinander geschichteten Mastaben.
Darüber hinaus stand er in dem Ruf, ein berühmter heilkundiger Mediziner zu sein, der nachfolgende Generationen veranlasste, ihn zu einem verehrungswürdigen Gott zu erheben.
" Ein Vorläufer des griechischen Asklepios, " sagt sie zu Selim, " aber bei aller Berufung taugt er wie alle Menschen vor und nach ihm zur tragischen Figur geworden zu sein. Ein Vorläufer des Faust.
Denn alle Gelehrsamkeit dieser Welt hat ihm nicht wirklich helfen können, den Tod besiegen zu besiegen oder wiederzukehren. Und sein Grab bleibt bis heute unauffindbar. "

Ihre materielle Welt, ihr Denkgebäude, ihr Wirken, haben die alten Ägypter in ihren Gräbern hinterlassen.
Ihre Seele löste sich von allem Gut und flog davon, kehrt als Bavogel zu den Lebenden zurück.
Berge von Opfergaben legen Zeugnis ab von dem Reichtum und der Prosperität des jeweiligen Reiches.
Sinnbilder, die wie Metaphern für eine von Weisheit geführtes Leben stehen. So wie der Tote vor dem Brettspiel des Jenseits, Sennet sitzt, um die richtigen Wege zu ergründen.
Die Ehefrau, sie riecht an einer Lotusblüte, Symbol der Wiedergeburt und der Reinheit.
Und Gabenträgerinnen, Handwerker, Bierbrauer bei der Erfüllung ihrer schweren Aufgaben. Kulte und Feste, die den Aufstieg in den Himmel begleiten, zur Wiedergeburt als Achseele.
Der Grabherr sitzt beim jenseitigen Bankett vor Bergen von Speisen ; Sakkara erzählt von dem Kosmos der gemutmassten Lebendigkeit der Toten und ist doch ein Zeugnis von ihrer Endlichkeit.
An klaren Tagen geht der Blick über Sakkara - Süd mit verstreuten Pyramiden und der riesigen Mastaba el - Faraun zur Roten Pyramide von Dahschur und zum Hintergrund der Knickpyramide.
Mit ihrem Taxifahrer hatte sie das Gebiet 1996 besucht, als es noch militärisches Absperrgelände war und sie zu diesem Zweck einer Genehmigung zur Besichtigung bedurfte.
Meidum, Illahun, Hauwara, der Sinn der verschiedenen Bauweisen blieben ihr rätselhaft, trotz aller Erklärungsversuche der Ägyptologie und der vergleichenden Wissenschaft.
" Ich kenne meinen zukünftigen Weg nicht, " muss sie sich resignierend eingestehen.
" Und er ist so aufreibend wie der Abstieg in den überhitzten endlosen Grabschacht der Roten Pyramide von Dahschur.
Nur die übergrosse Einnahme von Weissdorn und das stetige Schlucken von Wasser hatte sie vor dem Kreislaufkollaps bewahrt.
Irgendwie kommt ihr das sinnbildlich vor. Da hilft ihr nur noch ihr Sarkasmus. Ihr Gelächter über eine Comedie humaine, die auch vor der Vergangenheit, vor Afrika nicht halt macht.
Im Gegenteil, eher auf den Punkt gebracht, überspitzt. Nie war ihr das Elend der Menschheit so bewusst.
Bei hohem Bewusstsein, einer himmelstürmenden Intelligenz nie zu dem Wissen gelangen können, was uns zukünftig erwarten und was hinter der Mauer des Todes auf uns zukommen wird.
Es gibt Rätsel, die der Mensch nie wird lösen können.
Ihr Zickzackpfad des Lebens wird auch weiterhin im Dunkeln bleiben, wie die

Sandbahn, auf der die Barke des Sonnengottes in der 4. und 5. Nachtstunde gezogen wird.
Die vielen verheerenden Anschläge, die Ägypten heimgesucht haben, bereiten ihr zwar Kopfzerbrechen.
Dennoch sind sie vom alltäglichen Leben in dem Land weit weg. Ihrer Meinung nach haben sie mit dem friedlichen Besichtigungsablauf und generell mit dem stattfindenden Tourismus nichts zu tun.
Es sind Einzelereignisse, für sie so wenig fassbar wie die Nachrichten im Fernsehen über andere Länder.
" Kann man von einer faustischen Konstellation ausgehen, die sich den ungezügelten Kräften Mephistos anvertraut und somit alles verspielt ?
Und die Reste chaotischer Urkräfte in dem Donnern der Höhle des Sokars, lassen sie etwa auf das Geheimnis schliessen, weshalb alles < was da ist, wert ist, dass es zugrundegeht> ? "
Sie zittert innerlich, trotz der Hitzeströme, die den Schweiss auf den Gesichtern perlen lassen.
Eine unfassbare labyrinthische Welt in Form eines riesigen Totentempel des Amenemhet III. in Hauwara, von dem Herodot und Strabo der Nachwelt berichteten, hinterliessen die alten Ägypter als Metapher, als Erklärungsmodell.
Neuesten Sonarforschungen nach zu schliessen ist das Labyrinth womöglich noch erhalten, jedoch tief unter Erdschichten vor der Pyramide von Hauwara begraben, dem Blickfeld der Oberfläche entzogen.
Eine Dimension, die viel zu gross ist, als dass der Mensch sie jemals ganz erfassen, wahrnehmen, geschweige denn durchdringen und beherrschen kann. Sei es, die negativen und destruktiven Kräfte seiner Seele auf Dauer zu binden.
" Diese Erkenntnis lässt einen demütig werden. "
Ihr Resumee stimmt sie nachdenklich.
Für Selbstüberschätzung war bei den Alten Ägyptern kein Raum. Im Gegensatz zu unserer gegenwärtigen Welt.
Und dennoch wird auch der moderne Mensch immer wieder auf seine Grenzen zurückgeworfen, die er nicht wahrhaben will.
Für die Alten Ägypter war die Sache klar. Der Mensch mag ein Abbild der Götter, des Alls sein, mit seinen schöpferischen und dunklen Materien und damit die Welt in einem Zustand der ständigen Wandlung und der Veränderung halten.
Und von den Kräften der Natur, vom Wirken Gottes abhängig bleiben, ansonsten ihn das Destruktive eines Seth oder schlimmer, das Vernichtende gar einer Apophisschlange überwältigt.
Ohne ein Wertesystem kann er die Balance in einer bedrohten Welt nicht mehr halten, geht für ihn sein kleines Reich verloren, ebenso die Schöpfung, von der er lebt.

Im Jenseits droht ihm die totale Vernichtung. Der Feuersee, der in der Tiefe unter der 5. Nachtstunde im Amduat und dem Pfortenbuch nur die Seeligen erquicken kann. Den Menschen der altägyptischen Landkarte an der Bruchkante zweier Kontinente schien ihre Hilflosigkeit so tiefgreifend bewusst zu sein, weil sie von der feurigen zerstörerischen Saharawüste, der Plattentektonik, dem Vulkanismus und von Naturkatastrophen wie dem Ausbleiben der Nilflut dauerhaft bedroht waren.
" Wird es für Ägypten einen Morgen geben ? " fragt sie sich unsicher.
Etwas anderes lauert unter ihren Schichten der Trauer. Etwas Raubtierhaftes macht sich in ihrer Stimmung wiederum breit.
Aber der diesige Dunstschleier, der über Sakkara - Süd und Dahschur wie eine Glocke hängt, gibt den Blick auf die Zukunft nicht preis.
Er lässt nur die fallenden Blätter ihrer Biographie, die Bilder ihrer Vergangenheit aufkeimen.
Ihren Vater im dunkelblauen Mantel, der seinen Rollator durch den Park schob, sich über ihr Zusammentreffen mit ihrem Husky freute. Der treueste Freund, den sie je hatte und ein Wegeöffner.
Ihre gemeinsamen stundenlangen Streifzüge durch die heimatlichen Wälder und Parkanlagen weckten ihre lyrische Ader.
Ihr verborgenes Talent, inhaltliche Analysen in literarische Texte umzusetzen und extrem zu verdichten.
Ohne seine offene Art wären ihre neuen Kontakte nicht vorstellbar gewesen, die sich teilweise als fruchtbringend herausstellten. Neue ungeahnte Horizonte in diesem für sie lähmenden und verschlafenen Vorort öffneten.
So hatte er unsichtbar an den Verpflechtungen ihres Lebens mitgestrickt.
Indirekt mitgeholfen, eine Art praktischen Einblick in die unterschiedlichsten Lebensentwürfe zu geben, die ihr nur theoretisch aus dem Studium bekannt waren.
Mit der Berührung der unterschiedlichsten Schichten wuchs auch ihr Verständnis für die Ängste, Nöte und Sorgen, für das Verhalten und die natürliche Scheu in Fragen gesellschaftlicher und politischer Art.
Ein verbindendes Band webt Upuaut. Und in dieser Vorstellung schien ihr Husky auf geheimnisvolle Weise eine seiner Inkarnationen zu sein.
Der nächtliche Sternenhimmel mit seinen Konstellationen von Orion, Sirius, dem grossen Wagen und anderen erschloss sich für sie erst im Rahmen seiner spätabendlichen Gassis. Während seiner Schnüffelpausen, der Verfolgung von Duftspuren auf Hügeln, höheren Ebenen und Industriebrachen.
Die Gruppe versammelt sich nach und nach vor dem bereit stehenden Bus und lässt sich, angesichts der Strapazen der vorangegangenen Besichtigung, unter einer brennenden Sonne im heissen Wüstensand, nun endlich glücklich in die weichen Sessel fallen.
Eindrücke von Dattelfrüchten erwartet sie, die vor der Busscheibe vorüber-

fliegen, Flecken eines dunklen lehmigen Bodens, als der Bus an Fahrt wieder aufnimmt, zurück zum wartenden Schiff.
" Kemet ", so hiess das Alte Ägypten, " dunkle Erde ".
Ein schwerer Boden, der Fruchtbarkeit verheisst und in sich den Samen für neues Keimen trägt.
Die Kehrseite des Todes, die Gewissheit, dass aus dem Leichnam des Osiris neues Leben entstehen wird.
Wenn gleich sie beim Hinaufschauen zu den dunklen Palmenhainen, unter denen sie passieren, an eine Szene mit aufpeitschender Melodie aus dem Hitchcockfilm " Vertigo " erinnert wird.
Zum Schluss des Filmes fahren James Stewart und Kim Novak zum Kloster zum alles entscheidenden Finale. Kim Novak schwant beim Anblick der Baumallee nichts Gutes.
Dennoch, sie schiebt das unangenehme Gefühl, das sie mit den Klängen aus dieser Filmsequenz verbindet, zur Seite, lässt sich nicht entmutigen.
So will sie es angehen.
In Vorfreude auf das Mittagessen, das schon an Bord der Meretseger auf sie wartet, unterlegt von temperamentvollen arabischen Klängen aus dem Radio von Mohammed, lässt sie sich von der gelockerten Stimmung im Bus anstecken.
Vor ihnen öffnet sich weiträumig der Süden und verheisst das Panorama Mittelägyptens mit seiner berauschenden Landschaft und dem quirligen Leben an Bord.
Sie kann es kaum erwarten.

4. Kapitel

Name der 6. Nachtstunde (Amduat) : Ankunft, die den rechten (Weg) gibt

Name des Tores: Mit scharfen Messern

In der Wassertiefe, im Süden des Verborgenen Raumes

Der Leichnam des Osiris

An Bord der Meretseger

" Nun entfliehen wir

Du und ich

Der zudringlichen Buntheit des Tages

Um Opfer darzubieten

An den Altären der Nacht "

Aus : Traumtrunk, Nachtgesänge

von Othmar Obergottsberger

Unter dem freundlichen Spalier neugieriger Fellachenfamilien, die ihre persönliche Begegnung mit europäischen Reisenden sichtlich geniessen, ist Selims Gruppe an der provisorischen Anlegestelle wieder an Bord gegangen.
"Take me back to the rivers of belief ! "
Aus dem Album von Enigma schallt es aus den Kopfhörern einiger jüngerer Gäste, die sich schon auf entspannende Tage an Deck freuen.
" Dadam, dada dida dadam ", rockt der junge Mann vor sich hin, als er tanzend, unter den amüsierten Mienen der Einheimischen, die schmalen Planken betritt.
Sabine, sie und Hanna gehen als Letzte auf die Bretter, die hier die Welt bedeuten.
Erwidern das Lächeln stolzer hochgewachsener Felachinnen, die Babies im Arm halten oder Kinder an der Hand führen.
Ein unterschwelliges Verständnis für die Situation ihres Geschlechts eint fast alle Frauen auf diesem Planeten.
Egal, in welchen Kulturen, in welchen Verhältnissen sie leben müssen.
Freundschaften unter Frauen, unter Männern, werden in Ägypten gross geschrieben.
Ihre Gespräche mit Ägypterinnen aus verschiedenen Schichten haben ihr diesen Eindruck bestätigt.
Soziale Bindungen und Kommunikation verpflüchtigen oder verlagern sich in den westlichen Ländern unter anderem durch den isolierenden Einfluss des Fernsehens.

Der gemutmasste Schluss, dass auch das Internet zur Isolation beiträgt, kann nicht bestätigt werden. Ganz im Gegenteil, facebook und Internetblogs wirken eher kommunikationsfördernd über Grenzen hinaus und haben bei ihr zu neuen wichtigen Kontakten geführt. Für Künstler unerlässlich.
Der tägliche Konsum des Fernsehens schmälerte jahrzehntelang bei vielen Europäern die sozialen Kontakte, die in Ägypten an erster Stelle stehen. Im Strassenbild kann man landauf landab Frauen händchenhaltend gehen sehen. Das gleiche Phänomen bei Männern, was auf Europäer befremdlich wirken mag. Nur Neuankömmlinge ziehen noch falsche Schlüsse.
Überhaupt fallen häufiger lachende, glückliche Gesichter unter den Einheimischen auf.
Fussballspielende Jungen in armen schmutzigen Gewändern, die sich vor Lachen und Glück kugeln, falls ihnen ein Pass gelingt. Die Fellachen verdienen mit ihren 3 bis 4 Ernten im Jahr recht gut, hatte Selim einmal erwähnt.
Die stätig zunehmende Übervölkerung ist alarmierend, schmälert den kleinen hart erarbeiteten Wohlstand oder macht ihn auf Dauer zunichte.
Trotz kostspieliger Aufklärungskampagnen auf dem Lande in Sachen Geburtenkontrolle ist nichts dabei herausgekommen. Die Fellachen lösen sich nicht von ihren Traditionen und auch nicht von ihren Gewohnheiten. Sie sind stolz Kinder zu haben. Es macht ihre Identität aus. In der Vergangenheit hatten Frauen keinen Vornamen. Erst mit der Geburt iihres Sohnes erhielten sie die Bezeichnung: " Mutter des ... " arabisch Umm. So gelten viele Kinder immer noch als Garant für eine gesicherte Altersvorsorge.
Ein älterer Mann hatte ihr einmal die Elephantineinsel bei Aswan (Assuan) gezeigt.
Er fragte sie, wie viele Kinder sie habe.
Ihre Entgegnung, dass sie weder verheiratet sei noch Kinder habe, stimmte ihn traurig.
" Kinder sind ein Schatz , " machte er ihr klar, " für die Seele und das eigene Fortleben, wenn man selbst gegangen ist.
Sie versorgen einen im Alter und sind eine Stütze, wenn man alt und gebrechlich wird. "
In diesem Wort " Fortleben " lag viel altägyptisches Denken, wenngleich er als Muslim vom Islam geprägt war.
Die weiten Galabijas schützen den Körper vor Überhitzung. Und die Häuser aus Lehm benötigen im Innern keine Klimaanlagen. Sie kann sich erinnern, in einem solchen Haus einmal Gast gewesen zu sein.
Das Raumklima war sehr angenehm, während die unerträglich sengenden Strahlen des Sonnengottes aussen vor blieben.
Deshalb weigert sich die Landbevölkerung, ihre Lehmhütten zu verlassen und in moderne Häuser aus Beton mit Klimaanlage umzuziehen.
Wobei man in Betracht ziehen muss, dass solche Wohnsilos einer Verslumung

Vorschub leisten und die traditionellen Beziehungen der Fellachenfamilien untereinander zerstören, die dort seit ewigen Zeiten in nachbarschaftlichen Gemeinschaften ansässig sind.

" Anderswo wissen wir nicht, welche Nachbarn uns erwarten, was zu Unfrieden führen kann, " sagte eine Ägypterin aus der Unter-schicht auf dem Lande.

" Hier haben wir Nachbarn, zu denen wir gute Beziehungen pflegen. "

Dem Stammesdenken, das überwiegend im Lande vorherrscht, kann die Regierung nicht beikommen

Dennoch stimmt ihr Satz nachdenklich. Wahllos zusammengewürfelte Hausgemeinschaften bergen ein hohes Konfliktpotential und führen oft zu Streit. Eine friedfertige Gesellschaft lässt sich nur über die Zufriedenheit ihrer Bürger einrichten.

Glück scheint eher etwas mit einer inneren positiven Einstellung zu tun zu haben, die sich die Kraft aus einem ausgeglichenen Lebenswandel zieht. Weniger durch das Jagen nach überspannten materiellen Ziele, die eher stressauslösend wirken.

Und Europäer mit zunehmenden Alter so anfällig für burnout - Erscheinungen machen.

Aber auch die blosse Arbeitssuche, der allgegenwärtige Betrug, Leiharbeit und Unterbezahlung gehen an die Grenze dessen, was ein Mensch in Deutschland mittlerweile aushalten kann.

Ist man finanziell unabhängig, ist das Leben leichtfüssig. Ist man auf den Staat oder Behörden angewiesen, dann gnade Dir zuweilen Gott.

Hier auf dem Lande gehen die Uhren anders. Die fehlende Hektik der Ansprüche urbanen Lebens lässt viel Zeit für Besinnung, Musse und Rituale. Sie spürt, wie die äussere Landschaft und ihre bedächtigen Menschen auf ihr Inneres beruhigend einwirken, sich ihre inneren Spannungsknoten lösen.

Frauen in schwarzen langen Gewändern waschen in gebückter Haltung am Ufer Wäsche und schwatzen miteinander.

Sie erhascht die fröhlichen Laute ihrer abgehackten Sprache vor auslaufenden seichten Wellen, bevor die Schiffsgeräusche die Oberhand gewinnen und die Unendlichkeit des Horizonts die Fellachinnen wieder verschluckt.

Auf den Schwingen der Regeneration fährt die Meretseger nun seit Stunden auf den breit anschwellenden Gewässern des Nils gemächlich stromaufwärts, vorbei an hohen palmenbestückten Lehmufern.

" Dadam dada dida dadam dadam ! "

Unter der Regie des warmen Windes schlägt die leicht stampfende Schiffsbewegung im Takt mit, die sachte gegen die fliessenden Strömungen klatschend die Wasser des grössten Stroms Afrikas teilt.

Ihr Steuermann steht mit stoischer Ruhe auf der Brücke, fixiert die sich ständig ändernden Strömungen und lauernden Sandbänke, die sich unerwartet verlagern können.

Als Einziger an Bord hat er den ungezähmten wilden Fluss im Kopf.
Die relaxenden Passagiere ahnen nichts von seiner hohen Verantwortung, mit der er sie sicher um flache Untiefen dirigiert.
Die kleine Silhouette der im Dunst des Hintergrundes verblassenden Pyramide des Snofru in Meidum bleibt von den meisten Gästen an Bord unbemerkt auf dem linken Ufer liegen.
Es ist ein nackter Stumpf, der aus einem Sockel von Schuttbergen herausragt und das letzte sichtbare Zeugnis aus dem Alten Reich sein wird, das sie für längere Zeit passieren werden.
Sie verlassen nun beinahe unmerklich das Hochplateau des Sand-und Felsengebiets des Sokar. Das wie eine Barriere zwischen dem Fayum und dem Fruchtland schmal eingebettet liegt.
Der äusserste Rand der Imhet, das Totenreich, " Die immer wieder Gefüllte " mit ihren sichtbaren Zeichen in der südlichen Ausrichtung der Grabschächte der Pyramiden aus dem Mittleren Reich, Illahun und Hauwara, liegt kilometerweit voraus.
Gehört aber bereits zum Becken des fruchtbaren Gemüsegartens Al - Fayyum. Die Pyramiden von El Lischt haben sie schon hinter sich gelassen.
Fasziniert schaut sie aus ihrem Liegestuhl hinüber zu dem gemächlich schwindenen oberen Teil des Stumpfes der Pyramide des Snofru im Hintergrund von Meidum.
Dass diese aussergewöhnliche Pyramide ausgerechnet eine intellektuelle Inspiration für Architekten der Gegenwart darstellt, zeigt, wie auch in der Architektur der Moderne, dass die Formen des Alten Ägyptens immer noch präsent sind.
Weniger die Tatsache, dass Architekturstudenten sich mit der Historie, der Baukunst seit dem Altertum beschäftigen müssen. Erbaut ist sie vom Vater des Chufui (Cheops), namens Snofru, der sich auch für den Bau beider Pyramiden von Dahschur verantwortlich zeigt.
Ihre altertümliche Konstruktion spannt sich bis zum modernen Kubus der Kunsthalle in Hamburg. Ein Zeitspagat, der seines-gleichen sucht.
Mehrere Theorien über diese Pyramide beherrschen die Fachwelt. Einige sehen in ihrer jetzigen Gestalt den Urhügel und damit eine bewußte architektonische Inszenierung.
" Hat was für sich ", meint sie. " Schließlich liegt Meidum wie eine Pforte vor dem ehemaligen " Wasserloch " des Fayyum, das in prädynastischer Zeit noch Sumpfland war. Und der Urhügel sich im Denken der alten Ägypter immer aus urzeitlichen Wassern zu erheben pflegt.
Die Herrscher der 12. Dynastie legten im Mittleren Reich den See durch Deiche, Schleusen und Kanäle trocken.
Nutzten ihn als riesiges Wasserreservoir während der Nilschwemme. Später leiteten sie die aufkommenden Wasser in eine riesige Depression ein, die als

Rest den heutigen Birket el Qarun ausmachen, ein der Verdunstung ohne Ablauf ausgeliefertes Wasserbecken. So konnten sie weite Teile Unterägyptens bewässern.

Sie hatte einmal vom Flugzeug aus, am westlichen Ende des Hochplateaus, auf dem sich die Pyramiden wie Perlen auf einer Schnur am Wüstenabbruch aufreihen, die Wasserfläche des Birket Karun aus zehntausend Metern Höhe in seiner ganzen Weite erfassen können.

In der Überbelichtung der reflektierenden kristallinen Struktur der sie umgebenden Wüste. Einem Fremdkörper gleich liegt er inmitten der Sandwellen des Urozeans Nun, der Sahara.

An seinen Ufern hatte einmal der Fotograf und Künstler Frank Gebauer gestanden und von den Wassern des Sees erzählt, die ohne Begrenzung durch den Horizont mit dem Himmel eins wären. Als sei der Birket Karun eine gewaltige Fata Morgana des Nun.

Westlich an die Oase Fayyum schliesst sich das Wadi al - Hitan an, mit seinen Funden von Walskeletten.

In der Zeit des Eozäns erstreckte sich hier zwei Millionen Jahre lang das riesige Thetysmeer. Das Urmittelmeer, das sich von den Alpen bis weit hinein in die Sahara erstreckte.

Im Mythos des alten Ägyptens wurde der unter den Ptolemäern benannte Moerissee zu diesem Urmeer, aus dem sich später der Urhügel erhob. Auf dem zum ersten Mal Leben durch den Gesang des Vogels Phönix entstand.

" Ist dieser Urhügel in der Pyramidenanlage von Meidum wiedergegeben? " fragt sie sich.

Sobek, der Krokodilsgott, ist der Herrscher über den Fayyum. Sein Auftauchen aus dem Wasser wird ebenfalls mit dem Urhügel verglichen. Die alten Ägypter strotzten nur so vor Metaphernschwere.

Als Wohltäter der jährlichen Überschwemmung, die Ägypten die Fruchtbarkeit brachte, wurde er, seine negativen und gewalttätigen Kräften negierend, hauptsächlich als Fruchtbarkeitsgott verehrt. Im hiesigen Krokodilopolis.

Von Priestern gehaltene, geschmückte und mit Honigkuchen, Fleisch und sogar Gold gefütterte Aligatoren, die nach ihrem Tod einbalsamiert in heiligen Särgen aufwendig aufbewahrt wurden, hinterliess kein Geringerer als Herodot diesen Aspekt bewundernd der Nachwelt.

Der junge Mann im Liegestuhl, zahlreiche Pärchen, Singles und planschende Kinder, die mit Wonne in den kleinen Swimmingpool springen, dass es nur so spritzt, dösen an Deck in der heissen Sonne oder haben sich in ihre Kabine zurückgezogen, um Siesta zu halten.

"Take a deep breath. Relax, relax !" schallt es weit aus seinen Kopfhörern.

Die Rhythmen lassen die atemberaubende Umgebung der Wasser des Nils, die das Schiff bedächtig durchpflügt, in der flirrenden Hitze ihrer verschwimmenden fettgrünen Ufer wie einen Verstärker auf die Erholung und das Unter-

haltungsbedürfnis der Gäste einwirken.
Vor ihnen breiten sich im Dunst der Mittagshitze die befruchtenden Ebenen Mittelägyptens aus, mit ihren zahlreichen Hinterlassenschaften aus den Zwischenzeiten der verschwundenen Hochreiche, ihren materiellen Zeugnissen aus der Epoche des Mittleren Reiches und ihren grandiosen Landschaften.
Canyonartige Felsen, die sie ab El Minya erwarten, überhängende Kalksteinformationen, die bis an den Fluss herantreten werden. Doch das ist noch Zukunftsmusik.
Zunächst übernehmen kreisrunde Strudel in aufwallenden Wassern, dicht am Ufer säumende Palmenhaine, rechteckige Lehmbauten der Landbevölkerung das alleinige Zepter. Wachsen ihr wie ein Echo aus einer fernen biblischen und frühen arabischen Welt entgegen und halten ihre ganze Aufmerk-samkeit gefangen.
" I look inside my soul ! "
Eine Offenbarung, die Energien an Neugierde in ihr hervorrufen.
Sie möchte nur noch schauen, schauen, schauen.
Die Landschaft macht süchtig, ähnlich wie eingehende Musikrhythmen oder der Fernsehapparat, den hier kein Tourist mehr vermisst. So gefangen fühlen sich alle von der einnehmenden Andersartigkeit der afrikanischen Schollle .
Betrachten staunend die ungepflasterten Höfe und Wege, die bis zum Bau des Nasserstausees einmal jährlich überschwemmt worden waren.
Den zum Bersten vollen Fruchtstand auf rechteckigen dunkelbraunen Parzellen unter einer gnadenlosen Sonne, die berühmten " Haupt - und Nebenwege " in den Werken des Paul Klee, der Ägypten bereist hatte.
Eine fremde Welt aus Formen und Farben. Bananenstauden, Staubnetzer der Wüste, die alles und jeden überpudern.
Dunkle fette Erde neben ausgedörrten Wegen, alten Wasserrädern und Wasserbüffeln, die in stoischer Gelassenheit wiederkäuen.
Und die Heiterkeit und emsige, wenn auch wegen der Hitze in verlangsamten Bewegungen ausgeführte Geschäftigkeit der Fellachen in ihren langen Gewändern. Eine Rückständigkeit als archaischer Zeigefinger, als sässe man in einem Film zweihundert Jahre zurückversetzt, der in seiner Faszination keinen Widerspruch darstellt.
Daneben zeigt das Kontrastprogramm die Moderne der Zementfabriken, asphaltierte Strassen, die das Land durchschneiden und es in Rastern in google maps - Grösse portionieren.
Das ägyptische Personal bevorzugt zur Entspannung den Rappelkasten im Innern des Schiffes.
Kennen sie doch die Landstriche in - und auswändig und interessieren sich mehr für ihr Alltagsgeschehen, sei es die Politik ihres Landes, des Auslandes, allgegenwärtige Serien über Wortgefechte zwischen Schwiegermutter und Schwiegersohn und König Fussball. Ein Spiegel der eher prallen Episoden aus

dem Volke, die der Midaqgasse von Nagib Machfuss alle Ehre machen würden.

Hermupolis Magna und insbesondere El Aschmunein bilden wichtige Punkte auf der Karte in der Heimat des weisen Thot, des Ortes der Erschaffung seiner acht Urgötter auf dem Urhügel, die wiederum das Ei zeugten, aus dem die Sonne entstand.

Solcherart sind die geistigen Gedächtnisspuren, die auf uns Heutige gekommen sind, ebenso die den Pyramidentexten ähnelnden nachfolgenden Sargtexte, die das Innere von altägyptischen Holzsarkophagen im Mittleren Reich schmückten.

Sie hatte Beispiele aus El Berscheh im Ägyptischen Museum in Kairo gesehen.

Bei den meisten Gästen an Bord löst wohl eher die Residenz des Ketzerkönigs Echnaton und seiner Familie eine prickelnde Erwartungshaltung aus.

Amarna, der Wohnort der schönen Nofretete " Die Schöne ist gekommen ".

Die meisten denken dabei nur an die weltberühmte Büste der schönen Königin vom Nil in den Berliner Sammlungen, die Ludwig Borchardt in den Überresten der Werkstatt des Bildhauers Thutmosis fand.

Guterhaltene Tempel als Anrainer des Nils locken nicht nur Ägyptologieinteressierte, sondern jede Art von Touristen an. Entstanden sind sie über lange Zeiträume verschiedener Reiche, die sie nach und nach besichtigen werden.

Abydos, Dendera im besterhaltenen Zustand. Ein El Dorado für Videokameras und Hobbyfotografen, die in den Zimmern an Bord auf ihren Einsatz warten, während ihre Besitzer das dolce farniente an Deck geniessen, umsorgt von eifrig wuselnden Kellnern, Köchen, Reiseleitern und Rezeptionisten.

Mehr zu wissen und zu erfahren findet beim Gros der Reisenden schlichtweg kein Interesse oder übersteigt ihr Aufnahmevermögen bei weitem, nicht nur auf ihrer ersten Fahrt. Den wenigsten ist bekannt, dass die heilige Familie auf dem Nil stromaufwärts vor den Häschern des Herodes floh.

Nicht zuletzt interessieren nur den Kenner die Spuren der heiligen Familie, die sie bis hinter Assiut führte.

Koptische und frühchristliche Kleinodien. Geistiges wie die apokryphen Schriften von Nag Hammadi, säumen ihren Weg in der Gegenwart.

Assiut. Dieses Wort, dieser Ort löst Bilder im Kopf aus, die der breite Medienstrom in ihnen festgesetzt hat.

Von verborgenen Brutnestern fundamentalistischer Schreckens-verschwörer ist da die Rede, deren Löcher Anschlagstäter wie Pilze aus dem Boden schiessen lassen. Ganz zu schweigen von blutbefleckten Galabijas.

Von Schreckensmotiven, die auf farbigen Zelluloid in westlichen Magazinen wie Geo ausgebreitet wurden, als fände man sich dort in dem untersten Kreis der Hölle wieder, in einem danteschen Szenario.

Ein unterschwelliger Fingerzeig als verpackte Warnung, was einem Europäer blühen mag, der es wagen sollte, Mittelägypten aufzusuchen, die Heimat der

Muslimbruderschaft, so der Kanon in den neunziger Jahren.
Mittlerweile sind sie vom drohenden Terroristenimage zur harml-osen angeblich gemässigten Islampartei vor der Wahl Mursis mutiert, die auf dem internationalen Parkett gesellschaftsfähig geworden ist, einfach so. Nach der zweiten Revolution auf dem Tahrirplatz kommt der Zorn der Massen über die Muslimbruderschaft zum Ausdruck, die das Land heruntergewirtschaftet haben. Und mit Gewalt gegen Andersdenkende vorgegangen sind.
Die westliche Presse verstehe wer will. Sie kürt, sie verdammt, ohne Vorwarnung.

" Der geheimnisvolle Weg des Westens,
 dessen Wasser dieser große Gott befährt
 in seiner Barke, um für die Unterweltlichen zu sorgen.
 Genannt bei ihrem Namen,
 bekannt bei ihrem Wesen,
 graviert in ihren Gestalten
 sind ihre Stunden, geheimen Wesens,
 ohne daß dies geheime Bild der Dat von
 irgendeinem Menschen gekannt wird.

aus den Sprüchen 98 und 99 des Amduats, sechste Nachtstunde " Der Sonnenleichnam "

Diesen Gruppierungen wurde eine breite Plattform in den Gazetten geboten, gespickt mit unbekannten Namen, unbekannten Gesichtern. Die einem Horrorroman alle Ehre machen würden. Dennoch ähneln sie eher den Feindbildern in Orwells " 1984 ".
Sie hatte sich bei ihrer heimischen Zeitung beschwert, dass dieser unbekannten Dshamaa - al - Islamiya soviel Raum für die Darstellung ihrer Ziele gegeben wurde.
Zumal ihr bekannt war, wie schwer es im Normalfall ist, Redakteure zu bewegen, über bestimmte Ereignisse überhaupt ein Wort zu verlieren. Viele tiefgreifende Vorkommnisse schlichtweg ignoriert werden.
Und in diesem Fall ergoss sich eine breite Front über den Leser, der kaum in der Lage ist, diese " Fakten " auf ihren Wahrheitsgehalt zu überprüfen, was auch die verantwortlichen Redakteure betrifft, die zumeist ihre Recherchen aus zweiter Hand - zum Beispiel von Agenturen und anderen " Quellen " Geheimdiensten - beziehen, mit denen sie zusammenarbeiten und an die sie ihre Quellen oft verraten.
Die allgegenwärtigen Masken, keine noch so mit Nachdruck vorgetragene Pressemeldung hatte in der Vergangenheit Bestand gehabt. Ihr Misstrauen wuchs.

Wem daran gelegen sein kann, mit solch alarmierenden und polarisierenden Nachrichten für Unruhe und Reaktionen zu sorgen, hatte sie sich deshalb in diesem Zusammenhang gefragt.
Von der Darstellung war sie nicht überzeugt gewesen, weil sie bei der Vielzahl ihrer Ägyptenbesuche ganz andere Erfahrungen aufzuweisen hatte.
Sie war von vielen Ägyptern gewarnt worden, dass die westlichen Medien Unwahrheiten über sie und ihr Land ausstreuen würden. Die Frage Wahrheit oder fake liess sich zum jetzigen Zeitpunkt nur mit Vorurteilen gegenüber der arabisch - muslimischen Welt beantworten.
Scheuklappen, wie sie weltweit typisch sind und gerade im ach so aufgeklärten Westen.
Verteufelungen, von diffusen Ängsten gesteuert, und einem abschottenden zu hinterfragenden " Wir - Gefühl " gesteuert, schnell zu Hetze und Verfolgung ausarten können.
Man denke nur an die hundert Jahre zurückliegende Konfrontation zwischen Protestanten und Katholiken, die ganze Familien entzweiten.
Und im dreissigjährigen Krieg als Vorwand für politische kriegerische Auseinandersetzungen herhalten mussten.
Die freiwilligen Mitläufer des Nazitums. Der allgegenwärtige Verrat in der germanischen Welt gegenüber dem römischen Reich, der sie in zwei Lager spaltete. Es waren Verwandte des Arminius, die ihn hinterrücks meuchelten, nicht die Römer.
Hinzu tritt in diesem Zeitalter die Borniertheit amerikanischer Sekten, die hinterwäldlerisch ihre beengten Sichtweisen und Feindbilder auf die ganze Welt zu projezieren suchen.
Ihre verdeckten politischen Absichten unter dem Deckmantel der Religion verfolgen und deshalb selbst von der Staatsmacht Deutschland nicht gern gesehen werden.
In ihrem Jurastudium sah sie sich im Verwaltungsrecht mit dem Verbotsverfahren gegen eine öffentlich auftretende Sekte konfrontiert.
Und die gesteuerten Medien diese Vorurteile als Wahrheiten ausgeben. Denn Mormonen, Scientology sind wirtschaftlich starke Kräfte, die ihren politischen Einfluss in der Medienlandschaft ungehindert ausüben können.
Und wie im Falle der Mormonen, die wie Heuschreckenschwärme über Europa herfallen, um an allen Ecken und Enden zu missionieren.
Nach der Wende zogen Mormonen flächendeckend über das Gebiet der Ex - DDR.
Sie fragten die Einwohner der neuen Bundesländer nach ihren Daten aus, katalogisierten sie nach ihrer Herkunft und speicherten diese in der grössten Datenbank der Welt im Westen der USA, gesichert wie Fort Knox. So lautete der Bericht eines politischen Magazins im deutschen Fernsehen.
Viele Einwohner der neuen Bundesländer, die ihr bekannt sind, mussten solche

Erfahrungen mit Sekten über sich ergehen lassen.
Das Wort " Fundamentalismus " ist zudem eine Begriffsterminologie aus dem 19. Jahrhundert amerikanischer Sekten.

Eine konstruierte Relation zum Fanatismus Echnatons, der den ersten angeblichen Fundamentalisten abgab ?
Jedenfalls eine Gegend, die weltweit in Verruf steht, über die man kaum etwas Genaues weiss. Ein Landstrich, aus dem die Mörder Sadats kamen.
Einmal fundamentalistisch, so heisst es, immer fundamentalistisch, ungeachtet jeglichen Wahrheitsgehalts.
Diesem weissen Fleck auf der Landkarte im Gedächtnis der Gegenwart haftet zumindest das Gerücht von Unzugänglichkeit und Mythos an. Ein Stoff, aus dem Legenden entstehen. Dieses Geheimnis gilt es zu ergründen.
" Werden wir ja sehen, was dahintersteckt, " lacht sie sarkastisch in sich hinein.
" The way of eternity " . " Ha ! "
Sie konnte noch nie so recht nachvollziehen, wie Gruppierungen oder Staaten Männern mit materiellen Verheissungen oder mit verlogenen Versprechungen über das Paradies, mit tausend Jungfrauen und anderem ködern konnten, damit sie ihr Leben für eindeutig politische Ziele wie Machtzuwachs und Fremdinteressen hingaben.
Ob in Kriegen, im Namen von Religionen oder für irgendeine Sache im Namen ihrer Länder, die letztendlich nur wenigen nützen, für die sie in der Vergangenheit oft unwissentlich missbraucht wurden.
" Nicht zu fassen ", denkt sie, " man lebt doch nur einmal " .
" Und die alten Ägypter ? Sie feierten das Leben. Eben darum machten sie sich so viele Gedanken über die Fortsetzung eines ebenso üppiges Dasein im Jenseits. "
Sabine gähnt. " Bin froh, dass ich jetzt mal abschalten darf. Heute abend ist Party angesagt, Buffet und Musik inklusive. Liegt wohl auch daran, dass die Reiseführer ab heute auf der Meretseger übernachten werden. Endlich geht die Fahrt richtig los. "
 Sie blickt auf das träge vorüberziehende Ufer.
" Bin mal gespannt auf die grandiose Felslandschaft, die uns morgen erwartet. Die konnten wir bereits aus dem Flieger begutachten. Erinnert mich ein wenig an den Grand Canyon. Fehlen nur noch die gröhlenden Cowboys, die plötzlich um die Ecke geritten kommen, " wirft sie schallend lachend ein.
" Nein im Ernst, ich freue mich natürlich auf die Felsgräber von Beni Hassan. "
Sie hantiert mit ihrem Fotoapparat, versucht einen Film einzulegen, der störende Überbelichtungen ausschalten soll.
Heiss versengen die Sonnenstrahlen die Segel des Decks und lassen den Schweiss von den Körpern der Gäste in ihren Badeanzügen in kleinen Sturzbächen herabfliessen. Der tägliche Saunagang überfordert manchen Kreislauf.

Die Reiseleiter und ägyptischen Reiseführer sitzen in ihrem Baumwolloutfit in der klimatisierten Lounge und unterhalten sich angeregt.
Wie hatte sich Selim noch ausgedrückt ?
" Bei großer Hitze ziehen sich Europäer aus und Ägypter an. "
Der belgische Reiseleiter hat ihr vorhin in der Lounge von seinem marokkanischen Tuch erzählt, das er in mehreren Windungen um seinen Kopf schlingt und wahre Wunder in Sachen angenehmer Kühlung bewirken soll. Sie will es morgen in Beni Hassan selbst ausprobieren.
Auf dem Weg zu ihrem Zimmer lässt sie sich an der Rezeption noch eine Tablette gegen Durchfall geben. Sie fand sich im Liegestuhl plötzlich unpässlich. Deshalb möchte sie sich für eine Stunde hinlegen.
Die nachmittägliche Hitze an Deck ist bis zur Unerträglichkeit angestiegen. Die Wüste mit ihrem Gluthauch tritt nun mit aller Macht ans linke Ufer des Nils heran und dünstet ihre Hitzeschwaden unerbittlich über dem Fluss und der Meretseger aus.
Die allgegenwärtige Klimaanlage rauscht tapfer gegen die Glut, bis zur ihrer totalen Überlastung in allen Räumlichkeiten an.
Nachdem sie sich behaglich auf ihrem bequemen Bett ausgestreckt hat, starrt sie einige Zeit auf das zugezogene Fenster, erhebt sich kurz. Unschlüssig, ob sie den Vorhang zurückziehen soll.
Die Sonne steht südwestlich und damit abgekehrt von der Seite ihrer Kabine. Dennoch ist die Hitze kaum zu ertragen.
Ein unbekanntes Geräusch dringt in ihren abgedunkelten Raum, weckt ihre Neugierde, erneut ans Fenster zu treten.
Keine zwei Meter entfernt passieren sie gerade eine kleine Insel im Strom.
Eine junge gutaussehende Fellachin schneidet laut raschelnd Schilf. Sie ist so in ihre Arbeit vertieft, dass sie nicht aufschaut.
Die kleine Szene hinterlässt für einen Augenblick den Eindruck einer Zeitsequenz aus biblischen Tagen.
" Dieses junge Mädchen könnte einen geflochtenen Korb aus Schilfhalmen ins Wasser gesetzt haben ... " .
Das würde sie jetzt auch nicht mehr wundern. Sie zieht den Vorhang nicht wieder zu, legt sich aufs Bett und starrt auf das Panorama ihres Zeitfensters, auf die Dinge harrend, die da kommen mögen.

" Wege lügen, Küsten trügen.
Wie schlägt dich jetzt nicht der Wahn ?
So verwerfe ich Esser und Essen, und bin über Irrwege
                                                froh
Mein Trost : dass ich ganz meinem Traum mich hingebe
                                - entfesselt aufwoge
Die Lust der Verweigerung singe, und tobe: .... "

aus : " Die Zeit " von Adonis

Mit der Schnelligkeit einer Keule fällt die Nacht herein.
Binnen weniger Minuten, nachdem der Sonnengott glutrot hinter den Horizont tief im Westen gestiegen ist.
Die Dunkelheit hüllt das Schiff vollständig ein. In der sternklaren Nacht sind die Bordlichter die einzige Hilfe, die ihrem Kapitän auf der Meretseger Orientierung geben können, so dass er das linke Ufer von Maghagha ohne Schaden anzusteuern und im Dunkel gefährlichen Sandbänken sicher auszuweichen vermag.
Von den Passagieren unbemerkt, wird das Schiff von zahlreichen helfenden Händen für die Nacht vertäut.
Zwei Männer von der Touristenpolizei nehmen zum Schutz Aufstellung. Das Personal im Restaurant ist gänzlich mit den Vorbereitungen zum Dinner beschäftigt. Die materielle Versorgung umfasst diesmal den Geburtstag eines der Gäste, der kulinarisch vorgeplant sein will.
Die meisten Touristen sind in ihren Kabinen verschwunden, um sich für den Abend und das angekündigte Programm in der Loungebar herzurichten.
Sie liegt noch immer stocksteif auf ihrem Bett, gefangen in einer Traumphase vor dem Erwachen.
Vor Bergen aufgeschichteter Opfergaben, Brot, Bier und Gänsebraten und Stabsträussen, sitzt sie neben Männern und Frauen, die Perücken tragen und in kurze Gewänder gehüllt sind.
Im nächsten Bild findet sie sich in wasserreichen, vor Fruchtbarkeit überquellenden Gefilden wieder.
Alles, was das kulinarische Herz begehrt, ist zu haben.
Gestalten mit wunderlichen Namen " Isis von der Imhet ",
" Die welche die Götter zufriedenstellt " , bevölkern dieses unbekannte Paradies.
An welchen Gestaden mag sich dieses Elysium befinden ? Auf dem Lande in Mittelägypten ?
Plötzlich saust ein Messer hernieder, sie erspäht kurz einen feuerspeienden

Schlangenstab. Dann ist ihr Traumbild ratzfatz in Stücke geschnitten.
Sie zuckt zusammen, schreckt hoch und kann gar nicht schnell genug ihre Augen aufschlagen. Angstschauer laufen ihr über den Rücken. Sie versucht sich zusammenzunehmen, ihre Fassung wiederzuerlangen.
" Wo war ich ? " wundert sie sich.
" In einer Grabszene, als Teil eines Reliefs über einem jenseitigen Bankett ? "
Sie erschrickt.
" Vermutlich eine von vielen Gästen des Verstorbenen, die in den privaten Mastabas der Beamten vor einem üppigen Totenmahl sitzen ? Aber da war noch etwas anderes ! "
Das sie zutiefst erschüttert hat. Wiederwillig schüttelt sie den Kopf.
" Kann doch nicht sein, dass ich mich im Jenseits aufhalte, von irgendetwas bedroht ! Langsam gehen mit mir wohl die Pferde durch. Ich muss mich mal mehr ausspannen ", ruft sie sich kritisch zur Ordnung.
Sie schaut auf die Uhr. Es wird langsam Zeit, sich fürs Dinner frisch zu machen und umzukleiden. Gähnend steht sie auf und steuert schleunigst das Bad an.
Hanna und ihr Angebeteter haben sich für die Nacht verabredet. Sie will noch an der Party teilnehmen, um nicht Verdacht zu erregen und ungestört mit ihrem Ägypter zum privaten Stelldichein in ihre Kabine zu verschwinden.
Sabine ist noch in ihr Buch vertieft. Sie bereitet sich auf die morgige Besichtigung der Felsengräber von Beni Hassan vor.
Vor der Rezeption herrscht Hochbetrieb wie auf einer abendlichen Piazza. Einige Gäste deponieren Wertsachen in dem hintergelegenen Schliessfächerbereich.
Die von der " Rache der Pharaonen " Ereilten warten geduldig auf die Austeilung ihrer Tabletten - europäische Medikamente bleiben in Ägypten ohne jede Wirkung, da andere Erreger ihren Durchfall verursacht haben.
Beide Rezeptionisten haben alle Hände voll zu tun, lassen sich aber nicht aus der Ruhe bringen.
Der Friseur -, der Schmuck -, der Andenken - und Buchladen haben ebenfalls geöffnet. Einige Gäste flanieren wartend, andere schauen sich die Auslagen an.
Der belgische Reiseleiter spricht mit einigen ägyptischen Verantwortlichen die Pläne für den Abend und den kommenden Tag durch. Die Reiseführer sitzen rauchend in der Lounge im ersten Stock vor dem Speisesaal und unterhalten sich angeregt.
Gäste, die aufs Essen warten, gesellen sich zu ihnen. Die Barkeeper im obersten Stock kühlen die Getränke fürs Dinner durch.
Lange kann es jetzt nicht mehr dauern.
Da ertönt schon der Gong, der im gesamten Schiffskörper zu hören ist.
Einige wenige stehen noch unter der Dusche. Sie werden die Nachzügler sein, während die ersten Hungrigen schon gemächlich an dem Spalier der Kellner

vorbei, ihre Plätze im Speisesaal aufsuchen und einnehmen.
Plötzlich erlischt das Licht im Restaurant, das murmelnde Geräusch der Unterhaltung erstirbt. Die Finsternis erzeugt bei manchen ein kurzes Raunen in der Kehle.
" Dibaaaaabaaadi ! "
Mehrere Kellner kommen aus der Küche, wiegen sich im Tanz. Ihre Lippen formen melodische Geburtstagslaute.
Arabische Lautarabesken, die jedoch inhaltlich jedem Gast verständlich sein dürften. Zu rhythmischen Klängen, die ein hochgewachsener junger Kellner auf dem Tamburin schlägt.
Ein Weiterer trägt eine zuckersüsse Torte heran, über und über dekoriert, die mit Wunderkerzen bestückt ist.
Er präsentiert sie hier und da stolz dem sitzenden und applaudierenden Publikum. Mit Ahs und Ohs stimmen die Gäste durch rhythmisches Handklatschen in die Musik und den Tanz ein.
Die Darbietung erreicht ihren Höhepunkt. Lachend ziehen die Kellner einige weibliche Gäste vom Stuhl zur Polonnaise, die mehrmals den Saal umrundet, bevor die Karawane vor dem Geburtstagskind halt macht, das mit knallrotem Kopf die Glückwunschzeremonie über sich ergehen lässt.

Der Sonnengott fährt mit seinem Gefolge durch die Räume der sechsten Nachtstunde. Der tiefste Punkt der Mitternacht ist erreicht. In einer Umgebung, die von Geheimnis und Gefahr seitens feindlicher Mächte geprägt ist, die den Sonnenleichnam bedrohen. Der zugleich Re und Osiris darstellt. Die Barke sucht sich ihren Weg durch die Tücken der Finsternis des Verborgenen Raumes.
In dieser tiefen Nachtstunde vereinigt sich der Ba des Sonnengottes mit der Mumie des Osiris. Das Licht entzündet sich neu in der tiefsten Finsternis.
An Bord tanzen nur noch wenige auf der Bühne zur ausklingenden Diskomusik in der riesigen Loungebar, die das obere Panoramadeck einnimmt.
" *Life is life !* "
Die jugendlichen Gäste wie die Junggebliebenen stampfen mit den Reiseführern, dem belgischen Reiseleiter und einigen Kellnern, die keinen Dienst mehr schieben müssen, auf dem Parkett der Bühne herum.
Die Tiefe der Nacht hat Ägypten im Griff und ihr Schweigen hüllt das Schiff ein, das unter einem unerbittlichen Sternenhimmel von künftigen Ereignissen nichts erahnen lässt.
Der kleine Mikrokosmos, der sich im Rausch der Musik Drehenden und Wirbelnden, verliert sich als kleiner Punkt in einer wasserreichen, den Schall schluckenden Flusslandschaft, vor den nächtlich sich öffnenden Weiten des Alls.
Sie verorten sich wie tanzende Derwische im Dunkel heraufziehender Zeiten, die den afrikanischen Kontinent erfasst haben.

In den Windungen der Uroborosschlange, unter den Schwingen gegenwärtiger und künftiger politischer wirtschaftlicher Intentionen, die in der Schmiede der Interessenlagen geboren werden : Operationen, Bürgerkriege, Anschläge und militärische Schläge.
" Ruanda, demnächst Nairobi, Daressalam ".
Parallel zum Urlaubsgeschehen treiben vielfältige Geister mächti-ger Schatten ihren Schabernack ungesehen über der Meretseger.
" Whe all give the power, we all give the best ".
Die Ruinen vergangenen menschlichen Scheiterns der Historie liegen weit verstreut. Herabgesunken zu Fundamenten in der Erde, ausgegraben und ans Licht des Wissens zurückgeholt. Und tragen dennoch nicht zur geistigen Entwicklung des Menschen bei. Zu jeder Zeit holen ihn die zerstörerischen Kräfte erneut ein.
" Life is life ! Lalalala ! "
" And you call when it`s over/ You call it should last/Every minute of the future/ Is a memory of the past .... "
Nach einigen Stunden hängen die meisten übermüdet, allenfalls mit einem Getränk in der Hand, in grossen voluminösen Polstern oder flüstern nur erschöpft.
" We all gave the best/ And everyone gave everything ... ".
Einigen Pasagieren dient die Fahrt zur Flucht aus ihrem schwierigen Alltag, ihrer Langeweile.
Ein schmerzlicher Prozess, erkennen zu müssen, das er sie überall auf der Welt wieder einholt.
Mit hängenden Schultern haben sie, unbemerkt von den ausgelassenen Gästen, das spätabendliche Treiben verlassen.
Die Fahrt wirkt wie ein Verstärker ihrer Befindlichkeiten, kehrt grausam ihre Probleme hervor, mit denen sie sich alleingelassen fühle. Sie fühlen sich auf sich selbst zurückgeworfen.
Die vielen Stunden der Musse an Bord können sie nicht kompensieren, wenn sie nicht die Bereitschaft mitbringen, sich zu öffnen und sich selbst einzubringen. Darauf zu warten, dass einer den anderen erlöst, bleibt ein vergebliches Unterfangen.
Dem abgedroschen Kästnerwort " Es gibt nichts Gutes, ausser man tut es " , müsste noch das Wörtchen " selbst " hinzugefügt werden.
Sie hat die Floskeln satt, mit denen gelangweilte Touristen ihre Neurosen auf Kosten der anderen pflegen, nur um zuhause angeben zu können, dass sie hier und dort gewesen sind. Oftmals zeigten sie keinerlei Interesse für den bereisten Ort an sich.
In ihre heimische Umgebung zurückgekehrt, heucheln sie ihren Bekannten Kennerschaft und Interesse vor, von einem hohen Piedestal herab, und bauen sich eine verlogene Fassade auf. Aus erlebten Abenteuern und Begeben-

heiten, gespickt mit Pointen, um ihre innere tief empfundene Enttäuschung zu verbergen. Manch einer sieht diesen Zustand als etwas Normales an, läuft weiter blind durchs Leben.

Hanna ist bereits vor einer Stunde in ihrer Kabine verschwunden. Sabine befindet sich noch mit einem Pärchen aus den neuen Bundesländern im Gespräch, die nach der Wende vermehrt auf den Schiffen anzutreffen sind.

Sie dagegen hält schon ihren Kabinenschlüssel parat, tritt von einem Fuss auf den anderen, weil sie gerne schlafen gehen möchte. Steht aber noch mit Selim zusammen und lacht über Witze, die Selims neuer Freund, ein Dortmunder Tankstellenbesitzer mit gewaltigem Leibesumfang, vor der versammelten Gemeinde zum Besten gibt.

Selims Frau ist in Giza geblieben, hat er ihr vor kurzem noch in Kairo erzählt. Kurz nach ihrer Eheschliessung war sie schwanger geworden. Für die junge Ehe eine Belastung, da er 11 Tage auf dem Schiff verbringen muss, während sie in der Zeit wieder bei ihren Eltern wohnt. Auch um nicht allein in der Wohnung zurückbleiben zu müssen. Die im Westen gemutmasste Kontrolle ist nicht der ausschlaggebende Punkt. In ihrem Zustand muss jemand an ihrer Seite sein, falls unerwartete Komplikationen auftreten.

In den Kabinen auf dem mittleren, dem oberen und unteren Deck der Meretseger ist nun Ruhe eingekehrt.

Hanna steht am Fenster, ihr Freund ist eingeschlafen. Sein Gesicht ist ihr zugewandt, hat eine ruhige Ausstrahlung wie auf den Porträts blattgold-verzierter Särge aus der römischen Zeit, die man im Fayyum gefunden hat.

Sie sind sich sehr nahe gekommen. Ihre Neugierde aufeinander liess manches zu, aber es ist mehr Zärtlichkeit als Wissen über gelebte Leidenschaft im Spiel. Soweit sind sie noch nicht. Sie stehen am Anfang ihrer Beziehung, schwimmen gegen den Strom der one nights stands, die sie verabscheuen. Möchten lieber peu à peu auf Entdeckungsreise ihrer Gefühlswelt und zunehmenden Anziehung gehen und jeden Schritt neu auskosten.

Perfektion in Sachen Erfahrung darf man in diesem Stadium von beiden noch nicht erwarten, da sie sich noch in einem jugendlichem Alter befinden und nicht in Oberflächkeiten verlieren wollen, die ihrer Seele schaden könnten, so ihre Befürchtung.

Unbewusst weiss man manchmal, wie man sich richtig verhalten soll. Und es ist gut, auf die eigene innere Stimme zu hören.

Sie streben jedenfalls eine ernstzunehmende Beziehung an, die sich nach und nach entwickeln und nicht in dem konsumierenden Geschwindigkeitsrausch eines schnellen abhakenden Abenteuers untergehen soll. Tiefe Gefühle haben mit ihrer ersten gemeinsamen Nacht bereits zu einer stärkeren Bindung geführt.

Damit bilden beide keine Ausnahme. Berichte von Eskapaden auf den Schiffen, von whiskytrinkenden Reiseführern über Abschleppdiensten seitens williger Touristinnen und durch die Betten gehender Frauen und Männer sind einerseits wahr, treffen aber dennoch auf die meisten Reisenden und Ägypter eben nicht zu. Und verstärkte Kontrollen durch das Management unterbinden solche Ausfälle bald ganz.

Ein Grund für das starke Interesse der männlichen Ägypter an Abenteuern mit westlichen Frauen ist die bittere Tatsache, dass ägyptische Frauen zumeist beschnitten sind. Ein archisches Überbleibsel, was durch Verstümmelung an Grausamkeit kaum zu überbieten ist. Trotz des gesetzlichen Verbotes wird aus überkommenen Traditionsdenken heraus dieses weitgehend unterlaufen. Und es sind alte Frauen, die das Beschneiden der Genitalien an Frauen durchführen !
Der Kenntnisstand ägyptischer Männer, was Sex angeht, wird nicht im Aufklärungsunterricht vermittelt, sondern kann allenfalls nur in intimen Gesprächen untereinander oder im Austausch mit erfahrenen westlichen Frauen erweitert werden.
Eine ungezügelte Sexualität ist anständigen Ägyptern fremd, wie sie in westlichen Ländern in den 90zigern von den meisten eben nicht praktiziert wird, die noch Werte haben und leben.
Sondern das ausschweifende Verhalten an den Mittelmeerküsten mit den einfallenden Touristen als die Norm aller tagtäglich über Medien transportiert wird, was zu einem falschen Blickwinkel führen kann. Von den Eskapaden Jugendlicher im neuen Jahrtausend im Alter von 12 bis 16 Jahren mal abgesehen.
Es entsteht auch bei den Ägyptern ein falsches Bild vom ungezügelten Leben im Westen.
Anständige Europäer dürfen sich dann mit den Folgen dieser Trugbilder herumschlagen. Sie werden zu Opfern manch gnadenloser Anmache. Und manchen Missverständnisses.

Das zugezogene Fenster, der Vorhang, unter den Hanna schlüpft, um einen Blick auf das nächtliche Panorama da draussen werfen zu können, bildet die Grenze zur Aussenwelt. Sie fühlt sich in ihrer intimen Zurückgezogenheit geborgen.
Eine Spur von Überraschung liegt in ihrem Blick, als sie den Film betrachtet, der sich vor ihrem Fenster abspult.
In drei Metern Entfernung sitzen zwei uniformierte Gestalten auf dem nackten Boden, gänzlich vertieft über einem Brettspiel .
Eine Art Stilleben, erweitert um einen Esel und einen Ägypter in landestypischer weisser Galabija, die am Rande des sandigen Ufers stehen.
Über ihnen wölbt sich der tief dunkelblaue bis schwarze Himmel mit einer ungeheuren Dichte an funkelnden Sternen.
In Form einer riesigen altägyptischen Sargkammer, in der Hanna zu stehen meint. Eine Apotheose von solch überwältigender Strahlkraft, dass sie das

Antlitz des Landschaftsbildes im poetisch malerischerischen Gestus durchdringt und erwärmt, ein ruhiges Bild erhabener Stille und Einfachheit erzeugt.
Und aus ihrem Blickwinkel heraus zum Zeitfenster längst vergangener biblischer Welten geriert.

Im Schiffskörper ist es still geworden.
Gesprächsfetzen haben sich langsam verflüchtigt. An der Rezeption steht Tarek, beschäftigt mit irgendwelchen Papieren, ist zum nächtlichen Dienst eingeteilt. Gäste und Personal liegen friedlich schlafend in ihren Kabinen.
Sabine leidet unter Schlafstörungen. Munter wälzt sie sich im Bett hin und her, unter den wachhaltenden Eindrücken der vergangenen Party.
Nach einigen vergeblichen Anläufen erhebt sie sich missmutig und nimmt im Bad eine Schlaftablette ein.
Einige Minuten des krampfhaften Versuchs, sich zu lockern, sich zu entspannen vergehen. Da fällt sie langsam in einen tiefen Schlummer, die Stufen ihres Bewusstseins herunter. Fetzen von Eindrücken fliegen an ihr vorüber.
Langsam verfestigen sich Bilder eines Gegenstandes in seiner dreidimensionalen Struktur in einer auftauchenden Weite.
Sie kann darin die Meretseger wahrnehmen, eingespeichert in diverse Zeiten und verschiedene Räume.

Blitzartig ersteht vor ihr die Seenlandschaft des Fayyum, die von den Dynastien des Mittleren Reichs erschlossen wird.
In einer Kammer der Vorzeit wird Menes von seinen Hunden während der Jagd angefallen. Da taucht ein Krokodil aus dem Sumpf auf und rettet ihn.
Der Mythos hat einen neuen Gott, Sobek. Sie verwenden sein Zepter, um mit ihm den Nilstand messen zu können.
(Thut) - Moses soll es ebenfalls benutzt haben, um das Rote Meer zu teilen.
Als Sohn der Göttin Neith verkörpert der krokodilköpfige Gott Sobek die Macht der Pharaonen.
Ihre politische Macht über ganz Ägypten ziehen sich die nachfolgenden Könige auf dem Thron aus der entstehenden wirtschaftlichen Macht durch die Erschliessung und Bebauung des Fayyums.
Weitere Bilder füllen ihren Traum aus. Geheime Bilder der Unterwelt.
Es ist das Zeitalter der 12. und 13. Dynastie des Mittleren Reichs.
Die riesige Pyramidenanlage des Amenemhet III. in Hauwara aus ungebrannten Nilschlammziegeln taucht vor den Schleusen des Fayyums auf, inklusive seines sagenhaften Labyrinth.
Obwohl die Totentempel dieser Dynastien an Umfang und Bedeutung verlieren, zeichnet sich das berühmte Labyrinth mit seinen 1.500 unter - und oberirdischen Kammern als Sprengung aller Dimensionen aus.
Sie fährt durch diese Kammern, als sässe sie in einem virtuellen Raumschiff.

Fragen über Fragen bezüglich ihrer Bedeutung sind ihr Begleittross.
Ist es der Versuch, ein dreidimensionales Modell eines Sonnenheiligtums (laut Plinius) mit Kultkapellen der Stiftungen aus Gauen, architektonisch umzusetzen? Und in Rundbildern von Opferträgern dargebracht wird, wie es anschaulich der Fischopferer im Kairoer Museum zeigt?
Der Kult des Sobek findet hier wiederum seine Heimstatt. Was also ist die Bedeutung dieses Labyrinths?
Hängt sie von seiner Stellung als Gott des Urwassers ab, in dem er den Urhügel durch sein tägliches Auftauchen aus den Nilfluten symbolisiert? Mit seiner Fruchtbarkeit bringenden Funktion, mit der er ganz Ägypten zum Blühen bringt?
Und wie verhält es sich mit dem grossen Mysterium um den Sonnenleichnam aus der 6. Nachtstunde, der im Amduat mit dem Osirisleichnam gleichzusetzen ist? Diesem geheimen Bild der Unterwelt, der Schetit, von keinem Menschen gekannt.
Das Wort erinnert an das arabische Wort Schedet, womit der moderne Ort bezeichnet wird, der über dem antiken Krokodilopolis gebaut ist.
Die Sonnenlitanei betont, dass der Ort seiner Totenbahre so verborgen und geschützt liegt, dass niemand ihn kennt.
Sowohl die Lokalisierung des dreidimensionalen Modells der Stiftungen der Gaue Ägyptens als auch die Mutmassung des geheimnisvollen Osirisgrabes in den Weiten des Labyrinths im Wasserloch des Fayyums finden vielleicht ihre mythologische Entsprechung in den Unterweltsbüchern, spinnt sie den gedanklichen Faden weiter, in ihrem Traum gefangen.
Diese Karten des Jenseits sind zwar erst im Neuen Reich entstanden.
Im Mittleren Reich haben veränderte Denkweisen bereits die Weichenstellung vorgenommen, sieht man sich die Veränderungen im Kult an.
Es erscheint ihr dennoch wie ein dauerhaftes Rätsel ohne wirkliche Auflösung.
Die Wasser des Fayyum bringen als blühende Kolonie den Ägyptern die Fruchtbarkeit für ihre Äcker.
Vor ihr öffnet sich ein riesiges Urmeer, aus dem die Pyramiden im Fayyum als aufsteigender Urhügel herausragen, von wellenförmigen Umfassungsmauern abgegrenzt.
Und Sobek, das Krokodil, durch das die Nachtfahrt der Sonne geht, wie sie es in dem Grab von Ramses IX. aus dem späteren Neuen Reich im Tal der Könige gesehen hat, steht als Herrscher über das Wasser im Zusammenhang mit Nun, dem Gott des Urozeans und der Wassertiefe, der sie darauf hinweist, dass die Sonne in der Nacht auch in die Tiefe des Urgewässers hinabsteigt.
Sie durchfährt komplexe Anlagen, Grabschächten, Scheinkammern, tote Gänge, die sich im Innern der Pyramide von Illahun winden.
Ein riesiger Felskern bildet das Zentrum der Pyramide, um den " sternförmig " ein Gerippe aus Kalkstein geschichtet wurde.

Die " Höhlungen " aus blattrippenartigen Verstrebungen und Versteifungen füllte man mit Schlammziegeln aus.
Darüber wurde die Pyramidenspitze aus Ziegeln aufgesetzt. Als letztes zog man eine Ummantelung aus Kalkstein, die heute verschwunden ist. Die Spitze umkleidete Granit. Diese Beschreibung hatte sie aus ihrem " Baedeker " .
Große Vorhallen befinden sich vor den Sargkammern, in denen Osiris zu Gericht sitzt. Das Pfortenbuch öffnet sich vor ihren Augen vor der sechsten Nachtstunde. Thema ist das Totengericht.
Sie blickt auf die Waagschalen, die jedoch leer bleiben.
Es kommt ihr so vor, als symbolisierten die vergänglichen Schlammziegel die Masse an Toten, die im Jenseits verschwanden.
Jeder Ziegel steht für einen toten Menschen.
Und als stelle die Architektur ein Bild der Imhet dar, des Totenreichs, das sich zum Süden hin erstreckt, wohin die Grabschächte weisen. Und sich zur Welt der Gestirne öffnet, da die Imhet die unterste Tiefe des Totenreichs darstellt.
Viele Bilder dieser Nachtstunde bleiben geheim, sind nicht zu entschlüsseln. Die Imhet als architektonische Umsetzung in den südlich ausgerichteten Grabschächten von Illahun. Diese Interpretation hat sie bisher auch noch in keinem Fachbuch nachlesen können.
Aber Träume öffnen oft unbewusst Kammern des Wissens, die sich im Wachzustand wieder schliessen. Es werden anscheinend Hirnfunktionen aktiviert, die bei vollem Bewusstsein nicht aktiv sind.
Ein eisiges Gefühl erfasst sie angesichts der steinernen schweigenden leeren Gänge. Diese Labyrinthe versetzen sie in einen befremdenden Zustand. Eine andere unbekannte Welt tut sich ihr auf.
In der Leichenstarre verharrende Adern. Venen der Verstorbenen. Zu Stein erstarrte Röhren in dem Körper eines Toten, die leblosen Hirnwindungen.
Oder die Berührung durch die kalt anmutende Welt der Sternensysteme mit ihren Gruppierungen, ihren Vernebelungen, ihren Anziehungen und Abstossungen, ihren toten Überresten, aus denen neue Sterne entstehen.
Um den Taltempel der Pyramide von Illahun gruppiert sich die Stadt der Lebenden, der Arbeiter, Beamten und Priester und des Palastes :
Hetep-Senwosret (= zufrieden ist Sesostris) oder El - Kahun.
Einen niedrigen Mauerrest der rasterartig geplanten Stadt hatte sie einmal von ihrem Taxi aus im Fruchtland erhaschen können. Vor Fellachenburschen, die einen Esel hinter sich herzogen.
Wie eine zeitliche Asymmetrie, die in das Muster eines Webteppichs hereinbricht, lag der Überrest, der Zeitzeuge dieser verschwundenen Welt da. Ihre Prächtigkeit für immer vom Antlitz der landwirtschaftlich genutzten Fläche verschwunden ist.
In diesem einst so reichen Umfeld erblickt sie nun den alabasternen Opfertisch in der Sargkammer vor einem formvollendeten granitenen Sarkophag mit

mehreren Scheintüren.

" *Gemalt ist dieses Bild dergestalt*
  im Verborgenen der Dat, im Süden des Verborgenen Raumes.
  Wer es kennt, gehört zu den Opferspeisen in der Dat,
  zufrieden ist er mit den Opfern der Götter, die im Gefolge
  des Osiris sind,
  gespendet wird ihm alles, was er wünscht, in der Erde. "

aus der Einleitung zur 6. Nachtstunde des Amduats

Neun Gottheiten sitzen im oberen Register dieser Nachtstunde auf unsichtbaren Sitzen vor dem vorüberziehenden Sonnengott.
Zeichen dafür, dass sie sich halb aus ihrem Todesschlaf aufgerichtet haben. Sowohl im Amduat als auch im Pfortenbuch geht es um die Mumie und ihre Erweckung.
Der Sonnengott spricht zu ihnen unter anderem :

" *Eure Gestalten mögen hoch, eure Erscheinungsformen groß*
  sein,
  daß ihr reich seid und mächtig seid, und umgekehrt !
  Ihr seid reich durch eure Nacken,
  ihr seid mächtig durch eure Macht-Szepter,
  damit ihr Osiris schützt vor denen, die jene Bedrängnis
  verursacht,
  die ihn beraubt haben !
  Was sie zu tun haben in der Dat :
  den Unterweltlichen Göttern Opfer zu geben.
  Ihre Opfer entstehen sofort,
  als Opferspeisen (durch) den Ausspruch dieses großen Gottes. "

Baumpflanzungen um die Grabbezirke dieser Pyramiden verweisen auf das mythische Osirisgrab, das in Abydos liegen soll, bevorzugter Kultort insbesondere zu Zeiten der andauernden 12. Dynastie im Mittleren Reich.
Das Modell der Geradlinigkeit der Schächte der Pyramiden aus dem Alten Reich - wie gesehen in Giseh, Sakkara, Abusir, - ist gekrümmten, verschachtelten, komplex angelegten Gängen gewichen.
Ein anderes Weltbild scheint sich in der neuen Struktur der grandiosen Pyramidenbezirke auszudrücken.
Ziegel als Baumaterial, prächtigster Granit der Sarkophage, mit Scheintüren versehen und Gänge aus feinstem polierten Kalkstein, verborgen unter

ruinösen freigelegten Ziegelkonstruktionen, die diese Feinheit äusserlich nicht erahnen lassen.
Die Selbstsicherheit der Zurschaustellung, der grandiosen Inszenierung, wie sie die Pyramiden des Alten Reichs vorführen, ist einer diffusen Unsicherheit gewichen.
Hat Platz gemacht für innere Wertdarstellungen, die verborgen bleiben sollen, zum Geheimnis werden.
Der Faktor Zeit fliesst unaufhaltsam durch diese Monumente geplanter Ewigkeit, wie ein Fluss, der im Nirgendwo verrinnt.
Die Spur der Angst, der erlittenen eigenen Verletzbarkeit. Nach den Wirren des Untergangs des Alten Reichs, der Zwischenzeit, lebt sie in dieser neuen Symbolik auf. Eine Politik des allgegenwärtigen Misstrauens.
Komplizierte Verstecke sollen vor Grabräubern, Aufrührern schützen. Es ist, als durchzöge die Entwicklung des Alten Ägyptens die Spuren von Sabines eigener Biographie, ihrer Ängste und Enttäuschungen nach Jahren des hoffnungsvollen Heranreifens in einem Labyrinth des Unfassbaren.
Nefertari im Tal der Königinnen kommt ihr plötzlich in den Sinn, überlagert sie wie ein Hologramm.
Vor ihrem Senetspiel sitzt sie, die Züge des Brettspiels den Gefahren im Jenseits auszuweichen versuchen, in den labyrinthischen Kammern ihres Traums. Die ihre architektonische Entsprechung in den Schächten und blockierten Scheinräumen der Pyramide von Hauwara zu finden scheinen.
Aufgetürmte Hindernisse, die im Senetspiel von dem Toten überwunden werden müssen. Das Spiel der Täuschungen, das in diesen Gängen verwirklicht ist. Ein Gang durch das Leben jedes Einzelnen mit seinen Irrtümern, seinen Anstrengungen.
Und an die Nähe des verborgenen Osirisgrabes gemahnen.
Das den Nachstellungen durch die Apophisschlange ausgesetzt ist, die verhindern möchte, dass sich die Baseele in der tiefsten Nachtstunde mit dem Leib des Osiris vereinigen kann, um neues Leben zu entzünden. Die an die Gewissheit des Todes erinnern. An das Ausgeliefertsein an Situationen, die tödlich enden können.
Die Sargtexte des Mittleren Reichs spiegeln ganz bewusst die panische Angst vor Gefahren nach der Zwischenzeit, die jetzt in der Tiefe lauern. Unterweltliche Dämonen, die hohe Blockaden in Form von Toren errichten, die der Tote überwinden muss, damit er nicht auf ewig in dieser chtonischen Welt eingeschlossen bleibt. Und seine Auferstehung an das Licht nicht verhindert wird.
Es ist eine Welt der posttraumatischen Belastungssyndrome, die das Weltbild der Ägypter im Mittleren Reich nachhaltig beeinflusste.
Erinnern sie sie nicht auch an die leidvollen Prüfungen von Tamino und Pamina in dem Libretto Schikaneders in der Zauberflöte ?

Und da sitzt noch eine Königin in dem Ruinenhügel von Kom Medinet Gurab, 3 km südwestlich vor Illahun, die sie sehr in diesem Zusammenhang verwundert.
Es ist die Grosse königliche Gemahlin Amenophis III., Teje.
Die Mutter des Echnaton, die im Fayyum eine Residenz hatte. Neben ihr taucht eine weitere Physiognomie auf.
" Hanna ? "
Nein, es ist nicht Hanna, sondern die andere, die Dritte im Bunde. Weshalb gerade sie ihr in diesem Zusammenhang in den Sinn kommt, ist ihr ein Rätsel.
Statt ihrer erkennt sie die Versorgung der Toten durch die Menge an Wasser, die der Urozean Nun im Jenseits in der 6. Nachtstunde im Wasserloch bereit hält. Es sind die Wasser des Fayyums.
Nachdem sie nach und nach ihre Traumphasen durchschritten, ihr Gehirn die Zeitenfolge des Fayyums regelrecht abgescannt hat, kommt ihr abruptes Erwachen einem erlittenen Albtraum gleich.
Mit einem Brummschädel, der es ihr fast unmöglich macht, auf den Wecker zu schauen. Draussen geht gerade die Sonne auf.
Sie versucht, sich langsam aufzurichten, tastet auf ihrem Nachttisch nach einem Glas Wasser, das sie sich bereitgestellt hat.
Fragmente ihres vergangenen Traums tauchen ab und zu vor ihrem inneren Auge auf, befremden sie jetzt zutiefst.
Sie denkt an ihre frühere Besichtigung des ruinösen Geländes von Hauwara zurück. Keine Spur einer solchen Bedeutung, nicht auch nur ein Hauch, was ihr in ihrem Traum erschienen ist, hat sie dort gesehen.
Stattdessen, wohin das Auge blickte, war nur destruktive Ver-wüstung, Dürre auszumachen. Pyramidenstumpfe aus zerbröckelnden Ziegeln, vom Sand teil-weise nicht mehr zu unterscheiden.
Schächte, Sarkophagkammern, die unerreichbar unter Wasser liegen.
Die schwarze Pyramide des Amenemhet III. in Dahschur, bevor er sich entschloss, mit der wirtschaftlichen Entwicklung im Fayyum seine Grabpyramide in Hauwara zu errichten. So manche der mit entblössten Kern dastehenden Pyramiden ist verschwunden. Als Sand - und bröckelnde Stein-erhebung in den Zustand eines natürlichen Landschaftsbild übergegangen.
Wie der Körper des Menschen zu Asche zerfällt und zum Bestandteil der fruchtbaren Erde wird, so stehen sie dort, beinahe aufgelöst, zerfliessen. Bald ist nicht mehr erkennbar, dass sie von Menschenhand erschaffen wurden.
Die Pyramiden von El -Lischt und Mazguna befinden sich in einem ähnlichen fortgeschrittenen Verfallszustand.
Kräfte, die die Menschheit zu allen Zeiten an den Rand des eigenen Unter-gangs, der eigenen Vernichtung geführt haben.
Es ist hier nicht allein der Prozess der Erosion, die die Zeiten mahlt.
Pyramiden wurden als Steinbruch zu allen Zeiten geplündert. Ihr Material ging in anderen Bauten auf.

Die Welt als Ersatzteillager, der Klau der Ressourcen. Der Mensch verwirklicht kurzfristig seine willkürlichen habgierigen Interessen. Menschen gegen Menschen, Menschen gegen Ideengebäude.
Und sie fragt sich, was der Mensch als Sammler und Jäger an Erfahrungen, Traumatisierungen gespeichert hat, die ihn anscheinend gegen jede Vernunftentwicklung, über die sein evolutionäres Hirn verfügt, destruktiven Kräften nach Prozessen des Aufbaus verfallen lässt.
Was ist der Auslöser ? Hat sich allein der Überlebenskampf in einer von gefährlichen Raubtieren dominierten Umwelt verlagert, als Kampf Mensch gegen Mensch ?
Dann ist da noch die Ambivalenz, die in jedem Menschen angelegt ist. Seine Vergeblichkeit, gottähnlich zu handeln.
Die Schöpfung, die er nicht in all ihrer Tiefe begreifen kann, bei aller Entschlossenheit. Oder ist in ihm beides angelegt, Schöpfergott und Weltenvernichter in Gestalt der Schlange Apophis ?
Sie kann sich an eine Dokumentation über die abgesperrte Region Tschernobyl erinnern. Über das üppige Prosperieren von Fauna und Flora nach dem Gau in einer aufgegebenen verstrahlten Umwelt.
Alles Menschenwerk ist vergänglich. Seine Spuren überwuchert auf Dauer die Natur, während die Tier - und Pflanzenwelt weiter Bestand hat, da sie mit einer kürzeren Lebensdauer auskommen muss. Wir sind nicht Herr dieser Welt, wenn wir uns auch dafür halten.
" Vielleicht sollten wir uns nicht so wichtig nehmen ? " stellt sie die Frage in den Raum.
" Haben wir uns mit unserer Selbstbezogenheit und vermeindlichen Beherrschung der Natur nicht soweit von ihr entfernt, dass wir ihre Zeichen zwar erkennen. Den Schluss daraus ziehen, dass wir nicht unendlich so fortfahren können wie bisher.
Aber uns dabei selbst in die Falle gegangen sind, weil wir uns aus unseren eigenen Masstäben, die zu Zwängen geworden sind, nicht mehr herauslösen können ?
Die alten Ägypter lebten noch im Einklang mit der Natur. Sie waren von der Nilflut abhängig, von dem Funktionieren der Sterne, um mit der Aussaat zu beginnen. Ihre Gesetzmässigkeiten fanden noch Eingang in ihren Kult.
Und wie steht es bei uns ? Führen ein rücksichtsloses aggressives Verhalten, Raubbau und ständige Rivalität, einhergehend mit einer übersteigerten Künstlichkeit nicht eher zum Untergang der Menschheit ? Ist ein solches Verhalten nicht von Dummheit geprägt, da es die langfristigen Folgen ständig ausblendet ?
Aber vielleicht hat es die Natur ja so eingerichtet. Dass die Dummheit der Ausweg der Natur ist, sich des Menschen zu entledigen ? "
Diese Frage kann sie nicht beantworten. Seufzend dreht sie sich auf die andere

Seite und versucht, noch etwas Schlaf zu finden, in die Dunkelheit zurückzukehren.
Doch das Licht, das im Osten aufgeht, durchdringt mittlerweile ihre gesamte Kabine und hindert sie daran, weiter zu schlafen. Nessun dorma.

Die Meretseger behauptet sich tapfer gegen den heissen Wind und die anschwellenden Wasser des Nils, die aus Oberägypten einströmen. Zu beiden Seiten tauchen in schwimmenden Gärten gegenüber schmalen Nilinseln ab und zu kleine Dorfhaufen kubischer ein - bis dreistöckiger Lehmbauten auf.
Grossformatige Flecken auf einem modernen Gemälde im Stil des Informel, vom Fluss abgegrenzt durch niedrige weiss gestrichene Kalksteinmäuerchen, die auf höherem Ufer gelegen sind.
Die dominierende Farbe tendiert zu einem dunklen lehmigen Braun vor den frischem und sattem Grüntönen rechteckiger Parzellen der Mais,- Zuckerrohranpflanzungen und Bananenstauden. Die in verschiedenen Höhen wie ein Teppichmuster aus unterschiedlich starken Wollfäden geflochten sind, überragt von dem Tiefgrün der Wedel der obligatorischen Palmenhaine.
Baumwollfelder wurden unter der Ägide von Präsident Sadat reduziert.
An Bootsstegen vertäut, liegen provisorisch, in den Nil hineingebaut und mit Schotter bedeckt, alte Ruderboote oder kleine Fischerboote mit Einmastsegel.
Im Hintergrund ist ein Minarett auszumachen.
Einige der Wohnhäuser sind mit Veranden versehen, tragen unvollendete typische Flachdächer mit kragenden Balken und Strohmatten. Kleine Fenster sind im Gegensatz zu europäischen Häusern zu erkennen, die in den oberen Teil der äusseren lehmbraunen Wandflächen eingelassen sind.
Zu einer Gruppe zusammengefügt, ducken sie sich unter schützenden Dattelpalmenhainen vor Wind und Erosion.
Die häufiger auftretenden anspruchslosen Tamarisken und Akazien bieten vor der Hitze Mittelägyptens einen bescheidenen Schutz, je näher sie sich der Provinzstadt El Minya nähern. Heilige Sykomoren, Sitz der Baumgöttin Hathor im alten Ägypten, stehen vor zahlreichen Brunnen.
Die uralten Codes behaupten sich hartnäckig in dem vom Islam und Christentum geprägten Landstrich. Man kann die Gegenwart der alten Zeit förmlich spüren. Geändert haben sich Religion, Sprache und Kleidung.
Manchmal erfasst Hanna das Gefühl, dass um die Ecke eine hochgewachsene Schönheit in weiss plissiertem Gewande biegt. Doch beim näheren Hinschauen entpuppt sich die Gestalt als ein Trugbild, hinter dem sich eine Bäuerin verbirgt.
In dunkles Schwarz gehüllt, mit goldenen Armreifen und dem gleichen würdevollen Gang altägyptischer Frauen auf farbigen Reliefs in altägyptischen Gräbern.
Neben den Häusern steht auf gemauerten Simsen im Schatten ein grosser gebrannter Krug, gefüllt mit frischem Wasser.

Die dickbäuchigen ausgleichenden Wände halten die Temperaturschwankungen auf ein erträgliches Mass, dem das kühle Nass im Winter und Sommer, Tag und Nacht ausgesetzt ist.
Die Sahara verfügt weltweit über die höchste Sonneneinstrahlung. Dem Klima dauerhaft standzuhalten, bedarf es anderer Gewohnheiten, als sich ein Mitteleuropäer zuweilen vorzustellen vermag.
Die Lebensart der Fellachen ist die bestmöglichste Anpassung an klimatische Extreme wie der allgegenwärtige Stau der Backofenhitze durch die nahe ausatmende Wüste, die sich teilweise nur einen halben Kilometer vom Nil entfernt, erstreckt.
Die Oberkanten der Häuser werden um ein Stockwerk erweitert, sobald der Sohn des Hauses eine Familie gründet.
Teilweise liegen die Häuser inmitten der rustikalen Landschaft auf gestampften Boden direkt am Nil.
Ihr Anblick weckt bei den gaffenden Passagieren in ihren Liegestühlen das Gefühl, in eine fremde archaische Welt geworfen zu sein. Für manche ist der Anblick von Mangel an Komfort, die schmutzige Farbe des Lehms, diese Einfachheit, die in Europa tiefste Armut bedeuten würde, fast schon ein Kulturschock.
Förmlich überkommt Sabine die Entsprechung der Modelle trojanischer Architektur, die sie in Filmanimationen im Fernsehen gesehen hat. Wenngleich sich die Wände in Troja in altägyptischer und asiatischer Form konisch zuspitzten, tibetischen Hausformen ähneln.
In Mittelägypten wartet so manches Haus auf sie, das mit schräg zulaufenden Wänden errichtet wurde.
Das alte Ägypten lässt grüssen. An den Ufern der Fellachen ist die Tradition der baulich weit zurückliegenden Vergangenheit noch in Echtzeit erfahrbar.
Aber auch diese werden stetig mehr von dem Bild moderner mehrstöckiger Betonhäuser mit Balkonen und obligatorischen Klimaanlagen verdrängt.
Zumindest in den grösseren regionalen Kleinstädten, die hin und wieder am Nil auftauchen, wechselt das Bild zur Eindimensionalität modern gesetzter und bewässerter Blühsträucher und Wassertürme, rauchenden Schornsteinen kleiner industrieller Konzentrationen, bis hin zu gepflasterten Straßen auf vorherrschender lehmbrauner Erde, dem Terrain der Kemet.
Gegen Mittag erreichen sie El Minya, die beschauliche Provinzstadt im gleichnamigen Gouvernement.

Die Gäste haben sich bereits für das Mittagessen umgezogen, raus aus den Badesachen, rein in ihre baumwollene Tages-kleidung.
Hanna, Sabine und sie haben bereits ihre Plätze an ihrem runden Tisch eingenommen und bedienen sich eifrig an den Salaten. Bestehend aus roter Beete, Gurken und Tomaten, die mittags und abends zusätzlich zum Fleisch und

Gemüse gereicht werden. Alle drei lassen sich Guavensaft kommen, ein herrlicher Durstlöscher für die permanent ausgetrockneten Kehlen.
Hanna lässst die Gabel fallen, als " Shorty " an dem korrekt gekleideten Oberkellner den Speisesaal betritt.
Ein Mann im mittleren Alter, der zu jeder Tag- und Nachtzeit in einem dreckigen Short erscheint.
Sabine und sie bekommen angesichts dieses Unikums einen Lachkrampf, dass jede noch so weit ausgelegte legere Kleidervorschrift unterbietet.
Ein Stein des Anstosses für manchen Lacher, der von einigen Sitzen ertönt.
" Irgendwie ist " Shorty " doch ein Sinnbild für unsere westliche verkommene Subkultur.
Da ist im Falle Ägyptens von Entwicklungsland die Rede. Dabei kennen die noch eine Kleiderordnung.
" Wir sind da eher auf der Stufe der Entwicklung herabgesunken, wenn ich an die schrägen Zugvögel in ihren Shorts und Socken im Massentourismus denke. Und nicht zu vergessen das allgegenwärtige Golfkäppi. Eintönig wie zu Zeiten Maos.
Nur dass die Touris sich freiwillig uniformieren " , scherzt Hanna laut. Die Runde am Tisch prustet vor Lachen.
Beim Nachtisch angekommen, einer übersüssten aber leckeren Speise namens Mohallabiyah - Reispudding mit Rosenwasser, garniert mit Nüssen - schaut sie sinnend aus dem Panorama-fenster über den Fluss auf das nahe Ufer.
" Hier muss es gewesen sein, als 1992 im Herbst zum ersten Mal ein Kreuzfahrtschiff, die Nile Admiral, Luxusschiff der MS Presidential Nile Cruises, von Terroristen beschossen wurde. Ein Jahr nach dem ersten Golfkrieg. "
Sie kann sich noch erinnern, dass der Gouverneur die verschreckten Reisenden zu sich in seinen Amtssitz eingeladen hatte.
Ab diesem Zeitpunkt wurde Ägypten fast jedes Jahr von Anschlägen heimgesucht.
" Irgendwie müssen diese Taten eine Verbindung zum ersten Golfkrieg haben, " rätselt sie.
Sie sucht nach Gründen, die als tiefe Schluchten am Abgrund gähnen und wird nicht fündig.
Ihr Hang, ihr Umfeld mit dem unablässigen Röntgenblick des Forschers und des Querdenkers zu durchdringen und zu durchschauen.
Jederzeit Beobachter zu sein. In der Zurückhaltung, dem nicht Partizipieren eine Stärke zu entdecken, Oberhand durch Einordnung zu gewinnen.
Das Spezialistentum, das sich ein Leben lang nur einem Gebiet intensiv verschrieben hat, liegt ihr weniger. Der universale Blick über den Zaun verspricht eher den Erfolg, den Dingen in all ihren Aspekten auf den Grund zu gehen.
Antrieb ist ihr nie erlarmender Wissensdurst. Ihre grenzenlose Offenheit und

Aufnahmefähigkeit, die ihr Kräfte zuwachsen lassen und bisweilen die Freude überbieten, die sie aus ihrer Kreativität schöpft.
Aus der Ferne der Gedanken, denen ein Echo aus den am Horizont auftauchenden canyonartigen Felsen auf dem Ostufer antwortet, reisst sie das sehnsuchtsvolle Tuten der Meretseger, die gerade ein anderes Kreuzfahrtschiff passiert.
An Deck zurückgekehrt, taucht sie in die Welt ihres Buchs über die 11. Dynastie ab, die im Grunde noch zur ersten Zwischenzeit gehört.
Das übliche Treiben an Deck, Pingpongspiel und belustigte Schreie, angesichts der Siege und Punkte ihrer jugendlichen Spieler, überhört sie.
Mit der Reichseinigungszeit 2010 v. Chr. gelang es Mentuhotep II., die zwei Reiche, einmal Theben in Oberägypten und Herakleopolis in Unterägypten südöstlich des Fayyums in einen Staat zusammenzuführen, indem er den Sperrgürtel von Assiut überwand.
Sein Totentempel befindet sich in Deir el Bahari, neben den Totentempeln Thutmosis III. und der Hatschepsut.
" Eigenartig, " meint sie. " Dass wir uns ausgerechnet selbst bald **2010** nach Christus befinden. Das reinste Spiegelbild ! "
Ihr wird mulmig zumute.
Das Gefühl von Zwischenzeit lässt sie nicht mehr los. Die Losgebundenheit des heutigen Zustandes in der Welt.
Zerfall und Auflösung, wohin man schaut. Verwerfungen.
" *In der Geologie spaltet eine solche Gesteinsschichten. In dem Spalt verschiebt sich alles* ", hatte einmal der dänische Maler und promovierte Geologe Per Kirkeby bemerkt.
Bröckelnde hohe Kalksteinfelsen treten nun an das Ostufer des Nils heran und liegen nur durch einem kleinen Gürtel fruchtbarer Felder vom Nil getrennt. Schieben sich deutlich näher heran, je weiter die Fahrt flussaufwärts geht. Gleich einer Metapher aus Stein. Eine Komposition aus Wind und Erosion, die unablässig an dem Felsgestein nagt, die sie nachhaltig verformt.
Zwischenzeiten. Alle politischen Karten werden auf den Tisch gelegt und neu gemischt.
" Meist einhergehend mit der Verschlimmerung von Missständen. " Ihre missmutige Stimmung wächst.
Die 9. und 10. Dynastie der Herakleopoliten, stark gewordene Gaufürsten dieser Region, übten ihren Einfluss auf das Niltal nur bis Assiut aus. Das Land war geteilt. Sie sahen sich als rechtmässige Nachfolger der Pharaonen des Alten Reichs.
Zentrum ihrer Macht war Herakleopolis, südöstlich des Fayyums gelegen.
Es war eine Zeit der Auseinandersetzungen um die Vorherrschaft im Lande. Die erstarkende Machtelite in Theben verhielt sich von Anfang an gegenüber den Herakleopoliten feindselig.

Ägypten war nach dem Ende des Alten Reichs in einzelne Fürstentümer zerfallen.
Hungerkastrophen plagten während dieser Epoche das Land. Mächtige Fürsten und Generäle liessen sich prachtvolle Felsgräber in Mittelägypten und Assuan errichten.
Mit Beginn des Mittleren Reichs ist die absolute Stellung des Pharaos verlorengegangen. Ebenso der Staat als mächtige Ordnungsinstanz über dem Adel und die Untertanen. Pharao war seines bisherigen Gewaltmonopols beraubt und somit geschwächt.
Es ist eine Epoche der Auseinandersetzung zwischen König und einflussreicher Familien in den Provinzen. Die Gaufürsten konnten wichtige Entscheidungen des Pharaos unterminieren.
In der Aussenpolitik der Herakleopoliten waren die Handels- und Militärwege durch Gaza wichtig.
Eine Fürstenmauer verhinderte das Einsickern von Beduinenstämmen, mit denen es Auseinandersetzungen gegeben hatte.
Die Kontrolle über Nubien und damit über die Ressourcen wurden durch militärische Interventionen vorangetrieben.
Gegen die Bedrohung aus Kerma, das afrikanische Fürstentum im Süden, setzte man zur Sperrung den Bau von Festungen entgegen. Militärbasen.
Die Verwerfungen innerhalb zerrinnender Zeitalter, die ganze Systeme ins Rutschen bringen, einhergehend mit Ängsten und Polarisierungen, bewirken Abgrenzungen. Spiegeln sich in der warnenden Klageliteratur der Zwischenzeit im Alten Ägypten.

Aus den Mahnworten des Ipuwer:

" Verbrechen ist überall, denn es fehlt an Autorität.
  Wahrlich, Plünderer sind überall, und der Diener nimmt, was er findet.
  Wahrlich, der Nil bringt Flut, doch man pflügt nicht für ihn;
  alle sagen: " Wir wissen ja nicht, was in der Welt geschehen wird. "

" Wahrlich, Wüste ist durch die Welt hin ausgebreitet,
  die Gaue sind zerstört,
  und fremde Barbaren sind nach Ägypten gekommen. "

" Seht doch, das Land wird arm gemacht an Königtum
  durch wenige Menschen, die keinen Plan haben. "

Der heliopolitanische Priester Chacheperreseneb, genannt Anchu, klagt:

"*Einer Rede zu entgegnen, schafft Feindschaft,
das Herz nimmt die Wahrheit nicht an,
und man duldet keinen Widerspruch,
denn jeder liebt nur seine (eigenen) Worte.
Alle Welt baut auf " Krummes ",
aufrichtige Rede ist abgeschafft.* "

2011/ 2012 bestehen Pläne der US - Regierung, Ägypten in drei regionale Zonen aufzuteilen.
Der Süden des Sudans ist bereits abgetrennt. Es geht um die Interessenswahrung von Ländern und Konzernen hinsichtlich der Sicherung von Ressourcen. Vorgeschoben werden die Trennung in einen arabischen Norden und einen schwarzen Süden.
Dieser ersten Spaltung auf dem afrikanischen Kontinent, der die Aufteilung des Iraks vorangegangen ist, sollen Syrien und Libanon folgen. Der wisssenschaftliche Mitarbeiter von Global Research, der Kanadier *Mahdi Darius Nazemroaya*, hat in seinem Artikel Geopolitisches Schachbrett: Teile, erobere und beherrsche den
" Nahen und Mittleren Osten ", unter
(www. globalresearch.ca/index.php?context=va&aid=27994)
einen teuflischen Plan hinsichtlich der Verfahrensweise mit beiden Regionen aufgedeckt.
Es ist der von Richard Pearle und anderen verfasste Yinonplan, der die arabische Welt sauber von der afrikanischen zu trennen gedenkt und dabei auf Rassismus und Religionstrennung setzt, die Vorbereitung auf den Kampf der Kulturen.
In Libyen wurden Schwarzafrikaner verfolgt. Und die Anschläge auf Kopten 2010 in Alexandria und ihre eingesetzte Verfolgung sollen erste Anzeichen dieser herbeimanipulierten Entwicklung sein.
Die arabische Welt soll gezwungen werden, sich vollständig abzugrenzen. Multikulti soll beendet werden.
Der " arabische Frühling " ist der Beginn eines von US - Hand sehr lange vorbereiteten Plans zur Durchsetzung oben genannter Ziele.
Die Dreiteilung Ägyptens mit Hilfe der Muslimbruderschaft, einer vom englischen Auslandsgeheimdienst MI 6 getragenen Organisation, soll Dominowirkung auf andere nordafrikanische Staaten entfalten, ihre staatlichen Strukturen vollkommen aufgelöst werden.
Die Gründung von *africom*, eines von den USA beherrschten Militärbündnis für nordafrikanische Staaten, das verhindern soll, dass sich China und seine

Verbündeten an den Ressourcen der Nordhälfte des Kontinents bedienen kann und seine Handelswege über das Rote Meer und den Suezkanal abgeschnitten werden, sei in diesem Zusammenhang nützlich.
Es fällt auf, dass Ägypten unter Mubarak, Lybien unter Gaddafi, Eritrea und die Elfenbeinküste sich geweigert hatten, dem Militärbündnis beizutreten. Es fällt ferner auf, dass diese Staaten anschliessend unter massiven Beschuss gerieten.
Im Herbst 2012 verlangt Präsident Mursi einen panarabischen Staat, unter Auflösung der Grenzen und der Prämisse durch die Muslimbruderschaft. Amerikanische verdeckte Unterstützung ist ihm darin sicher, erfüllt er doch damit die Version des Yinonplans von Richard Pearle und anderen Neocons.
Das Chaos, das die Muslimbruderschaft in den Strassen Kairos nach Absetzung Präsident Mursis durch das Militär schafft, ist der verzweifelte Versuch, oben genannte Pläne noch zur Umsetzung zu verhelfen. Denn Chaos hält die Touristen fern und damit die Wirtschaft Ägyptens am Boden, was sie anfällig für absolute Abhängigkeit vom Westen macht.
Der Westen streicht angesichts der permanenten Gewalt in der Auseinandersetzung der Muslimbruderschaft mit der Armee Waffenlieferungen und denkt über eine Kürzung der Entwicklungshilfen nach. Auch versucht er durch falsche Vermittlungsangebote, den General El - Sisi durch unannehmbare Bedingungen die Herrschaft der Muslimbruderschaft aufzudiktieren, was El - Sisi ablehnt. Dafür bekommt er in den offiziellen Medien des Westens die Schuld zugewiesen.
Unterdessen betreibt China seelenruhig die Übernahme von Anteilen an Ölfeldern in Ägypten, Irak und Syrien, während Präsident Obama die Welt zu einem militärischen Schlag gegen Syrien bewegen möchte. Grund ist der Giftgasanschlag, der 1400 Syrern das Leben gekostet haben soll und Präsident Assad als Verantwortlicher hingestellt wird.
Exxon Mobile unterliegt im Irak dem Angebot seitens der Chinesen.
So der Analytiker und Wirtschaftsfachmann in Sachen Ölindustrie F. William Engdahl in seinem Artikel :
" China übernimmt Anteile an Ölfeldern in Ägypten, dem Irak und Syrien " .
Und die ägyptische Übergangsregierung votiert gegen einen Militärschlag in Syrien. Es soll eine Cheneyverbindung zu den Ölfeldern Syriens bestehen.

Doch die Rechnung der USA geht nicht auf. Die Saudis springen mit Milliardenhilfe Ägypten zur Seite, ebenso Dubai und Kuwait.
Sie sind auf die USA als Ölkunden nicht mehr angewiesen. China lockt mit Angeboten. Und Moskau bietet Waffenhilfe an.
Das grosse Spiel auf dem chessboard der USA scheint sich gegen ihre Pläne zu neigen. El Sisi, der in Grossbritannien und USA seine Ausbildung erhielt, erweist Arminiussinn. Die Muslimbruderschaft, mittlerweile durch ein Gericht verboten, ihre obersten Führer in Haft und ebenso wie Mursi angeklagt, suchen jetzt mit

der Führung Friedensgespräche, nachdem sie diese stetig einseitig abgelehnt hatten.
Eine neue Verfassung soll nach demokratischen Gesichtspunkten ausgearbeitet und religiöse Parteien nicht mehr zu den Wahlen zugelassen werden. General El Sisi verspricht baldige Neuwahlen.

1956 verstaatlichte Präsident Gamal Abdel Nasser den Suezkanal.
Folge war ein Angriff seitens Englands, Frankreichs und Israels.
Die Gefahr eines erneuten Krieges bestand dieses Mal von Seiten der USA, der Nato und Israels zum selben Zweck.
Der Kommandeur des amerikanischen Zentralkommandos General James Mattis erklärte, man werde gegen Ägypten diplomatisch, wirtschaftlich und militärisch vorgehen, sollte der Zugang zum Suezkanal den USA und ihren Verbündeten durch Ägypten verwehrt werden.
So wortwörtlich nachzulesen in einem weiteren Artikel von Mahdi Darius Nazemroaya :
" *Die Teilung Ägyptens : Droht ein militärisches Eingreifen der USA, Israels oder der Nato ?* "
Unter www.globalresearch.ca/index.php?context=va&aid=23257 vom 11.02.2011
Ein gewisser Norman Podharetz, Initiator des Projekts für das neue amerikanische Jahrhundert (PNAC), für das Pläne und Szenarien erarbeitet wurden, wie die USA sich über militärische Unternehmungen bei gleichzeitiger Militarisierung der Innenpolitik zu einem Weltreich aufschwingen könnten, unterhält enge Beziehungen zu amerikanischen wie israelischen Regierungskreisen.
Bereits 2008 legte er zu diesem Zweck ein schreckliches Szenario vor :
Israel besetzt für seine Energiesicherheit Raffinerien und Seehäfen am Persischen Golf. Es soll ein Präventivschlag gegen Ägypten auch nuklear erfolgen, gegen den eigenen Verbündeten !
Nazemroaya stellt die Frage, ob da schon ein Wechsel in Kairo geplant war. Wenn eine revolutionäre Regierung in Kairo an die Macht käme ?
Die Parallele zu Gamal Abdel Nasser wäre die Gleiche.
" Und wäre dies Teil des geheimen Notfallplans, auf den Netanjahu sich in seiner Knessetrede bezog ? "
Nur bleibt die Frage, falls es sich um ein neues amerikanisches Imperium handeln würde, als die einzige verbliebeneWeltmacht, ob die USA wirklich weiter auf Israel als engsten Verbündeten setzen werden, wenn streng extremistisch sunnitische Kreise in den arabischen Staaten die Macht übenähmen. Israel wäre für die Amerikaner nicht mehr ihr Fuss in den arabischen Ölfeldern, sondern zusehends überflüssiger.
Was bedeutet der Yinonplan unter diesen geänderten Prämissen für Israel ?

Eine balkanisierte kongolisierte Nachbarschaft, die instabile Verhältnisse aufbaut. Ebenso eine Polarisierung gegenüber dem verhassten Nachbarn Israel, dürfte wohl kaum langfristig im Interesse Israels liegen.
Läuft es doch früher oder später auf seine Vernichtung hinaus. Henry Kissinger bemerkte 2012, dass Israel 2022 nicht mehr existieren würde.
Präsident Netanjahu setzte deshalb auch auf Präsident Mubarak. Insofern kann die obige Argumentation von Nazemroaya **nicht** zutreffen. Und die gegenwärtige Entwicklung lässt den teuflischen Plan in die Abfalltonne der Geschichte wandern.
Für Syrien werden sich angesichts der Verschiebung der Machtverhältnisse neue Möglichkeiten für einen Friedensplan ergeben.

Das Leben an Deck geht seinem der Hitze geschuldeten verlangsamten Gang nach.
Die meisten Passagiere braten in der heissen Sonne im eigenen Saft. Alle Liegen sind mittlerweile wieder belegt.
Nur wenige Kinder spritzen sich noch im Pool nass.
Die Hitze lässt jede Bewegung zur Salzsäule erstarren, zur unmenschlichen Tortur verkommen.
Eozäne Kalksteinfelsen sind seit Stunden steinerne stumme Begleiter der Meretseger bei ihrer Fahrt flussaufwärts.
Ihr Kamm ähnelt eher flächigen Tafelbergen. Geschichtet und in der unteren Hälfte zum Talgrund hin zu Sand verwitternd.
Der weite Fruchtlandstreifen weicht den Ausläufern der sandigen Ostwüste, die sich nun vor der Felslandschaft zum Nil dehnt.
In den unterschiedlichen Strukturen der Felsen sieht man die Spur unermesslicher Zeitenabgründe. Führen die Abdrücke ihrer tiefgreifenden Verwandlungen die Erdgeschichte jedermann plastisch vor Augen.
Die jahrtausendelangen Transformationen nehmen unterschiedliche Gesteinsgestalten an, sind in Stein gemeisselt, abgeschliffen, in Auflösungserscheinungen begriffen, verfallen langsam zu Staub.
Eingebunden in einen ewigen Prozess des Werdens und Vergehens, die die Erosion bewirkt.
Wie ein Gemälde, auf das der Künstler Schicht um Schicht Ölfarbe aufträgt, anschliessend abkratzt.
Manche horizontalen und vertikalen Schraffuren, Brüche dieser majestätischen und imposanten Felswände lassen für einen Augenblick ein trompe l`oeil auf dem Auge des Betrachters entstehen. Ein zufällig entstehendes Gesicht oder ähnliches in den bizarren Ausformungen erhaschen.
Paar Sekunden später ist das Trugbild aus dem Blickwinkel verschwunden.
Felsformationen wechseln sich wie überdimensionale Ckekerfriese ab, die als umlaufendes symbolisches Band im oberen Teil der Wandikonografie in

Gräbern der Pharaonen, aber auch der Fürsten angebracht sind.
Sie ziehen sich kilometerlang als gestaffelte Galerien in horizontal verlaufenden Bändern hin.
Ägypten, der Staat aus Stein, gibt sich hier brüchig und verletzbar.
Seine auf Millionen Jahre ausgelegte Festigkeit in Stein läuft Gefahr, ins Rutschen zu kommen.
Der Eindruck statischer Erdschichten in überhängenden Felswänden scheint ebenso trügerisch zu sein wie die künstlich geschaffene sorglose Urlaubsidylle des kleinen Mikrokosmos an Bord. Die Zeit wird ihren Hobel ansetzen und einer Veränderung unterziehen, dessen ist sie sich sicher.
Hin und wieder tauchen mit Stützen versehene Galeriesteinbrüche im obersten Bereich der Felsschichtungen auf.
Sie waren Teil der Ausbeutung vom Mittleren - bis zum Spätreich. Manche ihrer Stollen sind bis zu zwanzig dreissig Meter in den Berg hinein getrieben.
Unbemerkt ortet ein Satellit aus der Weite des Alls einen winzigen Punkt in den Windungen auf dem Fluss aller Flüsse in Afrika, dem Nil. In den Tiefen der Schluchten des früheren Gazellengaus, nahe der Felsgräber von Beni Hassan.
Einige männliche Passagiere stehen mit gezückter Kamera an der Reling und halten erwartungsvoll auf die grandiosen Palastfassaden in Stein zu.
Sie unterbricht ihre Gedankengänge. Ist augenblicklich in der Gegenwart, hält Ausschau nach den Aushöhlungen, auf der Suche nach den Grabeingängen der Gaufürsten.
Unterhalb der Felswände schmiegen sich muslimische Kuppelgräber der arabischen Epoche an.
Sie gehören zum naheliegenden Dorf Abu Qurqas, dessen lehmige Flachdächer in ihrer rechteckigen Geometrie gerade an ihnen vorbeiziehen.
Ihr Schiff hält auf einen Grünstreifen am Ufer mit üppigen Bewuchs, einigen Palmenständen und einer begrünten Nilinsel aufs linke Ostufer zu, wo bereits helfende Hände auf die Anlandung warten.
In der glühenden Sonne steht ein älterer Ägypter mit rundem Bauch und Galabijabekleidung. Ein Hund schaut zu den Passagieren rauf, die neugierig den Schiffsmanövern zugucken.
Endlich wird die Gangway herabgelassen. Und der Schiffsbauch entlässt schon die ersten Gäste, während die Reiseführer Instruktionen zum Aufstieg ins steinige Felsgebirge erteilen. Das heitere arabische Stimmengewirr und das zustimmende Gelächter mancher Touristen verwebt sich zu einem akustischen Teppich.
Mit dem Auszug aus ihrem klimatisierten Schiff setzt sich die Karawane nun in Richtung Aufstiegspfad in Bewegung.
In die Kargheit und Dürre der wüsten Felsabhänge, an Hunderten von Schachtgräbern der Beamten und Bediensteten jener Gaufürsten vorbei, deren Grabpaläste das Besichtigungsziel ihrer Anstrengung sind.

Ächzend und schweissperlend quälen sich die Touristen bei 45 Grad in der Sonne den Hang hinauf.
Einige legen Ruhepausen ein, setzen ihre Wasserflasche an und versuchen, etwas von dem Rundumblick zu erhaschen, der sich ihnen darbietet.
Einige geben auf und wollen zurück. Ihr Kreislauf versagt angesichts der strahlenden Glut der unerbittlichen Sonne, die sie gnadenlos über der Gegend ausschüttet. Es gibt vor ihr keinen Schutz und kein Entrinnen.
Einheimische sind zu dieser Tageszeit kaum anzutreffen. Nur wenige Fellachen haben sich unter ein provisorisches Zeltdach zurückgezogen und harren dort bewegungslos aus.
Hanna, Sabine und sie haben sich von dem belgischen Reiseleiter ein marrokanisches Tuch um den Kopf wickeln lassen.
Es kühlt angenehm die Kopfhaut. Ihr Aufstieg gestaltet sich weniger beschwerlich.
Selim trägt wie ein Scheich sein weisses Tuch um den Kopf gebunden.
Er führt seine Schäfchen voran und gelangt als Erster auf das schmale Plateau vor den Grabeingängen.
Vor ihnen öffnet sich das Panorama einer weiten baumbestandenen Parklandschaft wie ein Garten Eden, der weit über den Fluss hinaus aufs westliche Ufer bis in die Ferne reicht.
Den steinernen Weg hinauf säumen die Nachzügler. Wie menschliche Statuen heben sie sich in einer Reihe vom üppig grünenden Umfeld ab. Wie Totempfähle.
" Stammeszeichen einer Sippe von Touristen ? " fragt sie sich.
Am Kai duckt sich die Meretseger mit zwei weiteren kleineren Kreuzfahrtschiffen.
Zu beiden Seiten bietet sich ein kilometerweiter Blick über die Windungen des Stromes, zu den kleinen Nilinseln, dem vorherrschenden Geröll auf dem Ostufer und den langen Ausläufern der Wüste.
Auf muslimische Kuppelgräber, das benachbarte lehmfarbene dörfliche Raster von Abu Qurqas, vor weitläufiger grandioser Kulisse archaischer Felsabbrüche.

körper
inseln zwischen
körpern

körper wie inseln
im verrinnen
der zeit
die zwischen
uns
liegt

    steine wie hingeworfen

Afrika, du Schöne. Hanna stockt der Atem.

So ähnlich müssen sich der homo erectus und andere Entwicklungsstufen gleich homo sapiens neanderthalasis bis zum homo sapiens sapiens gefühlt haben, wenn sie vor ihren Höhlen standen und über den Fluss und die Sümpfe Ausschau hielten.
Etwas zutiefst Zeitloses erfasst sie vor der Nekropole des ehemaligen Oryx - oder Antilopengaus.
Sabine und sie können nur noch schauen, schauen, schauen.
Die Gruppe schweigt ergriffen. Über der Stille ist nur die Stimme des heissen Windes und das Surren der vielfachen Auslöser der Photoapparate zu vernehmen. In den Neunzigern sind es noch die Apparate der analogen Photografie.
Howard Carter war hier, lange bevor er das berühmte Grab Tutenchamuns 1922 entdeckte.
Wie Richard Lepsius und viele andere zuvor, war er mit dem Kopieren der Wandmalereien in den Fürstengräbern beauftragt, was zu beträchtlichen Schäden an der Ikonographie führte.
Unverheiratet und allein lebend, soll er während seiner wochenlangen mühseligen Arbeit sehr einsam gewesen sein.
Wozu der Ort und die Landschaft auf Dauer für einen Europäer sicher beigetragen hat.
Hanna, Sabine und sie sind nur fasziniert von der Landschaft, die den Verheissungen des Wernes im Amduat so ganz entspricht.
Hier, in dem Gebiet der östlichen Wüste, das der löwenköpfigen Göttin Pachet gehört, befindet sich zwei Kilometer weiter südlich von Beni Hassan al Qarim eine Grotte, die die Griechen Speos Artemidos nannten, Grotte der Göttin Artemis.
Diese war während der gemeinsamen Regierungszeit von Hatschepsut und

Thutmosis III. errichtet worden.

Über dem Eingang zum Felsentempel preist eine Inschrift die Regierung der Hatschepsut und klagt die Verbrechen der Hyksos an, jener Fremdherrschaft asiatischer Könige, aus churritisch - semitischsprachigem Mischvolk bestehend, die Ägypten in der Zwischenzeit vor der Gründung des Neuen Reiches beherrschten und zu seinem Trauma wurden.

Einer dieser Herrscher trug den Namen Apophis, die verabscheuungswürdige Schlange, die den Feind des Sonnengottes und der Schöpfung darstellt. Der als gefürchteter Weltenvernichter aber erst seit dem Neuen Reich gilt, was wohl dem Trauma Ägyptens geschuldet ist.

Als Antipode der Nachtfahrt tritt er in den Unterweltsbücher im Neuen Reich auf, um die Regeneration der Sonne zu verhindern und den Sonnenlauf zum Stillstand zu bringen.

Für die Alten Ägypter verkörperten die Hyksos, deren Herkunft dennoch im Dunkel blieb, jene vernichtende Kraft, die es mit allen göttlichen Mitteln zu unterbinden galt. Denn Apophis lässt sich nach dem Glauben der Alten Ägypter nicht endgültig vernichten.

Ihre Vertreibung aus ihrer Hochburg Auaris gelang erst dem letzten thebanischen Herrscher der ausgehenden **17.** Dynastie, Ahmose. Dies geschah um das Jahr 1551 v.Chr. herum, der Zeit des Ausbruchs des Santorinvulkans.

Manche sehen wegen der Neuinterpretation eines Reliefs, das im Berliner Museum aufbewahrt wird, in der Vertreibung der Hyksos die biblische Sage vom Auszug der Israeliten, Pessah.

Sie hat jüdische Wurzeln. Deshalb ist sie ob dieser Theorie entsetzt. Zumal das alte Testament zur gleichen Zeit den Auszug ansiedelt. Irgendwie kann sie sich das nicht zusammenreimen.

Die Hyksos erinnern sie eher an die Kampfkraft hethitischer Verbände, an Kampfmaschinen aus der Region um den Kaukasus.

Sie hatte einmal einen Vortrag eines Professors gehört, der über Ostjuden ein umfangreiches Sachbuch geschrieben hatte.

Das abschliessende Fazit war : " Juden wollen keinen Krieg. "

Er zeigte damit auf, dass es eine Politklientel ist, die ihre Kriegspläne friedliebenden in der Gesellschaft lebenden Juden ohne mediale Plattform und Lobby anhängen wollen. Eine raffiniert plazierte Form des Antisemitismus.

Die ungeheure Gewalttätigkeit des Krieges, die in dem eingeschlagenen schmerzverzehrten Gesicht des Pharao Sekenenre Ta ihren brutalen Ausdruck fand, dessen Mumie sie im Ägyptischen Museum Kairo zu Gesicht bekommen hatte, erfasst sie noch jetzt mit Schauder, wenn sie daran zurückdenkt.

Sekenenre Ta bezahlte persönlich auf grausamste Weise den verzweifelten Aufstand gegen Apophis I. mit Hilfe seiner Söhne Kamose und Ahmose.

Ihr vorhandener Abscheu gegenüber kriegerischen Eroberungen potenziert sich, angesichts der plastischen Vorführung des bitteren Leides der Opfer, die diese erzeugen. Und auf dem Gesicht des gefallenen Pharaos wie ein Mahnmal gegen jeden nachfolgenden Krieg eingraviert ist.

" Wo bitte sind die Anstifter der heutigen Kriege an der vordersten Front ? Die sitzen feige in ihrem < Büro > und lassen andere für sich bluten. "
Am liebsten möchte sie vor diesen Drückebergern von kriegstreiberischen Kartellen, Banken und Medienablegern ausspuken. Einer regelrechten Kriegsindustrie, die nur von gewaltsamen Konflikten materiell profitieren kann.
Ansonsten weisen sie in Friedenszeiten keine Dividende auf, sind in der Börsennotierung mit ihren Rüstungsgütern ganz ganz unten.
Denn die Militärmacht USA verfügt über keine Friedenswirtschaft seit dem 2. Weltkrieg mehr. Die Entwicklung zum militärisch -industriellen Komplex, vor dem selbst Präsident Eisenhower warnte, hat alarmierende Aussmasse angenommen. Die Ausgaben des Kongresses für den Militärhaushalt wuchs stetig an. Ein Ende dürfte nur der Bankrott des Dollars herbeiführen. Die Kosten steigen ins Unermessliche. Die USA sind im Begriff, sich tot zu rüsten.
Das Militär benötigt nur Naturwissenschaftler, um seine Kriegsindustrie zu bedienen und am Laufen zu halten.
Guckt man sich diese Kartelle von ihrer Entstehung gegen Ende des 19. Jahrhunderts an, so bekommt man es mit bauernschlauen Verbrechern zu tun, die intelligente Geisteswissenschaftler ablehnen, beziehungsweise versuchen, sie für ihre Pläne einzuspannen. Bevorzugt werden solche Gemüter, die keinerlei Skrupel aufweisen, sich verbiegen zu lassen.
Ihre Medien fordern ständig Schüler in aller Welt auf, sich auf ein naturwissenschaftliches Studium einzulassen, um sie zu ködern. Denn gutverdienende Naturwissenschaftler unterwerfen sich ihren militärischen Interessen und sind nicht aufmüpfig.
Warum schickte der amerikanische Präsident gegen Ende des 19. Jahrhunderts nicht die Armee zu den Morgans, Rockefellers und der Bank Warburg, Kuhn Loeb und Co., als diese dem Kongress die Kontrolle über die Geldpolitik entrissen und die FED
(Federal Reserve Bank) gründeten, um mit Hilfe dieses Kartells die Macht über die Geldpolitik aller US-Banken uneingeschränkt auszuüben ? War er Mitglied der Freimaurer wie sie ? Und hat sich ihren Interessen gebeugt ? Oder ist er nur als ein schwacher Präsident einzustufen ?
Seither ist dieses Kartell in der Lage, Kriege herbeizumanipulieren, die Wirtschaft in ihrem Sinne anzukurbeln, Stichwort Rüstung. Und ihre Regierung in Kriegszeiten zu finanzieren, beziehungsweise ihren Interessen unterzuordnen.
Somit ist der Präsident der Vereingten Staaten keine eigenständige Machtfigur mehr.
Im Gegenteil, hinter jedem verstecken sich die eigentlichen Strippenzieher. Schert er aus diesem Machtkalkül aus, bekommt er eine bleihaltige Luft zu

spüren, siehe in den Fällen der Kennedybrüder.
Die FED ist zur eigentlichen Macht im Staate der USA geworden. Sie ist nicht demokratisch und unterliegt auch keiner ebensolchen Kontrolle. Selbst Republikaner wie Ron Paul fordern die Abschaffung der FED. Und Demonstranten in Washington schliessen sich mittlerweile an, seitdem der ungeheure Einfluss der Geldbank publik wurde.
Präsident Putin hat die Oligarchen in Russland in die Knie gezwungen.
Entweder Investition in die Wirtschaft oder Gericht und Aburteilung mit anschliessendem Exil. Dazu waren diese Politiker im Kongress nicht fähig ?
" Das war doch ein glatter Putsch. Und jetzt putschen sie fröhlich in aller Welt weiter. "
Sie kann angesichts eines solchen weitreichenden Versagens nur den Kopf schütteln, der die heutige Misere über ein Jahrhundert lang zementierte und Änderung bisweilen nicht in Sicht zu sein scheint.
" Weshalb soll man minderbemittelten, skrupellosen und bauernschlauen Larvierern die Führung über die Welt überlassen, die sich einen Dreck um das Wohl der Menschheit, um die Erhaltung der Natur und dieses Planeten scheren ?
Die Uranmunition einsetzen, Landminen verlegen, allen Ernstes Atombomben mit kleinem Wirkungsradius entwickeln lassen wollen, damit diese zum Einsatz kommen. "
Manche Wissenschaftler in den USA haben sich bereits geweigert, an solchen Programmen mitzuwirken, die Präsident Bush eingefordert hat. Sie erhielten postwendend die Kündigung und werden gemobbt, finden nirgends eine Arbeit mehr.
Das procedere findet seinen Abschluss im Ergebnis der vielen arbeitslosen Absolventen der Geisteswissenschaften, die in der Monokultur < Kriegswirtschaft > weltweit keinen Stellenwert mehr haben.
Arbeitsplätze lassen sich nur durch geldliche Investitionen schaffen.
Und wenn die Strukturen ausgedünnt werden, immer mehr wirtschaftliche Verzahnungen und Konzentrationen greifen, so entsteht eine Stammeskultur, die den Mischwald verdrängt und eine unüberwindlich scheinende Mauer aufbaut.
Ganze Gesellschaftsschichten, die nicht mehr systemrelevant sind, werden ausgegrenzt, fallen der Armut anheim. Und können sich dank Hartz - 4 ihrer Kontrolle nicht entziehen.
" Wann wird die Menschheit endlich daraus lernen oder sind wir verdammt, auf dem Stand von unbelehrbaren Raubtieren zu bleiben, unserer eigenen Art gegenüber ? "
Für sie gibt es keine grössere Schwäche, als immer duldsam hinzunehmen, was einige wenige Verbrecher dieser Welt ihren Mitmenschen je antaten, beziehungsweise weiterhin antun. Nicht von ihrem schrecklichen Tun so lange

ablassen werden, bis die breite träge Masse ihre Kettenanleger nicht nur erkennt und durchschaut, sondern auch zum konsequenten Widerstand bereit ist.
Wie hatte Friedrich Schiller so treffend bemerkt :
" Doch schrecklicher als alle Schrecken, das ist der Mensch in seinem Wahn ".
Ihr fällt noch eine Ungereimtheit auf :
" Warum trägt ausgerechnet ein Asteroid mit Kurs auf die Erde den Namen Apophis ? "

Ihr wird schwindlig, die heisse Luft zwingt die Gruppe, das erste Grab anzusteuern, um der brütenden Nachmittagshitze zu entgehen.
Vor der Grabkapelle steht ein Portikus mit achtkantigen Säulen im sogenannten protodorischen Stil, der an dorische in der zeitlich späteren griechischen Kultur erinnert. Sie sind aus dem natürlich gewachsenen und daher formlosen Felsgestein scharf herausgemeisselt. Die Gruppe zwängt sich durch den schmalen Eingang in die Dunkelheit der Kultkammer des Gaufürsten Amenemhet.
Im Innern verteilen sie sich auf Geheiss Selims um die vier sechzehnkantigen Säulen, die in der Mitte in Ostwestrichtung von einem bemalten Deckengewölbe getrennt werden. Von einer Säule ist nur noch ein kleiner Stumpf übrig.
Selim bedeutet dem Grabwächter, der einen grossen Schlüssel in seiner Hand trägt, die Türe von innen zu schliessen, damit nicht noch weitere Gruppen hereinströmen und ihnen in der begrenzten Kammer Luft und Sicht nehmen.
Während er mit der Erläuterung des farbigen Bildprogramms beginnt, steht sie vor der Statuennische des Grabinhabers an der Ostwand und fühlt sich von dem fahlen Licht eingefangen, dass den abgedunkelten Raum durchflutet.
Die gleissende Lichtfülle, die an den Seiten der geschlossenen Türe in das Grab quillt, ist von grosser spiritueller Kraft, weckt Assoziationen an den Aufstieg zum Licht in den gerade ausgerichteten Grabschächten der besichtigten Pyramiden.
Dennoch berührt das eigentümliche Licht im Grab dieses Nomarchen des Oryx - Antilopengaus zu Zeiten Pharao Sesostris I. weitaus tiefere Schichten ihres Selbst, als es je die Pyramiden vermocht hätten.
Die Wirkung, die von ihm ausgeht, hat etwas vom Glanz des österlichen Lichts.
Vom Erwachen aus Zwängen, die das eigene Leben bedrängen. Licht und Schatten gehen fliessend ineinander über, bedingen sich gegenseitig.
Die übernatürlich wirkende Szenerie birgt in sich etwas zutiefst friedliches und tröstliches, das ihr unbewusst vermittelt wird.
Nur schwer kann sie sich ihrer Faszination entziehen. Es ist ein Moment, den bereits der vorzeitliche Mensch spirituell bewegt hat.
Das Sinnbild der Höhlen, ihre sinnbildliche Ausformung als Gebärmutter.

Die zugleich Orte von Einschlägen sind, von Meteoriten und Asteroiden aus den fernen Tiefen der Allregionen.

Die sieben organischen chemischen Elemente, die diese Asteroiden und Meteoriten mitbrachten, ermöglichten erst die Entstehung des Lebens auf Erden. War die befruchtende Wirkung durch den Einschlag auf den Planeten, der Höhlen hinterliess, einer frühzeitlichen Menschengattung bekannt, und hat sie sie deshalb als sinnbildliche Gebärmutter zu vorzeitlichen Kultorten und Wohnstätten erhoben ? Oder war der Grund einfach nur in der Beobachtung der frühzeitlichen Menschen mit dem Mysterium der Geburt eines jeden Menschenkindes zu suchen ?

Die Felshöhle wurde nach der Zeit der Pharaonen im aufkeimenden Christentum und Islam sowohl als Kirche oder als Schule genutzt.

Neben den Schäden als Folge des Kopierens gegen Ende des 19. Jahrhunderts, überdecken viele Gebrauchsspuren sedimentartig die leuchtenden Farben aus der Zwischenzeit der Gaufürsten, in Form von verlaufenden Wachsspuren oder ähnlichem.

Russ, Auflösung, verblassende Farben haben das zerstörerische Regiment über die ehemals strahlenden Wandmalereien übernommen. Ihre Pracht war nur eine kleine Episode in der Zeit, wie der nur wenige Tage anhaltende Stolz der Titanic, deren Stahlwände seit fast einem Jahrhundert unaufhörlich von Muscheln auf dem Grund des Atlantiks zersetzt werden.

Per Kirkeby hat einmal bemerkt, dass " *wir aus Höhlen rausschauen oder in Höhlen rein* ".

Diese Reduziertheit des menschlichen Verhaltens hat etwas zeitloses Allgemeingültiges.

Nur langsam vermag sie wieder Selims Stimme wahrzunehmen.

Wendet sich sogleich der Wand zu, deren Ikonografie vereinzelte Gruppenmitglieder genauer in Augenschein nehmen, als es in dem Pulk um den Reiseführer herum möglich ist.

Ein Wort dringt an ihr Ohr, wird zum Impetus einer Epoche, die sich da nennt : " **Zwischenzeit** ".

Es ist das Wort " **Hungersnot** ".

Bezeugt aus unterschiedlichen Quellen, so Selims Rede. Amenemhets narrativer Stil über die Beengtheit, Kleinheit von Gauen aufgrund zerfallender Zentralgewalten, tritt ihnen in dem Kanon seiner Wandgemälde unmittelbar entgegen.

Der Aufstieg von Provinzmatadoren, der Zerfall von bisherigen Ordnungen, das Ausgeliefertsein der Bevölkerung an chaotische Verhältnisse, die die Schwächsten als Erste zu spüren bekommen, lenkt ihren Blick auf seine Taten.

Er nutzt seinen Reichtum als Beweismittel, dass er Kontinuität in Sachen Versorgung der Bevölkerung mit landwirtschaftlichen Produkten sichergestellt hat.

Nördlich des Felsengrabes ist das ehemalige Gut Menat Chufu gelegen, das seinen Ausführungen zufolge, dieser Aufgabe nachgekommen ist.
Sie wird den Eindruck nicht los, als befände sie sich in einem modernen Wahlkampf, in dem angesichts ärmlicher Umstände und wirtschaftlicher Not die Beteuerungen der Politiker proportional zunehmen.
Seine Titel : " Grosses Oberhaupt und Kommandeur des Gazellengaus ".
Unter Sesostris I. behauptete er Eigenständigkeit und Macht. Sie umfasste sogar eine eigene Zählung.
Ansonsten waren seine Hauptaufgaben die Verwaltung und Sicherung des Gaus.
Niedergelegt und nachzulesen sind sie in der Inschrift, die sich in der Laibung der Eingangstür befindet.
Enthalten ist darin auch seine Biographie und seine Versicherungen, niemanden je ein Leid angetan und stets für Abhilfe gesorgt zu haben, wo Hunger entstand.
Es klingt zu schön, um wahr zu sein.
" **Hungersnöte** ". Der Ausspruch Selims hallt in ihr noch nach.
Es ist also nur Amenemhets Rechtfertigung vor den Göttern, seine Angst vor dem, was ihn im Jenseits erwarten wird.
Nur ein von Maat erfülltes und gelebtes Leben kann ihn dort noch vor dem zweiten Tod retten.

" Oh ihr, die ihr das Leben liebt und den Tod hasst, sprecht ein < Tausend an Brot und Bier, Tausend an Rindern und Vögeln > für den Ka des Erbfürsten, Grafen, des Grossen Oberhaupts des Gazellengaus, Kammerherrn, Hüters von Nechen, Oberhaupts von Elkab, Vorsteher der Priester, Ameni, selig. "

Aus der Inschrift des Amenemhet I.

Auch von Bedrohungen ist jetzt in dem Text die Rede.
Die Belagerung und der Kampf um eine Festung (Militärbasis) taucht an der Ostwand auf. Er nimmt mit eigenen Truppen an einem Nubienfeldzug teil und an weiteren zwei Missionen unter einem späteren König und einem Wesir.
Sie nimmt die Ostwand näher ins Visier, vor der Nische der zerfallenden eigenen Statuen und einiger seiner Mutter.
Beherrschend sind Motive von paarweise Ringkämpfern.
Durch Linien in Registern voneinander getrennt und naturalistisch in allen möglichen Stellungen gezeigt und in einem unterschiedlichen Braunton auf die Wand aufgetragen.
Darunter befindet sich die umkämpfte Festung und im unteren Drittel die mythologische " Abydosfahrt ".
Bildlich bedeutet sie die Schifffahrt der Mumie zum heiligen Grab Osiris in

Abydos und zurück zur Nekropole.
" Zu Schiff stromaufwärts fahren, zu Schiff stromabwärts fahren " , lauten beide Beischriften.
Begleitet wird die Barke mit dem Naos, auf dem die Mumie des Verstorbenen ruht, von zwei weiteren geruderten Schiffen .
Die Auferstehung kann dem Toten nur gelingen, wenn er mit dem Totengott Osiris gleich einer Schifffahrt auf dem Fluss nach dem südlich gelegenen Abydos teilnimmt. Dem Ort, an dem ab dem Mittleren Reich Stelen zum Gedenken der Verstorbenen aufgestellt wurden.
Doch noch ganz andere Szenen sind in ihr Blickfeld gerückt.
Sie findet sich in zauberhafte Welten des Altertums versetzt. Handwerker, detailgetreu abgebildet in szenischen Abläufen ihrer Verrichtungen. Zum Beispiel während des Auspressens von Traubenmaische in ein Tuch und die anschliessend erfolgende Abfüllung des gewonnenen Saftes in hohe Vorratsgefäße an der Westwand.
Amenemhets schwarz - weiss gefleckter Windhund bezaubert die Blicke von Hanna und Sabine. Es handelt sich um ein sehr schlank gewachsenes Tier auf hohen Beinen, das die Noblesse des Grabinhabers vor Augen führt. Die Rasse scheint sich über die Jahrtausende nicht sehr verändert zu haben.
Hanna tritt näher heran und entdeckt in der Abfolge drei Gazellen, die von einem Baum äsen. Zwei der Tiere stehen auf zwei Beinen, die Vorderbeine im Geäst.
Sabine ergötzt sich an der berühmten Jagd im Papyrusdickicht.
Ein feststehendes Bildprogramm der Privatgräber seit dem Mittleren Reich, das unter anderem das Zuziehen des Schlagnetzes, aus dem einige Enten noch aufgeregt davonflattern können, zum Thema hat.
Die Jagd in der Wüste. Und nach einem feststehenden Kanon die unendliche Latte an Opfergaben für die Götter, über beiden Grabschächten an der Südwand aufgeführt.
Eine vor ihren Augen wiedererstehende versunkene Welt des Alten Ägyptens, die die grazile Schönheit ihrer Kultur bildlich vor Augen führt. Dass perspektivisches Zeichnen unbekannt war, die Proportionen zum Beispiel in viel zu langen Armen unausgewogen erscheinen, mindert dennoch nicht den überwältigenden Gesamteindruck.
" Wenn solche Schönheit im Ausdruck eines Moments Künstlern in sogenannten Zwischenzeiten möglich war und nicht nur in Zeiten von Hochkultur, welche Fülle an Künstlern muss in diesem Land gelebt haben, " staunt Hanna.
" Denk doch mal an unsere jetzige Epoche ! "
" Hast Du das Gefühl, mitten im verarmten Ruhrgebiet, dass Kunst und Künstler nicht vorhanden sind ? Sie sind zu allen Zeiten da. Die Szene brummt sogar unüberhörbar.
Fragt sich nur, ob der Staat, das Land, die Kommune Gelder locker machen

oder die Künstler selbst für ihre Aktionen aufkommen müssen. Solche Umstände haben noch keinen ernsthaften Künstler von seiner Schaffenskraft abgehalten ", wirft Sabine ein.

" Und erst recht, wenn es sich im Alten Ägypten um lukrative Auftragsarbeiten seitens Pharao oder der Gaufürsten mit einem festgelegten Kanon für die Ewigkeit handelte. Denn das war Auftragskunst. "

Von der Fülle der Motive und gut erhaltener Farbschichten überwältigt, tritt die Gruppe prozessionsartig hintereinander und bedächtig schweigend aus dem Grab des Amenemhet hinaus in das blendende Licht der Aussenwelt.

Rechterhand dehnt sich das Geröll der Ostwüste unter einer schwirrenden Dunstglocke. Verschwimmt mit dem Horizont in der Unendlichkeit.

Einen Augenschwenk links, und sie erfassen in Richtung Westen die unendliche Weite der Fülle des Fruchtlandes, das mit seinen satten Grüntönen an das Wernesgefilde im Amduat erinnert.

Die Welt Amenemhets, in den Wandmalereien seiner Grabkammer verewigt, liegt ihnen in kaum veränderter Form zu Füssen. Anstelle üppiger Papyridickichte erstrecken sich nun kultivierte Agrarlandschaften und Schilfhaine.

Die Gruppe hält den Atem an, kann sich an dieser paradiesisch scheinenden Parklandschaft nicht sattsehen.

An ihren saftigen Fruchtständen, an dem blauen sich schlängelnden Band des Nils mit seinen baumbestandenen Ufern, hinter den Akazien und Palmen die am steinernen Kai liegende Meretseger, in Gesellschaft zweier kleiner Kreuzfahrtschiffe, auszumachen ist.

" Irgendwie Abydosfahrt - mässig ", bemerkt keck eine jugendliche Touristin mit Blick auf die Schiffe und löst damit betroffene Gesichter aus. Ärgerlich schüttelt sie den Kopf, fühlt sich noch nicht als Mumie, nimmt nur prosperierendes Fruchtland wahr, so weit ihr Auge die Landschaft erfassen kann.

Lehmfarbene Flecken von dörflichen Ansiedlungen ertrinken nahezu ganz in den hohen Ständen des fetten Grüns, das kurz vor seiner Ernte steht, umrahmt von schattenspendenden Bäumen.

Denn die Nachmittagshitze hängt schwer über dem Tal und lässt Landschaft und Horizont miteinander verschwimmen.

Es herrschen Temperaturen um die 50 Grad Celsius.

Die Gruppe fühlt sich in den Zustand eines vorzeitlichen homo erectus versetzt, der aus seiner Höhle vor die Weite der afrikanischen Landschaft tritt, ihre Archaik atmet,

" *Take a deep breath, relax, relax, relaaaaxxx !* "

Die ihm aber seine Grenzen aufzeigt, er sich in ihrer todbringenden Gewissheit klein vorkommt und sich ausgeliefert fühlt.

Ihr Puls liegt an dieser Landschaft. An den gewaltigen Zeiträumen, die sie durchmass, die sie zutiefst erschütterten.

An Explosivherden, die ihr Innerstes nach aussen kehrten. Von den

Plasmaströmen hitzigster Veränderungen durchzogen, mutierten die geologischen Adern bis zum gegenwärtigen Antlitz der Erstarrung.
In diesem Brutkasten kochten die Emotionen über.
Auf ihrem Siedepunkt kippt das Bewusstsein in felsenharte Überzeugungen, ausgehärtete Gesteinsschichten ihres Seins. Sie fühlt die Reibung, die an den neuralgischen Punkten entsteht.
Es offenbaren sich Verwerfungen in einem " Staat aus Stein ", wie G. Evers einst das Alte Ägypten bezeichnete.
" Wo bitte, ist da noch Platz für die ausschliessliche Befindlichkeit des Menschen unabhängig von den Naturgewalten, wie sie in Europa vorherrschend ist ? "
Die schmale Flussoase führt ihnen die Bedrohlichkeit menschlicher Lebensräume und - umstände vor, der der Mensch in seinem unermüdlichen Ringen beim Aufbau seiner zivilen Struktur, dem Land Essbares abzutrotzen, ausgesetzt war und ist, gegen alle Gefahren der lauernden Dürre.
Die Erkenntnis, dass der Zustand von Fruchtbarkeit und Prosperität nicht von Dauer ist, wird nirgendwo sonst so deutlich als in den Wechselfällen des afrikanischen Kontinents.
Klimatische Wechsel, gegen die der Mensch kaum etwas ausrichten, bestenfalls ausweichend reagieren kann.
Doch wohin, wenn die Flussoase nicht mehr genug erwirtschaftet, um alle satt zu bekommen ? Die Bewässerung ist seitens des Staudamms Sadd el - Ali bei Assuan bisher gewährleistet.
Doch was ist, wenn die Nilanrainer bis zu den Quellen des Nils das Wasser allein für sich und dauerhaft nutzen wollen ? Wenn der Damm bricht ?

2013 werden Pläne der Äthiopier bekannt, mit einem Damm den Nil zu stauen, um Trinkwasser speichern zu können. Die Anrainerstaaten Sudan und Ägypten befürchten, von den dringend benötigten Wassermassen abgehängt zu werden.
Der Nassersee lässt die Hitze 1/ 3 des Wassers verdunsten.
Künftige Konflikte sind vorprogrammiert.

Schliesslich reissen sie sich von dem Anblick los, um zusammen mit Selim an der Spitze das nächst besterhaltene Grab aufzusuchen.
Es ist die Kultkammer im Felsen des Chnumhotep II., des Bürgermeisters von Menat Chufu und Vorstehers der Ostwüste, die auf der Ostwand zweimal die Jagd im Papyrusdickicht zum Thema hat.
Die Unbeständigkeit und Unwägbarkeiten der Sümpfe stehen im tiefen Kontrast zur überbordenden Fruchtbarkeit.
Das ordnende Wort, das in den biographischen Schriften Chnumhoteps im unteren Drittel der Wand aufgetragen ist, legt sich wie eine Klammer um die Bildszenen des Sumpfes, zieht sich über die inschriftenbedeckte Laibung der

Wandnische hin.
In den Grabinschriften sieht der Ägyptologe Jan Assmann die Wurzeln der Literatur.
Oberhalb des Bildprogramms schliesst ein Chekerfries die Wand ab, grenzt zur gewölbten, von Architraven gehaltenen sternenbedeckten Decke ab, die den Himmel verkörpert.
Die Kultkammer als Ausdruck eines ideellen Lebensraum für den toten Chnumhotep.
Das Versprechen, mit dem Tod die Fülle seines geliebten Ägyptens nicht entbehren zu müssen, ist in Wort und Bild festgehalten. Es spricht Angst aus solchen Szenen vor den Unwägbarkeiten des Todes. Der Frage, ob er nur Verlust ist, Trennung von allem lieb gewonnenen, und was ihn im Jenseits erwarten wird, falls es das überhaupt gibt ?
Was kein Ägypter öffentlich gefragt hätte, aber seine Furcht vor dem Unbekannten durch seinen Ordnungsbedarf, seine Erklärungsmodelle, zu kaschieren versucht.
Beide Papyridickichtszenen führen der Gruppe in berückender Detailfreudigkeit die damalige Tierwelt vor Augen.
Wiederum meisterhaft in einer zarten Farbigkeit und einer grazilen Strichtechnik umgesetzt, die nach erfolgter Restauration in den 80zigern deutlich hervorsticht.
Die Jagd führt der Grabherr in stehender Haltung auf einem zusammengebundenen Papyrusfloss aus. Flankiert sind beide Szenen rechts und links von der Statuennische in der Mitte der Wand.
Die rechte zeigt ihn im kurzen Schurz beim Fischestechen mit einer Harpune.
Die linke mit dem Wurfholz bei der Vogeljagd.
Gerudert wird der Nachen des Chnumhotep und seiner beiden Gemahlinnen von stehenden Schiffern.
Die unberührte Natur, in dem sich eine reiche Tierwelt tummelt, in der der Mensch Überfluss durch Jagd schöpfen kann, tritt ihnen in ihrer ganzen paradiesischen Fülle entgegen.
Aber auch eine andere fremde Welt ist auf den Wänden dargestellt. Die Berührung mit dem Ausland begegnet dem Betrachter in Form des Asiatenzugs an der Nordwand, der die Ankunft von 37 Händlern und Handwerkern im Antilopengau aus dem semitischen Sprachbereich zeigt.
Sie spiegelt den Reichtum der eigenen gefundenen Identität des Chnumhotep wieder.
Die Inschrift erwähnt zum ersten Mal in dieser Zwischenzeitepoche den Titel " Herrscher der Fremdländer " , der eigentlich für die Hyksos steht. Hier aber nicht auf Ägyptens späteres Fremdheitstrauma Bezug nimmt .
Ihr kommt unvermittelt die Geschichte von Sinuhe in den Sinn.
Von seiner Flucht nach Retjenu, nach einer Haremsverschwörung, der Pharao

Amenemhet beinahe zum Opfer gefallen wäre.

"Ich war in der Nähe einer Verschwörung."

Wenn auch die Gründe seines Fortgangs aus Ägypten unerfindlich bleiben, so entpuppt sich seine Reiseschilderung als eine Art Spiegelung seines Selbst zum Ausland. Er muss Entwicklungen durchleben und Prüfungen bestehen, um am Ende zu der Erkenntnis zu gelangen, dass er ein Ägypter ist.
Dazu gehört auch der Kampf gegen einen vermeintlich Starken, den er in Retjenu führen muss.
Sein Sieg des Geistes über die rohe Gewalt des Gegners erinnert an die spätere Geschichte vom Kampf Davids gegen Goliath.
" Merkwürdig, " denkt sie im Stillen. " Sollte das Leben ein einziger Initiationsweg wie in der Zauberflöte sein ?
Kommen Geschichten wie diese in späteren Zeiten in allen Kulturen nur in anderem Gewand mit anderen Protagonisten
daher ?
Dann stellen menschliche Prüfungen wohl eben doch nur dauerhafte Wiederholungen dar ?
Und wir zappeln wie ein gefangenes Tier in der Falle, sind solchen Gesetzmässigkeiten unterworfen.
Was den Schluss zulässt, dass wir nicht einfach aus Zyklen aussteigen können.
Gibt es für die Menschheit dann noch die Freiheit, ein völlig unabhängiges und selbstbestimmtes Leben führen zu können ?
Die Antwort haben die alten Ägypter eindeutig mit nein beantwortet.
Sie kannten ja keinen linearen Geschichtsablauf. Für sie stellten Ereignisse eine konzentrische Kreisführung, eine stete Wiederholung des " Ersten Mals " bei der Schöpfung dar.
Ein merkwürdiges Gefühl erfasst sie. Sie schiebt es auf der Stelle beiseite, wendet sich Selims Ausführungen zu.
Doch ihr merkwürdiger Zustand hält unvermindert an.
Seit sie auf dem Nil ist, kann sie schlecht schlafen.
Es ist, als erhebe sich ein Nachtwind über den " rapid eyes " ihrer Träume, der Abfolge von Geschichte, die Ägypten hinter sich hat und der Gruppe vom Öffner der Wege, ihrem Reiseführer Selim, genannt Upuaut, unter einer brennenden Sonne gezeigt wird.
Wiederkehrende Traumphasen nehmen sich als nächtliche Wanderung zu ihrem Selbst aus.
Sie befindet sich im Halbdunkel einer Höhle in der Urzeit, in deren labyrinthischen Gängen ein Raubtier lauert.
Angst hat sie nicht, aber sie fragt sich, warum gerade ihr im Zusammenhang mit Sinuhe immer der gleiche Traum einfällt.

"*Und täglich grüsst das Murmeltier*".
Sie grinst. " Wahrscheinlich hocke auch ich in einer solchen Warteschleife ", wagt sie laut auszusprechen.
Ein Gefühl von Bitterkeit legt sich wie ein Schatten auf ihre Stimmung.
" In welcher Warteschleife ? " wundert sich Sabine.
" Ach nichts von Bedeutung ! "
Mit phantastischen Eindrücken von diversen Vögeln in Akazien, Wiedehopfen, Maskenwürgern, Neuntötern, Gartenrotschwänzen endet die Tour durch die Gräber der Gaufürsten .
Ihr schwirrt der Kopf von Selims Ausführungen. Langsam folgen sie den Stufen des gebogenen steinernen Pilgerpfads hinunter zu den Schiffen. Ohne Unterlass transperierend, aufgrund der unerträglich lastenden Schwüle des späten Nachmittags.
Ihnen bleiben die Erinnerung an krummbeinige Dachshunde, die " Queen ` s dogs " der Königin Elisabeth der II. .
An eine weitere Latte von Tiernamen in Papyrussümpfen, Ichneumon und Falbkatze oder die weitere schwarz-weiss gefleckte Ginsterkatze auf Vogelpirsch.
Kormorane und Ibisse bevölkerten den Kosmos im Alten Ägypten, aber auch gehaltene Herden von Kranichen.
In zarten graublauen Tönen mit senkenden und hebenden Köpfen. Ihre Beine in einer Art rhythmischen Tanz auf der Wand festgehalten. Die Fütterung von Säbelantilopen, mit Ansätzen perspektivischer Zeichnung.
Ballspielende Akrobatinnen in merkwürdig verrenkten Positionen im Grab des Cheti. Und Pantomime gab es auch schon zur damaligen Zeit, als Kulttanz vor einem Statuentransport bei Chnumhotep II. .
Last not least komplettiert das Unterhaltungsprogramm an der Nordwand des Baket III. einen orgiastischen Kulttanz. Ausgeführt von zwei Männern und zwei Mädchen, die einen Kreisel tanzen. Dabei werden die Mädchen bis zum Schwindel herumgewirbelt, bis der Zustand von Trunkenheit und Schwerelosigkeit erreicht ist.
Vorläufer der tanzenden Derwische im Islam, stellt sich hier die Frage ?
Sie erinnert sich in diesem Zusammenhang an ein Relief im Grab des Mereruka aus dem Alten Reich in Sakkara. An ihren flüchtigen Eindruck von einem Kreiseltanz.
Ebenso kommt ihr wieder die Vorzeit im mediterranen Bereich mit der Darstellung orgiastischer Tänzen bis zur Besinnungslosigkeit in den Sinn.
Oder gar die Hochzeit Neureicher in Kairo ?

"*Life is life, lalalala* ".

Die Meretseger legt im Schein der untergehenden Sonne vor rot glühenden

Felsen ab.
Erobert die Mitte des Flusses und gleitet geschmeidig auf ruhigen Gewässern des Nils stromaufwärts dahin, dessen Oberfläche wie ein glatter Teich die abendliche Szenerie widerspiegelt.
Die Gruppe hat sich in ihre Kabinen zurückgezogen, um ihren noch relativ frischen Eindrücken nachzuhängen. Die belichteten Filme gegen neue auszutauschen, eine Dusche zu nehmen und sich für das anstehende Dinner herzurichten.
An den Ufern geht die Geschäftigkeit der Fellachen ihren gewohnten Gang. Der Geruch von verbrannter Holzkohle schwebt über dem Ufer.
Auf einem Bootssteg hat ein Mann im mittleren Alter seinen Gebetsteppich Richtung Mekka ausgelegt und ist im Begriff, sich zum Gebet, zur salat, hinzuknien.
Neben ihm lachen und scherzen eine Reihe von Mädchen und Jungen in Galabijas.
Ein Bursche reitet stocksteif auf einem Esel, der zum Sprung über ein Hindernis ansetzt.
Unter dem Gejohle der Mädchen sitzt er mit gleichmütiger, fast blasierter Grandezza die Bewegung des Sprungs aus.
Ein Hang zum Akrobatischen scheint in der Intention seiner Bewegung zu liegen.
Diese mit Understatement ausgeführte Sportlichkeit hat sie vor ein paar Stunden auf den Fresken in den Gräbern oberhalb der Felslandschaft von Beni Hassan fasziniert.
Sie lehnt jetzt lässig an der Reling, die Beine sind bequem angewinkelt. Unter ihr rauschen die Wasser des Nils gleichmütig am Schiffskörper vorbei. Der Abgrund der Zeiten scheint für einen Moment aufgehoben.
Zahlreiche Mütter mit Kindern an der Hand, manche mit einem Kleinkind auf dem Arm, schlendern vor lehmfarbenen kubischen Häusern ihres Dorfes in der Abendsonne und rufen sich gegenseitig fröhlich zu. Einige winken den wenigen Passagieren, die sich noch an Deck aufhalten. Kleine Kinder laufen am Ufer entlang, versuchen, mit der Geschwindigkeit des Schiffes Schritt zu halten, rufen die Passagiere an, winken und lachen.
Die abgehackten Laute der arabischen Sprache sowie zahlreiche Geräusche der Umgebung, mal von Tieren, dann von Wasserpumpen, dringen über den Fluss hinauf zum Panoramadeck, auf dem die meisten Liegen mittlerweile verlassen daliegen.
Einige Bedienstete des Bordpersonals führen noch eifrige Verrichtungen an irgendwelchen Hebeln aus, rücken die Liegen zurecht, tauchen lange Gerätschaften zur Säuberung in den Pool, bevor die Dunkelheit wie ein Beil herniederfällt.
Im erleuchteten Salon klingen bereits ansteckende fröhliche Klänge arabischer

Hits wie jene von Amr Diab aus dem Radio.
" Haabiiibii ! "
Die Reiseführer hocken rauchend und scherzend in einer Ecke.
Vom unteren Deck strömen Düfte von Knoblauch, Koriander und gegrilltem Fleisch aus dem Küchentrakt herauf und machen Appetit auf das bevorstehende abendliche Mahl im hell erleuchteten Speisesaal, in dem die Kellner mit dem Eindecken der Tische vollauf beschäftigt sind.
Von allen Seiten ertönt der Ruf der Muezzine aus der Konserve übersteuerter Kassettenrekorder.
Verschiedene Strophen schwingen samtig über dem Strom, vereinen sich in einem verherrlichenden Gesang über die Schöpfung Allahs :
" *Allahu Akbaaaaaaaar ...* " Gott ist gross. Grösser als alles und mit nichts vergleichbar.
(" Gibt es einen Schöpfer ausser Allah, der Euch vom Himmel und von der Erde her versorgt ? Das fragt die 35. Sure Nr. 3 die Gläubigen).
" Eilt zum Gebet, eilt zum Gebet ! *Hayya la-s-saleah, Hayya la-s-saleah !* "
Sphärenklänge im Raumzeitgefüge, die über der Landschaftsmalerei schallen.
In der Ferne ist das schüchterne Läuten einer Glocke vom Turm einer koptischen Kirche wahrnehmbar.
Die erhabene friedliche Stimmung stimmt auf die morgendliche Besichtigung der Stadt Echnatons ein, auf sein Achetaton.
Das wörtlich übersetzt heißt : " Der Horizont des Aton ".
Das berühmte arabische Tell el Amarna, der Fundort der Büste Nofretetes.
Und Echnatons Hymne auf die Schöpfung seines einzigen Gottes Aton, der Sonnengesang, der sich in nachfolgenden Zeiten im Psalm 104 und im gleichnamigen Gesang des Franz von Assisi niederschlagen wird, klingt in Variationen über dem Fluss nach. Über das Fruchtland und bröckelnde Felsabbrüche und über die sich endlos dehnende Ost-und Westwüste, gleich der kargen Vegetation in Form einer austreibenden Sandrose.

" durch die Lehre(Leere)
 der Wüste
 in dir "

" *Take me back to the rivers of belief. I look inside my heart. I look
 inside my soul.
 I ´m reaching out for you
 Let´s hope one day
 We ´ll rest in peace
 on my rivers of belief* "
       Enigma, The rivers of belief

Aus einer Kultur, die im heissen Sande schläft, führt die Gedächtnisspur des Monotheismus hin zur Entstehung dreier Religionen. Die Brücke schafft Moses oder besser gesagt Thutmosis, der die Israeliten aus Ägypten führte. Wobei immer noch nicht geklärt ist, ob es einen historischen Moses gegeben hat und wann.
Professor Israel Finkelstein, Archäologe an der Universität Tel Aviv, gibt an, dass kein archäologischer Beweis für die biblischen Angaben existiert.
Selim hatte beim Abstieg von den Felsgräbern seiner Gruppe von seinem Referat über Moses berichtet, dass er an seiner Uni halten sollte.
Als er die biblische Geschichte zum Besten gab, schalt ihn sein Professor im Fach Ägyptologie einen Dummkopf.
" Das ist doch nur Religion " , tadelte er ihn erneut.
Erstaunlich klingt diese Antwort aus dem Mund eines Muslimen gegenüber einem Muslimen nur bei Unkenntnis auf westliche Gemüter.

Damit haben nur Westler ein Problem.
Die Medien transportieren stur das Bild vom extremistischen Muslim, der in jedem zweiten Wort drohend mit der Keule Islam jedes Fünkchen Kritik im Keim erstickt.
Den roboterhaft agierenden Muslim propagiert, der sich nicht Allah, sondern irgendwelchen Einpeitschern beugt.
Und Burkatragende Frauen überpräsent dargestellt werden, als gäbe es nur solche in Ägypten.
Dieses Bild entsteht aus einer politischen Korrektheit, hinter der sich nichts anderes als krasse Unwissenheit mit " neudenk " verbirgt, als seien sie den Schilderungen George Orwells entsprungen.
Und nichts mit dem alltäglichen Umgang und Gebaren der Araber untereinander zu tun haben. Ganz im Gegenteil.
Nur in Frankreich war noch diese Offenheit in den Siebzigern in der Diskussion spürbar.
In Deutschland führen festgefahrene Vorstellungen und gewisse Scheuklappen schnell zum Streit, zu polemischen Angriffen auf Personen, deren Meinungen oder Hintergrundwissen nicht genehm ist oder nicht in ihr beschränktes Weltbild passen.
Toleranz ist in der bundesrepublikanischen Gesellschaft nicht die Norm.
Dies ist ein Relikt aus der Nazizeit, in der man aufpassen musste, was man sagen durfte und die Verhaltensweise angepasster Mitläufer und Duckmäuser heute nicht aus den Köpfen zu bekommen ist.
Eine angepasste Verhaltensweise führt leider immer noch in unserer heutigen Wirtschafts - und Berufswelt geradewegs zum Aufstieg.
Menschen ändern sich nur selten.
Und geben ihr Verständnis an ihre Nachkommen weiter. Deshalb sind

Nazikinder in ihrem Auftreten später auch nicht anders als ihre Eltern, halten sich selbst aber für Rebellen.

Wobei die Frage aufzuwerfen ist, was ein solches Verhalten in einer ernstzunehmenden Demokratie zu suchen hat, das eher in totalitäre Systeme zu passen scheint.

Echnatons Lichtreligion. Das Pendel schwingt hin und her, zwischen Licht und Schatten.

Auf den ziselierten Maschrabijen liegt der Staub der Zeiten, die das Licht filtern, dass sternförmig in das Dunkel des Raumes fällt.

Sie schaut der abendlichen Sonnenscheibe nach, wie sie im Westen glutrot wie ein berstender Stern hinter dem Horizont versinkt.

In der gewaltigen Abendröte ist die nächtliche Bedrohung gegen die Barke durch den Sonnenfeind Apophis bei ihrer täglichen Einfahrt in die Unterwelt allgegenwärtig.

In der Ferne steigt schon der Mond am Himmelsfirmament auf, Sinnbild des Urgottes Thot als Nachtsonne.

Unter seinem gedämpften Licht sucht sich die Meretseger ihren Weg durch die Gefahren der Nacht, weicht gefährlichen Sandbänken aus.

Ihr Fährmann auf der Brücke hat ein wachsames Auge auf alle möglichen Hindernisse. Eisberge gehören nicht dazu.

Auch Krokodile sind im Nil nicht mehr anzutreffen. Die gefährlichen Echsen hält die gewaltige Staumauer südlich von Assuan, seit dem Bau des riesigen Dammes Sadd el Ali, fern.

Das Schiff passiert die Windungen des Flusses unweit der Ruine aus der 7. Dynastie.

Es handelt sich um das spätantike Hermupolis Magna, das frühere Khnumu, das nördlich der Provinzstadt Mallawi gelegen ist. Nach dem Untergang der antiken Stadt verlagerte sich das Leben in die Neugründung von Mallawi, was im geologischen Sinne eine Verwerfung darstellt.

Diverse Stimmen aus uralten Tagen begleiten die Nachtfahrt der Meretseger durch ein Gebiet, das einmal eine grosse kosmopolitische Stadt im Altertum war, von der nicht mehr viel zu sehen ist.

Es ist die geheimnisvolle Stadt des Hermes Trismegistos aus ptolemäischer Zeit. Eine Mischung aus dem griechischen Hermes und dem ägyptischen Gott Thot im sogenannten Synkretismus, war zuvor allein dem Urgott Thot im ägyptischen Kult, dem Gott der Weisheit und Schriftkunst geweiht. Mit seinen bekannten Erscheinungsformen als Ibis und als Pavian.

Der gebogene Schnabel des heiligen Vogels symbolisierte einst die Mondsichel und ihre entsprechenden Mondphasen.

Ihm sollen die hermetischen Schriften zu verdanken sein, die sich als Palimpseste in griechischen Schriften bis zu gnostischen rübergerettet haben.

Die Gnosis hält sich während des gesamten Mittelalters in Strömungen der Katharer in Südfrankreich.
Das Corpus Hermeticum ist noch bei Augustinus spürbar, bei seiner Vorstellung vom "Gottesstaat".
Hermes Trismegistos sah Ägypten als einen Tempel der ganzen Welt.
Nicht nur als Abbild des Himmels, sondern auch als "*eine Übertragung und ein Herabsteigen all dessen, was im Himmel geleitet wird und geschieht*", so schreibt Erik Hornung in "Das esoterische Ägypten".
Er betrauert das Ende der Götzenbilder und ihrer Kulte, das er voraussieht und den Bildersturm, den jene vornehmen werden, um den einzigen wahren Gott, dem Alleinigen huldigen zu können.
Etwas von Echnatons Eingottlehre muss die Restaurierung der Amunkulte unterschwellig im alten Ägypten überdauert haben. Ein Zeichen dafür, dass beim Wechsel von Aton zu Amun die politischen Machtverhältnisse die entscheidende Rolle gespielt haben.
Dennoch könnten die Ägypter in ihrer Vermutung der Eingottlehre die alleinige Wahrheit erkannt haben.
Als einen Vorläufer des christlichen Glaubens bezeichnet ihn Erik Hornung und als einen "weisen Mann" Augustinus.
Als "Baum des Orients" treibt es weite Zweige bis in die heutige Zeit.
Alle Weisheit kommt demnach aus dem alten Ägypten.
Rilkes Elegien sind seine Verbeugung vor dieser großen Geisteskultur. Auch er hat den Nil bis zum ersten Katarakt auf dem britischen Nilschiff "Ramses the Great" bereist.
Das 18. Jahrhundert kannte nur das hellenistisch hermetische Gedankengut aus dem Alten Ägypten. Die pharaonischen Hinterlassenschaften in situ waren in Vergessenheit geraten.
Der Sand bedeckte als Leichentuch die meisten Tempel und den Sphinx.
Stattdessen übernahmen arabische Legenden und Arabesken der Spekulationen das alleinige Zepter.
Das Alte Ägypten schien für immer im Sand und in den Köpfen begraben.
"*Whats been lost, must be found.*" heißt es in den "Pyramids" in Allan Parsons Project.
Erst mit Napoleons Feldzug - im Schlepptau seine Wissenschaftler - und der Entzifferung der Hieroglyphen seitens Champollion, ermöglichten die ersten Spatenstiche und Deutungen der nachfolgenden Ausgrabungen eine direkte Sicht auf das alte Ägypten, das mit der Freilegung seiner Ruinen wieder ans Tageslicht geholt wurde.
"*Ihre Humanität, ihr ganzheitlicher Ansatz, machen die ägyptische Kultur eines Hermes Trismegistos zum Gegenmodell der Barbarei,*" wie es der grosse Ägyptologe Erik Hornung betont.
Es dürfte damit angesichts der Zersplitterung der Wissenschaften hoch aktuell

sein.
Schon Thomas Mann entwarf in seinem Roman " Joseph in Ägypten " die alternative Andersartigkeit dieser Denkweise, der ein humaner Zug zugrunde liegt. Von ihm in der schweren Zeit der Barbarei der Nationalsozialisten verfasst.

Und noch ein wichtiger Grundsatz beherrscht die Hermetik, wie Erik Hornung betont:
" *Sie ist ihrem Wesen nach tolerant, Hermes Trismegistos ein Gott des Ausgleichs, der Versöhnung, und der Wandlung, der keine starren Dogmen verkündet.* "
Hornungs Fazit hat etwas Wegweisendes, was man den jungen Ägyptern heute nach den Ereignissen auf dem Tahrirplatz mitgeben sollte :
" *Darin ist er (Hermes Trismegistos) ein Heilmittel gegen jeglichen Fundamentalismus, den es zu überwinden gilt, wenn wir in Frieden leben wollen.* "

Vier Bruchstücke aus einem Gespräch zwischen Isis und Horus über die Weltschöpfung sind in dem Titel " Weltpupille " erhalten. Sie bedeutet im Ägyptischen zugleich die Isis. Und findet in dem schützenden Tit - Amulett ihren Ausdruck; das Symbol ist in vielen altägyptischen Gräbern zu sehen.
Thots ureigenste Aufgaben bestehen aus seinem Notat bei der Wägung der Herzen im Totengericht und in einigen Schriften als Pavian auf der Waage.
Die 42 Schriften sollen in uralten Zeiten entstanden sein und mussten von den Priestern auswendig gelernt werden. Sie umschlossen die ganze Weisheit des alten Ägyptens, auch sämtliche bekannte Naturwissenschaften.
Im Dunkel ihrer nächtlichen Fahrt verhängen Nebel den Zugang zur Bedeutung und zu den einstigen Gebäuden der grossen Stadt. Sie lag auf einer erhöhten Sandbank an einem alten Flussarm, der als Urhügel angesehen wurde.
Mit der Flammeninsel inmitten des Messersees, barg er die Reliquie des Ureis (die Welt).
Hier schuf Thot die acht Urgötter, die wiederum das Ei zeugten, aus dem die Sonne entstand.
Sie befinden sich nun im ehemaligen 15. Gau, dem Hasengau.
Die Legende vom Osterhasen und den Ostereiern drängt sich ihnen auf, überlagert die Finsternis des Ortes.
Sie hat einmal ein Gedicht verfasst und Ostern an Freunde und Bekannte verschickt.
Hanna und Sabine würden es gerne vernehmen. Sie sitzen nach dem Dinner unter dem Schein der Leuchten auf dem Panoramadeck und spüren die Schwere der Vergangenheit, die auf diesem Abschnitt des Nils lastet.
" Los, trag vor ! " drängen sie sie, die sich ein wenig für die seichte Strickart ihres Gedichts schämt. Nach mehrmaliger Aufforderung von den Gästen auf den benachbarten Stühlen lässt sie sich erweichen.

" Ostereiergedicht "

Im Hasengau zu Ostern
sass Nämlicher in Ägypten,
dem Mittleren,
und schlürfte näselnd einen Tee
namens Lipton.

Das wurde ihm zu bunt.
Ihr Urgötter, warum sind die Eier
nicht rund ?

Sprachs und begab sich
auf Pilgerpfad
übers Meer.
Durchmass Heiliges Land
und Griechenland.
Ganz Europa,
kreuz und quer
und bringt Euch von weit her,

farbige Eier
möglichst nicht hohl
und " Frohe Ostern ! "

Das wünsch ich Euch wohl !

Starker Applaus folgt ihrem Vortrag. Sie kennt die Vorlieben des Publikums für leichte Texte.
Durch die visuelle und leicht verdauliche Kost des Fernsehens ist die Kunst des Zuhörens selten geworden.
Zur bildenden Kunst haben einige aufgrund der vorauszusetzenden visuellen Fähigkeiten noch Zugang.
An der Kunst der Sprache, insbesondere der Lyrik, die starke Aufmerksamkeit und Mitdenken beim Lesen und Hören erfordert, wegen der Bilder erzeugenden Metaphern, haben mit einigen Ausnahmen nur noch Künstlerkollegen Interesse. Ein bekannter Lyriker schrieb deshalb mal einen Essay über den " Unwert des Gedichts ".
Die Erwartungen des Publikums sind zumeist : Pointen, Lachnummern, möglichst unkompliziert und leicht verständlich.
Jede Abweichung von der Norm wird mit Ignoranz durch grosse Käufer-

schichten bestraft.
Goebbels formulierte 1933 den Standard : " *Wir fahren die Intellektualität der Juden herunter.* "
Dieser Satz war das Aus für die Popularität der Krone in der Literatur, der Lyrik.
Der Literaturwissenschaftler Hans Meyer sprach nach dem Krieg von dem Unvermögen aufgestiegener Schichten aus dem Kleinbürgertum, sich mit Literatur und Lyrik auseinanderzusetzen.
Der Unterricht im Fach Deutsch hat ganze Schülergenerationen von der Beschäftigung mit Lyrik eher abgeschreckt denn gefördert.
Dabei könnte sie Kultcharakter entfalten. Denn was die Vertreter zeitgenössischer Lyrik an Texten vorlegen, hat eine grosse Bandbreite.
Zeitkritische, politische Lyrik sowie Natur, - Gedankenpoetik über experimentelle, bis hin zu abstrakten Metaphern der Unverständlichkeit, ist zu einem unentdeckten Gebiet vielfältiger Kunstausübung geworden.
Auf den Wühltischen der konzerngesteuerten Unterhaltungsromane bleiben die in Nischenverlagen herausgegebenen Bände leider einem breiten Publikum bisher verborgen, da die Präsentationstische in den Buchhandelsketten von grossen Publikumsverlagen mit Konzernhintergrund aufgekauft werden.
Die kleinen Verlage harren der Entdeckung im Internet seitens eines Lesepublikums, das erst lernen muss, selbständig und unabhängig im web nach interessanten Büchern zu suchen und nicht von dem Vorurteil auszugehen, gute Bücher wären bei grossen Verlagen.
Eher befindet sich dort der gängige Massengeschmack. Und die seichten Niederungen sind in den grossen Publikumsverlagen vertreten, da sie hohe Auflagen garantieren.
Das betonte ein Sprecher ins Mikrofon eines grossen Verlages auf der Frankfurter Buchmesse.
Und ohne " Beziehungen " ist es für einen Jungautoren ohnehin fast unmöglich, in grossen Verlagen Fuss zu fassen.
Der Kunde hat es in der Hand, das Blatt zugunsten anspruchsvoller Texte zu wenden.
Allein der Hiphop blüht in deutschen Landen. Was eigentlich schade ist, da zündende Lyrik die Probleme sprachlich ebenso auf den Punkt bringen und Unausgesprochenes und Unbewusstes hervorkehren. Und somit gesellschaftlichen Missständen, Ereignissen, Einschnitten ein sprachliches Gesicht geben können.
Die Szene hat eine Dichte, man könnte schon von Lebensart sprechen.
" Von wegen, wir sind keine Dichter und Denker mehr ! Wir werden nur öffentlich nicht mehr wahrgenommen, " gibt sie vor den staunenden Zuhörern zum besten.
Die Medien inklusive Fernsehen verstellen den Blick auf manche Realität und

werden so zwangsläufig einseitig. Auch beim Fernsehen mutmasst sie Geld als das ausschlaggebende Kriterium für eine mögliche Vorstellung.
Auf der Buchmesse Basel musste sie einmal miterleben, wie Autoren grosser Verlage aus ihren langweiligen Bücher auf der offiziellen Bühne vortrugen.
Andere Autoren kleinerer und der Druckkostenzuschussverlage, die in den engen Gassen an ihren Ständen interessante Bücher vorstellten, war der Zugang zu dieser Bühne verwehrt.
Ihr Verlag war auf ihre Anfrage hin nicht in der Lage, diesen Auftritt zu finanzieren.
Und die flanierenden Besucher mieden die unbekannten Verlage, gingen an ihren Ständen vorbei. Da sie gute Bücher nur in grossen Verlagen vermuten.
Die Autoren müssen einen gewissen Bekanntheitsgrad aufweisen, um öffentlich wahrgenommen zu werden. Ohne PR in grossen Zeitungen ist dies aber nicht möglich und unterliegt somit einer politischen Steuerung. Bis dies publik wird und die Käuferschichten ihr Verhalten ändern.
Die Lyrik und ihre Wertschätzung ist in den arabischen Staaten und anderen alten Kulturvölkern noch sehr lebendig.
In Ägypten und der Mehrheit arabischer Staaten füllten bekannte Lyriker ganze Fussballstadien.
Dennoch sollen, ähnlich wie zu fast allen Zeiten in Europa, die zeitgenössischen Dichter von ihrer Kunst nicht mehr leben können.

Sie lehnt sich in ihre Kissen zurück und gibt sich der Stimmung hin, die das fahle Licht des Mondes über dem Fluss, den Hügeln der Nacht und der Meretseger erzeugt.
Ganz in der Nähe soll sich Horus an Seth für seinen toten Vater Osiris gerächt haben.
Hanna hat das Deck verlassen.
Sie ist auf der Suche nach ihrem Liebsten, den sie am Abend nicht mehr zu Gesicht bekommen hat. Ihre Stimmung war nicht die beste.
Eine erste Beziehungswolke scheint in der Luft zu hängen. Sabine möchte da lieber nicht nachhaken. Sie widmet sich ihrer Vorbereitung auf die morgige Besichtigung von Amarna.
Die " pharaonische Rache " hat sie dank der einheimischen Tabletten, die die Rezeptionisten ausgeben, so gut wie überwunden.
Was ist mit ihr ? Sie schliesst die Augen. Im Zustand träumerischer Schwerelosigkeit öffnet sich ihr ein Bild vorherrschender Winde und Strömungen der Vergangenheit, die vorübergleiten. Die Landschaft hat nun etwas Jenseitiges an sich.
Die 6. Nachtstunde der Nachtfahrt des Sonnengottes erscheint mit theatralischem Getöse.
Sie passieren die Jenseitigen an hohen Ufern des himmlischen Nils, der mit

seinen Windungen und Verzweigungen ein Abbild des irdischen Nils ist. Das Rauschen des Flusses unterhalb des Panoramadecks verstärkt ihren Traum.
Dabei befinden sie sich in diesem irdischen Abschnitt nahe der Nekropolen der Gaufürsten von El Berscheh aus der Epoche des Mittleren Reichs, auf dem Ostufer gelegen. Mit seinen bekannten Sargtexten, die im Ägyptischen Museum in Kairo einem breiteren Publikum zugänglich gemacht werden.
Und rechterhand bei Tuna el Gebel sind weitere Grabreihen auf dem Westufer zu sehen, mit Tausenden mumifizierter Ibisvögel und Paviane, die dort zutage kamen.
In Bälde werden sie hinter Mallawi bei Schech Said unterhalb des Fels des Ostgebirges königliche Beamtengräber passieren.
Es handelt sich um die Grablegungen ehemaliger Landleiter des Hasengaus. Danach öffnet sich das Felsenrund zur weiten Ebene von Amarna.
Pharaonen mit ihren Machtsiegeln, die als Vertreter aller Menschen anzusehen waren, zeigen ihr das Jenseitsbuch des Amduats auf. Sie werden von Achgeistern seliger Toten begleitet. Inwieweit sich der Inhalt auf die Topographie der Landschaft übertragen lässt, ist ihr ein Rätsel.
" Merkwürdig, " denkt sie, " die Felsgräber waren doch nur Begräbnisstätte der Gaufürsten und königlicher Beamter.
Messer deuten auf die unheilvolle Nähe des **Sonnenfeindes Apophis** hin.
Zudem befinden sie sich in der Stunde der tiefsten Finsternis, in der sich das Licht neu entzündet.
In welcher die Neugeburt des Sonnengottes mit der Heilung seines Augenpaars beginnt. Sie zeigen sich als " löwengestaltiger Stier mit der Donnerstimme, einem Aspekt des Osiris " . Bekannt unter seinem Namen **Tit**.
Verschiedene Windrichtungen beherrschen diesen Ort.
Amarna ist mit dem aufgehenden Aton nicht mehr weit entfernt. Die nordwestliche Stele ihres Einzugsgebiets steht am Tuna el Gebel.
Und die Ramessiden verbauten Teile des abgerissenen Atontempels im Gelände von Hermopolis Magna.
Sie spürt, dass dieser Ort einmal eine Stadt von grossen Ausmassen, kosmopolitischen Treibens und starker Wirtschaftskraft gewesen sein muss und dass nicht nur in ihrer geistigen Bedeutung als Zentrum des Thotkults über die Jahrtausende. Prozessionen zog es von Hermopolis Magna bis zum Tuna el Gebel, wo tausende Mumien von Ibissen und Pavianen in den tiefen Stollen liegen, als sichtbare Verkörperung des Hauptgottes Thot.
Nein, die Wasser des Nils tragen einen buntgeknüpften Teppich aus angeschwemmten Collagen und sphärischen Klängen vergangener Zeiten heran, die sich in ihrem Unterbewusstsein tummeln und in die Landschaft am Nil eingraviert sind, palimpsestartige Strukturen des Fussabdrucks des homo sapiens sapiens.

Seit 1989 finden dort deutsche Ausgrabungen statt.
Der ZDF-Korrespondent Dietmar Ossenberg suchte sich in den 90zigern dieses Gebiet aus, um den " Gottesstaat " auszurufen, als Einziger, während nebenan die Grabungen weitergingen.
Die Ägypter, die sie zu dem Thema später befragte, schüttelten nur den Kopf. Sie hielten ihn für einen Auftragsjournalisten der USA. Mit Kontakten zur schiitischen Hisbollah, was nicht unbedingt ein Widerspruch sein muss.
" Immer nur Extreme, " meinten einige junge gebildete Ägypter in Luxor und Assuan im Gespräch mit ihr, " wann würden die USA und ihre Verbündeten sie mal in Ruhe lassen und ihnen nicht immer diese Extremisten aufhalsen. Sie wollen ihre Angelegenheiten selbst regeln.
Und Gewalt würden sie als gläubige Muslime ablehnen. Wenn der Westen ihren Beteuerungen auch keinerlei Glauben schenken würde, weil die Medien sie alle in einen Topf würfen.
Die mit Gewalt gegen Ausländer vorgingen, seien nicht die **Ihrigen,** und ihre Aktionen würden ihnen persönlich schaden.
Wir sind doch keine Deppen ! Die meisten Familien hätten Mitglieder, die vom Tourismus leben würden, weil sie ansonsten keinerlei Möglichkeiten für einen Broterwerb sähen. "
Sie denkt an arme Fellachenfamilien aus Mittelägypten zurück, die froh waren, wenn das Kreuzfahrtschiff an ihren benachbarten Besichtigungspunkten anlegte und sie kühlende Batisttücher, geflochtene Körbe und ähnliches anbieten konnten.
Und sie betrachteten Präsident Mubarak in den Neunzigern als den richtigen und kompetenten Mann, um sich gegen unerwünschte Einmischungen von aussen zur Wehr zu setzen. Dazu zählten sie auch die von aussen gesteuerten Angreifer der Touristen in Mittelägypten.

Der Vorhang für Hermopolis Magna fiel endgültig mit der Jahrhunderte langen Nutzung als Steinbruch.
Auf den Schwingen der warmen Aufwinde gleitet ein einsamer Falke über die Meretseger.
Über die nackten Felsen hinweg, die das Niltal am Ostufer säumen und in das sich der Strom über die Jahrtausende sein Bett gegraben hat.

" Dem dunkel schimmernden präkambrischen

Urgestein
setzt er

den Kalksteinbruch -

lichter Sonnenhöfe

entgegen ... "

Ein einziger Ton weht von Süden herüber.
Amarna, Achet - Aton, zu deutsch : Der Horizont des Aton.
Die architektonische Ausgestaltung einer ungeheuren Revolution. Eines Bruchs mit der Vielgötterei des Amun - Re, in Form einer alles umfassenden Stadtplanung, durch die Vision eines einzigen Mannes.
Echnaton, der erste Individualist.
Der Kult in den lichtdurchfluteten Tempelanlagen des Aton entmythologisierte die Religion, zog sie auf Opfertische unter freiem Himmel ins Licht des Diesseits, das für jedermann gleich erfahrbar wurde.
Es gab kein verborgenes Geheimnis mehr. Keine Parallelgesellschaft, die im Schatten praktizierte.
Fleissige Günstlinge aus dem Mittelstand ersetzten die privilegierten Priesterstände aus Theben.
Der Sonnengott Re, der in seiner Tagesbahn den Himmel quert, erhielt in dieser Funktion im Alten Reich den Namen Re - Harachte. Der horizontische Re. Bestandteil des heliopolitanischen Sonnenkultes.
Der Vater Echnatons hatte dieser wandernden Sonnenscheibe bereits kultisch Rechnung getragen.
Der thebanische Kult des Amun pervertierte. Durch den ungeheuren Machtzuwachs seiner Priesterschaft schlug das Pendel einseitig zuungunsten der heliopolitanischen Lehre aus dem Alten Reich aus.
Amenophis III. huldigte deshalb dem Aton. Sein Name lautet :

Es lebt Re - Harachte, der im Horizont jubelt, in seinem Namen als Licht, das der Aton ist.

Und Echnaton selbst, als Heranwachsender in die Lehre der memphitischen Priester des Re - Harachtekults eingetreten, war von diesem Glauben, dem eine einfache Urlehre zugrunde lag, stark beeindruckt.
Es ging um die Rückbesinnung auf uralte Schöpfungsmythen.
Um den Sonnenphönix, der die Zeit und die Himmelszyklen beim Ersten Mal der Schöpfung in Gang setzte und um den Zyklus der Sothis.
Der heliakische Aufstieg des Sothissterns am 19. Juli kündigte die alljährliche

Nilflut und die Überschwemmung Ägyptens an. Sothis steht als Name für den Stern Sirius. Gemeint ist Isis.
Im Rahmen der Schöpfungsmythen war die Erschaffung des Götterpaares Luftgott Schu und seiner Gemahlin Tefnut (Maat und Feuchtigkeit) als Emanation des Schöpfergottes Atum für Echnaton bedeutsam.
Als Triade von Amarna galten fortan Aton, Echnaton und Nofretete.

" *Der Auftrag an Echnaton und Nofretete*"

Seit du die Welt gegründet hast, erhebst du sie für
deinen Sohn, der aus deinem Leib hervorgegangen ist,
den König Beider Länder, Nefercheprure Uanre,
der Sohn des Re, der von Maat lebt, den Herrn der
Diademe, Echnaton, gross in seiner Lebenszeit,
und die Grosse königliche Gemahlin, die er liebt, die Herrin
Beider Länder, Nofretete, die lebendig und verjüngt
ist für immer und ewig. "

Aus dem Sonnenhymnus Echnatons im Grab des Eje in Amarna

Ausschlaggebend für die Flucht nach vorn war für Echnaton, der zunächst als Amenophis IV. den Thron nch dem Tode seines Vaters bestieg, sein Machtkampf mit den übermächtigen Amunpriestern. Es bestand die grosse Gefahr, von ihnen ermordet zu werden.
In dieser brenzligen Lage gab Echnaton der Sonnenscheibe den Vorrang. Mit aller Härte und grosser Durchsetzungskraft bis hin zu Verfolgungen.
Aton, die Sonnenscheibe, von Raum und Zeit abhängig, die Welt belebt.
Robert Bauval sah in der Entscheidung Echnatons, die wüste Ebene Amarnas zu seiner neuen Hauptstadt zu erwählen, die ausgerechnet mitten in der heissesten Klimazone im Mittleren Ägypten angesiedelt ist, als eine Reminiszenz an einen Standort, der sich genau in der Mitte zwischen Wintersonnenwende und Sommersonnenwende befindet.
Beide Sonnenbahnen erfassten Ägypten auf Erden geographisch zu einer Einheit. Und gaben sich somit als kosmisches Modell aus.
Echnaton gelobte im vierten Jahr seiner Regentschaft, dass er sich verpflichte, in Achet - Aton alle möglichen Bauwerke zu errichten und nirgendwo sonst hinzuziehen und Aton ein Haus der Freude im Stadtzentrum zu bauen :
" Aton, geehrt in Jubiläen " .

Die Gruppe fiebert der Stadt Echnatons, dem ersten angeblichen

Fundamentalisten, entgegen.
Wie mag sie aussehen, was ist von ihr übrig geblieben ? Und gibt es noch sichtbare Spuren von Nofretete und der gemeinsamen Töchter, die sie im Ägyptischen Museum in Kairo bewundert hatten ?
Abrupt enden die Felswände. Der Nil schreibt eine rechte Kurve.
Am Ostufer tauchen Palmen in einem schmalen Band des Fruchtlandes auf. Die riesigen steinernen Abbrüche der Wüstenfelsen ziehen sich weit ins Landesinnere zurück, umgrenzen eine halbmondförmige Ebene. Hinter dem Grün der Dattelpalmen öffnet sich der weite Talkessel von Amarna.
Das Schiff schwebt auf ruhigem Gewässer dem gemauerten Landesteg entgegen, der in den Nil parallel zum Ufer hineingebaut ist. Helfer warten, die schweren Seile in Empfang zu nehmen, um die Meretseger am Kai zu vertäuen. Wie ein Stilleben, ein vergilbtes Postkartenmotiv, nimmt sich das Schiff aus.
Vor den sandigen Abbrüchen der hohen Felswüste im Hintergrund und verträumten Wasserhyazinthen in der teichartigen Ausformung vor der künstlichen Landzunge zum Ufer, als der Schiffsbauch seine Passagiere entlässt.
Aus Urquellen vergangener Tage tauchen verschwommen Aquarelle zarter weiblicher Gestalten auf. Ihre Nasen riechen an einer Lotusblüte.
Die Überschwemmungen des Nils waren dafür verantwortlich, das die prächtigen Paläste und Promenaden sowie Handelsplätze an den Uferzonen verschwunden sind.
Unwirklich scheint ihr in diesem Bild ihrer Fantasie ein grünes Vehikel am höheren Ufer zu sein, das sie hinter dem schimmern-den Truggespinst wahrnimmt und das wie ein Fremdkörper vor hohen Palmen wirkt.
Beim näheren Hinschauen entpuppt es sich als ein altertümlicher überdachter Busanhänger.
Trauriges Relikt aus der Zeit des Empire, das in einem der abgelegensten Winkel dieses Landes noch Flagge zeigt.
Ein Unding, vor das gerade unter Flüchen des einheimischen Lenkers ein laut tuckernder Traktor gefahren wird, der mit einem Schlag ihre auratische Stimmung in Stücke haut.
" Mannomann " , staunt Hanna.
" Gut, dass wir uns kein Busmuseum in England ansehen müssen. Das ist ja erbärmlich. Da würde ich doch lieber in Echnatons Streitwagen klettern. "
Sein antikes aber überaus leichtes Gefährt stuft sie als fort-schrittlicher ein. Ein gut erhaltenes Exemplar hatte sie im Kairoer Museum zu Gesicht bekommen.
Auf Malta war sie schon einmal in Englands technologischen Dinosauriern unterwegs gewesen. Natürlich mit erholsam eingelegten Zwangspausen und inklusive Blümchenpflücken, falls das schwere Monstrum schlapp machte. Und der Fahrer mit einer Zange zur Reparatur unter das Museumsstück verschwand.
Selim gibt bekannt, dass britische Archäologen unter der Leitung von Professor Barry Kemp in Amarna graben und restaurieren. Die Arbeitssaison ist aber

wegen der Hitze auf das Winterhalbjahr beschränkt.
Kinder ärmster Fellachenfamilien, die die Ränder der ariden Ebene von Amarna bevölkern, stehen in Gruppen vor ihrem Urgetüm von fahrbarem Untersatz. Und stürmen hinterher, als sich der Bollerwagen mit seiner touristischen Fracht in Richtung Ebene und Nördliche Felsgräber in Bewegung setzt.
Linkerhand lassen sie den Bereich des Nordpalastes der Nofretete liegen, dessen Fundamente hinter einem hohen Drahtzaun geschützt sind.
Die harten Holzbänke machen ihren Sitzhälften schwer zu schaffen, da der Wagen unaufhörlich rumpelt.
Über die helle Fläche aus schnurgeraden Strassen, Wadis und Sand geht die Fahrt zu den Felsen der Grablegungen hoher Beamter und Priester des Atonkults. Die frische Luft des noch kühlen Morgens prickelt angenehm auf der Haut und lässt die Gruppe die wenigen Meter zu den Felsgräbern im Laufschritt nehmen.
Der Vorplatz des Grabes des Huje, des Vorstehers des königlichen Harems und Haushofmeisters der Königinmutter Teje bietet ihnen eine phantastischen Rundumblick über die geisterhaft kahle Ebene mit ihrem Muster aus Strassenzügen und ein von Sturzbächen geformtes Trockenflussbett.
"*Take a deeeeeeeep breath, relax, relax...* ".
Die Gräber sind im Innern für die ewige Existenz wie Wohnhäuser angelegt.

"*Mögest du erlauben, die Plätze der Gerechtfertigten in Besitz zu nehmen, um Aton zu schauen im östlichen Lichtland des Himmels*"
Bitte der Beamten an Echnaton

Der Blick zum palmenabgrenzenden Fruchtland, hinter dem sich der Flusslauf des Nils verbirgt, offenbart ihnen aber noch ganz andere Einblicke.
Sie kann sich nicht erinnern, eine solch positive Energieausstrahlung an einem anderen Ort in Ägypten wahrgenommen zu haben.
Überbordene Glücksgefühle mit einhergehendem Freudetaumel wie nach einem lang ersehnten Pokalsieg einer Fussballmannschaft. Oder nach einem lang ersehnten Heiratsantrag, einem bestandenen Staatsexamen.
"*Take a deeeeeeeep breath ! Relax, relax ...* ".
Alle starren wie gebannt über die Ebene. Aufbruchsstimmung ist da zu vernehmen. Die kahlen Flächen scheinen etwas vom Geist jener Zeit auf sie zu projezieren, was sie nie vermutet hätten.
Selim geht es genauso. Er kann selbst Sabine und Hanna nicht bewegen, ins Grab zu treten. Niemand möchte sich der verheissungsvollen Strahlung der morphischen Felder so einfach entziehen.
Kraftvolle Energien halten sie gefangen, bauen sie innerlich auf. Sie hätte dies an den Stätten Jesu erwartet, aber hier ?

Bei dem ersten Monotheisten und finsteren Fundamentalisten Echnaton ?
Flashartig blitzen große Strassenachsen des Ostens und Westens auf, die sich in der Stadt kreuzen, wo sich jetzt eine kahle Fläche dehnt.
Die Sonne wandelt vor ihrem inneren Auge über das gesamte Terrain in Bahnen auf und nieder.
Virtuell ersteht vor ihnen die Stadt aus dem Fundus der Zeiten.
Der gesamte Sonnenlauf war als kosmisches Modell gedacht. Das zeigen auch Selims Ausführungen.
" Schöne neue Welt Amarnas ! "
Ihr kommt Aldous Huxley in den Sinn. Der Vergleich verunsichert sie.
Achet - Aton, ein Abbild des Kosmos, nicht nur im Kult, sondern auch im Stadtbild. Einzig von Aton und seinem Mittler auf Erden, Echnaton, gelenkt.
Die Gruppe trottet nach und nach in das erste Grab. Noch erfüllt von dem, was sie innerlich aufgenommen haben.
Während Selim seinen Schäfchen auf der rechten schmalen Eingangswand ein Relief aus dem Tempel des Atons mit grossem Altar unter freiem Himmel zeigt und einen dazugehörigen Säulenhof und Statuen, flüstert Hanna Sabine Unerhörtes ins Ohr.
Der Reiseführer verweist auf ein Relief Echnatons, der unter den strahlenden Händen der Sonnenscheibe Atons seine Mutter Teje zum Totentempel seiner Eltern führt. Welche jener Amenophis III. und jene Teje waren.
Die Reste ihres riesigen Tempels befinden sich noch vor den Memnonskolossen im fernen Theben - West in einem von wenigen Trümmern überzogenen Gelände.
" Hast Du sie auch gespürt ? "
" Wen meinst Du ", erwidert Sabine fragend.
" Na Echnaton, Nofretete und die Bevölkerung von ganz Achet - Aton ! "
" Ja, aber das kann doch nicht sein, " protestiert Sabine. Wohl wissend, dass es für sie auch keine andere Erklärung gibt.
" Vielleicht befindet sich ihr Ka noch hier. "
" Denk doch mal nach, " wendet Hanna ein.
" Sie haben sich doch letztendlich durchgesetzt. Wenn auch in Brechungen.
Der Monotheismus ist im Judentum, Christentum und Islam aufgegangen. Und bestimmt die heutige Zeit. Vielleicht liegt es daran. "
" Aha ", reagiert Sabine befremdet. Sie hat keine Erklärung.
" Echnaton als Speerspitze vor Moses, Jesus, Mohammed ? "
Ihr fällt eine Stelle bei Siegmund Freud ein, der Moses als einen Ägypter wertete, der " die Eingottverehrung von Echnaton oder dessen Schule kennengelernt hatte und sie den Juden im alten Israel vermittelte, inklusive Beschneidung ".
Alles Magische, Geheimnisvolle, Zauberische war in Echnatons Religion, oder soll man lieber von Naturphilosophie sprechen, ausgeschlossen. Und der

mächtige Osiris und sein Totenreich war in den Nachtstunden des Amunkults praktisch nicht mehr vorhanden.
In der früheren Religion ging es um Inganghaltung der Schöpfung, der Abwehrung des mächtigen Feindes Apophis.
Und um die Regeneration des matt gewordenen Sonnengottes in den Stunden der Nacht.
Davon ist bei Echnaton nicht mehr die Rede. Alles nicht mehr vorhandene Lebendige befindet sich über Nacht im Atontempel, ist praktisch gestorben.
Für das wichtige Thema der Bedrohung der Schöpfung durch den Weltenvernichter Apophis scheint er keine Erklärung gehabt zu haben.
Dass die Juden kein Jenseits kennen, hätten sie von Echnaton übernommen, so Freuds Argumentation in seiner Abhandlung
" Der Mann Mose und die monotheistische Religion ".
" Das hieße, Echnaton sei auf die allgemeingültige Wahrheit über Gott als alleiniger Herrscher und Schöpfer gestossen ", flüstert Hanna.
" Und die hat sich nach ihrem Rückschlag der Wiedereinführung der alten thebanischen Religion durch die Fraktion der Amunkulte doch noch erfolgreich ausgebreitet, als Exportschlager eines pfiffigen Ägypters, der in den Jahweanhängern die geeigneten Kandidaten für die Weiterführung dieses Experiments sah. "
" Nur, warum ist dann Echnatons Versuch zunächst gescheitert, um sich nachträglich zum weiten Mainstream auszubreiten ? Zumal Achet - Aton architektonisch im Altertum eine grosse Stadt auf einem riesigen Gelände war, mit mehreren Gotteshäusern für Aton.
Warum wurde sie überstürzt verlassen, geschleift und der Tempelbereich zementiert und anschliessend mit einem Bann versehen ?
Und wer genau war in diesem Zusammenhang der historische Moses ? "
Fragen über Fragen.
" Wenn sich die Historie genauso zugetragen hat, hat dann diese " Wahrheit " irgendwelche Auswirkungen auf die heutige Politik ? Glaubst Du, dass Israel aufgrund seiner altägyptischen Wurzeln dann hier in Mittelägypten irgendwelche Interessen
verfolgt ? "
Sabine ist konsterniert. " Wie kommst Du denn darauf ? "
Hanna zuckt mit den Schultern. Selim stört das Geplapper angesichts seines Vortrags schon länger. Er hält inne und mustert beide streng.
Es folgen in mehreren Gräbern, die sie sich anschauen, Darstellungen von persönlicher Frömmigkeit, Loyalität, Beweisbekundungen der Loyalität gegenüber Echnaton und die Einsetzung seiner Beamten und Priester.
Nofretete und Echnaton reichen vom Palastfenster aus das Ehrengold für Verdienste an ihre Günstlinge weiter.
Die " heilige " königliche Familie bei der Sonnenanbetung : Private Momente,

wie sie noch nie zuvor in einem altägyptischen Kanon festgehalten wurden.
Die Individualität, nicht allein die Stellung des Königs wird im Amarnakanon herausgestellt, auf natürliche Weise und mit verzehrten Gliedmassen. Echnaton verschmilzt in seinem weiblichen und männlichen Prinzip zu einer Person, zu einem androgynen Wesen.
Das ist das Neue und Grosse an der Amarnakunst. Sie wirkt äusserst realistisch.
Man könnte meinen, der Maler hätte in einem Moment mit fotografischem Blick Echnaton und seine Familie ohne spätere Überarbeitung des Bildes eingefangen. Nofretete erscheint neben ihrem Mann gleich gross und mit blauer Kriegskappe.
Ein Novum in der Abbildung Grosser königlicher Gemahlinnen. Ihr Machtzuwachs muss für konservative Anhänger der alten Verhältnisse - hier Pharao, dort die Priester des Amun - ein ungeheurer Frevel gewesen sein.
Der neue Staat unter Echnaton ist ein " Gottesstaat " . Ohne Trennung zwischen weltlicher und geistlicher Herrschaft.
Echnaton in seiner Person verkörperte beides mit absolutistischer Macht.
Er empfängt den Tribut der unterworfenen asiatischen Länder vor den Augen der staunenden Gruppe.
In der gesamten Wandikonographie macht sich der Schatten militärischer Präsenz breit.
Sabine, Hanna und sie treten, noch trunken von den Reliefs, aus den Gräbern ins Licht der geistigen Weite Amarnas.
Das Felsengrab Echnatons verbirgt sich in einem hinteren Tal.
11 Kilometer liegt es von der Stadt des Altertums entfernt und ist für die Gruppe leider nicht zugänglich.
Die Sonne war am frühen Morgen wie an jenem Tag aufgegangen, als Aton die Stelle Echnaton bedeutete, hier auf ewig seine Stadt zu errichten. Als Zeichen erstrahlte sie in seinem Erscheinungsfenster in der Senke zwischen zwei Felsformationen.
Die Gruppe fährt nun gemächlich tuckernd über die platte Ebene.
Hinüber zu den Resten des Nordpalastes, in dem Nofretete und danach Merit - Aton, ihre Tochter gelebt haben.
Dicht gefolgt von einem Schwarm winkender und rufender Kinder des heutigen arabischen Amarnas, die geflochtene Körbe zum Verkauf schwenken.
Von diesem Königspalast sind ganze Teile nicht mehr vorhanden, der in den späteren Regierungsjahren hauptsächlich genutzt wurde, als die Kluft zwischen dem Volk und der Königsfamilie grösser wurde.
Durch die Änderung des Nillaufs versanken sie im Wasser und sind für immer verloren gegangen.
Selim weist auf die Fundamente der Säulengänge hin, erzählt ihnen von den im naturalistischen Stil gehaltenen Böden, auf denen Gänse im Papyrusdickicht

auffliegen. Von dem angrenzenden Garten mit seinen Teichen und schattenspendenden Bäumen.
Die Stadt selbst liegt unter der Decke des Sandes begraben, wird in langen Grabungskampagnen teilweise freigelegt und wo noch möglich, auch restauriert.
Der kleine Atontempel hatte eine Säule, die auf den V- förmigen Einschnitt des Wadis zum Königsgrab im Ostgebirge zeigte. Aton erstrahlte entlang dieser genauen Achse in den gesamten Tempelkomplex.
Selim lässt in seinen Schilderungen beide Tempel des Aton, den grossen und den kleinen, die Paläste und komfortablen Wohnhäuser erstehen. Die Stadt war keine Gewöhnliche, sondern in ihrer Anlage ganz auf den Kult Echnatons für Aton ausgerichtet. Die Architektur unterwarf sich diesem Anspruch.
Breite Schichten wohnten in diesen Häusern, mit Duschbad, Toiletten, Schlafräumen mit Kleiderkammern, Fenstern, die den kühlenden Nordwind hereinliessen.
Ausgemalt mit Gemälden im naturalistischem Amarnastil und ausgestattet mit Getreidespeichern, Viehställen und Anbauten fürs Personal.
Dazwischen lagen die Reihenhäuser für die Arbeiter, kubisch mit Flachdächern gehalten, als Vorläufer des Bauhausstils.
Und dennoch stimmt hier etwas nicht.
Warum, so fragt sie sich, wurde die Stadt Hals über Kopf verlassen ?
Echnatons Tod, der auch seine Revolution beendete, hätte doch nicht auch gleichzeitig den Tod der Stadt bedeuten müssen. Zumal in Windeseile eine Retorte mit hochdifferenzierter Gesellschaft aus dem Wüstensand gestampft worden war, das einem schwindlig werden kann.
Eine breite Mittelschicht für die Organisation, die 50 % ausmachte, 30 % untere Schichten, der Rest eine kleine Oberschicht, die in Stellvertretung des Pharaos wirkte.

Die Stadt erhielt den Namen " **Neue [Welt -] Ordnung !** "

Selim sitzt auf dem Traktor und bedeutet dem einheimischen Fahrer, zum Schiff zurückzukehren.
Der direkte Blick auf die Trümmer des Atontempels, den Palast und auf einige Wohnhäuser bleibt ihnen verwehrt.
Und ebenfalls auf die Bildhauerwerkstatt des Thutmoses, der die berühmte Büste der Nofretete schuf und in einem grossen komfortablen Anwesen lebte, in dem sich Dienerwohnungen befanden und Werkstätten in abgetrennten Räumlichkeiten.
Die Ausgrabungswelt des deutschen Archäologen Ludwig Borchardt.
Sie ist genauso von der Bildfläche verschwunden wie die Stadt Achet - Aton.
Ernüchterung macht sich in der Gruppe breit. Sie hätten noch gerne mehr

Anschauungsmaterial in Augenschein genommen. Noch von den positiven Erlebnissen und Eindrücken gefangen, eilen sie ihrem Schiff entgegen, das in der Sonne, dem Lichte Amarnas glänzt.

" *Take me back to the rivers of belief, my friend ...*
 Lets hope one day
 We`ll rest in peace
 on my rivers of belief "
                                        Enigma, The Rivers of belief

Könnte man meinen, wenn man den jungen Mann sieht, der zu jeder Tag - und Nachtzeit seine Kopfhörer wie einen Fetisch trägt. Doch auch ihn hat der bezaubernde Morgen von seiner kitschigen Seite erfasst.
" *Oh what a beautiful morning, oh what a beautiful day !* " singt er aus vollem Herzen.
" *I 've got a beautiful feeling, everything`s going my way.* "
Die Zustimmung lässt nicht lange auf sich warten. Einige stimmen in seinen Gesang ein.
" Aton scheint es gut mit uns zu meinen, " scherzt ein Familienvater und kann noch soeben seinen Sprößling davon abhalten, in den Nil zu springen.
" Er möchte den kleinen Ägyptern mit ihrem Imponiergehabe gegenüber den kleinen Mädchen nacheifern, die am Ufer spielen. Er will zeigen, dass auch er ein toller Hecht ist " , fügt er entschuldigend hinzu.
Derweilen hat der Koch an Bord eine kräftigende Bouillon zubereiten lassen.
Und die Karawane strebt zielgerichtet das Oberdeck an, wo die Kellner schon warten, um sie auszuschenken.

"*Deine Strahlen säugen alle Felder -*
 wenn du aufgehst, leben sie und wachsen für dich."

aus den Jahreszeiten, dem Sonnengesang Echnatons

Der Steuermann lässt die Seile lösen und die Meretseger langsam vom Ufer Richtung Strommitte driften, wo sich die Wasser aus verschiedenen Strömungen kommend, zu Strudeln mischen.
Sie starrt eine Weile zum Ostufer auf den dunklen Palmenhain, in dem sich die Schatten verdichten und einen Sperrriegel vor die lichtdurchflutete Ebene ziehen, mit ihren begrabenen Überresten der versunkenen Welt Amarnas.
Die lange Zeit dem konsequenten Vergessen durch einen auferlegten Bannfluch preisgegeben war und erst mit den ersten Grabungen im 19. Jahrhundert wieder ans Licht der öffentlichen Wahrnehmung gehoben wurde.
Die Sonne erreicht in ihrer Tagesfahrt auf ihrer Himmelsbahn den höchsten

Stand in ungefähr zwei Stunden und wird ihre Strahlen mit tödlicher Wucht auf das Schiff und die Landschaft werfen.

" Fundamente
 auf die wir bauten
 zerfliessen im Licht des einzigen
 Tones
 im Abgesang der
 Sonne
 brechend im Spektrum der
 Religionen
 bis auch dich die letzten
 Strahlen

 verzehren "

Die Gruppe hat sich unter schattenspendende Markisen zurückgezogen und schlürft ihre dampfende Suppe.
Ihre Eindrücke in Verbindung mit dem kulinarischem Angebot an Bord stimmt sie heiter und lässt auf entspannende Stunden in den Liegestühlen an Deck hoffen.
Erst am Abend wird die Meretseger die Stadt Assiut erreichen und bis dahin ihre Gäste auf Zeit sich mit der Landschaft, dem Müssiggang und ihren Gedanken an Brot und Spiele selbst überlassen.
Mit erholsamen Nichtigkeiten, dem fröhlichen Austausch über eine passende Verkleidung.
Denn wie auf jeder Reise auf dem Nil, steuern sie heiss ersehnt das Highlight ihres täglichen Abendprogramms an, die Galabijaparty.
Hanna und Sabine kommen bei der Auswahl ihres arabischen Kleidungsstück in der Boutique neben der Rezeption noch einmal die Schönheit der Königin Nofretete in den Sinn. Vor alllem denken sie an ihre grazile würdevolle Haltung und Aufmachung.
Die Transparenz ihres plissierten Kleides, das den Linien ihres wohlproportionierten Körpers folgt, die weibliche Scham entblösst liess und von der hohen Kappe und seitlich fliegenden Bändern gekrönt war.
Selten hat es eine hochgestellte Persönlichkeit von solcher Schönheit gegeben, wie sie der Nachwelt auf den Reliefs von Amarna überliefert ist.
" Das abgekupferte Modell eines bekannten amerikanischen Modeschöpfers dürfte kaum die passende Trägerin unter den Frauen der westlichen Welt finden ", stellt Sabine spöttisch und mit einem Hauch Kritik fest.
Hanna wähnt sich im Vergleich einem Walross näher. Klein, unförmig und pummelig.

Und Sabine hat trotz ihrer Länge Zweifel, mit der schönen Königin vom Nil konkurrieren zu können.

Angesichts der gezeigten dunkelgrünen Galabija fühlt sie sich mit ihren braunen Haaren, ihren langweiligen Gesichtszügen und dem hellen Teint etwas farblos.

" Dem kann abgeholfen werden " , bemerkt der Besitzer mit einem prüfenden Blick.

" Kommen Sie heute abend rein, ich schminke Sie entsprechend. Ich garantiere Ihnen, Sie werden sich nicht wiedererkennen, Grosse königliche Gemahlin ! " scherzt er prahlend.

Hanna prustet los, in Sabines Gesicht breitet sich eine gewisse Röte aus.

" Sehen Sie ! " bemerkt der Boutiqueninhaber. " Geht doch ".

An Deck unter dem Baldachin in dunkle Gedanken versunken, die sich ihrer seit der Abfahrt von Amarna bemächtigen, hält sie sich vom sorglosen Treiben der übrigen Gäste fern.

Das Gift, das sich in ihr schönes Bild vom Ort und der Revolution Echnatons eingeschlichen hat, entfaltet langsam seine zerstörerische Wirkung im gesamten Organismus und lähmt alle Funktionen.

So muss es gewesen sein, als der Abgesang über der Stadt, den Erdkreis, über ganz Ägypten hing.

Streifen von Schatten tanzen über der Markise. Das Licht springt in kurzen Abständen auf der Wasseroberfläche hin und her.

Die Blendung trifft sie mit ihrer ganzen Härte auf der Netzhaut. Für Momente ist ihr Blick schattenhaft getrübt.

Eine dunkle Welt schleicht sich tiefer und tiefer in ihr strahlend schönes Bild von Achet - Aton, vermischt sich mit ihren unterschwelligen Eindrücken von der siedend heissen Stadt.

Einer Stadt in der Wüste, im Reich des Seth und gerade nicht im Fruchtland gelegen, wie alle Residenzstädte vor und nach Amarna. Wenn sie auch architektonisch, vor der Hitze schützend geplant war. So ist ihre Lage eine zutiefst Unägyptische.

Von hunderten Opfertischen unter freiem Himmel ist da die Rede, auf die nicht der Hauch eines Schattens fallen durfte, um das Herz Atons zu erfreuen.

Von aufgeschichteten täglich geschlachteten Rindern. Bergen an Bier und Brot, die unter den tödlichen Strahlen der erbarmungslosen Sonne schnell vergammelten.

Von den Gesandten der asiatischen Fremdländer, die solange in der Sonne warten mussten, bis sie tot umfielen.

Von dem Umstand, alle Waren über den Nil importieren zu müssen, weil der Kessel Amarnas von Norden und Süden her unzugänglich war.

Gesteinslagen in der unerträglichen Hitze unter unvorstellbaren Mühen aus weit

entfernten Tälern von einer jugendlichen Unterschicht abgebrochen und herbeitransportiert wurde.
Was dazu führte, dass die Sterblichkeit der schwerstarbeitenden Bevölkerung zwischen 16 und 20 Jahren am höchsten lag, während insgesamt die Sterblichkeitsrate der gesamten Bevölkerung sehr niedrig anzusetzen war.
Kaum jemand erreichte das 40. Lebensjahr. Trotz des offensichtlichen Komforts, das die gedämmten Wohnhäuser boten.
Sie sieht in der Unterwürfigkeit der Untertanen vor Echnaton ein schlimmes Zeichen, die ihr auf den Wänden der Gräber seiner Würdenträger entgegentraten. Auf Talataten in den heutigen Museen zu bestaunen, die als Füllmaterial in Pylonen und Tempeln der späteren Restaurationszeit des Amunkults endeten.
Im Gegensatz zu den Privatgräbern der 18. Dynastie in den Tälern von Theben - West.
Dort erblickt man selbstbewusste Stabstraussträger, die hoch erhobenen Hauptes ihren Dienst ausübten.
Ruhige entspannte Gesichter bei der Arbeit sind ein untrügliches Zeichen dafür, dass der Herrscher seine Untergebenen mit Grosszügigkeit und Respekt unter dem Aspekt Gerechtigkeit behandelte.
Amarnas Bilder dagegen offenbaren Physiognomien der Furcht.
Niemand wollte anscheinend den Verdacht erregen, Anhänger der alten Kulte zu sein.
Eine Welt der Angst, die sich wie ein böses Tier in die "*Brave new world* " Achet - Atons einschleicht, dem Bild des selbst gewählten Paradieses Risse zufügt, die das intellektuelle Gebäude Atons vor der immer währenden Kulisse des kochenden Landschaftspanoramas zum Einsturz bringt.
Heraufziehende Bilder des vorzeitlichen Dramas der Tchadregion bedrängen sie. Hat Echnaton deshalb versagt, weil er die Lehren der Vergangenheit missachtete ?
Unter ihren Sohlen lagen auf der Ebene Amarnas die Leiden der Bevölkerung begraben, über die sich der Abgesang der Sonne nach nur **17** Regierungsjahren Echnatons erhob, als er verstarb.
Sein Monotheismus spaltete zum ersten Mal in der Geschichte die Gesellschaft, teilte seine Religionsauffassung in richtig oder falsch ein. Wie alle nachfolgenden monotheistischen Religionen, die glauben, im Besitz der alleinigen Wahrheit zu sein.
In ihrer Hermetik aber ein Gefühl der Intoleranz verbreiten.
Was auf künftige politische Ideologien zutreffen wird, die die Länder spalten werden.
Der kalte Krieg, der Fall der Mauer, das Abwerfen der kommunistischen Machtstrukturen. Der Kampf gegen den Terror.
Mit seiner ungeheuren Machtfülle als allein regierender Pharao warf er ein Netz

von Verfolgungen über das gesamte Land.
Die Bevölkerung zitterte vor seinen Polizeistaatmethoden.
Ausgrenzung der Andersdenkenden, die Begründung des ersten Widerstandes in der Geschichte, der von jetzt an gezwungen war und ist, im Untergrund zu wirken.
Die Brutalität des Bildersturms, das Verbot der Götter, die Schutz versprachen.
Laut Jan Assmann hatte er anstelle des alten Glaubens keine Erlösungsreligion erschaffen, kein schriftliches Werk hinterlassen, sondern nur seine philosophische Betrachtung, den Sonnengesang. Der nun zum Abgesang über das siechende Land verkam.
Litt Achet - Aton unter einer Dürre, einer Krankheit ?
Sein Bild von Aton war kosmotheistisch. Für die einfache Bevölkerung war sie kein Ersatz für ihre verbotenen Feste, Kulte, Riten und Prozessionen ihrer Heimatgemeinden, mit denen sie sich leicht identifizieren konnten. Als Angehöriger ihrer Stadt Theben oder zum Beispiel als Einwohner ihres Gemeinwesens Hermupolis Magna .
Die Magie, die Symbolik, die Verzauberung hatte das Land verlassen.
Ein Gefühl von Betrug breitete sich in der Bevölkerung aus. Aton hielt nicht, was er versprach : Prosperität, Wohlstand und Gleichgewicht.
Mit Echnaton starb auch der einzige Mittler. Der Sinn ging verloren.
Es enstand ein religiöses Vakuum, Chaos machte sich breit, überall herrschte Misstrauen vor.
Atons Untergang und die Verdammung Echnatons hat etwas von dem Schicksal künftiger Potentaten, die unter Furcht verehrt und dann verteufelt werden. Dieser Zustand an sich hat etwas Krankhaftes.
Es war aber auch die Geburt der linearen Geschichtsschreibung. Die Geburt der Individualität, die gefeiert worden war und nun ihr böses Gesicht zeigte.
Und ihre Gesetzmässigkeiten von der Spaltung der Welt mit der Einführung der monotheistischen Religionen bis in die heutige Zeit konsolidierte ... .
Aber es kam noch schlimmer.
Grabungen in der Arbeitersiedlung brachten es an den Tag. Die Bevölkerung litt unter Anämie.
Verbreitete ein tödlicher Virus einen Pesthauch über das gesamte Land ?
Woher kam er ? Oder lag es an den unvorstellbaren hygienischen Verhältnissen der verwesenden Opfergaben auf den Altären unter der Sonne ? Die Priester und ihre Helfer pflegten nach der Opferdarbietung das Fleisch zu essen und von dem Bier zu trinken.
Der frühe Tod der Königstochter Maketaton, von den Eltern Echnaton und Nofretete beweint. Auf einem Relief im Familiengrab ist der private Kummer der Königsfamilie festgehalten.
Nofretete, die als Mann getarnt, unter dem Namen Semanchkare nach dem Tod Echnatons geherrscht haben soll.

In der Angst lebend, umgebracht zu werden.
Ist sie die Unbekannte, die den hethitischen Herrscher um einen Gatten bat ?
Im Archiv des hethitischen Hattusa fand sich eine weibliche Bittschrift einer Königin aus Achet - Aton in gebrannter Keilschrift auf Tontafeln wieder.
Hat man sie und ihre Tochter Meritaton beseitigt ?
Wo sind ihre Mumien verblieben ?
Tutanchamun kehrte zum alten Glauben zurück. Er war der Sohn Echnatons und seiner leiblichen Schwester, wie neuere DNA-Untersuchungen ans Tageslicht brachten.
In Windeseile zog der Hof nach Memphis um. Er und seine Nachfolger liessen Achet - Aton niederreissen und den Tempelbezirk mit einer Zementschicht überziehen, auf dass niemals mehr dem Aton an diesem Ort gehuldigt werden sollte.
Bannflüche wurden ausgesprochen, als habe der Teufel auf Erden Einzug gehalten.
Und die Apophisschlange das Schiff des Sonnengottes zum Stillstand gebracht und Finsternis über Ägypten ausgebreitet.
Der schrille Schrei der Todesvögel erhebt sich über einen Ort, der seit jenen Tagen in seine Vergessenheit zurückgefallen ist, sich nie mehr erholt hat.
Sie stellt sich weitere Fragen. Das ungelöste Rätsel von Tutanchamuns frühem Tod.
Mord oder Unfall ?
Sein relativ kleines hastig errichtetes Grab in der Sohle des Tals der Könige.
Verbirgt sich hinter der Tragödie von Amarna eine weitere familiäre Katastrophe ?
Könnte Nofretete die Mutter Tutanchamuns beseitigt haben ? Aus Furcht fallengelassen zu werden, weil sie nur Töchter und keinen Thronfolger gebar ?
Und hat dann Tutanchamun Nofretete und seine Halbschwester Meritaton ebenfalls töten lassen ?
Und hat dann jemand wiederum das Rad der Gewalt in Gang gesetzt ?
Ihn aus Rache in seiner Waghalsigkeit auf dem Streitwagen mit Absicht zum Sturz gebracht ?

Verdrängungsstrategien kamen zum Einsatz. Man vergass den neuen Glauben, als habe er nie existiert.
Klagepsalmen wie das Lied des Antef beweinten den Zustand des Landes. Die Aussenpolitik vernachlässigt, die Grenzen unsicher geworden.
Die imperiale Macht nach den Eroberungen Thutmosis III. befand sich im Zustand der Schwäche, Ägyptens Feinden preisgegeben.
Bildersturm setzte nun in umgekehrter Weise ein.
Das Gesicht und die Kartuschen der " heiligen Familie Atons " wurden ausgekratzt, auf dass sie im Jenseits nie wieder aufleben konnten.

Die Mumie Echnatons wurde in das Grab KV 55 ins Tal der Könige gebracht, sein Gesicht auf dem Sarkophag zerstört.
Eje, Haremhab, die nachfolgenden Pharaonen wurden gleich Echnaton verfemt. Hatten sie ihren Anteil an Verbrechen der Amarnaperiode ?
Erst in späteren Zeiten erinnerte man sich in düsteren Legenden des Traumas. Von Aussätzigen ist die Rede, die das Land für kurze Zeit beherrschten und dem Verbot, die Götter anzubeten.

" Die Tempel der Götter und Göttinnen waren im Begriff, vergessen zu werden, und ihre heiligen Stätten im Zustande des
Untergangs zu Schutthügeln geworden, die mit Unkraut bewachsen sind.
   Ihre Gotteshäuser waren wie etwas, das es nicht gibt. Das Land machte eine Krankheit durch, die Götter, sie kümmerten
sich nicht um dieses Land...
   Wenn man einen Gott anrief, um ihn um etwas zu bitten, dann kam er nicht. Wenn man eine Göttin anrief, ebenso, dann
   kam sie nicht. "

" Die selbst verschuldete Gottesferne Echnatons " : Text auf einer Stele aus der Regierungszeit Tutanchamuns

Sie schaut einem Busch von flussabwärts treibenden Wasserhyazinthen nach, der die Form eines Kranzes hat und in dem schnell fliessenden Wasser rotiert.
An der Bugseite ertönt der Aussenbordmotor eines Schlauchbootes, besetzt mit Touristenpolizisten, die die Meretseger ein Stück auf ihrer Fahrt begleiten.
 " Sind manche Gegenden mit einem Fluch behaftet und ändern sich nie ? Oder greifen alle nachfolgenden Mächte in den gleichen Topf der Konstellationen ? " fragt sie sich in diesem Zusammenhang.
Die Idee von Echnatons Glauben, Gottes Einheit in allem, was ist, war jedenfalls nicht totzukriegen.
In der kosmischen Religiosität eines Spinoza.
Und auch Einstein glaubte aus seinem naturwissenschaftlichen Blickwinkel heraus fest an eine Gesetzlichkeit und Bestimmtheit des Naturgeschehens.
Der kosmische Pantheismus von Spinoza in Verbindung mit der jüdischen Gesetzesreligion waren für Einstein Richtschnur seiner gesellschaftlichen und politischen Aktivitäten.
Ein abstrakter und intellektueller Gottesbegriff. Von Echnaton so verstanden, für seine Untertanen aber noch nicht lebbar und begreifbar.
An einem stillen Flussabschnitt sieht sie dem Fischen der Einheimischen zu.
In einem flachen Einboot steht ein junger Mann und schlägt mit dem Paddel aufs Wasser, um die Fische in die Netze zu treiben, die ein anderer im

Nachbarboot ausgeworfen hat. Der ruhige Kreislauf des Fischefangens, wie er für die Ewigkeit auf den Wandmalereien der Gräber festgehalten ist, stimmt sie positiv.
"*Semplice vita é gran ricchezza all`uomo*", steht mit grossen Lettern auf dem Schirm einer Stehleuchte im Wohnzimmer ihrer Eltern geschrieben, unter einem italienischem Landschaftsgemälde des 16. Jahrhunderts.
Da ist was dran.
Regierungen, Herrscher gehen. Tragen sich ins Buch der Geschichte ein.
Aber die Ewigkeit auf Gottes schöner Erde nach manchem politischen Sturm, nach jeder Dürre, bestimmen andere. Mit der Poesie des wiederhergestellten Alltags.
Sie kann es in dem Kinderlachen sehen, den Frauen beim Waschtag am Nil, dem Blick der alten Männer, der über das Treiben hinausgeht, den Tieren, die auf den Feldern im langsamen gleichförmigen Rhythmus schuften.
In den altertümlichen Wasserrädern, die im Takt wie Zeituhren von der Langatmigkeit allen Seins künden.
Im Zug der Kraniche, die sich auf dem alljährlichen Flug zu beiden Seiten des Nils zu ihren Winterquartieren in Ostafrika aufmachen. In ihren trompetenhaften Lauten, die sie sehnsuchtsvoll über eine Landschaft ausstossen.
In der eigenen tiefen Wehmut nach der Ferne und dem Zuhause. Dem privaten Glück. Den kreativen Momenten im Leben eines Künstlers.
Es ist die Büste der Nofretete, die ihren Ruhm der Nachwelt hinterlässt. Nicht die Codes des politischen Geschehens.
Die Ewigkeit, sie hält sich im ruhigen immerwährenden Landschaftsbild.
Im Takt des pulsierenden Alltags. Seinen Differenzierungen, ohne die das Leben der Menschen nicht gelänge.
Kleine kostbare Momente des Innehaltens, sie feiern die Schöpfung und das Leben.
Der Gong zum Mittagessen ertönt.
Schnell ist sie im Bauch des Schiffes verschwunden.

2012 steht im Internet ein Video, dass die Visionen der amerikanischen Astrologin Jeanne Dixon zum Thema hat, die bereits Kennedys Tod vorhersagen konnte.
1962 prophezeite sie den Aufstieg eines charismatischen Führers der künftigen Weltregierung.
Fragt sich nur, ob sie einer Sekte entstammte.
Er sei der Antichrist und würde mütterlicherseits aus dem Hause Davids stammen und väterlicherseits aus dem Pharao Echnatons.
Es handelt sich um Barack Hussein Obama, der aufgrund seiner Abstimmungslinie prädestiniert sei, einen Frieden im Nahen Osten aufzubauen.
Die Welt würde an die Grenze eines nuklearen Holocaust gedrängt. Und dieser

Führer würde den Status eines Weltenretters einnehmen, bevor die **Neue Weltordnung** unter amerikanischer Führung mit der Hauptstadt Jerusalem installiert würde.

Die Welt gerate daraufhin **7** Jahre lang in ein Tal der Entscheidung, einer überaus schmerzlichen Transformation.

An dem Video ist interessant, wie Obamas genetische Bande zu Echnaton konstruiert wurden.

Sie sind unwahr, zeigen aber den Herrschaftsanspruch auf, den die USA in dem Gebiet zwischen Israel, Ägypten, Sudan, Äthiopien, Eritrea, Somalia und Kenia für sich erhebt. Und zu diesem Zweck über eine Wahrsagerin eine Herrschaftslegende aufgebaut wird.

Danach hat Obamas Urgrossvater seine Wurzeln in nilotischen Hirtenstämmen im Sudan, die im 15. Jahrhundert um den Viktoriasee einwanderten. Diese Nubier stammten angeblich von den schwarzen Pharaonen des Alten Ägyptens ab.

Hirten heirateten eigentlich grundsätzlich nicht in Herrschaftshäuser ein.

Dann unterläuft ihr der alles entscheidende Fehler.

Königin Teje, die Mutter von Echnaton, soll eine Nubierin gewesen sein. Angeblich belegt durch die kleine Statue ihres Kopfes aus schwarzen Ebenholz. Teje entstammte jedoch einem Fürstengeschlecht aus dem südlich von Amarna in 164 km Entfernung gelegenen Achmin auf dem Ostufer. In der Nähe des heutigen Sohag.

Ihr Vater war ein hochgestellter Beamter.

Nubien war für Ägypten Feindesland und Selbstbedienungsladen, was seine üppigen Ressourcen anging.

Die Ägypter liessen große Festungen wie Buhen in Nubien errichten, die sie dort als Besatzungsmacht auswiesen, in ihrer Funktion eine gewisse Ähnlichkeit zu heutigen Militärstützpunkten der USA in aller Welt.

Insofern hinkt der Vergleich. Und eine Verwandtschaft mit Echnaton ist nicht nachzuweisen.

Die kenianischen Großeltern von Barack Obama haben nichts Aristokratisches an sich.

In Ägypten leben viele hochgewachsene schlanke Nubier und Nachfahren der alten Pharaonen, denen man anhand ihrer Figur und Physiognomie ansieht, dass sie aus gutem Hause stammen.

Eine frühere Mitreisende, eine ehemalige Kommunistin aus Ostberlin, hatte ihr einmal von einer solchen Begegnung erzählt.

Vor einem Müllberg in Edfu war sie auf eine vornehme hochschlanke Frau gestossen, die ebensogut Königin Nefertari oder Nofretete hätte sein können. Die unbekannte Aristokratin wühlte im Müll, auf der Suche nach Essbarem.

Sie war von ihrem Anblick bezaubert. Und zugleich traurig, in welcher Armut diese Frau aus abgemeldeten Familien ihr Dasein fristen musste.

Nachfahren uralter Familien gehören in der Regel nicht zum neuen System. Werden von Machthabern, die zumeist Aufsteiger aus unbedeutenden Familien sind, aus Konkurrenzgründen abgelehnt und sind zum Teil bis in die heutige Zeit Verfolgungen ausgesetzt.
Insbesondere dann, wenn der neue Name die alte Herkunft verdeckt. Namenlose zählen nicht.
Vielleicht legten die Alten Ägypter auch deshalb so viel Wert auf die Überlieferung und den Bestand ihres Namens.
Und nicht nur aus Gründen ihrer Wiederauferstehung im Jenseits, sondern als Nachweis ihres Standes in der diesseitigen Welt.
" Gent bleibt Gent und wenn er in der Gosse pennt. " Das pflegte ihre Mutter zu sagen.
Die amerikanische Regierung lebt mit ihren Kriegen und weltweiten Verfolgungen und Unterdrückungen nicht den christlichen Glauben. Insofern kann man da von unchristlichem Machtgelüsten sprechen, was den sogenannten Antichristen angeht.
Möglich, dass ein Krieg mit dem Iran herbeimanipuliert wird, um Obama als Friedensfigur einzusetzen. Das wird jedenfalls von einigen im Internet vermutet und wird erst die Zukunft zeigen können.
Inszenierungen à la Obama ziehen sich wie ein Faden durch die gesamte Geschichte.
Im alten Ägypten dienten sie dazu, die Göttlichkeit des Pharaos nachzuweisen. Wie im Falle der Chentkaus, die drei Könige der nachfolgenden 5. Dynastie gebar.
So berichtet uns der Papyrus Westcar.

Die großen Panoramafenster im Speisesaal wirken wie überdimensionierte Leinwände, auf denen ein grosser Landschaftsfilm im flirrend tanzenden Licht abläuft. Aber anstatt zu schauen, sind die meisten in Gesprächen vertieft oder beschäftigen sich mit ihrem Nachtisch.
Der Singletisch mit, Hanna, Sabine und ihr wird von zwei Kellnern umlagert, die Getränkebestellungen entgegennehmen und sich den Coupon gegenzeichnen lassen.
Von draussen blitzen unbemerkt hohe Felswände herein. Mit ihren schräg sandigen Abbrüchen unterhalb der Mitte der steil palastähnlichen Festungen verdecken sie die waagerecht verlaufenden Strukturen des Gesteins, treten erneut ganz an den Fluss heran und beherrschen nun als ein ägyptischer Grand Canyon das östliche Ufer mit dem ganzen Gewicht ihrer physischen Monumentalität.
Die Massive des Dschabal al Foda wirken wie ein sperrender Gürtel im schmalen Verlauf des Nils vor Assiut, dem zu allen Zeiten eine strategische Lage zukam: Das Niltal, von der Wüste bedrängt, verdichtet sich hier zu einem

engen Korridor, der sich in seinem fruchtbaren Gürtel gerade mal 20 km im Westen dehnt.
In goldene Lichtkaskaden getaucht, schneidet das Schiff die entgegenströmenden Wasser gleichmässig.

" *Seht, ich bin eingetreten in das Westland !*

Seht, ich kenne eure Namen,
eure Höhlen, eure Geheimnisse ! "

Aus dem Höhlenbuch, Erstes Register

Am Ostufer rattert ein Zug auf der Strecke Kairo - Luxor vorbei.
Dauernde Gefahr lauert dem Bahnkörper durch Steinschläge, Rutschungen und lose Felsbrocken.
Schilfbewachsene Inseln liegen wie Streuungen im Strom verteilt.
Die Meretseger bahnt sich ihren Weg durch die Untiefen. Durch jene der Politik und des Glaubens, unsichtbare nicht fühlbare Schattenspiralen, die sich seit Amarna an ihre Fersen geheftet haben.
Sie nähern sich dem Gebiet des Wegeöffners, dem geheimnisumwitterten schakalköpfigen Totengott Upuaut.
Das Totemtier des Grenzgaus zu Theben, der in den Auseinandersetzungen mit dem heutigen Luxor vor der Reichseinigungszeit eine kriegerische Rolle spielte ... .
Der schwarze Wolf, dem Osiris voranschreitend. In Rudeln auf Standarten der alten Ägypter gesetzt.
Er öffnet Wege, aber welche werden es sein ?
" Ist sie Rotkäppchen, " fragt sie sich, " was wird sie in den Sümpfen Nordafrikas erwarten ? Steht der Sumpf für Vielfalt oder eher für lauernde Gefahren ? Für wilde Raubtiere ? "
Seinem Ruf als Beiname der kriegerischen Göttin Neith folgend oder als Beschützer des Osiris, der in dieser Landschaft in Kultorten anwesend ist, die Antwort darauf bleibt ihnen bisher verborgen.
Aber sie will sich nicht von unguten Gefühlen niederdrücken lassen.
Osiris, das ist der von seinem Bruder Seth ermordete Herrscher, ein weiterer Totengott. Ein bisschen zuviel Tod auf einmal für ihren Geschmack.
" *Take a deep breath, relax, relax, relax ... uhuuuuhuhu* ".
Viele Kopten, so hat sie gelesen, bevölkern diesen landschaftlich reizvollen Abschnitt.
Und 2006 wird dem Westen offenbar werden, wer gewaltsam das Eiland an - Nachaila ca. 10 km nördlich von Assiut ins Unglück stürzen wird. Von dem die

Passagiere auf der Meretseger bisher nichts ahnen. Sich in ihrer Urlaubsfreude nicht stören lassen wollen und die sie unbehelligt passieren.

" *Etwas dehnte sich im Tunnel der Geschichte,*
  etwas Geschmücktes und Vemintes,
  es trug sein von Öl vergiftetes Kind,
  und ein vergifteter Händler besang es.
  Es war der Osten, der wie ein Kind fragte
     und rief nach Hilfe,
  und der Westen war sein unfehlbarer alter Weiser.

  Diese Landkarte wurde gändert,
  denn die Welt ist ein Brand.
  Der Osten und der Westen sind ein einziges
     Grab,
  aus seiner eigenen Asche gemacht ... "

Adonis, Der Westen und der Osten

Es ist der Drogen - und Waffenhändler Izzat Hanafi, der mit Hilfe seines Clans bevorzugt Kopten das Land raubte und mit Drohungen, Erpressungen, Mord und Totschlag seine Gewaltherrschaft ausübte, bis er von der ägyptischen Armee am 1. März 2006 nach mehrtägigen Kämpfen belagert und festgenommen wurde.
Die al - Dschama`a al - islamiyya nutzte die Insel " an - Nachaila " als Unterschlupf.
Dennoch steht in wikipedia zu lesen, eine angebliche Verbindung zwischen den Brüdern und der " Terrororganisation " sei nicht belegt. Logisch, da dieses Eiland von höchstens 10 km Länge und 1 - 2 km Breite von solchen Ausmassen ist, dass man nur aneinander vorbeilaufen kann, ohne je in Kontakt zu treten.
Ausserdem wird auf der Plattform behauptet, seit den Anschlägen von 1993 sei die Durchfahrt für Kreuzfahrtschiffe durch Mittelägypten gesperrt gewesen. Was wiederum auch nicht stimmt.
1997 fuhr eine Mitreisende auf der Nile Quality der Memnon Cruises durch Mittelägypten. Erst nach dem Anschlag von Luxor wurde die Strecke wieder erneut gesperrt.
Zudem stimmen die im Internet aufgeführten Listen über Anschläge nicht.
Sie sind entweder unvollständig oder bewusst anders dargestellt als vorgefallen.
Im Juni 2006 ergeht das Todesurteil an Hanafi und seinen Bruder. Beide werden kurze Zeit später hingerichtet.

Stellt sich die alles entscheidende Frage, woher er das Rauschgift und die Waffen bezogen hat und von wem ?
Da ist es wieder.
Das geheimnisvolle Labyrinth der untereinander verbundenen Wege. Die Windungen der Uroborosschlange.
Wenn sie ähnlich den Sandbänken das Sonnenschiff an seiner Weiterfahrt hemmt, scheint eine andere Inkarnation durch.
Ein schleichendes Gift, das sich erst unbemerkt über die Landschaft ausbreitet. Die Macht der Finsternis. Der Weltenvernichter. Apophis.
Ein Blick auf die Landkarte genügt, saugt sich umgehend an einer Besonderheit fest.
Nicht nur in Rom enden alle Wege. Viele auch in Assiut. Und insbesondere der uralte **afrikanische Karawanenweg**, von Darfur ausgehend in Richtung Norden ... .
Auf dem nicht nur Ressourcen ihren Weg ins alte Ägypten fanden.
Heute vermutlich eher das Einfallstor für terroristische Söldner darstellt, die über diese alte Strecke nach Ägypten gelangen ... . Denn als Kamelweg und Handelsroute für Tauschwaren mit Ägypten funktioniert die alte Strecke schon lange nicht mehr.
Der Flughafen von Assiut liegt ebenfalls an dieser Strecke ... .
Und der " Darb al - Arba ' in ", wie sich der alte Karawanenweg nennt, der über die Senke al - Charga führt, kennt noch andere Abzweigungen. Nach Darb at - Tawil, von Manfalut ausgehend. Nicht weit vom Kloster Deir el Moharrak, soll Manfalut neben Assiut Hochburg der Islamisten sein.
Dann das alte Goldland Nubien, der heutige Sudan. Das geheimnisvolle Land Kusch. Ressourcengebiet der alten Pharaonen. Aber auch Heimat der nachfolgenden schwarzen Pharaonen und grosser Königinnen, die selbst dem römischen Kaiser Augustus gewachsen waren.
Und das Überbleibsel der ägyptischen Sümpfe, der Bahr al - Ghazal. Der Soud, mit seinen dichten hohen Papyrusstauden und Lotusblüten in einer faunareichen sich ständig ändernden barrikadierenden Wasserlandschaft ... .
Der für viele englische Forschungsreisende im neunzehnten Jahrhundert zum Verhängnis wurde.
Im Tchad werden riesige Öl - und Gasfelder vermutet, die über ihre Grenzen hinaus in die Provinz Darfur im heutigen Sudan reichen, dem früheren Nubien.
Chevron und der Exxon Mobile Konzern, Nachfolger der Standard Oil Company John D. Rockefellers sind schon dort.
Shell und Elf Aquitaine wiederum im Tchad vor Ort. Frankreichs ehemaliger Präsident Sarkozy, über seine Mutter mit der amerikanischen Familie Wisner verbandelt und von jenen protegiert, mischte kräftig mit.
Er sorgte dafür, dass das unabhängige Frankreich den Weg zurück in die Nato fand, um diese für seine Pläne in Libyen und den Tchad einzuspannen und das

im weltweiten Spiel des grossen Bruders mitwirken zu können.
Die Verteilung der Beute hat die Haifische dieser Welt auf den Plan gerufen und wirft ihre Schattennetze über die Landschaft und ihre Bevölkerung.
China plant, Öl aus dem Tchad in einer Pipeline durch den Sudan hindurch ans Rote Meer zu führen.
Dies wollen die amerikanischen Ölfirmen verhindern.
Oberst Gaddafi kämpfte gegen Frankreichs neokoloniale Absichten, sich im Tchad festzusetzen.
Die amerikanische Öl - und Gasfirma Exxon Mobile, die " mit Umweltkatastrophen, Menschenrechtsverletzungen und der Finanzierung von Bürgerkriegen und dem damit verbundenen Waffenhandel, Zerstörung der Lebensgrundlagen in Ölfördergebieten ihre wirtschaftliche Macht weitgehend missbrauchen ",
(siehe Sachbuch " *Das neue Schwarzbuch Markenfirmen: Die Machenschaften der Weltkonzerne von Klaus Werner und Hans Weiss, Ullstein Taschenbuch*)
wirft schon seit längerem ihren Blick auf das Gebiet.
Zudem sollen sie laut dieses Schwarzbuchs " 16 Millionen Dollar investiert haben, um wissenschaftliche Erkenntnisse zu verschleiern und Politiker und Medien zu manipulieren ".
Exxonchef Rex W. Tillerson geht davon aus, " *dass die Ölreserven für 160 Jahre ausreichen, wobei die unentdeckten Vorkommen mit einberechnet sind* ".
Nach Greenpeace setzen sie ihre geballte Wirtschaftskraft gegen den Klimaschutz, Umweltinteressen und Menschenrechte ein. Bestätigt wurde die massive Behinderung des Klimaschutzes durch den Wissenschaftsverband UCS.
Ihr Ziel ist es, die Chinesen, die mit Hilfe des muslimischen Regimes in Khartoum die Bodenschätze heben, aussen vorzuhalten.
Dem Sudan kommt eine wichtige strategische Position zu.
China nutzt das Land als Plattform für den Ölhandel - und transport zwischen Zentralafrika, dem Nahen Osten und China.
Zu dem Zweck haben chinesische Firmen eine 1.400 km lange Pipeline von Melut Basin nach Port Sudan gebaut.
Zwei der grössten Ölfelder Sudans werden von China ausgebeutet. Indien und Malaysia sind an den Fördergewinnen beteiligt.
Washington will den aufsteigenden Weltkonkurrenten China den Ölhahn abdrehen.
Man setzt wie gewohnt auf die Spaltung eines Landes und Embargos - Südsudan wurde erfolgreich abgetrennt.
Der Darfurtragödie kommt man mit westlicher Berichterstattung nicht bei.
Anstelle humanitärer Hilfe kümmerte sich die USA nicht um die notleidende Bevölkerung, sondern droht China, Malaysia, Indien und der sudanesischen Regierung, die von Frankreich mit Militärberatern und wichtigen Kriegsgütern

ausgestattet werden.

Die USA versorgen Rebellenarmeen mit nötigen Waffen, um zu verhindern, dass Frankreich seine Ölförderung im sogenannten Block 5 wieder aufnimmt, die durch den Bürgerkrieg zwischen Nord - und Südsudan unterbrochen war.

Ethnische Säuberungen spielen bei der Herbeiführung von Spaltungen eine entscheidende Rolle. So wurde der Konflikt zwischen dem muslimischen Norden und dem christlichen schwarzen Süden künstlich angeheizt. Durch amerikanische Missionen vor Ort, die den Hass auf die Araber schürten.

Im Süden befinden sich die grössten Ölvorkommen. Nach ihren Plänen soll die geförderte Ölmenge in einer geplanten Pipeline über den südwestlichen Tchad nach Kamerun zu einem Hafen an der Atlantikküste transportiert werden.

Das asiatische Monopol im Sudan ist damit beendet. Die Abschneidung Khartoums von sämtlichen Erlösen aus der Ölproduktion wird die Wiederaufnahme des Bürgerkriegs zur Folge haben.

Vom Aufflammen des alten Konflikts war bereits in den Medien zu vernehmen. Stellvertreterkriege der Grossmächte, die sich um die Beute reissen. Auf Kosten der einheimischen notleidenden Bevölkerung.

Andererseits ist mit deutscher Hilfe eine Eisenbahn zum Transport von Öl und Bodenschätzen wie Gold, Kupfer, Eisen, Erdgas, industrielle Erze und Uran aus Darfur insbesondere der Stadt Juba im mittleren Sudan zum Hafen von Mombasa nach Kenia geplant.

Treibende Kraft sind im Jahre 2005 Aussenminister Joschka Fischer und die Staatsministerin Kerstin Müller, die deutsche Interessen im großen westlichen imperialen Spiel durchsetzen wollen. Dank der Stationierung von 200 Bundeswehrsoldaten in Nordostafrika drohten sie unverhohlen dem Regime in Khartoum.

Joschka Fischer wirkte in den Neunzigern der Clintonadministration wie das Schosshündchen der Aussenministerin Madeleine Albright.

Südsudan, Kenia und Uganda planen nach europäischem Vorbild eine Freihandelszone.

(Keimzelle: Informationen zur deutschen Außenpolitik 18.07.2004).

Der gesamte Artikel ist unter dem Titel " Sudan - Darfur - ein innerimperialistischer Konflikt " in " http://www.derfunke.de " erschienen, am 01. Januar 2005 von Tony Kofoet.

Und wer den Süden einschließlich Uganda, Kenia kontrolliert, hat auch den Daumen auf die Wasser des weissen Nils, die vom Viktoriasee über den Albertsee gespeist werden. Wasser ist schon jetzt ein grosses Problem, und seine Verteilung an das Regime in Khartoum und an Ägypten wird beide Staaten erpressbar halten.

Die USA verfolgen mit der Umsetzung des teuflischen Yinonplans die Auflösung der Grenzen Nordafrikas.

Der Impuls soll von Ägypten ausgehen.
Die Verfolgungen der Kopten wie aller Christen im Irak, Syrien sollen den Nahen Osten in ein streng extremistisch ausgerichtetes sunnitisches System einbinden, dass in Konfrontation mit dem schiitischen Iran und dem schiitischen Teil Iraks steht.
Der letzte Setzstein für einen kriegerischen Konflikt zur Auslöschung der gesamten Region wäre damit erreicht. Und Israel würde in diesem Zuge das gleiche Schicksal ereilen, ein von der Bibel prophezeites Armageddon.
Die grausigen Morde in Darfur wurden China und der muslimischen Regierung in Khartoum in die Schuhe geschoben.
Aufgrund der westlichen Begehrlichkeiten muss die Berichterstattung mit äusserster Vorsicht genossen werden.
Allein schon wegen der Abhängigkeiten der westlichen Medien von grossen Konzernen. Obwohl sie sich fälschlich als unabhängig auszugeben pflegen, verdecken sie eher die Urheberschaft der Vorfälle und klären überhaupt nicht auf.
Grund ist die Millioneninvestition dieser mächtigen Konzerne, ihre gewünschten Positionen öffentlichkeitswirksam darzustellen. Eine Art verdeckte Firmenpropaganda, die der gewünschten Politik vorauseilt.
Daher kann von Unabhängigkeit der Medienkonzerne keine Rede sein.
Exxon Mobile plant die Ölförderung im gesamten Darfurgebiet. Die ansässige Bevölkerung dürfte ihren Plänen entgegen gestanden haben. Ausserdem konnte man mit dieser Katastrophe die Abspaltung des Südens vorantreiben.
Die Planung einer Pipeline seitens der Chinesen vom Tchad durch Darfur zum Roten Meer kann nicht einfach als Grund für die Täterschaft des grausamen Abschlachtens der ansässigen Bevölkerung durch kriegerische Kamelreiter angeführt werden.
Wem hier die Tat nützte, wird eindeutig die Zukunft zeigen.
Der Abgesang der Sonne liess die apokalyptischen Kamelreiter 2011 auf dem Tahrirplatz erscheinen wie den Sensenmann, der reichlich Ernte einfährt.
Sie wurden **nicht** von Mubarak beauftragt. Sie sind eindeutig von westlicher Hand dorthin gebracht worden.
Kann mich persönlich nicht erinnern, solche Reiter auf meinen sieben Reisen nach Ägypten gesehen zu haben. Sie wirkten nicht ägyptisch.

Die Felsen am östlichen Ufer scheinen näher heranzurücken, hängen mit ihren nackten harten Gesteinsbrocken drohend über den Windungen des Nils.
Das Sandmeer der Wüste breitet sich in ihr wie ein Gefühl von höchster Tristesse aus, das von einem Schakal durchstreift wird, der das Totemzeichen des Upuaut trägt. Und die Spur eines jeden Lebens nachzeichnet.
In den einsamen Toden, die wir sterben, auf einem Kontinent, dessen Zukunft von Tod gezeichnet ist, je tiefer wir die Stufen der Zeiten bis in die Anfänge der

Menschheit hinabsteigen.
Denn jede Metamorphose der Landschaft bedeutet Tod des bisher Gewohnten, die sich in unseren Körpern festsetzt wie eine Verwerfung.
Die Zeit ist dabei eine Schlange, die sich häutet. In jeder Zukunft steckt noch mehr Tod dessen, was wir zurücklassen. Die Welt der Höhlen, die Gebärmütter unserer Anfänge und Ziel unserer Wanderung durch das Leben.
Höhlenbüchern gleich, an denen der Sonnengott vorüberzieht und die seligen Toten für einen Moment ins Licht hebt, bevor sie wieder in ihre Erstarrung zurücksinken.
Orte innerster Finsternis, die das eigene Leiden konservieren, das Leben schwinden lassen, während ausserhalb unseres Bewusstseins ein Kinderlachen das Licht neu entzündet, für eine nachwachsende Generation.
Nach dem Verlassen der Kirche, dem letzten Weg ihrer Mutter.
Vorbei an einem Kindergarten, erfüllt vom unschuldigen Lärm der Kleinkinder, von ihren überschäumenden kindlichen Energien und ihrer Neugier auf das Leben, das noch vor ihnen liegt.
Sie winken dem Trauerzug. Vertrauen den Wegen, die sich ihnen noch öffnen werden.
Upuaut, der Rattenfänger von Hameln. Sein Hobel setzt zum Sinkflug unseres Daseins in der Zeit an, die sich stetig wiederholt, bis zur Neige aller Tage.
Gleich Geistern, die über der archaischen Landschaft hängen, erscheinen ihr die vergangenen Begebenheiten, die die Bibel schildert.
Von dem Engel des Herrn, der der verfolgten Familie zur Flucht nach Ägypten riet. Und als Herodes starb, erneut Josef im Traum erschien, um ihn zur Rückkehr aufzufordern.
Die Geister des Hauptkultorts des Schakals. Upuaut, der Gott des Todes, dessen Schatten die Stadt Assiut bis in die Gegenwart heimsucht. Sie verfügt über die höchste Dichte an Mitgliedern der koptischen Kirche. Dieser sehr alten Ausformung des Christentums, die sich rühmen kann, sich bereits im römischen Ägypten ausgebreitet zu haben.
So sind die einzelnen Stationen der " heiligen Familie " auf dem Nil für das Koptentum von grosser Bedeutung.
Selbst der Koran erwähnt einige Stellen, so dass auch Muslime diesen Stationen großen Respekt zollen.
In der 19. Sure, Vers 23 ff .
Das Zusammenleben der Mitglieder beider Religionen galt über Jahrhunderte als vorbildlich. Kirchen stehen hier wie selbstverständlich neben Moscheen.
Mehrere Klöster, die an wichtigen Punkten der Stationen aufgereiht sind, liegen verstreut hinter den Ufern.
Vor einer Stunde waren sie am Kloster Deir El Moharrak vorbeigefahren. Im Zentrum eine der ältesten Kirche Ägyptens, die der heiligen Jungfrau geweiht ist. Das Kloster ist an der Stelle errichtet worden, an der die " heilige Familie "

ihren längsten Rastplatz in einer Hütte einnahm und dort ganze sechs Monate blieb.
In der lähmenden Hitze unter den schattigen Markisen sitzen die Passagiere dösend oder liegen im Badeanzug oder Bikini in der prallen Sonne unter einem freien Himmel. Die nachmittägliche Stille lässt sie bewegungslos in ihren Liegen und auf ihren Sitzen verharren.
Ihre Aufmerksamkeit hinsichtlich der Spuren der Vergangenheit und der Gegenwart an beiden Ufern ist auf den Nullpunkt gesunken.
Matthäus 2,13 beschreibt die Flucht der heiligen Familie an den Nil als den durch Christus gesehenen erneuten Aufbruch und der Rückkehr des erwählten Volkes zu seinen Ursprüngen. Von Mose angeführt ausgewandert waren.
Die Apokryphen beschreiben die Etappen im Detail.
" Vor seinem Angesicht zittern die Götter Ägyptens, den Ägyptern verzagt das Herz in der Brust ", heißt es in Jesaja 19,1.
" Gott offenbart sich den Ägyptern, die ihn erkennen " , so steht es bei Jesaja 19,19 - 21.
Das kleine Jesuskind bewirkte Wunder. Am Gebel et Teir verhinderte es, dass ihr Segelboot von einem herabfallenden Felsbrocken getroffen wurde.
In Hermupolis magna sollen die kleinen Idole der alten Götter bei ihrer Ankunft zerfallen sein. Jesus heilte Einwohner von ihren Leiden. Sogar einen vom Teufel besessenen Jungen soll er befreit haben.
" Das gastliche Land am Nil mit seinen sprichwörtlichen Fleischtöpfen war ständiger Fluchtpunkt für Verfolgte. Für Jesus, Josef, Maria und andere. Doch irgendwann kippte das rettende Ziel für die Israeliten in der Wahrnehmung ins Gegenteil und galt fortan als Land ihrer Sklaverei und Verfolgung.
Und die Propheten breiteten darüber ihre angsterfüllenden Vorhersagen aus. "
" Wie Jesaja, der ein Eingreifen Gottes von Israel aus bedeutete, dass Ägypten verhehren wird ", meint Sabine, schaut von ihrer Lektüre auf.
" Was ich nicht verstehen kann, wann sich diese Ereignisse zugetragen haben sollen. Kommt mir vor, als sei Amarna die Zäsur gewesen und die Flucht Thutmoses aus Ägypten eine Flucht vor den Vertretern des wiedergekehrten Amunkults. Und die Unversöhnlichkeit beider Kulte überschattet bis auf den heutigen Tag den ungezwungenen Umgang untereinander. Was natürlich wiederum Traum-szenarien für eine politische Ausschlachtung dieser Konstellation bietet. " Sie lacht höhnisch auf.
Hanna antwortet nicht, schläft ausgestreckt auf ihrem Liegestuhl.
Nur sie lässt ihren Blick über die kultivierten Flächen in ihrem fetten Fruchtstand gleiten.
Im Abschnitt der schwarz verhüllten Sonne der sechsten Nachtstunde im Amduat, vor den Moscheen und Kirchen, den kubischen Dörfern mit ihrem Alltagsleben der Fellachen.
Nichts deutet auf eine Bedrohung oder ähnliches hin. Vom Ufer gehen auch

keine beunruhigenden Schwingungen aus.
Der Konflikt von Horus und Seth um die Vorherrschaft über Ägypten scheint genauso in weite Ferne gerückt wie das stete einseitige Rauschen im Blätterwald weltweit, das ihr angesichts dieser Idylle geradezu grotesk erscheint.
Wie eine Fiktion.
Im Fernsehen, im Kino ablaufend, realitätsfern.
" Wo sind denn hier die Reporter, die Journalisten, die alle das Gleiche schreiben ? "
Man sieht sie nicht, sie sind in Kairo oder in Europa, den USA vor ihren Bildschirmen.
" Kann es sein, dass sie vor Ort nicht recherchieren ? "
Sie hatte einmal das Buch von Ryszard Kapuscinski " Meine Reisen mit Herodot " verschlungen.
Erstaunlicherweise stellt er auf Seite 293 des im Eichborn Verlag 2005 erschienenen Bandes Überlegungen an, wie und zu welchem Zweck Reporter berichten.

" Vor dem Wie
  im
  Vordergrund verblasst die Frage
  nach dem
  Warum
       im Hintergrund "

aus : Mediendemokratie

Seiner Erfahrung nach eilt die Reporterschar von einem blutigen Schauplatz zum nächsten. Hält eine Standardrede über das
" Wie " der Katastrophe und ist schon wieder weg, zum nachfolgenden Ereignis. In einem anderen Land, an einem anderen Ort. Fragen nach den Hintergründen, die Zeit und Einsatz erfordern, stellen sie nicht und können diese Fragen auch nicht beantworten. Tiefschürfende Recherchen, Aufklärung von Widersprüchen, zeitübergreifende Sachzusammenhänge sind laut Kapuscinski in der Schnellebigkeit der Berichterstattung auch nicht ihr Job.
Die Meretseger gleitet im ruhigen Fahrwasser dahin.
Bequem lehnt sie sich in ihrem Liegestuhl zurück, schliesst die Augen und meint in dem Rauschen der fliessenden Wasser des Nils die Abfolge der Zeiten zu vernehmen.
Die einzige Musik, die ihr Ohr im Innern zum Schwingen bringt.
Das Personal befindet sich im Zustand fiebriger Vorbereitungen für die anstehende Galabijaparty.

Die Zeit drängt. Trotz aller Routine gilt es, die Geschwindigkeit zu erhöhen, Dampf abzulassen, um die wartenden hungrigen Gäste mit einer Fülle am Büffet zu überraschen. Sich selbst in punkto delikater Speisen noch zu überbieten.
Auf hohen Temperaturen dampfen alle verfügbaren Töpfe.
Die heissen Pfannen werden ständig vom aufmerksamen Personal hochgeworfen. Im Takt der abgehackt klingenden Befehle des nubischen Kochs, die durch das Unterdeck schallen.
Aus der Boutique quellen nach und nach die geschminkten Touristinnen in ihrem neuen Outfit.
Sabine ist nicht wiederzuerkennen. Eine Ähnlichkeit mit Nofretete stellt sich aber dennoch nicht ein.
Aufgeregt plappern die Erstfahrer auf dem Nil über den bevorstehenden Höhepunkt.
Eine Ruhrgebietsschönheit kommt allein im bleuen Gewand die Treppe herabgeschritten. Sie sitzt ebenfalls am Singletisch.
Aus offenen Mündern starren die Ägypter jede ihrer Bewegungen nach. Dann erschallt eine Lobeshymne vom kleinsten Rezeptionisten des hilfreichen Dreigestirns, vollmundig in die Eingangshalle geworfen :
" Bei Allah, Sie sind mindestens zehntausend Kamele wert! "
Vor Schreck ist sie auf der untersten Stufe ins Straucheln geraten. Sie kann ihren sicheren Sturz noch so eben abfangen.
" Das erzählen Sie mal meinen Landsmännern, " erwidert sie verdattert.
" Meinen Kommilitonen habe ich so gar nicht gefallen " , fügt sie bescheiden hinzu.
" Wichtiger ist denen das Geld, über das eine Frau verfügt und nur soviel Intellekt mitbringt, der ihnen möglichst nicht das Wasser abgräbt.
Und noch wichtiger wäre die Mitgliedschaft meines Vaters im heimischen Golfclub und möglichst ein Segelboot auf dem Rhein-Herne-Kanal. Und einmal im Monat mindestens zum Shoppen nach London. New York wäre besser. "
Der Rezeptionist schüttelt den Kopf.
" Nicht nachzuvollziehen. Bildung erhöht hier den Wert einer Frau. Wären Sie eine Ägypterin, unsere Männer ständen allein wegen ihrer Schönheit und ihrer bescheidenen Zurückhaltung mit Heiratsanträgen vor Ihrem Elternhaus Schlange. In Ihrem Falle mindestens zehn Kandidaten. "
" Vielleicht wirke ich eben zu ägyptisch. Und eine Prinzessin à la Turandot bin ich auch nicht. Könnte vielleicht daran liegen " versucht sie die Unterhaltung ein wenig ins Lächerliche zu kehren.
" Haben denn deutsche Männer keinen Sinn für Ästhetik ? " Er gibt sich nicht geschlagen.
" Fragen Sie sie doch mal. Ihr Geschmack geht in Richtung unscheinbarer Typ oder westliche Models, bleich und mit Sommersprossen.

Ich entspreche so gar nicht diesem Typ. Weise weder kleinbürgerliche noch bäuerliche Erwartungshaltungen auf.
Trage selten Jeans, wenn überhaupt in weiss. Es wippt auch kein Pferdeschwanz auf meinem Kopf und billige T-shirts oder kurze Shorts mit Socken in flachen Sandalen suchen sie bei mir vergeblich.
Bei diesen Anforderungen habe ich dann meist schon verloren. Und ein Golf Cabriolet besitze ich auch nicht, was ganz schlecht ist. "
Der Rezeptionist ist sprachlos. Nervös händelt er mit seinen Papieren.
Sie lächelt ihn dankbar an und begibt sich in den Speisesaal, wo das prächtig angerichtete Büffet auf seine Gäste wartet, die in ihrer ungewohnten orientalischen Kleidung ungelenk und hölzern wie auf einem Maskenball mit Bergen von Delikatessen auf ihren Tellern jonglieren.
Die Kellner und Reiseführer betrachten sie amüsiert, stehen zum obligatorischen Foto Spalier, in orientalischer Tracht neben dem Büffet.
Das Tageslicht weicht finsterer Dunkelheit, die über der Stadt der " Wächter " das Zepter übernimmt. In dieser regungslosen Kulisse liegt das Schiff vertäut am westlichen Ufer. An einem grandiosen Steg aus Marmor, dessen Stufen zu einem ebensolchen Platz hinaufführen.

" wenn nacht sich einhüllt
   ins feuerrote kleide
      dass welt

das spiel der masken
    meide

und mit den roben des lichts
keinen schabernack
treibe "

Assiut, die Stadt des Handels, des Handwerks, das in den letzten Jahren zurückgegangen ist, bleibt Umschlagsplatz vielfältiger Produkte der Landwirtschaft. Die Qualität der berühmten ägyptischen Baumwolle wurde im Laufe der Zeit verdrängt. Amerikanische Plantagen bauen mittlerweile farbige Baumwolle an, haben die Konkurrenz weltweit abgehängt. Baumwollfelder in Ägypten sind dank intensiv betriebener Landwirtschaft auf dem Rückzug.
Die Stadt des Upuaut ist Ort zweier Universitäten. Eine gehört zu den drittgrössten im Lande. Die andere ist eine Zweigstelle der al - Azhar - Universität.
Assiut ist Sitz vieler Firmen, die Mitgliedern der Muslimbruderschaft gehören. Ihre Flucht ins Ausland vor den Verfolgungen nach einem missglückten Attentat auf

Präsident Nasser, der ebenfalls aus Assiut stammte, liess viele fern von ihrem Heimatland zu grossen Vermögen gelangen, zumeist in den USA.
Nach Mittelägypten zurückgekehrt, nahmen sie sich insbesondere den armen Bauerssöhnen an den Universitäten an, widmeten sich karitativen Aufgaben und sicherten sich so die Sympathie der armen Bevölkerung.
" Doch wie kommt man an solch große Vermögen, " fragt sie sich in diesem Zusammenhang.
Ohne Hilfe von einschlägigen Kreisen ist das doch im gesamten westlichen System nicht möglich.
Schliesslich stand das Nassersystem im kalten Krieg der Sowjetunion nahe. Dass sich westliche Geheimdienste der Gegenseite annehmen und sie fördern, ist ein offenes Geheimnis.
Die Gerüchteküche, Instrument der CIA und des MI 6 zu sein, folgt der Muslimbruderschaft bis auf den heutigen Tag auf den Fuss. Sie gilt als britische Freimaurerei.
Und ca. 1 1/2 Jahre nach dem Sturz des Präsidenten Mubarak stellt sie nach den Wahlen den ägyptischen Präsidenten.
In den Unruhen um den Tahrirplatz trat sie kaum in Erscheinung, war aber eine der Säulen der USA in der angeblichen Demokratisierungskampagne.
Aber auch eine weitere wie Mohammed El - Baradei, der Friedensnobelpreisträger von 2003, dessen CIA - Verbindungen ruchbar wurden. Und der mittlerweile nach Wien geflohen ist, weil er sich Vorwürfen ausgesetzt sieht, vom Westen bezahlt zu sein, sprich von amerikanischen Kreisen. Die jetzige Übergangsregierung geht gegen Aktivisten, die von amerikanischen Organisationen unterhalten werden, gesetzlich vor.
Und die weltweite Facebookgemeinde, die sich gutgläubig für die Aufrufe nach einem Wechsel des Mubarakregimes einspannen liess, nahm nicht wahr, dass der Wallstreetmogul George Soros 5 Milliarden US - Dollar zuvor in Facebook und die nachfolgende Kampagne investiert hatte. Ohne Kenntnis der ägyptischen Verhältnisse folgten sie dem verheissungsvollen rattenfängerischen Schlagwort, dass da heisst " Demokratie " .
Obwohl sie lang genug über eigene schlechte Erfahrungen in ihrer eigenen Demokratie verfügen, sind breite westliche Schichten immer noch bereit, sich mit solchen Aufrufen in jeden Betrug hineinzuführen zu lassen.
Armut breitet sich auch in Europa aus. Die weltweite Finanzkrise und Fehler bei der Einführung des Euros können das Abrutschen der Mittelschicht in die Armut trotz Demokratie nicht verhindern.
Auch war den sendungsbewussten Europäern nicht klar, wie weit die Bevölkerung Ägyptens vom Tourismus abhängt.
Unruhen, Revolutionen, Chaos, führen zur Stagnation des Tourismus und liessen die Ägypter in einer Abwärtsspirale nach unten trudeln. Verantworlich war das Handeln dieser facebook - Gemeinde nicht, eher blauäugig.

Die nachfolgende Revolution, die Strassenkämpfe, gaben der westlichen Politik den ausschlaggebenden Vorwand, vor Reisen nach Ägypten offizielle Warnungen auszugeben, so dass Reisegesellschaften alle Flüge nach Ägypten absagen durften.

Auf diese Weise lässt sich der Ruin eines Landes herbeiführen und liegt durchaus im Sinne des Yinonplans.

Betrachtet man die Kandidaten für das Präsidentschaftsamt, so waren sie den USA allesamt lieber als der geschasste Präsident Mubarak, der dem amerikanischen Militärbündnis africom nicht beigetreten war und sich immer wieder als Querulant gegen einschneidende amerikanische Ziele entpuppte. Waren auch die Mainstreammedien bedacht, ihn als Marionette der USA hinzustellen.

Vor kurzem beklagten die Medien das Verhalten des Verteidigungsministers El - Sisi als Rückfall in die Zeiten Mubaraks, als widerspenstigen unberechenbaren Kandidaten, der den amerikanischen Plänen nicht folgen will.

Es gab entscheidende Hinweise, weshalb die USA einen über 20 Jahre regierenden Autokraten wie Mubarak loswerden
wollten :

Er lehnte einen teuflischen Schachzug der USA im geostrategischen Spiel gegen den Iran ab, den sog. Yinonplan, der vorsah, einen US - Nuklearschirm in einer US - gestützten, sunnitisch - arabischen Allianz mit Israel gegen Iran aufzubauen.

Dazu hätte es Militärstützpunkte in Ägypten bedurft, die Mubarak immer kategorisch abgelehnt hatte.

Meiner Ansicht nach gibt es auch keine israelische Allianz mit einer sunnitisch - arabischen.

Die Hamas entstand aus einem Zweig der Muslimbruderschaft. Beide NGOs werden amerikanisch finanziert, stehen Israel feindlich gegenüber.

Siehe Zeitung Al - Gumhoria / israelische Nachrichtenwebsite Ynet bei Webster G. Tarpley :

" Mubarak von der CIA gestürzt, weil er sich amerikanischen Plänen für einen Krieg gegen den Iran widersetzte ? Teil 1 + 2. "

" Die Irreführung lag darin, dass Israel die Golfstaaten gegen die angeblich heraufziehende Gefahr verteidigen würde. "

Dafür mussten militärische Stützpunkte in den arabischen Staaten her, von denen im Falle des Scheiterns der Verhandlungen mit Iran die kriegerischen Angriffe aus gestartet werden könnten.

Die arabischen Staaten aber in diesem Fall auch Ziel der " Sosse aus Teheran wären ". Und Israel ebenfalls. Teheran hat dies im Falle eines Erstschlages seitens Israel bestätigt.

Stattdessen gab es Hinweise, dass Mubarak sich dem Iran anähern wollte. Er plante eine direkte Flugverbindung zwischen Teheran und Kairo, ohne

diplomatische Beziehungen. Den Kriegstreibern in den USA passten diese Pläne nicht ins Konzept. Das iranische Fernsehen hatte die Pläne begrüsst.
Mubarak wollte anscheinend die Spaltung der arabischen Welt beenden, dass der imperialistischen Politik der USA und Israel in die Hände spielte, das " Teile und Herrsche " beenden.
Er war den Forderungen der USA, Streitkräfte in den Afghanistankrieg zu entsenden, nicht nachgekommen.
2003 hatte er den Irakkrieg vehement abgelehnt.
Ausserdem gab es noch weitere Gründe.
Den herbei manipulierten Konflikt mit Syrien wollte Mubarak beenden. Er war für einen umfassenden Friedensplan für die gesamte Region. Um zu testen, inwieweit Präsident Assad mitwirken würde.
Die USA und Israel befürworteten Konfrontationen im Libanon, Syrien und Palästina.
Mubarak hätte die Bekämpfung Gaddafis nicht zugelassen, schon gar nicht den Nachschub von Terroristen und Waffen über sein Territorium in den Osten Libyens.
Gaddafi plante die Einführung einer Goldwährung, unabhängig vom Dollar. Und die vollständige Herauslösung der libyschen Einlagen aus den französischen Banken zugunsten asiatischer Niederlassungen.
Ausserdem hätte die USA gerne Suez besetzt, was mit der Anwesenheit ihrer Flotte nahe der Bitterseen erreicht scheint.
Die Allianz aus Amerikanern und ihren Verbündeten weiss genau, wie sie Russland, China und Iran Probleme bei der Durchfahrt bereiten können, haben sie dieses strategische Nadelöhr erst einmal unter Kontrolle.
Die beste Art, ein Land wie Ägypten in den dauernden Würgegriff zu bekommen, ist es ins Chaos sinken zu lassen, um sich nachher zu bedienen (Suezkanal, Ölhäfen etc).
Anschliessend muss die Muslimbruderschaft an die Macht gebracht werden, um den Yiononplan voranzutreiben.
Ein sunnitisches Kalifat gegen das schiitische in Teheran, um den künftigen Konflikt eines Armageddon aufzubauen.
Genau das ist mit Hilfe von Aufrufen über facebook, dem mainstream internationaler Fernsehsender und Al Jazeera, die von Katar mit westlicher Hilfe aus gesteuert wurden, geschehen.
Die Übergangsregierung hat nach der Absetzung des Präsidenten Mursi nun Al Jazeera wegen ihrer einseitigen und falschen Berichterstattung verboten.
Präsident Mursi von dem politischen Arm der Muslimbruderschaft hatte aber überraschend angekündigt, sich Iran anzunähern und Präsident aller Ägypter sein zu wollen, auch der Christen. Die Zukunft zeigte, dass er seinen Worte keine Taten folgen liess und das Land immer tiefer in den wirtschaftlichen Ruin führte.
Das Christenmorden ging nach der Eidablegung jedenfalls weiter. Kirchen

wurden angezündet.

Insofern ist das Eingreifen des Militärs und die Absetzung Mursis kein Putsch, sondern eine Notwehrmassnahme, die völlige Pleite des Landes zu verhindern. Das ägyptische Volk hatte zum Sturz Mursis durch erneute Demonstrationen aufgerufen.

Unter dem Deckmantel der Wahl des Mubarak nahestehenden Kandidaten Shafiq fanden sogenannte Racheaktionen statt. Insbesondere wurde er von Kopten favorisiert.

Die christliche Minderheit wird weiterhin von Islamisten und Salafisten aus ihren Dörfern vertrieben. Womit weitere Anforderungen des Yinonplans umgesetzt werden. Sie wandern scharenweise nach Europa aus. General el - Sisi wendet sich gegen die Christenverfolgung.

Präsident Mursi soll sich Wochen nach seinem Versprechen geweigert haben, mit Kopten und gemässigten Muslimen Gespräche zu führen, was in den westlichen Medien verschwiegen wurde.

Auf der Konferenz der Blockunabhängigen in Teheran wurde Präsident Mursi wortbrüchig und fiel dem Iran in den Rücken.

Er begründete dies mit der Abhängigkeit seines Landes von US - Krediten, die sie dringend benötigten. In Wirklichkeit ist er eine von vornherein eingesetzte Marionette der USA, der sich gegen keine ihrer Vorgaben wirksam einsetzen wird.

Amnesty International beklagt laut Spiegel online am 7. Oktober 2012, dass sich an dem brutalen Verhalten der ägyptischen Polizeikräfte nichts geändert habe ... .

Wie auch, ist doch der Innenminister, der die Weisungen an die Polizei gibt, weiterhin eine willfährige Marionette der USA.

Wie sein Vorgänger Habib al - Adly, der für den geschassten Minister eingesetzt wurde. Nach dem Anschlag von Luxor 1997, bei dem 62 Touristen und Ägypter umkamen und über 100 verletzt wurden ... .

Die US - Pläne bleiben auf jeden Fall bestehen. Ihnen sind willfährige Marionetten lieber als nach Unabhängigkeit strebende Potentaten.

Der neue Innenminister der Übergangsregierung, der wegen seines harten Vorgehens gegen die Proteste der Muslimbrüder auf Strassen in Nassr City und einigen anderen Vorstädten in die Kritik geraten war, überlebte einen Anschlag auf seine Wagenkolone.

Bezeichnend ist, dass der Anschlag, zu dem sich eine ominöse Dschihadistengruppe namens Ansar Beita - Maqdis bekannte, die al Qaida nahestehen soll, gleichzeitig mit der Ablehnung des militärischen Schlages durch die USA seitens Ägyptens gegen Syrien einherging.

Präsident Obama macht das Regime Assad für den Giftgasangriff verantwortlich, bei dem über 1400 Menschen starben, viele Frauen und Kinder.

Es dürfte klar sein, dass der neue ägyptische Innenminister den Weisungen

Washingtons gegenüber ziemlich immun auftritt. Al - CIA - Da könnte durchaus wieder zugeschlagen haben.
Unter Präsident Mursi befinden sich auffällig viele Salafisten im Lande.
Gruppierungen, die teilweise in Deutschland verboten sind und sich laut Welt online an Deutschland rächen wollen.
Mit solch gefährlichen Potentialen im Lande lassen sich jederzeit seitens der USA Bedrohungsszenarien aufstellen.
Ausserdem ist ihre Verfügbarkeit ein ständiger Grund für die Weltmacht, aus Ordnungsgründen das Land zu besetzen.
Das altägytische Senetspiel mit seinen überaus grösseren Zugmöglichlichkeiten als das Königsspiel Schach lässt grüssen.

Die geheimnisumwitterte Stadt Assiut ist der Geburtsort Plotins, des Begründers der neuplatonischen Philosophenschule.
Ebenso war sie Mittelpunkt arabischer Gelehrter aus der Familie der al - Asyuti.
In der ersten Hälfte des 20. Jahrhunderts verstärkte hier die amerikanisch - presbyterianische Kirche ihre Missionsarbeit.
Sieht man sich den Fall des Südsudans genauer an, insbesondere die Hasspredigten und Polarisierungen von Sekten, so stellt sich die Frage, inwieweit amerikanische fundamentalistische Sekten, Islamisten und das Sammelbecken der Extremisten bis zu den Salafisten zusammenarbeiten oder sich in manchen Punkten einig sind.
Zum Beispiel in der Abschaffung von freiheitlichen Bürgerrechten und der Errichtung von Gottesstaaten, sei es unter christlichem oder muslimischen Banner.
Das Wort Fundamentalismus ist jedenfalls eine amerikanische Erfindung des 19. Jahrhunderts.
Die al - Dschama`a al - islamiyya, die 1992 Präsident Mubarak den Krieg erklärte, fügt sich in dieses Bild. Diese ominöse Gruppe, angeblich eine Gründung durch mittellose Bauerssöhne, die Anfang der 70er zum Studium in die Stadt Assiut kamen und dann zur Terrorgruppe mutierten, kann nicht die Wahrheit sein.
Jede politisch tätige Gruppe wird früher oder später unterwandert, mit Agent provocateuren versehen, was durchaus Gegenstand der kriminologischen Lehre ist. Erst recht im Falle eines strategisch so exponierten Landes, das schon immer koloniale Begehrlichkeiten weckte, denkt man an das British Empire zurück.
Es fällt auf, dass jeder Präsident von Nasser über Sadat bis Mubarak Opfer bzw. Beinaheopfer von Anschlägen wurden.
Dahinter steckt ein grösseres geostrategisches Kalkül als in den provinziell beschränkten Zielen dieser Studenten, die sich die Verzweiflung der Einheimischen ohne Beschäftigung und Zukunft zunutze machten.

Es scheint eher so, dass anderen diese Gruppierung als Vorschub diente, um verdeckt grössere Ziele oder Erpressungen durchzusetzen, die die Weltbevölkerung nicht erfahren sollte. Was nur Sinn macht, wenn eigene westliche Institutionen involviert sind.
2008 erschien im Internet ein Aufruf, koptische Christen zu unterstützen, durch touristische Präsenz am Nil.
Die halbamtliche Tageszeitung " *Al Ahram* " (Die Pyramiden) machten in ihrer Ausgabe vom 12. Juni auf die allgemeine Wiederverschlechterung der Lage der ägyptischen Christen den Gesundheitszustand von Staatschef Mubarak und des koptischen Patriarchen Schenudah III. verantwortlich. Beiden seien die Zügel entglitten, was die radikalislamischen Kräfte im islamischen Lager ausnützten.
(http://www.livenet.de/themen/gesellschaft/international/afrika/14016...). Es gab zahlreiche Bluttaten entlang des Weges der " heiligen Familie " , die auch Muslime respektieren.
Der mittlerweile verstorbene koptische Papst Shenouda III ist gebürtiger Assiuter. In der Marmeluckenzeit beschreibt der Reisende Ibn Battuta Assiut als eine prachtvolle Stadt mit wundervollen Märkten.

Auf der Bühne der grossen Lounge sitzen Grüppchen von Passagieren dicht beisammen.
Die ägyptischen Reiseführer und ihr belgischer Reiseleiter wippen lässig in der Hocke. Das obligatorische Gruppenfoto ist Teil der Brot - und Spieleshow. Dieser Moment im Ritual wiederkehrender touristischer Abläufe wird von den Erstfahrern in vollen Zügen genossen und nach ihrer Heimkehr in dankbarer Erinnerung festgehalten.
Hanna ist nachdenklich, hat ihren Freund heute noch nicht gesehen. Er meidet ein Zusammentreffen seit Tagen, ist nicht ansprechbar. Wenn sie ihn von weitem zu Gesicht bekommt, fragt sie sich, was der Grund sein könnte.
Die lautstarke Diskomusik hüllt indes den Raum ein, würgt aufkeimende Gedanken ab.
Zeit, sich in den Trubel der Spassgesellschaft zu stürzen. " *When you want to come. Come - huh !* "
Frankie goes to hollywood und ägyptische Poprhythmen lassen jedes Gespräch verstummen :

" *Relax, don`t do it !*

When you want to go to it

Relax, don`t do it

When you want to come ... "

Eine schiere Welle der Lust am Tanzen reisst die erregten Gäste mit sich fort und lässt sie zu höheren Frequenzen bis zur Besinnungslosigkeit tragen. Hunderte Füsse stampfen im Takt mit ihren Säbelbeinen auf dem Parkett.
In eine willenlose und martialische Trance.
" *Habibi Ya Nar El Ayn* " , entführt sie zu den rhythmisch temperamentvollen Klängen der Gitarren, Akkordeons und Bongotrommeln zum einlullenden Schmelz der klagenden Stimme des gefeierten ägyptischen Sängers Amr Diab. Der Saal kocht. Die ägyptischen Reiseführer und freien Kellner wiegen im Reigen mit, fassen die weiblichen Gäste bei den Händen und tanzen mit ihnen durch die Korridore zwischen den Polstern.
An der Bar hängen Trauben von plaudernden und lachend gestikulierenden Touristen und Ägyptern ab.
Einige nippen an ihrem alkoholfreien Cocktail. Ein Reiseführer hält sich lieber am Whisky fest. Es gibt einige Muslime, die ein Alkoholproblem haben. Nichts ist so, wie es in der medialen Darstellung scheint.
Mahmoud hat alle Hände voll zu tun, die Bestellungen auszuführen und Säfte, Wein, Hochprozentiges und Wasser bereitzustellen.
Die Klimaanlage läuft mittlerweile auf Hochtouren. Seine Mitarbeiter jonglieren lächelnd zu dem Tanz der abfolgenden Laserbeams. Im schnellen Rhythmus des Hin und Hers zwischen Kühlschrank, Ingredienzen und bestellenden Touris scheint ihnen die Hitze nichts auszumachen. Während den meisten Gästen der Schweiss von der Stirn rinnt und aus allen Poren quillt, die geschafft von der Bühne Richtung Bar torkeln.
Von bequemen Sesseln aus steuern die Gesellschaftsspiele zwischen Passagieren und dienstfreien Kellnern auf einen bizarren Höhepunkt zu, noch gesteigert durch die Wechselfolge hypnotisierender Rock- und Popmusikklänge der temperamentvollen arabischen Musik, die die westlichen Hits im Wechsel ablöst. Der Blitz der Diskokugel springt im Schein des gedämpften künstlichen Lichts und lässt alsbald die Konturen verschwimmen.

"*Live those dreams*
 Scheme those schemes
   Got to hit me
    Hit me
Hit me with those laser beams."

"*Relax*
 higher higher
  Hey -
  Pray"

Von den Stossgebeten westlicher Ausgehkultur nimmt sich die Umgebung der Meretseger keinesfalls aus.
"Hit me with those laser beams ! "
In der Zukunft wird noch so manches Unheil durch Laserwaffen an Fliegern angerichtet werden.
Wer glaubte, eine Stadt wie in einem propagierten Gottesstaat vorzufinden, mit versunkenen Palästen aus islamischer Zeit, einer Monostruktur aus Moscheen und verfallenen Plätzen, Strassen und Wohnhäusern, umgeben von den Resten der Himmelspaläste der alten Pharaonen in der weiteren Umgebung, der irrt.
Moderne Bauten säumen überraschend den Nil. Die gemutmasste rückständige Provinz seitens der Auswürfe westlicher Berichterstattung ist hier optisch nicht zu wahrzunehmen.
Das abendliche Treiben in den Gassen der berüchtigten Metropole nimmt in der nachlassenden Hitze des Tages seinen allseits gewohnten Gang. Die Wächterstadt voll wundervoller Märkte verbirgt sich zunehmend hinter dem Schleier einer fernen Vergangenheit und wird zur gestellten Sinnfrage.
Solchen von Samarkand und anderen. Einer verborgenen Wunderwelt der Gegenwart, die sich in dem grossen Gedichtzyklus des nigerianischen Literaturnobelpreisträgers Wole Soyinka niederschlug, einer Zusammenfassung weltweit aktiver Gewaltmärkte.
Der Zyklus der Gegenwart in dem afrikanischen Teppich.
In seinem strengen Gewirr von Knoten und herabhängenden Fäden ist er für den westlichen Betrachter unzugänglich.
Wie ein böser Geist aus der Flasche, der den afrikanischen Kontinent nie aus den Zangen der Kolonialisierung befreit hat.
Upuauts Wege durch die Jahrtausende, welche Türen öffnet er in den Zeitaltern der Finsternis ?
Gewaltszenarien, mit denen sich in dem wirtschaftlich angeschlagenem Westen reichlich Geld verdienen lassen. Der ganze Industrien der Kriegswirtschaft aus dem Boden stampfte, die an den Börsenplätzen weltweit die

Kurse hochtreiben oder läuft alles auf ein Ziel hinaus, das sich vor unseren Augen versteckt, unsichtbar wie die Höhle des Sokar oder der Leichnam des Osiris in den Nachtstunden der Fahrt des Sonnengottes ?
In einer von der Natur losgelösten Zeit, aus der der Mensch sich selbst ausgeschlossen hat. In der er den Kosmos und seine Gesetzmässigkeiten noch im Rausch erfuhr, fliessend wie die Wasser des Nils.
Das nennt man Fortschritt. Blind fortschreiten ? Wohin führt diese Entwicklung ? In den eigenen Untergang ?
Er steht wie ein unwissender Neophyt vor den Schleiern der Natur, deren Verkörperung Isis in Schillers Bild von Sais erscheint.
Wie ein heutiger zufälliger Passant nimmt er sich aus, vor den verschlossenen Mauern einer Atomfabrik mit dem blockierenden Zusatz " Zutritt verboten ".
Wird sich das Licht der Erkenntnis neu entzünden und mit einem Schlag die Szenerie erhellen ?

Hanna ist im Unterdeck, hat ihren Freund zu einer Aussprache bewegen können.
Reserviertheit und Angst spricht aus seinem Verhalten. Die Vertrautheit ist einem latenten Unbehagen und Misstrauen gewichen. Er möchte nicht so recht mit der Sprache heraus.
Der kultivierte Oberkellner stammt aus einem Dorf in Oberägypten und ist Sohn eines mittellosen Bauern, der zum Studium nach Assiut gezogen war.
Viele der Älteren aus seinem Dorf hatten sich Anfang der 70er Jahre in ihrem Studium der neugegründeten Ga**maat** angeschlossen, die der damalige Gouverneur mit Geld und Waffen unterstützt hatte, als Gegengewicht zur linken Opposition. Trotz ihrer erfolgreichen Studienabschlüsse war der Grund für ihren Eintritt eine hoffnungslose Zukunft, eine zu erwartende dauerhafte Beschäftigungslosigkeit und der Zwang zur Rückkehr in ihre unterentwickelte und von Kairo vernachlässigte Region. Ohne Infrastrukturmassnahmen wie Wasser, Strom und Strassen. Denn Ägypten hat einen Überschuss von Hochschulabsolventen.
Ihre Arbeitslosigkeit bedeutete nicht nur, über keinerlei Einkünfte zu verfügen, sondern gerade deshalb auf dem Heiratsmarkt nicht bestehen zu können, der in Ägypten rigoros ist.
Die Kette dieser Umstände verhinderte, einer eigenen Familie den Lebensunterhalt sichern zu können. Diese tagtäglichen Verletzungen und Demütigungen sind es, die zur existentiellen Krise und in die Verzweiflung führen.
Faktoren, denen auch westliche Studenten ausgesetzt sind.

Und Verzweiflung in Teilen der Bevölkerung ist die Stunde der sogenannten Islamisten und der gesteuerten Wunschpolitik ihrer Hintermänner. Armut und Verzweiflung ist die Grund-voraussetzung, um Menschen in eine bestimmte

Richtung zu treiben.
Die Gamaat bekam ein anderes Gesicht, wurde politisch, wandte sich einer rücksichtslosen Machtpolitik zu.
In den Dörfern und der Stadt warfen ihre Mitglieder die Netze ihres brutalen " islamistischen Regimes " aus, kontrollierten Marktpreise und verurteilten selbstherrlich Menschen, die gegen ihre eingeführten Gesetze verstiessen, mit Hilfe der Scharia.
Nach und nach fingen sie an, Kopten zu bedrohen.
Im mittelägyptischen Manfalut und in der Moschee von Assiut errichteten sie ihre Hochburgen , mit Anschluss an den uralten Karawanenweg nach Darfur.
Versuchten den Bedrängten einzuflüstern, die Zuflucht zum Gebet zu suchen.
Die Religion war ihnen nur Instrument zur Macht, nichts anderes. Sie beleidigten mit ihren brutalen Aktionen im Grunde die Friedfertigkeit des Islams und ihrer weltweiten Anhänger und lassen den Islam durch ihren politischen Missbrauch im Westen zur Drohgebärde verkommen. Ihre " agent provocateurs " kamen mal wieder erfolgreich zum Zuge.
Jeder, der die Unterschiede nicht kennt, entwickelt diffuse Ängste.
Womit wir beim gewünschten Szenario eines " Kampfes der Kulturen " wären, den der Berater und mittlerweile verstorbene Universitätsprofessor Huntington in einem weltweit Aufsehen erregenden Buch proklamierte.
Polarisierung ist das Stichwort, das diesen Kampf herbeiführt.
Bei Kriegervölkern wie den Wikinger und Römern beherrschte sie ihre Vorgehensweise.
Diplomatie ist in den auf Krieg ausgerichteten Gesellschaften nicht erwünscht, da der Frieden weder ihre Pfründe noch ihre zu verteidigenden Machtpositionen gegen Aufstrebende von Ausgegrenzten zementiert.
Gesteuerte Islamisten, die Dietmar Ossenberg 2011 auf dem Tahrirplatz ständig von drohenden Leuten in die Kamera rücken liess, als seien solche Feinde Ägyptens das Sprachrohr des Volkes.
Sie wirkten in ihrer Physionomie Arabern und Mittelägyptern aus Kleinbürgerschichten, aber nicht dem Gros, dass sie in Kairo, in den Städten unterwegs, in Luxor, Aswan zu Gesicht bekommen hat.
Denn den Hintermännern kommt es auf entscheidende politische Ziele an, die nur den Hirnen ausländischer Thinktanks entsprungen sein können, den Fortune 500, die mit Ägypten nichts Gutes im Sinn haben.
Ägyptens positive Rolle im Friedensprozess im Nahen Osten und der arabischen Welt, ihre weltoffene Zivilisation ist verdammt, sich in hochstrategischer Lage zu befinden. Sie bleibt ein brennender Dorn im Auge ihrer ausländischen Feinde, die alles andere als friedliche Ziele verfolgen.
2012 wird ein Vertreter der Gamaat im Weißen Haus in Washington empfangen. Wer das in seiner Naivität für eine Wendung vom Feind zum Verhandlungspartner hält, ist falsch informiert.

Ein Vergleich ist durchaus möglich, angesichts der unheilvollen Rolle von christlichen Sekten wie Scientology, Zeugen Jehovas und anderen amerikanischen Ursprungs, auf welche Weise sie in den USA und Europa die Gesellschaft unterwandern.
Denn auch bei diesen spielen in ihrer Rattenfängertour politische und undemokratische Faktoren eine wesentliche Rolle.
Dazu gehört die Beseitigung von weltoffenen und Multikultigesellschaften. Und als zweiten Schritt die Installation des Fundamentalismus weltweit.
Es ist kein Zufall, dass sich ein bekennender Mormone mit zweifelhaften Methoden in seiner Berufslaufbahn als Präsidentschaftskandidat der USA hatte aufstellen lassen.
Echte Demokratien hätten eine Chance. Aber die befinden sich weltweit nur noch auf dem Papier. Da nicht die Politik, sondern die Wirtschaft als absolutistisches System das Geschick dieses Planeten bestimmt und in allen Bereichen der Gesellschaft ihre Leute plaziert.
MitHilfe ihrer gezielt eingesetzten Lobbyisten in der Politik. Gegensteuernde Eliten sind aussen vor, werden kleingehalten.
Mobbing, Rufmordkampagnen am Arbeitsplatz und in der Nachbarschaft sind wirksame Mittel, um ihren Aufstieg zu verhindern.
In dieser Zeit, in der wirtschaftliche Macht politische Macht bedeutet, ist Armut ein Instrument, um Massen zu beherrschen und in die gewünschte Richtung zu treiben. Deshalb ist die Arbeitslosigkeit weltweit gewollt und wird von der gesteuerten Politik über ihre Institutionen verordnet.
Die Staatsmacht Ägyptens machte einen entscheidenen Fehler.
Sie liess keine Mitsprache zu, beteiligte niemanden an der Lösung der Probleme, sondern suchte ihr Heil in waffenstarrender Konfrontation, was den " Islamisten " in die Hände spielte.
Diese terrorisierten das Land, sagten Präsident Mubarak den Kampf an, verübten Anschläge auf ihn.
Ebenso auf kritische Schriftsteller wie Nagib Machfus. Sie führten die Hisba ein, mit denen man vor allem Intellektuelle und Geistliche wirksam mundtot machen kann, indem sie im Namen Gottes von selbstherrlichen Verbrechern angeklagt und sanktioniert werden. Sozusagen als Staat im Staate.
Die Regierung Mubarak hatte mit Großrazzien und Massenverhaftungen keine Chance, gegenüber denen vom Ausland immer neu bewaffneten und extrem gewalttätigen Kräften erfolgreich vorgehen zu können.
Wenn eine fremde Macht das Regime Mubarak angreifen und stören will, dann braucht es nur ausgebildete Söldner und Waffen ins Land zu schmuggeln.
Den politischen Überbau liefern ihnen diese " Islamisten ", die für Stress in der Gesellschaft sorgen.
Vom Ausland her kann man über Instrumente wie den IWF und die Weltbank

Armut schaffen, indem zum Beispiel der subventionierte Brotpreis abgeschafft wird. Dies ist geschehen. Die Verzweiflung der Bevölkerung wird dann solchen Gruppen wie den Islamisten ein wirkungsvolles Umfeld schaffen.
Wobei man diese Gruppierungen mal genauer unter die Lupe nehmen sollte. Wer sind eigentlich Islamisten, wer der El - Dschihad ? Und wer hat sie aus der Taufe gehoben ?
1985 traf sich Präsident Ronald Reagan im Weißen Haus mit Vertretern der Mudjahiddin aus Afghanistan.
Schon unter der Präsidentschaft Jimmy Carters hatte der nationale Sicherheitsberater Zbigniew Brzeskinski geraten, in einem geheimen Abkommen die Gegner des prosowjetischen Regimes in Kabul mit Hilfe der CIA zu unterstützen.
In den Memoiren des ehemaligen stellvertretenden CIA - Chefs Robert Gates, dem heutigen Verteidigungsminister, wird diese frühe Zuwendung bestätigt.
Unter der Reaganadministration erfolgte eine vorbehaltlose und uneingeschränkte Unterstützung der " islamistischen Freiheitskämpfer ". Die weltliche Schulpolitik wurde durch Massnahmen Washingtons unterlaufen.
Die Amerikaner gaben Millionen Dollar aus, um afghanische Schulkindern mit gewaltverherrlichenden Bildern und militanten islamischen Sprüchen in Fibeln zu versorgen, die den Dschihad priesen. Auf diese Weise liess sich eine polarisierende Gesellschaft aufbauen, die auf Jahrzehnte hinaus Stress und Gewalt zur Folge hat und künftigen Konflikten den Boden bereitet hat.
Diese verdeckte CIA - Operation hatte zur Folge, dass die Zahl der von der CIA finanzierten Koranschulen von 2.500 im Jahr 1980 auf mehr als 39.000 anstiegen.
Quelle : " Die USA steuern den " globalen Terror " aus Pakistan und dem Mittleren Osten ".
Selbst die Taliban bedienten sich an den grosszügigen Schulbücherspenden.
Seit Beginn des Sowjetisch - Afghanischen Krieges im Jahr 1979 wurden die islamistischen Brigaden von dem pakistanischen Militärregime aktiv unterstützt, die später die berüchtigte " Basisliste ", auf arabisch " al Qaida " bildeten.
" Unter Anleitung der CIA wurde der Militärgeheimdienst Pakistans, die ISI, zu einer mächtigen Organisation, einer Art Schattenregierung, die über viel Macht verfügte und einen enormen Einfluss ausübte. "

2011 beschneidet der Militärrat in Kairo die Macht des zu wählenden Präsidenten.
Die Aussenpolitik behält sich der Militärrat als eigenes Wirkungsfeld bei. Präsident Mursi dürften in diesem Spiel die Hände gebunden gewesen sein. Dennoch hat er mit seinen aussenpolitischen Alleingängen das Land in eine schwierige Position hineinlarviert, zum unsicheren Faktor seines Nachbarn Israel, was entsprechende Reaktionen hervorrief.

Auf diese Weise erreichen die USA eine Pattsituation in den Gegenpolen eines sich wechselseitig in Schach haltens beider Protagonisten.
Sie schwächen das Land hinsichtlich eigenständiger Politik und lassen sie auf diese Weise von den USA vollständig abhängig werden.
Eine Unzuverlässigkeit des ägyptischen Partners, die die amerikanische Politik als störenden Faktor in dem gestürzten Präsidenten Mubarak über Jahre hatte hinnehmen müssen, ist nun behoben. China als Wirtschaftspartner mit Investitionsinteresse in Mittelägypten ist wirksam ausgeschlossen. Könnte man meinen.
Aber im Herbst 2013 wird durch einen Artikel von F. William Engdahl bekannt, dass China im Irak, Syrien und Ägypten Öl - und Gas aufkaufen. Wahrscheinlich wird die neue Regierung Ägyptens nach Ablösung Präsident Mursis die Investition Chinas in Mittelägypten befürworten. Auch um die Vorherrschaft der zahlreichen Firmen der Muslimbruderschaft zu schwächen.
Die Golfstaaten wollen Milliarden in Ägypten investieren. Sie lehnen mit Ausnahme von Katar die Muslimbruderschaft ab.
Ein Gericht verbietet 2013 die Muslimbruderschaft und zieht ihre Vermögensstände ein. Somit wird der Muslimbruderschaft in Mittelägypten das Rückgrat gebrochen.

Hannas Freund Mohammed fühlt sich zwischen seiner Herkunft, seinen Bindungen an seine Familie, an sein Dorf und neuen beunruhigenden Gefühlen, die für Hanna entflammt sind, hin - und hergerissen. Seine Gedanken aber tagtäglich beherrschen.
Ein Zustand, der Zukünftiges verheissen mag, ihn gegenwärtig aber nur verunsichert.
Seine Familie gibt dem Westen und der Regierung in Kairo die Schuld für ihr Elend. Terrortaten an Touristen heissen sie dennoch nicht gut.
Die vielen Gerüchte über bevorstehende Anschläge bekommt er mit, die in Mittelägypten quasi in der Luft hängen, aber nicht ausgesprochen werden. Wie in Stein gemeisselt hängen sie von den Mauern der Häuser herab, die ihr Inneres nach aussen nicht zeigen wollen. Er würde sie am liebsten verhindern, wenn es in seiner Macht stünde.
Was er Hanna aber nicht mitteilen kann. Das käme ihm wie ein Verrat an seinem Land vor, das ihm Heimat, Geborgenheit und Sinn gibt.
Ein Hauch von Fremdheit umgibt diese Taten. Dass sie vom Ausland gesteuert sind, nicht unmittelbar von ihnen ausgehen, hängt wie ein Gift über der Stimmungslage im Lande. Verhindert zudem ihren Zugang zu der einzig möglichen Geldquelle für jedermann im Land, dem Tourismus. Die Sperrung ihres Landstrichs hat zur Folge, dass die Touristen, die sonst ihr Stückchen Land durchquert haben, nach Kairo und Luxor ausweichen.
Diese touristisch geprägten Städte konnten ihren Einwohnern bereits zu einem

einigermassen erträglichen Einkommen aus touristischen Einnahmen verhelfen. Weshalb er ebenfalls nach seinem Hochschulabschluss eine Anstellung bei Misr Cruises in Kairo anstrebte.
Obwohl er sich als Akademiker auch nur eine Stelle als Kellner erhoffen durfte. Das Glück hatte ihm zu dieser Stelle durch einen ersten Kontakt verholfen. Andere mit gleichem Ansinnen waren weniger erfolgreich gewesen. Ohne Beziehungen läuft hier genauso wenig wie im übrigen Rest der Welt.
Der Strudel der Ereignisse hinterlässt in den Seelen seines Dorfes stets lähmende Hoffnungslosigkeit und verbrannte Erde, schürt ihre ohnehin grosse Angst vor einer ungewissen Zukunft. Er spielt mit ihren Sorgen, negativen Gefühlen und legt Fallen aus, lässt aber die Gemeinschaft enger zusammenrücken. Und das wirkt in den arabisch geprägten Stammesgemeinden wie Klebstoff. Einerseits braucht man die Öffnung nach aussen, andererseits erzeugt diese mit ihren nicht einzuschätzenden Risiken Vorbehalte bis hin zu bewusst geschürten Scheuklappen.
So bleibt vieles zwischen ihnen unausgesprochen und belastet ihre Beziehung.
Hanna merkt nichts von seinen widerstreitenden Gefühlen, die ihn innerlich zerreissen.
Er wagt nicht, ihr direkt in die Augen zu schauen, heftet seinen starren Blick auf den Boden, auf eine kleine dunkle Schattierung im Muster der Auslegware, während sie ihn nach den Gründen seines Rückzuges befragt.
In der kleinen Kabine vernimmt man das fröhliche Lachen der Trupps von Gästen und Reiseführern draussen, die unsicher über die schmalen Planken Richtung Ufer wanken.
Die feierlich gestimmte Karawane zieht in einer gut gelaunten Prozession auf den marmornen Platz, um frische Luft zu tanken.
Die vorgerückte Stunde fächelt den ausgebrannten Plätzen etwas Kühlung zu und verlegt die Party ins Freie unter ein glitzerndes Firmament.
Die Erhabenheit der Stille der Nacht und der prachtvollen Metropole lässt die meisten angeheiterten Passagiere augenblicklich verstummen.
Befangen geht ein Flüstern durch die verunsicherte Runde. Flanierende Passanten, ägyptische Familien und vereinzelt auch Männer, die neugierig an dem Uferkai stehen und genüsslich den Rauch ihrer Zigaretten aus ihren Nasen quillen lassen, sprechen sie mit einem freundlichen " hello, welcome " an.
Die Kinder winken mit ihrem ständig wiederholten Rufen " hello, hello, hello ", verbergen sich aber schüchtern lachend hinter dem langen Rockzipfel ihrer hochgewachsenen strahlenden Mütter.
Die Passagiere der Meretseger sind von der freundlichen Begrüssung völlig eingenommen. Eine solch lässige Weltoffenheit hätten sie hier nicht unbedingt erwartet. Schnell entzünden sich Gespräche zwischen ihnen und den Einheimischen.
Und bald ist ein ansteckendes Lachen aus ihren Reihen zu vernehmen.

Unter Deck sind Hanna und ihr verunsicherter Freund Mohammed, einer von vielen Millionen Mohammeds, die es in Ägypten gibt, in ihrer Aussprache nicht weiter gekommen.
Mohammed ist wütend geworden, je mehr sie ihn bedrängt. Er rückt stärker von ihr ab, möchte sie vorerst nicht sehen.
Hanna ist wie vor den Kopf geschlagen. Seine unverständlichen Reaktionen treffen sie zutiefst.
Sie nähert sich ihm, aber bekommt nur ein entschlossenes " nein " zu hören und schon stürmt er ohne ein Wort zu verlieren, aus Hannas Kabine.
Sie kann nicht fassen warum. Was hat sie ihm getan ? Weshalb wirft er ihr nur Nichtigkeiten vor, will aber nicht mit der Sprache herausrücken, was ihn wirklich quält ?
Sie ist ratlos, bezieht seine Wut auf sich und ringt mit ihrer Fassung.
Es hatte doch so gut angefangen, weshalb macht er jetzt dicht ?
Sie beschliesst, ihm hinterherzulaufen, doch die Suche auf allen Decks des Schiffs ist vergeblich. Er bleibt verschwunden.
Fragt seine Kollegen, doch die haben ihn auch nicht gesehen.
" Vielleicht ist er in seiner Kabine ", meint einer.
" Da ist er nicht, " unterbricht sein Bettnachbar, der gerade aus der Richtung kommt. Beide sehen Hanna, die ihr aufgewühltes Inneres auf der Zunge trägt, mitleidig an.
Mit hängendem Kopf kehrt sie zu ihrem Deck und in ihre Kabine zurück. Sie möchte den fröhlichen Mitreisenden und insbesondere Sabine jetzt nicht über den Weg laufen.
" Sabine mit ihren negativen Erfahrungen ! Die schenke ich mir jetzt. Will davon nichts hören. "
Und vergräbt ihren Kopf unter einem Kissen.

Mohammed hat sich bei seinem Vorgesetzten abgemeldet und ist unerkannt an Land gegangen, um einen guten Freund zu treffen, der mit Neuigkeiten aus seinem Heimatdorf aufwarten kann. In einer Kaffeestube unweit der Uni stecken sie ihre Köpfe zusammen und unterhalten sich angeregt. Genüsslich zieht Mohammed an seiner Shisha.
Er ist unruhig, fragt den Freund aus, ob er irgendwelche Gerüchte vernommen hat. Der Freund kann damit zur Zeit nicht dienen.
" Von geplanten Terrortaten habe ich nichts vernommen. Aber das hat wenig zu sagen. "
Die beiden nicken. Mohammed macht sich nicht nur Sorgen um die Sicherheit der Meretseger, sondern auch um seinen Job.
" Wenn die wieder im Blutrausch sind, dann verliere ich meine Arbeit und weiss nicht, wovon ich leben soll und meiner Schwester überhaupt etwas zur Hochzeit schenken kann ! "

" Kannst ja die Deutsche heiraten, dann geht es Dir gut ", wendet der Freund ein. Mohammed schüttelt den Kopf.
" Ich lass mich nicht von einer Frau aushalten und schon gar nicht von Hanna. Sie ist ein liebes Mädchen.
Ich will nicht, dass sie von mir denkt, ich wäre nur wegen des Geldes mit ihr zusammen " , gibt er stolz zurück.
" Ich kenne einige, die würden die Gelegenheit beim Schopfe packen, aber ich bewundere Dich für Deine Haltung. "
Mohammed lässt den Blick über das geschäftige Treiben der Stadt zu dieser späten Stunde schweifen.
Aus den Lautsprechern der Minarette ertönt von verschiedenen Seiten nach und nach der Ruf des Muezzins zum Gebet, hüllt die Stadt in einen Chorgesang ein, der für die Erhabenheit Allahs alles Weltliche für kurze Zeit aus dem Bewusstsein drängt.
Die Freunde sind verstummt. Zufrieden nippt sein Freund an seinem Tee mit Minze.
" Ich muss wieder zurück zum Schiff " , sagt Mohammed kurz mit einem Blick auf die Uhr.
" Habe keinen langen Ausgang. Wir legen schon heute früh um Sonnenaufgang ab. Wenn Dir etwas zu Ohren kommt, dann lass es mich wissen. "
Grinst, umarmt den Freund und ist daraufhin schnell in den Gassen verschwunden.

Mit der Dämmerung werden die schweren Seile vom Kai gelöst.
Und unter Hochtouren laufen die Maschinen der Meretseger an. Das Schiff schwankt für einen Moment, bevor der Steuermann den Kurs aufnimmt.
Himmelsgöttin Nut gebiert den Sonnenball unter Schmerzen am östlichen Firmament. Die Morgenröte wischt die Nacht vom Himmel. Die Finsternis weicht den ersten Strahlen des neu geborenen Tages.
Nach den Anstrengungen des vergangenen Partyabends liegen die meisten Passagiere noch im Tiefschlaf in ihren Kabinen.
Nur sie wird durch die Erschütterung aus ihren Träumen gerissen. Sie reibt ihre Augen und gähnt ausgiebig, nimmt für einen kurzen Moment das Rauschen der strömenden Wasser draussen wahr und dreht sich auf die andere Seite.
Zu früh zum Aufstehen. Ihr Wecker zeigt unmissverständlich die korrekte Zeit an. Es ist 4 Uhr 30, und im Schiff ist es ruhig. Nur der diensthabende Rezeptionist beschäftigt sich mit seinen Papieren.
Vor ihnen liegt eine Tagesfahrt in einer grandiosen Landschaft. An manchen Stellen treten die bröckelnden Kalksteinberge der Östlichen Wüste ganz an den Nil heran und hängen über.
Die Schatten und Geister Upuauts scheinen sie seit der Abfahrt von Assiut hinter sich zu lassen, als verkröchen sie sich in den ausgetrockneten Wüstentälern

rechts und links vom Fluss.

Neue Impulse warten auf sie, begrüsst von einem heraufziehenden strahlenden Tag, der sie an Akhmin vorbei Richtung grosser Schleuse von Nag Hammadi tragen wird. Von dort aus ist für den nächsten Tag ein Busausflug zu den Tempeln von Abydos und Dendera geplant.

Sie passieren die Stelle, an der eine deutsche Touristin mit einem gezielten Schuss vom Ufer aus getötet worden war, als sie sich nachts aus ihrer hell erleuchteten Kabine lehnte. Mit der Präzision eines Scharfschützen. Von Laien konnte die Distanz vom Ufer zu einem fahrenden Objekt ca. 100 Meter entfernt nicht ausgeführt werden .

Wie alle anderen Passagiere zuvor war sie von der Reiseleitung darauf hingewiesen worden, bei Dunkelheit die Fenster zu schliessen und die Vorhänge bei Licht zuzuziehen.

Aus unerfindlichen Gründen hatte sie sich aber nicht an die wohlgemeinten Ratschläge gehalten. Neben der eventuellen Terrorgefahr verbietet die extreme Mückengefahr offene Kabinenfenster bei Nacht.

Nicht dass etwa Malaria drohen würde. Aber halb totgestochen zu werden oder lieber die Klimaanlage anzustellen, die in allen Räumen für dauerhaft guten Luftaustausch sorgt, macht die Entscheidung leicht. Denn die hereinströmende Backofenhitze kann mitteleuropäische Gäste förmlich erschlagen.

Wie in einem mythischen Wernesgefilde oder einem Garten Eden breiten sich vor ihnen die fetten, im hohen Saft stehenden Anpflanzungen frugaler Art aus. Vor dem Kontrast beige abgestufter Felsenberge, die meilenweit die Kulisse ihrer Reiseroute bilden werden.

Ein Gebiet, in dem der mythische Kampf zwischen Horus und Seth über die Herrschaft Ägyptens ausgefochten wurde, auf der Höhe von Kau, dem antiken Antaiopolis.

Horus Auge wurde verletzt. Aber von Thot wieder geheilt wurde, dem Gebieter dieser Stunde, der auch die Nachtsonne, den Mond darstellt. Und somit offenbart die wunderschöne Landschaft gegenwärtig nichts Störendes oder gar Unfriedliches.

Die Kameras der Passagiere summen mit den Fotoapparaten um die Wette.

Sabine, sie und Hanna sitzen bequem im Badeanzug unterm Baldachin, schlürfen ihren heissen Tee mit Minze, lauschen der Musik aus ihren Kopfhörern oder geben sich ihrer medialen Stimmung hin, die nur aus schauen, schauen und nochmals schauen besteht.

Der warme Wind aus dem Norden, der seine sanften Schwingungen über der Meretseger ausbreitet, geleitet das Schiff im Takt seiner langsamen Geschwindigkeit an kleineren Nilinseln mit hohem Schilfbewuchs und zurückgesetzten Fellachendörfern vorbei. Umstanden von Palmen, Palmen und nochmals Palmen. Die paradiesische Idylle aus der Perspektive der Passagiere

hat eine entspannende Wirkung auf das gestresste mitteleuropäische Gemüt.
" So müsste es immer sein. Herrlich ! Was für ein wunderschönes Land " , schwärmt Sabine beim Anblick der Landschaft und seiner vitalen Menschen. Sie rekelt sich wohlig auf ihrem Stuhl. Niemand spricht.
Momente der eigenen Schau auf eine Lebendigkeit, die dem Menschen beim Betrachten der Schöpfung bewusst werden.
Die grösser ist als er jemals in der Lage sein wird, sie sich in ihrer Gänze vorzustellen. Ein Moment der Glückseligkeit.
Zu selten auf diesem Planeten, weil der Mensch sich und anderen Menschen dauerhaft im Wege steht, mit zerstörerischen Zielen, sich von negativen Beweggründen verführen lässt und aus dieser Hamstermühle keinen Ausweg zu finden scheint.

" ... *Ich sah die Geschichte in einer schwarzen Fahne, die lief wie ein Wald.* " schrieb Adonis in seinem Gedicht : " Es gibt nur noch Wahnsinn ".

Die Waage der Maat, die zwischen Gut und Böse pendelt.
Sie ist auch eine Herzensentscheidung in der 6. Nachtstunde des Pfortenbuchs, nicht nur eine Frage der Vernunft nach den Vorgaben des Negativen Glaubensbekenntnisses, das 42 Regeln umfasst. Wobei die 10 Tafeln Gottes, die Moses auf dem Berge Sinai erhält, wie eine Kurzform der Amunreligion erscheinen.

" *Ich habe nicht getötet. Nicht gestohlen, nicht ehegebrochen.* "

Doch wann, in der langen Menschheitsgeschichte, hat die Sprache des Herzens wie der Vernunft das Leben der Menschen und ihr wirtschaftliches Handeln so wie ihr politisches Geschäft bestimmt ?
Stunde um Stunde vergeht. Hohe Felsgebirge wechseln mit Streifen von Fruchtland ab. Der Nil windet sich durch sein altes Bett.
Am Nachmittag erreichen sie die mittelgrosse Stadt Sohag mit moderner arabischer Architektur und erleben ein Wunderwerk der Technik. Eine Schwenkbrücke, die zur Seite ausfährt und ein kleineres Kreuzfahrtschiff vor der Meretseger passieren lässt und im Anschluss daran die wartende Schlange von Kohletransportern und anderen Nutzschiffen.
Am Ostufer befindet sich Achmin, dessen Name sich aus dem Fruchtbarkeitsgott Min zusammensetzt.
Sein Markenzeichen ist der eregierte Phallus, der auf Reliefs zahlreicher Tempel die Verehrung durch die Pharaonen findet, deren Manneskraft wegen ihres Beinamens " Starker Stier " für ihre Potenz im Hinblick auf ihre Herrschaft von enormer Wichtigkeit war.
Min, ein Gaugott, erfuhr in Achmin und Koptos seine höchste Verehrung.

Während die Passagiere in ihren Kabinen mit sich selbst beschäftigt sind, weil die Zeit des Abendbrots näher rückt, erfahren die meisten nicht, welch bedeutende Stadt im Altertum sie gerade linkerhand passieren. Das Gros der Touristen nimmt nur wahr, was sie an materiell noch vorhandenen Ruinen sehen können.

Aber viele berühmte Städte wie Memphis, Piramesse, Achmin und Hermupolis Magna sind buchstäblich vom Boden verschluckt worden und daher der breiten Masse unbekannt, sofern sie nicht durch Reiseführer in Buchform oder durch die ägyptischen Tourguides aufgeklärt werden.

" Soviel zu der Meinung, nur was man unmittelbar wahrnehmen kann, ist auch existent ", resümiert sie sarkastisch.

Achmin besass im ptolemäisch - römischen Ägypten die grössten Tempel. Im Mittelalter wurden sie noch von arabischen Schriftstellern als Weltwunder gepriesen. Übriggeblieben sind nur kleinere Relikte.

Berühmt ist die weisse Statue der Ramsestochter und späteren Ehefrau Ramses des Grossen, Meritamun.

Doch auch die zu Zeiten Ramses des Grossen verfemte Familie von Nofretete war mit Achmin verbunden.

Der Pharao Eje, Nachfolger von Tutanchamun auf dem Thron, stammte von hier, ebenso Teje, die Mutter Echnatons und ihre Eltern Juja und Tuja. Seine Ehefrau war eine Amme von Nofretete. Tejes Vater bekleidete das Amt eines Pferdevorstehers und eines Priesters des Min.

Koptische Klöster säumen die Stadt, aus der viele Persönlichkeiten kamen.

Aus dem umliegenden Gräberfeld Panopolis stammen viele spätantike und frühislamische Textilfragmente und diverse Mumienporträts aus den Nekropolen der römischen Kaiserzeit.

Hanna ist nach einem Streit mit Mohammed der Appetit vergangen. Sie will heute abend in ihrer Kabine bleiben.

Sabine und sie nehmen schon mal am runden Singletisch Platz.

Sie hat ihren Photoapparat griffbereit neben sich liegen, um den spektakulären Sonnenuntergang zu fotografieren, dessen Zauber sich während des Dinners vor den grossen Panoramafenstern vor ihren Augen ereignen wird. Und den sie mit schöner Regelmässigkeit bisher noch jeden Abend erlebt hat.

Das Schiff befindet sich mit Kurs auf Nag Hammadi, das noch Meilen entfernt, weit vor ihnen liegt und wird vom Steuermann mit äusserster Konzentration um gefährliche Sandbänke herumgefahren.

Nag Hammadi ist der Fundort gnostischer Schriften. Jedoch anderer als die sogenannten Apokryphen, die keine Aufnahme in der Bibel fanden. Hervorzuheben ist das bedeutende Thomasevangelium, das Sprüche von Jesus enthalten soll.

" *Jesus sprach: " Ich bin das Licht, das über allen ist. Ich bin das All; das All ist aus mir hervorgegangen, und das All ist zu mir gelangt. Spaltet das Holz, ich bin da. Hebt einen Stein auf, und ihr werdet mich dort finden... "*

Thomas Evangelium, Spruch 77

Dies sind Beschreibungen der himmlischen Welt, der Kosmogonie. Eschatologische und ethische Fragen beherrschen die Thematik vieler gefundener Schriften. Inhaltlich bestehen sie zum Teil aus der Offenbarung Jesus gegenüber einzelnen Jüngern in dem Zeitraum zwischen seiner Auferstehung und Himmelfahrt.
Insbesondere stellt die Hervorhebung der Maria Magdalena durch Jesus vor Petrus die eigentliche Sensation dar.
Eine ganze Bandbreite von Inhalten sind in den ledergebundenen Schriften entdeckt worden, auf die Bauerssöhne im Dezember 1945 stiessen, von denen einer in die archaische Blutrache wegen des Mordes an seinem Vater verstrickt war.
" Vom Ursprung der Welt " handelt eines der Papyruskodizes und ist eine gnostische Lehrschrift über die Entstehung der Welt, als Gegenentwurf zur biblischen Genesis.
" Der zweite Logos des großen Seth " , eine christlich - gnostische Schrift, die sich gegen jüdische und christlich - orthodoxe Standpunkte wendet. Ebenso Schriften, die bis zum persischen Zoroaster und einem Kommentar Plotins reichen.
Quelle : Wikipedia.

Während das Schiff durch eine unwirkliche, vergilbte Jenseitslandschaft steuert, unterbricht die einsetzende Abenddämmerung abrupt ihren Gesprächsfluss.
Mit einer nahezu automatisch ausgeführten Handbewegung nach der Fotokamera schnellt sie von ihrem Sitz auf und ist bereits nach wenigen großen Schritten auf dem Panoramadeck angelangt.
Durch die feurige Glut, die sich tiefrot über den Fluss, die Landschaft und die sich duckenden Dorfflecken ausbreitet, fährt der Sonnengott auf seiner Bahn in die Unterwelt ein. Der Sonnenfeind Apophis windet sich mit aller Kraft.
Er lässt vor ihr eine glutrote Hölle erstehen, als sei ein Vulkan ausgebrochen und speie vor die erleuchteten Moscheen und koptischen Kirchen. Die in schöner Regelmässigkeit und Harmonie nebeneinander aufgereiht sind, als gäbe es solche Auseinandersetzungen wie Dschihad nicht und auch keine Gamaat, vor dem gespenstisch schwarzen Hintergrund der Palmenhaine.
Eine weitere Passagierin ist an Deck, bietet sich ihr an, sie vor der tiefen Röte des Hintergrundes abzulichten.

" Na, so einen tollen Sonnenuntergang bekommt nicht alle Tage vor die Linse ", frohlockt sie aufrichtig begeistert.
Die gespenstische Szenerie lässt ihr Lächeln hingegen zur Maske erstarren.
Die öligen dunkelroten Fluten des Nils schwappen wie ein mächtiger Strom von Blut an den Schiffskörper, als führe man ihr die Apokalypse vor Augen. Darin alles je vergossene menschliche Blut, von Beginn der Menschheitsgeschichte an, seit den Tagen des Brudermordes Kains an Abel und Seths an Osiris.
Eine schwarze Sonne verdeckt den Mond, wirft ihre Schatten voraus.
Sie beschleicht ein lauerndes Gefühl, in eine groteske dantesche Hölle geraten zu sein, lässt den kalten Schweiss aus ihren Poren treten.
" Welche Hölle ? Wir sind doch in Ägypten ! "
Mit der Schnelligkeit eines Fallbeils kommt ihr die siebente Nachtstunde in den Sinn.
" Du lieber Gott, ich kenne in diesem Kapitel nur den schrecklichen Kampf des Sonnengottes gegen die Apophisschlange. "
Es ist eine Art ägyptisches Armageddon in den Unterwelts-büchern.
Aber sie ist doch nicht gestorben, was Voraussetzung wäre, dieses Endzeit-spektakel in der Sonnenbarke mitzuerleben.
Dieser blutrote Sonnenuntergang kommt aber äusserst real daher. Nur dass er etwas von einem Weltuntergang an sich hat.
Zutiefst verunsichert steigt sie die Treppen zum Speisesaal wieder hinab, versucht sich zu sammeln.
Die meisten Gäste haben das unheimliche Spektakel von den Fenstern im Speisesaal aus mitverfolgt. Es herrscht eine eigenartige Stimmung an Bord.
Selbst die Reiseführer plaudern mit ernster Miene. Achmed versucht, einige verunsicherte Frager zu beruhigen, was ihm kaum gelingt.
" Keine Angst ", meint er. Aber keiner von den Gästen ist bereit, ihm Glauben schenken.
Hanna hat in ihrer dunklen Kabine das gespenstische Schauspiel mitverfolgt. Es entspricht so ganz ihrer Stimmung, ihrem bohrenden Liebeskummer.
Eine Hoffnungslosigkeit breitet sich in ihr aus, als gäbe es für sie keinen Morgen, keinen Sonnenaufgang mehr.
Alle Ängste der Alten Ägypter scheinen sich mit ihrem tonnenschwerem Gewicht auf sie zu legen.
" Ob Mohammed sie loswerden möchte ? Hat er vielleicht eine Ehefrau, die er ihr verschwiegen hat ? "
Aber das kann sie sich nicht vorstellen. Er ist ein anständiger junger Mann.
Irgendetwas quält ihn, was er Hanna nicht mitteilen kann. Wenn sie nur wüsste, ob es vielleicht an ihr liegt ?
Dass seine Familie sie eventuell nicht akzeptiert ? Wenn er doch nur seine Beweggründe offenlegen würde. Warum er sich ihr gegenüber so eigenartig verhält.

Ihre verletzten Gefühle und ihre zunehmende Unschlüssigkeit lassen sie im Zustand der Lähmung auf ihrem Bett ausgestreckt ausharren.
Doch plötzlich erhebt sie sich mit einem entschiedenen Ruck und fängt an, ihre Kleidung in den Schrank zu hängen und sich im Bad zurecht zu machen.
In der Hoffnung, sich mit dieser schlichten Verrichtung von ihrer Tristesse zu erholen und doch noch die Kraft zu finden, die Kabine in Richtung Lounge zu verlassen, wo die meisten Gäste bereits Ablenkung in heiterer Muse finden.

" So regen wir die Ruder, stemmen uns gegen den Strom - und treiben doch stetig zurück, dem Vergangenen zu. "

F. Scott Fitzgerald, Der grosse Gatsby

Von Abydos, der Totenstadt, scheinen magische Kräfte auszugehen.
Umgeben von einer mythologischen Landschaft des Todes, liegt sie geduckt vor dem ausgefransten Rand der menschenleeren Westwüste auf einem Hochplateau am linken Ufer des Nils, das aus der google map - Perspektive als ein Wechsel welliger archaischer Strukturen im Sand und vom Sand wahrzunehmen ist.
Runde Hügel und rechteckige Fundamente heben sich hervor, die teilweise noch Reste von Bauten enthalten und unausgegraben das Gelände überziehen.
Vom Boden aus erstrecken sich in der Ferne Bögen bröckelnder steiler Tafelberge.
Eine abgestufte Schatten - und Farbpalette, von anthazit bis schwarz, die die libysche Wüste von drei Seiten auf Sichtweite eingrenzt. Sie bildete mit ihrer unüberwindbaren Barriere im Altertum einen wirksamen Schutz vor den Feinden Ägyptens.
Hier und da streichen obdachlose Hunde auf der Suche nach Essbarem über die hügelige Ebene.
Horcht man in sich hinein, scheint das durch Mark und Bein gehende schiere Geheul der Schakale aus den ältesten Zeitschichten des Altertums im Ohr zu ertönen. An diesem Ort des Schweigens der aufgelösten toten Körper und der fühlbaren Stille, die die Götter so sehr lieben.
Der böige Wind mahlt die verlassene Stätte zu einem ewigen Sandkorn und hüllt sie in den pudrigen Staub des Vergessens ein. Zum Zeichen ihres gestaltlosen Todes, der Angleichung an das immerwährende Wesen des Urozeans Nun, der das Antlitz der Erde dauerhaft verwandelt.
Die Metamorphose erweist sich wieder einmal als unausweichlicher Prozess, dem sich jedes Leben und jede tot scheinende Materie zu unterwerfen hat.
Der Niedergang, der als schmerzliche Erfahrung in das Bewusstsein der Menschen tritt.

Die Natur fragt nicht nach der Befindlichkeit des Menschen.
Ein Zeichen, dass sie ihn als Untertan ansieht und ihn vernichten wird, sollte er weiterhin mit seiner Zerstörungswut und seinem Raubbau so fortfahren wie bisher. Dies sollte der Menschheit zu denken geben.
Auf diesem Plateau der Westwüste leben die Nachfahren des hundsgestaltigen Totengotts Chontamenti. Er hiess :
" Der Erste der Bewohner des Westreiches ".
Im Roman " Josephs Reise nach Ägypten " von Thomas Mann, wird Josephs Unterweltsreise beschrieben.
Er steigt zum Ersten der Westlichen, Chontamenti, auf und wird zum Spender von Reichtum und Wohlstand.
Im dritten Jahrtausend vor unserer Zeitrechnung erwuchs der Stätte Heiligkeit.
In den wild lebenden Hunden ist Chontamenti, der Gott der ersten und zweiten Dynastie noch immanent, die buchstäblich als Einzige die ansonsten leeren und verlassenen vorzeitlichen Friedhöfe beherbergen, bevor Chontamenti dem okkupierenden Gott Osiris in Abydos als blosser Beiname angehängt wurde.
Isis soll hier den Kopf ihres von Seth verstümmelten Gemahls Osiris gefunden haben.
Auf welche Spuren unsichtbarer Bahnen mag Upuaut wohl die Hunde lenken ?
Riechen sie die Vorzeit, erschauern sie vor den immer wieder gleichen sich auftürmenden Abgründen verschwundener
Epochen ? Wissen sie die Zukunft zu ergründen ?
Keinerlei Zeichen ist auf ihren schmalen Gesichtern erkennbar. Nur der Ausdruck von Mangel. Ihre abgemagerten Körper erscheinen als ein Mahnmal der Dürre. Ihr Innenleben bleibt ein Geheimnis, das sie verbergen.
Ihr Husky schnüffelte schon Monate vor dem Tod ihrer Mutter an den Stellen ihres Bettes, in dem sie verschied. Und starb selbst noch im gleichen Jahr. Deutete er an, dass ihnen beiden bald die Stunde schlagen würde ?
Keinesfalls schnüffeln die Hunde auf dem Gräberfeld an den toten Monumenten, um ihr Wesen, ihre Funktionen, ihre Vergangenheit oder Zukunft zu begreifen, so scheint es zumindest.
Sie sind in ihren Streifzügen allein auf der Suche nach Essbarem, durch die Weite der Trümmerlandschaft und der Auflösung eines archaischen Friedhofs.
Auf der endlosen Jagd nach Mäusen, Abfällen und allerlei Kleingetier, vor dem begrenzenden dunklen Hintergrund gestaffelter Felswände, die an Tod und zig gestufte Pyramiden erinnern.
Ein trockenes Tal teilt sie zu einem Stück durchgeschnittene Torte. Das ausgehende Wadi verheisst in der Glut der Sonne die Unendlichkeit der Wüste.
Ruft beim Betrachter die Assoziation des Landschaftssets aus dem Film " Lawrence von Arabien " hervor, der allerdings in den Wüsten Jordaniens entstand.

Bei dieser Pittoreske aus Schutthügeln handelt es sich um den früheren Bestattungsort der ersten nahe gelegenen ägyptischen Hauptstadt Thinis. Um den Ort des Thinitengeschlechts. Ein Klang, der aus den entferntesten Tagen anrührt.
Eine Stätte des Anfangs der Totenkultur im entstehenden alten Ägypten nach jahrtausendelangen Grablegungen in Hockstellung im heissen Wüstensand, im Nirgendwo der Weite der Sahara.
Aber auch eine Zeit, die die Basis für grossartige erste menschliche Erfindungen bildete, die Kulturgeschichte erst möglich machte :
Durch die Einführung der Schrift und der Zeitrechnung in Form des ägyptischen Schriftwesens.
Und des Kalenders mit 365 Tagen, die Entwicklung in der Mathematik aufgrund des Dezimalsystems.
Und die erstmalige Bearbeitung und Verwendung von Papyrus als grundlegendes Schreibmaterial, von dem sich unser Wort Papier ableitet.
Umm el Quaab ist der Name des Bestattungsortes. Wörtlich heisst er " Mutter der Töpfe ", weil man hier tausende Scherben geopferter Krüge fand.
Die Mauern oder Palastfassaden von Schunet el - Sebib ragen aus dem Sandmeer. Sie muten wie ein Relikt an, dessen Bedeutung sich nicht erschliesst. Zur Hälfte verwittert, stützen sie keinen Himmel mehr.
Dies ist kein Ort für einen Djedpfeiler, dem Symbol der Dauerhaftigkeit.
Den Palast erdrücken unerbittlich schwere Sandmassen zu einer starrenden Mondlandschaft.
Langsam versinkt er im Fluss der formenden Jahrtausende zu einem Stapel ungebrannter Lehmziegel auf einem unbekannten Stern. Und reduziert sich auf den Stand einer blossen Filmkulisse : " Stargate " on Earth.

Die Frische des Morgens, des frühen Tages, gleicht einer heraufziehenden Kultur und wirkt sich belebend auf die Erwartungshaltung der Gäste am Frühstückstisch aus.
Während draussen die Busse herangefahren werden, liegt die Meretseger wie eine Nussschale auf den Wassern des großen Stroms, auf dem die morgendliche Sonne Lichtblitze wellenreiten lässt.
Sie wird in einer Stunde die grosse Schleuse von Nag Hamadi passieren, wenn die Besichtigungsbusse ihre menschliche Fracht aufgeladen haben und nach den Besichtigungen bis nach Kena weiterfahren werden, um dort ihre Gäste wieder an Bord zu bringen.
Gegen Mittag, nach ihrer geplanten Rückkehr von den Ausflügen nach Abydos und Dendera, in der Zeit des höchsten Standes der Sonne.
Lachend legen die mitfahrenden Helfer die Planken zu einem neuen Abenteuer aus.
Ihr fröhliches Arabisch lässt ihre Gedanken, nun gestärkt und wohl gelaunt,

hinüber zum Wüstenplateau schweifen.
Zu dem geheimnisvollen Ort, an dem das Osirisgrab vermutet wurde, zum Grab des Der auf dem vorzeitlichen Umm el - Quaabhügel.
Seit ein mystischer Ort für Osiris im Alten Reich mit dem Vordringen seines Kultes aus dem Delta geschaffen wird und er sich nach und nach mit seinem Vorgönger, dem Totengott Chontamenti zu einer Gottheit verbindet, steigt Abydos zum wichtigsten heiligen Bezirk in ganz Ägypten auf.
Der Kopf des Osiris soll aufgrund der architektonischen Ausformung im Grab des Der auch begraben sein.
Osiris, der Gott des Todes und der Wiederauferstehung. Ermordet von seinem Bruder Seth.
Abydos, der Ort jährlich wiederkehrender grosser Mysterienspiele zum Gedächtnis von Tod und Wiedergeburt. Eine Stätte der Prozessionen und Feste.
Die Passion Osiris aber, sein gewaltsamer Tod, die Beisetzung und Auferstehung war zu Zeiten der ersten Pharaonen ein tödliches
Spiel ... .
Seth, der Mörder von Osiris, steht laut John Murray für die Opferung des Königs. Der Priester Cha - bau - Seker hatte im Schrein des Seth ein hohes Amt inne. Er soll der Scharfrichter des Königs oder später seines Stellvertreters gewesen sein... . Zum Mysterienspiel verdichtet, wurde es in nachfolgenden Zeiten von Schauspielern dargestellt. So berichtet Robert Bauval in : " Der Ägypten Code ".
Im Tempel Sethos I. ist auf einem Relief der nächtliche Vorgang der Erweckung des Lichts und die Auferstehung der Mumie des Pharaos anschaulich nachzuvollziehen.
Abydos, das ist auch der Platz der Inthronisierung des neuen Königs.
Das setzt zunächst den Tod voraus. Die absolute Finsternis, aber auch die Hoffnung und Gewissheit der Wiederkehr allen Lebens.
Und sie vermutet hier den Ort der 6. Nachtstunde im Unterweltsbuch Amduat.
Die Stelle, an der der Bann des Todes an der tiefsten Stelle der Nachtfahrt durch Selbstzündung des Lichts gebrochen wird.
In Form einer Selbstzeugung des Sonnengotts.
Das Licht, das hier lebensspendende Wirkung zeigt, entpuppt sich als Samen für die Aufrechterhaltung des Königtums.
Die Zeugung des Horus erfolgt durch den im tiefsten Todesschlaf liegenden Osiris.
Als Re in der 6. Nachtstunde seine Mumie, den Osiris erreicht und seine Strahlen über den toten Körper ausschüttet, kommt es zur Vereinigung mit Isis, die in Gestalt eines kleinen Falken auf seinem Geschlecht Platz nimmt.

" Zu dir kommt deine Schwester (Gemahlin) Isis, froh der Liebe zu dir ... "

" Pyramidentexte 632a - 633b, Worte des Horus während seiner Krönung und Wiedergeburt seines Vaters, dem verstorbenen Pharao ".

Und was noch wichtiger ist: Mit dem Dunkel werden auch die feindlichen Mächte gebannt, die in dieser Welt durch Seth, Dämonen, Schlangen und Apophis immer präsent sind.
Sabine und sie sind sich in einem Punkt einig. Diese Symbolik durch persönliche Anschauung vor Ort in Augenschein nehmen zu können, gibt ihnen ein Gefühl von der Grösse einer Kultur, die bestenfalls aus wenigen erhaltenen Fragmenten strahlt.
Sollte sie ihnen weitere Geheimnisse aus ihren kargen Resten offenbaren, auf dass ihnen das Denkmodell der alten Ägypter mit einem Schlag bewusst wird ?
Ramses der Grosse wünscht sich in seinem benachbarten Tempel seines Vaters, dass " sein Ba (seine Seele) leuchten solle unter denen mit dunklem Gesicht ", den Toten.
Und Erik Hornung führt in seiner Nachtfahrt der Sonne an, dass ein weitgehend unbekanntes Unterweltsbuch auf dem zweiten Schrein Tutanchamuns zeigt,
" wie Ströme von Licht in alle Körper eintreten und sie beleben, wie die Wesen der Unterwelt das Licht < empfangen > und weitergeben. "
Der Prozess der Auferstehung wird in Gang gesetzt. Wo die tiefste Dunkelheit herrscht, da ist das Licht nicht weit.
Jeder Ägypter wünschte sich, hier wenigstens in einer Stele oder einem Kenotaph seinem Totengott Osiris nahe zu sein, was nur Vermögenden oder Beamten oder Königen selbst möglich war.

" Seid gegrüsst, ihr Götter,
           ...
Öffnet mir eure Wege,
damit ich in eure Tore eintrete,
denn ich kenne eure Namen,
ich kenne das Geheimnis der verborgenen Plätze.
           ...
Ich bin zu dir gekommen, Wennefer,
           ...
und zu (euch) Göttern der Grüfte, welche die Bas schützen,
welche richten und Recht von Unrecht scheiden,
Götter der Grüfte, Neunheit in der geheimnisvollen
                       Unterwelt,
welche die Atemluft abschneidet ! "

Totenbuchspruch 168, Spruch von den 12 Grüften, an der Ost,- Süd - und Westwand im südlichen Raum des Osireions angebracht

Aber da gibt es vor allem das geheimnisvolle Osireion, das ihrem und Sabines Verständnis noch fern liegt.
Nach neuesten Forschungen soll es ein grossartiger Tempel für die Wiederbelebung der Toten sein, der für die Auferstehung des Osiris steht.
Abzulesen sei es an der Art seiner Dekorationen und Opferriten.
Also handelt es sich hier doch nicht um ein Scheingrab für Sethos I., den Vater des grossen Ramses und auch um kein Königsgrab, wie sie zuvor vermutet hatten. Welches Bewandtnis hat es dann mit dieser Anlage auf sich ?
Bekannt ist, dass die Wiederbelebung in der Nachtfahrt des Sonnengottes in der Unterwelt, der Dat geschah, die an den Wänden des Osireions durch verschiedene Unterweltsbücher dargestellt ist.
Sinnbildlich vollzog sich also die Auferstehung Sethos I. im Kult nach. In der Anlage des ehemaligen Hügels mit der oberen Dat, die von einem Hain von Bäumen umstanden war.
Jene zyklopischen Mauern, die heute dem offenen Tageslicht ausgesetzt sind, sollen dabei die untere Dat widerspiegeln.
In ihrer Archaik ist das Osireion vom blossen Eindruck her mit der Wucht des Taltempels von Chephren in Giza zu vergleichen. Und mit den maltesischen Tempeln von Hagar Quim und Mnajdra auf Malta. Aber doppelt so dick gemauert, bestehend aus hartem roten Rosengranit.
Diese Parallelen drängen sich ihnen nahezu auf. Ebenso jene zu den steinernen Kammern des Osirisgrabs am Aufweg zur Pyramide, dem architektonisch nachempfundenen Aufstieg zum Himmel. Dennoch scheint das Osireion erst

in späterer Zeit errichtet worden sein. Aber in Verbindung zu früheren Substrukturen aus dem Alten Reich zu stehen, dem Osirisgrab in Giza am Aufweg des Chephren.
Die Farbe Rot des Gesteins Rosengranit fällt auf, aus dem die monolithisch wuchtige Konstruktion der ersten Halle besteht.
In den maltesischen Tempeln stand Rot sinnbildlich für die Farbe des Blutes, des Lebens, aber auch für das werdende Leben in der Gebärmutter. Dem Sitz des Fötus, der vor der Geburt steht.
In diesem Zusammenhang könnte sie geneigt sein, die Rote Pyramide, die aus rotem Kalkstein besteht und auf den rotglühenden Aldebaran im Stier verweist, und als sein glühendes Auge und wichtigster Stern gilt, als ein weiteres Indiz für eine Bedeutung anzusehen, deren Sinn sich ihr in seiner Gesamtheit noch nicht erschliesst.
Sie hatte mal gelesen, dass Aldebaran neben Regulus, das Herz des Löwen, Antares, das rotglühende Herz des Skorpions und der helle Formalhaut im Munde des Südlichen Fisches, ein Kreuz im kosmischen Raum aus den vier Tierkreiszeichen bilden, die als die Säulen des Universums dem Zarathustra, Ezekiel und dem Johannes der Offenbarung zuteil geworden waren.
Roter Tuffstein fällt ihr ein. " Wo hatte sie den noch gesehen ? Ach ja, in einer Sendung über Kirchen in Äthiopien.
König Lalibela hatte in Roha die **11**. Kirche im **12**. Jahrhundert errichten lassen, in Form eines griechischen Kreuzes und dem Grundriss einer Kreuzkuppelkirche. Sie liegt wie ein riesiger Sarkophag auf der Höhe von umlaufenden Felsgestein, aus dem sie herausgemeisselt worden ist, mit einem umlaufenden tiefen Graben. "
Gott soll ihm, Lalibela den Auftrag gegeben haben, in seiner Königsstadt ein " afrikanisches Jerusalem " zu errichten.
Diese sakralen Bauten sind Zentren im Heiligen Land nachempfunden, darunter auch Golgotha, dem Hügel, auf dem Jesus gekreuzigt worden ist... .
Von Templern ist die Rede, die hier im **12**. Jahrhundert gewesen sein sollen ...
An den Wänden des Osireions sind die Reliefs in abschüssig verlaufenden Gängen, Kammern, Nischen und Treppen bewusst in einer bestimmten Reihenfolge plaziert.
Anders als in den Gräbern der Pharaonen, scheint hier ein besonderer Kult Voraussetzung zu sein, der ihr noch nicht bewusst ist, den sie aber zu ergründen sucht. Der Schatz zahlreicher Unterwelts- und Nachtbücher, in Form von Reliefs, breitet sich vor ihrem inneren Auge aus: " Das Buch der Erde " und die " Himmelsbücher ".
Sie versucht, darin Zeichen zu entdecken, die ihr etwas vom Wesen dieser Architektur, ihrer kultischen Bedeutung preisgeben kann.
Auf der östlichen Wand des abschüssigen langen Korridors sind Ausschnitte aus dem Höhlenbuch dem Horus gewidmet.

Sie dokumentieren seine posthume Zeugung durch den toten Osiris und die Erneuerung des göttlichen Körpers.

Auf der westlichen Wand ist das Pfortenbuch mit dem Bereich " Übergabe des Königstums an den neuen Herrscher Horus " vertreten, was den Herrschaftsantritt des neuen Pharaos auf Erden meint.

Von der ersten Halle gelangte man durch eine trennende Pforte in den Hauptraum, in dem ein Wassergraben um eine gemauerte künstliche Insel verlief, auf der zwei Reihen aus jeweils fünf monolithischen Pfeilern stehen.

Sie symbolisiert den Urhügel, der aus den Wassern des Urmeeres aufsteigt, in dem zwei Senken eingelassen sind.

Eine Rechteckige für den Sarkophag und ein Quadratischer für den Kanopenschrein, die heute durch den hohen Stand des Grundwassers überflutet sind.

Wenn sie zu den Substruktionen ihres Ichs, ihres Geistes hinabstieg, in die Keller ihres Unterbewusstseins, hatten dann diese Gänge, Räume und Höhlen nicht auch etwas labyrinthisches an sich, die sie zu den Regionen des Schlafs und weitere Stufen hinab bis zum Tode führen konnten ?

Schichten ihrer abgelagerten Erinnerungen, die in das Licht gehoben werden ? Träume, die sie permanent verarbeiten und sie damit täglich erneuert wird ? Auf dass sie zu neuen Kräften gelange ?

Sowohl die Vorgänge in den Kammern des menschlichen Bewusstseins und des Unterbewusstseins ähneln dem draussen in der Natur. Fanden sie aber auch ihren Niederschlag in der Architektur der Alten Ägypter ?

Ist sie eine Bauweise, die auf tiefgehende Analysen zurückgreift, wie sie später in der Psychoanalyse von Freud erneut aufgegriffen wurde ?

Was im Menschen im kleinen angelegt ist, ist aussen in der Welt. Die Landschaft des Körpers, der Fluss der Adern ... .

Sie fügen sich ein, in das Stück Universum, das jeder in sich trägt.

Und zeigt die künstliche Insel mit ihrer Vorhalle, der Pforte und dem Gang nicht eine Art Gebärmutter inklusive Geburtskanal, in der die Wiedergeburt des Toten nachvollzogen werden sollte ?

Galt sie doch als Urhügel im tosenden Wasser des Urwassers, auf dem die Mumie liegt. Laut der Darstellung im Totenbuch des Hanufer auf Papyrus.

Dennoch gibt ihr die Anlage Rätsel auf. Sie hatte schon vieles über Iniationskulte des 18. Jahrhunderts gelesen.

Über die Einweihungsriten von Freimaurern und Illuminaten, der geheimnisvollen Zahl **7**, den **7** Graden der Freimaurer.

Sie wollte sich aber nicht in die Fangnetze von Esoterikern begeben, sondern eine speziell ägyptische Antwort finden, die nichts mit spätantiken Neuplatonikern vom Schlage eines Plotins, der dieser Landschaft entstammte, zu tun hat.

Nach der Überzeugung der Neupythagoreer bildet der Kosmos eine nach

bestimmten Zahlenverhältnissen aufgebaute Einheit. Deren einzelne Bestandteile ebenfalls harmonisch strukturiert sind und, wenn es sich um menschliche Lebensverhältnisse handelt, auch diese harmonisch zu gestalten sind.
Spätere Entwicklungen wie der von Adoniram erbaute salomonische Tempel, Terrassons Sethosroman, Sefer Hechaloth, die Kabbala, Merkaba, die Illuminaten, Rosenkreuzer, Freimaurer bis hin zu den Mormonen und den Skulls and Bones an der Yale Universität, sind ihrer Meinung nach eigenständige, von einander unabhängige Auslegungen des altägyptischen Gedankenguts.
Teilweise beruhen sie auf Erfindungen, weil im 18. Jahrhundert mit Napoleons Feldzug die Wahrnehmung des Alten Ägyptens erst langsam einsetzte.
Vieles, was hier entlehnt zu sein scheint, hält sie eher für eine Pervertierung und Krankheit, die mit den Zeitaltern zu tun haben, in denen sie entstanden sind.
Und Anselm Kiefer sprach in einer Streitschrift von der mythologischen Darstellung als einer verschlüsselten Erklärung der Welt. Die aber in jedem Jahrhundert anders gelesen wird.
Und " *neu konzipiert und neu interpretiert werden muss. Die Mythologie ist etwas Lebendiges.* "
So nachzulesen bei Anselm Kiefer, Mathias Döpfner, Kunst und Leben Mythen und Tod, Quadriga Verlag 2012 Köln. Im Rahmen seiner Ausstellung mit Joseph Beuys im MKM Duisburg.
Wobei es Kiefer bei Kosmologien und Mysterien um den Zusammenhang zwischen Mikrokosmos des Einzelnen und sein Eingebundensein in die makrokosmischen Abläufe des Universums geht. Aber auch um die Schöpfung und ihr vorangehendes Ordnungsprinzip. Und seine Wandlung durch Prozesse.
" Womit wir wieder eindeutig bei dem Denkmodell der alten Ägypter wären ", so lautet ihr Resümee.
" Der moderne Mensch hat sich von der Natur und ihren waltenden Kräften entfernt.
Der antike Mensch erfuhr im Rauschzustand den Kosmos. Wir dagegen sind von den Mythen soweit entfernt wie die Marssonde von der Milchstrasse. "
Sollten die Tentakeln aus alten lange versunkenen Tagen bis in die Zeit der Entstehung der ... ?
Da kommt ihr wieder die Zauberflöte von Mozart in den Sinn. Insbesondere die Wasser - und Feuerprobe von Tamino und Pamina.
Jene Oper, die in die Mysterien der Isis, der Göttin der Naturreligion, einführte. Wobei es aber um Wahrheit und Aufklärung ging.
" Doch, " so fragt sie sich, " wieso spielen im hellen Licht der Aufklärung finstere Höhlen, unterirdische Gänge und Krypten eine solch entscheidende Rolle ? Und warum sind das Zuschlagen von Türen, anschwellende Bäche und anderes Rituale Instrumente des geheimbündlerischen Zaubers ? "
Das Licht kann sich nur in der absoluten Finsternis entzünden und in dieser

tiefen Nachtstunde befindet sich der Sonnengott in der unteren Dat, der Unterwelt. Apophis ist nahe und der Kampf gegen diese Weltenvernichterschlange wird die
7. Nachtstunde beherrschen.
Doch je mehr sie sich mit der Anlage an sich befasst, um so mehr fällt ihr auf, dass nach der Art und Weise, wie welche Unterweltsbücher in welchen Gängen und Hallen plaziert sind, ein Einweihungsritus stattgefunden haben muss.
Vergleicht sie diesen mit den Initiationen anderer Geheimlehren, so fällt die grosse Ähnlichkeit dieses Kults mit nachfolgenden über die Jahrtausende auf.
Zum Beispiel das Buch der Pforten im abfallenden Gang zur Eingangskammer.
In der Erlangung freimaurerischer Grade gelangt der Neophyt durch ein Tor zur ersten Prüfung. Und es geht im wesentlichen um die vier Elemente.
Abfallende Gänge beschreibt Bauval in einem Zitat des amerikanischen Ägyptologen Mark Lehner, der eine Interpretation einer speziellen Passage aus den Pyramidentexten vorgenommen hat:
" Im Innern einer Pyramide abwärts laufende Gänge zur Grabkammer in Wirklichkeit als das Aufsteigen zu Nut in der Unterwelt gesehen wurde. "
Weil das Grab des Königs gleichzeitig ein kosmischer Schoss war, so die Vorstellung hinsichtlich entsprechender Stellen in den Pyramidentexten.
Das erinnert sie an die sieben Himmelspaläste in Anselm Kiefers Werk.
An Treppen, die ansteigen und doch absteigende Prozesse darstellen. An Zeitprozesse. An Sefer Hechaloth. An Hechal, den Tempel. Die Treppen, die rauf und runter gehen und doch keine Masstäbe darstellen.
Vergangenheit, Gegenwart und Zukunft, die wesentlich die gleiche Richtung haben.
Die Freimaurer werteten das Leben als einen Weg aus der Tiefe der Unwissenheit in die lichten Höhen der Erkenntnis, das stufenweise erfahrbar ist.
Die Schocktherapie des Einzuweihenden sollte ihm symbolisch den Tod vor Augen führen, um ihm die Angst vor dem wirklichen Tode zu nehmen, ihn zum besseren Menschen zu wandeln, der wohltätig wirken sollte.
Es geht dabei immer um Unterweltsfahrten im Sinne der Nachtfahrt des Sonnengottes.
" Aber das ist nur die eine Seite der Medaille, " denkt sie.
Goethe warnte in einem Brief an Lavater vor den Abgründen der moralischen und politischen Welt.
Die Geheimbünde sind nicht nur Ort freidenkender Weisheit, wie sie Beethoven und Mozart verfolgten.
Sondern aufgrund des Stillschweigens und des Geheimnisses Sammelbecken des Verbrechens, der Verschwörung, des Betruges und der Spionage. Schiller liess deshalb seinen unvollendeten Roman " Der Geisterseher " im Kontakt mit einem Geheimbund der seelischen und moralischen Zerstörung anheimfallen.

Die Frage nach dem einen Masterplan für das Schicksal der Menschheit über die Jahrtausende taucht in Verbindung mit dem politischen Geschehen von heute auf.
Sie glaubt nicht daran, dass vom Altertum ausgehend bis zu heutigen Welteroberungsplänen eine einzige geheimgehaltene Verschwörung besteht, die im Verborgenen an die nachrückende Generation weitergegeben wird.
Es muss eher umgekehrt sein, dass die Mächtigen jeder Epoche sich der überkommenen Strukturen bedienen, um ihre Handlungen, die staatstragend sind, vor dem Volk zu verbergen. Und um den Zweck, der die Mittel heiligt, über die Vergangenheit zu legitimieren. So ist wohl auch der Versuch, Obamas Stilisierung zum angeblichen Nachfahren Echnatons einzuordnen, der eine Weltregierung mit einem neuen Jerusalem aufbauen soll.
Allein Aufklärung liesse dieses konstruierte System einstürzen.
" Erinnert mich irgendwie an die Strukturen der Mafia, des organisierten Verbrechens ", glaubt sie in diesen Untergrundstrukturen zu erkennen.
Jan Assmann geht von einer doppelten Religion im Alten Ägypten aus.
" Die in eine volkstümliche Aussenseite gespalten war, mit staatstragenden fiktiven Göttern und einer elitären, nur aus erwählten Eingeweihten zugänglichen Innenseite. "
Die natürliche Religion der Isis mit ihren Mysterien musste daher in den Untergrund verbannt werden.
" Daher rührt meines Erachtens die Bedeutung des Osireions.
Die Erfahrbarkeit des Todes und der Auferstehung zum Licht des Wissens und der Erleuchtung konnten sich die Neophyten durch Leiden und Lernen im Osireion aneignen.
Merenptah ist in seinem Grab im Tal der Könige als Mumie dargestellt. Um seinen Kopf kreisen mehrere Sonnen.
An einigen Stellen hat er im Osireion Flachreliefs anbringen lassen. Als Nachfolger seines Vaters, des großen Ramses auf dem Thron, und als Sohn der ersten Grossen königlichen Gemahlin, Isisnofret.
Keinem Sohn der Nefertari, Lieblingsfrau von Ramses, war es vergönnt, Nachfolger des grossen Ramses zu werden. Nefertari soll der verfemten Echnatonfamilie entstammen.
Ist ihr Sohn Thutmosis der legendäre Moses, der die Israeliten aus Ägypten führte, jene Leprakranken aus dem geschleiften Amarna ? "

Der Kraftort der abydonischen Landschaft als morphisches Feld scheint auch eigenartige Auswirkungen auf manche Passagiere zu entfalten.
Einige sind wiederum erkrankt. Mehrere klagen über erheblichen Liebeskummer. Beziehungsstress unter Ehepaaren treten an Bord mit einer nicht zu übersehenden Häufigkeit auf. Selbst Singles liegen miteinander im Streit.
Wer hätte das auf dieser bisher so harmonisch verlaufenden Kreuzfahrt

vermuten dürfen ? Angesichts beeindruckender Landschaftsimpressionen, die sie ganz und gar für sich eingenommen und in seltener Harmonie in vollen Zügen genossen haben.

Drängt sich etwa der altägyptische Glaube an die zentrale Totenstadt nach und nach mit der Wirkung eines schleichenden Gifts in ihr Unterbewusstsein ?

Verändern zirkulierende Energien in der Luft die Stimmung oder strahlen morphische Felder jahrtausendalte gespeicherte negative Erfahrungen ab, die ungewollt den Pegel ihrer Aggressivität steigen lässt ?

Beschwert das Bild von der mythischen Segelfahrt des antiken Toten auf dem Nil nach Abydos ihre Stimmung und könnte für ihren sich verschlechternden seelischen Zustand verantwortlich sein ?

Jene Reise, die es den Toten im alten Ägypten ermöglichte, das ewige Leben wie der tote Osiris zu erlangen ... .

Vielleicht treten aber auch schon nach einer Woche Nilkreuzfahrt die üblichen Gewöhnungszustände ein und verhelfen den Dämonen des ganz normalen Alltagswahnsinns in Sachen Umgangsstress zur bedauerlichen Wiederkehr ?

Niemand kann es genau sagen, als Selim seine wilde Schar aufgeregter und gestikulierender Schäfchen im Bus versammelt.

" Jalla al haq " schreit er gegen sie an, " auf zur Pilgerfahrt nach Mekka ! ".

" Was heisst denn das ? " schallt ihm jetzt entgegen.

" Alle mal zuhören ! " Er rudert heftig mit den Armen.

" Das arabische Wort " haq " meint in der Übersetzung eigentlich nur " den geraden Weg. "

Sein Vortrag zeigt Wirkung. Verdutzt gucken einige ihn schweigend an und steigen endlich in den Bus.

Endlich ist er in der Lage, die Bustüre hinter der lautstarken Quadrophonie einiger Unbelehrbarer von ihrem Busfahrer Negdi schliessen zu lassen. Der nun bedächtig seine Pause mit Kaffee und Zeitung beendet und den Bus auf die Hauptstrasse lenkt.

Nach erfolgter Abzählung nimmt Selim vorne Platz, und sie queren das von vitaler Geschäftigkeit geprägte ländliche Leben, das die allgemeine Unruhe im Bus augenblicklich in interessierte Aufmerksamkeit umkehrt.

In Richtung des auf dem vorderen Abbruch der Westwüste gelegenen Totentempels Sethos I. und des benachbarten kleineren Osireions, das die erste Etappe ihrer Besichtigungsziele für heute darstellen wird.

Vorbei geht es an grösseren unvollendeten arabischen Villen mit Rundbögen, gebogenen Säulengängen, Balkonen mit klassischen Balustraden. Ihre Aussenwände kleiden schattige Töne erdbrauner Farbe. Unterbrochen von dem lieblichen hellblauen Ton der Türen.

Die schlanken Türme der Minarette ragen aus lehmbraunen kubischen Häusern hervor, die dreistöckig ihrer weiteren Aufstockung harren, bis der Sohn des Hauses heiraten wird.

Abydos war im Altertum eine grosse bedeutende Stadt. Strabo sah sie nur noch zu einem Nest verkleinert.
Heute ist sehr wenig von ihr übriggeblieben.
Ihre äussere Hülle verschwunden, ihre vergangene pulsierende Lebendigkeit gestorben, unter Schichten des Vergessens scheint sie für immer begraben.
Ihre Entschlüsselung harrt auf den ersten Spatenstich, wie einst die verschiedenen Schichten Trojas.
Auch sie hatte das Erscheinungsbild einer Zwiebel, deren einzelne Häute für ihre Entwicklungsstufen stehen.
Kann jemals ihre Bedeutung für die Nachwelt herausgeschält werden ? Oder werden Raubgrabungen eine Einordung verhindern ?

2013 wird die mangelhafte Ordnung und die Verarmung breiter Bevölkerungschichten Ägyptens aggressive Antikenmafien aus aller Welt auf den Plan rufen ... .

Neben seinem Vater Sethos I. hat dort auch Ramses der Grosse einen weniger beachteten Tempel mit herrlich erhaltenen Reliefs in leuchtenden Farben errichten lassen.
Mit der seltenen Darstellung der Anrufung in der Sonnenlitanei, in der es um den schwarz verhüllten Kopf des Sonnengottes geht. Dem Herrn der Dunkelheit, der vor der Selbstzeugung seines eigenen Lichts steht.
In der Freimaurerei wurde Ramses Konstruktion als der erste freimaurerische Tempel in Ägypten genannt, die zeitlich nach ihren Bezügen zum salomonischen Tempel auch ihre ägyptischen Wurzeln herausstellen wollte.
Den Stelenwald ägyptischer Beamter, den es zu Hunderten in Abydos anstelle eines Grabes im Mittleren Reich gab, sucht sie jedoch vergeblich. Wahrscheinlich sind die Artefakte heute eher in Museen wie Leiden in den Niederlanden anzutreffen.
Auch kann sie vom Bus aus nur die Friedhöfe aus vor - und frühdynastischen Zeiten erahnen, wie den roten Hügel von Umm el-Qaab auf dem dahinter gelegenen Wüstenplateau, in dem im Jahr 2000 n.Chr. grosse Schiffsfunde aus der Zeit um 3000 v. Chr. zutage treten werden.
Ziegelbauten gibt es auf diesem Hügel ab der 2. Dynastie.
Mit riesigen Vorratskammern versehen, palastartigen Rücksprüngen an den noch vorhandenen Mauern in Shunet el-Sebib.
Sie scheinen ohne Verbindungen in diese Mondlandschaft hineingeworfen und im Nichts des Sandes zu enden.
Ab der 3. Dynastie wurden von den frühen Herrschern schlichte Scheingräber oder Südgräber errichtet, während ihre Körperbestattung in Sakkara, Giseh, Abusir und Dahschur erfolgte.
Auf dem Wüstenvorfeld liegen sie weit verstreut und sind immer wieder Ziel

langjähriger ununterbrochener Ausgrabungskampagnen, auch durch deutsche Archäologen.

Manche wurden restauriert. Beispielgebend ist das Grab des Den.

Seine Eingangsfassaden erwecken auf Photografien einen solch frischen und einladenden Eindruck, das sie nur zu gern hinabsteigen würde, um das Geheimnis ihres Weltbildes, ihres Ritus und ihrer Hoffnungen zu ergründen, das sich in archaischer Zeit in ihrer Architektur ausdrückte.

Im Zustand der vollständigen Restaurierung vorzeitliche Grabpaläste einmal in Ruhe betrachten zu können, diesen Luxus hätte sie vorgezogen.

Immer nur auf die eigene Phantasie angewiesen zu sein, um aus den kargen Resten ein Bauwerk aus den noch vorhandenen Fundamenten ohne genaue Kenntnis aller wichtigen Details vor dem inneren Auge erstehen zu lassen, kann auf Dauer selbst auf gestandene Ägyptologen ermüdend wirken.

Und sie brennt darauf, in ihnen wie in einem offenen Buch der Vergangenheit lesen zu dürfen.

Einer Vergangenheit, die blutige Rituale kannte, so die Tötung des Pharaos, wenn er nicht mehr bei Kräften war.

Was auch die Tötung seines Hofstaates zur Folge hatte, die mit ihm und seinen Lieblingstieren in quadratischen Gruben die Reise ins Jenseits antreten mussten und neben rechteckig gestalteten Vorratskammern, um seine Sargkammer gruppiert, ihre Grablegung fanden.

Die Archaik hat es ihr trotz offenkundiger blutiger Rituale der Vergangenheit besonders angetan.

Geht sie doch in ihrer Schlichtheit und Strenge in medias res. Ist Ausdruck eines neuen Aufbruchs, der ersten Blüte einer aufgehenden Kultur. Ein Hauch tiefschürfender kreativer Kraft umweht sie. Sie darf sich noch auf jungfräulichem unbekannten Terrain austoben, das es noch zu entwickeln gilt.

Die Gefäße der Negadezeit aus dem näheren Einzugsgebiet von Abydos zeigen eine Vielzahl frischer eindrucksvoller Beispiele. Während der spätere Kanon den Kunstformen eindeutig Grenzen auferlegte.

Die Dekadenz abschwingender festgefahrener Kulturen hat für sie immer etwas Bedrückendes und Kraftraubendes.

Und hinterlässt in ihr das Gefühl von Mutlosigkeit und eines Bremsvorgangs. Als befände sie sich in der Nähe der Apophisschlange.

Die meisten Bauten waren nur Scheingräber, um Osiris nahe zu sein.

Allein der Pharao Sesostris III. aus der 12. Dynastie des Mittleren Reiches soll aufgrund des Aufwandes, mit dem er sich ein riesiges Osirisgrab errichten liess, hier bestattet worden sein.

Die Scheingräber waren aber auch Ausdruck der historischen Zweiteilung des Landes in ein Ober - und ein Unterägypten.

Und so wurde das Land noch im Tode durch die Winter- und Sonnenwende vermessen.

" Kemet " , so hiess das alte Ägypten, wurde geographisch mit seinen Sonnenbahnen in seiner gesamten Ausdehnung erfasst und anschliessend sozusagen notariell beglaubigt. Eine Gebietsausrichtung gen Himmel wurde hier festgelegt, das aber keine amtliche Dokumentation gegenüber dem Volke darstellte, dem der Zutritt zum Tempelinneren verwehrt war.

Es war ein Land, das sich den Sphären des Alls zuwendete und sichtbar gestaltete. Den Weg der täglichen Himmelsquerung verkörperte der Horizont des Sonnengottes Re. Die diversen Ausgestaltungen seines vielfältigen Wesens fanden ihren Niederschlag in staatstragenden Gottheiten.

Den Flickenteppich der Dynastien und ihrer Hinterlassenschaften überlagern koptische Klöster.

Auch sie sind bereits Prozessen des Verfalls ausgeliefert und gegenwärtig von arabischen Dörfern wie El - Chirba und El - Araba - el Madfuna wiederum überbaut.

Die ganze Palette von ehemals bedeutenden Orten, die in der Bedeutungslosigkeit am Ende ihres Zeitprozesses angekommen sind, kann dem aufmerksamen Betrachter nicht entgehen, solange er sich darauf einlässt.

Ihre Änderungen in der Ausgestaltung der Architektur, der Denkmodelle in den sich ablösenden Religionen kann man beliebig in der Tiefe erfassen oder man lässt es.

Gehört man zu der Sorte Mensch, die kein Wissenshunger antreibt. Oder mit Scheuklappen durch die Gegend laufen, keine Ziele haben, sich für nichts als für sich selbst und oder sich bestenfalls für die eigene Subkultur interessieren.

Das Gros der Touristen möchte einfach nur Urlaub machen. Einige bekannte Besichtigungspunkte abhaken. Die Anstrengung, sich mit der Bedeutung näher zu befassen, ist einfach zu gross.

Dann gibt es noch die grosse Schar derer, die die Vielfalt vor Ort erschlägt. Was einer Reizüberflutung nahekommt und die verständlich Mühe haben, das breite Spektrum erst einmal verarbeiten.

Schliesslich hat die komplexe altägyptische Kultur zur Gründung der Ägyptologie geführt, um sie zu umfassend zu erforschen.

Und die erschliesst sich im ganzen nicht in einer Fahrt, sondern veranlasst nicht selten viele Reisende zur mehrfachen Rückkehr auf den Nil. Hat sie der Zauber des Landes erst einmal erfasst und seine Kultur überwältigt.

Zuletzt noch die Schar derer, die nur zur Betäubung reisen. Von häufig vorkommenden Alkoholexzessen im Flugzeug mal abgesehen, sich an den Stränden der Spassgesellschaft einlullen zu lassen. Ein Leben im steten Wachkoma vorziehen.

Zeichen einer schleichenden Verelendung der europäischen Gesellschaft, die Sucht braucht, um sich von der anscheinenden Sinnlosigkeit ihres Daseins abzulenken.

Schwache Charaktere scheinen sehr anfällig für gestellte Lebensfallen zu sein.

Aber auch die im Tourismus Arbeitenden sind gegen manche Versuchungen nicht immer ausreichend gefeit.

Ihnen gegenüber stehen die Gefestigten, die genaue Vorstellungen von ihrer Lebensart und ihrer Lebensführung haben und die nichts so leicht aus der Bahn werfen kann.

Ägypten bleibt ein einschneidender Pilgerpfad zu sich selbst. Wirft die Reisenden auf sich selbst zurück, was für manche ein schmerzlicher Prozess ist, dem sie sich nur widerwillig unterziehen.

Das Mysterium des Todes hat die alten Ägypter während ihrer gesamten Lebensspanne zutiefst bewegt.

Während man in der Gegenwart auf Jugend und ihre dauerhafte Konservierung durch alle möglichen Spielarten der Kosmetik und Schönheits-chirurgie setzt, als gäbe es den schleichenden Verfall und nachfolgenden Tod nicht und beides sich gezielt ausblenden liesse.

Die jetzigen Vertreter der Menschheit setzen alles daran auszusehen, als würden sie ewig leben.

An diesen scheinbaren Massstäben orientiert sich die westliche Jugendkultur. Verfall ist etwas, was Angst erzeugt. Also müssen die Jugendikonen jung sterben oder zumindest jung genug aussehen, wenn sie im Alter gehen.

Die politischen Verhältnisse werden als etwas Gottgegebenes und Unumkehrbares hingenommen, in die man mit seinem einseitigen Blickwinkel hineingewachsen ist.

Die Toten werden wie überflüssige Reste in immer ärmere Gruben gezwungen und ins Unterbewusstsein abgedrängt, weil sie sich monetär nicht mehr ihr Ableben erlauben können und die momentane Spassgesellschaft in ihrem Ablauf stören.

Deren einziger Sinn darin besteht, ihr Leben abzufeiern, mit immer neuen noch steigerbaren Höhepunkten.

Den Tod vielleicht als Sinnfrage hinsichtlich des eigenen Lebenswandel anzunehmen, wird mehr und mehr verdrängt.

Auch sie hatte an das Ableben ihrer Eltern keinen Gedanken verschwenden wollen.

Trotz ihrer schweren Erkrankungen vertraute sie auf ihre Kernigkeit, mit der sie bisher schwerste Krankheiten gemeistert hatten. Hoffte insgeheim darauf, dass noch ein langes Leben vor ihnen liegen würde, weil die durchschnittliche Lebensdauer der Verwandten oftmals die Schallgrenze von 86 Jahren überschritten hatte.

Wie konnte sie sich nur so irren ? Der Gedanke an einen Abschied für immer schien ihr im Pflegealltag unerträglich, vernichtete sie, ging ihr buchstäblich an die Existenz.

Der Friedhof, auf dem heute beide ruhen, ist ein idyllischer Ort voll geschmückter Gräber, auf denen Blumen und Sträucher das ganze Jahr hin-

durch blühen, aber in ihr blühte anschliessend nichts mehr.
Sie spürte nur die unsagbare Leere, die ihr Gemüt Tag für Tag belastete. Sie hatte sie mit gesteigerten Aktivitäten und den erforderlichen Umstellungen in ihrer Lebensart nicht ausfüllen können. Zurück blieb in ihrem Herzen ein Stich, ein bohrender tagtäglicher Begleiter. Eine Wunde, die nicht heilen wollte und sie niederdrückte, sobald der Alltag mit zusätzlichen stressauslösenden Belastungen in Form von Kränkungen Einkehr hielt.
Viele Orte in Ägypten waren hinsichtlich der würdevollen Inszenierung und Feierlichkeit des Ablebens, das ihr grandiose Einsichten in den altägyptischen Totenkult gestattete, zur positiven Erfahrung geworden, mit der sie angesichts ihres schwelenden Gefangenenstatus in Sachen Trauer nicht gerechnet hatte. Nirgends schien ihr der Auferstehungskult in solche Dimensionen der Hoffnung gehoben, verbunden mit einer absoluten Gewissheit ihrer Wiederkehr.
Sie würde in Theben -West noch andere Formen des Umgangs mit Verstorbenen sehen, im islamischen Alltag der Dorfbewohner. Doch die Kreuzfahrt der Meretseger entpuppte sich in ihren Etappen zu einer Reise von Abfolgen der Gräber der altägyptischen Kultur schlechthin, weniger zu ihren Kulten. Eher zu den Hoffnungen der Pyramidenerbauer und den vielfachen privaten Ausdrucksformen der Frömmigkeit im Volke.
Der zielgerichtete Impetus geht auf die Jenseitserwachung, herbeigeführt durch Transformation und Metamorphose.
Der Kult und die Feier des Todes geraten hier zum klaffenden Unterschied zu der Tristesse abweisender europäischer Friedhöfe.
Die Vergangenheit ist ein Grab. Ruinen sind Gräber einer abgelegten Gegenwart.
Je älter man wird, desto mehr häuft man seine eigene Vergangenheit immer höher auf. Wird die eigene Zukunft nicht mehr zu einem Hoffnungsziel, das von unerreichten Wünschen freudig angestrebt wird - es könnte ja eine Steigerung des bisherigen geben - sondern gerät mehr und mehr zur Rückschau auf eigene Gefühle der Zugehörigkeit von Stationen, geliebten Menschen, der eigenen zurückliegenden Biographie.
Und man möchte an den Mustern der gelebten Selbstgestaltung Halt suchen und finden, in denen man sich verortet sieht.
Sie geben zumindest das beruhigende Gefühl von Sicherheit und helfen, aufkommende Lebensängste zu reduzieren.

Prozessionsartig bewegt sich nun die Gruppe Selims auf ihrem Pilgerpfad auf den Totentempel Sethos I. zu.
Langsam, die lange getreppte Rampe hinauf, wie im Altertum. Keiner spricht.
Im wesentlichen trifft auf die westliche Kultur zu, was Michael Ondaatje in seinem berühmten Roman " Der englische
Patient " anmerkte, dass man als junger Mensch nicht in den Spiegel schaut,

sondern erst als alter Mensch rückblickend auf seinen Namen, auf seinen selbst geschaffenen Mythos und die Frage, was sein Leben nach seinem Tode für die Zukunft bedeuten wird.
Und letzteres für die meisten auch schon kein Kriterium mehr darstellt. Denn das Leben wird als eine Basis für tägliche Vergnügungen gesehen, die keine Vergangenheit und Zukunft mehr in Erwägung zieht. Da sie nur im Hier und Heute verwurzelt ist, kann man einer Entwicklung mit Wertvorstellungen und langfristigen Plänen nicht beikommen.
Das negative Gefühl, dass sich nichts wirklich lohnt, weil alles unausweichlich dem Verfall unterliegt, ist zur tiefgreifenden pessimistischen Haltung geworden, so dass ein ganzes Spektrum an Interessen und Zielen erst gar nicht angestrebt wird.
Man sitzt das Leben einfach nur noch aus. So oder so geht es am Schluss nur abwärts. Und man hat in der kurzen Zeit, die einem bleibt, nochmal kräftig hingelangt.
Gegensätzlicher konnten die alten Ägypter in ihrer Denkausrichtung nicht sein. Sie sahen sich bereits als junge Menschen als Teil eines kosmischen Modells, das sich architektonisch in der Geographie ihres Landes wiederspiegelte. Mit der Gewissheit einer Existenz nach dem Tode, die sich in bestimmten Riten, Kulten, Wertvorstellungen niederschlug und ihnen ihren Platz in ihrem Glauben zuwies. Dem Einstieg in die Barke des Sonnengottes und ihre tägliche Wiedergeburt.
So konnten sie paradoxerweise den Tod von Anfang an in ihr sprühendes Lebensgefühl einbauen, denn sie kannten den Fortbestand ihrer Freuden in einem paradiesischem Wernesgefilde nach dem Totengericht.
Für sie galt nicht, das irdische Leben als letzte Gelegenheit zu nutzen und anderen alle Vorteile wegzuschnappen, bevor man in die Grube einfährt. Nach dem Motto : " Mein Haus, mein Boot, meine Familie, mein Geld ! "
Und was man heute als Charakter, an humanen Denken in die Gesellschaft einbringt, keine Rolle mehr in unserem Finanzystem spielt, weil es sich dabei um keine vermögenswerten Leistungen handelt. In einer Kultur ohne Geld gelten andere Werte.
So ist der scheinbare Gegensatz zu erklären, dass die alten Ägypter trotz eines bombastischen Totenkults als eines der lebenslustigsten Völker galten, die je existiert haben. Die Ikonographie der Privatgräber geben nachhaltigen Eindruck von ihrer Lebensfreude.
Ja, Pharao begann schon frohgemut nach seiner Inthronisierung mit dem Bau seines künftigen Grabes.
" Unsere Zeit der Verunsicherung, " so ihr bitterer Schluss, " gibt uns dieses feedback fester Denkstrukturen nicht.
Im Gegenteil, sie schafft Ängste, weil jedes überkommende Gedankengut auf dem Prüfstand steht oder sich gerade in der Auflösung befindet.

Niemand weiss so recht, ob ein Leben nach dem Tode kommen wird. Wenn man aufgrund eines fehlenden Glaubens schon keinerlei Gewissheit mehr hat, woran soll man sich dann noch halten, da die gegenwärtigen Umstände doch eher trist und von Unsicherheit und Ziellosigkeit geprägt sind und Intellektuelle allenfalls diese Gefühle widerspiegeln, aber nicht ändern können."
Fakt ist, dass selbst gläubige Christen in solche Gewissensnöte geraten.

Der Reiseschriftsteller Horst Krüger kannte kein Land, das ihn tiefer erschüttert hätte als Ägypten mit seinem alten zielgerichteten Glauben und seinen uralten Monumenten. Grösser könnte der Kontrast zu dem gegenwärtigen verrotteten Zustand einer arabisch, islamisch, koptisch geprägten Nation, die sich auf den Ruinen einer grossen Vergangenheit eingerichtet hat, nicht sein.
Diese krassen Gegensätze beeindruckten ihn zutiefst. Sie hätten etwas von der Härte der abrupten Grenze zwischen Fruchtland und Wüste, führten ihm die Grossartigkeit und gleichzeitige Erbärmlichkeit der eigenen Existenz und der Menschheit insgesamt tiefgreifend vor Augen.
Die Vitalität, die sich materiell arme Menschen im Gegensatz zur ersten Welt in Ägypten erhalten haben, beeindruckt zutiefst.
Im Gegensatz zu manchen im globalen Zeitalter zu Reichtum Gekommener, die zwar aufgrund ihrer materiellen Fülle zwischen den USA, der Schweiz, Singapur hin und Europa her jetten können, in viel zu vielen und zu grossen Häusern ausharren. Nirgendwo mehr heimisch werden können, um dauerhaft Wurzeln zu schlagen.
Das Nomadentum hat sich als Lebensform völliger Entwurzelung und Ghettoisierung international agierender Reicher etabliert, deren Lebensinhalte sich nur noch um Bilanzen und Immobilien an den schönsten Orten der Welt drehen. Aber auch viele Jugendliche sehen in dem Globetrotterdasein ein auf Zeit angelegtes Experiment, das verheissungsvoll klingt.
Ihr Lebensstil geht auf Kosten der einheimischen Bevölkerung einher, die die steigenden Preise nicht mehr bezahlen können. Auffällig an dieser neuen Art zu leben ist das einhergehende Arbeitssuchtverhalten. Beziehungen in der Gemeinschaft sind nicht mehr von der Notwendigkeit des aufeinander Angewiesenseins geprägt, sondern erschöpfen sich in dem selbst gewählten autarken Zustand auf ein autistisches Nebeneinander.
Diese Kreise zeichnen sich durch eine Handlungsarmut, eine konsumorientierte Passivität und Monokultur im Denken aus.
Ihr früherer Kommilitone hatte vor dem Abitur im Rahmen eines Schüleraustausches ein Jahr in einer amerikanischen Familie in New Jersey verbracht, die durch dauerhafte Abwesenheit glänzte.
Die Eltern standen um 4 Uhr morgens auf, fuhren endlos mit einem Vorzug zur Arbeit nach Manhattan und kehrten erst spät abends wieder heim. Jedes Familienmitglied zog sich ein Fertiggericht aus der Tiefkühltruhe und schob es

schweigend in die Mikrowelle. Es fand keine Komunikation statt. Sie befanden sich in einem Teufelskreis, das ihr Familienleben verhinderte.
Allein ihr Haus in guter Lage finanzieren zu können, war ihnen wichtiger.
Ihr Kommilitone entstammte einer sehr bürgerlichen Unternehmerfamilie, geprägt durch Stilverhalten und Kultur. Für ihn kam diese Erfahrung einem Kulturschock gleich. Ihm fehlte das frische Essen und der gedankliche Austausch mit seiner Familie. Alles, was ein Leben lebenswert zu machen pflegt, fehlte in dieser amerikanischen Familie. Sie hatte kein Gesicht.
" Menschenunwürdig ", titulierte er ihre Lebensweise. Als Sklaven ihrer überzogenen materiellen Ansprüche stufte er sie ein, die sie zu leblosen Robotern degradierten. Charlie Chaplins " Moderne Zeiten " waren eine Warnung, dass der Mensch auf ein funktionierendes Rädchen einer gut geölten Gesellschaft reduziert wird .
Der zudem ausgeprägte Wertvorstellungen fehlen, die vielleicht sinnstiftend wirken könnten. Weltweit hat die moderne Zeit die Gesellschaft, ihr Handeln und ihre Einstellung zum Negativen beeinflusst.
Nicht nur hinsichtlich ihrer Lebensführung, sondern gleichermassen gilt für alle Betroffenen der Globalisierung die Frage nach dem Sinn, der nicht beantwortet werden kann. Das Gefühl wächst, den Verhältnissen ausgeliefert zu sein, um sein selbst bestimmtes wahres Leben betrogen zu werden.
Eliten, die sich zu Sklaven ihrer eigenen materiellen Vorstellungen machen. Ein freier Geist sollte über solche Abhängigkeiten eigentlich schweben können.
Denn der Sucht nach Gewinnmaximierung stehen in einem unauflöslichen Teufelskreislauf Werte wie aufrechter Charakter, Achtung seines Gegenübers, Mitmenschlichkeit, im Wege. Und damit der Schlüssel zur Lebendigkeit, zum Leben an sich, wie es die Schöpfung vorsieht.
Dies sind pausenlos Verstösse gegen eine gesunde Lebensweise.
Seit der Körper des homo sapiens sapiens in Jahrmillionen von den Lebensumständen der Jäger und Sammler geprägt wurde, bezahlt der Mensch seine veränderte Lebensweise mit immer neuen Zivilisationskrankheiten.
Anscheinend herrscht bei den meisten nur noch das Denken vor, man käme heute zu was, wenn man über Leichen geht.
Weil gewisse Leute, die Erfolge vorweisen, durch kriminelle Methoden aufgestiegen sind und sich vor anderen mit ihrer zurechtgelegten Fassade brüsten.
Kriminalität wird aber in der Kriminologie als ein soziales Problem gewertet.
In einem von Korruption geprägten System entscheiden zweifelsohne Kriminelle mit Ellenbogen das Rennen vor Anständigen, die sich an die Regeln halten.
Das Zeitalter des überbordenden Egoismus und Individualismus hinterlässt eine Leere, die das Geld als einzige Richtschnur nicht ausfüllen kann, sondern zwangsläufig isoliert und enthumanisiert. Auch keine Richtungsänderung und

Entwicklung mehr zulässt, weil der Reichtum der Kulturen, der Selbstbeschränkung und des Miteinanders verdrängt wird. Ein Gefühl für Mass, Ziel und Verhältnismässigkeit bleibt dauerhaft ausschlossen.

Der Mensch liebt die Wahrheit. Sie permanent für Erwerbsziele, politische oder persönliche Vorteile zu verbiegen, mag eine Zeitspanne lang gelingen, manchmal sogar eine Epoche lang. Bis das Pendel der Lüge und des Verrats Übergewicht bekommt. Und eine Gegenentwicklung als Echo einsetzt. Was zum Schluss zur letztendlichen Verdammung dieses Zeitabschnitts im Rückblick führen wird.

Die einhergehende Gefühlskälte und die zum Lebensziel erhobene Besitzstandswahrung lässt den Menschen seinem Mitmenschen gegenüber oftmals zu einem reissenden Wolf werden.

Zu menschlichen Krüppeln des Geistes und der Gefühle herabwürdigt, herrscht eine Art Verkommenheit und Kriminalität in der Robe des Luxus vor.

Es liegt indes nicht immer nur an politischen Modellen, die eine Lebensart hervorrufen. Die Frage muss lauten, ob der Mensch bereit ist, den Grad an Herzensbildung und Mitmenschlichkeit aufzubringen, der ein System erträglich für alle Bewohner macht.

Die alte Kultur Ägyptens lebte vor, zu welcher Grösse an Zivilisation der Mensch fähig sein kann, orientiert er sich an den richtigen Massstäben.

Und die darf man nicht einseitig zugunsten des Kapitals und der geschäftlichen Vorteile einfach ausblenden, ohne selbst auf Dauer Schaden zu nehmen. Dies scheinen Gesetzmässigkeiten zu sein, denen sich jede Kultur zu jeder Zeit stellen musste.

Im Westen von einem Ende des linear verlaufenden Geschichtsbildes zu sprechen, ist deshalb kaum möglich.

Allem Reichtum lag im alten Ägypten ein Glaubenssystem zugrunde, das sich an kosmischen Gesetzmässigkeiten mass.

Und das eine solche Umweltzerstörung durch Raubbau der Ressourcen nicht in diesem Ausmass kannte, wie es heute an der Tagesordnung ist.

Sieht man sich mal die weltweite Ölförderung aufgrund rein wirtschaftlicher Interessen individueller Konzerne an, die die Konsumenten weltweit von sich in einer Spirale abhängig gemacht haben, so scheint es kein Entrinnen daraus zu geben.

Diese Monostruktur hinterlässt auf dem afrikanischen Kontinent für die dort ansässige Bevölkerung nur Zerstörung all ihrer Lebensgrundlagen.

Und ermöglicht keinerlei Aussicht auf Broterwerb, denn die westlichen Konzerne bringen ihr eigenes Personal mit.

China versorgt die Länder wenigstens mit einer Infrastruktur, so sehr sich die westlichen Medien auf dieses Land mittlerweile verbal eingeschossen haben.

Des einen Freud ist des anderen Leid. Und wird am Ende die Vernichtung der Schöpfung zufolge haben und in einem schleichenden Prozess den

Countdown für die Menschheit einläuten.
Was den Plänen Washingtons, die Zahl der Menschen zu reduzieren, entgegenkommt. Nur dürfte die Vernichtung der Lebensgrundlagen auch dauerhaft das Überleben solch brachialer Kreise infragestellen.
Apophis scheint dem Wirken im Hier und Heute immer näher zu kommen.

Lange vor ihrem Abflug träumte sie sich schon in das geheimnisvolle Memnonium hinein. In den Tempel Sethos I., des Vaters des grossen Ramses, der auf drei aufsteigenden Ebenen errichtet ist.
Die vorgelagerte Talsohle ist das alte Hafenbecken, von dem aus ein Kanal zum Nil führte. Heute stehen in der Senke überdachte Verkaufsstände, die gegen die Gluthitze einen willkommenen Schutz bieten.
Hanna ist in ihrer Beziehung zu Mohammed an einen Tiefpunkt gelangt. Im Würgegriff ihrer Melancholie trottet sie phlegmatisch hinter Selim her. Den Blick fest auf die antiken Kalksteinplatten im ersten Hof geheftet.
In seinem zerstörten Zustand spiegelt er in etwa ihren Gemütszustand wieder. Die südöstliche Mauer zeigt noch Reliefs mit den Kriegen und Triumphen Ramses II. ... .
Kein Aufweg geht der riesigen Anlage voran, sondern eine lange Abfolge von Treppen, Treppen.
Die im langsamen Takt zum Haus der Millionen Jahre ansteigen, des Tempels des zu Osiris gewordenen toten Sethos I. .
Zum Gedächtnis an seine Abydosfahrt wurde er errichtet und soll an frühere Könige in der berühmten Königsliste in der Königsgalerie erinnern. Nicht dem Osiris allein, sondern den grossen Göttern gewidmet sein.
Weil beides, sowohl der Tempel als auch die Vielgötterei unter Echnatons Herrschaft sträflich vernachlässigt worden waren. Götter, die im Sonnenlauf, im Verständnis des Landes wirkten.
Und deshalb als heilige Stätte des Osiris auch indirekt zum Schutz gegen die Kräfte aufgestellt wurden, die Osiris in seiner Totenstarre gefährlich werden könnten, wie die allseits lauernde Apophisschlange, die immerzu die Vernichtung der Schöpfung im Sinn hat.
Sie erreichen den Zwölfsäulenportikus im zweiten Innenhof, der jetzt die Aussenfassade bildet und in seinem strengen trümmerhaften Zustand eher unvollendet wirkt.
" Ein Tempel in umgekehrter römischer L - Form, " denkt sie im stillen, " das zeichnet einen Jenseitstempel, einen Himmelspalast aus. "
Zahlreiche Reliefs mit der gleichen Thematik sind auf den rechteckigen Säulen aufgetragen. Ramses Erscheinung vor den Göttern. Unter anderem ist die Darbringung des Bildes der Göttin Maat, die Verkörperung der göttlichen Weltordnung, zu sehen. Vor der Trias von Osiris, Isis und Horus, die hier stellvertretend für Sethos steht.

"Die Symbolik ist auffällig ", meint Sabine, die sich vorab eingehend mit dem Tempel beschäftigt hat.

" Die kosmische Zahl **sieben** in einem ägyptischen Tempel. Dazu fallen mir mehrere Assoziationen ein. Das Siebengestirn im Stier, die Plejaden, im Altertum waren sie für den Zeitpunkt der Aussaat extrem wichtig.

Die sieben Elemente der organischen Chemie. Von Meteoriten auf diesen Planeten gebracht und ursächlich für die Entstehung des Lebens.

Ganz zu schweigen von hermetischen Lehren wie Gnosis, Neupythagorismus, Neuplatonismus, bei denen es von der Zahl **sieben** nur so wimmelt.

Wobei der gute Plotin, der < rein zufällig > aus dieser Landschaft stammt, uns die Emanantionslehre hinterliess, wonach das

" Ureine - also Gott - aus seiner Überfülle heraus in abnehmenden Stufen alles Existierende schuf, inklusive der Weltvernunft, die Weltseele und zu guter Letzt die sinnliche Welt der Erscheinungen ! "

" Weshalb wir jetzt in die Erscheinungshalle eintreten, " fügt Selim lachend hinzu.

" Alle mal herhören. Wir gehen in Zweierreihen in den Tempel und schauen uns erst einmal um. Immer mir nach, gemma ! " verkündet er stolz mit einer heranwinkenden Handbewegung.

Ihr fallen noch weitere Bezüge auf. Die Welt der Mythologie und der Kunst ist für sie die Sprache, die Zugang herstellt, die Allgemeingültiges transparent macht.

Und die Allegorie gehört in diesen Massstab, die " dort am bleibendsten angesiedelt ist, wo Vergänglichkeit und Ewigkeit am nächsten zusammenstossen ". Dieser Auffassung war kein Geringerer als Walter Benjamin.

Das Sefer Hechaloth eröffnet ihr in dieser Hinsicht viel - Hechal bedeutet Tempel, Palast.

Unwillkürlich denkt sie dabei an eine geistige Reise zur perfekten Wahrnehmung. Was immer mit einer Zeitreise verbunden ist. Und Kunst, Literatur ermöglichen ihr diese.

Der türkische Schriftsteller Orhan Pamuk bemerkte einmal zum Stichwort Literatur in seiner Dankesrede zum Literaturnobelpreis 2006, das sie *"das Wertvollste sei, was der Mensch erschaffen hätte, um sich selbst zu verstehen "*.

Vergangenheit, Gegenwart und Zukunft haben demnach im wesentlichen die gleiche Richtung. Über Symbole, die in alle Richtungen gehen. Treppauf, treppab, die Masstäbe sind ebenso aufgehoben wie die Himmelsrichtungen.

Und in der Mystik der Merkaba, die ein reelles Raumschiff sein soll, stehen sieben Engelwächter vor sieben Palasttoren ... .

Der Weg führt durch **7** verschiedene Himmel und **7** Thronhallen in einem **7.** Himmel und besteht aus mannigfachen Gefahren, die man überwinden kann, wenn man die richtigen Formeln anwendet... .

Sethos liess in seiner **11**-jährigen Herrschaftsausübung **7** Türen anbringen, dahinter eigene Prozessionswege anlegen, die durch zwei Säulensälen als

Vorhallen führen, jeweils einer zu **7** Kapellen der **7** dargestellten Götter.
Neben Amun, Ptah, Re - Harachte ist es die Göttertriade Osiris, Isis und Horus.
Schon unter Ramses wurden die Zugänge zugemauert und mit einer mittleren Türe versehen, deren Prozessionsweg durch beide Vorhallen zur Amunkapelle führt. " Warum ? " so fragt sie sich.
11 Meter Tiefe in der Länge misst der erste Säulensaal, in dessen Halbdunkel sie nun eintreten.
Jeweils **zwei** mächtige Papyrusbündelsäulen mit geschlossenen Knospenkapitellen umgrenzen die Prozessionswege, in **zwei** Säulenreihen.
Beklemmung überfällt sie angesichts der Dichte dieser Dunkelheit, die zu raunen scheint.
Eine archaische Welt tut sich vor ihnen auf, die Abwesenheit von Licht darstellt.
Unverwandelbar, ewig, wie das All.
Durch wenige Dachluken, nur von oben aus, kann das Licht gebündelt auf einige Reliefs scheinen. Le Corbusier bezeichnete sie einmal als Lichtkanonen.
Sie erhellen für kurze Zeit den König, der rituell vor dem entsprechenden Gott opfert oder darbringt. Langsam streift die Lichtregie die Wände, den dazu passenden Hieroglyphentext, der seine Wirkung entfalten soll.
Denn die alten Ägypter glaubten wie die Anhänger der Ostkirche, dass die Abildungen die unbedingte Anwesenheit des Gottes bedeuten und der Inhalt der belichteten Texte sich in diesem Moment verwirklicht.
Zwei ältere Tempelwächter sitzen am Eingang vor einem hohen vertieften Relief, das Ramses vor Osiris darstellt.
Die einströmenden Touristen werden nach " stylos " befragt. Sie denken dabei an ihre schulpflichtigen Kinder, obgleich Betteln von den Verantwortlichen nicht gern gesehen wird.
Während der Alltagslärm sich um den Eingang konzentriert, taucht sie in die auratische Stimmung des riesig scheinenden Saals mit seinem Wald von Säulen ab, die mit ihrem tonnenschweren Gewicht die hohe Decke tragen.
Die Erscheinungshalle verweist in ihrer Ikonographie auf die südliche Landeshälfte. Sie ist eine Vorhalle des Todes.
Die Metamorphose zur Auferstehung hat hier noch nicht stattgefunden.
Hoch oben an der Decke geleitet mit ausgebreiteten Flügelschlägen die oberägyptische Geburtsgöttin Nechbet mit der Geierhaube den Besucher ins Innere des Tempels.
Gänsehaut breitet sich auf ihrem Rücken und ihren Armen aus. Die Aura lässt sie ein wenig frösteln.
Die wuchtige Archaik gibt ihr das Gefühl, sich in einer Kathedrale aufzuhalten.
Stimmen und Geräusche sind verfremdet. Sie glaubt das Flattern von Vögeln zu vernehmen.
Die Farben sind verblasst. Filigran erscheinen die kaum sichtbaren Reliefs auf den steinernen Stümpfen der starrenden Säulen.

Den Raum hüllt der Eindruck von Spiritualität früher romanischer Kirchen ein. Er ist nicht von dieser Welt.
Das Gefühl, in einem überirdischen Himmelspalast zu sein, übermannt sie, schmälert sie. Stufenweise ansteigend, bis zu den Sanktuaren der Götter. Demütig schaut sie zu den hohen Decken auf.
Mit ihren schrägen Prozessionsrampen und den schräg einfallenden Lichtkegeln in einer halbdunklen Leere ... .
Licht und Dunkelheit befinden sich im steten Kampf um die Oberhand. Die Strahlen werden durch steinerne Gitter geteilt, scheinen gebündelt in den Innenraum. Schwer lastet die Steinorgel in ihrer Monumentalität auf ihrem Gemüt.
" Die hohen Säulen, die die Welt tragen ... " spricht sie leise in ihre Reisegruppe, die sich nur langsam von Selim zum Aufbruch in Richtung der zweiten Vorhalle bewegen lässt.
Sie können fühlen, dass sie in diesem Säulenwald, der zu Stein geworden ist, der Vergangenheit von lebendigen Baumstämmen gegenüberstehen. In diesem konzentrischen Kreis von altägyptischer Zeit an die Säulen der wirklichen Mächte herangeführt zu werden, die da heissen : Re und seine Schöpfung, welche eigentlich ein von Menschenhand unberührter Sumpf darstellt, ist eine auratische Erfahrung, die sie verstummen lässt.
Ihr steinernes Gewand von Millionen Jahren zeigt das Totenreich an, das zu seiner Gegenwart und zu seiner Architektur im Tempel geworden ist.
Im Bann der tiefsten Nachtstunde, im Zustand der Gewissheit des Todes, aber auch in der grössten Gefahr, in der Re als Nachtsonne sein Gesicht schwarz verhüllt trägt.

Am **17.11.1997** wird der Hatschepsuttempel, der dem Hauptgott Amun geweiht ist, von einem der grössten und brutalsten Anschläge gegen Touristen heimgesucht werden.
Am **11. 09. 2001** krachen **zwei** Flugzeuge in die **zwei** Türme des World Trade Centers und werden als Vorwand für den Afghanistan - und anschliessenden Irakkrieg genutzt.
General Wesley Clark äusserte sich, dass ein drei - Sterne - General ihm Ende 2001 gesagt hätte, " *dass das Pentagon* " *in fünf Jahren* **sieben** *Länder ausschalten wird* " , *beginnend mit Irak und endend mit Iran, wobei die anderen Länder Syrien, Libanon, Somalia und Sudan seien*. Die Echtheit von Clarks Bericht wurde 2008 von Douglas Feith bestätigt, der zu dieser Zeit Staatssekretär im Verteidigungsministerium war.
Feith offenbarte, dass Donald Rumsfeld am 30. September 2001 einen Brief an Präsident Bush schrieb, der besagte, *dass die Vereinigten Staaten sich bemühen sollten, in diesen* **sieben** *Ländern* " *neue Regime* " *zu etablieren*.
Einige Bushberater wollten der Umgestaltung der Welt noch Ägypten, Saudi

Arabien, Nordkorea und Myanmar hinzufügen.
So der Wortlaut eines Newsweek Artikel.
Zitiert in " Das neue Pearl Harbor "(Ausschnitt aus 7. Kapitel : Das Schweigen der 9/11- Kommission zu Motiven von US - Beamten, von Prof. Griffin, http//::www.peace-press.org/content/7-kapitel-das-schweigen-der-91...).
Mahdi Darius Nazemroaya : www.globalresearch.ca/israeli-us-skript-divide-syria-divide-the-rest/ auf deutsch abgedruckt unter : Erst die Zerschlagung Syriens, dann die Zerschlagung des Rests (http://info.kopp-verlag.de/hintergruende/geostrategie/mahdi-darius-nazemroaya ...).
Von Marokko bis zu den Westgrenzen Chinas soll in der Zukunft ein riesiger Flächenbrand den Untergang der USA und den alleinigen Aufstieg Russlands und Chinas verhindern.
Im August 2012 übernimmt der neue ägyptische Präsident Mursi von der Freiheits - und Gerechtigkeitspartei, dem politischen Arm der Muslimbruderschaft, die diktatorischen Vollmachten des Obersten Militärrats in enger Abstimmung mit Washington. Tentawi und Anan werden abgesetzt und von engen Vertrauten der USA ersetzt.
Neuer Verteidigungsminister wird Abdel Fattah - El Sisi, der frühere Chef des Militärgeheimdienstes.
El Sisi hat enge Beziehungen zu den USA und ihren internationalen und regionalen Bündnispartnern. Seine militärische Ausbildung hatte er in Grossbritannien und den USA genossen. Zwei Masterabschlüsse am britischen Military College und einer amerikanischen Akademie krönten seine Studien. Er war unter anderem Militärattaché in Saudi - Arabien.
Das Pentagon und der US - amerikanische Verteidigungsminister Leon Panetta zeigten sich entzückt über die Ernennung El Sisis. Bekräftigten sie sich doch gegenseitig, ihre gemeinsamen Ziele in der Region fortzusetzen.
Klingt nach Marionette, aber El Sisi entpuppte sich im Laufe der Zeit als das Gegenteil.
Mursi konzentriert nun alle Vollmachten präsidial. Er ist jetzt mächtiger als sein Vorgänger Mubarak, was nicht die Revolution stärkt, sondern den ägyptischen Staat in seine Zusammenarbeit auf die USA auszurichten.
Mursi plant, fünfzig führende Herausgeber und Journalisten von ihren Posten zu entfernen. Ein unabhängiger Herausgeber hat bereits eine Beleidigungsanzeige gegen den Präsidenten am Hals.
Die ägyptische Armee im Zusammenarbeit mit den USA und Israel führt einen Feldzug auf dem Sinai gegen " Terroristen ", schliesst den Grenzübergang Rafah und versiegelt Tunnel, die den Gazastreifen mit Ägypten verbinden. Sie geht gegen Palästinenser im Gazastreifen vor. Und Israel und die ägyptische Armee rüsten an der gemeinsamen Grenze auf.
Präsident Mursi erklärt im Besitz aller Vollmachten, dass es Zeit wäre für das syrische Regime zu gehen.

Währenddessen führt die USA in Syrien einen terroristischen Stellvertreterkrieg, um das Regime von Präsident al - Assad zu stürzen, der ein alawitischer Schiit und enger Verbündeter des schiitischen Irans ist. Seine Frau ist Sunnitin.
Quelle : *Johannes Stern, www.hintergund.de/201208222213/politik/welt/usa-unterstuetzen-diktatorische-vollmachten-für-ägyptischen-präsidenten.*
Und in dessen Staat bis vor kurzem Christen, Sunniten, Drusen friedlich neben Sunniten, Alawiten und Schiiten leben konnten. Nun werden von westlichen terroristischen Söldnern , den sogenannten " Rebellen " hauptsächlich Christen ermordet oder aus dem Land vertrieben.
Dieser Krieg soll Teil der Umsetzung des Yinonplans sein.

Der erste Säulensaal wurde unter Sethos I. gerade erst begonnen oder harrte noch der Ausstattung mit Wandreliefs.
So berichtet *Thomas Kühn (2000) in " Ein Haus für Millionen von Jahren "* , in : Kemet 2/2000, S. 23 - 29 .
Insofern hinkt die These, glaubt Sabine zu wissen, dass die feinen Flachreliefs Sethos I. ausgeschlagen und von den wesentlich gröberen vertieften Reliefs Ramses ersetzt worden sind.
Sie sieht auch keine Spuren früherer vorhandener Reliefs, die nachträglich überlagert worden wären. Bis die Gruppe das Architrav erreicht, auf dem in der Mitte ein Deckenfries mit merkwürdigen Inschriften oberhalb des Prozessionswegs von Amun zu sehen ist.
Dieses Relief, 1990 entdeckt, auf das die einzige von Ramses offengelassene Mitteltüre zur Amunkapelle führt, ist als Fahrzeug der Götter bekannt und stellt auf den ersten Blick ziemlich Erstaunliches dar.
Zu sehen ist ein Hubschrauber und weitere merkwürdige Formen, die mit einiger Phantasie an einen Panzer und ein Unterseevehikel denken lassen, folglich an ein U - Boot.
Auf einer Hieroglypheninschrift, die die Königstitulatur Ramses II. umfasst, steht geschrieben : " Beschützer von Ägypten, Bezwinger der Fremdländer. "
Diese soll angeblich die Titulatur von Sethos I. überdecken, die da unter anderem lautete : " Bezwinger der **9** Bogenländer ". Womit die klassischen Feinde des alten Ägyptens gemeint sind, im wesentlichen die Vorderasiaten und die Nubier.
Selim berichtet von den heftigen Diskussionen, die um dieses Relief entbrannt sind.
Die Fachwelt ist bemüht, in ihr eine Überlagerung, ein Palimpsest zu erkennen.
Die Kritiker der Ägyptologie sehen darin den Versuch, von der Wirklichkeit abzulenken.
Bleibt die Frage, wie und warum ein solch merkwürdig erscheinendes Relief ausgerechnet im Deckenarchitrav des Ganges zur Amunkapelle plaziert ist und welchen Sinn es ergibt, falls es sich wirklich um eine gegenwärtige Militär-

technologie oder eine veraltete aus der Zeit um den zweiten Weltkrieg handeln sollte.
Und dies Relief erst in heutiger Zeit angebracht worden sein soll.
Der Autor *Andreas von Retyi* verneint dies entschieden (*Andreas von Retyi, Die Stargate Verschwörung*, S. 52).
" Vielleicht könnte es auf eine Gefahr hinweisen, wenn es wirklich die alten Ägypter angebracht haben ", mutmasst Sabine.
" Sie waren grosse Seher und Propheten. Vielleicht kannten sie die Wege durch Raum und Zeit bis in unsere Gegenwart. "
Einige in der Gruppe schauen sie ängstlich an. Andere mustern sie zweifelnd.
" Was wäre, wenn sie gesehen hätten, dass die Apophisschlange einen Weltenbrand entfacht und ganz Ägypten verschlingen würde ? "
" Du meinst einen grossen Krieg von den Ausmassen eines dritten Weltkrieg ? " kommt sie ihr zu Hilfe.
" Der hier oder im Nahen Osten oder ganz Nordafrika stattfinden soll ? "
" Anscheinend ja, wahrscheinlich ist es nicht ohne Grund an der Titulatur des Bezwingers der Fremdländer oder **9** Bogenländer angebracht, " kombiniert Sabine.
Sie denkt an ihr Gespräch mit einem Rezeptionisten zurück, der meinte, sie hätten nur einen kalten Frieden mit Israel und Iran, und irgendwann käme es zum grossen Knall.
" Und da dies Relief das beider Pharaonen bedeckt, könnte man es so interpretieren, dass die Herrscher verschwinden müssen. " Sie schluckt.
" Auf unsere Zeit projeziert, hiesse es, dass Präsident Mubarak ... ".
Sie stockt, führt nicht weiter aus, denkt an den Vorgänger Sadat, der ermordet wurde.
" Solltest Du recht haben, müssen wir uns vor der Zukunft in acht nehmen ", wendet sie ein.
" Kann mir das dennoch nicht vorstellen. Zwar empfinde ich den Hintergrund der Anschläge als sehr mysteriös.
Den Beteuerungen in den Zeitungen und im Fernsehen kann man keinen Glauben schenken, da sie zu widersprüchlich sind und teilweise dümmlich einpeitschend, mit aufgesetzten Propagandasprüchen, von einer angeblichen islamistischen Verschwörung um sich werfen und keine Beweise ihre Thesen stützen.
Und ich landauf landab in der Bevölkerung das Gegenteil zu hören bekomme und auch sehe.
Aber glaubst Du wirklich, diese militärischen Abbildungen sind die Warnung vor einer sich reell aufbauenden Gefahr, die mutmasslich in der Zukunft liegt? "
" Denke schon, " gibt Sabine jetzt etwas kleinlaut zu verstehen.
Sie teilt den anderen nicht mit, was ihr in diesem Zusammenhang noch auffällt.
Ramses der Grosse und sein Vater haben in der Königsgalerie eine Königsliste

anbringen lassen, auf der die Verräter des Amunglaubens, die Pharaonen Echnaton bis Haremhab, nicht vermerkt sind.
Ebensowenig Königin Hatschepsut als Frau auf dem Thron, deren Kartuschen im grossen Terrassentempel von Deir el Bahari ausgekratzt und statt ihrer die ihres Nachfolgers Thutmosis III. eingesetzt worden sind.
Thutmosis, der Sohn Ramses des Grossen und seiner zweiten Hauptgemahlin, Nefertari, ist verdächtig, der Moses zu sein, der die Jahweanhänger nach Palästina führte, damals eine ägyptische Kolonie.
Sozusagen als alter Anhänger des Atonglaubens, der die Tradition Nefertaris verfemter Familie um den Kreis Echnaton weiter zu führen suchte.
" Das bedeutet, wenn man diese Konstellation auf die Gegenwart projeziert, dass Sadat und Mubarak den Part von Sethos und Ramses innehaben, die Gefahr aus der Richtung des Ostens und ihrer Verbündeten herrühren müsste. Das wären aus heutiger Sicht die USA. Vielleicht noch Israel und Iran. Starr vor Schreck steht sie gelämt da und weiss nicht weiter.
" Aber was ist mit Hatschepsut ? "
Ihre Rolle auf diesem politischen Schachbrett kann sie noch nicht erkennen. Sie schluckt erneut und möchte die Sache im Sethostempel nicht länger vertiefen.
" Verschieben wir es auf Deir el Bahari, vielleicht erlangen wir dort Klarheit " , sagt sie sich, nichts ahnend. Sie hat genug davon, das ägyptische Pendant zu Schach, Senet zu spielen. Und Brzezinskis " Great Chessboard " ist ihr zuwider, dessen Ausführungen aber ein zukünftiges Armageddon in Aussicht stellt.
Selim hat ihr Gespräch nicht mitbekommen. Er erklärt gerade der Gruppe ein grosses vertieftes Relief, das den hundsköpfigen Upuaut und den falkenköpfigen Horus zeigt, den " Rächer seines Vaters Osiris " .
Die beide den König in den Tempel führen und ihm die Hieroglyphe ' Leben ' an die Nase halten.
Der steinerne Pfad führt sie in die zweite Säulenhalle mit Namen Opfertischsaal, der aus drei Säulenreihen besteht.
In den ersten beiden Reihen öffnen sich vor ihnen Papyrusblütenformen. Die dritte Reihe besteht heute aus zylindrischen Säulen ohne Kapitelle, die von einer Platte überdacht sind, die die Architrave tragen. Sie ist eine Terrasse, die 50 cm höher liegt als der Saal und als letzte Steigung den Zugang zu den sieben Kapellen ermöglicht.
Selim strebt den Wänden zu, die Meisterstücke in zarten Flachreliefs unter Sethos I. zeigen.
Sie sind das Feinste, was die Reliefkunst im alten Ägypten je hervor gebracht hat.
Und sie stellt sich die Frage, wer der grosse Künstler gewesen ist, der sowohl das Grab von Nefertari als auch die Bauten von Sethos I. mit seiner Kunst zu hoher Blüte gebracht hat.
Selim erhellt mit dem Schein seiner Taschenlampe Details einiger Inhalte im

Dunkel des hohen Saals.
Dargeboten sind eine Reihe von Opferungen, Räucherungen und Wasserausgiessungen.
Vor einer Kapelle des Osiris steht Sethos mit der Räucherpfanne. Dann fällt ihr Blick auf ein weiteres Relief im Kanon stetiger Opferhandlungen.
In meisterlich ausgeführter Form bietet Sethos I. dem Totengott Osiris die Figur der Maat, die göttliche Weltordnung. Er hält die Insignien seiner Herrschaft, Dreschflegel und Zepter in den Händen. Hinter Osiris stehen Isis und Horus, die Triade von Abydos. Schlagartig wird ihr die Bedeutung bewusst. Selbst Sabine ist vom Donner gerührt.
Der Pharao trägt den blauen Kriegshelm, den die Pharaonen des Neuen Reichs zu tragen pflegten, wenn sie ihre Armee in die Schlacht führten. Der Kampf gegen den Brudermörder Seth, gegen das Böse der Apophisschlange, ist im Verständnis der alten Ägypter zu jeder Zeit notwendig, um die göttliche Ordnung aufrechtzuerhalten.
Horus, d.h. der Pharao, muss den Mörder Seth besiegen. Jeder neue Pharao, der Horus ist, übernimmt die gleiche Aufgabenstellung von seinem Vorgänger, der zu Osiris wird.
Sabine und sie schauen sich vielsagend an. In dem Namen Sethos steckt jener verhasste Brudermörder des Osiris.
Vielleicht ist das eines der Gründe, warum Sethos dem ermordeten Osiris mit einem Gedächtnistempel huldigen wollte, glaubt sie das Motiv erkannt zu haben.
Doch jede Medaille hat im Leben eine Kehrseite. Und so wabert unsichtbar in der Form der Architektur, den Riten der Einweihungszeremonien ein anderer, ein böser Geist.
Der satanischer Tempelanlagen inklusive der Sethtempel, die in moderner Zeit durchaus in manchen Ländern zu finden sind.
Am häufigsten in den USA. Sie legen die Kulte des alten Ägyptens in anderer Form aus, sprechen von der Notwendigkeit, dass die Zerstörung, die Zersetzung notwendig ist für einen Wandel und ihren Platz in der Natur hat.
Der Verfall und der Tod als Voraussetzung für das Entstehen neuen Lebens. Allein der Mensch bewerte das moralisch, teile in Gut und Böse auf.
Sie sieht in der dauernden Vernichtung nur endgültige Zerstörung und kein Aufkeimen von neuen Werten, geschweige denn die Entstehung einer fruchtbringenden Kultur.
Die Vernichtung geschichtsträchtiger Stadtteile sind nicht durch Neubauten gleichwertig zu ersetzen. Diese hohe Kultur ist für immer zerstört und katapultiert die Opfer der kriegerischen Machenschaften zurück in die Barbarei.
Nach dem visuellen Teil, des Vollzugs der Opfer, gelangen sie nun zu den wesentlichen Räumlichkeiten der Anlage.
Zu dem Ort des Gedächtnisses an den Tod des Pharaos in Nachfolge des Osiris

und seiner Wiederauferstehung.

In der Achse der **sieben** Eingangstore schliessen sich am höheren oberen Ende die **sieben** Kapellen der Götter inklusive des vergöttlichten Sethos an. Im mittleren Teil des letzten Wegstücks zur Amunkapelle hin erfogt die Steigung durch Treppen.

Die restlichen Prozessionswege wird durch eine Rampe überbrückt.

Die Gruppe ist vor einem Labyrinth aus Kapellen angelangt. Dahinter liegen die sich öffnenden Raumfluchten des Osiriskomplexes. Vom Ausgangspunkt seiner Kapelle führen sie zu seinen zahlreichen Galerien und weiteren Sokarräumen.

In tiefe Dunkelheit ist der Bereich der Totengötter gehüllt. Einige Strahler fokussieren das Licht vom Boden aus auf die Reliefs an den Wänden. In frischen Farben gehalten, treten sie plastisch hervor. Einigen der Gruppe verschlägt die feierliche Atmosphäre und der gute Erhaltungszustand dieser über 3000 Jahre alten Farben den Atem.

Selim spricht mit gedämpfter Stimme. Fast tonlos weist er auf Besonderheiten hin. Sethos ist auferstanden, gesäugt von seiner Mutter Isis. Die Blau - und Rottöne sind erhalten wie am ersten Tag.

Sabine, Hanna und sie wissen gar nicht, wo sie zuerst Einblick nehmen sollen.

In Sethos` Kapelle mit den Geistern der ersten Hauptstädte oder in die der Reichsgötter Ptah, Amun oder Re Harachte.

Oder doch erst rechterhand zuerst zur Triade von Osiris, Horus und Isis.

Der König vor den Göttern, die Touristen ebenfalls, der Tod, der die Pharaonen holt.

" Jede Kapelle hatte eine Scheintür, " führt Selim aus, " die im Moment des Todes, da Pharao zu Osiris wurde, zu einem Kenotaph, einem Scheingrab unterirdisch führte, in dem der Totenkult vorgenommen wurde ".

Und während er weiter spricht, zieht es jede Einzelne von ihnen in eine andere Richtung des Labyrinths.

Sabine gelangt durch die Kapelle des Osiris in seine hinteren Räumlichkeiten, die aus zwei Räumen und Kultkapellen von Isis, Horus und Osiris bestehen.

Das zarte Licht schafft eine spirituelle Atmosphäre, die sie in Ehrfurcht versetzt. Glaube hin oder her. Prächtige farbige Reliefs, Barken und anderes lassen vor ihrem Inneren den Kult der grossen Mysterienspiele von Abydos auferstehen :

Im Überschwemmungsmonat Choiak fanden Volksfeste statt, die sich in griechischer Zeit zu einem grossen Mysterientheater ausweiteten.

Sie hört die Pilger und Einwohner der Stadt, die am Tempel, der Totenstadt und den Grabanlagen vorbeiziehen, während die Priester mit Gesängen, Opferhandlungen und Gebeten im Tempel beschäftigt waren. Das Volk hatte keinen Zutritt.

Sie sieht den Ablauf der einzelnen Riten. Während sie an farblich protzenden Reliefs vorbeigeht, vollzieht sich der Auszug des Upuauts.

Im Buch der Wege ist damit der Aufstieg der Astralseele zum kleinen Bären in den Unvergänglichen, den Zirkumpolarsternen gemeint. Der Totengott Osiris erscheint als Horus auf der Erde und besteigt seinen Thron, übernimmt die Herrschaft von seinem verstorbenen Vater.
Es folgt der " grosse Auszug " , die eigentliche Fahrt des Leichnams des toten Pharaos von seiner Residenz über den Nil zum Tempel, in dem die Priester die Totenklage vornehmen, bevor er zu seiner letzten Ruhestätte, in sein Grab überführt wird.
Hernach wird ein Bild des Osiris in einer grossen Prozession zum alten Königsfriedhof Umm el Qaab getragen. Vom Volk besungen und mit Gebeten begleitet, im mutmasslichen Grab des Osiris anschliessend rituell beerdigt.
Dann wird die Auferstehung des Sonnengottes begangen. " Der König ist tot, es lebe der König ", klingt es wie ein Nachhall durch die Zeiten.
Hanna hat sich linkerhand in die seitlichen Kammern begeben, während sie in der grossen Galerie vor der Königsliste versucht, die Kartuschen der aufgeführten Pharaonen zu entziffern. Ein schwieriges Unterfangen, wie sich herausstellt.
Durch verlassene Pforten und Kammern der Leere, mit hohen Gewölben, Schreinen und Nischen, angefüllt mit Götterfiguren geht der Weg Hannas. Die Umgebung erinnert sie ein wenig an den Vorspann des Films " Die neun Pforten " .

" *Seid gegrüsst, ihr Götter,*
 Neunheit mit verborgenen Plätzen, im Gefolge (des Osiris),
 die bis in alle Ewigkeit existieren -
 seht, da bin ich bei euch !
 Öffnet mir Eure Wege,
 damit ich in eure Tore eintrete,
 denn ich kenne eure Namen,
 ich kenne das Geheimnis der verborgenen Plätze.

Spruch, den Osiris ... eintreten zu lassen, aus dem Totenbuch

Ein merkwürdiges Gefühl lässt sie an ihre Nacht mit Mohammed auf dem Schiff zurückdenken.
Unvermittelt steht sie im Sanktuar des Sokarschreins, des Herren der südlichen Wüste, vor einem verwirrenden Relief.
Osiris liegt auf seiner Totenbahre als steife Mumie, umgeben von Horus und Isis in menschlicher Gestalt.
Über dem Geschlecht von Osiris schwebt Isis als Falkenweibchen, im Moment der Befruchtung.

Dieser Nacht des Todes folgt am Ende der Osirisfestlichkeiten die " Nacht des Schlafens " , in der Priester sexuelle Riten durchführten, um die Zeugung des Horus in Isis durch den toten Osiris nachzuvollziehen.
Diese pornographisch anmutende Szene liegt selbst dem Verständnis einer aufgeklärten Europäerin wie Hanna zumindest etwas fern.
Die Vorstellung, Priester vollziehen sexuelle Handlungen, lässt sie gegenwärtig allenfalls an sexuellen Missbrauch katholischer Priester gegenüber Schutzbefohlenen denken, was aber eine Straftat und keine Kulthandlung ist.
Die Riten des Altertums, sei es im Astartekult, bei der Vereinigung des babylonischen Herrschers auf dem Zikkurat mit einer Priesterin, die stellvertretend für die Göttin stand, widersprechen ihrem anerzogenen und verinnerlichten Schamgefühl.
Hanna schluckt bei diesem Anblick verlegen. Sie schaut sich um, aber niemand scheint ihr gefolgt zu sein.
Hastig macht sie auf ihrem Absatz kehrt und sucht sich ihren Weg zurück zum hinteren Ausgang. Zum Licht, zum Osireion, das sich hinter dem Sethostempel befindet.
Froh über die Erkenntnis, die sie in dem Gewirr von endlosen Gängen erlangt hat, dass auch ihre Beziehung sich viele Wege suchen muss, um wiederbelebt zu werden. Aber sie ist sich jetzt gewiss, dass es ihr gelingen wird.
Dem Tod kann man nur das Leben entgegensetzen. Und das sollte man sich nicht durch unwichtige Ablenkungen oder Grübeleien, was alles passieren könnte, wenn ... , abhanden kommen lassen. Sie will das Wagnis auf sich nehmen.
" Resignation ist auch eine Form des Todes " , denkt sie. " Und vor meinen Problemen wegzulaufen oder zu kapitulieren
ebenfalls " .
Das Stadium ihrer Liebe zu Mohammed vergleicht sie mit einer geschlossenen Papyrusblüte auf den Säulen, die die Vorhallen tragen.
" Da ist noch viel Entwicklungspotential " , resümiert sie grinsend und reiht sich in die Gruppe ein, die vor dem Osireion steht. Selim referiert und Hanna lässt den Blick abschweifen.
Über den mit Sand überdeckten Eingangskorridor hinaus, der abwärts zur ersten Eingangshalle führt, deren Wände Szenen aus dem Buch der Pforten und des Höhlenbuchs tragen, schaut sie in Richtung Wüste.
Ein älterer Mann, mit weissem Turban auf dem Kopf und eingehüllt in eine weisse Galabija, reitet auf einem Esel dahin.
Vor den schwirrenden Stromleitungen der Masten, die sich im verschwimmenden Hintergrund vor die archaischen Felsen ins Bild rücken.
Zeitlosigkeit steht hier neben der Moderne.
In diesem Moment flüstert es in irgendwelchen Netzwerken nur so von zukunftsträchtigen Plänen, winden sich die Pfade der Uroborosschlange.

Zu den Satelliten im Weltraum bis in die Schaltstellen der Mächte klickt es tausendfach.
Unbemerkt vom Alltag der Fellachen, dem Besichtigungsprogramm von Selims Gruppe und den privaten Vorstellungen von Glück, das in den Gehirnwindungen von Hannas Kopf einen Ausstoss von Serotonin zur Folge hat.
Anschliessend lässt Selim an dem halbhoch erhaltenen Tempel von Ramses II. kurz Station machen, der Teil des Prozessionsweges war.
Der Festzug des grossen Auszugs ist das beherrschende Thema in diesem aus kostbaren Materialien wie rotem und schwarzem Granit, feinstem Kalkstein und Alabaster errichteten Kleinods, in dem es um die Prozession der Osiriskopfreliquie zum vorzeitlichen Friedhof nach Umm al Qaab ging.
Aber auch um die Darstellung von tierischen Schlachtopfern und Opferhandlungen.
Über den feinen Flachreliefs mit ihren erhaltenen Farben schwebt noch immer das Gedicht des Pentauer, welches von der Schlacht von Kadesh gegen die Hethiter kündet.
An den Mauern sind jeweils **neun** Gefangene der Südstämme und **neun** der asiatischen Völker dargestellt.
Der ganze Tempel ist nicht nur der Triade von Abydos und thebanischen Göttern geweiht, sondern auch der Götterneunheit von Heliopolis und dem Unterweltsgott Upuaut. Er war ein Stationstempel für die heilige Barke und gleichzeitig Totentempel. Daher hat er auch einen anderen Grundriss als der Sethostempel aufzuweisen.
Sabine hat genug von den Verherrlichungen kriegerischer Taten, die ihr an diesem schönen Tag ständig aus den Hinterlassenschaften der 19. Dynastie entgegenstechen.
In dieser bunt orchestrierten mittelägyptischen Landschaft, deren Schönheit bei ihrem Anblick dem verwöhntesten Touristen den Atem rauben kann, in der über alle Epochen hinweg kulturelle und spirituell hohe Aktivitäten stattfanden und deren Hinterlassenschaften bis in die Gegenwart, in das Denken der verschiedenen Religionen ausstrahlt, platzen die Krebsgeschwüre lautstarken Kriegsgedröhns und fundamentalistischer Enge. Von Blutrache und organisierter Kriminalität bis zur Stigmatisierung als Terroristenloch.
" Das Leben ist vielseitig, " weiss Hanna darauf nur zu antworten. In ihr klingt ein Lied, das Hohelied.
Sabine schüttelt den Kopf.
" So einfach kann man die Chose nicht wegdeuten. "
Selim versucht sie aufzumuntern.
" Wir fahren jetzt nach Dendera weiter, zur Liebesgöttin Hathor, " sagt er grinsend und dreht sich mit einem vielsagenden Blick in Richtung Hanna um.
" Au ja, " wirft sie anerkennend zurück.

Im Geschwindigkeitsrausch geht die Fahrt der Touristenbusse über glühende plane Asphaltpisten.
Üppige Obst- und Gemüsefelder fliegen vorbei, verschwimmen vor ihren Augen. Sie sucht sich feste Haltepunkte an dem dunklen Holz der Palmen, die aus den Parzellen triefender Fruchtbarkeit in einem Meer fetten Grüns herausragen und ihnen ein gewisses Mass an Ecken und Kanten verleihen.
Der zarte Ton des wolkenlosen Himmels, das gleissende Licht der Sonnenstrahlen stehen im scharfen Kontrast zum Fruchtland. Lehmfarbene Gehöfte ragen wie Inseln aus dem Meer der Felder heraus. Kleine Dörfer mit kubischen Häusern, die ein unvollendetes Dach aufweisen.
Aus ihren grossflächigen Fassaden lugen kleine grüne hölzerne Gucklöcher hervor.
Sie hatte einmal auf der Rückfahrt von Alexandria nach Kairo einstöckige Häuser in der Farbe Lila mitten in der Pampas stehen sehen. Selim begründete diese schräge Art von schöner Wohnen mit der saisonalen Mode in Paris.
Sie wunderte sich, war doch zu diesem Zeitpunkt noch nichts dergleichen nach Deutschland rübergeschwappt.
" Irgendwie sind wir doch provinziell " , sagte sie sich damals lautlos. " Wenn Fellachen die Nase in Sachen europäischer Modeerscheinungen vorn haben. "
Kleine Mädchen laufen an der Hand der Mutter. Die arabische Bekleidung ist vielfältig und fällt bei den Jüngsten meist bunt aus.
Im Strassenbild sind Jungen in grauer schmutziger Galabija ebenso anzutreffen wie gepflegte Männer in sehr sauberen langen Gewändern. Kaum jemand trägt hier im Gegensatz zu den urbanen Zentren Ägyptens einen Anzug.
Sie hat sich angewöhnt, bei grosser Hitze ihre Galabija auf dem Schiff anzulegen. Das Material besteht aus kühlender Baumwolle, die keine Chemiekeule gesehen hat.
Der weit wallende Schnitt lässt viel Luft am Körper zirkulieren, engt sie nicht ein.
Der Hitze würde man in korrekter europäischer Kleidung kaum auf Dauer standhalten. Die Reiseführer sind mit den hohen Temperaturen gross geworden. Sie sind auch an die vergleichsweise kalten Nächte im Winter gewöhnt. Ihnen macht das Tragen enger Kleiderstücke in grösster Hitze wenig aus.
Die Fruchtbarkeit der Landschaft lässt Vergleiche mit dem Jenseits eines Wernesgefildes zu. Ein üppiger Garten Eden, der sich den Bussen in breiter Form in den Weg legt.
Aus der Ferne in der Wüste belauern die Kurven der höheren Felswände in ihrer wuchtigen Bedrohlichkeit die sich schlängelnde Flussoase als Ausdruck ihrer dauerhaft zerstörerischen Kräfte.
Die Idee, in ihnen die Wirkstätte des Brudermörders und Gottes der Fremdländer Seth mit seiner nervenden Unberechenbarkeit zu sehen, liegt nahe. Eine Tsunamiwelle in Stein, die heranzubranden droht.

Trotz des baldigen zu erwartenden Höchststandes der Sonne ist eine hektische Aktivität unter der Landbevölkerung zu verzeichnen. Jung und alt scheinen auf den Beinen zu sein. Schulkinder mit Ranzen und obligatorischer Uniform ziehen in Grüppchen vorbei, schwatzen auf ihrem Nachhauseweg.
Der Bus überholt hier und da Männer, die auf Eseln reiten. Und sich stoisch ihren Weg durch die hupende und stinkende Blechkarawane bahnen, als ginge sie die wechselnden Gezeiten der Moderne nichts an. Ein tolerantes Durcheinander, ein turbulentes Gewühl, dass in Europa bereits zum Kollaps, zum Erliegen des Verkehrs geführt hätte.
Ab und zu pfeift ihr Busfahrer Fellachen aus seinem offenen Fenster heraus an, die keinen Platz machen wollen.
Die abgehackte schnelle Lautabfolge der Befehle lässt einige Nervenschwächere im Bus verwundert aufschauen.
Überhaupt gehen in der Zusammensetzung der Gruppe im Bus Misstöne von einigen Touristen mit Scheuklappen aus, die für den Film nicht offen sind, der vor ihnen abläuft, sondern jede Abweichung von ihrer gewohnten Norm an Verhaltensweisen, die sie von zuhause her kennen, lautstark protestieren oder in ständige Tiraden verfallen.
" Siehst Du, habe ich Dir nicht gesagt, die können hier nicht fahren ! Der Fahrer bringt uns noch alle um ! "
Ihm am liebsten auf der Stelle ins Lenkrad greifen würden.
Es handelt sich zumeist um ältere Frauen und Männer, die durch die Weltgeschichte reisen, aber eben nicht weltläufig sind und deren Mundwerk nicht stillstehen kann. Die Dauernörgler, die Meckerer, die ihre Tiraden blitzschnell und gnadenlos gegen jeden wenden, der mit beschwichtigenden Argumenten aufwartet.
Hanna und Sabine dösen vor sich hin. Sie betrachtet mit kräftigenden Schlücken aus der Wasserflasche die Wechselfolge von Szenen im pulsierenden Strassenverkehr.
Im Bus läuft die Klimaanlage auf Hochtouren. Trotzdem kleben die meisten von ihnen wie in einem Schwitzkasten auf ihren Sitzen. Über eine Stunde geht die Fahrt über Land, an Nag Hammadi vorbei.
Dann passieren sie Hiw, das alte Diospolis Parva mit grossen Friedhöfen aus frühchristlicher Zeit hinüber zum ptolemäischen Tempel der Hathor. Dieser liegt ausserhalb von Kena, wo ihr Schiff mittlerweile auf sie wartet.
Eine beiläufige Erwähnung durchs Mikrofon lässt dann doch einige Schläfrige die Ohren spitzen.
Selim erinnert an den gleichnamigen Schech, der den grössten Teil seines Lebens nackt, gegen Ende des 19. Jahrhunderts, an der scharfen Biegung des Flusses in der Nähe des Dorfes Hu verbrachte und als Helfer der Schifffahrt verehrt wurde.
Gräber der Fürsten des **7.** oberägyptischen Gaus sind in der Nähe grosser

Steinbrüche in den östlichen Wüstenbergen verborgen. Unweit der Eisenbahnstation liessen sie sich an diesem Platz zur Zeit der 6. Dynastie bestatten.
Hier und da verstreut liegen noch einzelne koptische Klöster. Mönche nutzten in früherer Zeit die verlassenen Höhlen der altägyptischen Fürstengräber als Einsiedelei.
In einer Landschaft, die mit ihrem weiten Bogen, den der Nil schreibt, dem aufgerichteten Phallus des Fruchtbarkeitsgottes Amun - Min gleicht. Und der Tempel von Dendera, diese uralte Kultstätte der Göttin Hathor, scheint sinnbildlich an der Spitze des Gliedes zu stehen.
Tatsächlich haben diese Tempel aber viele Bezüge zum Neujahrsfest, zum heliakischen Aufgang des Sirius, der die grosse Nilschwemme ankündigte und somit auch das Neue Jahr.
Im kleinen Geburtstempel der Isis hinter dem mächtigen Hathortempel berichtet eine Inschrift von der Vorliebe der Göttin zur Farbe Rot. Noch vor dem Bau des ersten Assuanstaudamms waren die Wasser des Nils rot vom Lateritstaub aus Zentralafrika, der sich im Nil aufgelöst hatte. Als fliesse ihr Fruchtwasser und ihre Plazenta aus, wenn sie gut versteckt im Binsengefilde des Deltas ihren Sohn Horus gebar.
Endlich nähern sie sich dem Busparkplatz der alten Stadt Iunet, wie Dendera bei den alten Ägyptern hiess.
Jenem Areal der altertümlichen Stadt und des geheimnisvollen Tempels der Göttin der Liebe und der Freude.
Ihr Name ist Hathor, wörtlich Hat -Hor.
Gleichzeitig war sie Amme oder Mutter des Horus und ihres Gemahls, des falkenköpfigen Horus von Behedeti, der seinen Tempel im südlich gelegenen Edfu hat. Und beider Söhne heissen Ihi und Harsomtus.
Zu Zeiten der Ptolemäer verschwimmen die Grenzen zwischen ihr und Isis nehezu ganz.
Die Götter werden am östlichen Himmel am 19. Juli beim zeitgleichen Aufgang des Sirius mit der Sonne wiedergeboren.
Nach einer Dauer von 70 Tagen in der Unterwelt steigt Osiris Orion auf. Seine Wiedergeburt vollzieht sich in seinem Sohn Horus, dem Sohn des Pharaos, der seinem toten Vater auf dem Thron folgt.
Männer in hellblauen Galabijen umrunden die Busse auf dem grossen Parkplatz. Einige tragen ein Gewehr auf dem Rücken.
" Ein freiwilliger Schutz für die Touristen und ihre eigenen Familien sei das, geben sie an, da viele Sippen hier vom Verkauf von Tüchern und kleinen Andenken leben und auf die Touristen angewiesen seien. Ausserdem würden sie die Terroristen ablehnen.
Die kämen nicht von hier, wären kriminelle Taugenichtse, eben Abschaum.
Arbeitsscheu seien die meisten. Viele hätten vorher als Gewaltverbrecher im

Gefängnis gesessen. Vor denen müsse sich die Gesellschaft schützen. Ob Einheimische oder Touristen, sie hätten die gleichen Interessen. Würden doch nicht den Ast absägen, auf dem sie gemeinsam sässen. Das wäre doch wirtschaftlicher Selbstmord.
So blöd könne doch niemand sein. Ihre Feinde wären es, die sie ihnen auf den Hals schicken würden, " übersetzt Selim.
Sie verstärken die anwesende Touristenpolizei.
Zwischen einer dicht gedrängten beträchtlichen Anzahl von parkenden Touristenbussen verschiedenster Unternehmen, deren laufende Motoren die Ausstossung von stinkenden und giftigen Abgasen zur Folge haben, sammelt Selim seine Schäfchen ein, die langsam aus dem Bus quillen und sich gleich von den zahlreichen, um die Busse wuselnden fliegenden Händler ablenken lassen.
Mit Entschiedenheit weist er sie auf den Weg Richtung Eingang, während einige sich immer noch nicht von den angebotenen Batisttüchern trennen können, die hier feilgeboten werden. Einen guten Preis auszuhandeln, nimmt eben geraume Zeit in Anspruch.
Der Handel stellt zum einen ein Nationalsport zwischen Einheimischen und Gästen dar, zum anderen nervt er manche nach längerem Aufenthalt nur noch, je öfter sie den dauerhaften Forderungen und dem ständigen ungebetenen Zeigen der Ware in der brütenden Hitze ausgesetzt sind.
Eine ca. zehn Meter hohe Mauer aus ungebrannten Ziegelsteinen breitet sich stufenförmig vor ihnen aus. Treppen, die im Nichts beginnen und enden.
Von aussen wirken sie wie rangeschobene Gangwaystufen.
Sie lehnen an einer bröckelnden Mauer, deren Spitze von Auflösungserscheinungen bekrönt ist.
Amorphe Strukturen, mahlende Erosionen, die neue Unförmigkeiten bilden. Und die Natur sich die von Menschenhand geformten Bauten nach und nach zurückholt.
Sie grenzen den heiligen Bezirk ab, der auf den Himmel verweist. Kein Weltraumbahnhof für den Aufstieg der Seele eines Pharaos wie die Funktion der Pyramiden.
Aber der Sitz der Göttinnen Hathor und Isis auf Erden, der Göttin Nut an der Decke der kleinen Dachkapelle und des berühmten Tierkreis von Dendera.
Deren Tempel ebenso axial auf wichtige Sterne ausgerichtet sind und im Verlauf der langen ägyptischen Geschichte immer wieder architektonisch neu justiert wurden, weil die Präzession der Erdachse die Verschiebung der Winkel zur Folge hatte, wie Forschungen ergaben.
An vielen Stellen noch gut erhalten, lässt die Mauer die Grösse des heiligen Bezirks erahnen, die sie umschliesst und von der profanen Aussenwelt fernhält.
Schnurgerade verläuft der Prozessionsweg, der auf den Haupttempel ausgerichtet ist.

Durch das hohe Tor, das unter dem römischen Kaiser Domitian errichtet worden ist, passieren nun Selim und seine Besichtigungsgruppe.
Sabine, Hanna und sie betrachten neugierig die hohen vertieften Reliefs auf dem übrig gebliebenen Torso. Ein römischer Kaiser ist als Pharao vor der Göttin Hathor dargestellt, giesst vor ihr in einer heiligen Handlung ein Opfergefäss aus.
" Die römischen Kaiser waren so klug, nicht nur den eroberten Völkern ihre Religion zu lassen, sondern sich im Falle Ägyptens als legitime Nachfolger der ägyptischen Pharaonen zu sehen und sich aktiv in den Kult einzubinden.
Viele der Tempel, die heute noch gut erhalten sind, stammen aus ptolemäisch römischer Zeit, " doziert Sabine leise vor sich hin.
" Hätte mich mal interessiert, wie die eroberten Ägypter diese Okkupation ihres Weltbildes gewertet haben, " spricht sie laut aus.
" Darüber berichten die Geschichtsbücher leider nichts. Der Bevölkerung kommt darin nur eine statistische Rolle zu.
Dass sie damit nicht einverstanden waren, erfährt man - wenn überhaupt - nur durch die Erwähnung von Aufständen, wobei man heute nicht einmal mehr sicher wissen kann, ob sie nicht von den Machthabern durch agent provocateurs angestossen worden sind, um eine bestimmte Politik zu erreichen. "
Das Rund ihres Grüppchen guckt erstaunt auf.
Ihr Interesse an Kriminologie hat ihr so manche Einsicht vermittelt, die sie über rein geschichtliche oder politikwissenschaftliche Fakten nicht erhalten hätte.
Ihr Rundgang durch lunet, so hatte Selim angedeutet, wird eine Patchworkfahrt verschiedenster Bauepochen sein.
Dendera, das ist die Hauptstadt des 6. oberägyptischen Gaus.
Bis in die früddynastische Zeit reichen die Reste eines Friedhofs. Der Hathortempel lässt sich in seiner Planung bis auf Cheops zurückführen.
Der jetzige Tempel stammt aus ptolemäisch - römischer Zeit und ersetzt einen älteren, den Pepi I. aus der 6. Dynastie errichtet haben soll. An dem die Pharaonen der 12. Dynastie und des Neuen Reiches dann kontinuierlich weiter gebaut haben.
Wahrlich ein Potpouri von dem Alten über das Neue Reich zu einem weiteren Spagat über die ptolemäisch - römischen Epochen und ihren Glaubensentwicklungen.
In ihrer Unvollendetheit, ihrem ruinösen Zustand, erzählen die Trümmer von der Vergeblichkeit menschlichen Wahns, eigenes für die Ewigkeit zu vollenden und erhalten zu wollen. Von den Grenzen menschlichen Vorstellungsvermögens, die Kräfte der Natur in ihrer gesamten Wirkung mit begrenzten Sinnen wahrnehmen zu können.
Entweder kommt ihnen der Zeitenwechsel oder der Wechsel der Paradigmen in die Quere. Und der natürliche Verfall.
Insofern bleibt die Menschheit der Gesetzmässigkeit der Natur unterworfen,

ihrer Metamorphose.
Obwohl ihre Hybris immer wieder versucht ist, dauerhaft die komplette Herrschaft über die Natur zu erlangen.
Weiter geht es für die Gruppe auf dem Prozessionsweg zum Haupttempel. Rechterhand lassen sie die beiden Mammisi
(Geburtshäuser) und Reste einer koptischen Kirche liegen.
Die zyklopische Mauer in ihrer wellenbögigen Form erinnert Hanna an den Urozean Nun, der das Gelände umschwappt.
" Praktisch gesehen, " resümiert sie, " befinden wir uns bis zu den Ohren im Urmeer.
Und da drüben ist der rettende Urhügel, der Tempel. Hab das Prinzip verstanden, " lächelt sie Sabine und Selim an, die ihr zustimmen.
Und eine Liebesgöttin kommt ihr gerade recht, denkt sie an ihre Beziehung zu Mohammed. Wenn sie auch heidnisch ist und aus dem tiefsten Afrika stammt. Vielleicht kann sie ihr ja helfen. Probieren geht über studieren, denkt sie .
Sabine hat noch das Gemälde von David Roberts aus dem 19. Jahrhundert im Kopf, das den Tempel bis zur Hälfte im Wüstensand vergraben sah, so dass viele der Reliefs erhalten blieben.
Einzig die Decke soll russgeschwärzt sein, da die Hallen als Ställe und offene Feuerstellen genutzt wurden.
Sie stellt sich auch die Scharen von Fledermäusen vor, die an den Decken der Tempel hingen. In heutiger Zeit verhindern gespannte Netze wirksam den Einflug. Was wiederum dazu führt, dass die Masse an Insekten, die im Land überhand nehmen, nicht von diesen nützlichen Tieren vertilgt werden können.
Wo man als Mensch auch ansetzt, es zieht immer Probleme nach sich, auf den Menschen bezogen. Der Natur ist es egal. Sie richtet sich auf jeden Zustand ein und setzt erneut den Hebel an.
Der Tempel wurde errichtet, um die kosmischen Gesetze, die im Himmel gelten, auf der Erde darzustellen.
Hathor in ihrer Eigenschaft als Himmelskuh, ihre solare Ausrichtung, verdeutlicht in der Sonnenscheibe zwischen ihrem Kuhgehörn weniger die Herrin der südlichen Sykomore oder ihre Bedeutung als Totengöttin in Theben - West.
Das Thema der Tempelausrichtung und - ikonographie wird ihren verschiedenen Rollenaspekten gerecht.
Einerseits ist sie die Mutter des Horus. In Verschmelzung mit Isis. Andererseits führt sie eine Ehe mit Horus Behedeti von Edfu, der eine Wohnstatt in ihrem Tempel hat.
Zum " Fest der schönen Umarmung " reiste sie alljährlich in einer Prozession nach Edfu.
Ihrem Gemahl gebar sie die Söhne Ihi und Harsomtus.
Ein plötzlicher Sonnenstrahl aus südlicher Richtung blendet die Gruppe und verwischt die Konturen der Darstellung Pharaos vor Hathor und ihrem Sohn an

der Vorderseite des Tempels.
Die Gesichter der sechs Kapitellsäulen in Hathorform wirken in ihrer Überbelichtung nahezu herausgemeisselt.
Sie tragen jeweils ein Haus auf dem Kopf. Synonym für die Gebärmutter, die je zu dritt rechts und links vom Eingang stehen und mit Mauerschranken verbunden sind, Pharao auf den Reliefs vor Hathor und ihren Sohn Horus tritt.
Links trägt er im Heiligtum die oberägyptische Krone, rechts die unterägyptische.
Er präsentiert seine Weihegeschenke für Hathor. Für einen Augenblick wirkt der Tempel auf die Gruppe mit seinen düsteren Schatten, die aus den grossen Öffnungen des Innern der Säulengänge hervortreten, ein wenig befremdlich.
Wie ein schlechtes Omen begrüsst sie das Gesims der Hohlkehle über dem Eingang mit der Flügelsonne.
Anstelle eines ägyptischen Pharaos heisst sie eine griechische Inschrift willkommen :
" *Für das Wohl Kaiser Tiberius Caesar ... haben die Leute aus der Hauptstadt und dem Gau den Pronaos der Aphrodite geweiht ... im Jahr des Tiberius.* "
Das Gefühl von Fremdheit verlässt sie auch dann nicht, als sie die Vorhalle betreten und sich um Selim herum aufstellen.
Von einschüchternder und imposant ragender Höhe sind die Hathorsäulen, die jeweils zu **9** rechts und links der leicht ansteigenden Hauptachse stehen. Der Saal ist erfüllt von hallenden Geräuschen aus den Ecken, an denen weitere Touristengruppen von ihrem Tour guide informiert werden.
Sabine glaubt, das Sistrum, die Rassel der Göttin zu hören. Das Sinnbild des Papyrusdickichts, in dem sich Hathor mit Horus vor den Nachstellungen des Gottes Seth versteckte und wo sie auch ihren Sohn gebar.
In der Liturgie der katholischen Kirche besitzt das Messglöckchen wie das Sistrum im Hathorkult die Funktion, böse Geister fernzuhalten.
Mit dem Übergang des Hathorkults in die Verehrung der Göttin Isis verbreitet sich das Sistrum im gesamten antiken Raum, denn der Isiskult stand lange Zeit in Konkurrenz zum aufkommenden Christentum. Und es war lange Zeit nicht ersichtlich, welche Religion sich durchsetzen würde.
Dem Gottesdienst verleiht das Messglöckchen eine zusätzliche Mystik. Eine auratische Erfahrbarkeit, die Sabine bei den Protestanten oft vermisst hat. Auf ihrem Gencode scheint die Vergangenheit gespeichert zu sein.
Es genügt ihr nicht, Gottes Wort in nüchtern gehaltener Feierlichkeit zu hören.
Sie braucht die spürbar sinnliche Aura des antiken Menschens, die dem modernen Menschen abhanden gekommen ist.
Noch spürbar ist in den hohen Säulen eine Art versteinertes Sumpfgebiet.
Zeitlich gesehen ein Relikt der Erinnerung an eine Vergangenheit. Den Fossilien ähnlich, die versteinert einen Blick auf ihre Existenz vor Jahrmillionen erhaschen lassen.

Das Papyrusdickicht war in der altägyptischen Literatur ein Ort der Liebenden, ebenso Versteck sinnlicher Freuden und des beschützten Gebärens. Anchesenamun weist auf einem der goldenen Schreine Tutanchamuns auf das Papyrusdickicht hin. Auf den Ort, der ihr Fruchtbarkeit schenken soll.
Der Tempel strömt eine Aura aus, die nicht von dieser Welt zu sein scheint. Die Decke mit ihren beeindruckenden Darstellungen des Sonnenzyklus, die teilweise noch Farbreste eines lieblichen Himmelblaus aufweisen, entzieht sich in ihrer Höhe den hinaufschauenden Touristen. Das Tempeldach wird zum Abbild des Himmels.
" Hier holt man sich eine Genickstarre, " wirft der Kopfhörer tragende junge Mann ein, der sich ausnahmsweise Selims bedächtigen Vortrag anhört.
Sabine sieht in Gedanken die Prozession der kahlköpfigen Priester mit der Sänfte der thronenden Göttin an ihr vorbeiziehen, die sie in Zeichnungen der Description de l`Egypte beeindruckt hatte.
Musik steigt aus dem Abgrund der Zeiten an ihr inneres Ohr. Von Ihi, dem Sohn der Hathor, Gott der Musik und des Tanzes, ausgestattet mit seinen Attributen Menat und Sistrum. Während der Kulthandlung für seine Mutter Hathor steht er vor den Betenden und Opfernden und schlägt rhythmisch die Rassel.
" Keine Bongotrommeln, kein Schlagzeug ? " fragt Hanna. Sabine verneint.
" Schade ! " Hanna wendet sich enttäuscht ab.
Er wurde auch mit der geborenen Morgensonne gleichgesetzt, weiss Sabine aus ihren Fachbüchern zu berichten.
An der Südwand sind in Hieroglyphenschrift die Worte Ihis an Re zu lesen. Er preist den Sonnengott als einen, der Dendera millionenfach von der " neheh-Ewigkeit bis zur Vollendung der Djed-Ewigkeit " beherrscht.
Hoch droben an der Decke ist kaum merklich der Flügelschlag der Geiergöttin Nechbet zu spüren, die sie in der Achse des Hauptweges durch den Tempel zum Sanktuar geleitet.
Einige wenige der Gruppe treten durch die Seitentür in die grosse Hypostylhalle ein und sind von der dunkel gehaltenen Atmosphäre gleich eingenommen.
Im gleissend strahlenden Sonnenlicht hatten sie sich die leicht geneigte Aussenwand angesehen, mit ihren erzählenden Reliefs. Pharao vor den Göttern Denderas, die sich über grosse Wandflächen verteilen.
Im Innern spiegeln sich exakt die gleichen Reliefs.
Tempeltransparenz wird diese Art der beidseitigen Reliefausführung genannt. Die Inschriften entfalten ihre Wirkung zugleich nach aussen wie nach innen.
Vom Sonnenlicht in der Mittagszeit überbelichtete Flächen mit der Kamera aufzunehmen, gestaltet sich schwierig, wenn man die Plastizität der vertieften Reliefs fotografisch wiedergeben will. In Dendera wird dieser Zustand erst mit der späten Nachmittagssonne durch die Lichteinstrahlung von der Seite erreicht.
In Hieroglyphenschrift breiten sich anbetende Texte, Opfersprüche und

magische Formeln in der Vertikale vor ihren Blicken aus. Pharao vor den Göttern von Dendera sind in vier Reihen übereinander angeordnet.
Löwenköpfige Wasserspeicher leiten das Wasser von den kostbaren versenkten Reliefs ab. Trotz der Massigkeit der Wände ist das Erscheinungsbild des Tempels elegant und fast grazil zu nennen.
Doch es macht sie stutzig, wer da im einzelnen Opfer darbietet.
Nach und nach handelt es sich um die Kaiser Augustus, Tiberius, Claudius und Nero, denn der Tempel wurde in 200jähriger Arbeit vollendet.
" Eine lange Periode in der Zeit der endgültigen Fremdherrschaft über Ägypten ", sagt sie sich.
Hanna wendet ihren Blick vom daumenlutschenden Horus und seiner Mutter Hathor auf den Säulenschäften zum Sonnenzyklus an der Tempeldecke, will ihn näher in Augenschein nehmen.
In schwindelerregender Höhe sind in über **7** Feldern, durch Architrave geteilt, einmal die Himmelsgöttin Nut zu sehen.
Aus ihrer Scheide wird die Sonne geboren. Ihre Strahlen scheinen auf einen Hathorkopf, der den Tempel von Dendera darstellt. Unter ihrem Leib passieren Barken mit personifizierten Sternen. Und Tierkreiszeichen.
Sie sieht Osiris-Orion mit oberägyptischer Königskrone, von Sternen umgeben, in einer Barke stehend. Rückwärts gerichtet auf die Standarte Horus mit der doppelten Herrscherkrone Ägyptens.
In einer weiteren Barke folgt Sothis - Sirius als Himmelskuh, mit einem fünfstrahligen Stern zwischen ihren Hörnern und von weiteren Sternen umgeben.
Zusätzliche Deckenfelder haben die Stunden des Tages und der Nacht zum Thema.
Bilder von Mondphasen und der Sonne während des Tages ziehen an ihr vorüber. Das Ganze erscheint ihr wie ein riesiger Zeitkalender am Himmelsgewölbe.
Sie wechseln nun in den Erscheinungssaal hinüber, ins innere Tempelhaus.
Die Fassade bildet über dem mittleren Durchgang eine Hohlkehle mit Rundstab. Ein fahles Licht fällt schräg durch eine Seitenluke, belichtet für kurze Zeit einen Abschnitt von Reliefs mit Inschriften.
Geradezu mystisch und unheimlich mutet die dunkler und dunkler werdende Szenerie an, als sie die archaisch wuchtigen schweren Säulen mit Blätterkapitellen und Hathorköpfen betrachten.
Sabine kommt das berühmte Gedicht Robert Frosts in den Sinn, dem Lieblingsdichter John F. Kennedys :

"*The woods are lovely, dark, and deep,*
 But I have promises to keep,
 And miles to go before I sleep,
 And miles to go before I sleep. "

Immer tiefer zieht es die Gruppe in das Papyrusdickicht der hohen Säulen und dunklen Mauern hinein.
Von den Wänden blicken sie vier Reliefreihen des Königs vor den Göttern von Dendera an.
Doch in dem Säulensaal fehlen die Namen des Pharaos.
Unruhige Zeiten liessen die Priester im Zweifel, vor der Auswahl an Namen schnell wechselnder Pharaonen ... .
Die Reihe zweier dunkler Vorsäle schliesst sich an. Mit Seitenkammern für Magazine, Schatzkammern zur Aufbewahrung von Kultobjekten, nur wenig erhellt vom schrägen Lichtschein der Seitenluken. Und vor Kopf liegt tief im inneren Versteck des steinernen Sumpfes das Sanktuar, in dem die Barke der Göttin Hathor stand.
" Die verborgenen geheimnisvollen Gemächer " so künden es die Inschriften gegenüber der befangenen Gruppe.
Sie gruppieren sich zu **elf** Räumen um das Sanktuar, die durch eine umlaufende Galerie zu erreichen sind, die wiederum durch Decken- und Seitenluken mystisch erhellt werden.
Nur Pharao und seinem priesterlichen Stellvertreter war der Zutritt zum dunklen Sanktuar erlaubt.
Ein Zyklus von Reliefs erzählt von der Zeremonie des Kultes, die Pharao vor dem Götterbild vornahm.
Einmal die Räucherung, dann die Darbringung der Maat und die Götterbarke mit dem Bild der Hathor am Bug.
Sabine, Hanna und sie teilen sich auf, um die **elf** Räume um das Haus des Sanktuars herum, allein zu begehen.
Als ein Tempel im Tempel ist das Sanktuar mit dem umlaufenden Gang erbaut.
Es handelt sich um **11** Säle, in denen vor ihnen in zahlreich erhaltenen Farbtönen das ganze Programm der **Opferungen** vor den Göttern abläuft.
Ibissvögel sind da zu sehen. Osiris liegt auf seiner Barke, betrauert von der Göttin Isis und der Göttin Neith.
Teilweise tragen die römischen Pharaonen noch die schweren Kronen der Spätzeit, die in ihrem wuchtigen Aufbau wie schwere Kronleuchter anmuten.
Viele Touristen können die Fülle an Bedeutungen nicht erfassen, da auf sie ein zuviel des Guten vor Ort einstürzt. Auch die drei fühlen sich aufgrund dieses Labyrinths an Reliefs überfordert.
Schnell schliessen sie wieder zur Gruppe von Selim auf, die sich vom ersten Vorsaal nach rechts begeben haben.

Im kleinen Vorhof stehen sie, dicht gedrängt, versammelt vor einem Kiosk, der Neujahrskapelle.
An ihrer Decke ist flächendeckend die Himmelsgöttin Nut dargestellt, wie sie die Sonne verschluckt und zwischen den Schenkeln wieder gebiert. Ihre Strahlen sind auf den Tempel von Dendera gerichtet, in Form eines Hathorkopfs zwischen zwei Bäumen auf einem Berg.
" Viele wollen die Nut mit der Milchstrasse gleichsetzen, aber sie verkörpert eher die Weiten des himmlischen Jenseits, der
Duat " , berichtet Selim.
Vor der Kapelle versammelte sich die Priesterschaft zum Neujahrsfeste, das mit dem heliakischen Aufstieg des Stern Sirius am
19. Juli eines jeden Jahres die Nilschwemme ankündigte und Ägypten den wertvollen Schlamm und das Wasser für die Felder brachte, auf das das Land neu erblühte und somit seine Wiedergeburt erfuhr.
Ihi, der Sohn Hathors, verkündete als Morgensonne die Nilschwemme.

" Strahlend erhebt sich die Goldene (Hathor - Isis - Sirius) über dem Haupt ihres Vaters (nahe der Sonne, aber ihr
vorausgehend) und ihre geheimnisvolle Gestalt steht am Bug seines Sonnenschiffs ...

Robert Bauval, Der Ägyptencode, S. 135

Im Vorhof erblickt Hanna im Pflaster eine Treppe, die zur Krypta führt.
Sie hat den Eingang zu den geheimnisvollen Krypten von Dendera gefunden !
Über mehrere Luken im Boden sind sie zugänglich.
Im Saal 16 (Flammenraum) und Saal **17** (Thronraum) rund um das Sanktuar geht es in die Tiefe. Hinab in den ältesten Bereich des Tempels, den unterirdischen Anlagen mythischer Ahnen.
Denn die Texte erzählen von der Gründung des Hathortempels im Alten Reich.
Und gehen von dem legendären Schemsu-Hor aus, dem Jünger des Horus. In Inschriften wird sogar behauptet, den Grundriss des Tempels hätte der frühzeitliche Schemsu-Hor selbst entworfen und errichten lassen. Weshalb die jetzigen Reliefs aus späteren Dynastien stammen. Von den Ptolemaiern.
Frische Farben auf überraschenden Reliefs erwarten die schweissgebadeten Touristen, die den Abstieg wagen :
König Pepi aus der 6. Dynastie überreicht kniend der Göttin Hathor eine Statue ihres Sohnes Ihi.
Pharao Ptolemaios XII, Neos Dionysos, war derjenige, der diese bestgearbeitesten Reliefs anbringen liess.
Hinter ihm sitzt die Göttin der Wahrheit und der göttlichen Weltordnung : Maat.

Zwölf schmal gestreckte Räume in enger Folge, die sie in ihrer Architektur an das Alte Reich erinnern.
Dann erblicken Hanna, sie und Sabine die vieldiskutierten " Glühbirnen ".
Sabine lacht. " Sie sollen in Wirklichkeit in der schmalen Enge ein Aufbewahrungsort für Kultgefässe gewesen sein, die überaus kurios wirken. Schlangen in einem glasartigem Gebilde, gestützt von einem Djedpfeiler, sind noch lange keine Glühbirnen. "
Auch die Theorien von einigen parawissenschaftlichen Bestsellerautoren, nach denen die Reliefs Zeichen von Ausserirdischen sind, die Ägypten die Kultur gebracht haben sollen, kann sie nur als absurd einstufen.
 " Manche spielen unbekümmert mit der Unkenntnis von Leuten über die Geschichte eines Ortes. Gerade Ägypten hat einen sehr komplizierten Hintergrund der kosmischen Ordnung. Gewiefte Geschäftsleute finden immer ihr bestsellerverdächtiges Elixier, um ertragreiche Sensationen zu verkünden. "
Sabine kann darüber nur den Kopf schütteln.

Sie kennt dieses Phänomen aus ihrer Vorstadt.
Die Leute urteilen über Menschen, die sie persönlich gar nicht kennen und dann verkennen.
Einer erzählt Schlechtes oder gar die Unwahrheit über jemanden und schon wird Derjenige ausgegrenzt oder gemobbt.
Das kann über Jahrzehnte gehen, und der Geschädigte weiss oft nicht den Grund, warum er schlecht behandelt wird und von wem dies seinen Ausgang nimmt.
Meist handelt es sich um Neid oder pure Unkenntnis, die sich mit Dummheit paart. Man lässt andere für die eigene schlechte Situation leiden. Die kriminologische Wissenschaft kennt das Stichwort " Hassverbrechen ", wenn man den anderen für die eigene beschissene Situation verantwortlich macht und zum Beispiel die Reifen seines Autos zersticht.
Eine solche Handlungsweise kann sowohl fatal für die Beziehungen von Menschen, als auch für den Umgang der Staaten untereinander ein.
Und ist oft genug Auslöser von Kriegen, die begonnen werden, weil irgendwelche Rohstoffe locken oder Staaten unterjocht werden sollen.
Der Vorwand von vermeintlichen Konflikten im täglichen Umgang, der als Vorwand dient, um jemanden auszugrenzen, kann man auch auf der Ebene von Staaten wirken sehen.
Bewusst Vorwände suchen und setzen, um losschlagen zu können.
Leider bleibt diese bösartige Verfahrensweise nicht nur auf Massenmörder wie Hitler beschränkt.

Sabine führt weiter aus.
" Und die mythologischen Inschriften, die sich auf den Ablauf des Festes der

Morgensonne beziehen, die den Schlangengott Harsomtus darstellt, werden in ihrer Funktion bewusst ignoriert. "
" Thema der Krypten sind die Barken der Nacht und des Tages, " ergänzt Selim.
" Das Henbehältnis, das wie ein Glaskörper scheint - ein abgewandelter Urhügel - soll den Mutterleib Nuts darstellen, aus der die leuchtende Schlange Harsomtus als Morgensonne am Firmament aufsteigt, um in seiner goldenen Tagesbarke den Himmel zu queren.
Die Krypten sind sinnbildlich für die schwangere Nut in der Unterwelt des Himmels. Ihr Grundriss soll die Form dieser Dat darstellen. Und oben im Tempel habe ich Euch auf ähnliche Reliefs hingewiesen. Sie enthielten sogar Spuren von Gold.
Es geht also eindeutig um den Sonnenlauf. Ausserdem ist Harsomtus Schöpfer- und Urgott aller Wesen und Dinge.
Er steigt aus den Urwässern aus einer Lotusblüte auf. Die Schlangengestalt ist typisch für die Urgötter.
Er soll Ägypten begründet haben, gilt als Vereiniger beider Länder.
Seine Kultstätte hatte er in Chadi, in der Nähe von Dendera, in der eine Schutzschlange eine Rolle spielte. "
Sie persönlich fühlt sich, angesichts der gemauerten Substruktionen aus der Frühzeit, an das geheime Nest der Hathor im Sumpf des Deltas erinnert, in dem sie Horus gebar.
Und das wahrscheinlich im tiefen Untergrund des Dickichts verborgen lag. Denn eigentlich ist der Name des Harsomtus eine Verbindung aus Horus und Somtus.
" Könnten unterirdische Atomanlagen sein " , witzelt Hanna. " Damit Seth und seine Gesellen sie nicht mit ihren Satelliten aufspüren können, " führt sie weiter munter aus.
" Aber mit dem Sistrum lassen sie sich heute nicht mehr vertreiben " , geht Sabine auf sie ein. " Da müssen schon schwerere Geschütze her " .
Selim schüttelt grinsend den Kopf.
" Ihr seid mir doch zwei ausgebuffte Politanalysten ! Gemma, steigen wir wieder nach oben ans Licht der Wahrheit.
Das Tempeldach, die Kapelle und ein ähnlich überraschendes Harsomtusrelief wartet schon auf uns ."

In der Beklemmung des dunklen Treppenhauses und der Backofenhitze, Selim voran, steigt die Gruppe hintereinander
die ausgetretene abgewetzte westliche Treppe mit Kehren zum Dach empor.
Tausende vor ihnen müssen die Stufen genommen haben. Die vielen Senken sind zu Stolperfallen geworden.
Standartentragende Priester an den Wänden weihen den Weg, Maskierte als Darsteller der Götter folgen ihnen.

Weitere, die Weihrauch verbrennen und das Sistrum schlagen, sind stumme Begleiter der Touristen. Ihrer Prozession durch das dunkle Treppenhaus schliesst sich das Königspaar an.

Sie führen das Ritual zum Neujahrsfest aus, damit die Welt weiterhin Bestand haben soll und nicht wieder erneut in das Urchaos zurücksinkt.

Es ist, als hörten sie während ihres langen Aufstiegs zum Licht die litaneienhaft rhythmisch vorgetragenen Texte über das Himmelsgewölbe, die an den Wänden neben den Priestern in Hieroglyphen geschrieben stehen, während sie Stufe um Stufe, Kehre um Kehre nehmen.

Einerseits sollte mit Hilfe dieser Zeremonie die göttliche Seele in der Vereinigung der Statue Hathors mit den Strahlen ihres Vaters nach Ägypten zurückkehren, die sich mit der Austrocknung des Landes zurückgezogen hatte und immer schwächer geworden war.

Kapellenträger trugen in Holzkästen die Statuen von Hathor und die weiterer Götter von Dendera zum Zweck der Aufladung mit göttlicher Energie zur offenen Dachkapelle, damit sie das ganze kommende Jahr zum Wohle des Landes abstrahlten und die göttliche Ordnung auf Erden wiederherstellten.

Der geisterhafte Zug, der die Gruppe bei ihrem Aufstieg von den Wänden her begleitet, steigt linkerhand auf, rechterhand ab. Unterbrochen von Öffnungen nach aussen, geformten Aussparungen in Form von Schiessscharten, die das gleissende Licht in Kontrast zu dem Dunkel der Reliefs von Sternenhimmeln, Horus und anderen Göttern des Neujahrsfestes von den Wänden und Decken her setzen, erzeugen tiefe Schweigsamkeit und getragene Ehrfurcht in Selims Gruppe. Sie fühlen sich unfreiwillig in das Ritual hineingezogen.

An weiteren Räumen geht es vorbei, deren mystische Stimmung eine theatralische Inszenierung in Architektur von Tod und Auferstehung des Osiris erzeugt. Das in Dunkelheit getauchte Totenbett Osiris, auf dem der Gott in seiner Erstarrung liegt, wird von oben her aus einer Dachöffnung von einem Lichtstrahl erhellt.

Kurze Zeit später erreichen sie schweissgebadet das obere Tor zur lichtdurchfluteten Aussenterrasse.

Der Aufstieg ist ein Moment, der den Schilderungen von Nahtoderlebnissen gleicht.

Man befindet sich in einem dunklen Tunnel, an dessen Ende ein strahlendes Licht wartet, das den Betrachter in seinen Bann zieht. Einige hatten tatsächlich das Gefühl, die Auferstehung Osiris miterlebt zu haben.

Froh, dass nun endlich die Strapazen des Treppensteigens und das mystische Erlebnis hinter ihnen liegen, sondieren einige erst einmal das ungewöhnliche Terrain des riesigen Daches.

In der hinteren nordöstlichen Ecke steht nun jene nach oben hin offene Kultkapelle, ein Steinkiosk mit 12 Hathorsäulen.

Selim pilgert mit seinem Grüppchen schnurstracks dorthin, als wollten sie die

Sonnenscheibe persönlich am 19. Juli durch den heliakischen Aufgang des Sirius erwecken. Auf dass auch sie ein ganzes Jahr lang positiv bestrahlt werden.

" *Wie herrlich ist dein Angesicht, wenn du die Menschen formst, die Götter entstehen lässt und alle Tiere erzeugst !*
  Wie herrlich ist dein Angesicht, wenn du einen König auf deiner Töpferscheibe auszeichnest, um das Land durch seine
    Regierung zu erhalten !

Hymnus aus Esna (Ausschnitte) im Moment der Enthüllung des Götterstandbildes, wenn die Strahlen der Sonne die Statue treffen und erhellen

Der Blick zum Areal des palmenbestandenen ausgetrockneten heiligen Sees, linkerhand weiterschweifend, zum Tor in der wellenförmigen Umfassungsmauer des Temenos, ist atemberaubend.
Geht er doch über die scharfe Abgrenzung zwischen Wüste und dem Geschenk des Nils, des Fruchtlands hinaus.
Das Stilleben Wüste mit seinen neuzeitlichen Strommasten wiederholt sich permanent und stellt doch immer wieder eine grosse Inspirationsquelle für das Auge von Europäern dar.
Wobei die Strommasten der Balken im Auge auratischer Beglückung bleibt. Auch wenn einige mit abschweifender Phantasie darin den modernen Djedpfeiler sehen wollen.
Die Videofilmer und Fotografen der Gruppe gehen sofort in Stellung.
Und nach dem dunklen Aufstieg über die Treppen mit ihren Einblicken in Tod und die bevorstehende Wiederauferstehung des Osiris, wirkt die Überbelichtung der Wüste im wahrsten Sinne des Wortes auf sie belebend.
Die Strahlen der Sonne Res entladen ihre positive Wirkung, hatte in ihnen doch die fahle Dunkelheit der Osiriskammern ein Gefühl der Unsicherheit und des Schwindels hinterlassen, das sich so gar nicht in ihr Bild von Wissensdurst in Kombination mit entspannender Urlaubserwartungshaltung fügte.
Als Selim in Richtung weiteres Osirisheiligtum deutet, streiken einige.
" Nicht schon wieder dieser ermordete Osiris. Der verfolgt uns hier langsam. Wir sind doch hier im Urlaub. Und nicht auf einer Krimitour durch England zu den Tatorten von Jack the Ripper.
Der hinterliess auch reihenweise zerstückelte Leichen. "
" Nun, Seth zerstückelte nur eine, die Leiche des Osiris in vierzehn Teile, die er übers ganze Land verstreute.
Und in Dendera wurde nun mal ein weiteres Körperteil des Osiris von Isis gefunden. Also gibt es hier auch das entsprechende Ritual zur Wiederbelebung ", gibt Selim zu bedenken.

" Aber ich kann Ihnen versprechen, in den Räumen ist der berühmte Tierkreis von Dendera an der Decke zu sehen. "
Die Bemerkung zaubert bei einigen ein strahlendes Lächeln auf ihren Mund. Und stante pede setzt sich der Zug von Selims Gruppe in Bewegung, das Dach zu queren.
Einige biegen dann doch lieber an der Eisentreppe ab und wollen von der Höhe der dritten Terasse den Rundumblick geniessen.
Selim tastet mit der Taschenlampe die berühmte Kopie des von Napoleons Wissenschaftlern abgebauten und in den Louvre verbrachten Tierkreis ab, der im künstlichen Licht eine mythische Dimension entfaltet.
Verstärkt von Auferweckungsreliefs des Osiris an den Wänden der zwei Räume des kleinen Heiligtums.
Während Sabine mit Kopien aus der Déscription de l`Egypte zum Vergleich die verblassten Originale betrachtet, erläutert Selim den Hintergrund der zwölf babylonisch - griechischen Sternzeichen, die einen unregelmässigen Bogen um den Himmelspol bilden.
Aussen sind in einem weiteren Bogen die 36 altägyptischen Dekane angeordnet, die für die Zeitrechnung und Wiederbelebungsriten verwendet wurden, da in ihnen Orion und Sirius auftauchen.
Der Brite Robert Bauval beschreibt in seinem Buch " Der Ägyptencode " den runden Tierkreis als eine " *Himmelskarte, die die gesamte Himmelslandschaft mit dem Himmelsnordpol annähernd im Zentrum zeigt* ".
Hinter der Kuh Isis - Sirius beschreibt er eine Göttin mit Pfeil und Bogen.
Satis von Elephantine bei Assuan, die mit dem Sirius und damit mit der Nilschwelle identifiziert wurde.
Das Nilpferd, das Sternbild des Drachens symbolisierend und das Bein des Stiers, das auf den Grossen Wagen Bezug nimmt, sind Sternbilder, die sich bis zur Pyramidenzeit zurückverfolgen lassen und somit den Tierkreis wiederum mit einer weit zurückliegenden ägyptischen Vergangenheit verbinden. Der Hathortempel, ohne seine Ausrichtung auf kosmische Bezüge im kultischen Selbstverständnis der Alten Ägypter, wäre nicht denkbar. Seine Nordausrichtung zeigt deshalb auch auf den Stern Merak im Sternbild des Grossen Wagen.
Es stellt sich in diesem Zusammenhang die Frage, ob nicht die Himmelskarte von Dendera eine sehr alte Kopie ist, in der lediglich babylonisch - griechische Tierkreiszeichen eingearbeitet worden sind.
Dann stünde es für die Entwicklung der Präzession der Erdachse in einem unendlichen Zyklus von 26 000 Jahren.
Und die Ägypter hätten schon in früher Zeit von dieser Wirkung gewusst.
" Vielleicht schon zu Zeiten des legendären Schemsu - Hor , der Jünger des Horus, die vielleicht schon den Sirius beobachteten. "
Nach und nach verlassen die Mitglieder der Gruppe das Tempeldach über die

gerade nach unten führende Treppe.
An den Wänden erblicken sie die Holzkästen, in denen die Götterstandbilder, verstaut und aufgeladen, wieder an ihre Standorte zurückgetragen wurden.
Sabine, Hanna und sie, draussen angekommen, fühlen sich von einer weiteren Besonderheit an der südwestlichen Rückwand des Tempels angezogen, dem Relief der Königin Cleopatra VII. und ihres Sohnes Cäsarion vor den Göttern Denderas. Dem leibhaftigen Sohn Cäsars !
" Nach neuesten Forschungen liess Augustus Cleopatra ermorden und anschliessend die Legende von ihrem Selbstmord durch eine Schlange verbreiten. Geradezu so, als habe die Urschlange Harsomtus, die Ägypten begründet hat, jetzt den Pharaonen ein Ende gesetzt, bevor es dann endgültig zur römischen Kolonie herabsinkt.
Oder er wollte damit klarstellen, dass Cleopatra sich von dem Urbild Harsomtus töten liess, damit Augustus legitimiert war, als ihr Nachfolger Pharao zu werden ", flüstert Sabine.
" Als Mörder der Cleopatra hätte er niemals eine Autorität bei den Ägyptern abgeben können.
Sie hätten ihn abgelehnt, und es wäre zu Aufständen gekommen. So war Cleopatra vor den Augen des Volkes die Übeltäterin.
Und Cäsarion im Ausland ermorden zu lassen, war nur noch reine Formsache.
Vielleicht war es ihm und seinen Nachfolgern aus diesen Gründen deshalb so wichtig, der Hathor ein Heiligtum, einen grossen Tempel zu errichten.
Vermutlich liess er das Vorgängermodell von Thutmosis III. abreissen, um sich die Gunst der Götter Ägyptens zu erschleichen und zu sichern. Denn anscheinend fürchtete er ihre Rache und die alten ägyptischen Pharaonen. "
"Unheimlich ", meint sie.
" Es fällt auf, " fügt Sabine noch hinzu, dass er sich tatsächlich nur die Kulte sicherte, die für Rom von Nutzen waren.
Um die Nilschwemme garantieren zu können, damit das Korn wuchs, das die Römer aus der berühmten " Kornkammer " rausholten. Dendera, Philae und andere Tempel stehen für diese Aufgabe. Und sich den Königskult des Horus zu sichern, was seine eigene Herrschaft anging, das verschafften ihm die neu errichteten Tempel von Edfu und Esna.
Hinzu kommt, dass Hathor eine alte Göttin aus dem Süden ist und Augustus mit einer starken Kandake, der Königin von Meroe, ebenfalls im Clinch lag. Dieser gierige Römer wollte sich auch noch das alte Goldland Nubien einverleiben.
Die Meroiten unter Führung ihrer Königin Amanishaketo, hatten die Wirren um den Machtantritt Roms in Ägypten ausgenutzt und Syene bei Assuan überfallen.
Die Römer konterten und plünderten Napata, ihr religiöses Zentrum.
Bis Meroe konnten sie sich eigenartigerweise nicht vorarbeiten.
Und die starke Meroitin schaffte es, den durch Kriege mit den Parthern und

Asien geschwächten Augustus einen Friedensvertrag abzuluchsen, der sie von Tributen befreite und ihre Grenzen sicherte.
Eins zu null für diese starke Herrscherin, die Augustus nicht zur Strecke bringen konnte, wie zuvor Cleopatra.
Und an die goldenen Reichtümer Kuschs im heutigen Sudan kam er auch nicht so einfach in Sebstbedienung heran.
Aber dank der frevelhaften Plünderung des religiösen Zentrums Napatas hatte er noch eine Bringschuld den Göttern gegenüber. Und justament fingen er und seine Nachfolger an, diese mit dem Weiterbau von Tempeln in Edfu, Dendera und Esna einzulösen.
Gleichzeitig konnte er mit diesen Neubauten Ägypten seinen Stempel aufdrücken und dem Volke klarmachen, dass die Götter ihn und seine Nachfolger legitimiert hätten, Pharao zu sein und der Weg zurück in die Unabhängigkeit auf ewig abgeschnitten sei, indem er die Tempel der ägyptischen Herrscher okkupierte."
" Tja, " merkt sie an, " im Gegensatz zu heute.
Wenn man sieht, welche fremden Mächte sich dort herumtreiben und sich exklusiv am Erdöl bedienen möchten.
Die armen Sudanesen. Da haben wir doch ganz schnell eine Kongolisierung der Verhältnisse. Im Klartext : Bürgerkrieg ! "
Hanna nickt. " Schaut mal darüber. "
Sie zeigt auf den kleinen Isistempel. " Ratet mal, wer den errichten liess. "
" Augustus, wer sonst ! " reagiert Sabine prompt. "
" Der ging aber auf Nummer sicher, " doziert Hanna.
" Sich auch noch die Isis unter den Nagel reissen, deren Kulte im römischen Reich immer bedeutender wurden und sich im gesamten Mittelmeerraum ausbreiteten. "
" Seid Ihr endlich fertig mit Eurer Abrechnung mit Augustus ? " wirft Selim ihnen im Vorbeigehen zu.
" Dann auf zu den Mammisis. "
Sabine kann sich den Zutritt zu dem kleinen Isistempel dennoch nicht verkneifen.
Es ist das Geburtshaus der Isis, das sowohl nach Osten wie auch nach Norden ausgerichtet ist.
Auf den heliakischen Aufgang des Sirius.
Über ein eigenes Tor in der wellenförmigen Umfassungsmauer verfügt und einen eigenen Zugang hat.
Seine Achse wurde im Zuge der Baumassnahmen seit ramessidischen Tagen der Präzission der Erdachse immer wieder angeglichen, so dass er immer genau auf den Sirius ausgerichtet war. Ebenso der Satistempel auf der Elephantineinsel und der kleine Horustempel auf dem Thotberg in den Thebanischen Bergen.

Sabine tritt ehrfürchtig in das Reich der Göttin ein.
Aus einer hohen Wandluke fällt das göttliche Licht in das Innere und belichtet Isis bei der Säugung ihres Kindes Horus.
Vor Kopf wird Horus in Gestalt eines Falken angebetet. Den Bereich ihrer Geburt als Stern Sirius findet sie jedoch zerstört vor.
" Absicht oder Zufall ? " fragt sie sich.
" Hatte da jemand Angst vor ihrer Macht ? Sollten ihre magischen Kräfte auf Erden von den Nachfolgern der pharaonischen Zeit ausgeschaltet werden ? "
Sie kann darauf keine Antwort geben.
Aber mit einem unguten Gefühl verlassen beide Frauen nun den kleinen Tempel und begeben sich an den Fundamenten des Sanatoriums vorbei zu den Mammisis, wo Selim mit der Gruppe seit zehn Minuten auf sie wartet.
In ihrem Rücken erstreckt sich der Heilige See mit seinem dunklen Palmenbestand. Sein Nilometer ist bis auf den heutigen Tag noch intakt.
Nichts klingt mehr von dort herüber.
Das Fest der Siegesfeier des Horus über seine Widersacher ist für immer von den Schatten der Vergangenheit eingeholt worden und verstummt.

" 1997 werde ich zwei Tage, vor dem grossen Anschlag am Hatschepsuttempel in Theben- West, mit der Sekretärin aus Berlin von der Anlegestelle am Isis Hotel Luxor ein Ausflugsschiff nach Kena nehmen, um von dort aus den Hathortempel von Dendera erneut aufzusuchen. In der Frühe gegen 6 Uhr morgens fotografiere ich noch das Panorama des Sonnenaufgangs über Theben West.
Ein Heissluftballon mit Touristen schwebt über dem Hatschepsuttempel.
Jahre später werden einige Verlogene in den westlichen Medien behaupten, die Ägypter wüssten nicht, was Heissluftballons seien, als ein amerikanischer Weltenbummler nichts Sinnvolleres zu tun hat, als im Heissluftballon um die Welt zu fliegen und eine Bruchlandung in der Sahara zu vollziehen. Ihm wird Spionage vorgeworfen. Dabei werden Heissluftballons als Touristenattraktion seit Jahren eingesetzt.
Die Dummheit und Boshaftigkeit gewisser Leute kennt keine Grenzen, wenn es darum geht, dieses Land und seine Menschen zu verleumden, den politischen Druck zu erhöhen.
In Dendera erwartet uns ein einheimischer Reiseführer, der in Assiut Ägyptologie studiert hat. Er ist sehr aufgeschlossen, und ich diskutiere mit ihm über Hathor Tefnut.
Sie ist das Sonnenauge, das die Menschheit verbrennt, weil sie wieder einmal zu viele Frevel begangen hat.
Als wilde Löwin haust sie im Süden und rast unaufhörlich weiter.
Re will seine Tochter zurückholen. Er schickt Schu und Thot in Gestalt zweier Affen zu ihr, die sie durch magische Spiele und Versprechungen besänftigen

und überreden können zurückzukehren. In Ägypten verwandelt sie sich in die schöne Hathor, die aber weiterhin der Besänftigung durch Musik und Tanz, Rauschgetränken wie Wein und Bier und vieler Opfergaben an Antilopen, Gazellen und Steinböcken bedarf, damit sie friedlich bleibt.
Im fahlen Licht der fernen Novembersonne hüllt sich der Hathortempel in das Dunkel der Schatten ein.
Der Eindruck ist ein anderer als in der Zeit der Frühjahrs-Sommer- und frühen Herbstreisen auf dem Nil. Der Winter steht bevor, und die Nächte sind sehr kühl.
Als wir wieder den Bus besteigen wollen, der uns nach Kena zur Anlegestelle unseres Schiffs zurückbringen soll, sehe ich unseren Reiseführer in seinem Taxi mit einem verzweifelten Gesichtsausdruck sitzen.
Ich gehe nochmal zu ihm hin und sage, er solle nicht traurig sein, es kämen sicherlich wieder Touristen hierher. Aber er antwortet nicht, scheint untröstlich zu sein, wagt nicht mehr, mir ins Gesicht zu sehen.
Ich frage mich nachträglich, ob er irgendein Gerücht vernommen hat. Denn irgendwas schien in der Luft zu hängen, etwas Bedrohliches, das meine Reise von Anfang an überschattete. Aber dann hätte er mit mir vorher nicht so angeregt diskutiert und mich dabei auch nicht ständig angelächelt. Er machte mir den Abschied nicht leicht. Ich litt während der gesamten Rückfahrt unter dem Eindruck seiner Verzweiflung.
Inmitten der untergehenden Sonne sahen wir Kraniche am Himmel, auf ihrem Flug Richtung Süden, lange trompetenhafte Klagerufe ausstossen.

Mammisi, ein koptischer Begriff für Geburtshaus, so erklärt Selim, haben ihren Ursprung in provisorischen Hütten.
Bestehend aus Schutzdächern aus Holz und Matten, in denen werdende Mütter, isoliert von der Gemeinschaft, während der Geburtsphase und danach, leben mussten.
Tatsächlich scheint dieser Brauch aber dem Ritus des Mysteriums der göttlichen Geburt des jungen Gottes Ihi oder Harsomtus entnommen zu sein, der seinen Ursprung bereits in der ägyptischen Vorgeschichte hat.
Den Schöpfungsmythen zufolge hat der König seine Aufgabe als Mittler des Sonnenlaufs. Er ist verpflichtet, die vom Schöpfer geschaffenen Elemente, die die Welt erhalten, in Gang zu halten und damit für ihren Fortbestand zu sorgen. Als Erbe des irdischen Ägyptens ist er dann auch der Sohn Gottes.
Sein Vater, der Sonnengott, muss sich aber zuvor mit seiner Mutter vermählen, wie es der Geburtsmythos der Hatschepsut ihrem Tempel in Deir el Bahari exemplarisch zeigt. Es erfolgt die Geburt des Kindes und seine spätere Einsetzung als Herrscher über die Ägypter.
In der Spätzeit kam es zur neuen Blüte der alten religiösen Mysterien.
In Form von Mysterienspielen aufgeführt, offensichtlichen Dramen in 13 Akten mit zwei Pausen, wurde die jährliche Wiedergeburt des Sohnes Ihi und

Harsomtus nachvollzogen, die sich auf den heliakischen Aufstieg des Sirius bezog. Ebenso die Wiedergeburt des Pharaos auf Erden.
Die Mammisi liegen im rechten Winkel zum Hauptprozessionsweg und bestehen eigentlich nur aus einem Opfersaal und einem Sanktuarium, das von Säulengalerien und steinernen Schranken umgeben ist.
In Dendera existieren noch zwei. Eines von Nektanebos (ptolemäisch) und eines, das unter Augustus errichtet worden ist. Dazwischen liegt, in ruinösem Zustand, eine der ältesten koptischen Kirchen.
Sie sieht sich einer nicht zuordnungsfähigen Masse an Trümmern gegenüber. Gespickt mit Symbolen, die in der Luft hängen.
Ratlos steht sie vor Rundbögen, halbierten Eingangsmauern mit einem kopflosen Pharao, integrierten Schranken voller Anchkreuze, die auf Schalen stehen, von bleuen Farbresten überzogen.
Ohne den Kompass der schriftlichen Reiseführer ist kein Erkennen und teilweise kein Durchkommen mehr möglich. Lediglich Augustus ` Mammisi zeigt sich ihnen in einem gut erhaltenen Zustand ... .
" Was soll denn das ? " sagt ein Gast sichtlich wütend, " Augustus ` Bauten in bestem Zustand. Die früheren nicht ? Hat der Kerl etwa bei der Zerstörung der anderen seine Finger im Spiel gehabt ? Damit die Götter nur ihm zuhörten ? "
Selim überhört seinen Einwurf und beschreibt den Ablauf der Mysterienspiele sehr plastisch :
Die Gruppe wähnt sich zwischen nächtlichen Tänzen, auslassender Freude und Trunkenheit bei der Verkündigung der Geburt am Neujahrstag.
" Ist ja wie bei uns an Silvester. " wirft der junge Mann mit den Kopfhörern ein, die er anscheinend abgeschaltet hält.
An den Säulen des römischen Mammisis erblickt sie den Gott Bes, den kleinen Gnom, der Schwangere schützt und doch auch ein ferner Nachhall des Mythos " Die Heimkehr der Göttin " ist, nämlich der Hathor Tefnut.
Natürlich ist Hanna vornehmlich am Kult der Hochzeit, Geburt und der nachfolgenden Kinderaufzucht interessiert.
Insgeheim betet sie Hathor an, dafür Sorge zu tragen, dass Mohammed sie auf ewig lieben solle, falls ihre Beziehung keine Zukunft hätte. Doch die Göttin hat für Wünsche persönlicher Frömmigkeit kein Ohr. Sie ist nur Teil der Aufrechterhaltung des Sonnenlaufs.
Im unteren Register der sechsten Nachtstunde werden Schlangenstäbe auch " Stäbe der männlichen Götter " genannt und die weiblichen Göttinnen, die zur Götterneunheit gehören, übergangen.
Erik Hornung verweist auf das weibliche Prinzip exklusiv am Himmel :
" Im Gegensatz zu Faust ziehe das Ewig-weibliche den Ägypter nicht hinab in die Tiefe, sondern empor zum Licht ! "
" Das hören wir Frauen doch mal gerne, " meint Sabine, als sie die Passage liest.
" Zurück zum Schiff, " skandiert Selim am Ende seines Vortrages über den

Hathortempel.
Prompt stimmen einige " Ein Schiff wird kommen " an.
" Und es bringt mir den einen, den ich so lieb' wie keinen und der mich glücklich macht. "
Noch im schaukelnden Bus geht das Lied vom Mädchen von Piräus durch die gut gelaunten Reihen.
Heiter linsen sie Hanna an, die lachend abwinkt.
Als habe Ihi, der Gott der Musik und des Tanzes, die Gruppe voll im Griff.
Die Anlegestelle in Kena befindet sich hinter der grossen Brücke über dem Nil am östlichen Ufer, wo die Meretseger vertäut auf ihre Gäste wartet, die sie einzeln in ihrem Schiffsbauch wieder aufnimmt und kurze Zeit später ablegt, um sie sicher an Sandbänken vorbei zu steuern, ihnen die grandiose Landschaft und das Leben am Fluss zu Füssen legt.
In der silbrig perlenden heissen Glut der Mittagssonne geht die Fahrt stromaufwärts. Einem neuen Morgen, weiteren Höhepunkten und ungewissen Schicksalen entgegen.
Denn die Pyramide des Lebens hat zugleich einen aufsteigenden und einen absteigenden Neigungswinkel.

5. Kapitel

7. Nachtstunde

Name des Tores : Tor des Osiris

Name der Stätte : Geheimnisvolle Höhle (Amduat)

Name der Nachtstunde: Die die Macht des Bösen abwehrt und Den mit schrecklichem Gesicht ' köpft

Einleitung : Der geheimnisvolle Weg des Westens, auf welchem der Grösste Gott dahinzieht in seiner abgeschirmten Barke.

Der Kampf gegen die Apophisschlange

" Blossoms failed to bloom this season "

Aus " This is not America " aus dem Film "The Falcon and the Snowman " von John Schlesinger
Titelsong David Bowie

*" Der Osten und der Westen sind ein einziges Grab,
aus seiner eigenen Asche gemacht ..."*

Aus : " Der Westen und der Osten " von Adonis aus seinem Gedichtband: Der Baum des Orients

*" Es sind die Göttinnen, die Apophis in der Dat bestrafen
und die Anschläge der Feinde des RE abwehren. "*

aus dem Amduat " Siebente Nachtstunde, Mittleres Register, Sechste Szene

Von Kena ab beschreibt der Nil eine scharfe Kurve nach Westen.
Langsam spult sich ein Film einer üppig prosperierenden paradiesisch wirkenden Landschaft vor den Passagieren ab. Auf ihren Logenplätzen auf dem Panoramadeck erzählt er in mächtigen Bildern von hohen Ufern, blühendem Schilf, biblischen Zitaten, kleinen Fischerkähnen und kubischen Dörfern. Von Palmenhainen, die unscharf im Dunst zu beiden Ufern des tanzenden Lichts auf dem breiten Strom des afrikanischen Flusses liegen.
Wäschewaschende Fellachinnen sind darin die Hauptdarsteller und vor allem die winkenden lachenden Kinder.
Vögel fliegen vor begrünten Inseln auf. Überreiche, metallisch schimmernde Wasser des Nils fluten in eleganten Bögen um saftig strotzende Eilande, als nähme das Paradies kein Ende und flögen ihnen die gebratenen Tauben geradewegs in den Mund.
Doch der Sonnengott altert im Laufe des Tages, wird schwach und müde.
Und Atum ist nun sein Name, als die Dämmerung einsetzt, die Passagiere seine vergilbten Seiten aufschlagen und über die Landschaft die einsetzende Dunkelheit wabert, bevor der Sonnengott in das Westgebirge einfahren kann, das sich im Hintergrund vor ihnen auftürmt.
Das Westufer rechter Hand geriert zum Schnelldurchlauf durch die Geschichte des alten Ägyptens.

Von der grossen Mastaba des mythischen Gründers Menes im vorgeschichtlichen Naqada, verlaufen die unsichtbaren Windungen der Uroborosschlange bis zu den späteren Orten koptischer Klöster wie Deir Mari Buktur und Deir el - Melak.
Weiter geht es an geduckten kleinen Städten vorbei. Inmitten des Hochstands der Felder, zeigen die Minarette der Moscheen die heutige kulturelle Vorherrschaft des Islam Flagge.
Vor einer atemberaubenden Landschaft, die von hohen Felsmassiven zur libyschen Wüste im Hintergrund abgeriegelt erscheint.
Mit gestaffelten Felschichtungen, die als hohe Zinnen nahezu martialisch den Abschluss von Tafelbergen bilden.
Zugvögel am Boden und in der Luft aller Art geben sich mit ihrem Flügelschlag ein Stelldichein. Sie fliegen in Scharen Richtung Süden vor den ruhigen behäbigen Schiffsbewegungen der Meretseger auf.
Die Sonne quert von Ost nach West die Schächte der altägyplischen Gräber. Zu den Gründen des Kampfplatzes der Götter, der im Westen liegt ... .
Ein idyllisches Stillleben wechselt mit Einblicken in das Alltagsleben. Kein Schatten fällt auf das entgegenkommende Kreuzfahrtschiff. Nichts scheint den Eindruck eines heissen Urlaubstages zu trüben.
Die ganze Landschaft atmet Entspannung aus der Perspektive des Schiffs aus, als wäre sie selbst im Urlaub.
Die Zeit scheint still zu stehen.
Positive Energien erfüllen die Gäste und die Mannschaft an Bord.
Erholsame Augenblicke lassen sich auf die stressgeladene europäische Seele nieder, das innere Chaos zu überwinden, das der way of life zur Folge hat.
Ihr Blick heftet sich auf einen jungen Fellachen im Nachen. Auf die zeitlos anmutige ausholende Bewegung seines Ruders, das er wie in Zeitlupe auf die Wasseroberfläche klatschen lässt ... .
Es sind die Gärten der Welt, die eine Idylle in jedem Kopf zaubern, den Menschen mit sich in Einklang bringen. Tiefe Schichten des Unterbewusstseins ansprechen, in denen die Erinnerung abgespeichert ist, als die Welt noch ein einziger Garten war, im Lichte der jungen Schöpfung.
Ein Buch der Gegenwart und der Vergangenheit, in dem sie lesen kann, als wolle ihr dieser Abschnitt noch einmal den langen Zeitraum altägyptischer Lebensweise und Kultur ins Gedächtnis rufen.
Jene Tage der Prosperität, die aus den Sümpfen fruchtbare Kulturen aus dem Norden und Süden zu einer einzigen, der Altägyptischen, verschmelzen liess.
Den eigenen glücklichen Eindruck von Lebendigkeit und Fruchtbarkeit in einem scheinbaren irdischem Paradies festhalten, in einem Schatzkästchen der eigenen Erinnerung aufbewahren, speichern, bevor ... ja, bevor sie in Luxor an den harten Realitäten der heutigen Zeit gerieben wird ?
Und im Kopf den einen Trost, die Mahnung auf ihren Weg mit zu bekommen,

dass das Dunkel der heutigen Tage nicht die Erinnerung an etwas zutiefst gutem und harmonischem gänzlich überschatte. Inklusive des kulturellen Lichts, das ein Erbe dieses grossen Volkes ist.
Es ist bereits tiefe Dunkelheit, als der Kapitän die Maschinen der Meretseger in Luxor vor einer beleuchteten Kette aneinander gereihter Kreuzfahrtschiffe stoppen lässt.
Mit dem einsetzenden Sonnenuntergang hatten sie das Abendessen im hell erleuchteten Speisesaal eingenommen.
Einige Jüngere planen, zu später Stunde in Begleitung eines nubischen Reiseführers eine Diskothek aufzusuchen.
Und sie überlegt, ob sie Achmed, den Rezeptionisten der Nile Amunaut, kontaktieren soll, der sie bei der Ankunft im Flughafen nach einem gemeinsamen Treffen gefragt hatte, um über alte Fahrten zu plaudern.
Die übrigen Reiseführer ziehen sich mit dem Reiseleiter zur Organisation der morgigen Besichtigung der Tempel von Karnak und Luxor in die Lounge vor dem Speisesaal zurück.
Langsam senkt sich Totenstille auf die Kabinen nieder.
Unbeweglich sitzt sie nun auf dem dunklen Panoramadeck in einem der Korbsessel und starrt über den schwarzen Fluss zum Westufer hinüber. Die Anlegestelle der Meretseger liegt im Norden der Stadt - in einer Achse zwischen dem Karnak - und dem Hatschepsuttempel.
Alte Laternen aus den Fünfzigern zaubern ein gespenstisches Licht auf den asphaltierten Zuweg des Talkessels von Deir el - Bahari auf der West Bank.

Nie mehr wird sie so unbefangen die Atmosphäre geniessen können, die von diesem eleganten antiken Bauwerk ausgeht, das im mystischen Licht der Scheinwerfer friedlich vor dem ruhigen Atem der weiten Flusslandschaft daliegt.
Auf ihren früheren Reisen sah sie einmal einen vertrockneten Strauch davonkugeln, getrieben vom Wind, im heissen Staub von der Terrasse des Tempels, in dieser Geisterstadt des Todes ... .
Das Unglück kam auf leisen Sohlen, in Form von Ankündigungen.
Mit der Filmmusik der " Last of the Mohicans " ein Kinohit der 90ziger, mit ihrer LieblingsCD der Zauberflöte, mit der Filmmusik
" Spiel mir das Lied vom Tod " .
Allgegenwärtig in einer Welt, in der nur der Tod, der Krimi das Unterhaltungsbedürfnis eines weltweiten Fernsehpublikums stillt, sie an ungeheure Verbrechen durch Reizüberflutung gewöhnt.
Sie überhörte die Anzeichen, die sich permanent in ihr Leben eingeschlichen hatten. Wollte nicht wahrhaben, dass es auch sie auf einer Ägyptenreise treffen könnte.
Aber etwas überhört sie heute nicht mehr. Das sind noch immer die Schüsse,

die in ihren Ohren nachhallen, als seien sie implantiert.
Im Bergmassiv explodierten, aus den Kalaschnikows der Anschlagstäter ... .

" Die Luft
  - erstarrt -
 zu schwirrenden Säulen ... "
     ...

zoomt bitter
das Trugbild
im Schutt vergangener und künftiger Ereignisse "

Drei Totentempel liegen dort am Ende der Mulde, vor der sich im Dunkel das grandiose Felspanorama erhebt.
Der Terrassentempel einer grossen Frau, Königin Hatschepsut Maakare, der linkerhand benachbarte, in Trümmern liegende der Pharaonen Amenophis II. , ihres Amenophis und seines Sohns Thutmosis III. und die Rekonstruktion des Totentempels von Mentuhotep II. aus der 11. Dynastie des Mittleren Reichs.
Ihr verlassenes Schweigen, das über dem Fluss hängt, wurde zum Schweigen in der Welt, der grossen Politik, der westlichen Medien gegenüber den Opfern und ihrer Angehörigen, den nichtsahnenden Völkern, die eine grausame verdeckte Politik hinters Licht führte und ... in neue Kriege.

" sie verfolgten stumm
  die Spuren erzwungener
  Pfade
  auf dem Weg
  zu den Türmen in den

  Untergang "

Wie einem Leguan beim abrupten Wechsel seiner Hautfarben, raubten tiefgreifende Erkenntnisse ihrem Leben jegliche Farbe.
Die Monumente, die Hintergründe, sie rückten in ein anderes unbekanntes Licht, als habe sich ein Spalt aufgetan, ein Riss im Gebirge, im Gefüge der Welt.
Keine zudeckenden Schichten im Jurameerdrama der Thebanischen Berge konnten den verhängnisvollen Lauf der Welt aufhalten. Mit jener

verhängnisvollen Entwicklung, die hier begann. An einem wunderschönen und harmonischen Morgen im New Winter Palace.

Am 17. November 1997, als die Sekretärin aus Berlin und sie das Taxi für 100 ägyptische Pfund bestiegen, um ihren gemeinsamen Tagesausflug zum Tal der Königinnen anzutreten ... .

Die Schatten der Vergangenheit, der Gegenwart und der Zukunft bleiben übermächtig, belauern die kleine glückliche Traumwelt der Kreuzfahrtschiffe, die Dörfer der im Tourismus tätigen Ägypter, ihre Familien, und lasten auf ihrer Einsamkeit mit ihren tonnenschweren Erinnerungen.

Ein Tag im November 1997, der ihr ganzes Leben für immer verändern sollte und das der gesamten Welt.

Der Albtraum dieses Tages, der im Zorn der Götter endete ... .

Das dies irae, dies illa eines Verdi, missbraucht von den Anstiftern in ihrer herbeimanipulierten Revolution.

Ein weiterer Schlag ins Gesicht der Opfer, eine grausame Verhöhnung, die sie erneut zutiefst verletzte - sie liegt tief in ihr begraben und hat sie nachhaltig geprägt.

Sie hat im wahrsten Sinne des Wortes überlebt.

Die tödlichen Strahlen der Sonne über Deir el Bahari brannten in ihr tiefe seelische Wunden.

Bis zum Ende ihrer Tage wird sie sie nie mehr ganz los werden, wenn auch der Alltag mit seinen Ritualen das Geschehen in die untersten Tiefen ihres Unterbewusstseins verbannt hat und sie es mit der Hilfe ihrer Mutter, ihres Hundes und guter Freunde weitgehend verarbeiten konnte. Denn zu diesem Zeitpunkt war es ihr nicht möglich zu ahnen, dass noch schlimmere Ereignisse als dieses auf dem Fusse folgen und ihre Kraft dezimieren würde.

An diesem strahlend schönen Morgen schienen die zurückliegenden beunruhigenden Turbulenzen im Flieger, die Zeichen von Jenseitslandschaft, die Schatten an den Monumenten, der raubtierhafte Eindruck, der sich an das Strassenpflaster bei ihrer Ankunft geheftet hatte und das automatische Blinken ihres Dimmers, zuhause im Esszimmer, wie weggeblasen.

Die Vorfreude und die heitere Erwartung eines vor ihnen liegenden Besichtigungstages liessen sie gutgelaunt ihren ägyptischen Fahrer einen Umweg Richtung Karnaktempel fahren, um dort ein Paket bei seiner Familie abzugeben, die am Rande des Areals wohnte.

Dankbar setzte er sich anschliessend wieder hinters Steuer.

Und sie fuhren nichtsahnend die Ausfallsstrasse auf der Scharia el -Bahr - el - Nil Richtung Süden, zur neuerrichteten Brücke über dem Nil ... .

Like a bridge over troubled water "... .

Wäre diese Brücke nicht erbaut worden, es wäre den Anschlagstätern schwer gefallen, unentdeckt und bis an die Zähne bewaffnet, mit einer bis dato üblichen Fähre über den breiten Strom zu setzen.

" *Bloody day*
 tomorrows clouds "

David Bowie in " This is not America " BBC Auftritt 2000
" *In my hour of darkness*
 she is standing right in front of me
 whispering words of wisdom
 let it be."

The Beatles " Let it be "

" *Mutter Isis komm zu mir* "

Altägyptisches Gebet

" *Mother Mary comes to me* "

The Beatles " Let it be "

Protokoll einer Zeugin des Anschlages vom 17. November 1997 am Hatschepsuttempel in Deir el Bahari aus dem Tal der Königinnen / Zusammenfassung zweier Dokumente und eines Briefs von Claudia Wädlich Spuren, die ins Leere liefen, bleiben unerwähnt
(studierte Juristin, spezialisiert in Kriminologie/insbesondere Darstellung der Kriminalität in den Medien)
Aktualisierungen in Klammern

Tal der Königinnen am Morgen des 17. Novembers 1997

Eine Sekretärin aus Berlin - Frau Editha Klotsch - mein Taxifahrer und ich - Claudia Wädlich - waren gegen acht Uhr morgens vom Hotel New Winter Palace aus, in dem wir wohnten, südlich zur neuen Brücke über den Nil gestartet. Doch zuvor fuhren wir noch Richtung Karnaktempel, weil unser Fahrer bei seiner Familie ein Paket abgeben wollte.
Auf der Landstrasse kurz hinter der Abfahrt zum Mövenpickhotel überholte unser Fahrer einen kurzen Bus mit ca. sechs Männern, die mir deshalb auffielen,

weil sie wegen ihrer teils langen Pferdegesichter Ägyptern völlig unähnlich waren.

Mit einem fanatischen Gesichtsausdruck und geweiteten Pupillen vor sich hin starrten, während der ägyptische Busfahrer freundlich und ungezwungen - wie dort allgemein üblich - über irgendetwas sprach. Für einen kurzen Moment hatte ich aufgrund des flüchtigen Eindrucks ein sonderbares Gefühl in der Magengrube.

Wir überqueren nun den Nil über die neu erbaute Brücke ohne Kontrolle an dem vorgelagerten Checkpoint und fuhren auf der West Bank zum " Inspectors kiosk " hinter dem Totentempel Amenophis III. mit seinen berühmten Memnonkulissen, um dort die Eintrittskarten für alle zugänglichen Monumente zu lösen.

Während ich zum Kiosk hinüberging, um mich in die Schlange vor der Kasse einzureihen - sehr viele Touristen aus allen Herren Ländern waren dort versammelt- sah ich den kurzen Bus mit den Fanatikern hinter meinem wartenden Taxi stehen.

Der Busfahrer kam zum Kiosk, um seine Eintrittskarten zu erwerben. Der Bus wirkte dunkel, und mich überfiel im Rücken und in der Magengrube ein starkes alarmierendes Gefühl, das ich zu verdrängen suchte.

Wir fuhren ein Stück weiter, linker Hand zum Biban el Harim (Tal der Königinnen), stiegen auf dem Parkplatz am Eingang zum Tal aus, vereinbarten mit unserem Taxifahrer eine Stunde für die Besichtigung und liefen zuerst zum Grab der Titi gegenüber des Grabes der bekannten Nefetari, die zweite Grosse königliche Gemahlin Ramses des Grossen.

Anschliessend wandten wir uns dem benachbarten Grab Amunherchopchefs, einem Prinzen und Sohn Ramses III. zu und danach dem Grab Chaemwesets auf dem Weg zurück, hinter einer Weggabelung auf einer Anhöhe.

Während ich der Sekretärin den Bilderkanon erläuerte und mir dabei selbst einen unmittelbaren Eindruck der angelesenen Materie über Prinzengräber der 20. Dynastie verschaffte, fiel uns im Grab des Chaemweset ein junger Amerikaner auf, der hastig durch das sehr enge Grab eilte, kurz hinter ihm ein Mann im mittleren Alter. Er trug um den Hals einen grossen Photoapparat mit grossem Objektiv, wie ihn Photoreporter zu tragen pflegen. Komischerweise machte er keine Aufnahmen und interessierte sich überhaupt nicht für die Wandgemälde, sondern guckte ab und zu auf seine Armbanduhr. Uns und auch die anderen Touristen im Grab erstaunte sein merkwürdiges Verhalten.

Nach der letzten Besichtigung schlenderte ich mit der Sekretärin den Weg von der Anhöhe hinunter, der an der Gabelung endet und in den Hauptweg mündet. Von der man direkt gegenüber den Eingang des restaurierten Nefertarigrabes sehen konnte, wo sich eine grosse Anzahl von Touristen aufhielt. Wir hörten schon eine Weile laute Geräusche, die an eine herabfallende Steinlawine oder Sprengungen in einem Steinbruch erinnerten.

Noch unter dem Eindruck der herrlichen Farben in den Gräbern stehend, bemerkte ich im Plauderton zu Frau Klotsch,
" da ist doch wohl kein grosses Grab eingestürzt, wie bei Seti (Sethos) I., wie es im Tal der Könige geschah? "
Das Geräusch, dem ein grosses Echo nachfolgte, wiederholte sich jetzt ständig stakkatoähnlich.
Ich sah einen der Grabwächter vom Nefertarigrab einen kleinen Hügel raufeilen und in einen der Eingänge anderer Königsgemahlinnen hinab schauen, wohl in der Annahme, ein Grab sei eingestürzt.
Plötzlich eilte vom Eingang des Tals ein weiterer Grabwächter zum Grab der Nefertari, wild gestikulierend und rufend.
Ein anderer Grabwächter lief ihm entgegen und fasste sich ebenso plötzlich voller Entsetzen ans Kinn und schrie los.
Seine Reaktion und die daraufhin ins Grab der Nefertari rennenden Touristen liessen uns schlagartig eine Gefahr erkennen.
Wie Schuppen fiel es mir von den Augen. Die Geräusche mussten Schüsse sein. Anschlag !
Die Erkenntnis traf mich wie ein Degenstoss.
Wir rannten los, nahmen die Beine in die Hand, so schnell wir konnten.
Schon trieb uns von links ein Grabwächter in Richtung des Eingangs der Königin Titi aus der 20. Dynastei. Wir hasteten hinein, der Wächter schlug die Türe von innen zu, sank auf einen Stuhl und erstarrte.
Im hinteren Teil und den Seitenkammern des kleinen Grabes kauerten mit zutiefst verstörten Gesichtern eine italienische Gruppe mit ihrem jungen Reiseführer, eine britische Gruppe samt Reiseführer, ein junger Australier, wie sich später herausstellte, und der Amerikaner und sein Begleiter.
Es war ein Moment abgrundtiefen Schweigens, verbunden mit unfassbaren Gedanken an den eigenen Tod, der uns sicher schien. Etwas zerbrach in mir, als ich gewahr wurde, dass dies wohl unser Grab würde. Diese Erkenntnis versetzte mich in einen Schockzustand. Dennoch sträubte ich mich wütend dagegen, das Unfassbare zu akzeptieren.Und haderte mit Gott, das er mir jetzt mein Leben nehmen wollte.
Die Luft in dem kleinen Grab war feucht und zum Ersticken heiss.
Nach kurzen bangen Minuten wagten sich der englischsprachige Reiseführer, der ein arabisches Kopftuch trug und ein Handy bei sich hatte (1997 ein Novum) und wir im Schutz des Eingangs hinaus.
Es war mittlerweile ungefähr zehn Uhr. Gerüchte kursierten; dennoch erfuhr der Reiseführer über Handy schnell, dass am Hatschepsuttempel geschossen würde. Es war bisher nur von wenigen Toten die Rede.
Die Schüsse, die wie Explosionen im Berg zu hören waren, hörten nach einer Weile auf, sodass wir draussen stehen blieben. Der Reiseführer mit dem Handy lief zum zwanzig Meter entfernten Unterstand, um ungestört vor unseren

Gesprächen telefonieren zu können. Der Amerikaner war ihm neugierig auf den Fersen.
Niemand zeigte Angst. Wir waren alle jetzt im Zustand einer Erwartung, was als nächstes geschehen würde.
Ich tröstete den jungen italienischsprechenden Reiseführer mit Namen Badawy, der lautlos weinte, weil er seinen Bruder mit einer deutschen Gruppe von vier Individualtouristen am Hatschepsuttempel wähnte.
Ich berührte seine Schulter, konzentrierte mich auf das Tal von Deir el Bahari und auf seinen Bruder und sagte ihm, dass ich spüren würde, dass sein Bruder nicht tot sei. Ich sagte ihm, dass ich die Gabe hätte, Tod und Unglück über kilometerweite Distanzen wahrzunehmen.
Er glaubte mir, denn er beruhigte sich offensichtlich, machte sich aber weiterhin Sorgen.
Mich erfasste ein tiefes Grauen, als ich in Richtung der Berge blickte, hinter denen sich Deir el Bahari erstreckt.
Meine Fähigkeit, an Orten das Unglück zu fühlen, das sich dort ereignet hat, liess mich jetzt auch im Zustand meiner geschärften Sinne nicht im Stich. Ich empfand dennoch ein sehr starkes Gefühl, dass wir uns nicht in unmittelbarer Gefahr befanden und dass uns auch nichts geschehen würde.
Ich konnte nicht erklären warum, aber diese Erkenntnis, dass uns nichts geschehen würde, sickerte ständig in mein Hirn.
Neben Badawy stand Francesco aus Italien, mit dem ich mich unterhielt.
Plötzlich hörten wir Schüsse, von dem Echo der Berge zurückgeworfen, wie von allen Seiten kommend. Der Grabwächter trieb uns laut schreiend zurück zur Grabtüre.
In Panik stürzten fast alle gleichzeitig in den Eingang. Und einige drohten zu fallen und niedergetrampelt zu werden.
Francesco, der sich vor ihnen in der Mitte befand, stemmte sich todesmutig mit ausgebreiteten Armen gegen die, die von hinten kamen und schrie: " No panic ! ". Wie vom Donner gerührt, blieb der Pulk stehen.
Dies war die gefährlichste Situation in unserer Lage, die uns unter uns passieren konnte. Und Francesco und ich schärften den anderen ein, sich ruhig und ohne Hast zu bewegen, egal was noch passieren würde.
Da der Reiseführer mit dem Handy beim Unterstand blieb, fragten einige den zurückkommenden Amerikaner, ob er näheres erfahren hätte, obgleich der Reiseführer ihn keines Blickes gewürdigt, geschweige denn, mit ihm auch nur ein einziges Wort gewechselt hatte.
Er erwiderte mit einem Anflug von Genugtuung im Gesicht, dass Terroristen einen Bus am Hatschepsuttempel gekapert hätten, mit dem sie auf dem Weg zum Tal der Königinnen wären (ca. 10 km Landstrasse = eigene Anmerkung) und bald am Taleingang wären, in der Absicht, uns zu töten.
Woher wusste er das ? Da der Reiseführer am Handy ägyptisch-arabisch

sprach ?
Von den Ägyptern hatten wir erst das Gerücht vernommen, dass vielleicht im Dorf Kurna verfeindete Familien ihren Streit mit Waffengewalt austragen würden und deshalb die Schüsse so nah klingen würden.
Befragte man den Amerikaner, so versuchte er uns ständig in Angst zu setzen. Woher wusste er von den Absichten der Terroristen, wenn der Reiseführer mit dem Handy nur von Schüssen am Hatschepsuttempel sprach ?
Tatsächlich erfuhren wir später, dass die Attentäter den " mountain path " vom Parkplatz vor der Strasse zum Hatschepsuttempel benutzten, um über den Berg ins dahinterliegende Tal der Könige zu gelangen, wo sie wild um sich schossen. Sie wurden dorthin auch von bewaffneten Einheiten verfolgt, wie wir erst am Abend erfuhren.
Hatten die Terroristen auch wirklich den Plan gehabt, ins vielbesuchte Tal der Königinnen mittels eines gekaperten Busses zu gelangen, um uns dort auch noch zu töten, und wieso hatte der Amerikaner davon vorab schon Kenntnis ?
Derweil warteten der Reiseführer und wir anderen gelassen auf die Dinge, die da kommen würden. Die Briten beäugten und musterten diesen Amerikaner relativ früh. Und wandten sich mir zu, betrachteten wohlwollend meine Kartusche mit dem Thronnamen Tutanchamuns auf der Vorderseite und meinen Vornamen in Hieroglyphenschrift auf der Rückseite, wie es für Touristen eingraviert wird. Ich trage ihn immer noch als Talisman.
Keiner akzeptierte den Amerikaner. Wir waren zutiefst misstrauisch und rochen Lunte.
Nach ca. 1 Stunde fuhr langsam vom Taleingang herauf ein Polizeibus bis kurz vor dem Unterstand und bewaffnete Kräfte steigen aus. Man hörte immer wieder, ringsherum von den Bergen, Maschinengewehrfeuer. Das Echo war enorm. Wir wurden angewiesen, uns aus Sicherheitsgründen im Grab aufzuhalten, aber wir blieben im Schutz des ummauerten Eingangs draussen stehen.
Plötzlich erblickten wir auf den Bergen Militär und Polizeieinheiten, und der Amerikaner knipste sofort begierig das Geschehen. Ein Militär unterband das augenblicklich und forderte ihn auf mitzukommen.
Dem widersetzte er sich in mir unerklärlicher Panik, bestand darauf, seine Gruppe nicht verlassen zu wollen (obwohl er und sein Kollege keiner Gruppe angehörten), gab seinen Amipass heraus, den er unverständlicherweise mit sich herumtrug
(Touristen bewahren ihre Pässe im sicheren Hotelsafe auf oder lassen sie an der Rezeption für die polizeiliche Anmeldung) und warf ihm seine Filme hin.
Er wurde später vom Militär oder weiteren Militärpolizisten vor dem Unterstand befragt und gründlich nach Waffen abgetastet. Niemand von uns setzte sich für ihn ein. Der Reiseführer mit dem Handy sah ihn misstrauisch an.
Als eine junge Frau anfing zu fotografieren, wurde sie nur höflich von dem

Polizisten aufgefordert, jetzt keine Bilder zu schiessen.
Badawy konnte nun endlich zuhause anrufen und war glücklich, dass sein Bruder bereits wohlbehalten zuhause angekommen war. Ganz gerührt bedankte er sich bei mir. " Das lag nicht in meiner Macht, " sagte ich ihm, aber ich freute mich sehr über diese gute Nachricht.
Einige befürchteten wegen der starken Militärpräsenz auf den umliegenden Bergen, dass die Terroristen doch noch in unser Tal schiessen könnten, da das ununterbrochene Maschinengewehrfeuer nicht abriss. Sie feuerten ins rückwärtige Tal. Es erschien uns so unwirklich, als würde ein Film gedreht.
Weil ich Theben - West aufgrund meiner bisherigen vier Reisen dorthin gut kenne, erläuterte ich allen anhand meiner Baedekerkarte, dass es wohl unmöglich sei, über den " mountain path " vom Hatschepsuttempel, der zum Tal der Könige führt, solch eine weite Strecke zu Fuss über die Berge zum Tal der Königinnen zu begehen, von den Militärs mittlerweile abgesichert. Zudem noch bewaffnet über steile unsichere Pfade zu wandern, von den Antiterroreinheiten gejagt, um uns letztendlich von den Anhöhen zielsicher zu treffen. Alle schienen meine Meinung zu teilen. Niemand war beunruhigt oder ängstigte sich. Am Nefertarigrab gegenüber warteten auch alle ziemlich gelassen.
Kurz bevor wir das Tal verlassen durften, führten zwei Männer einen jungen Mann in Handschellen und sauberer Galabija von de Anhöhe des Wadi Sikket Taqet Zaid hinunter zum Polizeibus (der Amerikaner wird auf CNN um 13 Uhr Ortszeit von einer blutbedeckten Galabija sprechen), wo Königin Hatschepsut sich ein frühes Grab hatte anlegen lassen, über das ein englischer Ägyptologe in seiner kleinen Serie " Geschichten um Tutanchamun " im WDR berichtet hatte.
Der junge Mann hatte keine Ähnlichkeit mit den Attentätern, die ich im Bus gesehen hatte, den wir in der Nähe des Mövenpickhotels überholten. Später hörte ich, dass er freigelassen worden war. Der CNN - Reporter wird später auf CNN um 13 Uhr behaupten, er habe eine blutverschmierte Galabija tragen.
Nach der Entwarnung fuhren wir, begleitet von Militär oder Polizei, an den verstörten und verhärmt aussehenden Bewohnern Theben- Wests vorbei zum Nil. Sie wussten anscheinend mehr als wir, was genau sich in Deir el Bahari ereignet hatte, denn sie konnten telefonieren oder den Fernseher anstellen.
Wir freuten uns, obwohl wir unter Schock standen, dass wir lebend herausgekommen waren und dass es unserem Taxifahrer gutging. Er versicherte uns, dass jetzt alles vorbei und sicher sei. Angesichts der unendlich vielen Polizeifahrzeuge und Armeewagen glaubten wir es ihm sofort.
Die Aufbruchstimmung war gelöst wie nach einer Theaterpremiere, so makaber das auch klingen mag. Schlimm wurde es für uns erst später. Busse und Taxen fuhren zu den verschiedenen Fähren. Wir dachten an solche Nichtigkeiten wie unsere Eintrittskarten, die wir für zahlreiche Monumente

gelöst hatten, aber unser Taxifahrer erklärte uns, dass wir sie morgen wiederverwenden könnten, wie er gehört hatte.

Während des Wartens in der heissen Sonne hatten wir uns mit solchen Belanglosigkeiten wie das Betrachten meiner Kartusche am Hals und mit der gegenseitigen Bekanntmachung beschäftigt. Die Situation schweisste uns zusammen. Wir fühlten uns wie eine Familie. Und noch heute denke ich noch oft, wie es den anderen wohl ergehen mag, ob sie auch unter posttraumatischen Beschwerden leiden müssen wie ich an manchen Tagen, wenn mal wieder der 17. des Monats war.

Nur der Amerikaner blieb für uns undurchsichtig und wurde von uns ständig beäugt.

Unser Fahrer setzte uns an einer kleinen Fähre ab, weil auf der Rückfahrt über die Brücke, wegen der vielen Busse und Armeefahrzeuge, infolge der vollständigen Abriegelung Theben - Wests, mit stundenlangen Staus zu rechnen war. Er verabredete sich mit uns für den kommenden Tag, ohne ein Entgelt für die heutige Fahrt anzunehmen.

Er heisst Haidschi und war der liebenswürdigste Taxifahrer, den ich je in Ägypten erlebt habe. Vor allem überhaupt nicht aufdringlich, und ständige Heiratsanträge wie von manch anderen ersparte er mir auch.

Als wir die kleine Fähre bestiegen hatten, sprang plötzlich, wie aus dem Nichts auftauchend, der Amerikaner mit seinem Kollegen ins Boot. Sein Begleiter äusserte mir gegenüber mit einem forschenden Blick, dass er grosse Angst gehabt hätte, was er in den Stunden des Abwartens nie gezeigt hatte. Im Gegenteil, er hatte ziemlich gelassen gewirkt.

Mir platzte der Kragen. Ich fragte ihn, was er zu den ca. neuntausend Verkehrstoten im Jahr in Deutschland sagen würde und den fünfundvierzigtausend im Jahr in Europa. Ob er dann keine Angst hätte, sich ans Steuer zu setzen.

(2008/2009 wird auf meinen google-Seiten eine Claudia Weidlich oben angesetzt, die 1997 bei einem Verkehrsunfall in den neuen Bundesländern verstarb. Erst mit Hilfe von google - Hilfe kann ich diese Nötigung von Seiten des US-Geheimdienstes abstellen lassen! Was auf eine Zusammenarbeit zwischen dem Amerikaner und der CIA schliessen lässt)

Im übrigen sei unsere Situation von der Gefahr her einschätzbar gewesen, insbesondere als das Militär auf den Bergen zu sehen war. In einer viktimologischen Situation wie die Touristen und Archäologen in Deir el Bahari hätten wir uns nicht befunden, also gäbe es für uns kein Grund zur Hysterie.

Zudem sei ich das fünfte Mal in Ägypten, immer auf anderen Routen, und hätte mich trotz aller Anschläge nie in Gefahr befunden. Auch die vielen Reiseführer und mein Exfreund nicht, die das ganze Jahr über die Nilkreuzfahrten begleiten würden. Er sagte nichts mehr.

Im nachhinein denke ich, dass sie mich gerne als hysterischen Interviewpartner

gesehen hätten, so wie viele Touristen auf diese Gauner von Reportern reinfallen, die an dem Geschehen als Mittäter auftreten. Mit mir nicht.
(1/2 Jahr später wird die CIA Leute auf mich hetzen, mich überfallen lassen und mit Tag-und Nachtlärmstörungen überziehen, bis zum Sturz von Präsident Mubarak).
Ich bemerkte ausserdem eine feindselige Verkrampfung im Gesicht des anderen Amerikaners. Ihm passte nicht, dass ich eine harmlose Aufnahme von ihm machte, die ich später den Behörden zuschickte.
Hinter seiner undurchsichtigen Sonnenbrille mit der Bezeichnung " killer sunglasses von Calvin Klein " starrte er mich überrascht an, als er vernehmen musste, dass ich studierte Juristin sei, Autodidaktin in Ägyptologie und schriftstellerisch tätig sei.
Ihm schien das nicht zu gefallen, roch wohl seinerseits auch die Möglichkeit, ich könnte schlauer sein, als er uns alle eingeschätzt hatte und dies gegen ihn verwenden. Der Grund für meine Reisen nach Ägypten sei Recherche und Hobby.
(Genau das Schreiben meines Buches versucht man Jahre später durch oben genannte Aktionen zu verhindern).
Die Ratte war ein Geheimdienstzuträger und kriminell.
Als wir am anderen Ufer ausstiegen, verliess er uns beide ohne ein Wort des Abschieds, half mir aber beim schwierigen Ausstieg aus dem Boot.
Keine zwanzig Meter entfernt, klopften sich beide plötzlich lachend auf die Schulter, schüttelten sich die Hände und liefen freudestrahlend Arm in Arm davon. Von Angst keinerlei Spur. Ihre Gesichter wirkten eher schadenfroh.
An der Rezeption empfing man mich in tiefster Verzweiflung.
Nachdem der guest relation manager vom Old Winter Palace mich zur Seite genommen hatte, Herr Ossama El Sayed, und ich ihm beim gespendeten Tee die Ereignisse schildern sollte, informierte ich anschliessend mit Hilfe des Operators meine Mutter, damit sie sich keine Sorgen machte.
Alle Leitungen aus Ägypten heraus waren überlastet. Mein Bruder rief später bei ihr aus Chemnitz an und rechnete bereits mit meinem Tod. Ich stellte den Fernseher auf meinem Zimmer an. Auf dem ersten Kanal lief CNN und zu meinem Schrecken hörte ich die Stimme des Amerikaners, die Ratte.
Zu meiner Überraschung stellte er sich als CNN-Reporter vor und erzählte den Fernsehzuschauern telefonisch eine Geschichte aus 1001 Nacht. Wie Scheherazade, gelogen von vorn bis hinten.
Er behauptete, im Tal der Königinnen wegen einer Photoreportage über die Gräber dort rein zufällig gewesen zu sein, als die Schüsse begannen.
Da fiel es mir wie Schuppen von den Augen, dass der dort gezielt auf den Anschlag gewartet hatte, also **vorher Kenntnis über den Anschlag erlangt hatte.**
Ein Photoreporter, der professionelle Aufnahmen in Gräbern schiesst, hat in

Ägypten eine spezielle Genehmigung und geht seiner Beschäftigung ausserhalb der Öffnungszeiten nach, um die Hundertschaften von Touristen in den recht schmalen und teilweise kleinen Gräbern nicht immer vor der Linse zu haben. Die Prinzen- und Königsgemahlinnengräber im Tal der Königinnen sind sehr klein und wegen des Ruhms des Nefertarigrabes ziehen sie viele Touristen an, was zu einer Überfüllung des Tals führt.

Auch ich habe Mühe, Reliefs ohne Arme und Rücken von Touristen aufnehmen zu können. Mir fiel auch auf, dass er kein Stativ dabei hatte. Fotografen im Dienste der archäologischen Institute und irgendwelcher Magazine erhalten für die Benutzung eines Stativs eine Ausnahmegenehmigung, da ansonsten die Benutzung von Blitzlicht und Stativ generell verboten ist. Ägyptenreisende wie ich schiessen nur mit vorher gelöster Fotografierkarte ohne Blitz und Stativ, wovon die Mehrzahl der Aufnahmen wegen der Dunkelheit kaum gelingt oder extrem verschwommen ausfällt.

Anscheinend wusste er vorher genau, dass er im Tal der Königinnen sicher sein würde, um unmittelbar nachher im Fernsehen berichten zu können. Wahrscheinlich standen auch in den anderen Seitentälern wie dem näher am Hatschepsuttempel gelegenen Deir el Medina (Tal der Handwerker mit Künstlergräbern) Reporter, als zufällige Touristen getarnt, denn immerhin hat einer das Abschlachten gefilmt. Aber das sollen andere Zeugen bestätigen.

(2011 strahlt dreisat einen Film über die Schweizer Überlebenden aus. Der Chefredakteur der Neuen Zürcher Zeitung am Sonntag, Felix Müller, weiss mit seiner Ehefrau einen Ausweg vom tödlichen Geschehen am Hatschepsuttempel und lügt die offizielle Version vor. Aufgrund seiner Ausbildung und seiner Aufenthalte in den USA gehe ich davon aus, dass er nicht zufällig am Tempel war. Er hat mittlerweile ein Korruptionsverfahren am Hals.

Mein Dokument hatte ich der NZZ 1998 unter dem mich schützenden Namen Claudia Heidelberg zugeschickt, einer jüdischen Vorfahrin von mir. Es wird von Felix Müller nicht veröffentlicht werden, sondern vollkommen verschwiegen. Ein Indiz, dass er wohl bei der Verschleierung der Tat mitgewirkt hat).

In Deutschland erreichte die Nachricht vom Anschlag die Medien in rasender Geschwindigkeit, was viele Touristen verwunderte.

Zu einer Zeit, da sich die gesamte Pressemeute noch in der Luft hätte befinden müssen, belästigten sie Leute in den Hotels und wollten uns als weinende Staffage für ihre inszenierten Trauerfeiern. Geschmacklos !

Vor dem Winterpalace hielten sich am Abend zwei abgerissene Fernsehjournalisten auf und filmten wild in der Gegend herum.

Die Szenerie war wie immer friedlich am Nachmittag und frühen Abend, voll flanierender Touristen und dem Hufgetrappel vorbeifahrender Touristenkaleschen.

Nur in den Fernsehanstalten war angeblich zu dieser friedlichen Stunde

Terrorwarnung, Kriegsstimmung, Chaos, Verzweiflung und Hysterie der angeblich eiligst zum Flughafen entschwindenden Touristenherrscharen.
Dann verstehe ich nicht, warum die Touristen, die im Land waren, auch bis zum Ende ihres Aufenthalts blieben.
Diese hysterischen Medien mit ihrer Spürnase hinsichtlich lukrativer Verdienste mit Hilfe ihrer überdrehten Lügen, sollten mal mehr über die Schiessereien in deutschen Vorstädten allabendlich berichten. Da haut ja auch kein Einwohner ab, das wird ignoriert. Zustände sind das wie in der Radiosendung von Orson Welles. Vielleicht hat die ihnen klargemacht, wie man Massen hysterisch in eine bestimmte Richtung schickt. Und vielleicht gab es einen Grund, das Land von Touristen absichtlich zu leeren. Dass das der Fall ist, wird sich später noch herausstellen.
Über dem Fluss in Richtung Tempel der Hatschepsut senkte sich eine Dunkelheit, unter derem Schleier der ganze Götterberg zu kochen schien, denn dies ist der heilige Bezirk vieler altägyptischer Gottheiten, an deren Existenz ich in jenem Moment nicht zu zweifeln wagte.
Eine Stimmung wie bei einem furchtbaren Strafgericht war fast körperlich spürbar, wie in den Unterweltsbüchern der Alten Ägypter.
Wieder erfasste mich das Grauen, bei Verdi über das Dies irae, dies illa ist es in seinem Requiem sehr emotional fassbar.
(Den Zorn der Götter im dies irae missbrauchten die USA auch für ihre Manipulation des Aufstandes der Massen am Tahrirplatz, um ihre Ziele gegenüber Ägypten endgültig in die Tat umzusetzen, die mit dem Anschlag von Luxor ihre erste Ausgestaltung bekamen).
Ich rief den beiden Fernsehfritzen zu, sie sollten " go to hell with mass media and how much did you pay for or gain by this attempt ? ".
So hastig habe ich die Meute ihre Kameras noch nie so schnell wegpacken sehen !
Mein Gedanke, dass die Medien vorher Bescheid wussten und sich für den Anschlag einspannen liessen, was kriminelle Mittäterschaft bedeutet, lies mich aufgrund einer sehr merkwürdigen Anzeige in unserer " WAZ " am 11. Oktober 1997, zwischen den Heirats- und Todesanzeigen, kommen.
Was im ägyptologieunkundigen Oberhausen wie eine private unverständliche Anzeige anmutete, bei der ich dachte, dass sich einer meiner früheren ägyptischen Bekannten einen Witz erlaubt, lässt sich aber anders deuten.
Meine Kenntnis über den blinden Scheich im New Yorker Gefängnis, der sich sowohl für den Anschlag auf das World Trade Center als auch die bisherigen Anschläge angeblich verantwortlich zeichnet - die Anschläge setzten erst nach dem " desert storm " ein. Seine CIA - Tätigkeit, und die vielen vergeblichen Auslieferungsverfahren, die Ägypten immer wieder ohne Erfolg angestrebt hat, und den die USA trotz seiner nachzuweisenden Führerposition in der ägyptischen al - Dschama a al-islamiyya unter Verschluss hält, liess mich

auf eine Verbindung zu dem Pentagonhofberichterstatter CNN kommen.
CNN war vor und nach dem Anschlag im Irak pausenlos auf Sendung, als hätte die USA bereits das Mandat von der UNO für ihren beabsichtigten militärischen Schlag gegen den Irak erhalten: Krieg rund um die Uhr !
Mehrere Reiseführer und der guest relation manager Ossama El Sayed äusserten sich mir gegenüber, dass sie und ihre Regierung überzeugt seien, von den USA in ihrer Haltung zur Irakkrise bestraft worden zu sein.
Präsident Mubarak habe eine Woche zuvor klargestellt, dass sein Land einen Militärschlag gegen Irak wegen der Behinderung von amerikanischen UN - Kontrolleuren nicht dulde.
Andere Zeugen des Anschlages und ich wurden im Auftrag des ägyptischen Geheimdienstes von guest relation managern und anderen nach ihren Beobachtungen befragt.
Am nächsten Tag fuhr Präsident Mubarak durch Luxor ohne Begleitung und Chauffeur und sprach mit Touristen. Er liess sich mit dem Helikopter zum Hatschepsuttempel fliegen und sprach auch dort Touristen an. Beim Rückflug über Theben- West kreiste er eine ganze Zeit über dem Tal der Handwerker (Deir el Medina), wo er zu seiner Überraschung mich völlig alleine vor dem Tempel stehen sah. Erst sah es so aus, als wollte er landen. Dann flog der Hubschrauber weiter und ich begab mich in den Tempel zur Besichtigung.

Anzeige in der WAZ vom 11.10.1997 (Yom Kippur)

Osiris

*Ich hab' s gelesen !
Es war hautnah.
Erstaunlich, daß die
Telepathie noch
geklappt hat !*

Dein No - Internet.

Seit dem 15. November steht um 23 Uhr in Luxor Orion hinter dem Winter Palace klar und beherrschend am Nachthimmel.
Im entfernten Hurghada ist er nicht zu sehen. Er war im Juni am Morgenhimmel heliakisch aufgestiegen und beim Untergang im April am Nachthimmel verschwunden.
Seit dem Bestseller " The Orion Mystery " von Robert Bauval ist man sich auch in der Wissenschaft einig, dass der Orion die Himmelsregion des Osiris andeutet,

was nicht nur alten Pyramidentexten zu entnehmen ist, sondern auch den Schriften von Edfu, die ein Hamburger Ägyptologe vor kurzem entzifferte und veröffentlichte. Der Totengott Osiris beherrscht die West Bank mit seinen Totentempeln wie den der Hatschepsut und die getrennten Gräber in den hinteren und vorderen Tälern und Hügeln.
Er wurde von seinem Bruder Seth ermordet, in Stücke gehackt ... , wie behauptet worden ist, einige Opfer vor dem Hatschepsuttempel mit Messern entstellt und zu Tode geschnitten.
Seth gilt als Personifikation des Bösen und der Feinde Ägyptens, der sie umliegenden Fremdländer und der Wüste.
Die kryptographisch anmutende Anzeige, die vielleicht auch in anderen Zeitungen erschienen ist, und zwar ausgerechnet am Yom Kippurtag, dem höchsten israelischen Fest (Versöhnungstag) und gleichzeitig der Tag des Kriegsbeginns Sadats gegen Israel war, an dem ihm die Einnahme des Sinais gelang und dann von den Amerikanern gestoppt wurde, die damals wie heute Partei für Israel ergreifen.
Dennoch kann auch hier die Möglichkeit in Betracht gezogen werden, dass der Verdacht des Anschlages ganz bewusst Israel in die Schuhe geschoben werden sollte, denn der Antisemitismus ist nicht nur in meiner Heimatstadt noch gross, sondern auch in Ländern wie den USA, wie Arthur Miller in seiner Biographie eindrucksvoll beschrieb.
Die Nazis gehen gerne mit Lügen im Verbund mit mobbing gegen die von ihnen abgelehnten Mischjuden, die ihnen in der Volkszählung 1938 entwischt waren.
Am Ende steht der von Sadat eingeleitete Friedensprozess, der von Mubarak weitergeführt und erweitert werden soll.
Dazu gehört die Befriedung der gesamten Region inklusive Irak.
Seit Jahrtausenden war Frieden ein gelebtes Ritual der Maat und noch heute Wunsch und Ideal der überaus friedliebenden Ägypter, die fast ausschliesslich vom Tourismus leben, der dem Land ca. 1 Billion Dollar im Jahr einbringt.
Von seinen Nachbarn beneidet und gleichzeitig gehasst, haben viele Gruppierungen ein Interesse, Ägypten dieses Geschäft zu zerstören.
Gleichzeitig ist Präsident Mubarak auf politischer Ebene ein Dorn im Auge, wegen seines Einflusses in Gesamtnahost, den die Amerikaner mit niemanden teilen möchten.
Die Medien oder bestimmte Personen haben vielleicht über diese Anzeige von dem bevorstehenden Anschlag erfahren.
Sie schicken ihre Berichterstatter nach Ägypten, um ihre altbekannten Phrasen zu dreschen: " Verteidigung des Islam " Obwohl der Mord als Sünde geisselt.
Warum werden dabei ägyptische Muslime gemeuchelt ?
" Attentäter stammten aus Luxor ". Luxor ist ein Dorf, in dem jeder jeden kennt und fast alle ausschliesslich vom Tourismus leben. Hintergründe werden nicht

abgefragt, sind nicht erwünscht.
Viele Medien behaupteten, der Anschlag habe im **Tal der Königinnen** stattgefunden. Wie kommen sie dazu, das zu behaupten, da der Anschlag in erster Linie am Hatschepsuttempel wütete ?
Erklärung : Sie haben das von einer übergeordneten Stelle so übernommen.
Unser CNN-Reporter hatte doch gedroht, dass die Terroristen einen Bus gekapert hätten und nun zu uns unterwegs seien, um uns zu töten. Die italienischen Gruppen hätten sie dabei bevorzugt ins Visier genommen. Dazu spätere Ausführungen.
Das Attentat war aber vorher von der ägyptischen Armee beendet worden. Es hatte diesen endgültigen Verlauf **nicht mehr** genommen.
Und die Medien kennen anscheinend nicht die topographischen Verhältnisse vor Ort.
Ich habe nicht einen Reporter am nächsten Tag im Tal der Königinnen gesehen, wo ich nochmals hingefahren bin, weil ich die herrlichen Wandgemälde fotografieren wollte und am Vortag vergessen hatte, eine Photografiererlaubnis am Eintrittskartenkiosk zu lösen.
In den Medien wird stur weiter behauptet, wie in der Sendung von Jean Pütz, der Anschlag im Tal der Königinnen ... etc. pp.
Meine Versuche, in der Vergangenheit (der neunziger Jahre !) die falschen Meldungen über Ägypten in Form von Leserbriefen zu korrigieren, wurden nie gedruckt.
Ich habe den Journalisten vorgeworfen, dass sie vom grünen Schreibtisch aus, ohne Kenntnis der wirklichen Lage, von den Falschmeldungen internationaler Nachrichtenagenturen unkritisch " abschreiben ".
Daraufhin änderte sich der Ton in der Berichterstattung. Die Medien waren vorsichtiger geworden.
Anscheinend habe ich unbewusst den Nerv der konzernähnlich strukturierten Medien des Mainstreams getroffen !
Sieht man sich die gegenwärtige Berichterstattung an, so schreiben FAZ, Süddeutsche, NZZ, ausländische grosse Zeitungen ein und denselben Text über andere Länder bei aussenpolitischen Nachrichten etc., die sie von Nachrichtenagenturen beziehen. Wer gibt diesen Nachrichtenagenturen den Text ?
Westliche Geheimdienste, die mindestens einen der ihren dort plaziert haben und aufpassen, die Medienlandschaft streng in eine Richtung zu bürsten!
Die Journalisten müssen vorher unterschreiben, dass sie nichts Negatives über die USA und Israel verfassen dürfen.
Denn im Gegensatz zur Türkei - und (damaligen) Iranberichterstattung wird über die Ägypter berichtet, dass sie aggressive und unberechenbare Einwohner sind. Und es wird der dauerhafte Versuch unternommen, Touristen in Hysterie zu versetzen, wenn einige wenige ermordet wurden.

Tatsächlich ist Ägypten eines der sichersten Länder der Welt, fast ohne Kriminalität (1997). Und seine Bevölkerung eine der weltoffensten und gastfreundlichsten. Besonders in Mittelägypten, wo laut Dietmar Ossenbergs Meinung der Fundamentalismus herrscht. Und bürgerkriegsähnliche Zustände !
Warum haben das die ausländischen Archäologen nicht bemerkt und ich ebenfalls nicht ?
Halten solche Lügner wie Ossenberg vom ZDF uns für blind und dämlich oder ist es ihre gezielte Strategie, uns und andere Touristen aus dem Land zu entfernen, damit die Feinde über Ägypten herfallen, ohne Zeugen für ihre Verbrechensvorhaben ?Welch ein Spiel verfolgt die USA in diesem hoch strategisch gelegenen Land ?
Für den Schutz der Touristen wird viel Geld aufgebracht **und er wird übertrieben gehandhabt.**
Ulrich Tilgner wird selbst später seinen ZDFjob hinschmeissen, mit der Begründung, da wären zu viele embedded journalists. Er arbeitet heute fürs Schweizer Fernsehen.
In Deutschland und den USA schützen uns keine Konvois und Strassensperren vor potentiellen Rechtsbrechern.
Dies leistet der ägyptische Staat seit Jahren.

Nun meine Analyse zum wirklichen Ablauf des Anschlages und seiner Hintermänner :
Ich habe Grund zu der Annahme, aufgrund eigener Ortsbegehung in El Gouna, nördlich von Hurghada, dass die Attentäter, die keinerlei ägyptische Physiognomie aufwiesen, vom saudiarabischen Festland, vom Jemen oder von Eilat aus auf einer Yacht zum Yachthafen von El Gouna gefahren wurden, wo sie auf dem benachbarten Rollfeld des kleinen Flughafens eine kleine Maschine der Orascom Air bestiegen, um aufgrund des Inlandfluges nach Luxor ohne Kontrolle gebracht zu werden.
So konnten sie die Strassensperren und Kontrollen umgehen.
(Orascom Air, eine koptische Fluggesellschaft, wird im Irakkrieg massiv angegriffen werden. Als Urheber ist wohl die USA zu vermuten. Man versucht sie einzuschüchtern. Die USA erpressen immer die Leute, die mit ihnen zusammenhängen, wenn sie die Überfälle auch von ihren islamischen Söldnern ausführen lassen, um ihre Täterschaft zu verdecken. 2013 investiert der Orascomchef wieder in Ägypten, nachdem er von der islamistischen Regierung unter Präsident Mursi gerichtlich verfolgt worden ist und sich auf seine Yacht im Mittelmeer zurückzog. Der Orascomkonzern hat seinen Sitz ebenfalls in der Schweiz.)
Die Waffen wurden wahrscheinlich vom verfeindeten fundamentalistischen Sudan über Karawanenwege hochgebracht.
(Heute ist mir klar, dass der US - Konzern Exxon, der Bürgerkriege finanziert, mit hoher Wahrscheinlichkeit über den alten Karawanenweg ein Terrornetz ober-

halb von Assiut bediente, auf der Nilinsel an Nachaila, mit Waffen und Drogen ausstattete und Kopten vertreiben liess. Die Brüder Izzat Hanafi wurden 2006 zum Tode verurteilt und hingerichtet. Sie hatten mit Morden und Erpressungen ein Gewaltsystem errichtet. Und die ägyptische Armee schaffte es erst nach wochenlangen Kämpfen, sie dingfest zu machen, da sie ständig Nachschub erhielten, aber nicht vom ägyptischen Staat).

In Luxor mieteten sich die Attentäter einen kleinen Reisebus und konnten aufgrund der neuerbauten Brücke den Nil überqueren und mussten nicht wie früher eine Fähre mit vielen Einheimischen und Touristen besteigen.

Dass sie nicht schon am " Inspectors kiosk " losschossen, sondern sich den Hauptbesichtigungspunkt mit seinem strategisch günstig gelegenen Hatschepsuttempel mit vielfältigen Fluchtmöglichkeiten wählten, hatte auch Methode, da am Montag ganz bestimmte ausländische Gruppen Besichtigungen durchführen, was für jedermann aus jedem Reisekatalog der Welt zu erfahren ist. Und über Buchungscomputer, die natürlich abgehört werden.

Diese Meinung hatten viele Touristen vor Ort.

Der Tod von ausgerechnet so vielen Schweizer Bürger, die sich zu der Zeit den Forderungen der jewish claim conference wegen der Holocaustgelder ausgesetzt sahen, und der spätere Absturz der Swissair vor Neufundland, Flug SR 111 von New York nach Genf vor Halifax, Kanada mit Ungereimtheiten fallen als erste ins Auge.

Ein prominenter Tennisspieler wurde vorab gewarnt, die Maschine zu besteigen.

Ob dies eine Warnung von hinten war, weil man wusste, die Maschine sollte heruntergeholt werden, bleibt dahingestellt.

Der anschliessende Niedergang der Swissair, die durch Managerfehler herbeigeführt sein soll und auch der Tod der Japaner und Deutschen, wirft in diesem Zusammenhang Fragen auf. Nach der Erpressbarkeit.

Zudem war die Swissair lange Zeit die Fluggesellschaft, die viele jüdische Passagiere nutzten, war die Gesellschaft doch als Dreh - und Angelpunkt für Anschlussflüge bekannt und geschätzt. Erst mit der Weigerung der Schweiz, der EWG beizutreten, begann ihr Abstieg wegen des Entzuges der Zwischenlandeerlaubnisse auf europäischen Flughäfen.

Der 11. Septmber gab der Fluggesellschaft den Rest.

Noch weitere zeitgleiche Vorgänge im Hintergrund, die die vordergründigen Forderungen gegenüber der Schweiz verdeckten, weshalb die CIA auch da tätig geworden sein könnte, könnten eine Rolle gespielt haben.

Einmal das Bankengeheimnis der Schweiz, das durch den Druck der USA über Jahre aufgeweicht wurde.

Und dann vor allem die **zögerliche Herausgabe eingefrorener Konten gestürzter afrikanischer Diktatoren in den Neunzigern, die die USA gerne**

kontrolliert an ihre installierten Nachfolger in jenen Staaten zurückzugeben beabsichtigten. Die Verzögerung führte dazu, dass sich die geschassten Machthaber das Geld vorher ausbezahlen liessen.
1999 und 2005 strahlte dreisat zwei Sendungen aus. Die erste zeigte den Leiter des jüdischen Weltkongresses, Edgar Bronfman und seinen Stellvertreter Israel Singer, die den CIA-Chef Tenet baten, ihnen bei der Durchsetzung ihrer Forderungen gegenüber der Schweiz mit massiven Druck zu helfen.
Die zweite Sendung um 2005 zeigt beide Protagonisten zusammen mit dem damaligen Finanzminister Israels, Netanjahu.
Der während des Anschlages 1997 Ministerpräsident von Israel war.
Er holte sich den Scheck für seinen Verteidigungshaushalt ab. Die Tagesschau berichtete darüber.
2004 gab es eine Sendung im Deutschen Fernsehen über die Holocaustgelder. Nicht alle Berechtigten, wie z.B. Greta Beer, hatten die Entschädigung erhalten.
Viele verschiedene Gründe wurden angegeben, weshalb das Geld nicht an sie ausbezahlt wurde, obwohl es sich bereits schon in den USA bei der Organisation befand. In Israel wie in New York kam es deshalb zu Protesten. (Quelle : Norman G. Finkelstein).
Er behauptet auch, dass die jewish claim conference 1 1/2 Billionen Dollar erhalten hat.
In der Schweiz waren aber nur 6 Millionen Dollar deponiert gewesen.
Norman G. Finkelstein bestätigt 2006 im Libanesischen Fernsehen die Summe und den Vorgang. Danach fanden der Libanonkonflikt und der Gazakrieg statt.
In der Haaretz vom 8.6.2007 steht (Zitat von der website von Norman Finkelstein) :
Survivors protest makes foreign journalists gasp, security vanish :
" I want the Germans to know where the money they gave Israel went, " he said angrily.
 " I want the Germans to know that Israel took the money we should have received. I want them to answer one question : Where did our money goes ? "
Viele Holocaustüberlebende, die so unsäglich gelitten haben, ihre Angehörigen in den Todeslagern oder durch Hunger, Erschiessungen durch die Nazis verloren hatten, waren geschockt, dass sie die Beweislast traf, um überhaupt einen Anspruch erheben zu dürfen.
Es sah mal wieder so aus, als sollten sie erneut betrogen, um ihren Anspruch gebracht werden. Nur weil die Schweizer Banken aufgrund ihrer Gesetzeslage die nötigen Unterlagen geschreddert hatten.
Viele, die das Geld nicht nötig hatten, empfanden es als schmerzlich, die Verbrechen durch eine Geldsumme kompensiert zu bekommen.
In vielen führte die erneute Konfrontation mit dem erlittenen Leid zu

furchtbaren Qualen. Sie fühlten sich in der Presse verunglimpft, sie würden durch Kompensation zu Millionären.
Tatsächlich waren aber die ausbezahlten Summen eher gering zu nennen.
Und den armen Holocaustüberlebenden sichert der Betrag zumindest den Krankenhausbeitrag. Denn sie sind mittlerweile sehr alt und sehr krank.
Finkelstein sagte ebenfalls im Libanesischen Fernsehen, " dass reiche Juden in den frühen 30zigern auswanderten und ihr Geld in amerikanischen und jüdischen Banken in Palästina deponierten und diese Banken den Erben die Ausbezahlung
verweigern würden ".
Die Clintonregierung und Edgar Bronfman haben in den 90zigern beschlossen, sich gegenseitig in ihren Aktionen zu unterstützen. Die Schweiz ist und war politisch schwach.
www.normanfinkelstein.com

Kanzler Kohl stellte sofort die deutschen Flughäfen für einen US-Präventivschlag gegen Irak zur Verfügung.
Gegen den Willen aller anderen europäischen Staaten und der Opposition im Lande.
Aus Ägypten kam im Februar 1998 an mich die Nachricht, dass die CIA eine Stunde vor dem Anschlag sowohl eine israelische als auch eine amerikanische Gruppe gewarnt hatte, das Hotel zu verlassen. Dies hatte der österreichische Sender ATV gemeldet, wie mir ein Ägypter (Herr Nael Soliman El Mokadem) schrieb.
Die ägyptischen Behörden und wir übrigen Touristen wurden nicht informiert, auch von diesen beiden Gruppen nicht.
Nun sah ich im New Winter Palace keine organisierte israelische Besichtigungsgruppe.
Über meine Grossmutter mütterlicherseits habe ich selbst jüdische Wurzeln.
Man hätte mich ja wohl informiert, wenn das der Fall gewesen wäre.
Ich halte diese Information für eine Desinformation, um den Anschlag nachträglich Israel in die Schuhe zu schieben.
Auch weiss ich nicht, was ich von den beiden dreisat - Sendungen und den Aussagen von Norman G. Finkelstein halten soll. Es besteht die Möglichkeit, dass der Verdacht mit Absicht auf die Holocaustverhandlungen gelenkt worden ist, um von dem eigentlichen Erpressungsziel und den Tätern abzulenken. Nach meinen Recherchen über andere Ziele gehe ich persönlich davon aus.
Ob die angegebenen Zahlen stimmen oder ob hier nicht eine Konstruktion vorliegt, kann ich aufgrund gegenwärtiger Informationen nicht hinreichend beurteilen.
Auf jeden Fall hatten die Holocaustüberlebenden einen Anspruch gegenüber

den Schweizer Banken.

Auffälig ist, dass die Neue Zürcher Zeitung in einer solchen Ausführlichkeit Propaganda aus den USA betreibt, wie sie nicht einmal die Mainstreammedien in Deutschland zustande bringen.

Die Verkehrung in totale Desinformation über den Waffenstillstand zwischen der Hamas und Israel, die angeblich Präsident Mursi im Beisein der Aussenministerin Hillary Clinton zustande brachte, mit Seitenhieb auf seinen Vorgänger Mubarak, zeigt extremen amerikanischen Einfluss.

Die Hamas und die Muslimbruderschaft werden von den USA mit Waffen und Geldern ausgestattet. Also auch solchen, die sich gegen Israel wenden.

Der Israelsender " Israel heute " erwähnte während des bewaffneten Konflikts Raketenbeschuss im Süden Israels von Al Qaida - Gruppierungen aus dem Sinai heraus, was kein amerikanisch gesteuerter Mainstream anführte.

Das ägyptische Militär geht nach der Absetzung Präsident Mursis gegen diese Gruppierungen im Sinai vor.

Auch wurde die Einladung von Drusen im Libanon, Bewohner des beschossenen Südens in Israel, sich bei ihnen zu erholen, mit keiner Silbe erwähnt.

Drusen, Alewiten und Christen lebten in Syrien friedlich unter Assad. Bis der Westen die angeblichen Rebellen, die Terroristen sind, in Syrien einfielen. Sie vertreiben und ermorden die Anhänger der verschiedenen Religionen im Sinne des geänderten Yinonplans, der keine Grenzen und kein Israel mehr vorsieht und die Region in eine extremistisch sunnitische Ausrichtung führen will, um den Konflikt gegen den schiitisch ausgerichteten Iran und Teile des schiitischen Iraks zu schüren, der einmal in einem grossen Armageddon sich gegenseitig auslöschen soll. Bis dahin liegen diese Länder unter US - Kontrolle und China, Indien können von den Ölfeldern und dem Handel ferngehalten werden. Ihr Aufstieg soll so verhindert werden.

Welchen Grund soll Israel haben, Assad zu stürzen, wenn sogar die Hamas ihn wütend beseitigen möchte. Anscheinend wird da amerikanische Politik Israel angehängt.

Es fällt zudem auf, dass sich selten amerikanische Touristen in Ägypten aufhalten, trotz bedeutender ägyptologischer Institute an amerikanischen Universitäten. Stattdessen fallen sie aber wie Heuschreckenschwärme in Griechenland ein.. Werden sie schon in den USA instruiert oder haben sie Angst vor den Reaktionen der ägyptischen Bevölkerung, die über die fiese Politik amerikanischer Machtpolitiker genauestens Bescheid wissen und sie befürchten, dass man diese an ihnen auslassen würde ?

In europäischen Ländern treten einige von ihnen schon sehr ängstlich auf. Sie wurden für ihre Regierungen oft genug angepöbelt.

Die Amerikaner wollen mit Hilfe ihrer CIA Mubarak brüskieren und schwächen, wie sie es nach dem gleichen Muster in Chile und anderen Staaten getan

haben.
Die Medien leben von Kriegen und schlechten Nachrichten und nicht vom Frieden, in dem nichts los ist und keine Auflagensteigerungen zu erwarten sind. Teilweise ist ihre Macht so angewachsen, dass sie der Politik und der Wirtschaft gleichkommt.
Und dienen dieser, wie CNN, ausschliesslich den Interessen der Machtgruppierungen im jeweiligen Land.
Sei es durch Unterlassungen, Halbwahrheiten oder Ignorieren von wichtigen Informationen.
Die Rüstungsfirmen der USA, die über EL Al sogar biologische Waffen nach Israel transportieren, siehe den Absturz der El Al Maschine über Amsterdam, brauchen Kriege und bewaffnete Konflikte.
Die USA als angeblich getarnte Friedensvermittler wollen den wirklichen Friedensvermittler Mubarak stürzen.
(2012 bricht Präsident Mursi den Friedensvertrag mit Israel, polarisiert, indem er einseitig Partei für die Palästinenser ergreift, was den aggressiven Angriffen Israels noch mehr Vorschub leistet, die mit ihrem pausenlosen Bombardement im Gazastreifen die Gefahr einer völligen Eskalation mit heraufbeschwören.
Ebenso die Hamas mit ihren ständigen Raketenbeschiessungen seit Jahren auf den Süden Israels, der weder von den Mainstreammedien noch von westlichen Regierungen Einhalt geboten wird.
Neu auch die Parteinahme des neuen tunesischen Präsidenten, auch er eine Marionette der USA.
So entsteht im Nahen Osten eine gefährliche Schieflage, eine so genannte Verwerfung, bei der das Existenzrecht Israels in Frage gestellt wird.
Und Israel`s news melden, dass vom Territorium des Sinai angeblich Al Qaida - Terroristen auf Israels Raketen schiessen.
Bei aller Sympathie für die gerechte Sache der Palästinenser und das Existenzrecht der israelischen Bevölkerung, muss man in den politischen Handlungen einen kühlen Kopf bewahren.
Die Hamas erfüllt den zurecht gestutzten Yinonplan der USA und Präsident Mursi mit seiner Parteinahme ebenfalls.
Israels Bestand ist in diesem teuflischen Plan nicht mehr vorgesehen.
Expräsident Mubarak hätte da besonnener reagiert.
Denn die USA betreiben einen Rivalitätskrieg gegen Israel über die von ihr gegründete Hamas, die als Zweig aus der Muslimbruderschaft entstand. Die palästinensische Bevölkerung muss ständig dafür den Kopf hinhalten.
Die USA hätten mit ihrer weit reichenden Macht längst das palästinensische Problem lösen und gegen Israel durchsetzen können. Aber sie haben ein verdecktes Interesse an dem status quo, da ihre rechten Kreise auf diese Weise Israel kontrollieren und in ihre Schranken weisen können. Eine Vernichtung der israelischen Bevölkerung käme einem zweiten Holocaust gleich.

Die Rolle amerikanischer rechter Kreise beim Aufstieg Hitlers wird gerne verschwiegen.
Ihnen würde die Vernichtung des Grossteils der Juden wahrscheinlich sehr in den Kram passen.
Und Netanjahu ? Wer ist er eigentlich wirklich und welch unheilvolle Rolle hat er in diesem verdeckten Spiel ?
Oder ist er einfach nur zu naiv ? Er entstammt den Kreisen der Terrororganisation Irgun.
Zu vertrauensvoll gegenüber den Kreisen in den USA ?
So soll Richard Pearle sowohl Israel als auch der USA gegenüber loyal sein, was sich aus Staatsraisongründen gegenseitig ausschliessen könnte (Quelle wikipedia).
Würde Netanjahu im Falle eines Armageddon im Flugzeug nach New York sitzen ? Oder hat er sich von den Kreisen täuschen und für ihre Zwecke einspannen lassen ?
Auf dem Schachbrett der Politik, im Falle der gegenseitigen Vernichtung, wäre die USA der lachende Dritte im Bunde.
Henry Kissinger hat angekündigt, dass Israel 2022 nicht mehr existieren wird.
Anscheinend die Folge durchzusetzender Politik im Sinne des Yinonplans.
Netanjahu scheint sich der Gefahr wohl doch bewusst geworden zu sein, denn er verkündete den Grund des Waffenstillstandes :
Aus Verantwortung gegenüber Israel. Was sich wohl doch nicht nur als Wahlkampftiraden herausstellen wird, denn der Waffenstillstand hält seither.
Die USA sollen mit Truppen gedroht haben, falls er sich nicht füge.
Die Sicherheit der israelischen Bevölkerung wird wahrscheinlich nur in der dauerhaften Aufgabe einer restriktiven Politik gegenüber den Palästinensern gewährleistet zu sein.
Die Palästinenser hoffen auf Lockerung ihres Schraubstocks.
Dazu kann nur gesagt werden, dass die einzige Sicherheit für alle die Aussöhnung beider Völker ist. Eine Anerkennung und Unabhängigkeit Palästinas, der Beginn freundschaftlicher Beziehungen zwischen beiden Völkern, so wie es Daniel Barenboim mit seinem gemischten Orchester vorlebt. Musik ist eine universelle Sprache, die starken verbindenden Charakter hat.
Barenboim hat beide Staatsangehörigkeiten und sorgt meines Erachtens vorbildlich für ein friedliches Miteinander, das ein Zukunftsmodell für die Region sein könnte.
Das gleichzeitig eine Rückversicherung gegen jede Form von Extremismus darstellt, der desillusionierte Jugendliche anheimfallen, was von Polarisierern beabsichtigt ist.
Meine Kenntnis über die Araber ist, dass sie grosszügige Menschen sind, die offen auf andere zugehen.
Begegnet man ihnen mit Respekt und behandelt sie mit Würde, dann sind sie

äusserst liebeswürdig.
Es sind sehr kritische und herzliche Menschen, unterscheiden sich nicht viel von uns in ihren Sehnsüchten.
Die Medien haben mit ihren falschen Darstellungen über lange Zeiträume eine künstliche Mauer im Sinne des Kampfes der Kulturen eines Samuel Huntington zwischen dem Westen und den Arabern hochgezogen.
Ich habe schon lange den Eindruck, dass beide Bevölkerungen sich nach Frieden und Sicherheit sehnen und einen gemeinsamen Neustart wagen würden. Man muss dem Volk auf beiden Seiten mehr zutrauen. Sie schaffen eher Frieden als abhängige Politiker und Medien, da sie ihre Situation ganz praktisch nach ihren Lebensbedingungen beurteilen) .
Während Ägypten einseitig abgerüstet hat, Tell el Amarna und Dahschur sind Touristen sind frei zugänlich, darf Netanjahu jedes Abkommen brechen und die USA hindert ihn nicht wirklich daran (1998).
(Sie drängen ihn in die Polarisierungs - und damit der Buhmannfalle. Wem nützt das ? Den Rächern israelischer Politik, den Verbrechen an den Palästinensern).
Den Medien passte es nicht, dass nach dem Anschlag in Kairo, den ein US - Bürger filmte, die Wintersaison mit so vielen Touristen begann, hatten doch ihre Reporter ein hysterisches Szenario gegen dieses Land entfacht.
(Vermutlich hatte ein vorher informierter Reporter - CNN ? - aus einem amerikanischen Hotelkomplex filmen lassen. Im Irakkrieg werden laut Aussage des Journalisten Ulrich Tilgner CNN - Reporter aus vollem Rohr in die Menge feuern.
Vom Balkon ihres Hotels, in dem Journalisten untergebracht sind - er spricht von embedded journalists und Rücksicht auf Bündnistreue und wird dies auch vom ZDF behaupten, als er es verlässt, um für das Schweizer Fernsehen zu arbeiten -).
Dieses Mal sollte das teuflische Spiel beginnen. Darum diese ungeheure Zahl an Toten und weshalb Theben - West ?
Weil bisher noch nie etwas südlich von Mittelägypten passiert war.
Das war kein Plan von mittelägyptischen Fundamentalisten. Das war ein internationales Komplott !
Der Anschlag 1996 auf griechische Touristen an der Pyramidenstrasse wurde von Tätern begangen, die von Eilat aus gekommen waren und dorthin ungefasst wieder verschwanden, trotz aller Strassensperren im ganzen Land nach diesem Ereignis, was ein Ding der Unmöglichkeit sein dürfte.
Angeblich mit der Hilfe von unzufriedenen Beduinenstämmen. Auf dem Sinai.
(Heute wird behauptet, dass Israel ein Interesse daran habe, die Touristen vom Sinai nach Eilat zu locken, indem sie auf dem Sinai im Norden mit herumtreibenden Terroristen die Gäste einschüchtern würden. Mittlerweile ist von Al Qaidaterroristen die Rede, die die Armee unter El Sisi bekämpft, was der

Wahrheit wohl näher kommen dürfte).
Fast alle Einwohner von Luxor haben geweint und uns um Verzeihung gebeten, weil sie die Toten nicht retten konnten.
Ich hatte Tränen in den Augen, wenn sie mir ihr Leid klagten.
Der alte Mann, der mir frische Blumen aufs Zimmer im New Winter Palace brachte, der Pianist in der Hotelbar im Old Winter Palace, der sich furchtbar schämte. Und vor meine Füsse fiel. Ich half ihm auf und sagte ihm, ich wüsste, dass die Ägypter mit dem Anschlag nichts zu tun hätten, er müsse sich nicht entschuldigen.
Im Schech Abdel Kurna, dem Tal der Gräber der Noblen, war ich zum Tee nach der Besichtigung eingeladen.
Der junge Mann, der sich Touristen als Führer anbot, erzählte mir, dass die vor den tödlichen Schüssen flüchtenden Touristen die nahegelegene Einwohnerschaft von Schech Abdel Kurna anflehten, ihnen zu helfen. Sie verbargen sie schnell in ihren Kellern, die zumeist altägyptische Gräber sind.
Später halfen die Bewohner mit, die vielen Verletzten zu den Krankenwagen zu schleppen.
Hätten sie Waffen besessen, so meinte der junge Mann, so wären nicht so viele Touristen und Ägypter ums Leben gekommen. Sie hätten die Terroristen sofort bekämft, weil gerade sie vom Tourismus gut leben würden (Man denke an die vielen Alabsterwerkstätten mit Kopien von altägyptischen Statuetten, Reliefstücken und anderem. Und den illegalen Antikenhandel, weil sie auf Gräbern wohnen. Die Regierung hat sie mittlerweile umgesiedelt).
Andere Arbeit gäbe es hier nicht.
Am Abend des Anschlags sassen im Speisesall hinter mir und der Sekretärin ein Ehepaar mit verhärmten Gesichtern, die am nächsten Tag zurückfliegen wollten.
Sie gehörten einer Gruppe von deutschen Touristen an, von denen vier getötet worden waren, inklusive ihres sehr netten Reiseführers Ibrahim von Blue Travel, die im Rahmen von Neckermann Reisen dieses Mal auch meine Reiseagentur in Ägypten waren. Ein Terrorist hatte mit dem Gewehr auf die Frau gezielt, aber sich plötzlich anderen zugewandt und dann geschossen. " Er habe wohl ihre Todesangst genossen ", meinte sie zu Frau Klotsch.
Als wir das Tal der Königinnen verliessen, weinte ein Grabwächter vor sich hin. Er hatte erfahren, dass ein Verwandter am Tempel der Hatschepsut getötet worden war. Ich sprach dem Mann am nächsten Tag mein Beileid aus, als ich nochmals ins Tal der Königinnen fuhr.

Mir ist unerklärlich, dass sowohl die Firma Neckermann als auch ihre Reiseleiterinnen weder ein Wort des Trostes, der Entschuldigung fanden. Geschweige denn, dass sich diese Firma uns vor Ort mit einem Essen oder einer anderen netten Geste entschuldigt hätte.

In El Gouna wurde ich von der penetranten schweizerischen Reiseleiterin von Neckermann Reisen noch ignorant behandelt, als wir uns über den Diskolärm ihrer Animateure bis in die späte Nacht hinein beschwerten. Schlaf fand ich aufgrund dieses Lärmterrors ebenfalls nicht.
Ich frage mich im Nachhinein, ob diese " harmlosen " Spassaktivitäten - Diskolärm über der gesamten Bungalowkette - nicht Absicht gewesen ist, da man mich später in meinem Zuhause ebenfalls mit Terrorlärm überziehen wird und das über Jahre.
Und auch zuhause angekommen, gab es kein Schreiben von dieser Firma, obwohl sie die Gästelisten der Überlebenden hatten. (Ich las später darüber, dass Nazikreise und CIAvertreter in München den islamistischen Terror erfunden haben sollen.
" Die Vierte Moschee, Nazis, CIA und der islamische Fundamentalismus " , von Ian Johnson und Claudia Campisi, Klett Verlag).
Ich werde diese Reisegesellschaft nie wieder in Anspruch nehmen. Den Nazi Neckermann, der der jüdischen Familie Joel die Firma weggenommen hatte, und dessen Machenschaften erst vor ein paar Jahren medial dargestellt wurden, verabscheue ich zutiefst. Insofern war ich naiv gewesen,diese Gesellschaft zu buchen.
Seine verlogenen Enkel, die von seinem Geld profitieren, behaupten, dass alle Deutsche Nazis gewesen wären, genau wie sie.
Dann weiss ich nicht, warum es die Weisse Rose gegeben hat und alle anderen namenlosen Widerstandsleute, denen allenfalls in kleinen Tafeln an ihren Widerstandsorten gedacht wird und der berühmte Widerstand um den Hitlerattentäter Oberst Claus Schenk Graf von Stauffenberg.
Mein Urgrossvater ist von den Nazis zwangspensioniert worden, weil er Hitlergegner und Zentrumsangehöriger war. Mein Grossvater landete nach Denunziation im KZ. Alle beide patriotische Deutsche, die dem deutschen Uradel entstammten und die als Angehörige der Weimarer Zeit die Verbrechen kommen sahen und vieles durchschauten.
Nur die Nazis wussten nach dem Krieg angeblich nichts davon.
Ihre Verlogenheit und die ihrer Nachkommen stösst mich nach wie vor ab.
Die Reisegesellschaft Phoenix Reisen, mit der ich zehn Monate später wieder das Land bereiste, war sehr kulant.
Wir bekamen Extraleistungen ohne in Rechnung Stellung, obwohl sie nicht meine Reisegesellschaft zur Zeit des Anschlags gewesen sind.
Auch von den deutschen Behörden hörte ich nichts. Und psychologische Hilfe bekam niemand von uns.
Die Bewältigung der posttraumatischen Belastungssyndrome, die sich mit meiner Recherche und ihren Erkenntnissen einstellte, musste im privaten Kreise untereinander vorgenommen werden. In Dankbarkeit erinnere ich mich an meine tote Mutter, die mir jahrelang zuhörte und mir Trost spendete.

Zumal der Terror gegen mich zuhause erst richtig losging. Nachträgliche Einfügung vom 29.09.2012 .

Im Frühjahr dieses Jahres 1998 brachte Dieter Hallorvorden in seiner Spottlightsendung zwei merkwürdige Sketche. Zunächst über die Lizenz zum Töten bei den 8.000 Unfalltoten im Jahr auf deutschen Strassen.
Dann folgte ein Schauspieler, der als Ted Turner von CNN auftrat und der das Unomandat nicht abwarten will und deshalb Geld in einen Krieg im Irak investieren möchte. Denn der ewige Frieden unter der Menschheit brächte ihm nur schlechte Bilanzen ein.
Woher wusste der gute Mann das ? Hatte etwa Frau Klotsch aus Berlin seine Redaktion über mein Gespräch mit dem CNN - Reporter informiert, da sie englisch spricht? Oder hatte sich mein Dokument in der SPD verbreitet, das einige Politiker erhalten hatten ? Herrn Hildebrandt kann ich jetzt nicht mehr fragen, er verstarb heute an Krebs (20.11.2013).

Mögen die Hintermänner ihre Taten nicht für immer vor der Welt verbergen können, was sie gegen uns planten und womit sie in fast über 60 Todesfällen und über 100 Verletzten Erfolg hatten.
Ich nenne den Anschlag aufgrund der ominösen Tagesanzeige im September 1997 in der WAZ **Die Osirisoperation**".

Wäre der Obere Hof des Hatschepsuttempels für die Öffentlichkeit im November 1997 zugänglich gewesen, hätte ich am Montagmorgen jenes verhängnisvollen Tages den Tempel aufgesucht und das benachbarte El Asasif mit grossen Ganggräbern der Spätzeit.
Doch die polnischen Restaurateure waren noch fleissig am Werke.
Dann wäre ich jetzt wahrscheinlich nicht mehr am Leben.
So beschloss ich, als ich dies von der Reiseleiterin erfahren hatte, auf die Frage von Frau Klotsch hin, mit dem Tal der Königinnen zu beginnen, weil Frau Klotsch die Königinnen - und Prinzengräber noch nicht gesehen hatte, und sie nicht alleine das Tal besichtigen wollte. So schlug ich ihr eine Führung mit meinen Kenntnissen vor.
Den Göttern sei Dank !

Brief auf Anraten meines Anwalts an die Medien im In- und Ausland:

Claudia Heidelberg
(Nachnahme und Adresse aus Sicherheitsgründen nicht erwähnt)

23. August 1998

Betr.: Hintergründe und Zeugnis des Anschlages am Hatschepsuttempel in Deir el Bahari vom 17. November 1997,
    aus dem Tal der Königinnen,
        und die Verbindung zu den Anschlägen in Nairobi und Daressalam inklusive des kurzen Eritreakonflikts

In gekürzter Form werden die Punkte erwähnt, die ich zusätzlich beobachtet habe. Es enthält meine Analyse der Ereignisse in Bezug auf die Zukunft.
Neue Erkenntnisse bis 2013 sind von mir in Klammern gesetzt.

Später wiederholten einige Medien in aller Welt den stereotypen Text vom sogenannten Anschlag im Tal der Königinnen, der nach Meinung der CNN-Reporter noch hätte stattfinden müssen.
Wozu es dann allerdings nicht mehr kam, da die Militärs nach einer Hetzjagd über den mountain path zum Tal der Könige und nach der Kaperung eines Busses hinter dem Tal der Königinnen in einem Dauergefecht, mit einem finalen Todesschuss, alle Attentäter töten konnten.
CNN und andere Nachrichtenagenturen verbreiteten diesen vorbereiteten Text vermutlich an die Medien in aller Welt.
Wären die Attentäter noch von hinten in unser Tal gelangt, so wären wir ihnen schutzlos ausgeliefert gewesen, denn die offenen Gräber befinden sich alle im hinteren Teil des Tales.
Das erinnert mich heute an die Irreführung der Bombenopfer von Omagh in Nordirland, wenn ich dabei an das Gerede des CNN - Reporters denke.
Nachdem sie in Luxor aus dem Boot gestiegen waren und sich ohne Gruss entfernten, lachten sie plötzlich los, schlugen sich gegenseitig auf die Schultern und schüttelten sich die Hände. Ihre Gesichter wirkten schadenfroh.
Dies sollte für mich wohl die Demonstration sein, wie sicher sie sich bei ihrem intriganten Spiel fühlten, und für wie gering sie mich einstuften, dass ich nicht die geringste Chance hätte, jemals etwas gegen sie ausrichten zu können.
Dies sehe ich im Nachhinein als Schlag ins Gesicht aller Opfer, die wir dieses Grauen miterleben mussten. **Geradezu lachhaft finde ich es, wie mich**

manche Leute zu unterschätzen pflegen, von sich auf andere schliessen. Vor allem, wenn sie nicht wissen, wen sie vor sich haben.

Meinem Schreiben an die Neue Zürcher Zeitung liegt für die Anwälte der Hinterbliebenen der Schweizer Opfer eine Photografie bei, die ich von dem jungen CNN - Reporter aufgenommen habe. (Peter Müller, der Chefredakteur der NZZ, der den Anschlag überlebte, gab nichts weiter. Heutige Anmerkung, 12.11.2012)

Noch in Ägypten übersandte ich durch einen Rezeptionisten meine Zeugenaussage an die ägyptischen Behörden.

Nach Deutschland zurückgekehrt, schickte ich den ägyptischen Behörden die entwickelte Aufnahme des CNN - Reporters mit dem Hinweis, jederzeit in einem Verfahren gegen diese beiden Reporter zur Verfügung zu stehen, da ich wusste, dass die Polizei die Personalien von ihm festgestellt hatte, während der Ältere sich im hinteren Teil des Grabes der Titi verbarg.

Die Behörden sprachen mir über den Rezeptionisten ihren Dank aus, liessen aber in der Sache nichts mehr von sich hören.

Vermutlich hatten sie das Land längst verlassen. Ich nahm auch an, dass dies als politisches Druckmittel gegen die USA und CNN besser eingesetzt werden könnte, als ein Verfahren in Abwesenheit.

Den Medien teilte ich wegen meiner schlechten Erfahrungen meine Beobachtungen nicht mit, **da diese sie nur ignorieren und nicht drucken würden, wegen des Papiers, dass sie unterschreiben mussten, wenn sie in den Mainstreammedien angestellt werden, dass sie nichts gegen die USA und Israel schreiben dürfen.**

Die Trauerfeier im Dezember wurde vom westlichen Fernsehen nicht übertragen, bei der sich auch Nagib Mahfus äussern wollte. Und dass trotz der überwiegend europäischen Opfer.

Ein Jahr später wird im deutschen Fernsehen keinesfalls ausführlich an den Anschlag erinnert, obwohl in Ägypten der Opfer in einer weiteren Trauerfeier gedacht wird. Am Abend des 17. November 1998 stellt Andreas von Bülow sein neu erschienenes Buch " Im Namen des Staates " in einer Sondersendung des Literaturmagazins von Manuela Reichart im WDR vor. Die Sendung wird danach eingestellt.

Für uns überlebende Opfer ist die Nichtübertragung ein weiterer Schlag ins Gesicht !

Stattdessen immer die verlogenen Phrasen von der Errichtung eines Gottesstaats, den kein Ägypter will, aber von Dietmar Ossenberg immer noch verlogen vorgetragen wird. (Auch 2011 auf dem Tahrirplatz und danach. Dieser **gaunerische** *Journalist muss aufgrund seiner Berichterstattung im Sold der CIA und der Pläne Brzezinskis stehen. Ganz Nordafrika, den Nahen und den Mittleren Osten mit einem fundamentalistischen Gürtel zu überziehen. So stellt sich seine Rolle für mich immer wieder dar. Er ist an den Täuschungen der*

Ägypter durch die erste Revolution gegen Mubarak mitbeteiligt und daher in meinen Augen ein Verbrecher).

Hat auch nur ein Reporter vor Ort nach Hintergründen gesucht ? Keiner von denen war daran interessiert.

Stattdessen belästigten sie die Leute im Hotel für die von ihnen inszenierten Trauerfeiern, die so gut zu ihren ewig gleichen Texten passten.

Ich schrie hinter ihnen im Speisesaal her, in den sie einfach vordrangen:
" Murderer. You are working with terrorists. You are terrorists ! You' ve done it ! "

Die drehten sich auf dem Absatz um und flohen aus dem Hotel.

Sie hätten ja erwidern können, dass das nicht stimmt, sich auf einen Disput einlassen. Aber sie handelten wie Ertappte, bekamen es mit der Angst zu tun, und reagierten wie ertappt. Anmerkung vom 29. 09. 2012.

Zu den Attentätern :

Ägypter tragen keine dolchartigen Messer wie die Jemeniten. Ausserdem ist bekannt, dass es im Jemen Ausbildungslager der CIA für fundamentalistische Terroristen gibt. (**Heutige** Anmerkung : Auch Pashtunen tragen dolchartige Messer).

Die Schweizer, Japaner und Deutschen wurden für die Ermordung von den Hintermännern bewusst ausgesucht !

(Und italienische Gruppen sollten auch noch sterben.)

Denn man findet sie deshalb so zahlreich im Tal der Königinnen vor, weil Belzoni das Grab der Nefertari entdeckte und viele italienische Ausgräber teams wiederholt dort gruben. Und die Getty Stiftung das Nefertarigrab von den Salzkrustierungen befreien und restaurieren liess.

Irgendeine Erpressung gegen die damalige italienische Regierung sollte erfolgen. Man hat dies aber anscheinend nachgeholt.

In Südtirol kamen in Cavalese am 3. Februar 1998 20 Insassen einer Seilbahn ums Leben. Darunter 8 Deutsche, die ein US - Kampfjet im nicht erlaubten Tiefflug mit über 800 km/h an ihrem Tragseil kappte, und die beiden Verantworlichen das Videoband anschliessend absichtlich vernichteten.

Ashby hatte sie mit seiner Maschine wohl absichtlich gestreift.

Der Fall ist insofern verdächtig, als beide - Pilot und Navigator - erst freigesprochen wurden und später in einem zweiten Prozess mit geringen Strafen davonkamen, was grosse Empörung in der italienischen Öffentlichkeit auslöste und zeitweise die diplomatischen Beziehungen zwischen Italien und die USA beeinträchtigte.

Die Italiener sprechen vom Massaker oder Blutbad.

Zudem wurden die Angehörigen der Opfer ziemlich schlecht behandelt. Man fragt sich, ob Cavalese das Ersatzprogramm für das Tal der Königinnen gewesen ist. Weil so viele Medienvertreter später immer auf dem Anschlag im Tal der Königinnen herumritten... . Dies geschah, noch bevor Berlusconi an die Macht gelangte ... .)

Die organisierten deutschen Gruppen kommen fast alle donnerstags, wie in den Jahren zuvor ebenfalls.
Warum werden die am Hatschepsuttempel im Oberen Hof arbeitenden Archäologen und Restauratoren verschont, obwohl Fundamentalisten sie als Ausdruck westlicher Dekadenz doch wütend ablehnen ?
Warum werden nie Israelis Opfer und fast nie Amerikaner, da es doch ausschliesslich Terrorakte fundamentalistischer Kreise aus Luxor und Mittelägypten sein sollen, obwohl doch seit Jahren jeder Esel an jeder Strassenecke gefilzt wird ?
Und Luxor ein Dorf ist, wo jeder jeden kennt und vom Tourismus abhängig ist ?
Warum sterben so viele gläubige Muslime bei den Anschlägen ?
Die Einschätzung, dass so zahlreiche Schweizer nicht zufällig Opfer wurden, sprachen viele Touristen vor Ort aus.

Die CIA steckt im Auftrage der USA hinter dem Anschlag.
Die USA statten, wie mittlerweile öffentlich bekannt wurde, fundamentalistische Gruppierungen mit Waffen, Geld und Logistik aus.
Ausgebildet werden sie unter anderem im Jemen. Einmal CIA - Agent, immer CIA - Agent. Aussteigen und " eigene Süppchen kochen " ist unmöglich.
Wenn die USA jetzt Bin Laden als Drahtzieher des Anschlages in Ägypten vorgibt, so ist das ein weiteres Indiz, dass sie selbst dahinterstecken.
(Jürgen Elsässer gibt in einem Video an, dass die USA Al Qaida erst seit dem Anschlag von Nairobi und Daressalam am Werke sehen und Bin Laden sei ihr Anführer).
(In einem online hintergrund.de Artikel wird im Herbst 2012 veröffentlicht, dass in einem Untersuchungsausschuss aufgrund von Kongressanhörungen publik wird, dass die " anhaltende Finanzierung der al Qaida - Taliban -Verbindung durch die USA bis zum Jahre 2000 aufrechterhalten wurde.
www.hintergrund.de/ Terroristen als politische Wegbereiter.
Die Medien hatten 1997 Osama bin Laden mit seiner al Qaida den Anschlag zur Last gelegt.
Damit steht für mich die Anstiftung seitens der USA ausser Frage).

In meinem Dokument schildere ich den sehr wahrscheinlichen Ablauf des Anschlages :
Die Täter, die Jemeniten oder andere Araber (oder ein Pashtune) waren, wurden per Schiff nach El Gouna bei Hurghada gebracht, wo sie von einem kleinen Flugplatz mit der Orascom Air als Inlandsflug ohne Kontrolle die Strassensperren in Mittelägypten umgehen konnten.
(Der Konzern Orascom ist mit den USA eng verpflochten, unter anderem haben sie eine Kooperation mit der Bechtel Corporation. Die Bechtel Corporation ist mit der CIA und der berüchtigten Basis Area 51 verbunden).
Am 19.1. 2006 erwähnt die WAZ in einer dpa- Meldung, dass 9 Techniker des

Orascomkonzerns in Bagdad durch Extremisten getötet wurden, weitere Anschläge auf das Bagdadbüro seien geschehen).
Sicher in Luxor als Touristen gelandet, nahmen sie dort die Waffen in Empfang, die wahrscheinlich vom Sudan über den Wüstenweg nach Luxor geschmuggelt worden waren.
Mein Dokument ist nachweislich seit dem 17.06.1998 bei meinem Anwalt in Verwahrung. Und jetzt macht die USA den Fehler, zuzugeben, dass ein Ausländer, kein Ägypter den Anschlag organisierte !
Was der ägyptische Staat und die Ägypter seit Jahren predigen und die internationale Presse schlichtweg ignoriert hat und das Gegenteil behauptete !
Dennoch sind dies allein nicht die ausschlaggebenden Gründe für den Anschlag gewesen, der alle vorherigen Anschläge nicht nur in der Zahl der Opfer überstieg, **sondern in der Art und Weise, wie präzise und rasend schnell er ausgeführt wurde, wie bei einem militärischen Einsatz .**
Die Attentäter waren derart trainiert worden, dass sie in kürzester Zeit nicht nur über sechzig Menschen erschiessen oder mit Messern brutal erdolchen konnten, sondern auch noch über eine solche Kondition verfügten, dass sie den beschwerlichen Weg über den Berg zum Tal der Könige nehmen konnten, dann den Bus kaperten, hinter unser Tal fuhren und dort weiter rannten, wie ein Filmbeitrag aus einem Hubschrauber heraus im Sommer in RTL zeigte.
Und das bei Temperaturen zwischen 35 und 37 Grad Celsius zwischen zehn und zwölf Uhr Ortszeit.
Zudem noch die genaue Ortskenntnis der Fluchtwege und der Gräber, die für Touristen zugänglich sind.
Was mich persönlich an die Ausbildung amerikanischer Marines erinnert.
(Andreas von Bülow schreibt auf Seite 364 seines Sachbuches " Im Namen des Staates " [erschienen im Herbst 1998] :
Für die Organisation der Antiguerilla wurden die Handbücher der US - Armee übersetzt und vertrieben. Diese Heeresvorschriften [field manuals] über innere Unruhen und Katastrophen enthalten Kapitel über ... Bewaffnete Operationen in kleinen Einheiten, ... Operationen im Gebirge).
Ein weiterer Grund für den Anschlag war die Tatsache, dass sich eine Woche zuvor Präsident Mubarak geweigert hatte, den Amerikanern seine Zustimmung für einen Militärschlag gegen Irak wegen der Behinderung amerikanischer UN - Kontrolleure zu geben. Viele Ägypter in gehobener Position äusserten sich mir gegenüber, dass sie und ihre Regierung überzeugt seien, von den USA in ihrer Haltung zur Irakkrise bestraft worden zu sein.
Die USA spielen ein gefährliches Spiel mit fundamentalistischen Terroristen, denen sie vermutlich Machtzuwachs versprechen, um sie sowohl gegen Ägypten als auch andere Länder einzusetzen.
Die Bombenattentate von Daressalam und Nairobi, bei denen nur wenige US -

Bürger starben, dafür viele Afrikaner, und für die der CIA - Agent Osama Bin Laden verantwortlich gemacht wird, lieferten wieder Anhaltspunkte für die USA als Auftraggeber.

CIA und FBI riegelten das Botschaftsgebäude ab und führten eigene Ermittlungen durch. Warum keine internationale Kommission, um die Verwischung von Spuren auszuschliessen ?

Die Weltöffenlichkeit ist dabei nur auf die Schlussfolgerungen und Meinungen der USA angewiesen, ein weites Feld für

" taktisches Täuschen ", das die USA nach Meinung des New York Times Korrespondenten John Darnton beim Rüstungswettlauf so gut beherrscht. List und Gegenlist. Wie fatal !

TNT oder Sempex, Spuren von Ammoniak und Öl wie beim Bombenattentat in Oklahoma. Bomben von solcher Sprengkraft können nur von Militärexperten eines grossen Staates ohne Eigenrisiko so plaziert werden, dass sie den gewünschten Erfolg haben. Gruppierungen um Bin Laden würden sofort auffallen, wenn sie solche Mengen an Sprengstoff zusammenziehen. Das soll die USA mit ihren Verbindungen zu diesen Gruppen, ihrer Satellitenaufklärung und dem grössten technischen Knowhow nicht vorab in Erfahrung gebracht haben ?

Die Raketenangriffe dienten wie immer in der Geschichte der USA nicht der Kaltstellung eines gefährlichen Gegners, sondern um mal wieder Unschuldige zu töten. Bin Laden wird für andere Zwecke noch gebraucht.

Die Bomben wurden wahrscheinlich deshalb in Kenia und Tansania gezündet, um auf die dortigen Regierungen Druck auszuüben, wahrscheinlich wegen der **strategischen Lage der Häfen Mombasa und Daressalam .**

(Ausserdem grenzt Kenia im Norden an den gescheiterten Staat Somalia, das strategische Horn von Afrika).

Die USA benötigen den Suezkanal in Ägypten, das Rote Meer und die ostafrikanischen Häfen für ihre US - Flotte, die ihre langfristige Installation am Hindukusch flankieren soll, um ein Gegengewicht zum Indischen Subkontinent (und China !) aufzubauen, der durch seine unterirdischen Atomtests mächtiger geworden ist (eigene Einschätzung 1997).

Anrainerstaarten des Roten Meeres sind ferner Sudan, Eritrea, Somalia, und auf der anderen Seite Saudi - Arabien und der Jemen und die Meerenge Bab el Mandeb.

Bestätigung später durch (Michel Chossudovsky : Der " Weihnachtsbomber " als Vorwand : Jemen und die Militarisierung der Seewege : www.hintergrund.de/index.php/globales/kriege/der-weihnachtsbomber-als-vorwand-jemen-und-die-militarisierung-der-seewege/,

und Jemen und die Militarisierung strategischer Seewege, www.globalresearch.ca/jemen-und-die-militarisierung-strategischer-seewege/).

(Und Jörg Becker : Kriegsmarketing : Wie PR - Agenturen Kriege vorbereiten und begleiten, www.hintergrund.de/20090518401/globales/kriege/kriegsmarketing.html).

Die Pläne für Afghanistan, die die Presse in der Vergangenheit des öfteren erwähnte, sind langfristig angelegt, aber die USA brauchen zu ihrer Verwirklichung Vorwände, um Afghanistan bombardieren zu können.

Seit Alexander des Grossen ist der Hindukusch das Tor nach Asien, und die USA will das Machtvakuum seit dem Abzug der Russen auffüllen, bevor Pakistan (China) das Ziel erreicht.

(Später wird bekannt, dass China über den Landweg vom Iran, über Afghanistan und Pakistan und das hochstrategische Kaschmirtal eine Pipeline bauen will, was die USA verhindern möchten.)

Der englische Historiker Michael Wood hatte nach dem 1. Golfkrieg in einer Reportage über Saddam, die Verschleppung der Sumpfaraber und die US - Armee geschrieben, die im deutschen Fernsehen ausgestrahlt wurde.

Darin stellte er fest, dass die Amerikaner auf den alten Schlachtstrassen Alexanders des Grossen unterwegs seien. Diese Vorhaltung passte den Amis sichtlich nicht. Sie starrten wie Ertappte auf den Boden.

Ich hatte mal eine Biographie über Alexander des Grossen eines Bonner Historikers gelesen und mich mit den Ländern befasst, die er erobert hatte.

Afghanistan war das Durchgangs - und Schlüsselland. Bei Ausgrabungen hat man festgestellt, dass dort hellenistische Militärbasen errichtet worden sind.

Zusätzlich bedarf es wie zu Zeiten der Briten des Suezkanals mit den Häfen des Roten Meeres, der Meerenge von Bab el Mandeb, der Häfen Eritreas, Mombasas und Daressalam für eine strategische Sicherung ihrer Interessen gegen Indien und den Fernen Osten (China).

Ich vermute, dass sowohl die Regierungen in Ägypten, Kenia und Tansania und vorübergehend entweder Äthiopien oder Eritrea den Anspruch der USA nicht akzeptieren und sie deshalb durch Anschläge, Bombenattentate und kleine bewaffnete Konflikte von den USA unter Druck gesetzt werden. (Das von den USA gesteuerte Äthiopien gegen den Verweigerer Eritrea).

Weitere Anschläge sind bereits angekündigt worden. Die Zukunft wird zeigen, ob die USA dieses Ziel verfolgt.
(Heute, 2012, kann die Frage eindeutig mit " Ja " beantwortet werden, die Entwicklung hat es gezeigt).

Einer der Dullesbrüder sagte einmal : " Wissen ist Macht, darum sollen nur wenige wissen ! "
Auch deshalb sollen wir Touristen aus Ägypten verschwinden, um keine Zeugen abzugeben.

(Jahre später steht in einem WAZartikel, " Bundeswehr schickt Truppen auch nach Kenia ",
" Schröder warnt vor Überforderung ". Im Rahmen der Anti- Terror - Allianz seien bereits in der Hafenstadt Mombasa. Insgesamt sollen voraussichtlich 100 Soldaten
 stationiert werden, um von dort aus mit Marineflugzeugen den Schiffsverkehr im Indischen Ozean zu kontrollieren.)

<u>Claudia Heidelberg (Wädlich)</u>

P.S. : Unnötig zu erwähnen, dass die Rüstungsindustrie und die Berufsarmee Aufträge brauchen.

Brief vom 13.12.1998 an Rechtsanwalt Etzbach, mit Eingangsstempel vom 15.12.1998

Sehr geehrter Herr Etzbach,

Anbei übersende ich Ihnen die Kopie meines Schreiben an Redaktionen einheimischer und internationaler Medien, das sich auch auf die Ereignisse in Nairobi, Daressalam, und den kurzen Eritreakonflikt bezieht und für das ich jetzt unerwarteten Beistand für die Verifizierung meiner Analysen durch das Buch " Im Namen des Staates " des ehemaligen Forschungsministers Dr. Andreas von Bülow erhielt.
Der Vergeltungsschlag der USA im Sudan, der nach Meinung des ehemaligen deutschen Botschafters eine Arzneimittelfabrik traf, ist zum Zeitpunkt meines Schreibens an die Presse noch nicht publik.
(2012 wird publik, dass die USA mit der Zerstörung der Arzneifabrik die einzigen Antimalariamedikamente vernichten, die im Land zu haben sind. Viele sterben später aufgrund des Mangels an diesen Medikamenten).

Im September dieses Jahres nahm ich wieder an der grossen Nilkreufahrt teil, von Kairo bis Assuan (Aswan) und zurück nach Luxor.
Vor Alexandria (so sah ich) und auch im Roten Meer sicherten Kriegsschiffe die Küste. Hatte ich doch noch November 1997 die ägyptische Regierung von dem Yachthafen in El Gouna mit anschliessendem Flugplatz unterrichtet.
Mir fielen die vielen französischen und italienischen Gruppen an den Tempeln und Gräbern auf.

In Sakkara am Eingang zum Djoserstufenpyramidenbezirk warteten ca. 20 Busse mit laufenden Motoren auf die Rückkehr dieser Völkerscharen, die mich regelrecht an die Wand drückten. In Luxor ebenfalls !
Ich befragte Reiseführer, Offiziere der Touristenpolizei, Rezeptionisten etc. und erhielt lächelnd nur die eine Antwort :
Ende August sei ihr Tourismusminister nach Frankreich und Italien eingeladen worden und hätte dort im Fernsehen über den Anschlag und die jetzige Sicherheitslage referiert (alle Tempelareale und strategischen Punkte werden von bewaffneten Einheiten bewacht und die Reisebusse von Polizeieskorten begleitet).
Irgendwelche überzeugende Argumente muss die misstrauischen Italiener und Franzosen derart überzeugt haben, dass sie seitdem wie die Heuschrecken in Ägypten einfallen. (Und das zehn Monate nach dem verheerenden Anschlag).

1998 war dieses Mal Ali Hassan der Reiseführer meiner Gruppe.
1995 hatte er mich als einziger unhöflich behandelt, mit mir über Ägyptologie gestritten. Sein Onkel ist Dr. Ali Hassan, der bekannte Generalverwalter der Altertümer und Inhaber von Memnon Tours und Cruises.
Bei meiner Ankunft auf der Nile Smile in Kairo empfing mich Ali freudestrahlend, duzte mich sofort (früher nur Madame), entschuldigte sich für sein Verhalten 1995 (habe ich noch nie erlebt) und erdrückte mich fast während der gesamten Reise mit seiner Fürsorge (" Dein Wunsch ist mir Befehl " und pausenlos " Geht es Dir auch gut Claudia, Du bist so ein lieber Kerl ! ").
Dann überraschte er uns alle mit einem Zusatzprogramm in Alexandria und El Alamein (Übernachtung im neuerbauten und neueröffneten Hiltonhotel - den Tourismusminister verpassten wir knapp),für das sein Onkel persönlich in Abstimmung mit dem Innenministerium gesorgt hatte, was uns offiziell mitgeteilt wurde.
Begleitet wurde unser Bus von einem hohen Memnonmanager, Ali stellte mich ihm mit Stolz vor, da ich schon so oft in Ägyten gewesen bin. Trotz des Anschlages, den ich miterleben musste, dennoch wiedergekehrt war, da die meisten Deutschen aus Furcht, durch die falsche Berichterstattung aufgestachelt, fernblieben. Bis auf wenige Individualtouristen, von deren Reise ich später zuhause erfuhr.
Vor der Fahrt nach El Alamein bekam ich dann als Einzige eine Rose überreicht, die ich den armen, in der Wüste gefallenen und unbekannten deutschen Soldaten am Denkmal stiftete.
(Zu der Zeit im April hatten in Sterkrade seit Einzug einer angeblichen türkischen Schule unter unserer Wohnung die entsetzlichen Lärmstörungen und Angriffe eingesetzt, über die wir nicht Herr wurden.
Es stellte sich heraus, dass von dieser " Schule " abends nach 23 Uhr junge

Türken mit offen getragenen Drogensäckchen in Kleinwagen stiegen und ausschwärmten. Schülern, die dort einen Computerkurs buchen wollten, wurde nicht die Türe geöffnet. Sie schellten anschliessend bei uns und fragten uns, warum.
Auch ein Opfer des Vietnamkrieges, ein Mann mit schweren Napalmwunden im Gesicht, der gerne einen Computerkurs belegt hätte, wurde furchtbar enttäuscht.
Die Fassade einer angeblichen Nachhilfeschule war nur gelogen. Die informierte Kriminalpolizei in Duisburg observierte sie über Jahre. Es gab aber nie einen Zugriff, weil eine Weisung von oben [Innenministerium/ die Alliierten haben Durchsetzungsmacht aufgrund alter Alliiertenrechte] das verhinderte.)
Zu dem Thema Verquickung CIA und Drogenmafia :
Andreas von Bülow : Im Namen des Staates; Alfred W. McCoy : Die CIA und das Heroin; Peter Dale Scott : Die Drogen, das Öl und der Krieg, Verlag zweitausendeins, zeigten den Zusammenhang zwischen organisierter Kriminalität (Drogenmafia) und der CIA auf.

An Bord unseres Schiffes wurde ich vom Personal wie ein VIP hofiert, und zusammen mit den amüsierten Mitreisenden kam ich in den Genuss weiterer Extras wie ständige Candlelightdinner an Deck, während das Schiff zusätzlich durchs beleuchtete nächtliche Kairo und vor Luxor hin und herfuhr.
Erzählte ich den Ägyptern von meinem Schreiben an die internationale Presse , so reagierten sie nur süffisant lächelnd, als sei ihnen dies bekannt.
**Ali erwähnte, dass die USA mit der Bombardierung des Assuanstaudamms gedroht hätten, auch wegen des Toshkakanals, den Ägypen vom Nassersee bis in die Oasen zum Obst - und Gemüseanbau bauten. Ein Touristenpolizeioffizier am Eingang zum Tal der Königinnen September 1998 erzählte mir die gleiche Version vom Toshkakanal.
2013 wird Frau Rütliberger aus der Schweiz auf dem rechtslastigen Kopponline - Kanal behaupten, dass Israel und Libyen mit der Sprengung gedroht hätten - eindeutig eine verdeckte Fehlinformation, die von rechten Kreisen der USA ausgehen.**

Die Bestätigung meiner Annahme, dass es eine Verbindung zwischen dem Anschlag von Luxor und den Bombenattentaten von Daressalam und Nairobi gab, die bin Laden als CIA - Agent mit seiner berüchtigten Basisliste al Qaida ausführen liess, erhielt ich durch das neu erschienene Buch von Andreas von Bülow, der über die Machenschaften der Geheimdienste im Auftrage ihrer Regierungen, insbesondere der CIA, ausführlich geschrieben hat und sich dabei auf Protokolle von US - Untersuchungsausschüssen stützte, die wohl nicht öffentlich sind, so z.B. Fazite der Iran - Contraaffäre.
Demnach manipuliert die USA mit Hilfe ihres Instruments, der CIA, 50 bis 60

Länder in der Welt, stattet dort Terrorgruppen mit Waffen, Geld und Logistik aus, um die dortigen Regierungen mittels Anschläge und Bombenattentate zu erpressen, was fast immer hinter dem Rücken der Weltöffentlichkeit gelingt.
Diese Vorgehensweise nennt die CIA " **verdeckte Operationen** ".
(" Laut Pike Commission, einem Untersuchungsausschuss des Kongresses, verfügt die CIA laut ihres Reports auf Seite 191 über riesige Waffenarsenale und Munitionslager zur Belieferung von Geheimarmeen.
Sie kann Gruppen unterstützen, die in Feindseligkeiten verwickelt sind. Sie kann Waffen und Munition jederzeit über Dritte an die Kämpfenden gelangen lassen, ohne beim Kongress um Haushaltsmittel nachsuchen zu müssen ".
Zitat aus Andreas von Bülow " Im Namen des Staates ", S. 544).
Sie streut über die Medien Desinformationen aus, um diesen Ländern die Schuld in die Schuhe zu schieben.
So soll der Mossad, der für die CIA arbeitet, mit der iranischen Hisbollah zusammenwirken, damit sowohl die Hisbollah ihren Bombenterror im Libanon fortführen und die Israelis dann mit Fliegerangriffen reagieren können.
Krieg ohne Ende für die Rüstungsindustrie und Berufsarmeen dieser Länder.
Ich beabsichtige, Herrn Dr. von Bülow meine Beobachtungen und Schlussfolgerungen zukommen zu lassen.

Der Kampf um die Wahrheitsfindung geht für mich weiter. Mir war klar, dass die deutschen Medien diese brisanten Erkenntnisse nicht drucken würden, aus Angst vor den USA.
Zudem geben die nicht zu, sich in ihren geäusserten Ansichten geirrt zu haben. Dennoch bemerkte ich in letzter Zeit, dass sich der Ton der Medien gegenüber der USA verschärft hat.
Die WAZ, die ich im November aufklärte, berichtete über eine Ausstellung in Bonn, in der ein gefälschtes Pressefoto zu sehen ist.
Reporter hatten in eine Pfütze rote Farbe gegossen. Das sollte das Blut der Toten am Hatschepsuttempel sein. Wie geschmacklos !
Da es zur Zeit des Anschlages nicht regnete, sondern das Thermometer in Theben - West fast 40 Grad Celsius in der Mittagszeit anzeigte, haben diese Betrüger von der Presse wohl ihre " Baraka " - mineralflaschen, die fast jeder Tourist mit sich trägt, einfach in eine Mulde ausgegossen.
Ich möchte noch hinzufügen, dass mir durchaus bekannt ist, dass viele Journalisten und Pressefotografen mit ihren Konzernchefs nicht einverstanden sind und gegen die Lügen mit Rücksicht auf bestimmte Machenschaften in bestimmten Ländern sind.
Es gibt auch im Mainstream Leute mit Rückgrat, Anständigkeit, Wissen und Herz.
Dass man mich nicht völlig ausgegrenzt hat, sondern meine Lesungen später erwähnte, mich interviewte, wenn das Dargestellte auch nicht immer meinem

Text entsprach, zeigt doch auf, dass es unter den studierten Journalisten im Mainstream viele gibt, die sehr wohl alles zur Kenntnis nehmen und nicht nur verdammen, weil es es nicht opportun ist.
Laut einer ARD - Sendung hat die CIA Einfluss bis in die westdeutsche Verlagsszene.
Heinrich Böll soll unwissentlich für die CIA eingespannt worden sein.

Von April 1998 bis zum Auszug der Schule 2002 wurde ich mit Lärmstörungen Tag und Nacht überzogen.
Mein Bruder verlor 2000 sein Restaurant " Marc Aurel " in Chemnitz, durch den Überfall seitens einer rechten Bande seines Vermieters, der der Sohn eines höheren Stasiangehörigen war.
Christians Kompagnon buchte Rechnungen zurück und bereicherte sich an Christians Geld. Wir erhielten wegen der Seilschaften in den Behörden nie Schadensersatz. Die ortsässigen Anwälte versagten völlig, kuschten vor dem Vermieter.
Ab 2004, 1 Jahr nach **meiner Achse gegen den Irakkrieg**, die ich Andreas von Bülow vorgeschlagen hatte, und die der damalige Bundeskanzler Schröder mit Russland und Frankreich umsetzte, ging in unserem Haus der Terror wieder los. Von hinten aufgehetzte Nachbarn, die wir eingeladen hatten, verfolgten mich mit Lärm, Attacken auf der Strasse und im Hausflur. Ende 2004 wurde ich im Olgapark mit meinem Hund überfallen und geschlagen.
Behörden reagierten nicht auf Lärmtagebücher, die ich im Auftrag unseres Anwalts vom Mieterbund verfasste. Anzeigen liefen ins Leere. Nötigungen wurden als solche von der Staatsanwaltschaft nicht bewertet und das Verfahren eingestellt.
Der Terror gegen mich ging unvermindert weiter.
Ich bekam Todesdrohungen und die unverhohlenen Drohungen, ich solle aus Sterkrade verschwinden.
Mietminderung, wie die Polizei uns empfahl, endete in Prozessen mit Zahlungsverpflichtung.
Trotz aller Beweise, die wir vorlegten, bekamen wir kein Recht. Es war, als würden übergeordnete Weisungen alles blockieren. Ich legte mir ein Messgerät für Lärmmessungen zu. Der alltägliche Krach lag bei über 7 bis 8 Dezibel.
Ich bekam davon Herzrasen, Angststörungen, schwere Blutungen.
Erst als wir uns an den Oberbürgermeister und zum x-ten Mal uns an die Polizei wandten, wurde es besser.
Ich schrieb auch an Herrn Ralph Giordano, der mir seine Solidarität ausdrückte. Und ich teilte über die Jahre Herrn Dr. Andreas von Bülow die Verfolgungen mit. Er wagte nicht, sich persönlich einzumischen, stellte aber öffentlich in seinen Vorträgen den Zusammenhang der CIA mit der Drogenmafia heraus.

Eigentlich hatte ich als Opfer erwartet, mal die anderen Bestätiger von ihm treffen zu können, dass er das mal vernitteln würde. Aber anscheinend wartete auch er nur auf mein Buch.
Die 9/11 Aufklärer hielten gemeinsame Vorträge.
Obwohl ich doch 1998 schon von einem Vorwand sprach, den die Amerikaner brauchten, um Afghanistan zu bombardieren, bekam ich keine Einladung zu einem ihrer Vorträge.
Entweder war es ihnen zu riskant oder die Theoretiker, zumeist Journalisten, wollten nur unter sich bleiben, die kassenträchtige Bücher verfasst hatten. Einigen von ihnen war mein Dokument von 1998 bekannt.
Unbekannte Zeugen, die selbst professionell Aussagen machen können, fanden und finden wiederum keine Plattform.
Ich durfte mich also nur als Kommentator der Theoretiker im Internet betätigen. Und hielt im Februar 2011 im Duisburger babasu wenigstens einen Vortrag über den Zusammenhang zwischen dem Anschlag und dem Sturz Mubaraks aufgrund der Unruhen auf dem Tahrirplatz.
Auch auf der Frankfurter Buchmesse fiel mir die Ignoranz der Medien gegenüber gegenwärtigen brennenden Themen auf.
Sie beschäftigen sich nur mit bekannten Namen, auch wenn diese nichts Neues bezeihungsweise überhaupt nichts zu aktuellen Geschehen zu berichten haben. Ganz im Gegenteil, ablenkend wirken.
Aktuelles stört die Fiktion hier geförderter Schriftsteller, die über ihre erfundenen Plots nicht hinausblicken können. Konkurrenzneid tut da sein übriges. Und die Verlage sind so gesteuert, das man aktuelle Sachbuchthemen nicht mit Literatur vermischen darf. Meine gegenwärtigen Erfahrungen mit Literaturagenturen machen mir dies bewusst.
Um diesen Starkult herum bilden sich dann regelmässig Trauben von Zuhörern, die mehr oder weniger enttäuscht abziehen. Die interessanten aber unbekannten und nicht gewünschten Sachbuchschreiber oder Bellestristikautoren mit brisantem Gegenwartsbezug bleiben in der Versenkung der Stände ihres Verlages, an denen die Leute achtlos vorüberziehen.
Ich schrieb manchen alternativen Medien, schickte ihnen meinen Lyrikband " Innere Zirkel ".
Ich erhielt keine Antwort. Die Ignoranz, mit der man mich abstrafte, liess in mir den Verdacht keimen, dass meine Aufklärung dem "Perception management" der CIA zum Opfer gefallen war.
Heute gehe ich davon aus, dass der etablierte Antimainstream ebenso von den USA gesteuert wird. Die auftretenden Protagonisten zum System gehören. Nur sie allein negative Kritik äussern dürfen.
Die praktische Bestätigung der Theoretiker sollte unterbleiben, damit die Leute auch weiterhin den offiziellen Lügen Glauben schenkten. Denn einige Ziele der USA standen und stehen praktisch noch im Raume. Eine umfassende Aufklä-

rung wäre da wegen des hohen Widerstandspotentials nicht gewünscht.
Dennoch überrascht die Entscheidung des britischen Parlamentarismus, nicht gemeinsam mit den USA in einem Militärschlag in Syrien einzufallen. Trotz aller Unterdrückungen von Aufklärern wie mich, hat sich langsam was verändert.
Es steht so viel mit der unbequemen Wahrheit für den Westen auf dem Spiel, vor allem für die kriminellen Eliten und Machtinhaber. Laut Andreas von Bülow ist sein Postfach voll von Bestätigern, aber nur diese Zeugen können eine Tat wirklich belegen..
Stattdessen bemerkte er in einem Interview lapidar, dass die Berichte der Zeugen nicht gedruckt werden. Soweit ich ihn kennengelernt habe, hat er zumindest versucht, bei den Verlagen und Medien was auszurichten, ist aber wohl abgeschmettert worden. Auf diese Weise wird eine umfassende Aufklärung verhindert... .

Jürgen Elsässer hat zum Glück einen blog im Internet. Er liess meine Beiträge auf seinem blog zu und bestätigte mich später, wenn er auch zu diesem Zeitpunkt die Bekämpfung der sogenannten Revolution auf dem Tahrirplatz der CIA und Mubarak zuschrieb. Mittlerweile hat sich meine Version bestätigt und er spricht auch ehrlicherweise aus: der herbeimanipulierte arabische Frühling.

CIA : Geheimoperation Ägypten : Wollte die CIA 1997 / 1998 Mubarak stürzen ? Aus : " Wie der Dschihad nach Europa kam ", Gotteskrieger und Geheimdienste auf dem Balkan, Berlin 2008.

Dr. Helen Sibum interviewte mich eine Stunde lang für die NRZ zum Erscheinen meines zweiten Lyrikbandes " Die Plünderung der Kulturschätze ", in dem ich in zwei Langgedichten den Anschlag mit seinen Abgründen verarbeite.
Auch Kritisches zu den Medien bemerke.
Sie sagte mir, ich hätte einen bedeutenden Gedichtband geschrieben. War ganz begeistert.
Ihr Artikel war dann eine Enttäuschung für mich, strotzte vor Fehlern.
Er war so verändert, dass daraus nicht hervorging, dass ich mich in unmittelbarer Gefahr befand.
Auch die Länge stimmte nicht und was ich ihr en detail mitgeteilt hatte.
Allerdings sprach sie davon, dass es wohl nicht das letzte Mal sei, dass man von mir hören würde.
Ich nehme vorsichtig an, dass sie nichts anderes schreiben durfte, beziehungsweise ihr Artikel abgeändert worden ist.
Das hatte zur Folge, dass ich online in mittlerweile gelöschten Kommentaren noch verhöhnt und beleidigt wurde.
Ich sei ja nur in der Nähe gewesen und würde die Leiden der wirklichen Opfer beleidigen. Tatsächlich beleidigten diese unter Pseudonym abgedruckten Verdreher der Wahrheit die Opfer und mich.
Ich weiss auch, welche hässlichen Neider die Kommentatoren waren. Sie gehören hier zu meinen unmittelbaren Verfolgern. Leute, deren Dummheit

kaum noch zu überbieten ist. Die in ihrem Neid und Hass kein Halten kennen.
Ich schrieb dazu, dass ich unmittelbar in Gefahr gewesen bin und unter posttraumatischen Beschwerden leiden würde.
Meine Ermittlungen hätten zur Folge, dass Schadensersatzforderungen vermutlich auch auf die Medien zugekommen wären.
Mit dem Sturz von Präsident Mubarak hörten die direkten Verfolgungen auf.
Plakate meiner Lesungen werden hier noch oft abgerissen, geht aber von einem kindischen Neider aus der Literaturszene aus, der kein Talent hat, aber meint, er könne hier seine Macht gegen mich einsetzen. In seinem Wahn bestimmen, dass gute Literaten abzulehnen seien und seine untalentierten Lieblinge hier die erste Geige zu spielen hätten.
Ich hielt im **Februar 2011** einen Vortrag über den Anschlag und die Folgen bis zum Tahrirplatz im Duisburger babasu vor Deutschen, Türken und Arabern.
Fast alle stimmten meinen Einschätzungen zu dem herbeimanipulierten " arabischen Frühling " zu und wussten die Materie noch zu erweitern. **Zu dieser Zeit**.
Erst jetzt geht es auch den Manipulierten auf, dass sie sich haben einspannen lassen.
Mit der Bekanntgabe des Yinonplans im Internet, der Behauptung von Christine Rüthliberger, dass angeblich Israel und Libyen mit der Sprengung des Assuanstaudamms gedroht hätten.
Dennoch bekamen mit ihrer öffentlichen Bekanntgabe meine Einschätzungen ein Gesicht und nachhaltige Bestätigung. Eine Vielzahl von Autoren, Analysten nahmen sich des Themas an.
So bestätigte sich meine Vorhersage, die Amerikaner bräuchten Vorwände, um Afghanistan zu bombardieren, im 11. September. 1993 war bei einem ersten Bombenattentat dafür der blinde Schech aus Ägypten verantwortlich gemacht worden.
Pakistan erlebt einen ungeheuren Drohnenkrieg gegen seine Zivilbevölkerung, und Anschläge in Indien gab es auch schon, Mumbai und anderswo.
Meine Vorhersage, dass die USA Mubarak stürzen wollte, weil er Frieden für Nahost anstrebte und ihren Kriegsplänen in Libyen, Syrien, Iran entgegenstand, verwirklichte sich in dem sogenannten " arabischen Frühling ". Ein fake, wobei die Mehrheit der Demonstranten, die Demokratie und Freiheit wollten, getäuscht wurden.
Stattdessen steht die mit den USA eng verknüpfte Muslimbruderschaft, die eine Kreation der Freimaurer Grossbritanniens sein soll und vom MI6 angeblich gehätschelt, an der Spitze, und führt ihre regressive Politik gegenüber Kopten weiter durch. Das Land, das einen weltoffenen Islam praktiziert, wird zusehens in ein fundamentalistisches intolerantes Land umgewandelt und erfüllt somit die Vorstellungen des Vordenkers und Strategen Brzezinski, der einen fundamentalistischen Gürtel in Nordafrika, Nahost und Mittleren Osten plant, um letztlich Russland einzukreisen.

Auch hat mit dem Aufstieg Chinas die Bedeutung der Seewege von Suez und des Roten Meeres zugenommen, weshalb sie militarisiert wurden.

Mubaraks Weigerung, dem amerikanischen Militärbündnis für Afrika, africom beizutreten und den Bau von amerikanischen Militärbasen auf ägyptischen Staatsgebiet zuzulassen, machte ihn für die auf imperiale Eroberung wegen der Ölressourcen angelegte USA zum unsicheren Kandidaten und Störfaktoren.

Überhaupt bestimmen die Wallstreet, der Finanzplatz London, die Konzerne, ob und wo kriegerische Mittel eingesetzt werden. Oder bürgerkriegsähnliche Zustände entstehen und nicht zuletzt Anschläge gegen Unschuldige.

Auf diese Weise versucht man zum Beispiel, den Chinesen die Investitionen in Mittelägypten streitig zu machen oder sie von den Ölreserven im Sudan und anderswo abzuschneiden. Konzerne wie Exxon haben da eine traurige Bilanz an internationalen Rechtsbrüchen aufzuweisen.

Solange infolge des ausgeuferten neoliberalen Systems keine Rechtsstaatlichkeit in den Beziehungen der einzelnen Länder wiederhergestellt ist, muss mit immer neuen Aktionen gerechnet werden.

Denn Transparenz und Unrechtsbewusstsein sind nicht Richtlinie und Ziel dieser mit einer ungeheuren Machtfülle ausgestatteten Konzerne und Organisationen, die immer stärker miteinander verflochten sind.

Um Politik und Staaten erpressbar zu halten, sind Söldner, private Kriegsfirmen, Terroristen von grossem Nutzen, was die Welt am Anfang des 21. Jahrhunderts sehr gefährlich macht.

Man setzt ebenso auf das organisierte Verbrechen und nicht zuletzt auf die Geheimdienste, die über grosse Mengen an Spezialwissen über die zu erpressenden Staaten verfügen und selbst verdeckte Operationen durchführen lassen.

Was am Verhandlungstisch nicht durchsetzbar ist, dem wird durch Gewalt nachgeholfen.

Um die Geschichte der USA nachvollziehen zu können, muss man sich im klaren sein, dass Tycoone wie J.P. Morgan und Rockefeller dem Präsidenten Ende des 19. Jahrhunderts die Geldpolitik entrissen haben und die Federal Reserve Bank gegründeten, die Kriege finanziert, plant etc.

Wir haben es hier mit einem Staat im Staate zu tun, dem mit demokratischen Mitteln nicht beizukommen ist.

Und der letztendlich das kriegerische und kolonialistische Auftreten der USA bombastisch erhöht hat.

Gefragt sind die Bürger der westlichen Staaten inklusive der Bürger der USA, deren Kriegsveteranen, an Leib und Seele unheilbar geschädigt, ein vernachlässigtes Leben in ihrer Heimat fristen müssen und vom glühenden Patrioten zum Antikriegsgegner mutiert sind... . Selbst Hollywoodfilme beschäftigen sich mit dem Thema.

Wenn die Bevölkerung weiterhin duldet, was in ihrem Namen geschieht,

wovon sie nichts wissen und auch keinen Einfluss auf Entscheidungen haben, wird sich auch in Zukunft nicht ändern.
Im Gegenteil, es wird noch schlimmer.
Das Internet hat ein gewisses Mass an Transparenz und weltweiter Vernetzung gebracht. Andererseits zeigt der Fall Facebook, wie ganze Heerscharen von Gutgläubigen in die falsche Richtung gedrängt werden können, um missliebige Staatschefs loszuwerden.Andererseits kann man auf facebook aber auch die Wahrheiten verbreiten. Insofern ist es für mich eine gute, eine demokratische Plattform für Menschen aus aller Welt, Kontakte zu knüpfen.
Ermutigend ist die Reaktion im Kongress und im britischen Unterhaus.
UK sprach sich gegen einen Militärschlag an der Seite der USA aus. Das ist erfreulich. Denn es ist nicht erwiesen, dass Präsident Assad den Giftgasanschlag durchführen liess. Es kann auch die USA gewesen sein, um einen Vorwand für einen Militärschlag zu konstruieren. Sie können das Gas an ihre Terroristen geliefert haben, die als angebliche Rebellen in Syrien den Bürgerkrieg vom Zaun gerissen haben. US - Labore haben dieses Gas in Mengen bereit. Und die vorschnelle Reaktion der USA, nicht einmal die Untersuchungen durch die UN abzuwarten, hat weltweit das Misstrauen geschürt.
Im Falle Mubaraks wurde ihm die Innenpolitik angelastet, die schon lange nicht mehr in seiner Verantwortung lag, weil die USA ihm über ihre verdeckten Erpressungsaktionen die Hoheit über das Innenministerium entrissen hatten.
Das von den USA gesteuerte Innenministerium, der IWF, die Weltbank, das Interesse von Firmen in Mittelägypten, die der Muslimbruderschaft gehören und die China aussen vor halten wollen, bestimmten das Schicksal Ägyptens und ihrer Bewohner.
Und hätte Mubarak der Errichtung von Militärbasen in Ägypten und dem Rettungsschirm zugestimmt, dann wären sie auch noch Ziel iranischer Raketen. Im Falle des Angriffs Israels auf iranische Atomanlagen. Genau diese Konstellation wollte er verhindern.
Im Anhang siehe einige weiterführende Links zur Entwicklung in Nahost.
Andreas von Bülow zitiert in seinem Sachbuch " Im Namen des Staates " Asad Ismi und Farhan Haq : Afghanistan : The Great Game Continues CAQ 59, S. 47. :
Brzezinski trat für Kriege geringer Intensität (low intensity warfare) ein. Dieser Fachbegriff des amerikanischen Militärs und der Geheimdienste besagt, die Regeln des Völkerrechts im Frieden zwischen Staaten werden ausser Kraft gesetzt, und als verdeckte Operationen lässt er auch die Regeln des Kriegsvölkerrechts unbeachtet.
Zum Spektrum der Mittel und Methoden gehören nach Angaben von Vertretern des Pentagon **Terror** und Abwehr von Terror, Guerillakrieg und Aufstandsbekämpfung, **Förderung von Aufständen;** Grenzkonflikte und kleinere

Überfälle, das Vorzeigen der Streitmacht der Navy in **umstrittenen Wasserstrassen**. Kämpfe geringer Intensität sind nach Angaben des Verteidigungsministers Carlucci die Hauptform der heutigen Konflikte und werden es auch in voraussehbarer Zeit bleiben.
So Michael T. Klare : Intervention, The Nation, 30.7./ 6.8. 1988, S. 95.

2011 strahlte dreisat einen Beitrag über die Schweizer Opfer aus.
Herr Stefan Kopp, der selbst schwer verletzt wurde, verlor seine Frau Nanette am Hatschepsuttempel.
Das Ehepaar war in Begleitung des Chefredakteurs der NZZ Sonntag; Felix Müller und dessen Ehefrau.
Beide Männer kennen sich seit ihrer Jugend, sind befreundet.
Felix Müller und seine Frau fanden rein " zufällig " eine Nische, wo sie vor den Attentätern Schutz fanden und verschwanden rechtzeitig.
Sind sie zu den polnischen Restauratoren im Oberen Hof geschlüpft ?
Die dort restaurierten und von denen niemand in Mitleidenschaft gezogen wurde. Oder kannten die Müller entgegen ihren Aussagen den Ausweg ?
Der nur von der Hathorkapelle in Richtung des Tempels Thutmosis III gehen konnte, der fast zerstört, daneben angrenzt.
Herr Kopp wusste nicht, dass die Müller die gleiche Reise wie sie gebucht hatten. Angeblich wusste auch Felix Müller davon nichts.
Herr Kopp war der einzige, der unangenehme Fragen stellte und Antworten von einem Vertreter der Dschamal al Islammiyya erwartete. Der natürlich aus oben genannten Gründen keine Antwort gab. Die Gruppe ist amerikanisch unterwandert.
Felix Müller verkündete die offizielle Version.
Die NZZ hatte im August 1998 mein Dokument mit dem Namen Claudia Heidelberg erhalten.
Felix Müller erwähnte mein Dokument nicht, vertrat nur stur die verlogene offizielle Version.
Er hat mein Dokument quasi unter den Tisch fallen lassen, nicht veröffentlicht, nicht mal ansatzweise.
Seine Ausbildung erhielt er in den USA. Ich habe ihn wie den CNN-Reporter in den Kreis der Verdächtigen mit Vorkenntnis aufgenommen. Vermute, dass er wie der CNN - Reporter von der CIA rekrutiert war.
Mittlerweile steht er unter Verdacht, in einen Skandal verwickelt zu sein.
Eine verletzte Frau bestätigte, dass die Attentäter **unter Drogen** gestanden haben. Und deshalb sehr kalt und grausam vorgingen, mit Messern die Leichen zerstümmelten und einige Touristen töteten.
Mir erzählte gestern (2. Dezember 2012) eine Künstlerkollegin, dass eine Schweizer Überlebende ihr berichtet habe, die Attentäter hätten vor Freude getanzt und einem Opfer den Kopf aufgeschnitten, so dass das Gehirn

rausquoll.
Wie beschrieben, Ägypter hantieren nicht mit Messern, aber Jemeniten und auch Afghanen, vor allem Pashtunen.Die Schweizer Behörden behaupten, Messer seien angeblich nicht sichergestellt worden.
Ich schrieb in diesem Jahr (2012) Herrn Kopp, dass es verdächtig gewesen ist, dass die Hubschrauberstaffel, die in Luxor stationiert ist, erst so spät aufgestiegen ist. Wären sie nach den ersten Schüssen gleich zum Hatschepsuttempel geflogen, hätten auf die Anschlagstäter geschossen, wären nicht so viele Touristen und Ägypter umgekommen.
Das sind Laienschlussfolgerungen.
Aber der zuständige General hatte gute Gründe, weshalb sie die Attentäter in der freien Wüste erledigen wollten.
Präsident Mubarak schasste 1997 vor offener Kamera den Innenminister. Verteidigungsminister war zu der Zeit der ominöse Mohammed Hussein Tantawi, der 2011 ins Pentagon gerufen wird und zusammen mit Präsident Mursi die Geschicke Ägyptens nach dem Sturz Mubaraks bestimmt. Er ist eine Marionette der USA, damals wie heute. Und der geschasste Innenminister war es ebenfalls.
Tantawi galt in den mittleren Rängen des Militärs als Pudel von Mubarak, was viel über seinen Hang zum Marionettentum aussagt. Auch soll unter seiner Ägide eine " Kultur des Kadavergehorsams " geherrscht haben, wie wikipedia angibt, und er war 1991 unter der Vorherrschaft der USA in den zweiten Golfkrieg gegen Saddam Hussein gezogen.
Ich hatte im Geschichtsunterricht gelernt, dass ein grosses Land einen fremden Staat beherrschen kann, wenn es das Innenministerium, das Verteidigungsministerium, das Aussenministerium und die Medienstationen mit seinen Handlangern besetzt.
1993 gab es einen Anschlag auf Präsident Mubarak und seinen Innenminister. Es kann davon ausgegangen werden, dass danach von den USA der gewünschte Kandidat installiert wurde, nämlich jener Innenminister Hassan Alalfy, der nach dem Anschlag von Präsident Mubarak entlassen wurde.
In diesem Zusammenhang ist ein anderer wichtiger Aufstieg zu sehen. Den des Habib al Adly, der 1993 als Assistent dieses Innenminister eingesetzt wurde. Und ab 1996 Leiter der Abteilung Staatssicherheit. Er hätte mit seinem Inlandsgeheimdienst Gerüchte oder Vorkommnisse im Vorfeld des Anschlags zum Anlass nehmen können, die Südbrücke von Luxor lückenlos kontrollieren zu lassen. Wahrscheinlich hat er aber zu dem Zeitpunkt bereits für die USA gearbeitet.
Es stellt sich mir als studierte Juristin mit Schwerpunkt Kriminologie die Frage, weshalb es so schwer war und ist, in dieser relativ schmalen und überschaubaren Flussoase keine Ordnung im polizei-und ordnungsrechtlichen Sinne aufrechtzuerhalten. Für Juristen ist klar, wenn das nicht geschieht, dann fehlt

dazu der politische Wille oder ausländische, mächtigere Kräfte setzen ihren Hebel an, in den Weisung austeilenden Ministerien.
Präsident Mubarak wies wahrheitsgemäss immer wieder auf ausländische Kräfte hin. Diese konnten mit Hilfe von Marionetten das Land immer wieder in Chaos stürzen.
Ali Hassan sagte mir 1998, sie alle hätten Mubarak schon lange gedrängt, sich den Amerikanern zu ergeben.
Er habe nicht hören wollen. Präsident Mubarak war somit in seiner Regierung von Verrätern und Feinden umgeben.
Zu Habib al Adlys Rolle noch eines: Ihm wird laut einer britischen Geheimdienstquelle (MI6 arbeitet mit der CIA zusammen)vorgeworfen, den Anschlag auf Kopten im Januar 2011 befohlen zu haben.
Er habe seit 2004 Operationen unter falscher Flagge durchführen lassen. Der Anschlag passt in die Umsetzung des Yinonplans, der besagt, dass alle Kopten und Christen aus Nordafrika zu vertreiben sind.
Entsprungen ist er den Hirnen amerikanischer Thinktanks s.o., und dem teuflischen Plan Brezinzkis, einen fundamentalistischen Gürtel von Nordafrika und rund um die Kaukasusregion zu legen, um letztendlich Russland einzukreisen.
Also lässt sich der Schluss ziehen, dass Habib al Adly da auch nur als Marionette gehandelt hat.

Eines muss man ihm lassen. Unter Umständen verdanke ich ihm, dass ich nicht einen weiteren Anschlag erleben musste :
Als ich 1998 mit Ali Hassan auf der Nile Smile von Kairo aus nach Mittelägypten reinfuhr, liess er das Schiff stoppen und umkehren. Wir bekamen ein Ersatzprogramm in Alexandria. Der ägyptische Reiseleiter erklärte mir, bei Assiut sei eine Gruppe, die könnte uns angreifen, auf uns schiessen. Die wären im Kampf mit anderen Ägyptern.
Es handelte sich um die wahrscheinlich gehätschelten Brüder Hanafi auf an Nachaila, die vom Sudan aus von Exxon Mobiles Marionetten mit Waffen und Drogen und Weisungen, Kopten zu verfolgen, ausgestattet wurden. Erst 2006 konnte der ägyptische Staat ihrer habhaft werden, und sie wurden in einem Strafprozess zum Tode verurteilt und hingerichtet.

1995 überlebte Präsident Mubarak einen Anschlag, den der Ägypter Zawahiri hat durchführen lassen.
Er ist eine Marionette der USA und leitet jetzt angeblich die Basisliste, genannt " Al Qaida ". Oder soll ich besser sagen :
" Al CIAida. "
Die vom Westen in Libyen und jetzt in Syrien als angebliche Freiheitskämpfer eingesetzt werden und doch nur die von den USA eingesetzte und mit Auftrag

versehene Terrororganisation der USA darstellen, was die USA jederzeit abstreiten kann.
Die Hamas vehöhnt ihn als Marionette Israels. Anscheinend ist er nur dienlich.
Ausserdem soll noch der israelische Geheimdienst Mossad mitgewirkt haben.
Äthiopien wird von den USA gelenkt. Es war ein Leichtes für sie, die Attentäter dort in Stellung zu bringen.
Die vielen Anschläge auf Präsident Mubarak, immer von US- Marionetten ausgeführt, sei es Muslimbruderschaft, Dschama al islamiyya oder andere ominöse Attentäter, zeigen, dass die Weltmacht diesen Präsidenten wegen seiner trotzigen Weigerungen entfernt haben wollte.
Präsident Nasser wollte man wegen der Suezkrise weghaben, Präsident Sadat passte einigen ausländischen Machthabern ebenfalls nicht. Es ist immer das gleiche tödliche Spiel mit dem strategisch wichtigsten Land am Suezkanal und Roten Meer, dem strategisch überwichtigen Nadelöhr der Welt.

Meine Eltern waren 1996 auf der Nilinsel Isis Island in Urlaub, auf der die Mubaraks zwei Gästehäuser hatten.
Dort empfing er den türkischen Ministerpräsidenten und winkte die Touristen heran.
Mein Vater machte ein unmittelbares Foto von beiden, wie sie die Treppe heraufstiegen.
Obwohl er mehrfach Anschläge überlebt hat, davon den einen in Äthiopien einen Monat zuvor, gab es keine pompösen Sicherheitsvorkehrungen für Mubarak, wie man das bei G 20 Gipfeln und Staatsbesuchen amerikanischer Präsidenten und europäischer Staatschefs gewohnt ist.
Und ein echter Diktator würde sich martialischer umgeben, was ein bezeichnendes Licht auf US - Präsidenten wirft.
Im August 2012 kristallierte sich heraus, dass die USA die diktatorischen Vollmachten für den ägyptischen Präsidenten Mursi unterstützen. General Tantawi, seit 20 Jahren engster Verbündeter der USA, wurde in Pension geschickt.
An seiner Stelle trat als neuer Verteidigungsminister der frühere Chef des Geheimdienstes, Abdel Fattah El-Sisi. Mit engen Beziehungen zu Mursi und den USA, deren Wunschkandidat er ist. Er hat in Grossbritannien und den USA seine militärische Ausbildung erhalten, wo er zwei Masterabschlüsse machte. Als Militärattaché war er in Saudi-Arabien.
Das Pentagon ist entzückt über El-Sisi als neuer Verteidigungsminister. Sie freuen sich darauf, **die gemeinsamen Ziele in der Region zu verfolgen.** Ziel sind anscheinend der Beitritt zu africom, Militärstützpunkte der USA in Ägypten, freie Nutzung des Suez-und des Roten Meeres für die US - Marine und den Nachschub für künftige Kriege.
Regime in der Region loszuwerden, die Washington stürzen wollte. Nur, konnte

sich die USA auf El - Sisi in der Hinsicht verlassen, dass er ihre Ziele umsetzen wird?
Ich mutmasste, dass eine Ausbildung im früheren Rom auch einen **Arminius** hervorgebracht hat.
Und die Ägypter denken national, vor allem Persönlichkeiten in der Armee. Und tatsächlich entpuppte sich El - Sisi als starker Mann am Nil, setzte nach den Protesten der Bevölkerung in einer neuen Revolution den Willen des Volkes nach Absetzung des Präsidenten Mursi um und sieht sich jetzt in einem blutigen Kräftemessen mit der Muslimbruderschaft auf der Strasse verwickelt. Die den Spieß umdrehen und das Land in einen Bürgerkrieg stürzen wollen. Jenes Traumszenario, das den Plänen der USA gerade recht kommt. Mit Hilfe ihrer Presse wird der Fernsehzuschauer in die gewünschte Richtung manipuliert, nämlich diesem extrem islaistischen Land fernzubleiben.
El - Sisi hat sich wegen mangelnder Unterstützung seitens Obama beklagt. Der Westen trägt die Terminologie der Bruderschaft, das heisst Militärputsch.
Lässt im deutschen Fernsehen sogenannte Nahostexperten aus offiziellen Instituten auftreten, die nur deshalb dort arbeiten dürfen, weil sie die offizielle Politik Washingtons mittragen. Die geben natürlich das gewünschte Bild von der Realität einer Muslimbruderschaft zum besten, die angeblich im Volk verwurzelt ist, was eine Lüge ist.
El - Sisi ruft aber zur Rückkehr der Muslimbruderschaft an den Verhandlungstisch auf. Und möchte schnellstens Neuwahlen ansetzen.
Die Presseknechte des Westens mutmassen wieder in die andere Richtung.
Saudi Arabien unterstützte Ägypten mit Benzinlieferungen nach der Absetzung Mursis, haben sich auf die Seite El - Sisis geschlagen. Ägyptens Regierung liess sich in Richtung Syrien wieder auf die Haltung Mubaraks ein. Kein Sturz des Regimes Assads herbei zu zwingen. Mubarak ist mittlerweile aus der Haft entlassen, in einem Militärkrankenhaus in El Maadi.
Man kann dem Militär nur raten, die Ordnung im Land schnellstens wiederherzustellen, damit der Tourismus, der den Motor für die Wirtschaft darstellt, schnellstens wieder angekurbelt wird.
Aber neues Ungemach zog herauf, mit der falschen Meldung aus dem Auswärtigen Amt, vor Reisen nach Ägypten allgemein zu warnen. Eine angeblich verschärfte Sicherheitslage läge vor.
Die Fluggesellschaften stornierten sofort ihre Flüge in die ruhigen Urlaubsgebiete am Roten Meer. Ich hatte darüber eine Auseinandersetzung mit der Condorfluggesellschaft auf facebook.
Die reagierten panisch und verdeckten meinen Leserbrief auf facebook.
Eine Ägypterin, die am selben Morgen mit Condor von Hurghada nach Hamburg geflogen war, hatte von einer verschärften Sicherheitslage nichts bemerkt. Wieder wurden Lügen eingesetzt. Es geht um Schadensersatzklagen in Millionenhöhe, sollte sich die Reisewarnung als rein machtpolitisches Mittel

herausstellen, wie bereits auf diese Weise amerikanische Hotelkonzerne nach 1997 in aller Ruhe ihre Bauvorhaben durchzogen, während die ägyptischen Hoteliers pleite gingen.
Cui bono. Wem nützt da die Tat ?
General Tantawi wurde von den USA für seine Verdienste belobigt.
Neuer Innenminister ist unter Mursi der Polizeigeneral Ahmed Gamal Eddin, der den repressiven Polizeiapparat des ägyptischen Staates verkörpert. Er wird auf gar keinen Fall die geheimen CIA - Lager, die unter seinen Vorgängern von den USA in Ägypten errichtet wurden, auflösen.
Und wie Beispiele in der Aufrechterhaltung der öffentlichen Ordnung gezeigt haben, griff die Polizei unter Mursi nicht ein, wenn Autos vor dem Luxusturm eines reichen Kopten angezündet werden, koptische Familien aus Dahschur vertrieben werden und die Kirche zerstört wird. Auch er wurde von El - Sisi abgesetzt.
In Ägypten demonstrieren Tausende gegen die Muslimbruderschaft. Sie fühlen sich betrogen, seien kein feudalistischer Staat, der der Muslimbruderschaft gehöre. Auch sei die Verfassung nicht gerecht und gegen die verfassungsgebende Versammlung hätten sie auch einzuwenden, dass sie nicht demokratisch sei.
Gegen den Sender Al Dschaseera werfen sie Brandsätze, wegen der einseitigen Berichterstattung zugunsten der Muslimbruderschaft.
Zudem hat die Regierung Mursi sich um einen IWF- Kredit beworben und um Gelder der Weltbank. Die Neoliberalisierung, die die Armutsschere in Ägypten erweiterte, wird noch verstärkt. Damit ist die sogenannte Revolution als das entlarvt, was sie wirklich sein sollte : **Die Einbindung des Militärs in den gegen Washingtons Pläne im Weg stehenden Mubarak und die Installierung der Muslimbruderschaft als Washingtons Ziel, den Yinonplan umzusetzen.**
Sollten auf diesem Schachbrett andere Konstellationen auftreten, so hätte man immer noch El Baradei und weitere Kräfte in Stellung, um das Land ins gewünschte Chaos zu stürzen. Die Bauern bei diesem grausamen und zynischen Spiel sind das Volk Ägyptens.
Der Anschlag von Luxor war auch der Versuch, Mubarak und die Kräfte im Land, die gegen die Kriegspläne der USA auftreten, einzuschüchtern und zu entmachten. Das Volk für seine Haltung gegen das grausame Embargo gegen den Irak zu bestrafen.
Die Menschen, die Demokratie mit ihren Demonstrationen herbeiführen wollten, wurden betrogen.
1988 trat Präsident Mubarak sein Amt mit dem Ziel an, die Demokratisierung und Liberalisierung der Verhältnisse im Land anzustreben. Denn Ägypten beteiligte sich nicht am Irakkrieg, ganz im Gegenteil.
Mubarak verurteilte diesen verlogenen Krieg, der die Bevölkerung schwer traf, und nannte die Hinrichtung Saddams einen barbarischen Akt.

1988 strebte Mubarak mit seinem Amtsantritt die Demokratisierung und Liberalisierung der gesellschaftlichen Verhältnisse an, wie der deutsche Verlag Nagib Mahfuz, der Unionsverlag in seinem Nachwort schrieb (S. 564).
Es waren immer die Extremisten, die den Staat angriffen und zu restriktiven Massnahmen nötigten.
Das sind Szenarien des Interaktionsprozesses.
Einer bestimmten Aktion folgt die vorhersehbare Reaktion, die feindliche Kräfte mit bösen Absichten einsetzen, um eine Gesellschaft in die gewünschte Richtung umzugestalten. Polarisierung war schon immer ein Traummodell für extremistische Kräfte, ihre undemokratischen Ziele umzusetzen. Dessen bedient sich die USA gerne in Nahost, um die von ihnen beabsichtigten Umstürze herbeizuführen.
Nagib Mahfus sagte in einem Interview vor der Verleihung des Literaturnobelpreises :
" Die fundamentalistische Bewegung ist deshalb so gefährlich, weil sie eine Phase der Krise auszunützen versucht, um zur Gewalttätigkeit und zum Bürgerkrieg aufzuwiegeln ... .
Das Grundproblem für mich und viele ägyptische Intellektuelle ist die Frage der Demokratie. Solange es keine Demokratie gibt, oder wenn sie verschwindet, werden der Gewalt Tor und Tür geöffnet. Und zwar von beiden Seiten : vom Staat und von subversiven Elementen, die sich auf die Religion oder auf andere Ideologien beziehen. Und die Gewalt ist ein Teufelskreis ohne Ende. "
(Die Kinder unseres Viertels, Unionsverlag 1995, S. 567)
Die Schweizer Behörden richteten sich nur nach den Vorgaben der ägyptischen Spurensuche und den Schlussfolgerungen der ägyptischen Behörden, womit sie unmittelbar den Marionetten, die die Urheberschaft des Anschlages verdecken wollen, ausgeliefert waren.
Die Anschlagstäter sollen in einer Höhle teilweise Selbstmord begangen haben. Aus meiner Sicht sind sie alle getötet worden. Denn hätten sie überlebt, dann hätten sie ja aussagen können, und das sollte wohl verhindert werden. Die Möglichkeit, dass die Anschlagstäter die Wahrheit gesagt hätten, bleibt dahingestellt. Sie standen unter MK - Ultraeinfluss, inwieweit da noch eine Wahrheitsfindung möglich gewesen wäre, entzieht sich meiner Kenntnis.
Auch hätte ich gerne mal die Leichen dieser Mörder im Internet gesehen. Ich kann aber die Anzahl von mindestens fünf bestätigen, die ich gesehen habe, als mein Taxi deren Bus überholte.
Es ist auch bezeichnend, dass die Attentäter noch einen Bus kapern und zurück hinter unser Tal fahren konnten, dem Wadi Quubbanet el Qirut, zu deutsch : Affengrabwadi. Dass zu diesem Zeitpunkt das Militär die Strassen nicht bereits mit ihren Panzerfahrzeugen gesperrt hatte, die wir sahen, als wir gegen Mittag nach dem Anschlag zum Fluss zurückfuhren.
Dieses Tal birgt pikanterweise die Grabstätte der syrischen Ehefrauen des

grossen Eroberungspharaos Thutmosis III., von dem aus die Attentäter ins Tal der Königinnen gelangen wollten, was die ägyptische Armee vor unseren Augen verhinderte.
Genau diesen Ablauf hatte uns der CNN - Reporter lange vorher vollmundig angekündigt.
Nun fragen sich viele Schweizer Opfer, warum General Tentawi die Hubschrauberstaffel aus Luxor nicht schnellstens gegen die Täter bereits am Hatschepsuttempel eingesetzt hat.
Wegen des Talkessels, der nur aus einer Richtung angesteuert werden kann, wäre diese Entscheidung **zu gefährlich** gewesen. Ein Feuergefecht hätte auch die Touristen getroffen und die Gefahr der Geiselnahme wäre zu gross gewesen.
Dass die Attentäter noch einen Bus mit slowenischen Insassen beschiessen und kapern konnten, und auch diese Tat nicht durch die Armee verhindert wurde, hat ebenfalls einen einfachen Grund.
In der Nähe der anliegenden Dörfer einen Bus zu beschiessen, hätte weitere Tote unter den Touristen und der Bevölkerung zur Folge gehabt. Ausserdem fanden in den umliegenden Totentempeln archäologische Arbeiten mit Teams aus dem Ausland statt.
Die Täter konnten nur unbehelligt in der Wüste erledigt werden. Und das ging am besten in dem versteckten Tal hinter dem Tal der Königinnen. Insoweit kann man dem Verteidigungsminister Tentawi keinen Vorwurf machen.

Die Installierung einer Drogenabhängigen und Vorbestraften als Kellnerin im Lokal meines Bruders in Chemnitz, dem
" Marc Aurel ", das 2000 von rechten Banden im Auftrag des Vermieters Maik Liebers überfallen und kaputtgemacht wurde, ist in diesem Zusammenhang auch noch eine Betrachtung wert.
Liebers ist der Sohn eines hohen Stasifunktionärs und gilt als Restaurant - und Diskopate von Chemnitz mit zweifelhaften Methoden.
Diese weibliche Person ist die drogenabhängige Tochter eines Spions der CIA, der zu DDR- Zeiten an der deutsch-deutschen Grenze ausgetauscht worden war. Sie sass wegen mehrerer Delikte im Gefängnis.
Sie hängte meinem Bruder angeblichen Verkauf von Drogen an, manipulierte meinen Bruder und wollte das Lokal übernehmen. Inwieweit sie ihm Drogen in den Kaffee gegeben hat, kann ich nicht beurteilen.
Aber es ist davon auszugehen, da mein Bruder plötzlich verhaltensauffälig wurde. Zur Gewalt neigte.
Christians Kompagnon buchte alle bezahlten Rechnungen zurück und bereicherte sich an unserem Geld. Mein Bruder blieb mittellos ohne Schadensersatz zurück, denn sowohl die Gerichte als auch Behörden mit ihren alten Seilschaften funktionierten nicht.

Fazit: Wir mussten so viel Geld in die Prozesse stecken, dass ich nicht mehr nach Ägypten fahren konnte, was wohl ein gewünschter Nebeneffekt war.
Und mein Bruder haftet aufgrund seiner GmbH mit seinem Kompagnon für dessen Schulden mit. Bis heute.

Auch kann man nach dem erneuten Gazaschlag der Israelis, die gerne weiterhin Präsident Mubarak an der Spitze gesehen hätten, weil er für Stabilität des Friedens, auch mit den Palästinensern stand, eine wichtige Schlussfolgerung ziehen :
Die Installierung des US - hörigen Muslimbruderschaftssystem unter Präsident Mursi hat zusammen mit fundamentalistischen Regierungen in Libyen, Tunesien und in Syrien zu einer gefährlichen Verwerfung in Nahost geführt.
Der Frieden kann so nicht aufrechterhalten werden. Präsident Mursi hat sich eindeutig auf die Seite der Hamas gestellt, die als Zweig der Muslimbruderschaft entstanden ist und von der USA polarisierend eingesetzt wird. Sie garantiert den status quo und verhindert einen Frieden zwischen Israel und Palästina.
Israel ist wieder eingekreist und soll laut Feststellung Henry Kissingers in 9 Jahren nicht mehr existieren.
Hier kommt wieder die Herrschaftslegende von Präsident Obama ins Spiel, die angeblich Jeanne Dixon in einer Vision gesehen gesehen haben will, und die Teil einer National Geographic Titelstory über die schwarzen Pharaonen war, als Obama 2008 sein Amt antrat.
Die Herkunft seines Grossvaters von einem mächtigen nilotischen Stamm mit Verbindungen zu den alten schwarzen Pharaonen wird als Beweis für seine Abkunft von den Pharaonen herangezogen.
Warum gerade Echnaton ? Weil der als erster Fundamentalist genau in der Landschaft hockte, in der heute die Muslimbruderschaft sitzt. Die verdeckt und nach aussen vehement von den USA bestritten, in Ägypten an die Macht gebracht worden ist.
Obama soll Herrscher einer künftigen Weltregierung sein und Jerusalem sein Zentrum. Das geht nicht ohne Ausschaltung Israels.
Und so stellt Obamas Herkunft auch von König David sowohl seine Legitimität über Nordafrika als auch über Israel her.
Achet - Aton hiess : " Neue Ordnung " . Was Obama nach dieser Herrschaftslegende installieren möchte, ist das Konzept der Neocons : " Die Neue Weltordnung ".
Präsident Mubarak störte die Erfüllung des Yinonplans und musste deshalb weichen. Ebenso wird es den Führern Israels ergehen.
Nicht nur Israel soll als Staat aufhören zu existieren, sondern auch Ägypten.
Von ihm soll der Impuls ausgehen für die Auflösung der gesamten Grenzen Nordafrikas.

Präsident Mursi beabsichtigte dies in einem panarabischen Staat, den er bereits angekündigt hatte, und war damit Erfüllungsgehilfe des Yinonplans, den sich Richard Pearle in Abänderung von einem gewissen Yinon ausdachte und die fundamentalistischen Vorgaben von Brzezinski enthält, was auf ein Armageddon zwischen dem extrem sunnitischen und dem extrem schiitischen Lager im Iran und im Südirak hinauslaufen wird.
Und die Zerstörung Israels zur Folge haben wird.
Im November riss Präsident Mursi nach dem Besuch der amerikanischen Aussenministerin die völlige Macht an sich, hob die Gewaltenteilung auf.
Er entzog sich und die verfassungsgebende Versammlung demokratischer Kontrolle durch die Justiz.
Währenddessen peitschten er und seine Islamisten unter Abwesenheit der Opposition eine neue islamische Verfassung durch, die Frauenrechte beschneidet und religiösen Führern die Entscheidung über gesetzgeberische Massnahmen einräumt.
Die Richter reagierten mit dem Eintritt in den Streik. Sie wollten so lange nicht mehr arbeiten, bis Mursis " Staatsstreich " zurückgenommen wird.
Er wollte aber erst nach der Abstimmung über die islamistische Verfassung die richterliche Kontrolle zulassen. Es war aber davon auszugehen, dass er die Richter ausschalten wollte, um die Scharia einzuführen. Die westliche Presse führte dahingehend Aussagen von Islamisten vor.
Die westlichen Medien tun so, als sei dies von einer breiten Bevölkerungsmehrheit getragen und die Proteste auf dem Tahrir, die nicht aufhören, Meinung einer Minderheit. Das stimmt nicht.
Die meisten Ägypter, auch wenn sie sehr fromm sind, sind säkulär denkend, wie ich es immer wieder im Land erfahren habe, und wollen die Muslimbrüder nicht.
Die Medien heizen nur das gewünschte Bild der USA an, das zu manipulierende Bild der Kampfes der Kulturen, des Brzezinskiplans eines fundamentalistischen Gürtels in Nahost und Nordafrika und des Yinonplans mit seinen streng ausgerichteten extremistischen sunnitischen Regimen. Einer Herrschaft wie in Katar.
Und nach Massgabe der Aussenministerin Hillary Clinton und ihres Nachfolgers Kerry, der zumindest etwas gemässigter auftritt.
Sie brauchten die Marionette Mursi, beziehungsweise einen Nachfolger, der ihre US - Macht über den Suezkanal und das Rote Meer garantiert. Die US - Stellungnahme gegen Mursi ist scheinheilig und verlogen.
Das Entfernen der Touristen könnte ein weiteres Ziel der Amerikaner ankündigen : Die Installation von Militärbasen am Roten Meer, die Präsident Mubarak vehement abgelehnt hatte. Solche, wie sie bereits im Irak in einer Kette errichtet wurden.
Die Proteste auf dem Tahrirplatz ist von der Mehrheit der liberalen Ägypter

getragen, die ihre Forderungen nach Demokratie nicht erfüllt sehen und die totale Islamisierung ihrer Gesellschaft fürchten, die unter Mursi im vollen Gange war.
Das Volk sollte durch religiöse Führer umerzogen werden.
Die westlichen Medien berichteten im westlichen Auftrage der USA nur von Muslimbrüdern, die die Einführung der Scharia befürworten.
Chaos nützt den Amerikanern, weil es die ägyptische Wirtschaft schädigt. Und sie haben in El - Baradei noch einen Kandidaten, der für sie arbeitet, der aber das Handtuch als vorübergehender Vizepräsident geworfen hat.
Meiner Meinung nach hat er dem Mursisystem durch Unterlassung in den Sattel geholfen, indem er und andere Oppositionelle wichtigen Abstimmungen aus Protest ferngeblieben ist. So konnten die Islamisten ihre Entscheidungen ohne Gegenstimmen einfach durchdrücken.

Am 24. September 2013 ergeht das Verbot der Muslimbruderschaft durch ein Kairoer Gericht und die Einziehung ihres Vermögens. Damit wird die Macht der Muslimbrüder auch in Mittelägypten ein Ende haben. Investitionen der Chinesen wiederum möglich werden. Diese kaufen bereits von Ägypten, Libyen und Syrien durch Preisüberbietung Öl. Die USA haven ihren Machtkampf mit China verloren.
Mursi steht ebenso wie ein führendes Mitglied unter Mordanklage.
Das Land erhält Kredite in Milliardenhöhe von Saudi Arabien und Kuwait.
Am 4. Oktober hebt Österreich seine allgemeine Reisewarnung auf. Diese hatten dem Land immensen Schaden im Tourismus gebracht. Deutschland beugte sich wohl dem Druck der USA, das Land wirtschaftlich weiter herunterzufahren.
Tui und alltours nehmen ihre Flüge nach Ägypten wieder auf.
Der Übergangspräsident Mansur kündigt Neuwahlen und den Entwurf einer zivilen und demokratischen Verfassung an. Religiöse Parteien sollen nicht mehr zugelassen werden. Ägypten soll ein säkulärer Staat werden.Es ist sogar von einer Quote für Frauen und Koptendie Rede, die in die Verfassung mit aufgenommen werden soll.Übergangspräsident Mansur steht für eine Kandidatur nicht zur Verfügung.Russland sucht den Kontakt zu El Sisi. Es liefert jetzt Luftabwehrsysteme nach Ägypten. Die USA haben ihre Militärhilfe gegenüber Ägypten gekürzt, da El Sisi ihren Forderungen nicht nachkommt. Wegen der schlechten finanziellen Lage Ägyptens soll eine Kreditanfrage an Moskau erfolgen.
Die USA verlieren ihren Einfluss in Ägypten. Die Einziehung des Vermögens der Muslimbruderschaft in Mittelägypten öffnet den Chinesen die Möglichkeit, dort zu investieren.
Die Muslimbrüder rasieren sich die Bärte ab, aus Angst vor Verfolgung.
El - Sisi lässt die Mitglieder der verbotenen Muslimbruderschaft verhaften.

Immer wieder flammen nach dem Freitagsgebet gewaltsame Demonstrationen auf. Tote durch Anschläge sind immer wieder zu beklagen, wobei die Anschläge von US - Seite kommen, um Touristen von dem Land fernzuhalten und es durch Armutspolitik in die Knie zu zwingen.
" Embedded journalists ", die die Propaganda des Westens verbreiten, feinden El Sisi an, weil er sie angeht. Sprechen von Verfolgung. El Sisi kontert, es wäre schwierig, ein solches System wie Ägypten nach Mursi mit Manipulation zu durchdringen.
Ein Anschlag auf das Einkaufszentrum in Nairobi fällt in diesem Zusammenhang auf. Angeblich ging es den Attentätern um Rache für Kenias Eingreifen in Somalia. Andere Hintergründe liegen aber wiederum im Bereich des Möglichen. Der Kampf um die Einflussnahmen auf dem afrikanischen Kontinent geht weiter.
Am 5. September erfolgt ein Attentat auf den neuen Innenminister Muhammed Ibrahim. Bekenner der Tat ist ein Ansar Beita - Maqdis Dshihadistan. Klingt wie der Phantasiename eines Dshihadisten von Amerikas Gnaden.
Der Anschlag lag zeitgleich mit der neuen Ablehnung des geplanten Militärschlags der USA gegen Syrien, was die neue Übergangsregierung in Ägypten entschieden ablehnte. Und mit dem scharfen Vorgehen gegen die Muslimbruderschaft.
Der Innenminister, so die Medien, hätte von dem Anfang neuer Anschläge gesprochen. Haben sie das richtig übersetzt oder ist dies eher eine Drohung von westlicher Seite ?
Nun hat die Muslimbruderschaft eingelenkt und will ohne Vorbedingungen an den Verhandlungstisch zurückkehren. Sie waren dazu von Anfang an von El Sisi aufgefordert. Keine USA und kein europäisches Land hat darauf bestanden, was eigentlich ein demokratischer Akt gewesen wäre. Es zeigt die Haltung der US - Politik, allein die Muslimbruderschaft verdeckt zu unterstützen, wenn sie öffentlich verlogen das Gegenteil behaupteten. Nun ist seit der NSA - Bespitzelung und ihre Aufdeckung durch den ehemaligen NSA - Mitarbeiter Snowdon die USA weltweit flächendeckend in Verruf geraten. Insoweit besteht Hoffnung, dass der Anschlag eines Tages restlos aufgeklärt werden kann. Dies wäre im Sinne der Überlebenden.

1999 lotste uns unser Reiseführer Ali Hassan in eine Moschee. Wir hielten uns im hinteren Bereich auf, da wir urlaubsmässig gekleidet waren. Nackte Arme, kurze Hosen, luftige Blusen. Vorne knieten Männer zum Beten.
Als sie uns entdeckten, winkten sie uns freundlich heran. Wir zögerten und zeigten auf unsere nicht vorschriftsgemässe Kleidung.
Aber sie schüttelten nur freundlich lächelnd den Kopf und winkten uns näher heran. Leise und etwas schüchtern schlossen wir dann zu ihnen auf. Ali sprach

mit Einigen. Sie lächelten uns freundlich zu und wir zurück.
Sie wollten demonstrieren, dass sie als Muslime weltoffener sind, als die westliche Presse sie darzustellen pflegt. Eine Berichterstattung, als seien diese Westler alle Angehörige amerikanischer Sekten, deren Fundamentalismus nur so zum Himmel schreit und anscheinend weltpolitische Ziele annehmen soll.

Die negative Berichtertattung zweier Herren Journalisten des ZDF fällt dabei seit Jahren negativ auf.
Was für ein Schaden an den Ägyptern in dem Land am Nil, dank ihrer Desinformationen.
Dietmar Ossenberg scheint zu den " embedded journalists " zu gehören, weshalb Ulrich Tilgner nicht mehr fürs ZDF, sondern für das Schweizerische Fernsehen arbeitet.
Geld und Privilegien sollen den " embedded journalists " helfen, wenn sie " politisch korrekt " berichten, für mich nur ein ablenkender Ausdruck von reiner verlogener Propaganda.
Und Elmar Thevissen. Ich frage mich ernsthaft, wie jemand wie er die deutschen Fernsehzuschauer mit solch dreisten Lügen und Desinformationen über Anschläge überziehen kann, obwohl wir ganz andere Sachverhalte beobachtet haben, und er mit seinen Unwahrheiten uns überlebende Opfer der Anschläge ins Gesicht schlägt.
Unrechtsbewusstsein kann er meines Erachtens nicht haben, so kalt er seine schamlosen Lügen als Wahrheit und angebliches Hintergrundwissen vorträgt.
Er wirkt wie ein Sprachrohr von Islamisten, und die Frage ist berechtigt, woher er sein angebliches Wissen bezieht.
Jedenfalls nicht von anständigen Ägyptern, das ist schon einmal sicher.
Die meisten Journalisten beziehen ihre Informationen aus zweiter Hand. Von sogenannten Nachrichtenagenturen. Schlägt man renommierte Zeitungen auf, so entstammen die Meldungen nur Agenturen und lauten alle gleich. Das Material stammt aus den USA, ist gefiltert, da an jeder Stelle ein CIA - Mann sitzt.
Sie haben auch unterschreiben müssen, dass sie nichts gegen die USA und Israel schreiben dürfen. Ergo müssen sie täuschen. Solche Lügen haben mit Aufklärung und Demokratie nichts zu tun.
Sie sind anscheinend Wegbereiter für die verdeckte Politik, die die USA hinter dem Rücken der Weltbevökerung betreibt. Herrschaft und Kontrolle via Fernsehen und Zeitungen.
Und im FalleÄgyptens sieht man mit dem Staatsstreich der Islamisten das Ergebnis. Die jahrelange Manipulation in den Fundamentalismus wurde durch die Berichterstattung herbeigeführt, das verdeckte Politikgeschehen dadurch flankiert. Was diese Art von embedded journalists den Menschen vor Ort und den Touristen antun: Dafür gehören sie ebenfalls wie die machtpolitischen

Kreise der USA und ihre Marionetten vor dem Internationalen Gerichtshof angeklagt.

Und als sie da
Ging
An den Wassern des
Nils
Wandte sich ihr Blick
Hin
Zu den
     killing fields

Aus : TOTENGERICHT (17.11.1997, Sonnenuntergang)

Mit Heisshunger fielen wir beide über das Essen her, dass wir uns auf der Terrasse des New Winter Palace Hotels bestellt hatten. Nachdem wir bereits in Deutschland unsere Angehörigen von unserem Überleben berichtet hatten und ich selbst das Gespräch mit dem VIP - Manager über die Abläufe geführt und er mir über den operator eine Leitung nach Deutschland hatte legen lassen. Da alle Leitungen überlastet waren. Auf meinem Zimmer versuchte ich mich im Bad frischzumachen. Aber was ich da im Spiegel erblickte, erschreckte mich zutiefst. Eine Maske starrte mich an. Meine Ungezwungenheit war aus meinen Zügen verschwunden. Bis auf den heutigen Tag gefriert meine Mundpartie beim Versuch zu lächeln zu einer Maske.
Mein Körper reagierte mit auffälligen Symptomen auf meinen Schockzustand. Ich war nicht fähig, das permanente Zittern meiner Hände und meines Gesichts abzustellen.
Nach zwei Bissen auf der Terrasse des Restaurants war unser Gaumen wie zugeschnürt. Die Sekretärin und ich liessen die Gabel fallen. Eine Schweizer Reiseleiterin am Nebentisch bekam mit, dass wir im Tal der Königinnen gewesen waren, und fragte, ob wir was beobachtet hätten.
Ich erzählte ihr von dem Verhalten des CNN- Reporters, dass ich ihn gerade auf CNN gesehen hätte, der sich doch vor uns als Tourist ausgegeben hatte und es wohl auch kein Zufall gewesen wäre, dass er sich dort befunden hätte. Und er über Vorkenntnis verfügt haben müsste und dauernd versucht hätte, uns in Angst zu setzen.
In diesem Moment schaute die schweizerische Reiseleiterin ruckartig zu Boden. Sie sprach nicht mehr mit uns. Der Schock traf sie tief. Sie versuchte, diese tödlichen Sätze mit Fassung aufzunehmen, aber es gelang ihr nicht. Man

konnte ihren Zügen entnehmen, dass sie den Anschlag mit irgendetwas zuhause in der Schweiz unmissverständlich in Zusammenhang brachte. Sie war nicht fähig, weiter mit uns zu kommunizieren.

Am Nachmittag fuhren wir mit dem Taxi zum Museum von Luxor, das sich in der Nähe des Hospitals befand, in das viele verletzte Opfer eingeliefert worden waren. Es herrschte eine bedrückte Stimmung. Wir sahen den Reiseführer der englischen Gruppe vor dem Etaphotel sitzen und gingen zu ihm. Er fragte uns freundlich und sehr besorgt nach unserem Befinden, und wir unterhielten uns über belanglose Dinge. Auch ihm sah man den tief sitzenden Schock an.

Halbherzig betrachteten wir im Anschluss die Funde der Cachette vom Luxortempel, bestens erhaltene Granit - und Dioritstatuen aus dem urältestem Gestein, aus der Zeit des Kambrium. Aus dem altägyptische Bildhauer überlebensgrosse Statuen, Götter und Pharaonen geformt hatten.

Uns stand an diesem Tag nicht der Sinn nach Ägyptologie, mussten uns aber irgendwie ablenken und beschäftigen, um nicht pausenlos ins Grübeln zu geraten. Es tat nur noch weh. Darum versuchten wir, das Erlebte zu verdrängen.

Hinzu kam meine unermessliche Wut, meinen teuren Urlaub auf diese Weise beschädigt zu sehen, weil ich finanziell nicht über die Mittel verfügte, für Ersatz zu sorgen.

Und wir die Gewalt feiger Anstifter eines grossen Landes schmecken mussten, dessen machtpolitisch ausgerichtete Regierung im Sinne eines Macchiavelli ihren Hobel immer an Kulturstätten ansetzt. Weil diese Ellenbogenmenschen, die der Mord an den Kennedys an die Macht gebracht hat, selbst keine Geschichte kennen, die eine erhaltenswerte Kultur hervorgebracht hätte. Sie skrupelloseste Aufsteiger mit kriminellen Methoden aus einer Slumsubkultur sind, die keine bürgerlichen Werte von Recht und Gerechtigkeit kennen und vor allem kein Humanitätsziel umsetzen wollen, sondern ihr Heil in ihrer entfesselten Wirtschaft sehen. Um sich mit ihrer Hilfe die Macht in aller Welt zu sichern und zu erhalten.

Wenngleich sie pausenlos das Gegenteil über ihre Sender vorgeben und der Welt nicht Demokratie, sondern die schlimmste Form der Kleinbürgerdiktatur aufoktroyieren.

Sie wollen den Leuten vorschreiben, wie sie zu leben haben und dass sie sich nur ihre Sportveranstaltungen und billigen Shows anzusehen haben, um die Massen zu kontrollieren .

Wer sich ihren Plänen in den Weg stellt, der wird mit Drohnen, Anschlägen, Aufständen, Bürgerkriegen überzogen. Mit Schikanen und Verfolgungen, mit Mobbing.

Dabei unterliegt die politische Macht in den USA der Wallstreet, den Konzernen, der Federal Reserve Bank, ihren undurchschaubaren fundamentalistisch diktatorisch ausgerichteten Sekten, von Hause aus allesamt keine demokratischen Institutionen.

Die Aussenministerin Madeleine Albright, die mindestens 500.000 Kinder im Irak an Krankheiten und Hunger sterben liess und diesen Preis für wert erachtete, wofür ihr menschenfeindliches Embargo verantwortlich war. Für mich ist sie die Königin der Nacht aus der Zauberflöte.

Empirisch ist die Wirksamkeit solcher Embargos gegen die Zivilbevölkerung längst widerlegt.

Also, was treibt diese Clintons, Albrights, Tenets an, ihren Terror gegen unschuldige Zivilisten durchzuführen und die dafür nicht mal vor dem Internationalen Gerichtshof in Den Haag angeklagt werden ?

Den sie wie Madeleine Albright über die Chefanklägerin Carla del Ponte beeinflusst haben soll. Zu diesem Zweck soll sie sich mit ihr auf dem Londoner Flughafen Heathrow getroffen haben. (siehe Michael Mandel, Pax Pentagon, Verlag Zweitausendeins Frankfurt am Main 2005, Seite 221).

Rücksichtslose Machtpolitik ? Ein Rückfall in ihre imperiale Politik des 19. Jahrhunderts ?

Eine Nation, die seit dem 2. Weltkrieg ununterbrochen nur offene und schmutzige verdeckte Kriege führt ?

Sie hätten ja gegen Saddam Hussein als Person vorgehen können. Was hat das Volk damit zu tun ?

Es fällt auf, dass die Arbeit der Archäologen nicht gestört wird und auch die polnischen Restaurateure im Oberen Hof des Hatschepsuttempels nicht Ziel der Angriffe waren. Die Anschläge sollten sich in erster Linie gegen Zivilisten richten.

Der November ist Ausgrabungszeit. Und ich traf an dem Dienstag und Mittwoch nach dem Anschlag tätige Archäologen an den Totentempeln von Ramses dem Grossen und seines Vaters Sethos I.

Und tatsächlich sind amerikanische Clubanlagen kein Ziel von Anschlägen. Kein Las Vegas, keine Vergnügungsstätten amerikanischer Teilhaber der Macht. Wären es echte islamistische Anstifter, die nicht für die USA arbeiten, so würden sie sich gegen solche Ziele richten.

Der heutige Führer der Basisliste Al Qaida, auch Al - CIA -ida genannt, Al Zawahiri, der jetzt den angeblich toten Osama bin Laden ersetzt, ist mit der Zielsetzung seiner Terroraktionen völlig unglaubwürdig.

Er bedient nur Wunschziele der USA, steht daher in ihrem Sold. Recherchiert man über ihn, so landet man bei seinen US-Kontakten auf solche wie dem Mitstreiter Mohammed, der in Fort Bragg tätig war, einer Pentagon- einrichtungsbasis. Er war mit der gleichzeitigen Organisation der Anschläge auf Nairobi und Daressalam beschäftigt.

Die Hamas macht sich über Al Zawahiri lustig. " Wenn seine Organisation in den Palästinensergebieten die Herrschaft übernähme, dann nur, um israelische Ziele zu verfolgen sie auszuheben. " Er scheint eine willfährige Marionette nicht nur für US- Geheimdienste, sondern auch für Israel zu sein, sollten die Worte der

Hamas überhaupt zutreffend sein und die Hamas nicht eher antisemitische Hetze betreibt. Im Sinne des rechten Naziflügels in der USA.
Was ist das Geheimnis, die Leute zum Kauf eines Buchs mit subtilen Mitteln zu überreden ?
Verrisse, Angriffe auf das Buch, gelten als todsicheres Mittel, die Auflagen zu steigern. Und das trifft auch auf die Politik zu.
Man lenkt von seinen Zielen ab, indem man einen anderen diese ausführen lässt, der wiederum angreift. So kaschiert man wirksam den Hintergrund und die Urheber. Weiss derjenige dann zuviel, wird er selbst Opfer, weil er nicht mehr gebraucht wird oder plaudern könnte. Methoden, wie sie das organisierte Verbrechen anwendet.
Und man kann auch davon ausgehen, dass alle sogenannten Freiheitskämpfer in aller Welt von den Interessen der Politik längst unterwandert oder zu diesem Zweck erst gegründet worden sind.
Unbehelligt reist Al Zawahiri durch alle möglichen Länder. Ein normaler Reisender muss Visaschranken, Passkontrollen überwinden.
Er, der angeblich gesucht wird, kann ungehindert durch die Weltgeschichte fahren. Trotz der Satelliten, die jeden Bürger lückenlos aufspüren können, jede hustende Maus in jedem hinterem Loch auf diesem Planeten. Nur ihn nicht.
Und bin Laden über ein ganzes Jahrzehnt nicht. Russland war die Ausnahme.
Sie inhaftierten Zawahiri einmal wegen illegalen Aufenthalts. Ansonsten hält eine internationale Weisung die Behörden wohl von seiner Verhaftung ab. Trotz des Steckbriefs. Solange er noch gebraucht wird. Dann lässt man ihn fallen. So wird die Öffentlichkeit getäuscht.
Unglaubwürdig auch die prompte Entsorgung von bin Ladens Leichnam im Meer.
Auf gar keinen Fall seine Tötung der Öffentlichkeit als Beweis vorlegen. Diese Aktion legt nahe, dass sie vertuschen wollten, dass es sich bei dem Getöteten nicht um bin Laden handelte. Der schon des längeren tot sein soll. Angeblich von einer unheilbaren Krankheit dahingerafft. In den Höhlen von Afghanistan.
Zawahiri bedient die Pläne des Sicherheitsberaters der US - Aussenministerin Clinton, Brzezinskis, ganz Nordafrika streng sunnitisch ausrichten zu wollen. Er hatte dies in seinem " The Great Chessboard " angekündigt. Und den Yinonplan umsetzen zu helfen.
Auch können diese Gruppierungen das Internet frei für ihre Darstellungen nutzen.
Würde unsereins einen Beitrag hochladen, müssten erst einmal server mit komplexer Anmeldung bedient werden.
Warum die USA über das Internet diese Gruppen nicht dingfest machen kann, glauben auch nur noch naive Bürger, die alles unkritisch schlucken, was ihnen an Lügen vorgesetzt werden.
Deren berechtigte Sympathien für das Volk der Amerikaner sie leider auch

blind machen für die Verbrechen einer Politik, deren Hintermänner seit jeher Verbrecher waren und sich durch keine noch so seriöse Beweisführung von ihrem positiven Vorurteil abbringen lassen wollen.
Vielleicht verbirgt sich hinter diesem Verhalten aber auch nur Kadavergehorsam, der seit der NS - Zeit nicht aus den Köpfen vieler Deutscher zu entfernen ist und ein überspanntes Dankbarkeitsgefühl in Sachen Marschallplan und Berliner Luftbrücke.
Wobei sich ARD und ZDF besonders in dieser Richtung hervortun. Dazu hat Ulrich Tilgner seine Meinung kundgetan. Die meisten Videos sollen in Maryland gedreht werden. Eine Variante von Wag The Dog.
Jeder Kriminalist würde angesichts solcher Sachverhalte von dem Versuch der Vertuschung von Straftaten ausgehen.
Und der Dschihad ist ja eine amerikanische Gründung unter Ronald Reagan und Instrument der USA, siehe Ausführungen oben.
Auch fällt auf, dass ganz selten amerikanische Staatsangehörige Opfer von Anschlägen in Ägypten wurden.
Fast immer waren es organisierte Gruppen anderer nationaler Provenienz, die angegangen wurden. Zumindest solange nicht, bis mein Dokument an die Medien ging. Danach nahm die CIA Einblick und änderte ihre Taktik (ab dem 11. September).
Ich verwünschte diesen CNN - Reporter, der mit seinem primitiven und überheblichen Auftreten nicht nur Kulturstätten beschmutzt hat, sondern aus unserer Sicht mit seinem Vorwissen sich als Mittäter des Anschlags entpuppte.
Diesen Verbrechern zum Trotz beschloss ich deshalb, am nächsten Tag mein Besichtigungsprogramm durchzuziehen, als Zeichen gegen Kulturen - und Menschenhasser und - vernichter.
Ich erwarb noch eine kleine Kopie der Büste von Königin Teje, deren Gatte jener Amenophis III. ist, der seinen Totentempel gegenüber des Eintrittskartenkiosks hat. Königin Teje hat die Regierungsgeschäfte ihres Mannes ausgeübt.
Ich stellte sie zuhause auf meinen Schreibtisch neben meine Schreibmaschine, auf der ich das Dokument mit der Analyse über den Anschlag verfasste und auch die Achse gegen den Irakkrieg. Mir war, als habe jemand unsichtbar meine Hand geführt. Sie steht noch heute dort.
Dennoch ahnte ich an dem Tag nicht, dass meine Voraussagen alle eintreffen würden. Und meine Schlussfolgerungen, die zum Vorschlag **der Achse gegen den Irakkrieg** führten, noch Anlass für Verfolgung und Ärger über Jahre geben würden.

Den Rückweg beschlossen wir, zu Fuss zu nehmen.
Wir schlenderten auf dem breiten Gehsteig die Shari Bahr el Nil entlang und schauten über das Ufer hinüber in Richtung Hatschepsuttempel. Die Dämmerung setzte langsam ein, und plötzlich erschien in dem strahlend blauen

Himmel eine Wolke über dem Talkessel. Eigentlich ein Unding, da bei diesen hohen Temperaturen im November in Luxor nur klarer Himmel zu sehen war.
Ungläubig vernahm ich ein Rumoren und gellende Schreie aus dem Berg, wie bei einem schrecklichen Strafgericht. Ich glaubte, mich verhört zu haben.
Die Sekretärin schaute über ihre Schulter und sagte lakonisch : " Jetzt werden die Attentäter gekocht ! Können Sie das auch hören ? "
Ein starkes Angstgefühl lief mir den Rücken herunter. Ich konnte einafch nicht wahrhaben, das sie die Schreie ebenfalls hörte. Es erschien mir wie eine zutiefst unwirkliche Szenerie.
Rechneten die Götter mit den Eindrinlichen ab ? Weil Deir el Bahari ihr heiliges Gebiet ist ?
Wütete dort das schreckliche Strafgericht, das an den Wänden der Tempel und Gräber aufgezeichnet ist ?
Waren es Hathor, Widersacherin ihrer Feinde und die Schlangengöttin Meretseger, die auf der pyramidenförmigen Bergspitze El Qurn beheimatet sein soll, mit Namen - sie liebt das Schweigen - ? Beide sind thebanische Schutzgöttinnen, deren Geist über Theben - West noch zu schweben scheint.
Meretseger soll über die Eigenschaft verfügen, das Unrecht und die Sünde zu strafen, dabei aber auch Helferin und Retterin aus der Not und der Krankheit sein.

" *Es sind die Göttinnen, die Apophis in der Dat bestrafen und die Anschläge*
  der Feinde des RE abwehren.
  So sind sie beschaffen, ihre " Strafenden " (Messer) tragend, damit sie
  APOPHIS in der Dat bestrafen, Tag für Tag. "

aus Amduat, Siebte Nachtstunde, Mittleres Register, (126)

Im Amduat triumphiert Osiris bereits über seine Feinde, die bereits durch einen Strafdämon geköpft wurden.
Im Totenbuchspruch **17** zerfleischt der Sonnengott Apophis mit einem Messer und wendet sich dann direkt an Osiris :

" *Deine Feinde fallen dir unter deine Füsse,*
  und du hast Macht über die, die gegen dich frevelten ! "

Isis und der älteste Zauberer gehen in dieser gefährlichsten Situation des Amduats Apophis auf seiner Sandbank an.
Hinter dem ältesten Zauberer verbirgt sich der gefürchtete Gott Seth, der im Totenbuch am Bug der Barke steht, wenn sie sie abends ins Totenreich

einfahren will und er in der siebenten Nachtstunde in Manier des Drachentöters mit einem Speer in den Apophis sticht, weil es bei diesem Kampf um den Erhalt der Schöpfung geht und somit auch seine eigene Existenzberechtigung auf dem Spiel steht :

" Auf dem Gipfel jenes Berges ist eine Schlange.
...
Ich kenne den Namen dieser Schlange auf ihrem Berg :
< Die voller Feuersglut ist > heisst sie (Apophis)

Dann aber, zur Zeit des Abends,
wird sie ihre Augen gegen RE wenden;
dann tritt ein Stillstand der Barke ein
und grosse Verwirrung unter der Rudermannschaft.
Eine Elle und drei Handbreit vom Hochwasser wird sie
einschlürfen,
(aber) dann wird Seth seinen Speer von Erz in sie stossen
und wird sie alles (wieder) ausspeien lassen, was sie
verschluckt hatte. "

Totenbuchspruch 108, 7 - 18

Südwärts

Im Gegensatz zur rein bürgerlichen Gesellschaft leben Künstler in einem widerstreitenden geistigen Raum mit kreativen Potential, der zuweilen mehrere Zeitalter umfassen kann und an Tiefe zunimmt, sodass sie reine materielle Ansprüche um sich herum vergessen können, weil sie sich mit einer Ausschliesslichkeit in ihren Arbeitsprozess hinein begeben, aus dem sie oft nur für kurze Momente wieder auftauchen.
So bleibt kaum Zeit, sich in eine Freizeitgesellschaft des Konsums hineinziehen zu lassen, ihn deshalb mehr oder weniger ignorieren. Zeitschriften über Klatsch, Partys, Restaurants und ähnlichem allenfalls belächeln oder sie sogleich zum Gegenstand ihrer scharfen Analysen machen.
Sie persönlich empfinden es als Ausdruck von Schwachsinn, nur den Fassaden und aufgebretzelten Starlets zu huldigen, die vor irgendeiner Kamera herumhampeln, sich noch mit ihrem falschen Deutsch brüsten und ansonsten geistig wenig aufzuweisen haben. Reiner Fokus auf blosse Fassaden, die ihnen

in früheren Zeiten keinen Aufstieg ermöglicht, sondern sie auf die Ausübung unterster Dienstleistungen verwiesen hätten.
Und mit ihrem Privatleben hausieren gehen, um daraus Geschäfte zu schlagen. Das Private zur Ware degradieren. Als pure Ablenkung von den alltäglichen Problemen des Normalbürgers inszeniert. Ihn einzulullen, damit er nicht über seine eigene Situation zu sehr nachdenkt, sonst könnte er vielleicht wegen des grossen Unrechts in aller Welt demonstrieren gehen.
Ein Zeitalter der Anbetung der Oberflächlichkeiten, inklusive Prosecco - Gau und Komasaufen, bis zum Abwinken. Narzissmus ohne Ende, der jedes Gemeinschaftsgefühl erst gar nicht entstehen lässt. So dass sich kein Widerstand bilden kann.
Und ansonsten Leere, Leere - in ausgebrannten Seelen.
Gleichen ihre äusseren Lebensumstände eher statistischer Armut, so fühlt sie sich im Kontrast zu solchen Typen innerlich reich.
Den Minimalismus ihrer bisherigen bescheidenen Lebensumstände abzuwerfen und mit der Fülle ihres Inneren auch zu besseren äusseren Bedingungen zu gelangen, das ist ihr Traum.
Denn der weite Horizont eines nach innen gelebten Lebens, der in ihrer Epoche eher zu einer Randerscheinung geworden ist, weil sie reich an materiellem Wohlstand für einige Wenige, aber arm an Vorstellungskraft und sinnstiftenden Lebensmodellen für alle ist, könnte eine Quelle von neuen stimulierenden Kräften sein.
Würden wir uns wieder mehr auf Werte besinnen, wie sie frühere Kulturen vorgelebt haben und uns nicht nur darauf beschränken, unsere globalen Wüsten über die gesamte Menschheit verteilen, so gäbe es auch weniger Exzesse in allen Bereichen.
Irgendwie braucht der Mensch einen gewissen Halt, eine Art von innerer Ordnung, um nicht zu pervertieren.
Den Ägyptern die Lebensumstände zu verschlechtern, um unser System, das einigen Wenigen materiellen Reichtum beschert und den Rest ausgrenzt, kann ja wohl keine alleinige Antwort auf die Zukunft der heranwachsenden Jugend in aller Welt sein.
Sie kannte Beispiele aus ihrem näheren Umkreis, die in materieller Fülle lebten, aber keinerlei Antrieb mehr kannten.
Die vor sich hin lebten und nicht wussten, in ihrem Leben einen Sinn zu entdecken.
Entdeckung, das ist das magische Wort. Weg von den ausgebremsten Pfaden. Darauf brennt sie jetzt, auf die andere Flussseite zu gelangen. Zum Westen, zu den Totentempeln von Medinet Habu und dem Tal der Handwerker, nach Deir el Medina.
Zu den tief gewundenen oder schnurgeraden Grabschächten des Tals der Könige, der Königinnen und ihrer Noblen in Abdel Kurna. Mit ihrem Bildpro

gramm eines gedachten Jenseits, den königlichen und noblen Transformations vorstellungen, den zahlreichen Unterweltsbüchern, die an den Wänden der Gräber in teils wundervoll erhaltenen Farben erhalten sind.
Zur Höhle des Osiris, wie es im Amduat heisst, als Einzuweihender in die Gedankenwelt der alten Ägypter geführt zu werden.
Zu den wüsten und tiefen schweigenden Taleinschnitten, dem vorgelagerten Fruchtland mit seinem üppigen Bewuchs und dem harten Schnitt der beigen Felsenwüste, ihren steinigen Wegen, ihrem Geröll, unter einem unerbittlich strahlenden Himmelsgewölbe, das wie ein riesiger Sarkophag über den Stätten des Todes hängt.
Den Schülern auf ihrem Nachhauseweg zu begegnen. Der Versammlung der Frauen, die einer der ihren beistehen, deren Ehemann kurz zuvor verstorben ist.
Zu den Touristenkarawanen, die anstelle der Kamele mit Bussen wie Heu schrecken einfallen.
Und nebenher die kleinen Alabastergeschäfte aufzusuchen, die verstreut an den Zufahrtsstrassen liegen, mit ihren exakten Nachbildungen von Reliefs und Vasen aus altägyptischer Zeit. Kunsthandwerker auf ihren Matten vor den Werkstätten, lassen sich in ihrer Tätigkeit nur vom Genuss der Rauchwaren und des Teetrinkens stören. Und von den Fragen der Touristen.
Sich ebenfalls die an Hängen klebenden kubischen Häuser aus Lehm näher anzusehen.
In ihrem bunt bemalten Farbaufstrich, ihre Keller die Gräber der Noblen sind, was zu einer jahrhundertelangen Plünderung der Kulturschätze und illegalem Kunsthandel führte. Dem auch immer eine grosse Nachfrage seitens der Europäer und aus Übersee gegenüberstand. Weshalb die Regierung die Bewohner des Schech Abdel Kurna in späteren Jahren umsiedelte.
Und da wäre noch die Höhle des Osiris. Der Anschlag hatte sie unfreiwillig durch das Tor des Biban el Harim geführt, wie das Tal der Königinnen genannt wird. Auf ihrem verschlungenen Lebensweg, der hier seine grausame Wendung nahm.
Geistig zu den Höhlen der Menschheit, die einerseits die Geburt als auch den Tod symbolisieren.
Einige Attentäter sollen sich angeblich in einer Höhle hinter ihrem Tal der Königinnen das Leben genommen haben.
Sie möchte nur noch den ganzen Schmutz dieses Anschlages mit seiner Brutalität, des brachialen Einbruchs seiner Auswirkungen in ihr bisheriges Leben hinter sich lassen.
Die Sandbank des Apophis umschifft zu haben - überlebt zu haben. Dieses Glück kann sie nicht fassen.
Zu sehr fühlt sie sich gelähmt, gebremst durch das Trauma, das sie mit seiner verletzenden Wucht erfasste - in der Vereinigung Res mit dem Leib des Osiris aber Hoffnung auf einen neuen Morgen, ein Über - , ein Weiterleben weckte.

Es fällt ihr schwer, den Faden des Lebens wieder aufzunehmen.
Und erneut, in völliger Unbefangenheit noch einmal offen die Kapitel aus den Unterweltsbüchern, dem Höhlenbuch, dem Buch von der Erde und anderen Texten wie dem Buch der Nacht, der Nut vor ihren Augen vorüberziehen und auf sich wirken zu lassen.
Nicht dass sie jetzt vorhätte, den Tod stante pede nachzuvollziehen.
Nein, diese ungeheure erzählerische und künstlerische Kraft, die in den Abläufen der Nachtfahrt des Sonnengottes stattfindet, geradezu gierig in sich aufzusaugen, dient ihr neben dem Interesse an allem ägyptologischen dem alleinigen praktischen Umstand, den Anschlag zu verarbeiten.
Der in der Vorstellungswelt der Ägypter nur zwei Urheber kannte : Einmal Seth mit seinen Gesellen, die dem Horus nachstellten, ihm die Legitimation als König streitig zu machen und Chaos zu verbreiten, und die viel grössere Weltengefahr durch den Apophis, der darauf aus ist, die Schöpfung zu vernichten.
Die Dramatik und Erklärung der Umstände nach dem Tod, die dem antiken Menschen mit Hilfe dieser Bücher die Antwort nicht schuldig blieben, was ihn danach erwarten wird. Ob überhaupt noch was kommen wird, ist auch für europäisch christliche Verhältnisse faszinierend.
Für ihren Teil würde sie gerne ausprobieren, ob auch ihr die Angst vor dem Ungewissen, dieser Stachel des Todes, ein wenig genommen werden kann. Um diesen Schockzustand abzuschwächen, das bohrende Messer des Schmerzes in ihr stumpf werden zu lassen.
In ihren Träumen ist sie noch ausgeliefert, hört sie die detonierenden Maschinensalven der Kalaschnikows in den Bergen von Deir el Bahari, sieht sie fallende Leiber, die stürzen und stürzen. Wie aus einem Hochhaus ... .
Wobei natürlich jeder Besucher je nach Bildungsgrad und innerer Vorstellungskraft an diese unbekannte Welt herantritt und so auch mit nach Hause nimmt.
Für die einen ist die schier erschlagene Fülle an Eindrücken, an verschlüsselten Darstellungen in den verschiedenen Nachtstunden einfach nur unverständlich. Und ihr Gehirn filtert es zugunsten der oberflächlichen sinnlichen Wahrnehmungen einfach aus.
Oder sie beginnen, bei näherem Interesse, Theben - West in seiner Tiefe geistig zu erfassen. Eine jahrelange Wiederkehr zu den Monumenten beginnt.
So auch bei Sabine und ihr, die nicht genug bekommen können, alle zugänglichen Grabkammern, Tempel aufzusuchen und sich ihrem Innenleben und Verständnis einzuverleiben. Auf der Suche nach der Weiterung ihres Horizonts und des Verständnisses ihres Selbst. Ägypten kann dahingehend süchtig machen.
Sabine hätte am liebsten Ägyptologie studiert, würde sich aber im Korsett archivarischer und archäologischer Pflichten eingeengt fühlen. Als

Hobbyägyptologin ist sie frei in ihrem Tun, kann sich die Orte und Artefakte und die Thematik selbst aussuchen.

Der Bus von Selims Gruppe erreicht über die Südbrücke Theben - West mit seinen grandiosen Stätten eines einmaligen monumentalen Totenkults.
Hanna, Sabine und sie durchwandern die hohen Pylone des Ramsestempel von Medinet Habu, defilieren an ihren groben vertieften Reliefs vorbei. Mit ihrer inhaltlichen Fülle altertümlicher Schlachten in den Reliefs, den gehuldigten Siegen Ramses III. über die Seevölker, die zu der Zeit die antiken Reiche in ihrer Substanz bedrohten.
Sie nehmen auf den Reliefs der Aussenwände alle möglichen Völkerstämme wahr, ein Schmelztiegel von Schardanern, Philistern, Thyrrhenern, Nubiern und Libyern. Es ist eine beängstigende Welt der Verwerfung, die von Tod, Verrat und Krieg überschattet ist. Eine ins Rutschen gekommenen Stabilität.
Selims Gruppe besichtigen auf ihren Spuren das Tal der Königinnen.
Einige streben frühmorgens Nefertaris üppiges Grab an, um ihre Transformation zu einem erhabenen Achgeist nachzuvollziehen, auf den schönsten Reliefs in ganz Theben - West.
Die Lieblingsfrau Ramses des Grossen sitzt thronend vor dem Senetspiel, dass so viele Möglichkeiten an Zügen aufweist, wie es an Gräbern und Reliefs in den Schluchten der Täler der Könige und Beamten gibt, die sie Stück für Stück in das Geheimnis der Einweihung in die geheimnisvolle Welt des Osiris und seiner Wiedererweckung hineinziehen.
Sie prozessieren die Rampe zu Hatschepsuts Tempel hinauf, bestaunen ihre Reise nach Punt, dem heute strategisch wichtigen Somalia am Horn von Afrika und steigen zum Grab Thutmosis III. im Tal der Könige hoch.
Sehen sich die Unterweltsbücher im Grab Ramses VI. und IV. an, mit ihren wunderbaren leuchtenden Farben, dem Gewölbe der Nut an einem sternenbesetzten Nachthimmel, die Farben erhalten wie am ersten Tag.
Die monumentalen Tempel von Karnak und der zierliche Tempel von Luxor, Ort des Opetfestes, nimmt die Gruppe am darauf folgenden Tag für sich ein. Das abendliche Erlebnis der Ton - und Lichtshow lässt noch einmal die versunkene Welt der alten Kultur vor ihren Augen und Ohren wieder auferstehen.
So gestärkt begeben sie sich in die Gegenwart. Tauchen in die Welt der Basare ein.
In Luxor können sie noch soeben einer korpulenten Frau ausweichen, die auf einen männlichen Jugendlichen eindrischt. Sieben Männer vermögen es nicht, sie davon abzuhalten.
Sie sehen den Einheimischen zu, die in einer Runde auf dem Boden um eine Mahlzeit sitzen, in die sie ihr Fladenbrot eintauchen und gleichmütig mit ihren Fingern zum Munde führen. Eine Jahrtausende alte kultische Handlung.
Lauschen den Betenden in der Moschee, die sich gen Mekka verneigen,

nehmen den heiteren Lärm der Aussenwelt in sich auf, das Hupen der Fahrzeuge, das Pferdegetrappel vor den Kutschen und die geschäftstüchtigen Sprüche der Basaris :
" Sommerschlussverkauf bei C & A ! "
Kaufen Gewürze ein, die zu Pyramiden geschichtet locken und Textilien, die bis zur Decke in Regalen gestapelt sind und Bongotrommeln, die den Sound Afrikas in ihr Zuhause holen und staunen über die Vorläufer von Geigen, die sie als Trophäen ihrem Gepäck einverleiben.
Suchen nach anstrengender Erkundigung in der kühleren Abendstunde die kleinen Cafés auf, in denen sie sich in der Gesellschaft von Einheimischen von den vielen Eindrücken beim Plausch mit einer Tasse heissem Tee mit Minze erholen. Sich spontan auf den Boulevards in Assuan mit jungen Studenten anfreunden, Adressen austauschen, Kontakte knüpfen.
Auf der organisierten Bootsfahrt zu dem künstlich angelegten Garten auf der Lord Kitchener Insel lauschen sie einem kleinen Ägypter in seiner Nussschale. Er muss in seinem zarten Alter für seine Familie arbeiten und bringt den Gästen aus Germany in süssem Deutsch ein Ständchen dar :
" Wir lagen vor Madagaskar und hatten die Pest an Bord. "
Von seinen schüchternen Lippen ertönt vor den französischen Gästen : " Frère Jacques " .
Über den Metropolen Oberägyptens schwebt der Ruf des Muezzins, " *Allahu Akbaaaaaaar !* " Während die altägyptische Religion versunken auf den Wänden ihrer Gräber und Tempelanlagen ruht, im gebrochenen und ruinösen Zustand ihres Untergangs.
Die Schleuse von Esna zieht die Meretseger zu dem Kai der vibrierenden Provinzstadt. Zu Fuss oder mit bereit stehenden Kutschen begeben sie sich in Esna und Edfu in die gut erhaltenen spätantiken Tempel.
Selims Gruppe steht vor der Pracht griechisch - römischer Hinterlassenschaften im grossen Tempel von Edfu, die den Zenit der altägyptischen Kultur überschritten haben und in ihrem letzten grandiosen Aufflammen den Mythos des Horus Behedeti miterleben lassen. Auf den Innen - und Aussenwänden in Form der Tempeltransparenz wird noch einmal vorgeführt, wie das wandernde Licht den Inhalt der einzelnen Reliefs aktiviert ... .
Von dem glorreichen Kampf des Horus gegen Seth und seine Gesellen, aber auch von der tröstlichen Wiederkehr des Lichts aus dem Süden und die damit verbundene Vertreibung der Feinde und des Bösen erzählt der grosse Mythos von Horus von Behedeti von Edfu.
Alsbald befinden sie sich wieder auf dem Nil, in Richtung Kom Ombo.
Das Heiligtum des Sobek, des Krokodils erwartet sie, das sinnbildlich für die Fruchtbarkeit des Fayyums stand. Hier treffen sie auf Fragmente seines Kults. In seiner Beschädigung stehen die Tempelreste anklagend da. Doch nicht die Wechselfälle menschlicher Machtfülle haben ihn zerstört.

Die Tektonik der auseinander driftenden afrikanischen Platte hatte Anfang der Neunziger die Tempelsäulen beinahe zum Einsturz gebracht. Hohe Einrüstungen, die den Blick verstellen, bieten Einhalt.

Wieder fällt der Vorhang der Dunkelheit über die schweigende Landschaft.
Selims Gruppe vertreibt sich die abendlichen Stunden auf den bequemen Polstern in der Bar.
Sie tritt aus dem klimatisierten, von murmelnden Stimmen erfüllten, erleuchteten Salon in die afrikanische Nacht.
Mit aller Kraft drückt sie die Schiebetüre zur Seite, als wolle sie einen Schlussstrich unter diesen Abend ziehen, der den beruhigenden und dennoch langweiligen Ritualen ihres Lebens so ganz entspricht.
Vorsichtig den Fuss auf den schmalen Steg des Panoramadecks setzend, fühlt sie sich willenlos von dem heissen Sog dieser abgrundtiefen und undurchdringlichen Finsternis angezogen.
Das Schiff gleitet jetzt fast lautlos durch die trägen Fluten.
Schwarze Palmenhaine ducken sich am Ufer vor dem Eindruck grösster Schweigsamkeit, die ihr unwirklich erscheint, angesichts des heiteren Lärms geschäftiger Kellner in der Bar.
Sie entschwindet in dieser Nacht des urzeitlichen Jubels als Schatten ihrer selbst.
Unfähig, den krassen Übergang von der hektischen Betriebsamkeit des Lebens in die allgegenwärtige Stille der Gefilde der oberägyptischen Landschaft nachzuvollziehen.
Unsicher tastend zieht sie sich die Reling entlang. Hin zum Bug wird sie jäh von der magnetisierenden Leuchtkraft eines Lichtstrahls erfasst, der ihr mit osmotischer Kraft über die klaffenden Dimensionen ihrer innerlichen Dunkelheit hinweg hilft, die sie in der beklemmenden Bedrohlichkeit vorbeirauschender Nilfluten unter den Planken ihres dunklen Decks wähnt.
Langsam folgt sie der suggestiven Wirkung des Lichts zum Vorschiff und blickt zu neuen Himmeln auf, an denen sich ihr, fern der Lichtverschmutzung der Städte, ein dichtes Sternenmeer offenbart.
Der himmlische Nil der Milchstrasse quert vor ihren starrenden Augen Milliarden von Lichtpunkten.
In ihrem verzaubernden Glanz und ihrer anziehenden Wärme lassen sie sie Millionen Seelen erfühlen, erkennen.
Wie Zeituhren hängen sie am Firmament und sind nur aus ihrer wahr nehmbaren Welt entschwunden.
Ein Jahrtausende überlanger Pilgerstrom, der aus der bescheidenen Dimension ihrer Erde aufgestiegen ist. Zu unermesslichen Höhen. Eingestiegen in die Millionenbarke des Sonnengottes.
" So muss es gewesen sein, die Schau der grossen Natur in antiker Zeit" , sagt

sie sich.
Und das Gefühl der Beklemmung fällt von ihr ab. Sie ist ans Ende ihrer Reise gelangt. Zeit und Raum fallen von ihr ab.
"Alles ist so endlich, aber hier erhaben endlos, Sterne über dem Leid der Menschheit. "
Tausende, die gegangen sind, in ihren Gräbern findet man sie nicht. Nur leere Hüllen, abgestorbene Zellen in einem Organismus. Wie ein dahin treibender von der Zeit abgekoppelter Archipel. Teilchen, die der Körper abstösst, um sich zu erneuern.
Aber dort oben. Da müssen ihre Seelen sein.
Auch ihrer Mutter, ihres Vaters, ihres Huskys, und zu guter Letzt die Seelen der Opfer der Anschläge ... .
An der Decke dieser riesigen gewölbten Sarkophagkammer, des Weltraums.

" Und sollte die Zukunft ohne Menschen sein, so kehrt das Licht am 10. Januar wieder und fällt auf den erhabenen Koloss von Ramses den Grossen, falls es ihn dann noch gibt " , zeigt Sabine auf den Tempel von Abu Simbel.
" Wenn es sich jetzt auch nach Süden zurückzieht. "
Es ist Oktober und die Schatten werden länger.
Hanna und sie blicken von der Tempelebene über den Nassersee in die unermessliche Weite der afrikanischen Ebenen, der Morgenröte einer sich selbst zerfleischenden Menschheit.
Ramses der Grosse hatte auf einer Tafel ausserhalb seines grossen Tempels den Spruch anbringen lassen, aus dem Sabine nun in Fragmenten vorträgt :

" *Der elende Asiat, der ist wahrhaftig geplagt* .
...
Er ist am Kämpfen seit der Zeit des Horus,
er siegt nicht,
er kann nicht besiegt werden,
denn er kündigt seinen Kampftag nicht an,
wie ein Räuber, den die Gemeinschaft ausgestossen hat. ")

                         Übersetzung Jan Assmann, Krieg und Frieden, Seite 178

" Doch den Tagen der Weltsicht eines Ramses folgen andere < Elende >. Und so dreht sich das Karussell der Gewalt immer
weiter " , fügt sie ein letztes Mal hinzu.

" *Wie der Tag die Nacht ablöst, so wird auch die Tyrannei ihr Ende finden. Wahrlich, wir werden noch den Untergang der Gewaltherrschaft erleben. Mit eigenen Augen werden wir den Anbruch der lichten Zeit der Wunder erblicken*", zitiert Hanna aus Nagib Mahfus Roman " Die Kinder unseres Viertels".

Sie sind sich da noch nicht sicher.
Ihr Fazit ist eher dystopisch nüchtern, von enttäuschenden Erfahrungen geprägt.
Angesichts der Tatsache, dass sie keine Entwicklung beim Menschen erkennen können, die ihn aus der Gewaltspirale herausziehen würde.
" Diese Hoffung teilten die alten Ägypter auch gar nicht. Sie wussten, dass nur die Götter vollkommen sind und der Mensch ein Teil der Natur und ihrer Gesetzmässigkeiten ist. Von der er sich nicht ohne Schaden für seine Spezies lösen kann ", wendet sie ein.
Hier in Afrika, dem Aufbruchskontinent des homo sapiens sapiens, kann nur der bittere Schluss gezogen werden, dass der Mensch seine Herrschaft über den Planeten, über seine Mitmenschen noch immer mit seinen Urinstinkten ausfüllt, wie er an die Macht gelangt und wo immer er sie ausübt.
Als ein Raubtier.
Die Menschheit, so bleibt festzuhalten, ist keine Krone der Schöpfung, die sich über die Tierwelt hinaus entwickelt hat.
In seiner Gier, das ihn vorwärts treibt, hat sich dieses Raubtier völlig verrannt.
Die geistigen Sphären, in die er vorgedrungen ist, konnte er bisher noch nicht zur alleinigen Richtschnur seines Handelns erheben.
Bis vielleicht eines fernen Tages ... .

Von hinten lässt die aufgehende Sonne im Weltraum ihr strahlendes Licht neben einem Satelliten aufblitzen.
Für einen Moment verharrt sein Fokus auf drei fernen Punkten am Rand der südlichen Wüste von Abu Simbel.
Die Blendung des Lichts absorbiert die Schatten.

Sie sind nicht mehr zu erkennen.

Literaturverzeichnis

Die Beschreibungen und Zitate aus den Unterweltsbüchern und dem Totenbuch entnahm ich den Publikationen von Erik Hornung :

Die Unterweltsbücher der Ägypter
Artemis Winkler Verlag, 1997 Düsseldorf und Zürich

Die Nachtfahrt der Sonne
Eine altägyptische Beschreibung des Jenseits
Artemis Winkler Verlag, 1991 Zürich und München

Das Totenbuch der Ägypter
Eingeleitet, übersetzt und erläutert von Erik Hornung
Goldmann Verlag (Taschenbuchausgabe 1993)

Erik Hornung, Das esoterische Ägypten
Das geheime Wissen der Ägypter und sein Einfluss auf das Abendland
Verlag C. H. Beck, 1999 München

Erik Hornung, Echnaton
Die Religion des Lichtes
Artemis und Winkler Verlag, 1995 Zürich

Erik Hornung, Der Eine und die Vielen
Altägyptische Götterwelt
Wissenschaftliche Buchgesellschaft
6. Vollständig überarbeitete und erweiterte Auflage 2005
Altägyptische Dichtung
Ausgewählt, übersetzt und erläutert von Erik Hornung
Reclams Universal Bibliothek Nr. 9381, 1996 Stuttgart

Hans Bonnet
Lexikon der Ägyptischen Religionsgeschichte
Nikol Verlagsgesellschaft mbh & Co. KG, Hamburg
3. unveränderte Auflage 2000, by Walter de Gruyter GmbH & Co KG Berlin

Katalog Per Kirkeby. Maler - Forscher - Bildhauer - Poet
Im MKM Museum Küppersmühle für Moderne Kunst, Duisburg, 2012
Wienand Verlag, Köln 2012

Katalog Sahure
Tod und Leben eines grossen Pharao
Ausstellung Liebighaus Skulpturensammlung, Frankfurt am Main 2010
Hirmer Verlag GmbH, München 2010

Katalog Ausstellung Amarna
Lebensräume - Lebensbilder - Weltbilder
Ein Projekt des
Römisch - Germanischen Museums der Stadt Köln
Und der Universität Potsdam, 2008 Arcus - Verlag Potsdam

Siegmund Freud
Der Mann Moses und die monotheistische Religion (1938)
Freud Studienausgabe, Band IX, Seite 553

Serge Sauneron und Henri Stierlin
Die letzten Tempel Ägyptens
Medea Diffusion S.A., Fribourg 1975, (Suisse)

Nag - Hamadi - Schriften
aus Wikipedia, der freien Enzyklopädie

Apokryphe Evangelien aus Nag Hammadi
Nikolverlag Hamburg, 4. Auflage 2007

Abdel Ghaffar Shedid
Die Felsgräber von Beni Hassan in Mittelägypten
Reihe : Antike Welt, Verlag Philipp von Zabern 1994

Denkmal memphitischer Theologie
Aus : Wikipedia, der freien Enzyklopädie

Die Beschreibungen der Geschichte der Sahara, des Thetysmeeres, des Tchaddramas entnahm ich wikipedia, der freien Enzyklopädie

Ägypten - Die Pyramidentexte
http://alien-homepage.de/personal/skripts/egypt/ancient_egypt_the_p...

Jan Assmann
Sonnenhymnen in Thebanischen Gräbern, Theben I, Mainz 1983

ders. Ma'at, Gerechtigkeit und Unsterblichkeit im Alten Ägypten
Verlag C.H.Beck München, 2. Auflage 1995

ders. Krieg und Frieden im alten Ägypten. Ramses II. und die Schlacht bei Kadesch in : mannheimer forum 83/84, 175 - 231

Treffpunkt der Götter
Inschriften aus dem Tempel der Horus von Edfu
Eingeleitet, übersetzt und erläutert von Dieter Kurth
Artemis Verlag Zürich; München 1994

Rolf Gundlach Der Pharao und sein Staat
Die Grundlegung der ägyptischen Königsideologielm 4. und 3. Jahrtausend
Wissenschaftliche Buchgesellschaft Darmstadt 1998

Robert Bauval
Das Geheimnis des Orions
Paul List Verlag in der Südwest Verlag GmbH & Co.KG München
2. Auflage 1994

ders. Der Ägypten - Code
Jochen Kopp Verlag für die deutsche Ausgabe 2007, Rottenburg

Bitte der Beamten an Echnaton : Inschrift aus dem Grab des
Truchsess Paranefer S. 31 Übersetzung : Hermann A. Schlögl

Ramses III. Auszug aus seiner Inschrift im Totentempel Medinet Habu / Theben West
Quelle : Wikipedia, die freie Enzyklopädie :
Seehandel, Geschichte / Artikel 1.1.1 Seevölker

Hans Jelitto (Scientologe)
www.pyramiden-jelitto.de/pyr-astronomischer-zus.html

Die Prophezeiungen von Jeanne Dixon
Obama, Echnaton und der Tempel Salomons 1/3
Unter www.awake.to/die_prophezeiungen_von_jeanne_dixon.html

Die grosse Pyramide - eine Wasserpumpe ? You tube
Elektroingenieur Waldhauser
www.youtube.comwatch?v=V93zV93ZVGXJ29A

Schriftsteller Abdellatif (12. Jahrhundert) zur Fülle der Wunder von Memphis in :
www.chufu.de/Tempel/Kairo/Memphis/memphis.html

Andreas von Bülow
Im Namen des Staates
2. Auflage 1998, Piper Verlag München

Der Yinonplan aus
www.politaia.org/israel/us-israelischer-plan-für-die-balkanisierung-syriens/

Finkelstein Debatte
Where did the Shoah money goes ?
By Michael Grayevsky, Oron Meiri
http://www.normanfinkelstein.com/article.php?pg=36&ar=169
Haaretz: Survivors protest makes foreign journalists gasp, security vanish vom
08.06.2007:http://normanfinkelstein.com/article.php?pg=11&ar=2542

Gedichtzitate:

" Die grosse Fracht " von Ingeborg Bachmann aus : Sämtliche Gedichte
Piper Verlag GmbH, München, 6. Auflage 2009

" Welch ein Schatz ... " aus : Der dritte Zustand in " Zustände
Von Abd Al - Aziz - Al - Moukaleh (Jemen)
Neue arabische Lyrik, Herausgegeben von Suleman Taufiq
Dtv Taschenbuchausgabe, München 2004

" Nachtgesänge " aus Traumtrunk von Othmar Obergottsberger
dlv im Karin Fischer Verlag, Aachen 2005

" Wege lügen, Küsten trügen aus " Die Zeit " von Adonis
Verlag Edition Orient, Berlin 1989

" Etwas dehnte sich im Tunnel der Geschichte ... " von Adonis aus :der Westen
und der Osten, aaO.

" Indem ein grosses Reich sich stromabwärts hält " Laotse :Aus dem Taoteking
Das Leben Nr. 61 S. 73, dtv C.H.Beck, München November 2005

" Dies ist die Geschichte : Trümmer " von Adonis, Kinder (2) aaO.

" Es werden ihm Augen ... " von Adonis
aus : Die Gesänge des Mihyars des Damazeners,
Ausgewählte Gedichte 1958 – 1965, Amman Verlag und Co. Zürich 1998

" Es steigen Monde aus verstaubten Himmelstruhen ... "
aus " Ein Liebeslied " von Else Lasker Schüler

" und ich wachse über all Erinnern ... "
aus : " Mein Wanderlied "
Gedichte 1902 – 1943, dtv Verlag München, Juli 1986

Die Lampe von Saif - ar - Rhabi, omanischer Dichter,
aus : Die Farbe der Ferne, Moderne arabische Dichtung, Herausgeber und
Übersetzung Stephan Weidner, Verlag C.H.Beck oHG, München 2000

" Die Urnen der Stille sind leer " von Paul Celan
Aus : Gedichte von 1938 – 1944, Bibliothek Suhrkamp Frankfurt am Main 1986

" Die Vergangenheit ist jetzt, die Gegenwart ... " von Carlos Fuentes
aus : Die fünf Sonnen Mexikos, Ein Lesebuch für das 21. Jahrhundert
S. Fischer Verlag , Frankfurt am Main 2010

Der Mensch erscheint im Holozän von Max Frisch
Eine Erzählung, Suhrkamp Taschenbuch Verlag, Frankfurt am Main 1981

" Und die Wüsten, diePlätze ... " von Innokenti Fjodorowitsch Annenski
aus : Poem ohne Held (Anna Achmatowa), Steidl Verlag Göttingen 1989

" Der Sand, der keinen mehr ... " aus : An der Grenze des Rub - al - Khali 1997
von Sa'di Yussuf, irakischer Dichter in : Die Farbe der Ferne aaO

Sumerisches Gebet von Fais Yaakub al Hamdani , arabischer Dichter
aus : Gold auf Lapislazuli , Die hundert schönsten Liebesgedichte des Orients,
Verlag C.H.Beck oHG, München 2008

" So regen wir die Ruder ... "Von F. Scott Fitzgerald
aus : Der grosse Gatsby (letzter Satz des Romans),

Diogenes Taschenbuch 2007, Diogenes Verlag AG, Zürich

" The woods are lovely dark and deep ... "
Von Robert Frost aus : Promises to keep Poems - Gedichte
Langewiesche - Brandt KG, Ebenhausen bei München, 5. Auflage 2006

" Wie der Tag die Nacht ablöst ... " aus : Die Kinder unseres Viertels
Von Nagib Mahfus, S. 560, Unionsverlag Zürich 1995, Taschenbuchausgabe,

Zitierte Songtexte:

Opus : Life is Life Lyrics
www.magistrix.de/lyrics/Opus/Life-is-Life-3643.html/
Copyright: 2001 - 2012 magistrix.de

Frankie goes to Hollywood : Relax Lyrics
www.azlyrics.com/lyrics/frankiegoestohollywood/relax.html/
Copyright : 2000 - 2012 Azlyrics.com

Enigma : The Rivers of Belief Lyrics
www.azlyrics.com/lyrics/enigma/theriverofbelief.html/
Copyright 2000 - 2012
AZ Lyrics.com

Udo Jürgens , Udo `80
www.songtextemania.com/tausend_jahre_sind_ein_tag_songtext_udo
_juergens_1.html
SongtexteMania.com-Copyright c 2013-All Rights Reserved

Claudia Wädlich : Eigene Gedichte :

Aus den Lyrikbänden:

Innere Zirkel
Deutscher Lyrik Verlag
Aachen 2006

Die Plünderung der Kulturschätze
Deutscher Lyrik Verlag

" ... Vor Toresschluss ein ohnmächtiges Staunen "
aus : Ich kann keine Liebesgedichte schreiben
aus : Innere Zirkel

" umschifft der Nachen ... "
aus : Ich kann keine Liebesgedichte schreiben
aus : Innere Zirkel

Cheopspyramide 51 Grad
aus : Innere Zirkel

" Einem ungewissen Schicksal ... "
" So zog ich hin ... "
" Auf ungewissem Pfade ... "
" Mir wird nichts mangeln ... "
" Ermattet von den Strapazen ... "
" den Mangel vertreibend ... "
" dem täglichen Triumph ... "
" ...
und immerfort
die tönende Herrschaft ... "

aus : Opferumlauf
aus : Innere Zirkel

" Fundamente auf die wir bauten ... "
aus : Amarna
aus: Innere Zirkel

" Vor dem Wie im Vordergrund ... "
aus : Mediendemokratie
aus : Innere Zirkel

" Die Luft
- erstarrt -
zu schwirrenden Säulen ... "
aus : Deir el Bahari
aus : Innere Zirkel

" sie verfolgten stumm ...
aus : Schattengelage
Aus : Die Plünderung der Kulturschätze

Alle neueren Gedichte : Copyright : Claudia Wädlich :

Ägyptische Liebe

" Aufgeweicht der Weg   im Morgen, …
aus : Gewaltmärkte

" Es rieselte
aus den Leerzeilen … "
aus : Tahrirplatz

Verschlossene Tore

" Körper
inseln zwischen körpern "
aus : Steine wie hingeworfen

Ostereiergedicht

" wenn Nacht sich einhüllt … "
aus : Das Spiel der Masken

© Claudia Wädlich 2013
Herstellung und Verlag: Books on Demand GmbH, Norderstedt

Alle Rechte vorbehalten, insbesondere das der Übersetzung, des öffentlichen Vortrags sowie der Übertragung durch Rundfunk und Fernsehen, auch einzelner Teile. Kein Teil des Werkes darf in irgendeiner Form (durch Fotografie, Mikrofilm oder andere Verfahren) ohne schriftliche Genehmigung des Verlages reproduziert oder unter Verwendung elektronischer Systeme verarbeitet, vervielfältigt oder verbreitet werden.

Foto der Autorin : Joachim Rösel Fotografie, Oberhausen - Sterkrade
Satz und Layout: Michael Schildmann

Erstveröffentlichung 2012 als ebook
Umschlaggestaltung : Frank Gebauer Photographie 2012
unter Verwendung eines Photos des Ägyptengemäldes von Hilde Arlt - Kowski.
Mit freundlicher Genehmigung der Künstlerin.

Die Deutsche Nationalbibliothek verzeichnet diese Publikation in der Deutschen Nationalbibliografie; detaillierte bibliografische Daten sind im Internet über dnb.d-nb.de abrufbar.
ISBN   978-3732291953